कारे जहाँ दराज़ है

संस्मरणात्मक एवं आत्मकथात्मक उपन्यास

क़ुर्रतुलऐन हैदर की अन्य कृतियाँ

शीशे के घर (प्रथम कहानी संग्रह)
सितारों से आगे (कहानी संग्रह)
यह दाग़ दाग़ उजाला (कहानी संग्रह)
पतझड़ की आवाज़ (कहानी संग्रह)
रोशनी की रफ़्तार (कहानी संग्रह)
स्ट्रीट सिंगर्स ऑफ़ लखनऊ एण्ड अदर स्टोरीज़
मेरे भी सनमखाने (प्रथम उपन्यास)
हाउसिंग सोसाइटी (उपन्यास)
आग का दरिया (उपन्यास)
सफ़ीन–ए–ग़मे दिल (उपन्यास)
आख़िरे शब के हमसफ़र (उपन्यास)
गर्दिशे–रंगे–चमन (उपन्यास)
चाँदनी बेग़म (उपन्यास)
चार नावेलेट (जीवनी–उपन्यास)
सीता हरन (जीवनी–उपन्यास)
दिलरुबा (जीवनी–उपन्यास)
चाय के बाग़ (जीवनी–उपन्यास)
अगले जनम मोहे बिटिया न कीजो (जीवनी–उपन्यास)
क्लासिकल गायक बड़े गुलाम अली ख़ाँ की जीवनी (सह लिखित)
छुटे असीर तो बदला ज़माना था (रिपोर्ताज़)
कोह–ए–दमावंद (रिपोर्ताज़)
गुलगश्ते जहाँ (रिपोर्ताज़)
ख़िज़्र सोचता है (रिपोर्ताज़)
सितम्बर का चाँद (रिपोर्ताज़)
दकन सा नहीं ठार संसार में (रिपोर्ताज़)
क़ैदख़ाने में तलातुम है कि हिन्द आती है (रिपोर्ताज़)
जहान–ए–दीगर (रिपोर्ताज़)
पिक्चर गैलरी (चरित्र विवरण)

कारे जहाँ दराज़ है

संस्मरणात्मक एवं
आत्मकथात्मक
उपन्यास

क़ुर्रतुलऐन हैदर

अनुवाद
इरफ़ान अहमद

वाणी प्रकाशन

वाणी प्रकाशन

4695, 21-ए, दरियागंज, नयी दिल्ली 110 002

फ़ोन : +91 11 23273167 फ़ैक्स : +91 11 23275710

शाखाएँ

अशोक राजपथ, पटना 800 004, बिहार

कॉफ़ी हाउस कैम्पस, महात्मा गांधी मार्ग, इलाहाबाद 211 001, उत्तर प्रदेश

महात्मा गांधी अन्तरराष्ट्रीय हिन्दी विश्वविद्यालय, वर्धा 442 001, महाराष्ट्र

सुल्तानिया रोड, मोतिया पार्क, भोपाल 462 001, मध्य प्रदेश

www.vaniprakashan.com
marketing@vaniprakashan.in
sales@vaniprakashan.in

KAARE JAHAN DARAAZ HAI-4
by Qurratulain Hyder
Translated by Irfan Ahmad

ISBN : 978-93-89012-49-1
Fiction

प्रथम संस्करण 2020

सम्पूर्ण सेट मूल्य : ₹ 6000

यश प्रिंटोग्राफ़िक्स, नोएडा-201 301 (उ.प्र.) में मुद्रित

वाणी प्रकाशन का लोगो मक़बूल फ़िदा हुसेन की कूची से

बीते युग और आज की यह कहानी मैं अपने भाई सैयद मुस्तफ़ा हैदर की होनहार औलाद नूरुल एन, शहनाज़, नाहीद, जलाल हैदर (तीन बहनें और एक भाई जिन्होंने सी.एस.पी. प्रतियोगिताओं में सफल होकर नया रिकॉर्ड बनाया) और उनसे छोटे अदनान, मनसूर और सज्जाद हैदर के नाम समर्पित करती हूँ। इक्कीसवीं सदी ज़्यादा दूर नहीं। यह बच्चियाँ और बच्चे आज़ादी के बाद जन्म लेने वाली उस नस्ल में शामिल हैं, जो 'कारे जहाँ' (सांसारिक कार्य) सँभाल चुकी है या सँभालने वाली है। हम लोगों ने और हमसे पहले वालों ने दुनिया को अपने-अपने समय के विचार से और अपने-अपने दृष्टिकोण से देखा था। यह नये लोग इक्कीसवीं सदी में पहुँचकर, ऐतिहासिक प्रभावों को शायद हमसे बेहतर तौर पर समझ सकें।

क़ुर्रतुलऐन हैदर

ख़ुदावन्दे अकबर समीअम्बसीरा
ब क़ुदरत अला कुल्लिशैइन क़दीरा
दही मोमिनाँ रा इकराम वाफ़िर
ब जन्नत नईमंव्व मुल्कन कबीरा
ब मिस्ले कलामत कि गुफ़्तन तवानद
व लौ काना बाअज़न लिबाअज़न ज़हीरा
कसे रा कि नामश दही बर ज़मीनश
ब लुत्फे तहासब हिसाबंय्यसीरा
कमाले हुसैनी बसा जुर्म दारद
तुई अफ़्वकुन या लतीफ़न ख़बीरा

ख़ुदावन्द (तू) बड़ा है, देखता और सुनता है। हर चीज़ पर क़ादिर है। मोमिनों को बहुत इकराम (इज़्ज़त) बख़्शता है (उन्हें) नेअमतों वाली जन्नत और बड़ा मुल्क देता है। तेरे कलाम की तरह किसी का कलाम नहीं हो सकता, चाहे कोई एक दूसरे की मदद को ही क्यों न आ जाए। जब तू इस दुनिया में नामवरी बख़्शता है तो अपने करम से उसके हिसाब को आसान कर देता है। कमाल हुसैनी की ख़ताएँ बहुत ज़्यादा हैं (जिसे) तू ही मुआफ़ करने वाला है, ऐ पाक सबकी ख़बर रखने वाले।

कारे जहाँ दराज़ है, भाग-3 के अध्याय 1993 ई. से 2000 तक, समय-समय पर प्रकाशित होते रहे। यह लम्बी कहानी 2000 ई. तक पहुँची और अब इसे "शाह-ए-हरीर" (कारे जहाँ दराज़ है, भाग-3) पुस्तक के रूप में प्रकाशित किया जा रहा है।

यह प्राचीन राजमार्ग, चीन को पश्चिम से मिलाता था। प्राचीन युग में यह शाहराह-ए-हरीर (रेशम का राजमार्ग) सुदूर पूर्व को रोम से मिलाने वाली सिल्क रोड और व्यापारिक सामान, विचारों और नज़रियों का आदान-प्रदान इन दोनों के द्वारा ही कार्यान्वित हुआ। पश्चिम से ऊन, चाँदी और सोना पूर्व की ओर गया। इसी राजमार्ग द्वारा बुद्धमत और अग्निपूजकों का धर्म व ईसाइयत चीन के दक्षिण व भारत के पूर्व दिशा की ओर रहने वालों ने ग्रहण किया।

सियान से शुरू होने वाली यह सड़क, चार हज़ार मील का फ़ासला तय करती है। चीन की दीवार कारवाँओं की इस गुज़रगाह के पीछे-पीछे उत्तर पश्चिम तक चली गयी है। यह सड़क शाहराह-ए-तुकलामकान के पास से गुज़रती हुई, पामीर पहाड़ी श्रृंखला तक पहुँची है और अफ़ग़ानिस्तान से निकलकर, लेबनान की ओर चली जाती है। वहाँ से व्यापारिक माल ले जाने वाले जहाज़ रोम का सागर पार करते थे; बहुत कम लोग थे, जिन्होंने यह दूरी पूरी तरह तय की हो। कारोबारियों के कारिन्दे, रोम के सागर की बन्दरगाहों से यह माल ख़रीदते थे। रोमन एम्पायर के पतन और इस्लामी ख़लीफ़ाओं के उत्थान ने, सिल्क रोड के महत्व को रफ़्ता-रफ़्ता कम कर दिया क्योंकि यह रास्ता अब ख़तरनाक और दुर्गम बन चुका था।

तेरहवीं और चौदहवीं शताब्दी में इसी रास्ते पर मंगोलों के ज़माने में आवागमन जारी रहा और मार्कोपोलो ने इसी रास्ते से 'मुल्के ख़ता' यानी चीन

का रुख़ किया। यह सड़क अब भी जर्जर स्थिति में मौजूद है और पाकिस्तान, सींकियांग और स्वतंत्र यग़ोर प्रजातंत्र को चीन से मिलाती है। पुरानी सड़क की मरम्मत और निर्माण के लिए, संयुक्त राष्ट्र ने एक योजना बनायी है।

मंगोलों के आक्रमण की वजह से, लोगों के झुण्ड भागे चले जाते हैं। रेशम राजमार्ग, जो एक जादुई रास्ता भी है, जो मुसाफ़िरों को उनकी मंज़िल-ए-मक़सूद तक पहुँचा देता था लेकिन अब इधर ये नीम-वहशी (अर्ध-सभ्य); मंगोल, उधर तरह-तरह के मूर्तिपूजक, जायें तो जायें कहाँ? उन्होंने गौतम बुद्ध के मुजस्समे (मूर्तियाँ) तराश कर, एक नया लफ़्ज़ फ़ारसी भाषा को अता किया, यानी "बुत"। बुद्ध से बुत बना, बुद्ध का मतलब था, बुद्धिमान, आक़िल यानी बूढ़ा आदमी, जो अपने ज़िन्दगी भर के तजुर्बे की वजह से अक़्लमंद हो जाता है और उत्तरी भारत की रोज़मर्रा की भाषा में वह बुड्ढा कहलाता है, यानी बुड्ढा अक़्लमंद आदमी।

अल्फ़ाज़ (शब्द) इंसानों के साथ-साथ अपने सफ़र तय करते रहे। ये दो मुसाफ़िर, जो उस चश्मे (झरने) के किनारे बातें करने में मसरूफ़ थे, एक चट्टान की ओट में एक महमिलनुमा (ऊँट के कुजावे जैसी) गाड़ी खड़ी थी, जिसके अन्दर औरतें मौजूद थीं और कुछ बच्चे बाहर खेल रहे थे। शहसवारों में से एक अरब मूल का था और एक ताजिक, जिसने दूसरे शख़्स से कहा :

मगर भाई तुम तो औरत-बच्चा भी साथ लिये जा रहे हो, ऐसे अराजकता-पूर्ण समय में और ऐसे ख़तरनाक सफ़र पर निकलने से पहले, इनको घर पर छोड़कर आते। ज़माने में अराजकता कब न थी और अब घर हैं कहाँ? सब उजड़ गए, औरतों को किसकी पनाह (शरण) में छोड़ते। अल्लाह हम पे रहम करे।

अभी सराय में मुझे किसी ने बताया कि दर्रा-ए-ख़ैबर से गुज़रते हुए, सुल्तान शहाबुद्दीन ग़ौरी आपसे मिला था। उसने आप से कहा, 'मेरे साथ चले चलिए, मेरा लश्कर आप सबकी हिफ़ाज़त के लिए मौजूद हैं।' आपने जवाब दिया, 'मियाँ तुम जाओ, फ़क़ीर को ताईद-ए-ईज़दी (अल्लाह का समर्थन) काफ़ी है।'

हाँ, हमने सुल्तान से यही कहा था। हम फ़ौज साथ लेकर, दीन मज़हब की तब्लीग़ (प्रचार) के लिए नहीं निकले, हमारे लिए पैग़ाम-ए-मोहब्बत बहुत है।

दूसरा दृश्य - दिल्ली का एक पुरफ़ज़ा फूलबन; जमना तट पर, कोई बाँसुरी बजा रहा है। रायपिथौरा की लड़की राजकुमारी एनका देवी, फुलवारी में पूजा के लिए कुसुम कलियाँ इकट्ठी करने आती हैं (सहेलियों का गाना) "मैं कुसुम कली हूँ पूजन की, भगवान तुम्हारे मन्दिर में तुम्हें मनाने आई हूँ।" तालाब के किनारे हमारा हीरो और ख़ूबसूरत गबरू जवान सैयद कमालुद्दीन तिरमिज़ी, फ़ज्र की नमाज़ अदा करने में मसरूफ़ है। सलाम फेरकर अपने ताज़ी घोड़े की तरफ़ बढ़ता है। राजकुमारी की ओर बिल्कुल आकर्षित नहीं होता। एनका देवी, कमालुद्दीन तिरमिज़ी के हाथ पर इस्लाम धर्म ग्रहण करती है और बाक़ी उम्र अल्लाह की इबादत में गुज़ार देती है। उस पाक बीबी का मज़ार, कमालुद्दीन तिरमिज़ी की ख़ानक़ाह में कैथल में, पश्चिम दिशा में स्थित है।

यह नीम अस्तूरी[1] अर्ध ऐतिहासिक, रोमानी दस्तान, जो मलफ़ूज़ाते कमालिया (कमालुद्दीन बुज़ुर्ग की प्रवचनावली) में दर्ज है, उसके मुताबिक़ सुश्री एनका देवी मुसलमान भी हो गयीं और उनका मज़ार भी बन गया, यानी आप बिल्कुल शुरुआत या ओरिजिन या Source of Ballad तक जा पहुँचे। सम्भव है, इस घटना में कोई एनका देवी मौजूद रही हों (और एनका देवी लिखने की ग़लती भी हो सकती है, शायद असली नाम अम्बिका देवी रहा हो) लेकिन हमें इससे कोई लेना देना नहीं।

कमालुद्दीन का क़िस्सा आगे बढ़ता है तो उनकी औलाद में पाँच बेटे, इस्लाम के प्रचार के लिए, विभिन्न दिशाओं में रवाना होते हैं। हसामुद्दीन गुजरात, मलिक सैयद इब्राहीम निशानची, यानी अलमबरदार हाँसी के युद्ध में पृथ्वीराज चौहान की फ़ौज से लड़ते हुए, शहीद हुए। नसीरुद्दीन प्रचार के लिए बंगाल गए, उनकी औलाद पूर्णिया बिहार में मौजूद है। अलीमुद्दीन की औलाद आज भी क़न्नौज में आबाद है। सैयद जलालुद्दीन और उनके लड़के, रुहेलखण्ड में जाकर बसे।

मद्रास के विद्वान डॉक्टर अब्दुल लतीफ़, जिन्होंने क़ुरआन शरीफ़ का अनुवाद अंग्रेज़ी भाषा में किया है, उन्होंने मुझे बताया कि वे भी कमालुद्दीन तिरमिज़ी की नस्ल से हैं। दूसरी तरफ़ डायरेक्टर सैयद मुज़फ़्फ़र अली भी, उन बुज़ुर्ग

1. पुराने क़िस्से कहानियों का समावेश जो आधी संख्या में हो।

ही की संतान में शामिल हैं, यानी मीर कमालुद्दीन तिरमिज़ी एक बहुत महान ऑर्किटटाइप पूर्वज थे।

कुछ वर्ष पहले, मेरा कैथल जाना हुआ, जहाँ एक उर्दू कॉन्फ्रेंस हो रही थी। मैंने सर्किट हाउस से निकल कर, एक बीहड़ का चक्कर लगाया, जहाँ रज़िया सुल्ताना को, जो दुनिया की पहली Woman's Libber थीं, उसी काँटों भरे सपाट ख़ुश्क मैदान में, उनके अमीरों ने क़त्ल किया था। वहीं शाह कमालुद्दीन कैथल का बहुत शानदार मज़ार भी दिखाई दिया। रंग-बिरंगे टाइलों का फ़र्श, बहुत चमकीली और सुसज्जित इमारत।

मैंने सोचा, हमारे जद्दे बुज़ुर्ग (महापूर्वज) मीर कमालुद्दीन बहुत अच्छे जा रहे हैं। मक़बरा अपनी निर्माण शैली के कारण अच्छा ख़ासा मन्दिर लग रहा था। इतने में एक साहब उसकी कुंजी लेकर वारिद हुए; वकील थे। वहीं बरामदे में एक समाधि सुर्ख़ चादर में पोशीदा थी और उस पर अगरबत्ती सुलग रही थी। उन्होंने बताया कि यह पिछले महंत की समाधि है, जो इस मज़ार के इंचार्ज थे।

उन्हीं दिनों राम मंदिर का क़िस्सा देश में बहुत अशान्ति फैला रहा था; मैंने कहा, 'काश! ये लोग आपसे सबक़ हासिल कर लें। देखिए ये बुज़ुर्ग भी तो मुसलमान थे।' इस पर वह साहब ज़रा जुज़-बुज़ (विचलित) नज़र आए और फ़रमाया, 'अजी हमें यार की यारी से मतलब है, उसके फ़ेलों (कर्मों) से क्या लेना-देना।'

राम मन्दिर के ज़िक्र पर उनकी त्वरित प्रतिक्रिया देखकर, मुझे अंदाज़ा हुआ कि जिस चीज़ को हम साम्प्रदायिकता कहते हैं या मज़हबी तास्सुब, उसका प्रभाव बहुत दूरगामी सिद्ध हुआ है।

उन साहब ने मीर कमालुद्दीन तिरमिज़ी की समाधि का ताला खोला। अन्दर मज़ार की नई इमारत बिल्कुल मन्दिर की तरह बनायी गयी थी और उसके दरवाज़े पर एक संगेमरमर की तख़्ती लगी थी, जिसमें अँग्रेज़ी भाषा में बिल्कुल आज की सियासत के मुताल्लिक़ नसीहतें दर्ज थीं। उनमें से एक नसीहत यह भी कि मीर कमालुद्दीन ने फ़रमाया है कि हिन्दी हमारी राष्ट्रीय भाषा है,

इसे सबको पढ़ना चाहिए। यानी मज़ार के वर्तमान प्रबन्धकों ने, मीर कमालुद्दीन को आजकल का एक लोकल नेता बना दिया हालाँकि ये मेरे वांछित, बारहवीं शताब्दी वाले महापूर्वज नहीं थे, ये पंद्रहवीं सदी के एक और बुज़ुर्ग थे लेकिन उस वक़्त मैंने सोचा कि हमारे मुल्क में यह काम, गौतम बुद्ध के ज़माने से जारी है। उनका इरादा धर्म में सुधार का था परन्तु स्वयं विष्णु के अवतार बना दिये गए। ग्यारहवीं सदी ई. में हज़रत सालार मसूद ग़ाज़ी, जिहाद के इरादे से तशरीफ़ लाए और हज़ार साल से जिन लोगों को वे convert करने आए थे, वही उनको पूजे जा रहे हैं।

God bless India! इस मुल्क जैसा दूसरा इस रूए-ज़मीन पर नहीं है। ऐसी बुलन्द ख़याली और श्रद्धा और कहाँ मिलेगी और ऐसी विपरीतता कि सामाजिक रूप से हद दर्जा दक़ियानूसी, फ़लसफ़ियाना ख़यालात व नज़रियों के लिहाज़ से खुले दिल का।

एक हज़ार साल पीछे, फिर उसी चमनिस्तान का रुख़ कीजिए यानी -
"पात हरे हैं फूल खिले हैं, कम-कम बादो बाराँ (हवा-बारिश) है।"

इतिहास की प्रामाणिक पुस्तकों और सूफ़िया-ए-कराम के तज़किरों (प्रसंगों) से मालूम होता है कि मीर कमालुद्दीन के पाँचों बेटों की औलाद ने भी महत्वपूर्ण कार्य किये। गुजरात में क़ुतब आलम और शाह आलम सम्भवतः उन्हीं की नस्ल से थे।

सुल्तान हुसैन शाह शर्क़ी वाली-ए-जौनपुर (जौनपुर के शासक) ने अपनी एक बेटी की शादी, मीर कमालुद्दीन की नस्ल के एक नौजवान से की। एक नौलखा हार दहेज़ में दिया; चुनांचे आज तक उनकी निर्धनताग्रस्त औलाद में यह रस्म बाक़ी रही कि बेटी को एक हार ज़रूर दिया जाता है।

बंगाल के ट्रेजिक नवाब मीर क़ासिम अली ख़ाँ भी, हमारे ऑक्रिटाइप महापूर्वज मीर कमालुद्दीन की बेटी की नस्ल के एक व्यक्ति थे। अब इतनी शानदार घन-गरज, धूम-धड़क्के, हाथी-घोड़ा, पालकी-लश्कर और महलों की पृष्ठभूमि रखने वाले ख़ानदान की हालत बिगड़ी तो बिगड़ती ही चली गयी।

हमारी एक रिश्तेदार अवधी भाषा में कहा करती थीं : शे'र गिरत हैं तो गिरत ही चले जाते हैं (यानी याद आते हैं तो आते ही चले जाते हैं) इस ख़ानदान के एक और आलीशान बुज़ुर्ग, औहदा चार हज़ारी अफ़ग़ानान पर पदासीन थे, (मेरी समझ में नहीं आया कि इसका क्या मतलब था, यानी चार हज़ार अफ़ग़ानों का लश्कर, उनके अन्डर में था या क्या?) उनके एक पौत्र मीर घोड़ा बख़्श कहलाते थे क्योंकि उन्होंने एक माँगने वाले को अपना हथियार और पोशाक, हर चीज़, उसके एक के बाद एक माँगने पर उसे दे दिये, आख़िर में अपना घोड़ा भी बख़्श दिया और पैदल नहटौर वापस आये, जहाँ मीर हसन तिरमिज़ी को हुमायूँ बादशाह ने कुछ बंजर ज़मीन एलाट कर दी थी और कहा था, यहाँ रहो और मदरसा चलाओ। चुनांचे उन्होंने यही किया। फिर उन हज़रात की अगली पीढ़ियों ने ज़मींदारी और मनसबदारी हासिल की।

जब आगरे से राजधानी दिल्ली स्थानांतरित हुई तो उस ख़ानदान के कुछ हिम्मत वाले नौजवान, केंद्रीय राजनीति में भाग लेने लगे। उनमें एक साहब मीर सादुल्लाह आमिल-ए-मालवा मुक़र्रर हुए। औरंगज़ेब के लश्कर के साथ दकन (दक्षिणी भारत) गए और वहाँ लूटमार में ख़ूब हिस्सा लिया होगा क्योंकि तज़किरे (प्रसंग) में है कि बहुत माल के साथ, नहटौर वापस आये, एक महल बनवाया और उसमें बाक़ी उम्र अल्लाह की याद में व्यतीत कर दी लेकिन वह जनाब, वाक़ई औरंगज़ेब की तरह कट्टरपंथी रहे होंगे क्योंकि उनकी वसीयत के अनुसार, उनका मज़ार कच्चा रखा गया और अब तक उसी हालत में है। मैंने उस जगह की तस्वीर, अपनी किताब "कफ़े-गुलफ़रोश" में शामिल की है।

अट्ठारहवीं सदी के अंत में सरदार अमीर ख़ाँ के लश्कर ने, नहटौर पर हमला किया। यह बड़ी नाटकीय घटना है कि रात के समय नहटौर के ज़मींदार, आख़ोंद इमाम बख़्श अपनी गर्भवती पत्नी और बच्चों के साथ घर से निकले और एक मील की दूरी पर मक़बरा मुबारज़ुल्लाह ख़ाँ में बीवी बच्चों को छुपाया और ख़ुद तलवार सूँत कर, हमलावरों से लड़ने के लिए वापस गए। इस दौरान आधी रात, इधर आधी रात उधर जंगलों में सियार बोल रहे थे और दूर युद्ध के मैदान से मारा-मारी की आवाज़ें और बंदूक़ों के फ़ायरों की आवाज़ें सुनाई

दे रही थीं। उस क़यामत खेज़ आलम में, आमना ख़ातून पत्नी आखोंद इमाम बख़्श ने, मीर बन्दे अली को जन्म दिया।

यह सन् 1801 ई. तारीख़ का वाटर शेड भी है क्योंकि अब हम नये दौर में दाख़िल होते हैं। मीर बंदे अली ने बड़े होकर, थोड़ी सी अंग्रेज़ी भी पढ़ी। ज़िले के कलेक्टर ने उनको एक प्रभावशाली स्थानीय ज़मींदार समझकर, अच्छा-ख़ासा सम्मान दिया और उनको तहसीलदारी का औहदा (पद) भी पेश किया। मीर बन्दे अली आदमी समझदार थे, उन्हें मालूम था कि निशान डंके वाले मनसबदारों का दौर ग़ुजर गया, अब तहसीलदारी ही को ग़नीमत जानिए। उस ज़माने में यह भी बहुत रौबदाब का औहदा था, वह प्रथम श्रेणी मैजिस्ट्रेट का काम करता था और इनकम टैक्स भी वही लगाता था।

अमीर ख़ाँ के पण्डारे, मीर बन्दे अली की ज़मींदारी को अच्छी तरह उजाड़ कर, कब के जा चुके थे। मीर बन्दे अली पुराने स्टाइल के रईस थे। उन्होंने कई शादियाँ कीं। उनकी तीसरी बीवी, एक हिन्दू सुनार की बेटी थीं। उनकी नस्ल आज तक सुनारन दादी की औलाद कहलाती है। चौथी बीवी सैयदा मरियम ख़ातून, निहायत आली नसब (कुलीन) मख़दूम ज़ादी थीं क्योंकि उनके पूर्वज मख़दूम जहानियान जहाँगश्त और सैयद जलालुद्दीन बुख़ारी थे, जिनका मक़बरा ओच्छ शरीफ़ पंजाब (पाकिस्तान) में, आज तक बड़ी लोकप्रिय ज़ियारतगाह है। एक बार जमीला हाशमी ने मुझे लिखा था कि तुम लोग बड़े बेवकूफ हो, जो इण्डिया में रहते हो, अगर यहीं रहे होते तो आज बादशाहों वाली ज़िन्दगी बसर कर रहे होते क्योंकि यह पीर परस्तों का देश है।

सचमुच, ये पीर साहेबान किसी रॉयल फ़ैमिली की तरह, नौबहार अव्वल, नौबहार दोयम, नौबहार सालिस वग़ैरह कहलाते हैं। सैयदा मरियम ख़ातून, जो सरहद से आई थीं, बहुत पढ़ी-लिखी बीबी थीं, वह क़ुरआन शरीफ़ का फ़ारसी में अनुवाद करने में मसरूफ़ थीं। उनकी बेटी सईद बानो की शादी, उनके देवर ग़दर के बाग़ी मीर अहमद अली के बेटे, मीर जलालुद्दीन हैदर से हुई थी। मीर बन्दे अली ने, जिस तरह ग़दर के दिनों में अपने बाग़ी भाई अहमद अली को, मकान के तहख़ाने के बराबर, भूसे के ढेर में छुपाकर, अंग्रेज़ फ़ौजियों के सामने

अपने गोद के बेटे अज़ीज़ हैदर की जान की झूठी क़सम खाई थी कि अहमद अली यहाँ मौजूद नहीं हैं। चूँकि अंग्रेज़ जानते थे कि मुसलमान अपने बेटे की जान की झूठी क़सम नहीं खाएगा।

उन्होंने मीर बन्दे अली का यक़ीन किया था और वापस चले गए थे। मीर अहमद अली इस तरह बच गए लेकिन वह लड़का सचमुच कुछ दिन बाद मर गया।

लेखिका ने जब बचपन में यह क़िस्सा सुना तो यह कल्पना की कि वह कोई बहुत ही रहस्यमय तहख़ाना होगा, मगर अभी कुछ साल पहले, जब मीर बन्दे अली के मकान के खण्डहर में, वह तहख़ाना देखा तो बड़ी मायूसी हुई। मामूली सा कमरा, जो बहुत ज़्यादा गहराई में भी नहीं बना था, एक तरफ़ कोने में कुछ सूखे जूते पड़े थे और बाहर एक बिल्ली आँखें मूँदे बैठी थी। तब मैंने सोचा कि ज़्यादातर रहस्य दरअस्ल रहस्य नहीं होते, महज़ दास्तान तराज़ी या समय की दूरी या उस माहौल से अजनबीपन उन्हें अफ़साना बना देती है।

इसी तरह इतिहास के वह सारे मशहूर व मारूफ़ किरदार (पात्र), किसी तरह दोबारा ज़िन्दा होकर, हमारे सामने आ जायें तो हम उनकी मामूली साधारण इंसानों वाले क्रियाकलाप देखकर, कितने हैरान और मायूस हों, मिसाल के तौर पर क्लोपेट्रा को भी ज़ुकाम होता होगा और अकबर-ए-आज़म क्या उकड़ूँ बैठकर मुँह धोते थे? चूँकि जब मैंने उनका बहुत ही छोटा सा बेडरूम फ़तेहपुर सीकरी में देखा तो बड़ा ताज्जुब हुआ, फिर ख़याल आया कि शायद इस बेडरूम में वे सुरक्षा के विचार से सोते होंगे क्योंकि बड़े कमरे में दुश्मनों को छुपने की ज़्यादा गुंजाइश रही होगी।

फिर जब अचानक आप एक मशहूर ऐतिहासिक हस्ती की औलाद का सामना करें और आपको महसूस हो कि आपने यह सूरत तो अपनी कोर्स की किताबों में देखी है तो बड़ा अजीब मालूम होगा। मिसाल के तौर पर फ़ील्ड मार्शल अर्ल राबर्ट की सगी बहन माग्रेट की पोती, जो बिल्कुल हैरतअंगेज़ तौर पर अपनी दादी के भाई की शक्ल सूरत पर थीं, ख़ासतौर पर माथा और आँखें। उनको अपने अमरोहे के मकान में, वुज़ू के लिए हैंडपंप से लोटे में पानी भरते

देखकर, मुझे बहुत अजीब लगा। मानो इम्पीरियल बर्तानिया का इतिहास, उस मुरादाबादी लोटे में पानी भर रहा था। मैं उनका ज़िक्र पहले भी कर चुकी हूँ, लिहाज़ा उसे दोहराऊँगी नहीं।

ऐतिहासिक महत्व वाले रियासतों के राजाओं, नवाबों की मौजूदा नस्ल के लोगों से मिलकर और भी ज़्यादा हैरत होती है। मिसाल के तौर पर नवाब बहादुर मुर्शिदाबाद की बहन, यानी नवाब मीर क़ासिम अली ख़ाँ की नस्ल की ख़ातून और हमारी दोस्त इशरत की भावज इन्तिहाई सीधी-सादी शायद उन्हें अपने बुज़ुर्गों की अहमियत का अंदाज़ा भी नहीं था और उनकी भावज इशरत, जो हमारी प्यारी दोस्त और पड़ोसन थीं।

रामपुर के नवाब यूसुफ़ अली ख़ाँ की पड़पोती, जिन्हें अपनी अहमियत का बहुत ज़्यादा अहसास था और वह भी इतिहास की पृष्ठभूमि के लिहाज़ से नहीं, अपने सामाजिक रुतबे के लिहाज़ से। जब ये दोनों ननद, भावजें साड़ियों की क़ीमत या लान्ड्री के रेट की बात करती थीं तो मैं सोचती थी कि ज़ाहिर है, इन्हें सर इलाइज़ा एम.पी. की प्रवचनावली से क्या लेना-देना। घसटी बेगम और सिराजुद्दौला उनके बुज़ुर्ग थे मगर उनकी ट्रेजडी हिन्दुस्तान की उस विशाल अज़ीमुश्शान ट्रेजडी का एक निचला अध्याय बन गया, जिसकी असली अहमियत से अब बहुत कम लोग परिचित हैं या एक बहुत छोटे पैमाने पर मामूली अहमियत की एक और ट्रेजिक दास्तान।

एक ननिहाली रिश्तेदार, जिनके दादा अपने क़िले के शानदार ड्राइंगरूम में अंग्रेज़ गवर्नर यू.पी. की दावतें करते थे, उनको एक शाम मैंने एलिफ़्टन स्ट्रीट कराची के भीड़-भड़क्के में एक तरफ़ चुपचाप खड़े देखा। उन्होंने अपने हाथ में कुछ मोज़े थाम रखे थे मगर उन्हें बेचने के लिए आवाज़ लगाना, उनके बस की बात नहीं थी। उनके हलक़ से आवाज़ नहीं निकल रही थी। मैंने कहा, 'लाइए कन्नू भाई मैं बेचती हूँ, मैंने ज़ोर की हाँक लगाई; मोज़े ले लो, विलायती मोज़े! कुछ राहगीर ठिठक गए।' कन्नू भाई ने झपट कर मुझसे मोज़े छीन लिए और आहिस्ता से डाँटा, यह क्या बेहूदगी है, जाइए घर जाइए। उसी वक़्त मैं चुपके से आगे बढ़ गयी। तब मैंने सोचा कि पूर्व में और आधी दुनिया में, स्पेन

से लेकर इंडोनेशिया तक और पंद्रहवीं सदी से लेकर आज तक हर देश, हर महाद्वीप और हर ज़माने में मुसलमानों के सामूहिक पतन का एक ही कारण रहा है, शिक्षा से अनभिज्ञता।

—क़ुर्रतुलऐन हैदर

नोएडा (यूपी)

30 अप्रैल 2002

अनुवादक की ओर से

'कारे जहाँ दराज़' है का अनुवाद करते समय इस बात का विशेष रूप से ख़याल रखा गया है कि मूल कृति की आत्मा बनी रहे और पाठक को कठिनता का अहसास न हो। चूँकि इस कृति में फ़ारसी व अरबी शब्दों की भरमार है इसलिए यह प्रयत्न किया गया है कि मूल भावना को आहत किये बिना यथा सम्भव उसका सरलीकरण कर दिया जाए।

'कारे जहाँ दराज़ है' मूलतः तीन भागों में है परन्तु इसका अनुवाद करके पाठकों की सहूलियत को ध्यान में रखते हुए चार भागों में कर दिया गया है। कुर्रातुल ऐन हैदर जी 'कारे जहाँ दराज़ है' को अभी और विस्तार देना चाहती थीं, सम्भवतः उन्होंने कुछ कार्य किया भी था परन्तु वह उपलब्ध नहीं है।

'कारे जहाँ दराज़' है का अनुवाद करते समय इस बात का शिद्दत से अहसास हुआ कि लेखिका की भाषा पर पूरी गिरफ़्त थी, उन्होंने शब्दों का प्रयोग बड़ी सुन्दरता व महारत से किया है।

चूँकि हिन्दी उर्दू दोनों सगी बहनों की तरह हैं, इनमें मुहावरों, लोकोक्तियों आदि में बड़ी हद तक समानता है, इसके अतिरिक्त सांस्कृतिक रूप से भी दोनों भाषाएँ कुछ अधिक भिन्न नहीं है इसलिए अनुवाद करते समय एक सरलता व रोचकता का अनुभव हुआ। मुझे विश्वास है कि इस पुस्तक को पढ़ कर पाठक भी ऐसा ही महसूस करेंगे।

–इरफ़ान अहमद

अनुक्रम

कारे जहाँ दराज़ है

परिस्तान थियेटर

मामू बड़ी गम्भीरता से खड़े मछली तल रहे थे। ग्रेटा, कान लगाये, आशा की मूरत, हल्की सी आहट पर चौंकी। निहायत आरज़ूमन्द (आशान्वित) लेकिन शान्त, धीमे से म्याऊँ करती। उसे मालूम था कि क़ुदरत ने उत्तरी सागर की सारी रंग-बिरंगी मछलियाँ, फ़रीदा के बाग़ के सारे चूहे और मुमानी का नेमतख़ाना, महज़ उसकी ख़ातिर बनाया था और वह बड़ी ख़ुशहाली से ज़िन्दा थी। उसे यह चिन्ता नहीं थी कि वह दुनिया में क्यों आई, यहाँ क्या किया, कब और कैसे मरेगी। दुःख, चिन्ताएँ, उसने हम लोगों के लिए छोड़ रखे थे।

हो सकता है, अपने लम्बे करियर में वह भीगी बिल्ली बनी हो, उसे चोट्टी और जले पाँव की बिलाई पुकारा गया हो। उसने हज का इरादा भी किया हो (हज नहीं, वह एक लोथरन प्रोटेस्टेंट बिल्ली थी; ख़ैर, वह एक अलग मामला है) बहरहाल वह खिली चाँदनी और अमावस की काली रातों में सुनसान सुर्ख़ छतों पर, दबे पाँव घूमी होगी। उसने सरसब्ज़ पाईनबाग़ों में, सेब की डालियों के नीचे, दीवारों पर इकट्ठी बिल्लियों और बिल्लों से मुचैटे किये होंगे।

वह ग़ज़बनाक कुत्तों से डरी होगी (सहमी हुई बिल्लियों का डर किसने जाना है?) वह तेज़ धूप में जलते टिन के सायबानों पर नहीं दौड़ी लेकिन बर्फ़बारी और बारिशों से ख़ूब वाक़िफ़ थी। मुख़्तसर यह कि एक ग़रीब बिल्ली या किसी मशरूम के ऊपर बैठे, टोड की जज़बाती बेचैनी या मन की शान्ति के सम्बन्ध में हम जानने की योग्यता नहीं रखते। हमारा दूसरे जानवरों से कम्युनिकेशन ब्रेकडाउन हो गया था, जब हम डालियों से उतरे थे। हमें क्या पता था कि धरती और सागर के जीवों पर क्या बीतती है। जैसे यह मछली, जो अब तक किस समृद्धि और किस आबो-ताब से बाल्टिक समुद्र में...

टप ...मामूजान ने उस बेचारी का एक मुरग़न (तेलयुक्त) टुकड़ा, ग्रेटा के बर्तन में फेंका, वह फ़ौरन उधर लपकी।

मुमानी जान धूप से रौशन ब्रेकफ़ास्ट टेबल के सिरे पर बैठी, ख़त लिख रही थीं, दरीचे के बाहर झाड़ियों में सफ़ेद स्नोबेरी खिली हुई थी, हज़ारों-हज़ार

स्नोबेरी। मुमानी ने बाहर निगाह दौड़ाई, फिर एक पिक्चर पोस्टकार्ड उठाया, उस पर छपे सफ़ेद पोलर बियर की पीठ पर तुकबन्दी की "भालू भोले बर्फ़ीले ...बेरी, बेरी बर्फ़ानी।"

"वाह ...क्या अब वे उर्दू पढ़ लेते हैं?" मैंने पूछा।

"कोहो सहरा (पहाड़ व जंगल) बर्फ़ानी, जंगल वहशत वीरानी ...भाईजान मरहूम (स्वर्गीय) ने लिखा था। हमने उस ड्रामे जलालुद्दीन ख़्वाररज़्म शाह का एक सीन, कॉलेज में स्टेज भी किया था" मामू ने याद किया।

"क्या अब वह उर्दू..."

"कौन...? ग्रेटा...? मामू ने पूछा" क्या पता पढ़ लेती हो। ये सारी बेज़बान मख़लूक़ बड़ी काइयाँ हैं। हमको धोखे में रखती हैं और क्या मालूम ये सब क़ज़ा व क़द्र (भाग्य व प्रकृति) विभाग की ओर से हमारी जासूसी पर भी नियुक्त हों। कभी तुमने ग़ौर किया है, कुछ परिन्दे नज़दीक आकर बैठते हैं, टिकटिकी बाँधकर हमें देखते हैं और फिर से उड़ जाते हैं, जाने किसको जाकर क्या रिपोर्ट करते हैं। ख़ासतौर से कौवे।

मुमानी को मेरा सवाल याद आया, "किसी से पढ़वा लेगी। उसके नाम कोई ख़त-पत्तर आ जाए तो बहुत ख़ुश होती है और बतलाती है कि एक ज़माने में उसकी Fan Mail टोकरों में भरकर लाई जाती थी।"

बिल्ली, मछली चट्ट करके, ज़रा दिक़्क़त से एक कुर्सी पर चढ़ी।

"यह बड़ा इंडिपेंडेंट जानवर है।" मामू ने फ़रमाया "अब यह ज़्यादा दौड़-भाग नहीं कर सकती मगर किसी की मदद पसन्द नहीं। देखना, अब यह ख़ुद ही खिड़की में पहुँच जाएगी।"

"इंडिपेंडेंट और बेमुरव्वत।" मैंने जवाब दिया। "मैंने एक हास्य लघु-उपन्यास पढ़ा था 'This is Sylvia' उसमें बिल्ली समाज के पर्दे में, ब्रिटिश अपर क्लास महिलाओं पर व्यंग्य किया गया था। बेहद पुरलुत्फ़ (मज़ेदार)। मगर औरतों को बिल्लियों से तश्बीह (उपमा) देना भी तो एक sexist रवैया है।"

ग्रेटा ने छोटी सी कूद लगाई, उसकी पूँछ के झपेटे में आकर, दरीचे की कगार पर सजा, बिल्लोरी वाटकिंग ढाल, तलवार समेत पट से नीचे गिरा।

"टूट गया?" मैंने अफ़सोस के साथ पूछा।

"यह क्रिस्टल बला का मज़बूत है" मामू ने जवाब दिया।

"बी पड़ोसन की तरह दिल की शफ़्फ़ाफ़ और सख़्तजान।" मुमानी ने पिक्चर पोस्टकार्ड पर पाने वाले का नाम और पता लिखा, जो रावलपिण्डी में उनकी पड़ोसन रह चुकी थी। "ग्रेटा, गेट आउट ...शू ...शू ...गार्बो की हमवतनी (एक ही वतन की होने) के नाते हमने उसे ग्रेटा क्या पुकारा ...उसका दिमाग़ ख़राब हो गया, अभी जो यह वाटकिंग टूट जाता!"

"अरे भई यह..."

"आपको क्या पता, कोई चीज़ कभी भी टूट सकती है।" मुमानी ने मामू की बात काटी और कार्ड पर टिकट लगाया, वे दोनों अपनी औलाद से मिलने रावलपिण्डी से स्टॉकहोम आते रहते थे और कुछ दिन बाद वापस जाने वाले थे।

मामू ने किचन के दस्ताने उतारे, अपनी कुर्सी पर आकर बैठ गए। "गार्बो की एक फ़िल्म थी, ग्रैंड होटल..."

"जी, मैं पिछले साल पूर्वी बर्लिन में ग्रैंड होटल के लबे-सड़क (सड़क के किनारे) बरामदे में से गुज़री तो बिल्कुल ताजमहल होटल का बरामदा प्रतीत हुआ। शायद ये सारे होटल, एक समय में, एक ही शैली के बनाये गए थे। उसके नज़दीक ओपेरा हाउस है। ये दोनों इमारतें बमबारी के दौरान तबाह हो गयी थीं; फिर ज्यों की त्यों मौजूद; ये जिन्नातों की क़ौमें हैं।"

"हाँ, लेकिन अब बेचारे तुर्क मज़दूरों ने उनके लिए जिन्नात का काम किया।" मामू ने याद दिलाया।

"जी बेशक! और ये दोनों इमारतें, विकी बाम के ग्रैंड होटल में, ग्रैंड ओपेरा के स्थान पर थीं। मुझे तो बहुत मामूली लगीं, वह रोमांस कहाँ गया?"

"रोमांस, वक़्त और माहौल पैदा करता है। बीबी, जब हम कॉलेज में थे, गार्बो की पिक्चर्स देखते थे, शेक्सपियर बहुत पढ़ते थे और बाँसुरी ख़ूब बजाते थे।"

"और अब बर्लिन क्रिस्टोफ़र अशरोवुड वाला शहर भी तो नहीं है।" मैंने कहा। "अशरोवुड कैलीफ़ोर्निया जाकर रूहानियत में पड़ गए। विकी बाम को अपनी यहूदियत की वजह से अमेरिका जाना पड़ा। उसने हॉलीवुड की पृष्ठभूमि में Falling Star लिखा था "टूटता सितारा...", "डूबता सितारा..." जैसे आपकी पड़ोसन आज़ोरी ...यह सारा पिछले विश्वयुद्ध से पहले का फ़िक्शन बेहद Evocative है। मगर मुझे तो हॉलीवुड भी निहायत ग़ैर दिलचस्प और सपाट लगा। मतलब यह कि ख़्वाब को ख़्वाब ही रहना चाहिए।"

बाहर ख़ुशहाल परिंदे उड़ते फिर रहे थे। मामू ने उन पर नज़र डाली। "बहुत जल्द यह नफ़ीस मौसम ऐसे वहशतनाक ज़माने में तब्दील हो जाएगा, जिसमें वक़्त ही ग़ायब, न दिन न रात। उन्होंने सर्दी का इलाज कर लिया; सेंट्रलहेस्टिंग, बर्फ़ पिघलाने के लिए अलग़ारों नमक, गाड़ियों के लिए स्नो टायर ...मगर उनकी तनहाई लाइलाज है। नवम्बर-दिसम्बर में ये लोग ख़ुदकुशी बहुत करते हैं।" मामू ने इस तरह कहा, मानो स्केटिंग बहुत करते हैं या पर्वतारोहण बहुत करते हैं। उन्होंने बात जारी रखी। "ज़िन्दगी की आख़िरी स्टेज पर भी कभी-कभी दिन और रात एक जैसे मालूम होते हैं, मगर हमारे यहाँ ख़ुदकुशी कोई नहीं करता, हमें अल्लाह तआला की ज़ात पर इतना भरोसा है। इंसान अपना बाक़ी बचा वक़्त इबादत (पूजा) में गुज़ारता है और ख़ुश रहता है।"

उन्होंने कार्ड उठाकर, उसे ध्यान से देखा "बर्फ़िस्तान ही बर्फ़िस्तान, उनमें एक अकेला सफ़ेद भालू ...बेचारा बर्फ़ में मुश्किल से दिखाई देता है। जैसे तनहाई, तनहाई में ज़म (लीन) हो गयी। वे फिर गुनगुनाने लगे, "कोहो सहरा (पर्वत-जंगल), बर्फ़ानी जंगल, वहशत वीरानी, सर्दी-सर्दी बेहद सर्दी, है उरयानी (नग्नता) की बेदर्दी। कैसे जाएगी? पैसे से! जल्लाद निर्दयी कुछ अशरफ़ियाँ उछाल कर कहता है, जलालुद्दीन ख़्वारज़्म शाह में। देखो पश्चिम वालों की

तनहाई, न दौलत की फ़रावानी (बहुलता) से जाती है, न हाई टेक्नॉलोजी से और उनके गिरजा वीरान पड़े हैं।"

"यह तो बड़ी इबादतगुज़ार है, बराबर चर्च जाती है।" मुमानी ने कहा।

"कौन...? ग्रेटा?" मैंने दरयाफ़्त किया। वह अब दरीचे में बैठी, आँखें मूँदे, बड़ी अय्यारी से ख़ुर्र-ख़ुर्र कर रही थी और ज़्यादा नाश्ते की प्रतीक्षा में।

"मैंने उसे बताया कि ऐनी ने तुम्हारा ज़िक्र अपनी किताब में बड़े ख़ुलूस से किया है। कहने लगी, "करती कैसे नहीं, वह तो उसे करना ही था, वह एक जैन्युन आर्टिस्ट को पहचानती है।"

"क्या वह एक सच्ची फ़नकार (कलाकार) थी?" मामू ने पूछा।

"जी हाँ" और एक माहिरे फ़न (परफ़ैक्ट आर्टिस्ट) रक़्क़ासा या रक़्क़ास मेरे लिए इतना ही अहम है, जितना एक उच्च श्रेणी का दार्शनिक या इतिहासकार या ईश्वरीय ज्ञान रखने वाला।

"हकीम यूसुफ़ हसन ने उसे एक बार सालनामा 'नेरंगे ख़याले' (नेरंगे ख़याल के वार्षिक अंक) में दुनिया की दस बेहतरीन रक़्क़ासाओं (नर्तकियों) में शामिल किया था। एक तो शायद एज़ा डोरा डंकन और एना पावलोरा ...और..."

नेरंग-ए-ख़याल में अम्मा की एक फ़र्ज़ी सहेली सरस्वती और हकीम साहब के बीच एक बहुत दिलचस्प बहस चली थी, हकीम साहब राम ग़ुलाम के फ़र्ज़ी नाम से अम्मा को जवाब देते थे। सरस्वती और राम ग़ुलाम! मगर उनको बेहतरीन रक़्क़ासाओं के मुताल्लिक़ कैसे मालूम हुआ? तब तो मीडिया काफ़ी सीमित था।

इतना सीमित भी नहीं था, जितना तुम समझती हो। इसके अलावा उनको ताज, जुगल वग़ैरा ने बताया होगा और पतरस तासीर वग़ैरा। ये नौजवान लोग, लाहौर की अवाँ गारद में शामिल थे और बाल दून धींगर...!"

"क्या मज़ेदार नाम था!" मैंने इज़हारे ख़याल (विचार प्रकट) किया। मामू चंद लम्हों बाद बोले "...उस वक़्त जुगल को क्या मालूम था कि उनकी कितनी

ज़बरदस्त काया पलट होने वाली है। असलियत बदल गयी ...आदमी नौउम्री में एक चौराहे पर ख़ुद को मौजूद पाता है और फिर एक सिम्त को चल पड़ता है।"

"यानी वह अनवर बाई की सिम्त चल पड़े और शैख़ अहमद सलमान बन गए।" मैंने कहा "मगर सुनिये। आपा अज़रा ने ईनेट को 36 ई., 37 ई. की बड़ी नुमाइश में, परिस्तान थियेटर लखनऊ के चौराहे पर खड़ा देखा था और उन जगमगाते लम्हों में उसे ख़ूब मालूम था कि वह किधर जा रही है। ज़्यादा शोहरत, ज़्यादा दौलत; जब आपा और उनके होस्टल की लड़कियों का ग्रुप वहाँ से गुज़रा तो आपा बतलाती हैं कि एक लड़की ने हैरत से कहा, अरे देखो कोई एक्ट्रेस मालूम होती हैं। इंटर और बी.ए. की इन भोली-भाली छात्राओं ने कोई एक्ट्रेस भी नहीं देखी थी। परिस्तान थियेटर में जाकर, उनको लैला मजनूँ देखने की इजाज़त भी नहीं मिली थी, जिसमें अख़्तरी फैज़ाबादी मजनूँ बनी थीं।"

"यानी मजनूँ नज़र आती थीं, लैला नज़र आता था।" मुमानी ने शगुफ़्तगी से (खिलखिलाकर) कहा।

"जी, और आप बतलाती हैं, वह नुमाइश कम्पनी बाग़ से शुरू होकर, गोमती के किनारे-किनारे दूर तक चली गयी थी। लखनऊ में इतनी बड़ी नुमाइश फिर कभी नहीं लगी ...और अस्थाई परिस्तान थियेटर में, हिन्दुस्तान के सभी उच्च कोटि के कलाकार आए थे। ईनेट उनमें शामिल थी और आपा वग़ैरह को इण्डियन पिक्चरज़् देखने की इजाज़त भी नहीं थी। इसी वजह से उनको ईनेट का हुलिया भी याद रह गया। गहरा सुर्ख़ लिपस्टिक, साँवले चेहरे पर सियाह वैल, जैसा अंग्रेज़ औरतें हैट पर लगाती थीं। सियाह सुनहरी तारकशी की हुई साड़ी और वह बारीक मूँछों वाले कुछ आदमियों से अंग्रेज़ी में बातचीत कर रही थी।"

"वह लोग कोई लोफ़र रहे होंगे।" आपा ने कहा था, जो भँवरे में पली थीं, उन्होंने लोफ़र भी कहाँ देखे थे। जीसस एन्ड मेरी कॉन्वेंट देहरादून और एज़ाबेला थोबरन कॉलेज लखनऊ के आसपास लफ़ंगे नापैद थे। उस शाम भी नियमानुसार किसी अमेरिकन प्रोफ़ेसर के साथ, नुमाइश देखने गयी थीं और उस ज़माने में सिनेमा एक्टर भी, लोफ़र से लगते थे। बारीक मूँछें, कान में मोती, मास्टर फ़ुलाँ, मास्टर फ़ुलाँ।"

मामू हँस पड़े, "तो उस वक़्त कोई दार्शनिक या भौतिकी विज्ञान का विशेषज्ञ तो ईनेट के साथ मौजूद न होता। शो बिज़नेस के आदमी ही रहे होंगे और तमाशा दिखाना, उस दौर में कोई नेक नाम पेशा नहीं था।"

मुमानी ने उठकर सालिम मछली चूल्हे पर से उतारी। "मछली का मूल बदलीकरण! उन्होंने विचार प्रकट किया।" "आज आप बहुत लिट्रेरी हो रही हैं।" मामू ने दाद दी।

मुमानी ने विटामिन घोलकर, ग्रेटा के प्याले में दूध उंडेला "...थर्ड वर्ल्ड में इंसानों को यह मुयस्सर नहीं।" मैंने कहा। मुमानी ने "कैट फूड" निकाला, वह फ़ौरन नीचे आयी, तसल्ली से प्याला साफ़ किया। दरीचे में वापस जाकर, मुँह धोने और मूँछें साफ़ करने में मशग़ूल हुई, पहले वह आशा की मूर्ति बनी हुई थी और अब संतुष्टि की तस्वीर।

मामू ने फिर से पाइप सुलगाया। बिल्लियों के सन् व साल के हिसाब से यह गार्बो की हम-उम्र है। रिटायर हो चुकी है, चिड़ियाँ उसके सामने आकर चहचहाती हैं, यह परवाह नहीं करती, इसे कोई ग़म नहीं, इस वक़्त इसे देखकर मुझे मिसेज़ जुगल किशोर हीरा, यानी पूर्व अनवर बाई ऑफ़ अमृतसर का ख़याल आ गया, सफल और संतुष्ट इंग्लिस्तान में अपने आलीशान कन्ट्री हाउस में बैठी है। 35 ई. या 36 ई. में इम्तियाज़ अपनी फ़िल्म "सुहाग का दान" बना रहे थे। वह शायद उसकी हीरोइन थीं। जुगल से याद अल्लाह थी। जुगल की मोटरकार उनको लाने के लिए, लाहौर से अमृतसर जाया करती थी। कहाँ से कहाँ पहुँचीं, एक और कायापलट।

"अम्मा अफ़सोस से कहा करती थीं। इम्तियाज़ फ़िल्म बनाने में पैसा बर्बाद कर रहा है। इम्तियाज़ भाई ने यह भी बतलाया था कि अम्मा के उपन्यास "आहे मज़लूमाँ" की भी उनकी इजाज़त के बग़ैर कलकत्ता में फ़िल्म बन गयी थी। इम्तियाज़ भाई के ड्राइंगरूम में "सुहागदान" का सिंहासन रखा था ...वह ड्रामा मैंने बचपन में नेरंग-ए-ख़याल में पढ़ा था। मुझे उसका एक वाक्य अब तक याद है, "महारानी, तुम्हारे सुहाग पर मृत्यु की छाया काँप रही है।" और

एक चोबदार बार-बार कहता था, "महाराज की जय हो" ..इम्तियाज़ भाई ने यह प्ले, हिन्दू कल्चर में डूब कर लिखा होगा, जैसे उन्होंने अनारकली मुग़ल कल्चर में डूब कर लिखा था।

हिन्दुस्तानी मिश्रित कल्चर का अर्थ, ख़ून ख़राबा नहीं था। आग़ा हश्र को देखिए या तालिब बनारसी। ये लोग हिन्दुस्तानी तहज़ीब (सभ्यता) के दोनों पहलुओं से वाक़िफ़ थे और उनमें से किसी एक पहलू को अपने लिए कोई Threat नहीं समझते थे, फिर क्या हुआ ...फिर सियासत... अचानक ग्रेटा दरीचे पर से कूदी, मैंने बात जारी रखी "फिर सियासत की बिल्ली रास्ता काट गयी।"

मामू ख़ामोश रहे।

सर्दी की पेश बन्दी (पहले से तैयारी) के तौर ग्रेटा ने अपने 'क़ैलूले' (दोपहर को आराम करना) की मुद्दत दराज़ कर दी (समय बढ़ा दिया), यानी दोपहर के खाने के बाद देर तक सोती रहती, सर्दी के मौसम का पैग़ाम देने वाले अँधियारे बादल आकर निकल गए। जिस दिन मामू, मुमानी, फ़रीदा, अली और एजाज़ एयरपोर्ट पहुँचाने आए और हम लोग दूसरी मंज़िल के रेस्टोरेंट की बालकनी में बैठे, सामने शफ़्फ़ाफ़ नीलगूँ (नीला) आसमान ही आसमान था। हरे पौधों और बेलों से सुसज्जित शहनशीं, ऐसा लगता था, जैसे हवा में लटका हुआ है और अभी हम लोगों समेत, यह भी परवाज़ कर जाएगा। अचानक मामू को न जाने क्या ख़याल आया; कहने लगे, "बीबी, फूफी अकबरी बेगम वालिदा अफ़ज़ल अली लेखिका "गूदड़ का लाल" मरहूमा का नॉविल ज़रूर दोबारा छपवा लो। वह एक क्लासिक है।

छप चुका। एक चोर प्रकाशक ने लखनऊ से छापा। ग़लतियों से भरा हुआ, लेखिका का नाम तक ग़लत लिखा है और उस प्रकाशक को एक उर्दू अकादमी ने, बेहतरीन पब्लिशर का इनाम दिया।

"तुमने एहतजाज (विरोध) नहीं किया?"

"बहुत किया, कौन सुनता है। हम एक सदाचार से बेपरवाह समाज में ज़िन्दा हैं।"

"और "आहे मज़लूमाँ" वह भी शाया (प्रकाशित) होनी चाहिए और वह ..."मज़हब और इश्क़" जो बाजी ने और फूफी ने मिलकर लिखा था या शायद बाजी ने लिखा था और फूफीजान के नाम से छपवाया था। अब तो तुम्हारे यहाँ हिन्दू-मुस्लिम शादियाँ सामान्य हैं लेकिन 1928 ई. में..."

"जी, वह एक अस्थाई विषय पर लिखा गया था। अब उसकी महज़ एक ऐतिहासिक हैसियत होगी, ख़ासतौर से जब आप किरदारों को पहचान लें। 1931 ई. का पाठक तुरन्त पहचान गया था लेकिन वह नाविल है कहाँ? अभावग्रस्त, नायाब, नापैद। किताबें भी तो मर जाती हैं।" मैंने जवाब दिया "उनकी उम्रे-तबई (प्राकृतिक आयु) कितनी है, किसी को मालूम नहीं।"

"हाँ" मामू ने कहा। फ़ुलाँ किताब अभी ज़िन्दा है मगर ओल्ड पीपुल्ज़ होम में पड़ी हैं, कोई पूछने वाला नहीं। फ़ुलाँ तस्नीफ़ (रचना) ने दाई-ए-अजल (मौत के फ़रिश्ते) को लब्बैक (हाज़िर हूँ) कहा, फ़ुलाँ इस इन्तिज़ार में है कि उसे दोबारा ज़िन्दा कर लिया जाए; उनमें से कुछ नज़रअंदाज़ कर दी गयीं। 'गुमनामी में मरीं'।

"मामू; पब्लिक की मेमोरी बहुत कमज़ोर है और बेचारी पब्लिक भी क्या-क्या याद रखे। दुनिया है कि बेतहाशा तरक़्क़ी करती चली जा रही है।"

इस तेज़ रफ़्तार, तरक़्क़ी याफ़्ता दिलकश दुनिया के जन्नत नज़ारा (स्वर्ग के दृश्य जैसा) हवाई अड्डों की चहल-पहल में, हर ख़ुदा हाफ़िज़ आख़िरी ख़ुदा हाफिज़ साबित हो सकता है। वह सामने फैले आसमान को देखते रहे, शायद उन्हें अपने स्वर्गीय रिश्तेदार बहुत याद आ रहे थे। यह अहसास भी रहा होगा कि उनका अपना सफ़र ख़त्म होने वाला है। यह अक्तूबर 1987 ई. था और न वह जानते थे और न कोई और, कि जब रावलपिण्डी में 1992 के मौसमे-गुल (बसन्त) की आमद-आमद होगी, उनका बुलावा आ जाएगा और जुलाई 1992 ई. में एजाज़ और फ़रीदा लॉस एंजलेस में अपने वालिद के आख़िरी दिनों की वीडियो फ़िल्म मुझे दिखलाएंगे; इसी वजह से आम इंसानों को रत्ती भर इल्मे ग़ैब (परोक्ष ज्ञान) नहीं दिया गया।

लेकिन 90 ई. की गर्मियों में, जब ईनेट महमूद का ख़त पिण्डी से आया, मामू इस दुनिया में मौजूद थे, ईनेट ने लिखा था, "मैंने तुम्हारे अंकल, विंग कमाण्डर अस्करी से तुम्हारा पता लिया। पहले दिल्ली फिर अपनी बहनों से मिलने पूना जाऊँगी।" मामू का पर्चा लिफ़ाफ़े में बंद था।

उसने शहर से फ़ोन किया, बच्चन बम्बई से आई हुई थीं, हम लोग होट ल पहुँचे, मैंने काउंटर क्लर्क से कहा, "मादाम आज़ोरी।"

"कौन ...मैडम?"

"मादाम आज़ोरी भई!"

"वह कौन हैं, मैडम...?"

"लोग हेलन को भूलते जा रहे हैं, लीला देसाई और साधना बोस की तस्वीरें नापैद हैं, आज़ोरी का नाम किसने सुना होगा..." बच्चन ने मुझे मुख़ातब किया।

मोतिया बिन्द की मोटी ऐनक और सुर्ख़ लिपस्टिक लगाये, एक तन्दुरुस्त और तवाना (ऋष्ट-पुष्ट) बूढ़ी ...यह तरकीब ही ग़लत है। सारी उम्र डांस करते रहने की वजह से एक माशाअल्लाह सेहतमंद बुज़ुर्ग ख़ातून ज़ीने से उतरीं। सितारा देवी को देखो, सात घंटे तक बराबर बिजली की तरह नाचती हैं। यह एक अनोखी शक्ति है। कलाकार की शक्ति, जो उसकी कला के प्रदर्शन के दौरान, उसके अंदर कहीं से आ जाती है। बम्बई में, मैंने उस्ताद अहमद जान थिरकवा को नब्वे साल की उम्र में बेपनाह और मुसलसल तबला बजाते देखा है।

एक मध्यम आयु की महिला ईनेट के साथ थीं, वह ईनेट की समकालीन पैशंस कूपर की रिश्तेदार थीं। पैशंस कूपर की बेटी से, जो बेगम फ़ुलाँ (अमुक) थीं, बन्नन बाजी के यहाँ चटागाँग में मिली थीं। मतलब यह कि मिस कूपर का कुनबा भी अच्छा जा रहा था।

ईनेट विंग कमाण्डर फ़ैयाज महमूद की भावज थी और मारीपुर में उनके यहाँ आकर रहा करती थी और एक निहायत ज़हीन तालीम-याफ़्ता और ख़ुश मिज़ाज ख़ातून थी। आज मुद्दतों बाद उससे मुलाक़ात हुई। वह हिन्दुस्तान भी लम्बे समय से नहीं आई थी।

अपने खुले विचारों के माँ-बाप की बदौलत बच्चन स्कूल के दिनों में, कत्थक का उच्च डिप्लोमा ले चुकी थीं। हालाँकि उनको पब्लिक परफ़ॉर्मेंस की इजाज़त कभी नहीं मिली थी, न ही उन्हें इसकी तमन्ना थी।

"बच्चन को अपने डांस के बारे में बतलाओ।" मैंने घर पहुँचकर फ़रमाइश की।

"मैं हरिजन की छोरी ...नया संसार मैं..." ईनेट ने तुरन्त नृत्य किया।

बच्चन ब्लैंक रहीं, वह मायूस नज़र आई क्योंकि वह बच्चन के लिए भी अजनबी थीं; अब उसने अपनी मोटी स्क्रेप बुक, सूटकेस से निकलवाई मगर उसके तराशे और तस्वीरें भी 47 ई. तक पहुँचकर ख़त्म हो गयी थीं।

"यह देखो लक्स का इश्तिहार। मैं लक्स सोप की पहली मॉडल थी। 36 ई." कारचोबी साड़ी पहने महालक्ष्मी रेसकोर्स के ज़ंगले के पास मुस्कुराते हुए।" और यह मेक्लीन टूथ पेस्ट का इश्तिहार : ईनेट अपने आबदार मोती से दाँतों की नुमाइश करते हुए।

शाम को मैंने कहा, "ईनेट अपना क़िस्सा दोहराओ, मुझे पूरा याद नहीं रहा मगर फ़ास्ट फ़ार्वर्ड करती जाना।"

वह दीवार के सहारे फ़र्श पर बैठ गयी, बच्चन ने कॉफ़ी बनाई, वह बहुत ख़ुश नज़र आती थी। इतने इतमीनान से उसकी बातें, अब बहुत कम लोग सुनते होंगे। वह उर्दू अब भी उखड़ी-उखड़ी सी बोलती थी। उसकी रूदाद-ए-हयात (जीवनी) का तर्जुमा (अनुवाद) नीचे लिखा है।

"जब मैं 1933 ई. में..."

मैंने टोका, "शुरू से शुरू करो, जब महाराजा कोचीन ने..."

"अच्छा। जब महाराजा कोचीन ने मेरे ग्रेट ग्रान्ड फ़ादर को, जहाज़साज़ी (जहाज़ बनाने) के लिए जर्मनी से बुलवाया, वे वापस नहीं गए।"

"डैडी इण्डियन मेडिकल सर्विस में थे, फ़ौजी डॉक्टर। दादी ख़ालिस जर्मन थीं Bavarian मम्मी त्रिचूर की ब्राह्मण थीं। फ़ौज से निकलने के बाद, डैडी बम्बई प्रेसिडेंसी के ज़िलों में सिविल सर्जन रहे।"

"बच्चन हुँकारा भरती जाओ, इस आत्मकथा में ज़ेबे दास्ताँ (कहानी की सुन्दरता) बिल्कुल नहीं है। अभी एक लॉर्ड का बेटा भी आने वाला है।" मैंने कहा।

"गुड शेपर्ड्ज़ कॉन्वेंट बंगलौर। फिर मद्रास यूनिवर्सिटी से बी.ए. 1928 ई.। फिर ट्रंटी कॉलेज ऑफ़ म्यूज़िक लंदन की उच्च डिग्री। जब 1929 ई. में ऑल इण्डिया रेडियो का पहला स्टेशन धनराज महल बम्बई में खुला, उद्घाटन वाला प्यानो मैंने बजाया और फिर मुस्तक़िल प्यानो कंसर्ट देती रही। 1932 ई. में जे.जे. स्कूल ऑफ़ आर्ट में, मिसेज़ स्मिथ से पेंटिंग के पाठ लिए। कोलाबा में एक रूसी बेलरीना मादाम स्त्रोदा से क़लाबाज़ी का बेले सीखते हुए, ज़बरदस्त चोट आयी। चुनांचे मैंने बग़ैर सीखे आम क़िस्म का हल्का-फुल्का इण्डियन नाच शुरू कर दिया क्योंकि मुझे बहरहाल रक़्साँ (नृत्यशील) रहना था।

"पेगी और बेली दो ऑस्ट्रेलियन लड़कियाँ थीं। हम तीनों ने कोलाबा में एक फ़्लैट लिया और फ़िल्मों में नाचने लगे। डैडी का क़दामतपरस्त (पुराने विचारों वाला) जर्मन इण्डियन ख़ून खौला..."

"तुम कोलाबा में फ़्लैट लेकर रहोगी और सिनेमा में नाचोगी ...तो माँ-बाप तुम्हें क्या हार-फूल पहनायेंगे।" मैंने चिढ़कर कहा "कोलाबा की एंग्लो-इण्डियन लड़कियाँ आज तक संदेहास्पद समझी जाती हैं।"

"हाँ, लेकिन मैंने कहा What the hell फिर मैं अतिया फ़ैज़ी के थ्री आर्ट सर्किल में बजाने लगी। अतिया बेगम मुझे महाराजा पटियाला के लड़के की शादी में पटियाला ले गयीं। हर हाइनेस ने पूछा, तलवार की धार पर नाच सकती हो। यस योर हाइनेस! मैंने मुस्तैदी से जवाब दिया, हालाँकि मेरे फ़रिश्ते भी इस फ़न से नावाक़िफ़ थे, देखा ज़रूर था। एक जुगादरी सरदार, तलवार लेकर हाज़िर हुआ। मैंने आँख बन्द करके अपने पैटर्न सेंट एंटनी से दुआ माँगी और नाच शुरू कर दिया। अतिया बेगम हैरान, कहने लगीं, अब मैं तुमको बाक़ायदा कथक सिखवाऊँगी, बताशे पर। थाली के किनारे और तलवार की धार पर नाच, कथक की पराकाष्ठा है।"

"वह लॉर्ड का बेटा कब आयेगा?" बच्चन ने उलझकर पूछा।

"अभी लो, शादी में वायसराय और लेडी विलिंगडन भी शरीक हुए थे और उनके साथ उनका नौजवान दोस्त ऑनरेबल रेमण्ड विल्सन। वह गवर्नर मद्रास का भांजा था और अफ्रीक़ा में हीरे की कान का मालिक वह मुझ पर हज़ार जान से आशिक़ और शादी का ख़्वाहिशमंद हुआ। मगर वायसराय ने मना कर दिया। काली नेटिव डांसर से रिश्ता नामुमकिन।

"यह एक बेहतरीन सोप ओपेरा जा रहा है।" मैंने टीका टिप्पणी जारी रखी।

"अतिया बेगम महाराजा के महल में ठहरी थीं, मैं गेस्ट हाउस में। मेहमानों के लिए कैम्प भी लगाया गया था। एक ख़ेमे में बब्बो ठहरी हुई थी, उसने मुझे अपने घुँघरू दिये। वह एक निहायत सुघड़ सीने पिरोने में दक्ष लड़की थी। बेहतरीन घरेलू बीवी बनती मगर ग़लत जगह पैदा हुई थी।"

"तुम तो सही जगह पैदा हुई थीं..." मैंने कहा। "आगे चलो।"

"हाँ, ख़ैर, तो बब्बो ने सलाह दी, मेहमानख़ाना फौरन छोड़ दो। ख़ेमे में शिफ़्ट हो जाओ वर्ना पछताओगी। मेरी समझ में न आया वह क्या कह रही है। उसी रात महाराजा के किसी क़रीबी रिश्तेदार ने, अपने गुर्गे भेजकर, मुझे अग़वा करना चाहा, वे दरवाज़ा पीटने लगे, मैंने अन्दर से चटख़नियाँ चढ़ा लीं। आख़िर वे चले गए। फिर दरवाज़े पर दस्तक हुई, तब मुझे ख़याल आया, बब्बो ने मुझे आगाह कर दिया था। बाहर से आवाज़ आई, एना एना ...वह गेस्ट हाउस का बूढ़ा जर्मन मैनेजर हरबर्ट ड्रोस था। मेरे जर्मन मूल की होने के नाते, उसे, मुझसे हमदर्दी हो गई थी (वह मुझे ईनेट के बजाए मेरा जर्मन नाम एना पुकारता था) उसने कहा, फ़ौरन चलो, रेलवे स्टेशन पहुँचा दूँ, मैं बाहर आकर, हवास बाख़्ता (हैरान-परेशान) उसकी मोटर में बैठी।

गुर्गों ने दूसरी मोटर में पीछा किया। सुनसान सड़क पर, रेलवे स्टेशन के क़रीब पहुँचे ही थे कि उन लोगों ने हमारी गाड़ी के पहियों पर फ़ायर किये और हमें घेर लिया। अकेला जर्मन मैनेजर उन सब से ढिशूँ-ढिशूँ नहीं लड़ सकता था, जैसा पिक्चरों में होता है। मुझे एक तरकीब सूझी मैंने ग़ुण्डों से कहा, मैं तुम्हारे साथ चलती हूँ मगर मुझे फ़ौरन बाथरूम जाना है; अभी आई। भाग कर

स्टेशन के अन्दर गयी और ज़नाना वेटिंग रूम के ग़ुस्लख़ाने में छुप गयी। बूढ़ा जर्मन भी किसी तरह बच निकला और स्टेशन मास्टर के पास पहुँचा, जिसने ट्रेन में सवार कराया।

"रेमंड विलसन, मेडिंज़ होटल दिल्ली में मेरा इन्तिज़ार कर रहा था मगर मैंने दिल्ली से सीधी बम्बई की ट्रेन पकड़ी। घर पहुँची मालूम हुआ, डैडी सख़्त बीमार और जे.जे. अस्पताल में दाख़िल हैं। उनसे मिलकर ख़ूब रोई। उन्होंने कहा, "देख लिया, आज़ादी का नतीजा, अब भी बाज़ आ जाओ।" रेमण्ड बम्बई आ गया। डैडी को देखने के लिए अस्पताल पहुँचा; शादी के लिए आग्रह करता रहा। मैंने उसे उस समय के मशहूर हीरो बाबू राव पण्ढारकर की तस्वीर दिखलायी और कहा, यह मेरा मंगेतर है।

"मैंने झूठ बोला था मगर मैं रेमण्ड की बात नहीं मान सकती थी। उसकी माँ गवर्नर मद्रास को केबल पर केबल भेज रही थी कि किसी तरह उसके लड़के को समझाएँ। रेमण्ड डैडी से कई बार मिला, वे मृत्यु शैया पर पड़े थे और बेहद ख़ुश कि मेरा भविष्य सँवर जाएगा। मैं इस ऊल जलूल ज़िन्दगी से छुटकारा पाऊँगी। रेमण्ड के बाप के मरने के बाद, मैं लेडी विलसन कहलाती।"

"वह जनवरी 32 ई. थी या शायद जनवरी 33 ई.।" वह गड़बड़ायी। "ख़ैर डैडी जे.जे. अस्पताल में चल बसे; सैनिक सम्मान के साथ उनका अंतिम संस्कार किया गया। रेमण्ड भी जनाज़े के जुलूस में शामिल था। डैडी की वफ़ात (मृत्यु) के पश्चात्, माडेविड के यहाँ जूहू में शिफ़्ट हुई। माडेविड एक इंग्लिश नर्स थीं और एक लम्बे समय से डैडी की परिस्तार (फ़ैन)। फिर मैं रेमण्ड के साथ बंगलौर चली गयी।"

"लेकिन मैं उससे शादी नहीं कर सकती थी। ब्रिटिश एरिस्टोक्रेसी हमेशा मेरी बेइज़्ज़ती करती। मेरी अपनी सगी दादी ख़ालिस जर्मन थीं और हम लोगों से, यानी अपने काले पोते-पोतियों से बेपनाह तहक़ीर आमेज़ (अनादरपूर्ण) बर्ताव करती थीं। आख़िरकार रेमण्ड इंग्लिस्तान वापस लौट गया।"

"एक लड़की एंग्लो-इण्डियन आयरस गेस्पर थी, जो सविता देवी के नाम से सिनेमा में आयी। नागपाड़े के यहूदी मोहल्ले की एक इराक़ी यहूदी बेली डांसर सुरैया से उसने बेली डांस सीखा, जो अरब मुल्कों का बड़ा लोकप्रिय नृत्य है।"

"और हद से ज़्यादा वाहियात।" मैंने कहा।

"आयरस ने मुझसे कहा कि मैं भी बेली डांस सीख लूँ; मैंने इनकार किया। वह हिन्दुस्तानी क्लासिकल नृत्य का जोश भरा ज़माना था। वादे के मुताबिक़ अतिया बेगम ने ग्वालियर दरबार के भूरे ख़ाँ और सुलेमान ख़ाँ को मेरा कथक का उस्ताद मुक़र्रर किया। वे दोनों जानकी प्रसाद घराने से ताल्लुक़ रखते थे। फिर मैंने मद्रास जाकर रुकमणि देवी से भरतनाट्यम की ट्रेनिंग ली। 1934 ई. में ख़ालिदा अदीब ख़ानम हिन्दुस्तान आयीं। बम्बई में अतिया फ़ैज़ी के ऐवान-ए-रिफ़अत में मैंने उनके लिए रक़्स किया। उन्होंने मेरा नाम आज़ोरी रखा। अपनी किताब Inside India में उन्होंने मेरी कला की बहुत प्रशंसा की।

"मैंने पटियाला के वाक़िए से सबक़ नहीं लिया और जब एक दिन अतिया बेगम ने कहा कि रियासत झालावाड़ में जलसा है, तुम वहाँ ज़रूर जाओ। मिस्टर सेक्वेरा एक फ्रेंच डांसर के साथ तुमको वहाँ पहुँचा देंगे। मैंने फ़ौरन हामी भर ली।"

"जलसा अब पॉलिटिकल होता है। जिसमें अक्सर अंडे, टमाटर और जूते फेंके जाते हैं, पहले महफ़िल-ए-रक़्सो सरोद (नृत्य व संगीत की महफ़िल) जलसा कहलाती थी। इस तरह हम एक जमालियात परस्त (सौंदर्यवादी) सोसायटी से एक सियासी जानवरिस्तान में तब्दील हो गए। इस बारीकी पर ग़ौर करो।" मैंने बच्चन से कहा।

"चुनांचे मैं झालावाड़ रवाना हुई। शायद मीर मक़बूल महमूद वहाँ के दीवान थे। सेक्वेयरा बम्बई का एक गोवान संगीतकार था, उसने मुझे एक गेस्ट हाउस में ठहराया ...वहाँ भी पटियाले वाला ड्रामा दोहराया गया। इमारत के चारों तरफ़ गोरखा पुलिस का पहरा था लेकिन रात को लोग मेरा दरवाज़ा पीटते

रहे। एक बार सेक्वेयरा ने रौशनदान में से झाँका फिर ग़ायब हो गया। वहाँ एमसीसी की टीम भी आई हुई थी। मैंने खिड़की में से एक अंग्रेज़ खिलाड़ी की झलक देखी, जो सामने से गुज़र रहा था। मैं मदद के लिए चिल्लाई, वह ठिठका और खिड़की के क़रीब आया। मैंने उससे कहा, 'मैं चुपके से निकल भागना चाहती हूँ।' वह न जाने कहाँ से एक बुर्क़ा ले आया और बोला, इस वक़्त थियेटर में एक प्ले हो रहा है, मैं तुमको बाक्स में बिठाल दूँगा, ख़ुद हाल में रहूँगा, जिस वक़्त मैं उठूँ तुम भी बाहर आ जाना।

"मैंने यही किया; वह साठ मील दूर ड्राइव करके रेलवे स्टेशन ले गया। वापस जाकर गेस्ट हाउस से मेरा सामान बटोरा और उसे मेरे पते पर बम्बई भिजवाया। मैं उससे फिर कभी नहीं मिली, ऐसे शरीफ़ इंसान भी होते थे। उसका नाम बॉबी आदमज़ था।

"अतिया बेगम भी उस जलसे में आमंत्रित थीं और हस्बे-मामूल (यथानुसार) पैलेस में ठहरी थीं। बम्बई पहुँचकर मैंने तय किया कि एक सेक्रेटरी या मुहाफ़िज़ (सुरक्षाकर्मी) ज़रूरी है। चुनांचे बर्लिन से आए हुए एक मिस्टर स्निरोगनोफ़ को अपना मैनेजर नियुक्त किया।"

"बच्चन..." मैंने ईनेट की बात काटी। "नात्सी जर्मनी से भागकर बहुत से जर्मन आमतौर से यहूदी आर्टिस्ट, कैमरामैन वग़ैरह ब्रिटिश इण्डिया में पनाह ले रहे थे। उन्हें कलकत्ता बम्बई की फ़िल्म इंडस्ट्री में काम मिल जाता था। अक्तूबर इन्क़िलाब से भागे हुए सफ़ेद रूसी, सर्कस आर्टिस्ट, बेलरीना, चित्रकार, कलाकार, राजनीतिक यातनाओं से बचने के लिए अपनी-अपनी कला के बुग़चे (पोटलियाँ) संभाले सारी दुनिया में मारे-मारे फिर रहे थे। ऐसा आज तक हो रहा है। शायद यह मादाम स्त्रोवा भी रूसी प्रवासी रही होंगी, जो कोलाबा में बेले स्कूल चला रही थीं। ज़्यादा ख़स्ताहाल, शरणार्थी लड़कियाँ लामुहाला बम्बई की व्हाइट लेन में शिफ़्ट हो जाती थीं।"

इनेट सोचती रही फिर बोली, "हाँ ...लेकिन उस समय की सबसे नामवर अभिनेत्री सुलोचना, रूबी मेयर्ज़ आस्ट्रियन यहूदी थीं। उसको तो बम्बई प्रेसीडेंसी

के गवर्नर से ज़्यादा तनख़्वाह मिलती थी और सुलोचना के विपरीत नादिया, जो यूनानी मूल की ईसाई थीं, उन्होंने बड़े बुरे हालात में अपना करियर शुरू किया।"

"अच्छा ...वह ..हन्टर वाली।" बच्चन ने बशाशत से (ख़ुश होकर) कहा, "मैं भी एक तरह की हन्टर वाली बन गयी थी। सिलवर किंग के सेट पर मोतीलाल ने बेतकल्लुफ़ होना चाहा। मैंने वही ख़ंजर, जो रक़्स के लिए मेरे हाथ में था, उनकी हथेली में चुभो दिया। मुझे अदालत में हाज़िर होना पड़ा।"

"मोतीलाल तो निहायत शाइस्ता और आला तालीमयाफ़्ता इंसान थे।" मैंने कहा। "उन्होंने भी..."

"हाँ, क्योंकि एक फ़िल्मी रक़्क़ासा का इमेज, उनके लिए भी बहुत ज़्यादा ताबनाक (कान्तिमय) नहीं था।

"आगस्टस जॉन ने मेरी तस्वीर बनायी। 1940 ई. में संडे स्टैंडर्ड की सौंदर्य प्रतियोगिता जीती। मैं हिन्दुस्तानी फ़िल्मों की सबसे लोकप्रिय रक़्क़ासा थी। एक बार हैदराबाद गयी तो लोगों ने मेरी बग्घी ख़ुद खींची। मैंने "जवानी की हवा" से लेकर "शाहजहाँ" तक तमाम मशहूर फ़िल्मों में रक़्स किया। शमशाद बेगम के "जब उसने गेसू बिखराये बादल आया झूम के" पर मैं ही तो नाची थी।

"अचानक वह उठ खड़ी हुई और फुर्ती से नाचने लगी। उसी वक़्त एक मिलने वाली ख़ातून, कमरे में दाख़िल हुईं और भौंचक्की रह गयीं। चुपके से पूछा, यह कौन ख़ब्तुलहवास बड़ी बी हैं?"

एक आर्टिस्ट की सारी ज़िन्दगी का हासिल... मख़बूतुल-हवास (उन्मादी) बड़ी बी?

एक सूफ़ी हिकायत (क़िस्सा) है कि बग़दाद के बाज़ार में एक ग़रीब लड़का बर्फ़ बेच रहा था और रोता जा रहा था, मेरी पूँजी पिघल रही है, इसे जल्द ख़रीद लो।

यह माया बहता पानी है। शोहरत-ए-आम हुबाब आसा और बक़ाए दवाम ग़ैर मौजूद... (पानी के बुलबुले जैसी प्रसिद्धि और अमरत्व है नहीं...) एक

परफ़ॉर्मिंग आर्टिस्ट का दुःख! कहाँ हैं तारा चौधरी और ईनाक्षी रामाराव और नीना तमाया। पानी पर बना एक चिन्ह! उनकी मुख़तसर (अल्पकालिक) डॉक्युमेंट्री फ़िल्में शायद आर्काइव्ज़ में मौजूद हों लेकिन आर्काइव्ज़ से निकलवाकर कौन देखता है।

फिर उसने कहा, "मैंने कई यतीम क्रिश्चियन बच्चे पाले, उनको रक़्स सिखाया। वह मशहूर डांसर और डांस डायरेक्टर बने। कुक्कू, कृष्णा कुमार सूर्य कुमार। 1947 ई. में यूसुफ़ महमूद मिले, उनसे शादी करके पाकिस्तान चली गयी। 49 ई. में हम लोग लंदन गए, डान अख़बार में छपा "पाकिस्तानी रीटाहे वर्थ की बर्तानिया रवानगी। शुरू-शुरू में यह बहुत दस्तूर था, पाकिस्तानी दिलीप कुमार, पाकिस्तानी मधुबाला... रीटाहे वर्थ ने प्रिंस अली ख़ाँ से शादी की थी और उनकी बहुत शोहरत थी।"

"रीटाहे वर्थ कौन थीं?" बच्चन ने सवाल किया।

"लंदन में हम लोग 15, हेनोवरेटर्स पार्क में रहे। यूसुफ़ ने रेमण्ड विलसन का पता चलाया, उसके पोल क्लब फ़ोन किया। सेक्रेटरी ने कहा, हम अपने मेम्बरों को फ़ोन के पैग़ाम नहीं भेजते, ख़त लिखिए। रेमण्ड ने हम दोनों को 'स्वाय' खाने पर बुलाया। वह अब कई समुद्री जहाज़ों का मालिक था और उसी अपर क्लास लड़की पीने लोपी से शादी कर चुका था, जिससे उसका रिश्ता उस वक़्त तय हुआ था, जब वह हिन्दुस्तान आया था।"

कराची लौटकर ईनेट ने रक़्स के प्रचलन की जानतोड़ कोशिश की थी। भरतनाट्यम का नाम "पाक रक़्स" रखा। फ़ैशनेबल वर्ग की कुछ लड़कियाँ इकट्ठी करके दो चार हल्के फुल्के प्रोग्राम भी पेश किये मगर कामयाब न हुई। वह समाज बुनियादी तौर पर शरीफ़ज़ादियों के रक़्स के ख़िलाफ़ था और है। रक़्स की कल्पना अब भी वहाँ फ़िल्मी नाच, मिडिल ईस्ट के बेली डांस और तवायफ़ के मुजरे पर आधारित है। इस सामाजिक रवैये में तब्दीली आनी मुश्किल है।

ख़ुद हिन्दुस्तान में अज़रा, ज़हरा के बाद से लेकर आज तक गिनती की तीन चार ऊँचे ख़ानदान की मुस्लिम लड़कियाँ ही क्लासिकल नृत्य को अपना

करियर बना सकी हैं और वह भी इस रूप में कि उनके रौशन ख़याल (खुले विचारों के) माँ बाप ने उन्हें इसकी इजाज़त दी ...पाकिस्तान में सूरते हाल (परिस्थिति) और ज़्यादा कठिन है। ख़ासतौर से इस वजह से भी कि वह सांस्कृतिक रूप से एक मिलाजुला समाज नहीं है। लिहाज़ा क्लासिकल नृत्य से नावाक़िफ़ है।

भरतनाट्यम, ओडिसी, कुचीपुडी, कथकली और मणिपुरी के आत्मीय Metaphysical dimensions और उसके लक्षणों और तकनीकी बारीकियों और गहराइयों की पकड़ इसके लिए सम्भव नहीं। फिर वह "कल्चर" की व्याख्या और स्पष्टता की समस्या भी मौजूद है। ज़ाहिर है, यह रक़्स पाकिस्तानी कल्चर का हिस्सा नहीं समझे जाते। कथक का ताल्लुक़ चूँकि मुग़ल दरबार से था, लिहाज़ा वह एक हद तक उचित माना जाता है लेकिन शीमा किरमानी कराची में भरतनाट्यम और कुचीपुडी सिखला रही हैं और चालीस लड़कियाँ उनकी शागिर्द हैं; जौली गुड।

"अंकल यूसुफ़ की मृत्यु के बाद से आँटी अकेली रहती हैं। खाना पकाना, कमरे की सफ़ाई, बाहर तक झाड़ू भी ख़ुद ही देती हैं। वे प्राकृतिक रूप से एक मुक्त अर्धयूरोपियन बुज़ुर्ग महिला हैं। किसी की मदद या अहसान लेना नहीं चाहतीं और अब भी बेहद फुर्तीली हैं।" केरल ने बताया, रोज़ाना कॉन्वेंट जाकर बच्चों को पियानो सिखलाती हैं। कॉन्वेंट की नन लोग उनकी बहुत दोस्त हैं।"

वह केरल के साथ पुणे रवाना हुई और चंद रोज़ बाद वापस आ गयी, अंगूरी रंग का फ़्राक पहने, गहरी सुर्ख़ रंग की लिपस्टिक लगाये ग़मगीन सी वह फ़्लैट में दाख़िल हुई। बड़ी संजीदगी से पर्स खोला, इण्डियन एयरलाइंस का एक छोटा सा चाकलेट का टुकड़ा इनायत किया। "तुम्हारे लिए तोहफ़ा लाई हूँ।"

इतनी होशियार और तेज़ तर्रार ईनेट, क्या वह भी थोड़ी सी सनक गयी थी? और वह इतनी जल्दी क्यों लौट आयी, यह पूछने वाली बात नहीं थी; शायद बहनें भी सनक गयी हों और वह उनसे लड़ झगड़ कर आ गयी।

पश्चिमी पोशाक पहने ईनेट गर्ज़ेल, केराला क्रिश्चियन, जिसकी मातृभाषा मलयालम थी। आज़ोरी और बेगम यूसुफ़ महमूद महज़ एक वक़्फ़ा (विराम) था। और जर्मन और हिन्दुस्तानी पूर्वज, उसकी शख़्सियत और साइकी की विभिन्न तहें। (जिस तरह हमारी वहीदा चचीजान सतरंगी बिरयानी तैयार करती थीं) अब वह चाहती थी कि कुछ दिन दक्षिण भारत में ठहरे और रोज़ाना फ़्राक पहन कर चर्च जाए और अपने आपको उस पैतृक साउथ इण्डियन कैथोलिक माहौल से हम आहंग (सहमत) करे।

"मैंने महसूस किया कि मेरे रिश्तेदार मुझसे हफ़्ता भर में ही उकता गए" उसने शिकस्ता आवाज़ में बात की, "शायद उन्होंने समझा कि मैं उनके यहाँ स्थायी रूप से रहने के लिए आ गयी हूँ।"

"उन्होंने ऐसा क्यों सोचा, ज़ाहिर है तुम कुछ हफ़्तों के लिए गयी थीं।"

"और मेरी स्क्रेप बुक।" उसने बड़ी ही ग़मनाक होकर इत्तिला दी। "पूना के सफ़र में कहीं ख़ाँ गयी। बहुत तलाश करवाया, नहीं मिली।"

मुझे भी बेहद दुःख हुआ, क्योंकि वह इण्डियन शो बिज़नेस की एक ऐतिहासिक दस्तावेज़ थी। ख़ामोश और आरम्भिक बोलती फ़िल्मों के दृश्य। गुमशुदा चेहरे उन अंग्रेज़ी अख़बारों और रिसालों के तराशे, जो कबके बन्द हो चुके और वह सारे नाम और सूरतें, जो अब महज़ भूले हुए अफ़साने हैं। जिस तरह किताबें मर जाती हैं, शोहरतें फ़ना हो जाती हैं, इंसान मिट जाते हैं। उस एलबम की गुमशुदगी से ईनेट गर्ज़ेल का सम्बन्ध अपने उस दास्तान दर दास्तान अतीत से टूट गया, जो उसके ज़हन (मस्तिष्क) में महफ़ूज़ (सुरक्षित) है। वह बढ़ती उम्र के साथ-साथ उसकी स्मृति में गडमड होता जाएगा। अब हिन्दुस्तान उसके लिए एक विराम सिद्ध हुआ। वह मेरे पीछे पड़ गयी; मेरा रिज़र्वेशन करवा दो, ...जल्द से जल्द...।

सेंट पीटर्ज़बर्ग की वह मादाम स्त्रोवा निवासी कोलाबा और वियाना की वह रूबी मेयर्ज़ उर्फ़ सुलोचना और बग़दाद की वह यहूदी रक़्क़ासा सुरैया निवासी नागपाड़ा, उन सबकी वह ख़ानाबदोश रूहें अपने-अपने आर्ट का रास्ते का ख़र्च संभाले कहाँ-कहाँ भटकती फिरीं। वह ईनेट गर्ज़ेल की बेचैनी समझती होंगी।

एक रात वह हस्बे-मामूल देर तक बातें करती रहीं। मैंने उससे पूछा, "तुम्हारी जितनी भाँति-भाँति (तरह-तरह) की योग्यताएँ थीं, तुम जैसी गुणवती को दुनिया ने इस हद तक मान्यता दी, जिसकी तुम योग्य थीं?"

"नहीं।" उसने अफ़सुर्दगी से सिर हिलाया।

"तुम ज़िन्दगी में ख़ुश रहीं?"

"ज़्यादा नहीं।" उसने जवाब दिया। वह एक बयासी वर्षीय उदास और बेख़ानमाँ (बेघरबार) औरत थी। नीचे अहाते में चौकीदार अपनी लाठी से सीमेंट के फ़र्श पर टप-टप करता गुज़रा। यानी याद रखो वक़्त बड़ा चौकस है, वह कुछ नहीं भूलता।

मैंने कहा, "तुम एक अच्छे ख़ानदान की लड़की थीं, देविका रानी और मराठी ग्रेजुएट लड़कियों की तरह तुमने भी इस सामाजिक बग़ावत में हिस्सा लिया। आज हिन्दुस्तान में अनगिनत ख़ानदानी लड़कियाँ क्लासिकल डांसर हैं और अब महज़ अच्छे घरानों की बेटियाँ ही फ़िल्म इंडस्ट्री में आती हैं और उनके माँ बाप उन पर बहुत नाज़ाँ हैं और उनके लाइफ़ स्टाइल के मुक़ाबले में तुम्हारी ज़िन्दगी तो बिल्कुल दक़ियानूसी थी। तुम उस वक़्त इंग्लिस्तान के Roaring twenties का जैसे विस्तार कर रही थीं। एक हाल ही के बी.बी. सी. सीरियल में उस दौर की एक ख़ानदानी लड़की की आज़ाद ज़िन्दगी की कहानी पेश करने के बाद, इतिहासकार ने कहा कि ये सब चीज़ें, जो उस वक़्त औरतों की बग़ावत तसव्वुर की गयीं, बहुत जल्द आम सामाजिक शैली में शामिल हो गयीं।

"इससे पहले पिछली सदी के आख़िरी बरसों में 'नई औरत' सामने आई थी। एलबिसन और बर्नार्ड शॉ उसके ढिंढोरची थे। यह नई औरत साइकिल चलाती थी और "टाइपराइटर" (उस समय टाइपिस्ट को टाइपराइटर कहा जाता था।) बन कर अपनी रोज़ी-रोटी कमाने लगी थी। हालाँकि ऑक्सफ़ोर्ड और कैम्ब्रिज के दरवाज़े उस पर बन्द थे। इंग्लिस्तान के Suffragate आन्दोलन की परछाईं यहाँ पड़ी।

मेरी अम्मा, जो 1905 ई. में तहरीक़-ए-आज़ादी-ए निसवाँ (महिलाओं की आज़ादी के आन्दोलन) के हरावल दस्ते में शामिल थीं, उन्होंने अपने वालिद की चारदीवारी में साइकिल चलाई। शादी के बाद पर्दा करना छोड़ दिया; मोटर चलाना सीखीं। फिर संगीत का नम्बर आया लेकिन वे इतना केवल इस वजह से बढ़ सकीं कि उनके वालिद और शौहर आज़ाद ख़याल थे और उनकी हिम्मत अफ़ज़ाई करते थे। जब 1931 ई. में अम्मा ने साहबज़ादा रशीदुज़्ज़फ़र ख़ाँ के ज़रिये उस्ताद यूसुफ़ ख़ाँ को रामपुर से ग़ाजीपुर बुलवाया और बतौर मशग़ला उनसे सितार बजाना और गाना सीखा। यह मेरे नज़दीक एक निहायत अहम सामाजिक घटना थी।

दूसरा अहम वाक़ेआ वह था, जब रशीदुज़्ज़फ़र ख़ाँ के बड़े भाई डॉक्टर सईदुज़्ज़फ़र ख़ाँ जो लखनऊ मेडिकल कॉलेज के प्रिंसिपल थे, उसी ज़माने में अपनी भाँजियों अज़रा और ज़हरा को यूरोप ले गए, जहाँ उन्होंने ड्रेस्डन जर्मनी में मॉडर्न डांस सीखा। उदय शंकर से मिलीं और उनके ट्रूप में शामिल हुईं। फ़र्क सिर्फ़ इतना था कि अम्मा आख़िर वक़्त तक शरीफ़ों, कुलीन लड़कियों की शो बिज़नेस में शामिल होने की सख़्त मुख़ालिफ़ रहीं। अपनी सारी प्रगतिशीलता और तरक़्क़ी-पसंदी के बावजूद रक़्स के खिलाफ़ थीं।

"यह ख़याल ग़लत है कि रक़्स व मोसीक़ी (नृत्य व संगीत) हिन्दुओं की पूजा-पद्धति में शामिल है, वे अपनी लड़कियों को नाच गाना सिखलाने को सहमत थे। लाडो रानी ज़ुत्शी की बेटी मन मोहनी सहगल ने मुझे बताया कि जब उन बहनों ने संगीत के पाठ शुरू किये, वह बहुत नीची आवाज़ में गाती थीं ताकि पड़ोसियों को ख़बर न हो।"

"रेखा आन्टी भी तो।" बच्चन ने याद दिलाया।

"हाँ, रेखा ने जब पहली बार शायद 48 ई. में भरतनाट्यम स्टेज पर पेश किया तो उसके वालिद ने अपने दामाद से कहा, पुत्तर! अगर तुझे पैसे की ज़रूरत थी तो मुझसे कहता, बीवी को क्यों नचवाया और शीला धर की अम्मा ने उनके म्यूज़िक टीचर से कह रखा था कि लड़कियों को केवल भजन सिखायें।

साउथ में क्लासिकल डांस केवल देवदासियों के लिए मख़सूस (विशिष्ट) था और दासी उत्तम कहलाता था। रूकमणि देवी ने उसे मंदिरों से बरामद किया। बंगाल में टैगोर ने मणिपुरी और केराला में कवि विल्लाठवल ने कथकली को प्रचलित किया।

मेनका लेडी साहब सूखे ने कथक को तवायफ़ों के क़ब्ज़े से निकाला। देखते-देखते सामाजिक रवैये बदल गए। ख़ुद हमारी म्यूज़िक क्लास में आधी लड़कियाँ मुसलमान थीं और उनमें से कुछ लखनऊ के दक़ियानूसी घरानों की; हालाँकि कुल मिलाकर हिन्दू सामाजिक बदलावों को ज़्यादा आसानी से क़बूल कर लेते हैं।

"लेकिन इस समय मुद्रा स्फीति और बेपनाह पाश्चात्य लहर ने एक निर्विरोध सोसायटी को जन्म दिया है। इसके पास कोई सकारात्मक सामाजिक रवैया नहीं है। मिडिल क्लास टूट कर बिखर चुकी है। एक नया गतिशील समाज अस्तित्व में आया है और इसके लिए सदाचारी मर्यादाएँ अर्थहीन हैं। इस अख़लाक़ी ज़वाल (नैतिक गिरावट) का तबाहकुन असर सबसे ज़्यादा हमारी सियासत पर पड़ा है। और क्या तुमने यह भी नोटिस लिया कि Hard Rock Har Metal क़िस्म की म्यूज़िक का नौजवानों की तशद्दुद पसन्दी (अतिवाद) से कितना गहरा सम्बन्ध है। शायद हम लोग सब बहुत जल्द डालियों पर वापस जा बैठेंगे।"

सामाजिक इन्क़िलाब और पतन के विषय पर ईनेट भी बहुत बोली। हम यह नहीं करते थे, हम वह नहीं करते थे। साथ-साथ वह फ़लसफ़ियाना बारीकियाँ भी निकालती जाती थी। मुझे हँसी आ गयी और नींद का झोंका। मैंने कहा, "अच्छा भई अब सोना चाहिए, गुड नाइट। कल तुम्हें सफ़र करना है। वह फ़ौरन उठ खड़ी हुई और सोने के लिए चली गयी ...मुझे अपनी बेमुरव्वती पर अफ़सोस हुआ। वह रोज़-रोज़ कब आती है और अब भला क्या आयेगी। अगर कुछ देर और बैठी तक़रीर करती रहती तो क्या हर्ज था। मैं भी तो इतनी देर से भाषण दे रही थी, ज़रा सी नींद की क़ुर्बानी नहीं दे सकती थी। फिर एक और खौफ़नाक ख़याल आया, क्या मैं भी उसके रिश्तेदारों की तरह उससे उकता गयी थी?

सुबह सवेरे वह एक पूर्वी दरीचे में खड़ी कुछ बड़बड़ाती नज़र आयी। बाहर गुलमोहर, कदम और हार सिंघार के पेड़ों पर चिड़ियाँ चहचहा रही थीं और हरियाली पर ओस की बूँदें बिखरी हुई थीं। केरल ने चुपके से कहा, "आन्टी सूरज की पूजा भी करती हैं। वह कहती हैं, "ऐ सूरज! अपनी किरणों से मेरा आज का दिन ख़ुशगवार बना, मुझे स्वास्थ्य और शक्ति मिले।"

"वह एक PAGAN आत्मा है और प्रकृति की हमसफ़र। जब तक उसका ज़मीनी पर्यटन पूरा नहीं होता, वह तुम लोगों को इसी तरह हैरान करती रहेगी, जैसे उस दिन उन ख़ातून को भौंचक्का किया था, जिन्होंने उसे नाचते देख लिया था।"

नाश्ते के बाद वह फिर मेरी जान खा गयी। मेरा रिज़र्वेशन ...मेरा...

मैंने पीआईए के दफ़्तर फ़ोन किया; वह अभी वेटिंग लिस्ट पर थी। वह मेरे पीछे पड़ी रही, मुझे आज ही की सीट दिलवाओ ...मैंने पाकिस्तानी दूतावास के एक उच्चाधिकारी का नम्बर लगाया। टेलीफ़ोन की मेज़ के पास खड़े होकर उसने अपना जादूई बैग खोला, उसमें से बटुआ निकाला, जिसमें सेंट एंटनी और यूसुफ़ महमूद मरहूम की तस्वीरें आमने-सामने लगी हुई थीं। उसने निहायत आजिज़ी से गिड़गिड़ा-गिड़गिड़ाकर दुआएँ माँगना शुरू कीं। लैटिन, मलयालम, अंग्रेज़ी, हर भाषा में फ़र्राटे से वह देवलोक वासियों को सम्बोधित कर रही थी।

"अस्सलाम अलैकुम जी..." दूतावास से आवाज़ आई।

"वाअलैकुम अस्सलाम!" मैंने खंकार कर बड़े रौबदाब से कहा "पाकिस्तान की माया-ए-नाज़ फ़नकार ...मादाम आज़ोरी ...यहाँ तशरीफ़ रखती हैं और जल्द से जल्द वापस जाना चाहती हैं। मेहरबानी फ़रमाकर..." कुछ देर बाद उन्होंने इत्तिला दी कि दो सीटें बुक करवा दी हैं।

अब निहायत मुतमइन और संतुष्ट वह दरीचे में जा बैठी और कहा, "पहले सिर्फ़ सेंट एंटनी मेरी मदद करते थे, जब से यूसुफ़ ऊपर गया है, वहीं बैठे-बैठे मेरे काम करवा देता है।"

एकदम मुझे स्वीडन की बिल्ली ग्रेटा का ख़याल आया। मगर ईनेट, ग्रेटा की तरह दुनिया से बेनियाज़ नहीं हुई थी। वह अब तक तेज़तर्रार थी और हौसलामंद और वाक़ई क्रिस्टल की तरह मज़बूत लेकिन उस सफ़र के बाद शायद वह थोड़ी सी टूट भी गयी थी।

चलते वक़्त दरवाज़े में ठिठक कर उसने तेवरी पर बल डाले और फ़िक्रमंद अंदाज़ में, जैसे कोई महत्वपूर्ण बात तुरन्त कहना चाहती हो, बेहद संजीदगी से बोली, "सुनो! अतिया बेगम ख़ुद तो राजमहल में ठहरीं और मुझे गेस्ट हाउस में टिका दिया।" यह शिकायत उसने इस लहजे में की मानो अतिया बेगम मरहूमा यहीं कहीं मौजूद थीं और यह पिछले माह का वाक़ेआ था।

मैंने भी उसी अंदाज़ में जवाब दिया, "हाँ, देखो तो सही भला, उन्हें ऐसा नहीं करना चाहिए था।" एक पल! और इस एक पल में आज़ोरी और ख़ालिदा अदीब ख़ानम और अतिया फ़ैज़ी और रेमण्ड विलसन और यूसुफ़ महमूद सब मौजूद थे। (और शायद सेंट एंटनी भी)

ईनेट और केरल वापस गयीं। ज़िन्दगी के अस्थाई परिस्तान थियेटर में तलवार की धार और एक अंगूठे पर नाचने वाले नट और बहुरूपिये, तेज़ तर्रार रक़्क़ासाएँ (नर्तकियाँ) और बाँके कलाकार रंगारंग स्वांग भरते अचानक पर्दे की ओट में चले जाते हैं। रिवाल्विंग स्टेज घूमता रहता है।

रिसाला गुल आबाद

सुबह के समय कोहरा छटा। क्षितिज पर हिमालय पर्वतमाला की दूधिया लकीर पहले रफ़्ता-रफ़्ता प्रकट हुई और फिर बहुत साफ़ नज़र आने लगी। एक अमेरिकन कहावत है : On a clear day you can see your mother. सूरज ने आँगन की दीवार पर से उचक कर कहा, "लो साहब, हम तो रातों रात अमेरिका भी घूम आये और आप लोग हैं कि अभी घर से ही नहीं निकले।"

रफ़ी मियाँ मौलसिरी के नज़दीक धूप में बैठे नाश्ता कर रहे थे। "कारे जहाँ दराज़ है" पहला वाल्यूम गाइड के तौर पर कैमरे के नीचे रख लिया था। "राब" उन्होंने मुख़्तसरन (संक्षेप में) फ़रमाया।

"आहा! राब, गन्ने के रस की ख़ुश्क मेवों से भरी।" रफ़ी मियाँ कैमरा लेकर उठे। "चलिए राब पाईं बाग़ में नोश की जाए। नदी किनारे ...अम्मी बताती हैं इस बाग़ के यूकेलिप्टिस दूर से नज़र आ जाते हैं और आड़ू, ख़ूबानी और नाशपाती के झुरमुट में छोटी सी नहर बहती है और दादीजान सिकन्दर बाग़ लखनऊ से फूलों के बीज मंगवाती थीं। रात को हार सिंघार, चमेली बेला इतना महकता था जैसे सारे मकान को कोई उठाये लिये जा रहा हो और आपने कारे जहाँ दराज़ में लिखा है कि एक रोज़ आप और अच्छो ख़ाला कच्चे फल तोड़ कर खा रही थीं तो दादा जान ने आप दोनों को पकड़ कर कहा था "आपके टोंसल्ज़ का आप्रेशन किया जाए। जनाब हम अपना होमवर्क करके नहटौर पहुँचे हैं।"

राहील अमेरिका से आई हुई थीं। उन्होंने ज़रा खोखली सी आवाज़ में जवाब दिया "अरे वह बाग़ ...वह तो 71 ई. में बिक गया।"

"अरे!" क्यों?

"बात यह हुई कि यहाँ कोई रहता नहीं था। उसकी देखभाल कौन करता, जिन लोगों ने इसे ख़रीदा है, वह उस पर फ़ैक्ट्री बनाने वाले हैं।"

"धुआँ धुआँ है गुलिस्ताँ" अदा जाफ़री की एक नज़्म है।" जुन्नू भाई ने कहा, "जहाँ सुबह की हवा में यूकेलिप्टिस झूमा करते थे, अब वहाँ धुआँ लहरायेगा।"

"हम विकास की ओर बढ़ रहे हैं।" मैंने कहा।

"बड़ी अजीब बात है।" जुन्नू भाई ग़मगीन आवाज़ में बोले। "इसी आँगन में इसी तरह जाड़ों की धूप में बैठकर जवाँ-मर्ग अच्छे भाई एक रिकॉर्ड बार-बार बजाया करते थे। सुरेंद्र और बब्बो का ड्वेट।

ख़ज़ाँ (पतझड़) ने आके चमन को उजाड़ देना है
मेरी खिली हुई कलियों को लूट लेना है।

यह शायद आरज़ू लखनवी से पहले का गाना है। उस वक़्त के फ़िल्मी गीत इसी क़िस्म की भाषा में हुआ करते थे। अच्छा दूसरी बात यह कि उर्दू फ़ारसी शाइरी बाग़ की इमेजरी पर आधारित है। सूखे और ख़ुश्क ईरान में बहार जहाँ-जहाँ आती है, इस भरपूर अंदाज़ में आती है कि उसकी कल्पना हिन्दुस्तान के सदाबहार वन, उपवन में नहीं की जा सकती। यहाँ बाग़ भी फूलबन है। चमनबन्दी और आबजू (नहर) बहार व ख़ज़ाँ (बसन्त व पतझड़) क़फ़स व सय्याद, गुलो-बुलबुल ईरानी चिन्ह हैं। जीवन दर्शन बाग़ की उपमा से बंधा हुआ है। ख़याबान और आशियाना (फुलवारी और घोंसला) दोनों पतझड़ और बिजली की ज़द में रहते हैं।

चुनांचे देखिए, यह चमन और चचा नसीरुद्दीन हैदर का ख़याबान अलीगढ़ में और आपका आशियाना देहरादून में नीस्तो-नाबूद (धराशायी) हुए। यहाँ चमन में एक समर हाउस था, जब जिगर साहब या साग़र निज़ामी या सीमाब यहाँ आकर मेहमान रहते थे तो जिगर साहब अक्सर समर हाउस में बैठकर, काव्य चिंतन करते थे और हम बच्चों को तुग़रे लिख-लिख कर दिया करते थे। जब उनका बला नोशी (अधिक मदिरा पान) का ज़माना था।

चचा नसीरुद्दीन हैदर की सख़्ती से मनाही थी; उनको शराब पेश नहीं की जाती थी, घर में आ ही नहीं सकती थी लेकिन चचा निसार हैदर उनके लिए विलायती बोतलें मंगवा देते थे और वे बाहर समर हाउस में बैठकर शग़ल करते थे। अनगिनत शे'र गुलशन, बहार व ख़ज़ाँ और सैयाद वग़ैरा के उन्होंने इसी पाईनबाग़ में बैठकर कहे।

कोई न घर है अपना, कोई न आस्ताँ है
हर शाख़ है नशेमन हर फूल आशियाँ है

"उस वक़्त हमें यह बहुत पारम्परिक विषय लगता था लेकिन अब तो बिल्कुल हस्बे हाल (परिस्थिति के अनुकूल) है। आज अपनी औलाद के पास कभी तस्मानिया में हैं, कभी स्वीडन में। यहूदियों के बाद यह हम लोगों का Diaspora है। बुढ़ापे में मारे-मारे फिरते हैं। अभी Hobart से लौटे तो दिल्ली एयरपोर्ट पर पाँव में ज़बर्दस्त चोट आ गयी।" "कैलाश होस्टल में कुसुम सक्सेना बहुत ही सुरीली आवाज़ में गाया करती थी।" मैंने कहा।

तू सामने है अपने बतला कि तू कहाँ है
किस तरह तुझको देखूँ नज़्ज़ारा दरमियाँ है

चचा निसार हैदर के यहाँ मैनपुरी में जिगर साहब ने फ़रमाया था :

सबको मारा जिगर के शेरों ने
और जिगर को शराब ने मारा
मौत क्या एक लफ्ज़े बे माअनी (अर्थहीन, निरर्थक)
जिसको मारा हयात ने मारा।

फिर उन्होंने शराबनोशी एकदम छोड़ दी और बेहद पान खाने लगे।"

बच्चन ने चायदानी मेज़ पर रखी और बोलीं, "एक बार हमारे यहाँ अलीगढ़ में दावत थी। जिगर साहब पान में चूना बहुत खाते थे, वे गिलौरियाँ बना-बना के मेहमानों को देते गए कोई उनसे मारे अदब के यह न कह सका कि चूना बहुत है, किसी से खाना न खाया गया।"

"एक ख़ातून शीराज़न भी तो थीं" रफ़ी मियाँ ने चाय बनाते हुए कहा। "सुना है, वह हुस्ना ख़ाला की शादी में जिगर साहब के साथ यहाँ आई थीं और उन्होंने रक़्स भी किया था।"

"जी जनाब! हमें अच्छी तरह याद है लेकिन वह बाहर वाली कोठी में मर्दान ख़ाने में नहीं, इसी अंगनाई की ज़नाना महफ़िल में नाची थीं। जुन्नू भाई ने कहा। "वह एक कलावँत बच्ची थीं, मीरासन।"

"क्या वह बहुत छोटी सी थीं? रोशक ने दरयाफ़्त किया।

"नहीं बेटी! कलावन्त बच्ची, क़व्वाल बच्चे उर्दू मुहावरा है।" जुन्नू भाई ने जवाब दिया। "और जिगर साहब ने शायद शीराज़न ही के लिए कहा था :

मेरा जो हाल हो सो हो तू यूँ ही मुस्कुराए जा
मुतरिबे आतिशनवा हाँ इसी धुन में गाये जा

बच्चन कहने लगीं, "शीराज़न के मुताल्लिक़ अम्मी बतलाती हैं कि बचपन में हमने सोच रखा था, जाने कैसी हसीन परी होंगी, जो जिगर साहब की शायरी को इंस्पायर करती हैं। जब देखा तो भौचक्के रह गए। इंतिहाई कम-रौ (कम चलने वाली) और सियाह फ़ाम (काली); तो हमने सोचा, अल्लाह! ये शाइर लोग भी किस क़दर मुबालग़ा आराई (बात को बढ़ा-चढ़ा कर कहना) करते हैं।

अब्बा की शादी में जिगर साहब बारात के साथ सहारनपुर से टोंक गए थे और शायद दो तीन जगह ट्रेन बदलनी पड़ी थी, तो दादा जान का ऐसा ज़बर्दस्त इन्तिज़ाम था कि हर स्टेशन के प्लेटफ़ार्म पर दस्तरख़्वान पहले से बिछा हुआ और दावती खाना और ख़िदमतगार मौजूद। उस ज़माने में रेलवे स्टेशनों पर आज जैसी भीड़-भाड़ नहीं थी। ट्रेन इतनी देर तो रुकती नहीं होगी कि बाराती आराम से बैठकर खाना खाये; चुनांचे दूसरी ट्रेन पकड़ी जाती थी।

जिगर साहब अलीगढ़ में हमारे यहाँ आए हुए थे। एक बड़े बिज़नेसमैन ने उनको दावत पर बुलाया कि खाना खाइए और फिर कुछ शेरो-शायरी हो जाए। जिगर साहब ने जवाब दिया, "मैं कोई गवैया भाट हूँ कि पहले आपके यहाँ खाना खाऊँ, उसके बाद शे'र सुनाऊँ। मैं आपसे वाक़िफ़ हूँ और वे दावत में नहीं गए।

इसी तरह लखनऊ में एक बार जिगर साहब और जोश साहब दोनों किसी दौलतमंद आदमी के यहाँ डिनर पर आमंत्रित थे। जब ये दोनों वहाँ पहुँचे तो मेज़बान इसी तरह बैठे रहे और खड़े होकर उनका स्वागत नहीं किया। जिगर साहब ने जोश साहब से कहा, "चलो भई! यहाँ सर्मायादारी (पूँजीवाद) की बू आ

रही है। इससे हमारी शाइरी का दम घुट जाएगा, यहाँ से चलो और दोनों उल्टे पाँव वापस आ गए।"

"हाँ भई!" मैंने कहा, "जोश साहब तो शाइरे-इन्क़िलाब थे ही, जिगर साहब भी निहायत प्रोग्रेसिव और स्वीट बुज़ुर्ग थे।"

जून्नू भाई सोच में डूबे ख़ामोश बैठे रहे, फिर उन्होंने पाईं बाग़ के रुख़ वाले ताला लगे दरवाज़े पर नज़र डाली और कहा :

किधर है तेरा ख़याल ऐ दिल, यह वहम क्या-क्या समा रहे हैं
जिगर किसी गोशा-ए-चमन[1] में ग़ज़ल कोई अपनी गा रहे हैं।

तीसरे प्रहर को मैंने झील पर जाने का प्रोग्राम बनाया। प्रोग्राम क्या, नशेमन के फाटक से निकले और दो मिनट में झील।

"जिसके एक किनारे पर टेनिस कोर्ट है।" रफ़ी मियाँ ने फ़र-फ़र कहना शुरू किया, "हमारे बुज़ुर्ग कश्ती में बैठकर टेनिस खेलने जाया करते होंगे।"

"ज़हीर! ज़रा खतो खतोनी तो लाना।" मैंने आवाज़ दी।

ज़हीर लपके हुए आये, "खतो खतोनी, बीबी?"

रफ़ी मियाँ ने चौंक कर पूछा, "यह किस ज़बान (भाषा) का लफ़्ज़ है?"

ज़हीर क़ानूनी दस्तावेज़ों का रजिस्टर भी उठा लाए और झील का नक़्शा मेज़ पर फैला दिया। नक़्शे की रंग-बिरंगी पट्टियों पर मुख़तलिफ़ (विभिन्न) नाम लिखे थे।

"इस पर हमारी भी पट्टी दारी है।" मैंने इस तरह कहा, मानो वह एक छोटा सा तालाब नहीं बल्कि डल लेक थी। एक सब्ज़ रंग की पट्टी पर जो किनारे-किनारे चली गयी; अब्बाजान का नाम लिखा था।"

रफ़ी मियाँ ने फ़ौरन अपनी गाइड बुक खोली और पढ़ना शुरू किया।

"सावन भादों के झाले पड़े और झील हाथी डुबाव हो गयी। मगर लड़के बाले तैराकी के मुकाबलों से बाज़ न आते। परले किनारे बाँस के झुण्ड में छिपी मीराँ अबरार अली की कोठी और टेनिस कोर्ट; उस सिरे पर मस्जिद मीर बन्दे

1. फुलवारी का कोना।

अली तिरमिज़ी और मोहल्ला सादात सैदरी। एक तरफ़ कश्तियों का बेड़ा गबेरा। सर्दियों में नक़्शा बदल जाता है। कंवल खिले, सिंघाड़े की बेलें बोयी गयीं। बन्दर की ज़ात पानी से डरने वाली पर इधर फ़स्ल तैयार हुई, उधर इस चालाक क़ौम ने किनारे से हाथ बढ़ा सिंघाड़े नोचे। अपने सिरों पर कीचड़ थोप, उसमें सिंघाड़े उड़से और पिलखनों पर चढ़कर ग़ायब।

"झील कुनबे की साँझी जायदाद है। फ़स्ल उतरने पर सैयद जलालुद्दीन हैदर मरहूम के छोटे भाई, सैयद हुसैन हैदर मीर-ए-मोहल्ला बड़ी पिलखन तले चारपाई पर बैठकर, बिरादरी में सिंघाड़े तक़सीम करवाते हैं। साल में एक बार मोहल्ला माहीगीराँ के मछेरे, जो धींवर कहलाते हैं, बुलवाकर सौली मछली पकड़ी जाती है, उसे भी दादा हुसैन हैदर तक़सीम करते हैं। घर-घर स्वादिष्ट सौली की हाँडी चढ़ती है, जिसे बगड़ की रोटी से खाया जाता है। बगड़ की रोटी चने का साग, देग के उड़द, मिट्टी की हाँडी में पके रतालू, अपने कोल्हू का ताज़ा-ताज़ा रस।"

मुबारक महल के सामने पहुँचकर, मैंने नज़र दौड़ाई; या मज़हरुल अजायब! झील ग़ायब, छतनार पिलखन भी नापैद, जिसके लिए मुश्ताक़ अहमद यूसुफ़ी ने कहीं लिखा है कि अगर क़ुर्रतुल ऐन हैदर का पिलखन का दरख़्त मालूम करना हो तो नहटौर जाइए।"

मस्जिद सैदरी की जगह, नई नवेली सफ़ेद चूने से लिपी-पुती, रंग-बिरंगी गुलकारी और ट्यूब लाइट्स से सुसज्जित एक इबादतगाह, उसके पीछे तालाब के बजाय एक विशाल खड्ड कूड़े-करकट से लबरेज़। गाइड हैरान, पर्यटक निराश।

"जुन्नू भाई! आपने पहले क्यों न बताया?"

"क्या बताते, सोचा आप ख़ुद ही देख लेंगी, इस जगह अब एक कारख़ाना बनने वाला है।"

"ज़रा भाई अमीर हैदर को बुला लाइए।"

यह कैसा खुशमंज़र मोहल्ला था। सैयद जलालुद्दीन हैदर के मकान से लगा सरसब्ज़ (हराभरा) ज़मीन का टुकड़ा। एक तरफ़ मुबारक महल, सामने मस्जिद सैदरी, तालाब और बाँस के झुण्ड।

पुल बना, कुआँ बना, मस्जिद व तालाब बना।

अमीर हैदर भाई पुरानी तहज़ीब के मुताबिक़ शेरवानी और टोपी पहनकर, मुबारक महल से बरामद हुए। उसी वक़्त एक नई नवेली एम्बैसेडर कार आकर रुकी, एक साहब नीचे उतरे, अमीर हैदर भाई ने उनका परिचय कराया : उनकी बेकरियाँ पूना और बम्बई में भी मौजूद थीं और उनका तीन मंज़िला क्रिस्मस केक की तरह का नया मकान कुछ फ़ासले पर स्थित था। मकान की दीवारों पर मानो pink icing की गयी थी। मैंने उनसे पूछा, “वह मस्जिद क्या हुई?”

“बात यह है कि उसका पुश्ता पानी में धँसता जा रहा था, इस वजह से वह ‘क़िब्ला’[1] से कुछ इंच सरक गयी थी।”

“तो आप अपने मुसल्ले कुछ इंच ठीक रूख़ पर सरका लिया करते, आपने लेके ऐसी ऐतिहासिक मस्जिद ही गिरा दी। अच्छा वह आब पारा?”

“उसके एरिया में हम एक फ़ैक्टरी डालने वाले हैं। तालाब की ज़मीन का मुआवज़ा आप लोगों को भेज दिया जाएगा। इतमीनान रखिए।” वह गाड़ी में बैठकर आगे चले गए।

“यह ज़रा सी गुमनाम, ग़ैरअहम (महत्वहीन) झील, इसकी क्या हक़ीक़त है? हम अपने माहौल को अंधाधुन्ध तबाह कर रहे हैं। हैदराबाद दकन की हैरतअंगेज़ चट्टानें डाइनामाइट से उड़ाकर, वहाँ इमारतें बनाई जा रही हैं। यहाँ पहाड़ के पहाड़ गंजे हो गए; मसूरी में अब लू चलती है। सूरज सवा नेज़े पर आना ही चाहता है।” मैंने कहा। “लेकिन एक चीज़ पर ध्यान दो रफ़ी मियाँ! यह क़स्बा हिन्दुस्तान की आर्थिक प्रगति और सामाजिक तब्दीलियों का प्रतिनिधि भी है। 61 ई. तक यहाँ जगह-जगह मकानों के खण्डहर दिखलाई देते थे। उनके रहने वाले ज़्यादातर उस नई मिडिल क्लास से ताल्लुक रखते थे, जो सर सैयद ने बनाई और service gentry कहलाई। ये आमतौर से Absentee land lord भी थे और बड़े शहरों में रहते थे।”

“47 ई. में ज़्यादातर पाकिस्तान चले गए। उनके मकान टूट-फूट कर गिर गए। जो ज़मींदार यहाँ मौजूद रहे, चचा निसार हैदर वग़ैरह, Service

1. मक्का शहर में काबा की दिशा।

Gentry में भी शामिल थे लेकिन 52 ई. में ज़मींदारी की समाप्ति के बाद, उनके यहाँ वह इलल्ले-तिलल्ले (वैभव) नहीं रहे। अब जो नया वर्ग उभरा है, वह कारीगरों और बुनकरों का वर्ग है। उन्होंने यह खण्डहर ख़रीदकर, नई इमारतें बनाईं। दादा जलालुद्दीन हैदर की हवेली भी उन्होंने कस्टोडियन से नीलाम में ख़रीदी और उसे नये सिरे से बनाया। उसके अन्दर अब पावरलूम लगे हैं। सुबह मुँह अँधेरे तुमने इन्हीं पावर लूम्ज़ की आवाज़ सुनी होगी। यह जैसे पिंजरे का सुरीला राग है। इस हवेली में कनीज़ें (दासियाँ) चक्की चलाती थीं; अब वहाँ सुबह के तीन, चार बजे से पावरलूम चलने की आवाज़ आती है, तो भाई सच पूछो, मुझे अजीब क़िस्म की Thrill महसूस होती है।"

"सदियों से उनके बाप दादे, इसी तरह आधी रात को उठकर करघे चलाते रहे और दोपहर को पीठ पर अपने बुने हुए कपड़ों के गट्ठर लादे, चिलचिलाती धूप में फेरी लगाते रहे और हमने एक कास्ट सिस्टम बनाकर उनको टाट बाहर रखा। अब महज़ अपनी अनथक मेहनत के बलबूते पर उन्होंने ऐसे कारख़ाने बना लिये कि उनका चित्रांकित कपड़ा यूरोप और अमेरिका एक्सपोर्ट किया जाता है और उनकी औलाद अलीगढ़ में पढ़ रही है। सीतापुर के वजीह मियाँ ने एक दिन मुझसे कहा था कि उनके यहाँ भी यही नक़्शा है और यह नया कारीगर वर्ग, ज़मींदारों के Value System को भी निरस्त कर चुका है।"

"कनीज़ें?" रफ़ी मियाँ ने चौंक कर दरयाफ़्त किया।

"हाँ, आज से अस्सी, नब्बे साल पहले तक, यहाँ नख़ासे में ग़रीब किसान अपनी औरतें भी लाकर बेच जाते थे।"

हम लोग सिर झुकाए रास्ता तय करते रहे। कितनी सदियाँ इन गलियों में से होकर गुज़री हैं। मीर सादुल्लाह का फाटक तो कम अज़ कम अब तक मौजूद होगा, पिछली बार मैंने उसकी तस्वीर खींच कर "कारे जहाँ" में शामिल की थी।

अचानक सामने सम्राट नौशेरवाँ आदिल के महल के ताक़ की तरह एक आधी मेहराब खड़ी नज़र आई, मानो हवा में लटकी हुई; अब गिरी, अब गिरी।

"मीर सादुल्लाह आमिल (हाकिम) मालवा थे। फिर औरंगज़ेब के साथ दकन गए, वहाँ ख़ूब दौलत कमाई, वापस आकर एक महल बनवाया, जिसमें वे अपना दरबार लगाते थे। अगले साढ़े तीन सौ साल में उनकी औलाद इसमें आबाद हुई। महल के हिस्से बख़रे हो गए, ग़ुलाम गर्दिशों की गलियाँ बन गयीं और वह मोहल्ला दरबार कहलाने लगा। महल का एक हिस्सा बाक़ी रहा, सादात-ए-उज़्ज़ाम की बैठक यानी क्लब घर; उसके ख़र्चे भी एक गाँव की आमदनी से पूरे किये जाते थे।

इस तरह से उस गाँव का नाम भी दरबार पड़ गया था। उस फाटक के अन्दर, एक हज़ार गज़ ख़ाली ज़मीन कुनबे की साँझी जायदाद है। अगर ऐसी ऐतिहासिक इमारत यूरोप में होती तो उसे इस तरह सुरक्षित किया जाता कि पर्यटक उसे देखने आते। जर्मनी के किसी दूर-दराज़ जंगल में चले जाइए; एक लड़की रापेंसज़्ल की तरह फाटक की खिड़की में बैठी, सैलानियों को टिकट बेचती मिलेगी।"

"सारे यूपी, बिहार, पंजाब और जाने कहाँ-कहाँ, पूरे हिन्दुस्तान में लाखों प्राचीन इमारतें मौजूद हैं। किस किसका संरक्षण किया जा सकता है? और इस फाटक की क्या अहमियत थी, भला।" जुन्नू भाई ने जवाब दिया। "इंग्लिस्तान में चौदहवीं, पंद्रहवीं शताब्दी के मकानों को आधुनिकतम सुविधाओं से सुसज्जित करके, लोग अब भी उन में रहते हैं।

हमारे यहाँ अट्ठारहवीं सदी से पूर्व के रिहायशी मकान दिखाई नहीं देते। फ़तेहपुर सीकरी में अबुल फ़ज़ल और फैज़ी का मकान मौजूद है। ये दोनों भाई बाशटा, ज़िला बिजनौर के रहने वाले थे, जहाँ अब वे दफ़्न हैं। उनके मकान की दीवारों पर सैलानियों ने कोयले से अपने नाम लिख दिये हैं। कालू पहलवान, मुरादाबाद, अशरफ़ी लाल इटावा, बड़े-बड़े ताक़ हैं, जिनमें दोनों भाई अपनी किताबें रखते होंगे। चाँदपुर में क़ायम का घर कहाँ है? हाँ साहब! यह कोई फ़्रांस थोड़े ही है, जहाँ अलेक्ज़ेंडर डयूमा के मकान पर राष्ट्रीय ध्वज लहराता है; हम तो ग़ालिब के मकान में कबाड़ी की दुकान चलाते हैं।"

अब एक फ़ियेट धूल उड़ाती पास से निकल गयी। जब मीर साहेबान इस रास्ते से गुज़रते थे, तो इस फ़ियेट कार के मालिक के बाप दादा, एक तरफ़ को सिमट कर खड़े हो जाते थे। उनको "अस्सलाम अलैकुम" कहने की इजाज़त नहीं थी क्योंकि इससे बराबरी झलकती थी, वह सिर्फ़ "सलाम मालिक" कह सकते थे।

हम लोग ढलान से उतरे। सामने पुश्तैनी क़ब्रिस्तान था, जो सूर्यास्त के प्रकाश में नारंगी नज़र आ रहा था और मुकम्मल सन्नाटा। ख़ामोशी के मुख़्तलिफ़ (विभिन्न) रंग होते हैं। यह ख़ामोशी गुलाब रंग थी। एक छतनार बरगद के नीचे, हाफ़िज़ मोहम्मद अमीन क़ादरी की दरगाह मौजूद थी, हाफ़िज़ मोहम्मद अमीन क़ादरी सिलसिले के एक बुज़ुर्ग थे, शाह बुलाक़ के ख़लीफ़ा। दरगाह के छोटे से अहाते के अन्दर हाफ़िज़ साहब की पड़पोती, बेगम कर्रार हैदर के अलावा उन रुहेला सरदारों की क़ब्रें भी थीं, जो अट्ठारहवीं सदी में हाफ़िज़ साहब के मोतक़िद (श्रद्धालु) थे और जिनको नजीबाबाद से यहाँ लाकर दफ़्न किया जाता था, ग़ुलाम क़ादिर रुहेला के भाई-बन्धु।

दरगाह की मस्जिद से लगी फूस की कुटिया में, क़ादरी दरवेश इबादत किया करते थे। इस झोंपड़े के सामने गुलाब की झाड़ियाँ, यानी गुल आबाद "... जब मेरे शैख़ अली अलवहादी की मृत्यु हुई, अशरफ़ ज़ादा, जो अब्दुल क़ादिर के अनुयायियों में से था, उसका उत्तराधिकारी हुआ। एक रात जबकि मैं अपने कोने में दिन छुपने के बाद, अल्लाह के ज़िक्र में मसरूफ़ था। गुल गुलाब मेरे सम्प्रदाय का मेरे ख़याल में गुज़रा और मेरी समझ में यह आया कि गुल गुलाब बग़दाद व इस्तंबोल में फ़र्क़ है।"

"मैंने चाहा कि वजह इसकी दरयाफ़्त करूँ, अल्लाह के करम से फ़र्क़ उन दोनों का मेरी समझ में चला आया। मेरे ख़याल में यह गुज़रा कि किस वास्ते अशराफ़ी फ़िरके (सम्प्रदाय) में कोई गुल गुलाब मुक़र्रर हुआ और एकाएक शक्ल एक गुल गुलाब की, मेरी निगाह के सामने ज़ाहिर हुई। नमाज़ ख़त्म होने के बाद, मैंने उस गुलाब की तस्वीर खींची और मेरा दिल इस बात पर क़ायम हुआ कि अशराफ़ी फ़िरक़े के लिए वह अलामत (प्रतीक) गुल गुलाब मुक़र्रर

करनी चाहिए। मैंने कुछ राज़ो-असरार (रहस्य) इसके सम्बँन्ध में क़लमबन्द किये और मुख़तलिफ़ गुलाब के फूलों के लिए रंग मुक़र्रर किये। मैंने उस मुख़तसर रिसाले का नाम "रिसाला गुल आबाद" रखा" (रिसाला गुल आबाद से उद्धृत)।

दरगाह से कुछ क़दम के फ़ासले पर मीर बंदे अली का मज़ार और उसके नज़दीक एक कच्ची क़ब्र, जिसके सिरहाने एक तख़्ती पर लिखा था, "रॉबर्ट फ़ील्डमैन, वकील, न्यूयार्क" एक सब्ज़पोश फ़क़ीर, जो दरगाह की सीढ़ी पर चुपचाप बैठा था, उठकर नज़दीक आया और बोला, "मिट्टी खींच लाई" इतना कहकर वह अपनी कशकोल (भिक्षा पात्र) खनखनाता, तेज़ी से दरख़्तों के अँधेरे में ग़ायब हो गया।

कुछ वर्ष पहले अमेरिका में जब मालूम हुआ कि लिण्डा के पिता का देहान्त हो गया है, तो मैंने उसे टेलीफ़ोन पर शोक जताया। उसने जवाब दिया, "It's all right. He was old." मुझे इस जवाब पर ताज्जुब हुआ और हुम्मन आपा कहने लगीं, "बहरहाल यह अमेरिकन रवैया होगा लेकिन ख़ालिद हमारा रिश्तेदार है, दूर का ही सही, उसके यहाँ ताज़ियत के लिए (शोक जताने) जाना चाहिए।" चुनांचे आपा हुम्मन और मुनन वेस्ट साइड के एक लक्ज़री फ़्लैट पर पहुँचे। मिस्टर फ़ील्डमैन, शहर के एक बेहद मालदार वकील थे। लिण्डा ने कहा, "My father is buried in Nihtaur." तो और भी हैरत हुई। "फ़ील्डमैन साहब नहटौर क्या करने गए थे?"

ख़ालिद काफ़ी गप्पी इंसान था, कहलाता ही गप्पू था। इंग्लिस्तान के एक पब्लिक स्कूल में पढ़ चुका था, न्यूयार्क टाइम्ज़ में काम करता था। उस वक़्त ज़ुल्फ़िक़ार अली भुट्टो की फाँसी का ज़िक्र निकला। ख़ालिद ग्रैंड प्यानो के स्टूल पर बैठा, मुनन को बतला रहा था कि जब फाँसी की इत्तिला आई तो ज़ुल्फ़ी का बेटा मुर्तज़ा, यहीं इसी सोफ़े पर बैठा हुआ था, फूट-फूट कर रोने लगा। मैंने उसकी बात काटी और पूछा, "ख़ालिद! तुम्हारे ससुर नहटौर क्या करने गए थे?" बोला, "बात यह हुई कि उन को डिप्रेशन हो गया था; चुनांचे मैं उन्हें आबो हवा बदलवाने के लिए इण्डिया ले गया। हम लोग एयरपोर्ट से

सीधे अशोका होटल पहुँचे, डैडी ने होटल पसन्द किया; फ़ौरन जेब से चेक बुक निकाली और बोले, "क्या मैं इसे सलोया के लिए ख़रीद लूँ।"

(सलोया, उनकी बीवी का नाम था, जो अपनी बेटी लिण्डा के विपरीत अत्यन्त सुन्दर थीं) उसी शाम मैं दो नर्सों के साथ उनको नहटौर ले आया, जब हम वहाँ पहुँचे तो रात हो चुकी थी। हमारे घर पर अँगनाई में उनका पलंग बिछाया गया। वे ज़िन्दगी भर आसमान के नीचे नहीं सोये थे, न ऐसी तारों भरी रात उन्होंने देखी थी। कहने लगे, "आहा हा देखो सितारों की सीढ़ियाँ बनाकर फ़रिश्ते आसमान से उतर रहे हैं। उसी रात उन्होंने इन्तिक़ाल किया।" अब ख़ालिद अपनी अफ़साना तराज़ी के नुक़्ता-ए-उरूज (चरम बिंदु) पर पहुँच चुका था; कहने लगा, "डैडी यहूदी थे, रिबाई वहाँ कहाँ मिलता, मैंने दार्जिलिंग से एक पादरी हवाई जहाज़ पे बुलवाया।"

"ख़ालिद!" मैंने आहिस्ता से उर्दू में कहा, "ताजपुर से पादरी बुलवा लेते, दार्जिलिंग से बुलवाया तो वह हवाई जहाज़ नहटौर में उतरा किस जगह?" उसकी बीवी लिण्डा, जो बहुत ही भली लड़की थी और उसके साथ कई बार हिन्दुस्तान आ चुकी थी, उस वक़्त किचन की तरफ़ चली गयी थी। ख़ालिद ने अपना क़िस्सा जारी रखा "पादरी के पहुँचने में देर हुई, हमने मस्जिद सैदरी से मौलवी साहब को बुलवाया, उन्होंने सूरा-ए-आल-इमरान की तिलावत (क़ुरआन शरीफ़ की सूरा, आल-इमरान का पाठ) कर दी और डैडी को सुपुर्दे ख़ाक किया गया, उसके बाद अमेरिकन सफ़ीर (राजदूत) ताज़ियत (शोक जताने) के लिए नहटौर आया।"

अमेरिकन सफ़ीर नहटौर आया! मैंने दोहराया "ख़ालिद! उसे सफ़ीर के बजाए फ़र्स्ट सेक्रेटरी कर दो।" मैंने चुपके से कहा।

लेकिन ख़ालिद ने कम से कम यह गप तो नहीं हाँकी थी। उसके ससुर वाक़ई नहटौर में दफ़्न थे। हम लोग घर वापस जाने के लिए मुड़े; क़ब्रिस्तान के किनारे-किनारे शफ़्फ़ाफ़ पानी का नाला बह रहा था। शायद सिंचाई का ट्यूब वेल खोल दिया गया था। बाइबिल में इसी को Living waters कहा गया है।

इस एक छोटे से ज़िले में तीन हज़ार साल की रेलपेल, आगे पीछे या आपस में गडमड पर्वतांचल में मंदिर और साधुओं की कुटियाएँ हैं। साधू हैं कि जो महात्मा विदुर और कन्नू ऋषि के आश्रमों के युग (ज़माने) से रहते चले आ रहे हैं। ये कहाँ से आते हैं? और कैसी-कैसी ज़िन्दगियाँ त्याग कर आते हैं, कुछ पता नहीं।

अलमोड़ा के नज़दीक से एक नदी निकलती है, जिसका नाम ही ऋषि गंगा है। मंडावर में कहा जाता है कि कन्नू ऋषि का आश्रम था और पड़ोसी इलाक़ा हस्तिनापुर (वर्तमान ज़िला मेरठ) के राजा दुष्यंत, शिकार खेलते ही शे'र और हिरण की खालों पर थे, यानी अहिंसा का फ़लसफ़ा आम नहीं हुआ था, वर्ना महाभारत का युद्ध ही न लड़ा गया होता। मछुआरे मछलियाँ न पकड़ते, जिनमें से एक के पेट में राजा दुष्यंत की अंगूठी निकली, जो उन्होंने शकुन्तला को दी थी।

मंडावर ही में एक बार अल्तमश की बनाई हुई मस्जिद में मैं तस्वीर खींचने पहुँची, तो वहाँ जुमे की नमाज़ अदा की जा रही थी। कुछ फ़ासले पर एक इंग्लिश कैसल खड़ा था; बाक़ायदा कंगूरेदार यानी किसी बर्तानवी लॉर्ड का शानदार कंट्री हाउस। ग़दर के बाद इस क़स्बे के मौलवी शहामत अली, मलिका विक्टोरिया को उर्दू पढ़ाने लंदन तशरीफ़ ले गए थे। वापस आए तो अपने मकान की जगह कैसल मौजूद पाया, जो उनकी अनुपस्थिति में, मलिका के हुक्म से ज़िला कलेक्टर ने तामीर करवा दिया था क्योंकि अलादीन का चराग़ अब अंग्रेज़ बहादुर के क़ब्ज़े में था। यह कैसल अब एक सुनसान खण्डहर था। मुंशी शहामत अली की औलाद, 47 ई. में शायद पाकिस्तान चली गयी थी।

"और जब अलादीन का चराग़ दिल्ली के बादशाहों के पास था; उस वक़्त हमारे मीर सादुल्लाह ने भी ये महल-वहल बनवा लिये थे। मगर सवाल यह है कि सत्रहवीं-अट्ठारहवीं सदी के उन फ़ौजी सरदारों ने, आधुनिक पश्चिमी विद्याओं के कॉलेज क्यों न खोले?" मैंने कहा, "वाह! कितने अज़ीमुश्शान (शानदार) मदरसे थे, दरगाहों और मस्जिदों से वाबस्ता (सम्बद्ध)। इसी नहटौर की संस्कृत

पाठशाला भी दूर-दूर तक मशहूर थी।" जुन्नू भाई ने जोश से कहा। "हम लोग लखौरी ईंटों के एक मलबे पर टिक गए।"

"दुरुस्त!" मैंने बहस की। "लेकिन यहाँ दर्से-निज़ामिया ही पढ़ाया जाता रहा। हमारे फ़ौजी सरदारों ने अट्ठारहवीं सदी में यूरोपियनों से तोपें ढलवाईं। मराठे, रुहेले, सिख, अफ़ग़ान, सब फ्रांसीसी और अंग्रेज़ जरनैलों से अपनी फ़ौजें आरास्ता (सेनाएँ सुसज्जित) करवा के एक दूसरे से लड़ते थे, कुछ एक यूरोपियन प्रोफ़ेसर बुलवाकर, पश्चिमी विद्याएँ अपने मदरसों में पढ़वा देते। आख़िर ज़ार "पीटर" ने यही किया, वह तो ख़ुद आधुनिक उद्योगों का अध्य्यन करने हॉलैंड गया था, मालूम है जुन्नू भाई!

अब मुझे जोश आ गया; जब औरंगज़ेब से उनके एक अतालीक़ (शिक्षक) ने कहा, जिन्होंने उनको बचपन में पढ़ाया था, कि उन्हें जागीर अता की जाए, तो औरंगज़ेब ने उन्हें ख़त लिखा कि "मौलाना! आपने मुझे बताया था कि यूरोप एक छोटा सा जज़ीरा (टापू) है, जहाँ के बादशाह हमारे छोटे-छोटे राजाओं से भी कमतर हैं और इंग्लिस्तान का बादशाह भला किस गिनती और पंक्ति में है और मौलाना आप चाहते हैं कि आपको जागीर दूँ?"

"और जुन्नू भाई औरंगज़ेब का यह अतालीक़ उन अरबों का वारिस था, जिन्होंने यूरोप में बौद्धिक ज्ञान और साइंस की रौशनी फैलाई।

यह उम्मत (मुसलमान) ख़ुराफ़ात में खो गयी।

"फूफी! मीर बन्दे अली का वह मकान कहाँ है; जिसके तहख़ाने में उन्होंने अंग्रेज़ों को छिपाया था?" रफ़ी मियाँ ने सवाल किया।

"हाँ, मीर सादुल्लाह के बाद, अगली स्टेज पर मीर बन्दे अली" कुछ दूर चलके हम एक मलबे के ढेर पर पहुँचे। यह मीर बन्दे अली के मकान की डयोढ़ी अभी सही सालिम थी। उसके अन्दर एक ज़ीना, नीचे एक अंधियारे तहख़ाने में जाता था।

जुन्नू भाई ने कहा, "मीर अहमद अली; आप लोगों के परदादा बाग़ी हो गए थे और ग़दर में दिल्ली जाकर अंग्रेज़ों से लड़े, फाँसी की सज़ा हुई। उनके

बड़े भाई मीर बन्दे अली, मुबारक महल वालों के पड़दादा, अंग्रेज़ी सरकार के वफ़ादार; उन्होंने कुछ मेमों को इसी तहख़ाने में छिपाया था। बदले में उन्हें एक साथ चौबीस गाँव और खिलअत-ए-फ़ाख़रा (गौरवपूर्ण वस्त्र) अता की गयी लेकिन उन्होंने वह इनामात वापस करके छोटे भाई की जान बख़्शी की इलतजा की मगर उसी के कुछ दिन बाद, मलिका विक्टोरिया का आम माफ़ीनामे का ऐलान हो गया और अहमद अली बच गए और उन भाइयों की जागीरें, जिसके वह दिल्ली के बादशाहों के ज़माने से मालिक थे, ज़ब्त हुईं फिर इसी कुनबे में वफ़ादार ख़ानबहादुरों का एक पूरा क़बीला पैदा हो गया। आपके इन तमाम बुज़ुर्गों की तस्वीरें आपके ड्राइंगरूम की दीवारों पर आवेज़ाँ हैं।"

"लेकिन जुन्नू भाई!" मैंने कहा, "वफ़ादारी 1858 ई. के बाद, हिन्दुस्तान का आम मिज़ाज था। महज़ एक सम्प्रदाय को बदनाम नहीं करना चाहिए और आप भूलते हैं कि बंगाल, मद्रास और बम्बई ये तीनों इलाक़े 57 ई. की बग़ावत से बिल्कुल प्रभावित नहीं थे। हाँ, रूखे-सूखे पर गुज़ारा करने वाले, हमारे सख़्तियाँ बर्दाश्त करने वाले मौलवी थे कि लड़ते रहे। बंगाल से लेकर सरहद तक, कितने ही फाँसी के तख़्ते पर चढ़े। उन मुजाहिदों को अब कोई याद भी नहीं करता। दारुल उलूम देवबन्द, इन्हीं ब्रिटिश विरोधी मौलवियों ने स्थापित किया और यह केवल संयोग नहीं है कि देवबन्द और फ़िरंगी महल के उलमा स्वतंत्रता संग्राम में कांग्रेस के हमनवा और जद्दोजोहद में आगे-आगे रहे।"

"राजनीतिक रूप से देवबंद आज भी राष्ट्रवादी और अलीगढ़ से ज़्यादा रौशन-ख़याल है और मौदूदियत (जमाअते इस्लामी की विचारधारा) के विरुद्ध है।" जुन्नू भाई ने कहा।

इतनी सदियाँ तय करके हम लोग, नशेमन के फाटक पर वापस पहुँचे, जिसके अहाते के अन्दर की पुर्तगाली औपनिवेशिक (कालोनियल) स्टाइल की कोठी, उसी दौर की यादगार थी। जब 1857 ई. के बाद यह नया समाज उदित हुआ था, जिसके निर्माण में एम.ए.ओ. कॉलेज ने अहम रोल अदा किया था। सैयद अहमद ख़ाँ जब सद्र अमीन बिजनौर थे, उनकी मीर बन्दे अली से दोस्ती

हो गयी थी। जब सैयद ने अलीगढ़ में मदरसा क़ायम किया, तो दोनों भाइयों ने अपने अल्पायु पोते, उसमें पढ़ने के लिए दाख़िल किये।

आँगन में मौलसिरी से कुछ फासले पर एक ख़सपोश छोटी सी चारदीवारी स्थित थी। अन्दर कुछ कुर्सियाँ और दो पलंग पड़े रहते थे। यह हर मौसम में एक पुर फ़ज़ा (मनोरम) बैठक का काम देती थी। सुबहो-शाम की चाय आमतौर से यहीं पी जाती थी। उसके चारों तरफ़ गमले, बाहर देवदार का दरख़्त, उस जगह को महज़ छप्पर कहा जाता था।

दूसरी सुबह रफ़ी मियाँ चहलक़दमी करके लौटे, छप्पर में आकर बैठे, जहाँ हम लोग चाय पी रहे थे। कहने लगे, "हम देहरादून जाने वाली सड़क पर निकल गए थे, फिर एक प्राचीन फाटक का अत्यन्त विशाल स्तम्भ दिखाई दिया, जो पीसा के मीनार की तरह तिरछा हो गया है। एक गल्लेबान भेड़ों का रेवड़ लिये चला जा रहा था। उससे मालूम हुआ कि ये मामूजान के आम के बाग़ हैं। हम अन्दर गए, घने दरख़्त ऊपर से कोहरा। किसी ने आवाज़ दी, "मीर साहब! उस तरफ़ न जाइएगा, वहाँ एक खोह है, उसमें एक सौ साल पुराना नाग रहता है।" किसी ने आज तक हमें मीर साहब न कहा था। यहाँ तो अब तक मीर व सौदा के ज़माने की उर्दू बोली जाती है।"

"बहुत फ़ासले पर अलाव जलता हुआ नज़र आया। हम क़रीब पहुँचे तो देखा, चार पाँच आदमी बैठे आग ताप रहे थे। उन्होंने गर्मागरम अदरक की चाय हमें पेश की। एक साहब खुर्पी उठाकर, लपाक-झपाक घास छीलने लगे। हमने पूछा, "आप लोगों को उस नाग से डर नहीं लगता?" बोले, "जी नहीं!" मीर साहब, यह शेषनाग तो हमारी रखवाली करता है। अमावस की रात में खोह से निकलकर अक्सर अपना मन (मणि) बाहर छोड़ देता है, वह पड़ा हीरे की तरह चमकता रहता है। कोई क़िस्मत वाला उसे उठा ले तो उठा ले। हमारे हिन्दू माली नाग पंचमी के दिन, उसके बिल के सामने दूध के कटोरे रख देते हैं, मामू जान।" रफ़ी भाई ने जर्रार भाई को मुख़ातब किया। "यहाँ की दुनिया ही अजीबो-ग़रीब है।"

"नाग और नगीना" मुझे याद आया; कराची में क़ुदरतुल्लाह शहाब ने एक बार बताया था कि वे असग़र बट के साथ मिलकर एक जासूसी उपन्यास लिखेंगे "नाग और नगीना" शीर्षक से। उस वक़्त तक वह बेहद शगुफ़्ता मिज़ाज इंसान थे और शायद ख़ुद भी नहीं जानते थे कि भविष्य में वह एक अक़्ल को हैरान कर देने वाली किताब लिखेंगे, "शहाब नामा" शीर्षक से और मरने के बाद 'वली उल्लाह' (अल्लाह का दोस्त) कहलाएंगे।

फिर मुझे ख़ालिद के नाविल का ख़याल आया, जो उसने नहटौर के बारे में लिखा था, अजायब व ग़रायब से पुर (अजीबो ग़रीब बातों से परिपूर्ण) मानो आधुनिक "तिलिस्मे-होशरुबा"। वह और लिण्डा अपना नाविल लेकर बम्बई आए थे, मुझसे कहा कि इलस्ट्रेटेड वीकली में उस पर तब्सरा (टीका-टिप्पणी) कर दूँ। "मगर तुमने लिखा क्या है? पाँच सौ गाँव ...और हर गाँव से नई दुल्हन की डोली तुम्हारे नाना की ख़िदमत में भेजी जाती थी; अपने नेक और मज़हबी नाना के लिए इस क़दर मकरूह (घिनावनी) ग़लत बयानी तुमने क्यों की? और उनका असली नाम भी लिख दिया।"

"आपा!" उसने इतमीनान से जवाब दिया, कौन अमेरिकन रीडर झूठ सच मालूम करने नहटौर आ रहा है। अगर मैं ये सब न लिखता तो न्यूयार्क का कोई पब्लिशर इसके मसव्वदे (पाण्डुलिपि) को हाथ न लगाता। आपा जान! दरअस्ल आपको पश्चिम में नाविल छपवाने का गुर ही नहीं आता। अगर आप यह लिख दें कि आपके वालिद की चार बीवियाँ थीं और आप हाथी पर बैठकर स्कूल जाती थीं लेकिन नव्वे साल की उम्र में आपको पर्दे में क़ैद कर दिया गया और एक दिन आप अपने आँगन की दीवार कूद कर निकल भागीं। जंगल में दौड़ती चली जा रही थीं; पाँव लहू लुहान, कपड़े तार-तार। एक अमेरिकन मिशनरी वहाँ से गुज़र रहा था। उसने आपकी मदद की, अंग्रेज़ी पढ़ाई ...देखिए मैंने आपको प्लाट भी बता दिया।

"दूसरी बात यह कि हिन्दुस्तान में पब्लिशर किताब की पब्लिसिटी करना ही नहीं जानते, न पब्लिसिटी पर पैसा ख़र्च करते हैं। हमें देखिए, हमारे नाविल को इस तरह मशहूर किया गया कि यह लिण्डा जो है, यह नेक बख़्त, ग़रारा

पहनकर और झूमर, टीका लगाकर टेलीविज़न पर आयी। इससे हैरतनाक सवालात किये गए और इसने वैसे ही जवाब उनको दिये। देखिए! इस नाविल के रिव्यू।"

ख़ालिद ने न्यूयार्क टाइम्स और दूसरे अख़बारों को तराशे पेश किये। "अब मेरे पब्लिशर ने बहुत ही भारी मुआवज़े पर मुझसे कॉंट्रैक्ट किया है और अब मैं दूसरा नाविल लिखने के लिए ढाका जा रहा हूँ। उस नाविल में बंगाल का जादू, कम्युनिस्टों की साज़िशें वग़ैरह-वग़ैरह सभी कुछ होगा।"

लिण्डा नाविल लिखने में उसकी बहुत मदद करती है और किताब पर दोनों का नाम छपता है। "ख़ालिद एण्ड लिंडा शाह" लिण्डा बहुत पढ़ी-लिखी लड़की है और मॉडर्न शाइरा; उसकी नज़्में अमेरिका की साहित्यिक पत्रिकाओं में छपती हैं। ख़ालिद जब बम्बई आता था तो ताजमहल होटल में कमरे रिज़र्व करके छोड़ देता था और ख़ुद अपने बीवी बच्चों और गवर्नेस के साथ गोवा में रहकर नाविल लिखता, लिण्डा उसकी बड़ी फ़रमाँबरदार बीवी थी मगर उसने उसे तलाक़ दे दी। कुछ माह पहले वह अपनी नई, बेहद हसीन इटालियन बीवी के साथ दिल्ली आया था, अशोका में ठहरा था, कह रहा था "गर्मियों में फिर आयेगा" ख़ालिद की ज़िन्दगी अमेरिकन Success Story का एक ज्योतिर्मय उदाहरण है।"

अश्शू भाई, जो रात को लखनऊ से आए थे, ख़ामोश बैठे चाय पी रहे थे। अब उन्होंने आहिस्ता से कहा, "ख़ालिद का इन्तिक़ाल हो गया! उनके घर पर कुछ दिन पहले इत्तिला आई है कि वह एक सुबह न्यूयार्क के एक होटल के कमरे में बेजान पाये गए, उस कमरे में वह अकेले ठहरे हुए थे।"

सन्नाटा छा गया। एक खुटखुट बढ़ैया (wood pecker) देवदार के तने पर आन बैठी और लगातार ठोंगे मारने में मसरूफ़ हो गयी ...खुट-खुट, ख़ुट -खुट...

Whodunit, whodunit, जैसे वह पूछ रही थी। ऊपर से दो तीन क़ाज़ें क़ें क़ें करती गुज़रीं, क़ें ...क़ें Success Story, Success Story...

ख़ालिद की दास्तान तो यूँ अचानक ख़त्म हो गयी। अहमद हसन भाट[1] को कितने ही क़िस्से याद थे, सच्चे और फर्ज़ी। वह हमारे ख़ानदानी भाट थे। उम्र नव्वे साल, बाहर क्वाडरेंगल के एक कमरे में खाट पर पड़े रहते थे। पहले वे हमारे यहाँ की शादियों में दूल्हा का नसबनामा (वंशावली) सुनाते थे।

अमुक पुत्र, अमुक का सपूत जाया। ये इतनी लम्बी वंशावली अहमद हसन फ़र्राटे से सुनाते चले जाते थे। अस्सी प्रतिशत ख़ानदान पलायन कर गया, अहमद हसन के पास केवल उनकी स्मरण शक्ति रह गयी। अहमद हसन का बेटा इराक़ में ट्रक ड्राइवर था; उसने अपना मकान बनवा लिया था लेकिन अहमद हसन अपनी राजपूत वफ़ादारी के साथ इसी डयोढ़ी में रहते रहे।

शायद 1991 ई. में साहित्य अकादमी के वार्षिक जलसे में इन्द्रनाथ चौधरी ने एक शाम Oral Tradition के तहत ज़बानी कहानी सुनाने वालों के लिए रखी थी। उर्दू के दास्तानगो लगभग अब नापैद हैं। मैंने अहमद हसन को बुलाने का इरादा किया। मगर उन दिनों वह साहिबे फ़र्राश (बीमार) थे। एक दास्तानगो को मलिहाबाद से मैंने आमंत्रित किया। वह इस जलसे में हिट सिद्ध हुए; हालाँकि उनको भी एक दास्तान का मुख़्तसर सा टुकड़ा ही याद था।

मैंने ज़हीर को आवाज़ दी, "अहमद हसन को बुला लाओ!"

वो आकर बाहर खड़े हो गए, "हुक्म?" उन्होंने पूछा।

"ताजपुर वालों का क़िस्सा मय हवाई जहाज़ लेकिन बहुत मुख़्तसर, कोई कली फुन्दने न लगाइएगा; अभी हम लोगों को वहाँ जाना है, देर हो जाएगी।"

---

1. हाल ही में दूरदर्शन ने अपनी एक सीरीज़ शुरू की है, जिसका शीर्षक Growing up है; इसमें वो हिन्दुस्तान के कुछ कलाकारों वग़ैरह के बचपन से सम्बंधित आधे घंटे की डॉक्युमेंट्री फ़िल्म बना रहे हैं और अब तक सुधीर धर, ज़ोहरा सहगल और लेखिका के सम्बन्ध में ये फ़िल्म बना चुके हैं। ऐसे स्थान, जहाँ लेखिका का बचपन बीता, यानी पोर्ट ब्लेयर, देहरादून, ग़ाज़ीपुर, लखनऊ, वहाँ जाना फ़िल्म निर्माताओं के लिए सम्भव नहीं था, चुनांचे वो मेरे साथ नहटौर गए और वहाँ उन्होंने फ़िल्म का कुछ हिस्सा शूट किया और उसमें अहमद हसन की फ़िल्मबन्दी भी की। इस शूटिंग के कुछ दिन बाद ही सौ वर्ष की आयु में देहान्त हुआ। फ़िल्म का नाम A picture postcard from Nehtaur है और ये दोबारा टेलीकास्ट की जा चुकी है।

"इस वक़्त सवेरे-सवेरे कहानी?"

"हाँ! यह कोई दास्तान थोड़े ही है।"

वह मूढ़े पर बैठ गए और बोले, "जब अमीर ख़ाँ पण्डारी ने बिजनौर पर हमला किया, नहटौर में पण्डारियों ने तबाही मचायी।"

"ताजपुर चलिए, ताजपुर! मैंने टोका।"

"तो ताजपुर के चौधरी प्रताप सिंह ने अंग्रेज़ों की बहुत मदद की। जब ग़दर पड़ा तो ताजपुर के चौधरी श्याम सिंह ने नजीबाबाद के नवाब महमूद ख़ाँ के ख़िलाफ अंग्रेज़ी सरकार का साथ दिया। बदले में गवर्नमेंट ने उनको एक जागीर और राजा का ख़िताब अता किया और फिर दोनों भैये श्याम सिंह और कल्याण सिंह क्रिस्टान हो गए और ताजपुर में एक बहुत बड़ा गिरजा बनवाया और बीबी हक़ बात तो यह है कि उन दोनों भैयों ने क्रिस्टान बनने के बाद ख़िदमते ख़ल्क़ (जनता की सेवा) बहुत करी। हस्पताल, स्कूल, अपाहिजों और भिखारियों के लिए घर, यतीमख़ाना, आज तक वह क़ायम हैं और उन्होंने बहुत तरक़्क़ी की है।

"भैया! हम हैं तो क़ौम के भाट लेकिन बड़े सरकार ने हमें अपना ज़िलेदार भी मुक़र्रर कर रखा था क्योंकि हम शहसवार बहुत अच्छे थे। मिनटों में घोड़ा उड़ाते, एक गाँव से दूसरे गाँव पहुँचकर लगान वसूल करते।"

"और जो लगान न दे पावें, वह?" मैंने पूछा।

"उनको पिटवाते थे।" उन्होंने मूंछों पर हाथ फेरकर कहा, बड़ा रौब था हमारा।"

"और वह क़िस्सा तो आपने सुना ही होगा, यहीं नहटौर में बड़े सरकार ने किसी बात पर नाराज़ होकर जुलाहों की पूरी बस्ती जलवा दी थी। हमें हुक्म दिया, अहमद हसन जाओ, उनसे कहो अपने बर्तन भाण्डे बाहर निकाल लें, झोपड़ियाँ ख़ाली कर दें और फिर झोंपड़ियों को माचिस दिखा दो। तो मियाँ मिनटों में पूरी बस्ती राख का ढेर बन गयी।"

"अब मुझे बताइए! ये लोग जिनकी आप शिकायत करते हैं कि आपकी परवाह नहीं करते, क्या आपसे मोहब्बत करेंगे?" मैंने अपने स्थानीय रिश्तेदार श्रोताओं से पूछा और फिर अहमद हसन की तरफ़ मुतवज्जोह हुई।

"तो बीबी!" अहमद हसन अपनी लहर में कहते रहे "ताजपुर के कुँअर विक्टर बहुत ख़र्राच थे। हमारे बड़े सरकार ने उनके भी बहुत से गाँव ख़रीद लिये। अरे कालू भैये! ज़रा अन्दर से आम के पेड़ वाला रजिस्टर तो लाइयो।"

अहमद हसन बिल्कुल अनपढ़ थे और चचा जान ने उनकी शिनाख़्त के लिए विभिन्न रजिस्टरों पर निशान बना दिये थे। आम का दरख़्त और कुआँ बाग़ों का रजिस्टर था। हल, बैल, अराज़ी का, वग़ैरह-वग़ैरह। कालू दो-तीन रजिस्टर निकाल लाये। अहमद हसन को सम्बंधित पृष्ठों की पहचान भी थी। उन्होंने वह पृष्ठ निकाल कर मेहमान को पेश किया।

रफ़ी मियाँ इबारत पढ़कर मुस्कुराये, "ये तो बिल्कुल हिजाब इम्तियाज़ अली के किसी अफ़साने के नाम हैं।" कुँवर आगस्टीन टर्नर, कुँवरानी कंटला टर्नर, फिर उन्होंने बा आवाज़े-बुलन्द पढ़ा :

"मन कि कुँवर अलैक्ज़ेंडर ...मुख़्तार-ए-आम कुँवरानी लिलयन मेरी रख, ज़ौजा कुँवर स्लोस्टर नारबर्ट शिवनाथ रख साहब का हूँ। मरहूम के हिस्से में बमोजिब तक़सीम नामा (बँटवारा पत्र के अनुसार) मोअर्रख़ा 27 मई 1921 ई. रजिस्ट्री शुदा ...कुँवर हरिनाथ रख व कुँवरानी कंतला टर्नर रख ज़ौजा (पत्नी) कुँवर आगस्टीन रख और उनकी औलाद के हुआ था।"

...मेरे वालिद मौसूफ़ ने अपने ज़िम्मे क़र्ज़ा छोड़ा और उस क़र्ज़े की अदायगी के लिए वसीयतनामा मज़कूरा बाला (उपरोक्त) में ज़िक्र किया गया है कि बवक़्ते-ज़रूरत जायदाद-ए-ग़ैर मनक़ूल (अचल सम्पत्ति) को फ़रोख़्त किया जाए।

"मन कि कुँवर नारो रख ख़लफ़ (पुत्र) जनाब कुँअर शिवनाथ रख क़ौम ईसाई साकिन व रईस क़स्बा ताजपुर का हूँ। मुक़र्ररा और मुख़तार नामा ख़ास 1923 ई., इक़रारी कुँवरानी कंटला टर्नर रख ज़ौजा, कुँवर आगस्तीन रख मरहूम रईसा ताजपुर का हूँ। कुँअर रोनाल्ड, रणजीत व कुँवर रख व मोनिका आगस्टीन ...मुसम्मात सैयदा वहीदा बेगम ज़ौजा नसीरुद्दीन हैदर, क़ौम सैयद, बै क़तई कर दिया है।" दस्तावेज़ के गवाहों में एक नाम बहुत दिलावेज़ था, "अनक़ा शाह क़ौम फ़क़ीर।"

लफ्ज़ 'क़ौम' हमारे यहाँ कास्ट के लिए इस्तेमाल किया जाता था। क़ौम, यानी नेशन, सर सैयद के दौर से प्रचलित हुआ लेकिन हमारे यहाँ आज भी क़स्बों और देहात में क़ौम के धोबी, क़ौम के जुलाहे और क़ौम के शैख़ कहा जाता है। अनक़ा शाह यक़ीनन फ़क़ीर बिरादरी के एक अहम सदस्य रहे होंगे, जिन्होंने बतौर गवाह इस दस्तावेज़ पर दस्तख़त किये।

इस बिरादरी में दरगाहों के रखवाले और क़ब्रिस्तानों के मुजाविर शामिल थे। ये तावीज़ गंडे और झाड़ फूँक भी करते थे। यू.पी. में तो शायद इतना नहीं लेकिन बंगाल में इस खर्क़ापोश वर्ग को बड़ी अहमियत हासिल थी। उनकी ज़िन्दगियाँ निहायत रोमांटिक समझी जाती थीं और बंगाली नाविलों में उनका तज़किरा होता था। फ़क़ीर लोकगीतों के फ़नकार थे, जिनके संगीत ने रविंद्रनाथ टैगोर के राविन्द्र संगीत को बहुत अधिक प्रभावित किया।

पूर्वी पाकिस्तान यानी आज के बंगलादेश का लोकसंगीत इसकी अज़ीमुश्शान धरोहर है। यू.पी. में गाने वाले फ़क़ीरों और जोगियों की शायद इतनी मज़बूत परम्परा मौजूद नहीं थी लेकिन यहाँ भी क़व्वालियों और दरगाही गीतों के केंद्र वह ख़ानक़ाहें और औलिया के मज़ार थे, जो सारे सूबा बिहार और उत्तर प्रदेश में बिखरे हुए थे।

बेगम का गिरजा

"सरधना में बेगम का गिरजा है, ताजपुर में राजा का कैथडरल। बेगम समरू अट्ठारहवीं सदी की अफ़रातफ़री में पेचवान के कश लगाती स्टेज पर नमूदार (प्रकट) हुई थीं। जब विंग में अंग्रेज़ अपने एक्ट के लिए इंतिज़ार में खड़े थे। ताजपुर के चौधरियों ने ईसाई होकर गिरजा बनाया, जब अंग्रेज़ अपना राजपाट संभाल चुके थे।"

"चलिए पहले बुलंदशहर चलें, जहाँ 47 ई. में आपके दादा का इंतिक़ाल हुआ। उस वक़्त राज का चलचलाव था। वहीं बुलंदशहर क्लब में रेडियो पर 9 जून के प्लान की तफ़सील (विस्तार) सुनकर, सईद भाई घर लौटे थे।" मैंने रफ़ी मियाँ से कहा, "सैंडविचेज़ पैक किये, कॉफ़ी का फ़्लास्क उठाया, सिर पे चारख़ाना पीक कैप जमाई (यह टोपी रफ़ी मियाँ की थी) उसे ओढ़कर अजब कुछ शिकरियों वाला हुलिया बन गया।"

"इस सफ़ारी में कार्बेट नेशनल पार्क के अलावा, ताजपुर कैथडरल भी शामिल है लेकिन पहले बुलंदशहर में आपके दादाजान का मज़ार, वहाँ फ़ातेहा पढ़ते चलिए तो वह मरहूम बहुत ख़ुश होंगे।" मालूम नहीं, मरने वालों को क्या पता चलता है, कौन आया, कौन गया। क्या हुआ, क्या नहीं हुआ, अल्लाह जाने।

सैयद रफ़ीउद्दीन हैदर, जो Genes की हैरतअंगेज़ करामात की बदौलत अपने वालिद सैयद रशीदुद्दीन हैदर की हू ब हू तस्वीर हैं और उन्हीं की तरह भोले और नेक स्वभाव के। पहली बार हिन्दुस्तान आए थे। जिस वक़्त हम बुलन्दशहर पहुँचे, दिन ढल रहा था और ठंड बढ़ती जा रही थी। 1947 ई. तक रफ़ी मियाँ के ताया सैयद सईदुद्दीन हैदर मरहूम, जो उस समय एक जवाँ साल हाइड्रोइलेक्ट्रिक इंजीनियर थे, सिविल लाइंस की एक ख़ूबसूरत कोठी में रहते थे। सिंचाई विभाग की एक शान्त नहर पर से गुज़रते हुए, रफ़ी मियाँ ने कहा, "अम्मी बताती हैं कि मार्च में दादाजान का इंतिक़ाल हुआ और अप्रैल में आप लखनऊ से बुलन्दशहर आयीं।"

"हाँ, क़तई ऐसा ही हुआ था।"

सरसब्ज़ दरख़तों के दरमियान नहर का पानी रवाँ था। अप्रैल सबसे बेरहम महीना है, जो मुर्दा ज़मीन में सूसन उगाता है और यादों और आरज़ूओं को मिलाकर, मौसम-ए-बहार की बारिश से सुस्त जड़ों को कंपायमान...

"भाईजान, नसीर भाई, डॉक्टर साहब, अप्रैल, मई, मार्च तीनों बहार के मौसम में रवाना हुए।" छोटी चचीजान ने एक सुबह, पाईनबाग़ की एक सरसब्ज़ रविश पर टहलते हुए कहा था।

"काफ़िला-ए-नौबहार..." अज़रा आपा ने इज़हार-ए-ख़याल किया था। "ये काफ़िले कहाँ जाकर ठहरते हैं? अगला पड़ाव..."

"बड़े अब्बा की कोठी देखते चलें? सुना है, उसका बाग़ बेहद पुर फ़ज़ा था।" रफ़ी मियाँ ने कहा।

"हाँ सिंचाई विभाग और रेलवे के अफ़सरों के बाग़ बहुत ख़ूबसूरत हुआ करते थे।"

"सिविल लाइंस" मैंने एक राहगीर से पूछा। उसने चौकोर छोटे-छोटे मकानों पर आधारित एक घने मोहल्ले की ओर इशारा किया।

"सिविल लाइंस" मैंने झुँझलाकर दोहराया।
"यही है, मेम साहब! अब इसे कृष्णा नगर बोलते हैं।"
"अम्मी तो बतलाती हैं कि निहायत पुर फज़ा..."

"ठहरिए..." मैंने रफ़ी मियाँ की बात काटी। सड़क के किनारे कुछ फ़ासले पर, दो मज़ारों के गुम्बद नज़र आये। आबादी की बाढ़ क़ब्रिस्तान तक आ गयी थी। बीते युग की चीज़ें मौजूदा वक़्त में शामिल देखकर, अजीब धक्का सा लगता है। कुछ बिल्कुल सही सालिम, कुछ टूटे-फूटे। चारों तरफ़ से लता की आवाज़ आ रही थी। क़ब्रिस्तान में पगडंडियाँ बन गयी थीं, जिन पर लोगों का आवागमन जारी था। उस वक़्त ज़्यादातर लोग दफ़्तरों से घर लौट रहे थे।

बरगद के नीचे दो मज़ार ...दरख़्त की जड़ें फैलती जा रही थीं, जिनकी वजह से वह क़ब्रें जर्जर हो चुकी थीं। चचा नसीरुद्दीन हैदर मरहूम के सिरहाने का गुम्बद टूटकर तिरछा हो गया था।

हमने अपना सामान एक क़ब्र पर रखा और फ़ातिहा पढ़ी। एक बाबूजी नज़दीक से गुज़रे। मैंने इशारे से रोका। उन्होंने कोट पतलून पहने एक काली मेम और एक लम्बे क़द के गोरे चिट्टे, ज़रा हैरान से नौजवान पर नज़र डाली।

"यह सज्जन..." मैंने कैमरा सेट करके उन्हें दिया। "कराची से आए हैं। यह इनके दादा जी का मज़ार है।"

बाबूजी ने उलटी सीधी तस्वीरें खींच कर कैमरा वापस किया और विनीत मुद्रा में मुस्कुराये। "अच्छा पाकिस्तान! वहाँ तो बिल्कुल तरक़्क़ी नहीं हुई। सूई तक नहीं बना सकते, हम हवाई जहाज़ बना रहे हैं।" उन्होंने मैकेनिकल अंदाज़ में बात की।

"बिल्कुल ग़लत; हमने बेहद तरक़्क़ी की है।" रफ़ी मियाँ मैकेनिकल अंदाज़ से क्रोधित हुए।

"हाँ ये भी विकास की ओर बढ़ रहे हैं।" मैंने हाँ में हाँ मिलाई।

"अजी क्या विकास मेम साहब। सूई तक तो बना नहीं सकते।"

बाबू ने इसी ख़ुलूस से नमस्कार किया और आगे बढ़ गया। हमने रूमाल से क़ब्रें साफ़ कीं और पत्ते चुने। मानो क़ब्रवासियों की बड़ी सेवा की। मैंने आदतन पत्रकारों वाली फुर्ती से कैमरा बैग में रखकर, नोट बुक निकाली। फिर ज़रा रुकी; यह कौन सा वाक़ेआ है, जिसे कवर करना है और स्टोरी क्या है? जबकि कुछ हफ़्तों या कुछ दिन बाद ही सारी पिछली मौतें, एक जैसी लगने लगती हैं।

"सूए जन्नत गए नसीर..." बाक़ी अलफ़ाज़ मिट चुके थे। छोटे भाई ख़ानबहादुर सैयद वहीदुद्दीन हैदर के कतबे (शिलालेख) की इबारत थोड़ी सी बाक़ी रह गयी थी।

"...माहिर-ए-इमराज़-ए-दिल व गुर्दा। सिविल सर्जन माहिर-ए-फ़न, मक़बूल ख़वासो-अवाम, मर्दे-बाउसूल, बा वज़्अ ...मआल अंदेश संजीदा मिज़ाज, हक़ शनास, साबिर, विर्द आख़िर, अलहम्दो लिल्लाहि वस्समद..." हवा के सर्द झोंके ने, और पत्ते गिराये। मैंने उनको चुना और उन दोनों शानो-शौकत वाले भाइयों की बे-सरोसामानी और बेकसी देखी और तनहाई! और कोई उनका हाल पूछने वाला नहीं।

वह शगुफ़्ता मिज़ाज, हँसमुख नसीरुद्दीन हैदर, जो छोटे भाई और कज़िन के लिए बरजस्ता (तुरन्त) मसनवी लिख रहे हैं :

वहीदो ग़नी हैं पकाने में यक्ता![1]
ज़माना है उनको तहय्युर से तक्ता[2]
ये सुनकर है उस्ताद इस दर्जा शादाँ
कि फ़र्ते ख़ुशी से हुआ उसको सक्ता[3]

एक संतुष्ट ख़ुशो-ख़ुर्रम और संयुक्त परिवार के जमघटों और तफ़रीहों के मुनव्वर लम्हों (प्रकाशमान क्षणों) में, शायद उन्होंने यह कल्पना न की हो; बरगद के नीचे दो शिकस्ता, बेचराग़ क़ब्रें क्योंकि औलाद दूसरे मुल्कों में आबाद हो चुकी है।

झुटपुटे का वक़्त था, जब हम रास्ता पूछते-पूछते सैयद आले हसन बर्नी एडवोकेट की कोठी पर पहुँचे, जो एक ज़माने में सिविल लाइंस में वाक़े (स्थित) थी। आबादियों के ज्वार-भाटा ने, शहरों के नक़्शे बदल डाले।

एक शिक्षामित्र घराने के सुपुत्र सैयद आले हसन, अपने निजी पक्षीगृह में संध्या के राग अलापती चिड़ियों को डिनर खिला रहे थे। मैंने दबे पाँव पीछे से जाकर दरयाफ़्त किया, "नहटौर की बस मिल जाएगी?" वह चौंक कर पलटे, "अरे! आप इस वक़्त अचानक!"

"फूफी ने तुरन्त प्रोग्राम बना लिया और चल पड़ीं" रफ़ी मियाँ ने उनको इत्तिला दी।

---

1. एकाकी।, 2. संसार उन्हें हैरान होकर तकता है।, 3. ऐसी अवस्था, जिसमें आदमी मृत आदमी की तरह अचेत हो जाता है।

“इसी वक़्त जाइयेगा?”

“जी” मैंने मज़बूती से दोहराया।

“इस वक़्त?” ज़िया बेगम बाहर आयीं, “कल चले जाइयेगा अलस्सुबह...”

“जी नहीं! अपना वतीरा तो यह है कि जो इरादा कर लिया सो कर लिया।”

हई ...हई ...एक जापानी परिन्दे ने सिर झुकाकर, सहमति प्रकट की और अपने मुल्क की तहज़ीब के मुताबिक़ रूकू में चला गया।[1]

“गजरौला से आगे बिजनौर जाने वाली सड़क ख़तरनाक है।” सैयद आले हसन ने आगाह किया।

“सफ़ारी और हटारी[2] का चोली दामन का साथ है...” मैंने कहा

हटारी ...हटारी ...एक अफ्रीक़ी तोता चिल्लाया। वह तटीय भाषा से वाक़िफ़ था।

“रास्ता ख़तरनाक है?” रफ़ी मियाँ ने चिंतित होकर पूछा।

“ऐसा वैसा...” मैंने इतमीनान से जवाब दिया। “वनों में आदमख़ोर शेर, दरियाओं में आदमख़ोर घड़ियाल ...और सुल्ताना डाकू इन्हीं जंगलों में घूमता था।”

हम लोग बरामदे में बैठकर, चाय पी रहे थे। बेगम आले हसन ने कहा, “बस अभी, मिनटों में खाना तैयार हुआ जाता है।”

“बेटा! तू हाथ मुँह धो ले, मैं खाना लाती हूँ।” मैंने रफ़ी मियाँ को मुख़ातब करके फ़िल्मी डायलॉग दोहराया। क्या आपने ग़ौर फ़रमाया है कि सारी हिन्दुस्तानी फ़िल्मों में सारी माँएँ, यही एक वाक्य दोहराती हैं और अमिताभ बच्चन कहते हैं, माँ! तूने कमल ककड़ी की भाजी बहुत अच्छी बनाई है।

मैंने बैग कंधे पर लटकाया सिर पर पीक कैप लगाई, ओवरकोट पहना। “रास्ते पुरख़तर सफ़र डरावना, इस वक़्त नहटौर के लिए कोई बस नहीं मिलेगी।” सैयद आले हसन ने कहा, “लेकिन आप...”

---

1. किसी के सम्मान में लगभग समकोण की स्थिति तक झुकना।, 2. सफ़ारी, अर्थात सफ़र; हटारी अर्थात ख़तरा; एक अफ्रीक़ी भाषा के शब्द।

“किसी मुल्क का तजरिबा हासिल करने का बेहतरीन तरीक़ा यह है कि आदमी बस या ट्रेन पर सफ़र करे”, मैंने जवाब दिया। “रफ़ी मियाँ सैलानी के तौर पर आए हैं और इस देश की मूल आत्मा को पहचानना चाहते हैं।”

रफ़ी मियाँ मारे अदब के ख़ामोश रहे, सोचते होंगे, बुरे फँसे।

”जब आप अंदलस या ईरान या मैक्सिको की खड़खड़ाती लारियों में सफ़र करते हों।”

“अच्छा खाना तो नोश करते जाइए...” ज़िया बेगम ने आग्रह किया।

“डिनर...” मैंने दरवाज़े की तरफ़ बढ़ते हुए ऐलान किया। “हम गजरौला में खायेगा, गुडनाइट।”

बस अड्डे पर ग़ुलग़पाड़ा और बेशुमार सामान ढोने वाले ख़च्चर, जाने इतने ख़च्चर कहाँ से आ गए। बसें आकर रुक रही थीं या स्टार्ट हो रही थीं। मैंने हाँक लगाई, “क्यों भाई नहटौर जाओगे?”

“जी नहीं!” एक आदमी ने कहा, “मेम साहब! गढ़मुक्तेश्वर चली जाइए, वहाँ से चाँदपुर की बस पकड़ लीजिएगा।”

मैंने फिर आवाज़ दी, “नहटौर ...नहटौर” रफ़ी मियाँ मेरे इस अवामी रब्तो-ज़ब्त (मेल-जोल) से बहुत नाराज़ नज़र आये लेकिन फिर अदब की वजह से ख़ामोश रहे।

गढ़मुक्तेश्वर पहुँच कर, बस से उतरे। “अब कहाँ जायेंगे?” रफ़ी मियाँ ने सहम कर पूछा।

“सोचते हैं। सुनिये! एक समय यहाँ केवल कश्तियों का पुल था, हम लोग कार से आ रहे थे; पुल के बीच में पहुँचे तो मालूम हुआ एक कश्ती टूटी हुई है।”

“फूफी! इस वक़्त की बात सोचिए, अब क्या होगा। सारे मुसाफ़िर, बस से उतर कर अचानक ग़ायब हो गए। पुरअसरार (रहस्यपूर्ण) मामला है।”

बस अड्डा वीरान पड़ा था, टिकट बाबू ने अपनी खिड़की में से झाँका।

"नहटौर", मैंने कहा।

मफ़लर में लिपटे बाबू की नाक और मूँछें नज़र आयीं। "वह तो आठ बजे आख़िरी बस छूट गयी; शायद चाँदपुर वाली आपको मिल जाए, घण्टे दो घण्टे में और चाँदपुर वाली भी अभी-अभी गयी है। अब नहटौर की कोई बस ना आने की, मेले के यात्री भी कल सवेरे निकलेंगे।"

हम जाकर सुनसान शेड में खड़े हो गए। "गंगा मैया की जय" नदी की तरफ़ से आवाज़ आयी। कड़ाके का जाड़ा, सन्नाटा, रफ़ी मियाँ सहमे हुए, चारों तरफ़ दूर-दूर तक बुतख़ाने और हिन्दू।

इतने में एक चर्रख़ चूँ करती बस, सामने आ कर रुकी।

"क्यों भई नहटौर जाओगे..."? मैंने आशापूर्ण स्वर में सवाल किया।

ड्राइवर मफ़लर की ओट में से झाँका, "बीबी हम तो गाड़ी नजीबाबाद वर्कशॉप लिये जा रहे हैं।"

"तो भैये! हमें नहटौर उतारते जाइयो।"

"आ जाइये, तशरीफ़ लाइये।"

रफ़ी मियाँ ड्राइवर की भाषा और लबो-लहजे पर मुताज्जिब (अचम्भित) हुए। अभी ज़्यादा अर्सा नहीं गुज़रा था, जब मुरादाबाद और बिजनौर यू.पी. के ऐसे दो ज़िले कहलाते थे, जहाँ की नब्बे फीसदी आबादी की ज़बान उर्दू थी और देहात में उर्दू बोली जाती थी।

हम दोनों अन्दर जाकर बैठे। नक़द दम दो मुसाफ़िर और एक ओवर कोट और मफ़लर में पोशीदा ड्राईवर, क्लीनर भी मौजूद नहीं। बस गढ़ से निकल कर गंगा के पुल पर पहुँची। ये लम्बा पुल आधा गाज़ियाबाद में था, आधा मुरादाबाद में। दरिया का बेहद चौड़ा पाट, धुंध में छुप गया था।

"यह हमारा इलाक़ा है, हिमालय की तराई और गंगा घाटी, गंगा यहाँ अपने स्रोत से बहुत क़रीब है।" मैंने कहा।

रफ़ी मियाँ पर इस इत्तिला का कोई असर न हुआ क्योंकि यह उनका इलाक़ा नहीं था।

राजमार्ग पर फ़ैक्ट्रियों की अनन्त श्रृंखला, रौशनियों से जगमगा रही थी। पूर्वी उत्तर प्रदेश के पिछड़ेपन के मुक़ाबले में, यह इलाक़ा दूसरा ही संसार था। गजरौला में ढाबों की क़तार के सामने कारों और बसों का हुजूम। पश्चिमी उत्तर प्रदेश के निहायत मालदार मुसाफ़िर, खाने-पीने में मसरूफ़ थे। इन्हीं दौलतमंद नये कारोबारियों ने 1947 ई. से पहले के ज़मींदारों की जगह ले ली थी।

एक कोच में से विदेशी गोरे पर्यटक उतरे। ये लोग केराला से आए थे और बर्फ़ का नज़ारा करने मसूरी और नैनीताल जा रहे थे। गर्मियों के मौसम में पहाड़ पे जाने वालों के झुण्ड के झुण्ड यहाँ मौजूद होते हैं लेकिन जाड़ों में भी रात की रौनक़ और चहल-पहल का वही आलम था; इतने मुसाफ़िर कहाँ से आ गए?

गजरौला में खाना खाने के बाद, फिर सफ़र शुरू किया। बस चाँदपुर की सिम्त मुड़ गयी। यह रास्ता सुनसान था; यहाँ से ख़ालिस (शुद्ध) खेती बाड़ी का इलाक़ा शुरू होता था। बड़े-बड़े कोल्ड स्टोरेज, गन्ने के खेत, आम के बाग़, बन्दरों के ग़ोल दरख़्तों पर सोने के लिए जा रहे थे।

मैंने रवाँ तब्सरा (आँखों देखा हाल) फिर शुरू किया।

"अब हम उन ख़तरनाक जंगलों में से गुज़र रहे हैं, जिनमें सुल्ताना डाकू छुपा करता था। अब भी रात को इस रास्ते पर डकैतियाँ पड़ा करती हैं। यह बाघ बघेलों का गढ़ है। पिछले साल कॉर्बेट नेशनल पार्क से ज़रा आगे जंगलों में आग लग गयी थी, जो बहुत दिनों तक क़ाबू में नहीं आई और नेशनल पार्क के शे'र और चीते भाग-भाग कर नहटौर तक आ गए थे, जर्रार भाई के आम के बाग़ों तक और इन बाग़ों में भेड़िये और गीदड़ अब भी छिपते हैं, उनकी वजह से बाग़बानों की औरतें और बच्चे वहाँ नहीं रहते।"

रफ़ी मियाँ चुप बैठे रहे, सड़क के बीच से एक ऊदबिलाव भागा।

"फूफी आपको बिल्कुल डर नहीं लगता?"

"बेहद लगता है, छिपकली और गिरगिट से। शेर वेर से नहीं।"

रफ़ी मियाँ ख़ामोश हो गए। कुछ मिनट बाद अचानक सवाल किया "एक हॉलीवुड फ़िल्म में येल ब्रेज़, सुल्ताना डाकू बना था, उन्होंने स्पेन जाकर इस फ़िल्म की शूटिंग की। यहाँ क्यों न आये?" रफ़ी मियाँ अब थोड़े से मुतमईन नज़र आ रहे थे। रास्ते के दोनों ओर तालाबों में सुर्ख़ कंवल खिले हुए थे। पूनम का चाँद भी गंगा नहाकर निकला था। उसकी चन्दिया पर जैसे नदी के कुछ पत्ते चिपक से गए थे। सर्दी के मारे वह नीला पड़ गया था। यह नज़र का धोखा था भई; कभी वह कोहरे की लोई ओढ़ लेता, कभी ऊँचे दरख़्तों में से दिखलाई दे जाता।

"हम हिमालय पहाड़ के बिल्कुल नज़दीक पहुँच गए हैं।" मैंने रवाँ तब्सरा (Live Commentry) जारी रखा। "नहटौर समुद्री सतह से साढ़े सात सौ फ़िट की बुलन्दी पर है। ज़रा और ऊँचा होता तो Semi hill Station बन जाता, तकल्लुफ़ में रह गया।"

ड्राईवर हम लोगों की गुफ़्तगू से कुछ पहचान सा गया। कहने लगा, "बीबी! आप नहटौर में जज साहेबान के यहाँ जाइयेगा?"

मंज़िल पर पहुँचकर, उसने हमें मोहल्ला सादात के नुक्कड़ पर उतार दिया और "सलाम अलैकुम" कहकर, नजीबाबाद की ओर रवाना हो गया। उस वक़्त रात के दो बजे थे।

कोहरे में लिपटी चाँदनी, सन्नाटे का राज! हमने यलदरम रोड पर पैदल चलना शुरू किया। एक रिक्शा वाला नज़र आया; कम्बल ओढ़े शायद अपने घर जा रहा था। मैंने उसे पुकारा "मोहल्ला सादात चलो।"

"जज साहब की कोठी..." उसने कम्बल में से मुँह निकाल कर दरयाफ़्त किया।

अब मैं इस कहानी को यूँ भी लिख सकती हूँ : ड्राईवर ने सलाम-अलैकुम कहकर रफ़ी मियाँ से मुसाफ़हे (हाथ मिलाने) के लिए दोनों हाथ बढ़ाए; वह लकड़बग्धे के पंजे थे, चाँदनी छिटकी हुई थी, एक रिक्शावाला अपने घर जा रहा था। "मोहल्ला सादात चलो!" मैंने उससे कहा।

हम लोग सीट पर बैठ गए। रिक्शा वाले ने पैडल चलाना शुरू किया। उसकी दोनों टाँगे लम्बी होती चली गयीं।

क़श्कोल अनक़ा शाह क़ौम-ए-फ़क़ीर

"अनक़ा शाह क़ौम फ़कीर" रफ़ी मियाँ ने दोहराया।

एक और अफ़सानवी नाम, हिजाब इम्तियाज़ अली ने काउंट इलयास, काउंट लुईस और सर हार्ली की एक ख़याली दुनिया बसाई थी मगर यह कुँअर विक्टर कुँअरानी आगस्टीना सचमुच के लोग थे। हक़ीक़त, ख़ूबसूरत अलफाज़ में ढलकर, पढ़ने वालों के लिए अफ़साना बन जाती है।

"यह अनक़ा शाह साईं बिरादरी के कोई अहम सदस्य रहे होंगे, जो उनके दस्तख़त, बतौर गवाह एक क़ानूनी दस्तावेज़ पर लिये गए। फ़क़ीरों की भी एक कास्ट बन चुकी है।" जुन्नू भाई ने कहा।

जब मैंने टाइम्स ऑफ़ इण्डिया ज्वाइन किया, तो एक दिन लिफ़्ट के नज़दीक एक साहब मिले, अपना परिचय कराया, वे हिन्दी के एक नामवर पत्रकार थे और टाइम्स ऑफ़ इण्डिया हिन्दी दैनिक के सम्पादक। कहने लगे, "मैं आपके क़स्बे के क़रीब के एक गाँव का रहने वाला हूँ।" फिर अपनी कास्ट बताई।

"यह भी एक अच्छी क़ौम है" ...उन्होंने आगे फ़रमाया।

"लफ़्ज़ 'क़ौम' क़स्बों में अब भी जाति के अर्थों में प्रयोग किया जाता है। इनको बम्बई में सकूनत इख़्तियार करने के बावजूद, इस शब्द के पुराने अर्थ याद रहे।" जुन्नू भाई ने विचार प्रकट किये।

"हम सूइयों की डिबिया ढूँढ़ रहे थे, नहीं मिली" ज़हीर ने इत्तिला दी।

"ग्रामोफ़ोन की सूईयाँ, बाज़ार में भी दस्तयाब (उपलब्ध) नहीं हैं। जब सूइयाँ नापैद हुईं तो पुराने रिकॉर्ड कैसे बजे और हमने देखा कि क्या नायाब और अनमोल पुराने रिकॉर्ड यहाँ मौजूद हैं।" रफ़ी मियाँ ने दुःख भरे स्वर में कहा।

"जी जनाब, जब सूइयाँ नापैद, तो पुराने रिकॉर्ड कैसे बजें" जुन्नू भाई ने दोहराया। और जब लिपि को पढ़ने वाला कोई न रहे, तो ये किताबें कैसे पढ़ी जायेंगी।" उन्होंने किताबों की अलमारियों की तरफ़ इशारा किया।

“हमें सूइयों की डिबिया तो नहीं मिली, अलबत्ता रिकॉर्डों के डिब्बे में यह कापी बुक मिल गयी।” रफ़ी मियाँ ने कहा।

“घरेलू शाइरी की बयाज़ (काव्य पुस्तिका)!”

शाम के वक़्त हम लोग ड्राइंगरूम में इकट्ठे, पुराने रिकॉर्ड सुनने के मुंतज़िर थे लेकिन अफ़सोस कि संगीत के उस ख़ज़ाने की कुंजी ही गुम हो गयी। जुन्नू भाई ने फिर एक ठंडी सांस भरी, “यह ग्रामोफ़ोन और इसके रिकॉर्ड अब collector's items हैं।” उन्होंने कापी बुक रफ़ी मियाँ के हाथ से ली। बयाज़ के पहले पृष्ठ पर लिखा थाः

उड़ती सी एक ख़बर है ज़बानी तयूर की[1]
बुलबुल ने आशियाना चमन से उठा लिया।

जिस तरह खतो खतोनी में झील के नक़शे पर सबके नाम लिखे थे, वालिद मरहूम के नाम समेत। यानी पानी पर नक़्श।

अचानक जुन्नू भाई ने ऊँची आवाज़ में पढ़ना शुरू किया।

वहीदो-ग़नी हैं पकाने में यक्ता[2]
ज़माना है उनको तहय्युर[3] से तकता
यह सुनकर है उस्ताद इस दर्जा शादाँ[4]
कि फ़र्ते-ख़ुशी[5] से हुआ उसको सक्ता[6]
कि शागिर्द लायक़ अगर हों तो ऐसे
कि तब्बाख़े गिर्दूं है जिनसे पिचकता[7]
जो दावा करे इनके आगे वो अहमक़
जो शैख़ी करे वह सरासर है बकता
किसी को पुडिंग ऐसी आती कहाँ है
न हलवा-ए-बैज़ा[8] किसी से है पकता
ख़ुशी क्यों न उस्ताद को हो कि आख़िर

---

1. पक्षियों की।, 2. एकाकी।, 3. हैरानी।, 4. ख़ुश।, 5. प्रसन्नता की अधिकता।, 6. निश्चलता।, 7. आकाश रूपी रसोइया जिनसे पिचकता है।, 8. अण्डे का हलवा।

उसी का तो परतौ[1] है इनमें झलकता
मिसाल इसकी यह है कि था एक बच्चा
सिनकता, भिनकता, बिलकता, हुमकता
मगर तरबियत पाकर अब चल रहा है
मटकता, लपकता, फुदकता, कुदकता
यह उस्ताद मुशफ़िक़ की दिल से दुआ है
कि ख़ुद उससे बढ़कर हो शागिर्द यक्ता
इलाही तू ग़ुँचे[2] को कर दीजियो गुल[3]
मसकता, चटकता, महकता, चहकता
मये लुत्फ़े सीमीं हों[4] सरशार ख़ुद भी
छलकता, बहकता, महकता, पहकता

(बहराइच, 1931 ई.)

"यह मसनवी नाना नसीरुद्दीन हैदर ने लिखी थी।"

बच्चन ने कहा, "यह बुज़ुर्ग अपनी पाक कला की धूम बहुत मचाते थे मगर रहते थे केवल निर्देशक। दादाजान एनाउंस करते, आज हम मुतंजन (खाने की एक डिश) पकायेंगे या पाये या शब देग़ या हलीम। बीच आँगन में अंगीठियाँ रखवा कर, आरामकुर्सी पर तशरीफ़ रखते, फिर उनकी हिदायतें शुरू हो जातीं। हाफ़िज़ जी, अनवार की माँ, सुन्दरिया, अनवार यह करो, वह करो। पता चला कि चार पाँच मुलाज़िम दौड़-दौड़ के सारे काम में मसरूफ़ हैं और दादाजान बैठे देगची में बस कफ़गीर चला रहे हैं। फिर वे दादीजान से कहते, "देखिए बेगम साहिबा! हमने कितनी उम्दा डिश तैयार की है।" ये बुज़ुर्ग मारे कल्चर के, अपनी बीवियों को हमेशा बेगम साहिबा कहकर मुख़ातब करते थे। "फिर वह खाना यार दोस्तों के यहाँ बाँटा जाता।"

जुन्नू भाई ने फिर पढ़ना शुरू किया, "अलीगढ़ 1936 ई. मिर्ज़ा सरगुज़िश्त को ख़रबूजे के शुक्रिये में..."

1. प्रतिबिम्ब।, 2. कली।, 3. फूल।, 4. चाँदनी में मदिरा का आनन्द।

जनाब मिर्ज़ा साहिब को अस्सलाम अलैकुम। मिले हुज़ूर ने जो मुझको भेजे ख़रबूज़े...

उन्होंने चचा नसीरुद्दीन हैदर की नज़्म पढ़ी। मैंने कहा, "ये बुनियादी तौर पर एक भोजनप्रिय समाज था, अच्छा खाना खाओ और शाइरी करो। सर रज़ा अली, जो अलीगढ़ में चचाजान के हमजमाअत (क्लास मेट) थे, उन्होंने शायद "आमालनामा" में लिखा है कि एक बार सरोजनी नायडू ने उनसे कहा कि और कुछ हो न हो आप मुसलमान लोग कपड़े अच्छे पहनते हैं और खाना बहुत अच्छा खाते हैं।" सर रज़ा अली ने जवाब दिया, "सलतनत तो ख़ाँ बैठे, खाना भी अच्छा न खायें।"

मिर्ज़ा सरगुज़िश्त भी हमेशा ग्रांड परहेज़ी की बात करते थे। अलीगढ़ में आज तक हर फंक्शन पर एक ग्रांड डिनर ज़रूर होता है। सर सैयद डे के डिनर को, सर सैयद की फ़ातेहा कहते हैं। हॉस्टलों में आए दिन अलग-अलग डिनर होते रहते हैं और गर्ल्स कॉलेज के डिनर तो ख़ासे की चीज़ हैं।

बच्चन बोलीं, "अब फ़ाइव स्टार होटलों में, जो वेजीटेरियन दावतें होती हैं, उनमें मलाई के कोफ़्ते, लौकी के कोफ़्ते और सोयाबीन की बड़ियों के पुलाव, कटहल का क़ोरमा नोश किये जाते हैं और इंग्लिस्तान में अंग्रेज़, इण्डियन रेस्टोरेंटों में इस क़दर बेतहाशा मुग़लिया डिशें खा-खाकर बेहाल हुआ जा रहा है। अब अंग्रेज़ों की फूड हैबिट्स ही बदल गयीं।"

"बम्बई में एक रेस्टोरेंट ने अपना नाम देग़ची रखा है। ज़रा इसी नुक़्ते पर ग़ौर करो।" जुन्नू भाई ने कहा। "किचन के बर्तन भाँडों के नाम भी तुर्किस्तानी हैं। देग़ची, बावर्ची, प्याला, कफ़गीर, चमचा रकाबी, क़ाब, तश्त, चिलमची, सबसे ज़्यादा इस्तेमाल होने वाले अलफ़ाज़, जिनके पर्यायवाची कोई और शब्द हैं ही नहीं, कुर्सी, क़लम, किताब, अरबी हैं। दरअस्ल उर्दू भाषा, अमीर ख़ुसरो से लेकर ब्रिटिश राज तक के सारे सामाजिक इतिहास का आईनादार है।"

मैंने बयाज़ (काव्य पुस्तिका) उठायी। एक पृष्ठ खोला, तो उसमें चचा नसीर की एक और नज़्म नज़र आयी, जो उन्होंने वहीदा चचीजान के लिए, अपनी शादी की सिलवर जुबली पर लिखी थी :

ये दुनिया चमन बन गयी किन के दम से
ख़ता-औ-ख़ुतन[1] बन गयी किन के दम से
मेरी अंजुमन बन गयी किन के दम से
हयात एक दुल्हन बन गयी किन के दम से
फ़क़त इनके दम से फ़क़त इनके दम से

मेरे तसव्वुर में फिर उनका मज़ार आ गया। बुलन्दशहर में बरगद के नीचे, जिसका कतबा (शिलालेख) भी मिट चुका था।

ज़हीर ने आकर बच्चन से कहा, "सग़ीरन बूबू आ गयी हैं। रफ़ी मियाँ ने दिलचस्पी से पूछा, "बूबू कहाँ का लफ़्ज़ है?" नहटौर आकर हमारा एक मशग़ला यह भी था कि पुरानी उर्दू के जो अल्फ़ाज़ अब तक यहाँ इस्तेमाल किये जाते थे, उनके ओरिजिन का सुराग़ लगायें और ये अलफ़ाज़ कहाँ-कहाँ से आए थे। शादियों में केलों के पत्तों से सजा 'मंढा', जिसमें दूल्हा बैठता था, विवाह मंडप की एक शक्ल था, ब्याह के गीतों के बनरा का स्रोत बनराज था, यानी कृष्ण बनवारी।

"बूबू तुर्की मूल, आपा तूरानी मूल, बाजी ईरानी क्योंकि लखनऊ और अवध पर ईरानी कल्चर की छाप थी, वहाँ बाजी ज़्यादा इस्तेमाल किया जाता है।" जुन्नू भाई ने फ़रमाया, "मीर इंशा कहते हैं।"

है सलीक़ा तुझे इतना कि नज़र आती है
बादशाहज़ादी तेरे सामने पाजी बाजी
ऐ लो इस कोठरी में मेरे डराने के लिए
एक अबा ओढ़ के बन बैठे हैं हाजी बाजी

जुन्नू भाई भाषायी गुत्थियों को सुलझाने में मसरूफ़ रहे।

Cut to

कोहरे में लिपटा धामपुर रेलवे स्टेशन, पंजाब मेल आकर रुकती है। एक शख़्स हाथ में अटैची लिये, सुनसान प्लेटफार्म पर उतरता है। ट्रेन रवाना हो

1. मध्य-एशिया का एक स्थान, जहाँ क़स्तूरी हिरण बहुत पाये जाते हैं।

जाती है। Cut to mid shot वह शख़्स स्टेशन के फाटक से प्रकट होता है, चारों तरफ़ देखता है; एक ताँगे वाला उसकी तरफ़ आता है। वह शख़्स ताँगे पर बैठ जाता है। Cut to long shot, ताँगा छन-छन करता, सुनसान सड़क पर चला जा रहा है। Cut to mid shot gate मुसाफ़िर ताँगे से उतरता है, Cut to long shot through the main door quadrangle cypress trees, long silent varandah, lights burning inside.

मुसाफ़िर क्वाडरेंगल के आँगन से गुज़रता, बरामदे में पहुँचता है, रहस्यमय माहौल, Cut to interior top shot drawing room. दीवारों पर प्राचीन फ़ोटोग्राफ़, नीचे सोफ़ों पर कुछ ख़वातीन व हज़रात और एक बिल्ली। एक साहब हाथ उठा उठाकर नज़्मख़्वानी (काव्य-पाठ) कर रहे हैं। मुख्य द्वार का पर्दा हटाकर, नवागन्तुक भीतर प्रवेश करता है।

नवागन्तुक : सलाँ अलैकुम
कोरस : सलाँ अलैकुम शब्बू भाई, आदाब शब्बू चचा।
विभिन्न आवाज़ें : अब्बा शब्बू चचा आ गए।

शब्बू मियाँ : हम कार का इन्तिज़ार करते रहे। उस वक़्त ख़ुशक़िस्मती से एक ताँगा मिल गया, वर्ना स्टेशन सुनसान पड़ा था।

मकान मालिक : ड्राईवर साहब गाड़ी लेकर, खाने-पीने चले गए होंगे।

जर्रार भाई ने उनका परिचय रफ़ी मियाँ से कराया, "जब शब्बू के वालिद का इन्तिक़ाल हुआ। ये छह साल के थे, कोर्ट ऑफ़ वार्ड्ज़ बाराबंकी ने इन्हें अब्बाजान की निगरानी में दे दिया। रात को अम्मीजान उनका बिस्तर अपने पलंग के पास लगवाती थीं कि कोई दुश्मन किडनैप न कर ले।"

अगर दुश्मन शब्बू को किडनैप कर लेते तो मिर्ज़ा बेदिल का कितना नुक़सान होता। सोचने की बात है। "भैया हाथ मुँह धो लीजिए, हम चाय मंगवाते हैं।" मैंने फिर फ़िल्मी डायलॉग बोला। शब्बू मेहमान कमरे की तरफ़ चले गए।

अलीगढ़ से मेरा ताल्लुक़ सैयद नसीरुद्दीन हैदर के घर से शुरू हुआ, जिसे इन्डो-ब्रिटिश अलीगढ़ तहज़ीब का आला नमूना कहा जा सकता था। उस

घर में मेरा दाख़िला देहाती ज़मींदार-ज़ादे की हैसियत से हुआ। बड़ा फ़ासला नज़र आया। यहाँ मेज़ कुर्सी पर खाना होता था और मैं जब तक तख़्ते पर आलती-पालती मारकर न खाता, पेट नहीं भरता था।

यहाँ लड़के और लड़कियाँ बेतकल्लुफ़ अंग्रेज़ी बोलते थे, मैंने उस वक़्त तक अंग्रेज़ी में हाईस्कूल पास किया था, इससे भी ज़्यादा यह कि मेरे वालिद साहब को इस भाषा से ख़ासी रंजिश थी। वह हर उस चीज़ के दुश्मन थे, जिसने ख़ानदान-ए-मुग़लिया से बग़ावत की या उसकी बुनियादें उखाड़ी थीं।

चुनांचे उन्होंने वक़्त के तक़ाज़े से मजबूर होकर और बड़ी बेदिली से और "नक़्ल-ए-कुफ़्र, कुफ़्र न बाशद" (कुफ़्र[1] की नक़्ल करना, कुफ़्र नहीं) का जाप करके, मूझे अंग्रेज़ी पढ़ने की इजाज़त दे दी थी। अब, जब मैं अलीगढ़ आया तो एक नई तहज़ीब-व-तालीम से वास्ता पड़ा, मेरी परवरिश दरअस्ल पुराने ज़माने के अलीगढ़, यानी सर सैयद और शिब्ली के ज़माने के एजुकेशनल कोर्स पर हुई थी।

मैं अपने नये मेज़बानों के एंग्लो-पर्शियन कल्चर, उनके फ़ैशन वाले लिबास और अंग्रेज़ी मुहावरों से बहुत रौब में था लेकिन वह लोग भी मेरी क़ाबिलियत और फ़ारसी शाइरी पर कमांड देखकर, अंदर ही अंदर मुतास्सिर (प्रभावित) हुए थे। जब मैं अपनी फ़ारसी-आमेज़ उर्दू में बेतकल्लुफ़ "सादी" और "हाफ़िज़" के अशआर और कहावतों का इस्तेमाल करता, तो उनकी नज़रों से तारीफ़ टपक पड़ती।

इसका नुक़ता-ए-उरुज (चरम बिन्दु) उस वक़्त आया, जब नसीरुद्दीन हैदर साहब की बेटी, अज़रा ख़ातून की शादी के मौक़े पर मैंने सिर्फ़ और सिर्फ़ चौदह साल की उम्र में, फ़ारसी नज़्म कहकर अपनी धाक जमा दी। शमशाद मार्केट से थोड़ी दूर पर एक कोठी "अमीर मंज़िल" अब भी इस तक़रीब (समारोह) की याद ताज़ा करती है, जिसमें यूनिवर्सिटी के विद्वानों और प्रोफ़ेसरों के अलावा मुल्क के बहुत से शाइरों, अदीबों ने शिरकत की थी, जिनमें जिगर साहब,

1. वह बात जो अल्लाह को नाराज़ करे।

सीमाब साहब और सज्जाद हैदर यलदरम जैसे अहले-क़लम मौजूद थे। (वारिस किरमानी! "यह दश्ते जुनूँ दीवानों का" ख़ैरो ख़बर अलीगढ़ में प्रकाशित)

"अब्बा, कॉफ़ी...?" राहील ने, जर्रार भाई को मुख़ातब किया।

"आपा तूरानी, बाजी ईरानी, तो अब्बा कहाँ का लफ़्ज़ है?" रफ़ी मियाँ ने गुफ़्तगू का सिलसिला वहीं से जोड़ा।

Aramaic, जो हज़रत ईसा (अ.) के ज़माने में फ़िलस्तीन में बोली जाती थी। जब वे सूली दिये जाने लगे तो उन्होंने पुकारा था, अब्बा, अब्बा मेरा तकलीफ़ का यह प्याला मुझसे लेलो। यह लफ़्ज़ अब्बा, King James बाइबिल के अंग्रेज़ी अनुवाद में इसी तरह मौजूद है और हर इंजील में इसी तरह आया है और इसी अब्बा से Abbey, Abbot, Abbess निकलते हैं, जो कलीसाई अलफ़ाज़ हैं।" मैंने जवाब दिया।

"यानी जब हम अब्बा कहते हैं तो प्राचीन आरामी बोलते हैं।" रफ़ी मियाँ ने ताज्जुब का इज़हार किया।

मैंने ज़हीर को आवाज़ दी, "ज़रा क़ारी साहब को बुला लाओ।"

कुछ मिनट के बाद, बरामदे में खटखट की आवाज़ आई और क़ारी साहब कमरे में दाख़िल हुए। उन्होंने कम्बल ओढ़ रखा था, सिर पर कनटोप, छिदरी दाढ़ी, हँसमुख जवान आदमी थे। अस्सलाम अलैकुम, उन्होंने दाग़ा। "आज तो ख़ूब पाला पड़ रहा है और आप इस पाले में भी घूम रहे हैं।" मैंने कहा।

क़ारी साहब मुसकुराये। जाड़ा, गर्मी, बरसात उनके लिए सारे मौसम एक से थे। छाजों मेंह बरसता हो, क़ारी साहब इतमीनान से बच्चों को पढ़ाने निकल जाते थे। गली-गली घूमते थे, चप्पे-चप्पे से वाक़िफ थे, मोहल्ले वाले उनके संरक्षक थे, गंडे तावीज़ झाड़-फूँक भी करते थे। हर महीने बीवी बच्चों के पास, अपने गाँव चले जाते थे, जो ज़िला मुरादाबाद में था। कई बरस से वह बाहरी डयोढ़ी के बराबर वाले कमरे में रहते थे। निहायत क़ायदे के आदमी

थे। वह महज़ हाफ़िज़ जी नहीं थे, उन्होंने अरबी भी पढ़ रखी थी। मैंने उनसे कहा, क़ारी साहब सेंट ल्यूक इंजील में लिखा है...

"बीबी इंजील में रद्दो बदल किया गया है।" उन्होंने मेरी बात काटी।

"दुरुस्त!" मैंने कहा। "लेकिन सुनिए तो, लिखा है कि जब हज़रत ईसा (अ.) को मसलूब (सूली पर चढ़ाना) किया जा रहा था, तो वे चिल्लाये थे।"

"हज़रत ईसा (अ.) मस्लूब ही नहीं किये गए थे।" क़ारी साहब ने फ़रमाया।

"लेकिन सुनिये तो, तहरीफ़ शुदा (बदली हुई) इंजील में लिखा है, "उलूही-उलूही लिमा सबक़तनी?" यानी इलाही तूने मुझे क्यों छोड़ दिया? इसका अनुवाद अरबी में कीजिए; इस वाक्य को आपके लिए काग़ज़ पर लिख दें।" वे मुस्कुराकर बोले, बीबी हम पढ़ न पायेंगे। मैं अपनी बेध्यानी पर शर्मिंदा हुई। जुमला दोहराया; इलाही-इलाही लिमा सबक़तनी? उन्होंने ग़ौर से सुना।

कुछ ठहरकर फ़रमाया, "इलाही! लिमा तरकतनी?"

शब्बू कुछ देर बाद ड्राईंग रूम में वापस आये, कापी-बुक पर नज़र पड़ी, कहने लगे, "इसमें तो हमारी वह नज़्म भी मौजूद है, जो हमने चौदह साल की उम्र में कही थी। आपा अज़रा की हज्व ...चचीजान टोंक राज गयी हुई थीं, अलीगढ़ में घर का इन्तिज़ाम अज़रा आपा के सुपुर्द करती गयी थीं, तब हमने उनकी हज्व[1] लिखी।"

"इरशाद, इरशाद!" सामईन (श्रोताओं) ने कहा।

शब्बो ने कापी बुक उठायी और पढ़ना शुरू किया :

आपा अज़रा जो काम में हैं दख़ील
हो गया है ये इन्तिज़ाम ज़लील
  घर में तूफाने बेतमीज़ी है
  जैसे तुग़यानियों में रूदे नील[2]
कल तो था जा-ए-अम्न[3] पन्ना लाज
आज क्यों अहले शर[4] की है ज़ंबील[5]

1. कविता में किसी की बुराई करना।, 2. जैसे बाढ़ में नील नदी।, 3. शांति स्थल।, 4. उपद्रवियों।, 5. थैली।

दरो दीवारे लाज हैं फ़िलहाल
मस्कने ज़ाग़ो आशियाना-ए-चील[1]
ख़सो ख़ाशाक ज़ेबे फ़र्श हुआ[2]
क्यों जारोब कश[3] को दी तातील[4]
मक्खियों मच्छरों का राज हुआ
नहीं उनसे बचने की कोई सबील[5]
बस कि पानी है और न बिजली है
घर ब्याबाँ में हो गया तब्दील
टोंक जाकर ख़बर करे कोई
ख़ाला मोहतरमा को बसद ताजील[6]
आप ने जिसके घर सिपुर्द किया
वो नहीं जानतीं शरीफ़ो-रज़ील[7]
नाम उनका ज़रूर अज़रा है
काम उनका है मिस्ले इज़राईल[8]

फ़ास्ट फ़ॉर्वर्ड। 1990 ई. में जब लेखिका को ज्ञानपीठ एवार्ड मिला, तो शब्बू ने (उनके कथनानुसार) क्योंकि मैंने उनको इस ख़ुशी में शरीक न किया, उन्होंने मेरी हज्व लिखी।

क़ुर्रतुल ऐन हैदर हैं अदब में दख़ील
जैसे मुल्के अरब में इस्राईल
शहरे देहली में हश्र बरपा है
मुतफ़क्किर हैं सब फ़हीमो अक़ील
एक मुइम्मा है आग का दरिया
नज़्रे आतिश हुई है फ़िक्रे जमील
काश पढ़तीं फ़साना-ए-आज़ाद
हज़्म करता है जो ग़िज़ाए-सक़ील
देख लेतीं तिलिस्मे होश रुबा

1. कौओं और चीलों के घोंसले।, 2. फ़र्श पर कूड़ा करकट जमा है।, 3. झाड़ू लगाने वाला।, 4. छुट्टी।, 5. युक्ति।, 6. बहुत जल्दी।, 7. तुच्छ, 8. मौत के फ़रिश्ते जैसा।

जिसमें क्या क्या रुमूज़ हैं तहलील
आपकी फ़िक्र से लरज़ती है
रूहे-सादी व हूमर-औ-वर्जील
वहशतो इख़्तलाजो आहो फ़ुग़ाँ
आपके नाविलों की है तावील
इनके औराक़ में है पोशीदा
दावते ख़ुर्दो नोशे-इज़राईल

अनुवादः- क़ुर्रतुल ऐन हैदर साहित्य में इस प्रकार लिप्त हैं, जैसे अरब देश में इस्राइल। दिल्ली शहर में क़यामत मची है, सब बुद्धिमान, समझदार चिन्तित हैं। आग का दरिया एक पहेली है, उच्चकोटि के चिंतन को आग लग गयी है। काश "फ़साना-ए-आज़ाद" पढ़तीं, जो कठोर भोजन पचा जाता है। "तिलिस्में होशरुबा" देख लेतीं, जिसमें क्या-क्या इशारों का प्रयोग किया गया है। आपके चिंतन से 'सादी', हूमर और वर्जील की आत्मा भी काँपती है। बेचैनी, घबराहट, आहें-विलाप आपके उपन्यासों में बात को बयान करने के उपाय हैं। इनके पृष्ठों में इज़राईल नामक फ़रिश्ते के खान-पान का आमंत्रण छिपा है।

"लीजिए साहब, इस एक ग़ैर अहम (महत्वहीन) गुमनाम बयाज़ में मसनवी, ग़ज़ल, नज़्म, क़सीदे, हज्व, तमाम इस्नाफ़े सुख़न (कविता की सभी विधाएँ) मौजूद हैं और ये शाइरी रिसालों में छपवाने या मुशाइरों में पढ़ने के लिए नहीं की जाती थी। मिसाल के तौर पर हमारे बड़े अब्बा सैयद एजाज़ हैदर, फ़ारसी के क़ादिर उल कलाम (दक्ष) शाइर थे। उनका पूरा एक दीवान तैयार हो सकता था लेकिन वे गुमनाम रहे। चचा निसार हैदर ज़ैदी, शाइर भी थे और शाइर नवाज़ (शाइरों का मान करने वाला) भी।"

"अज़ीमुश्शान आल इण्डिया मुशाइरे आयोजित करवाते थे लेकिन अपना कलाम न मुशाइरों में पढ़ते थे, न पढ़वाते थे। ख़वातीन (औरतें) भी शे'र कहती थीं। वहीदा चचीजान, नफ़ीसा आपा, हुस्ना आपा, तीनों बहुत अच्छी शाइरा थीं। हमारी अम्मा और अज़रा आपा अक्सर एक दूसरे को निहायत पुरलुत्फ़

मनज़ूम (कविता रूपी) ख़त लिखती थीं और इकराम हैदर दादा फ़न्ने 'तारीख़ गोई' (किसी घटना के अंकों से शब्दों का प्रयोग करके शे'र कहना) में माहिर थे।" मैंने एक पृष्ठ पलटा।

अलीगढ़ में अबू मोहम्मद साहब, चचा नसीरुद्दीन हैदर के क्लास फ़ेलो थे और 'बूम' कहलाते थे। बाद में ख़ान बहादुर, अबू मोहम्मद एक नामवर हस्ती बने। एक बार नैनीताल में ये सब याराने-तरीक़त (दोस्त), नवाब छतारी के यहाँ इकट्ठे थे और अबू मोहम्मद साहब महफ़िल में चहक रहे थे। इस वाक़िए के मुताल्लिक़ चचा नसीरुद्दीन ने फ़ारसी में कुछ अशआर लिखे। मक़ते में तारीख़ निकाली :

बूम नौबत मी ज़नद बर गुम्बदे-अफ़रासियाब[1]
(1344 हिज्री)

"अब उर्दू से अनभिज्ञ नई पीढ़ी के लिए ये तलमीहात[2] अर्थहीन हैं। कहाँ के क़ैसर व ख़ुसरो और कौन अफ़रासियाब। इन ख़ज़ानों की कुंजी भी ख़ाँ गयी।" जुन्नू भाई ने कहा।

हर तहज़ीब की एक उम्र होती है। हमारी इस कॉलोनियल तहज़ीब में उर्दू फ़ारसी के अलावा, झाल फ्रेज़ी और मोटरख़ाना भी शामिल था। सामाजिक शैली के बदलाव का प्रभाव, भाषा पर पड़ता है। पहले कार को मोटर कहा जाता था और वह भी पुल्लिंग।

"मोटर है ज़ुल्फ़िक़ार अली ख़ाँ का क्या ख़मोश"

फ़ीलख़ाना के संतुलन पर मोटरख़ाना बन गया था। अब, जब मैं दिल्ली में मोटरख़ाना या शागिर्द पेशा कहती हूँ, तो कोई नहीं समझता। शब्दों के स्टॉक का रद्दोबदल इसी तरह जारी रहता है। बरतानवी आधिपत्य के बाद, जनता ने अपना आक्रोश केवल तीन शब्दों में प्रकट किया था : अंग्रेज़ों का इबादतख़ाना गिरजा।

1. अफ़रासियाब के गुम्बद पर उल्लू बोलता है; अर्थात जिसकी कभी शानो-शौकत थी, अब उनके महलों पर वीरानी का साम्राज्य है।, 2. कविता में किसी क़िस्से की ओर इशारा करना।

आम के बाग़ के मध्य में स्थित ताजपुर कैथडरल, बिल्कुल पेरिस के नौत्रदाम की नक़्ल लगता है। फ़ादर स्वागत के लिए अपने दो मंज़िला मकान से निकला। वह केरल का रहने वाला था, "यहाँ का आख़िरी यूरोपियन फ़ादर इटली से आया था, वह साँप के काटने से मर गया।"

अन्दर कलीसा के मरमरीं हाल में कुँअर स्लोस्टर, कुँअर नारबर्ट और कुँअरानी लिलियन मेरी की मरमरीं क़ब्रों पर धूप फैली थी। धूप ने दरीचों के रंग-बिरंगे शीशों पर, नक़्श तस्वीरों को फ़र्श पर पूरी तरह प्रतिबिम्बित कर दिया था। ऐसा लगता था, जैसे वह फ़र्श पर बनी हों। सूरज ढलने के साथ-साथ वह सरकती जा रही थीं।

फ़ादर हम लोगों को कॉन्वेंट में ले गया। वर्तमान राजा की बेटी फुलवारी में टहल रही थी, "मैं आजकल यहाँ रीट्रेट में हूँ।" ग्रे, सुर्मयी रंग के लम्बे फ़्राक पहने, केराला की ननें उनके साथ थीं।

स्कूल, अस्पताल, कोढ़ियों का अस्पताल, इस वीराने में पूरा संसार आबाद था। एक नौजवान सन्यासी हमारे लिए फलों और तरकारियों की टोकरी लेकर आया। दूसरे सन्यासी ने फूल उठा रखे थे। बाग़ गरोटों में हज़रत मरियम के मुजस्समे के सामने भी फूल रखे थे। वापसी में फ़ादर, मोटर साइकिल पर बैठकर हमारी गाड़ी के आगे-आगे चला। एक पुरानी कोठी पर पहुँचकर, उसने राजा साहब की बाक़ी बेटियों को इत्तिला की, वे हम लोगों को दूसरी मंज़िल पर ले गयीं।

Are you Annie? एक बेटी ने पूछा। फिर साँझे दोस्तों की चर्चा हुई। भाई अमीर हैदर, दीवार पर आवेज़ाँ ढालें और तलवारें मुलाहिज़ा करके बोले, "इन्हीं तलवारों से आपके पूर्वज, हमारे बुज़ुर्गों से लड़े होंगे, 1857 ई. में। तीनों ख़वातीन ने ख़ुशख़लक़ी से क़हक़हा लगाया। ये कुनबा ज़्यादातर बंगलौर में रहता है।

सवाल यह है कि हिन्दू-मुसलमान ज़मींदारों ने कोई अस्पताल या कोढ़ियों का घर या यतीमखाना क्यों नहीं क़ायम किये?

फ़ास्ट फ़ॉरवर्ड जून 1992 ई., दिल्ली से साथ जाने वाले कुछ क्रिश्चियन दोस्तों को, ताजपुर कैथेडरल दिखाने ले गए। फ़ादर के दो मंज़िला मकान पर जाकर, घंटी बजाई। चिक़ उठाकर, अन्दर से एक ख़ुशशक्ल नौजवान बरामद हुआ। जींस और टी-शर्ट पहने यह लड़का, किसी मलियालम फ़िल्म का हीरो हो सकता था। मैंने कहा, "फ़ादर को इत्तिला कर दीजिए"; हँस के बोला, "मैं ही फ़ादर हूँ, पिछले वाले का तबादला हो गया।"

"आपने जुब्बा क्यों नहीं पहना?"

उसने क़हक़हा लगाया, "कैथोलिक चर्च, अब ज़माने के साथ चल रहा है। जुब्बा पहनकर, हम लोगों की सेवा के लिए इतनी भागदौड़ नहीं कर सकते, जो हमारे धर्म में शामिल है। वापसी में वह हमें एक छोटे से पुल की ओर ले गया, जहाँ से आम का बाग़ शुरू होता था। बहुत नीचे एक पतली नदी बह रही थी, "क़ड़ूला" नदी उसने कहा। जब चौधरी श्याम सिंह और प्रताप इंग्लिस्तान से लौटे, तो उनके पिता ने इस नदी के किनारे प्रायश्चित स्वरूप, कई सौ ब्राह्मणों को भोजन कराया था। उसके बाद, उन दोनों ने ईसाई धर्म ग्रहण कर लिया था।"

पुल की मुंडेर पर मोटे शब्दों में लिखा था, 'फ़ातिमा ब्रिज'।

मदीनतुज़्ज़हरा, मदीनतुल-फ़ातिमा। ग़र्नाता के पतन के बाद, पाँच सौ बरस से सारा स्पेन और पुर्तगाल गिरजाघरों की घण्टियों से गूँज रहा है। इस सदी के आरम्भ में पुर्तगाल के एक शहर में, जिसका नाम फ़ातिमा है, चंद बच्चों ने, जो अपनी भेड़ें चरा रहे थे, बताया कि उन्हें बीबी मरियम नज़र आईं; वहीं पर Our lady of Fatima गिरजाघर का निर्माण किया गया।

एक समकालीन पेंटिंग में, जो स्पेन के एक गिरजाघर में मौजूद है, दिखलाया गया है कि पादरी छोटे से हौज़ के किनारे, मुसलमान विजितों का धर्म परिवर्तन करा रहा है। ग़र्नाता के पतन के तुरन्त बाद ही, एक ईसाई व्यक्ति कोलम्बस ने अमेरिका की खोज की।

1533 ई. में ब्रिटिश सैलानी ने लिखा था कि ग़र्नाता के बादशाह की औलाद, उत्तरी अफ्रीक़ा के शहरों में ख़ैरात पर गुज़ारा करती है।

सारी कैथोलिक दुनिया में बीबी मरियम की मूर्तियाँ, उन्हीं स्थानों से नामित हैं, जहाँ पर उनके पूजा स्थलों के निर्माण किये गए हैं। चुनांचे पुर्तगाली शहर फ़ातिमा की मरियम के नाम पर Our lady of Fatima के कॉन्वेंट, हिन्दुस्तान में भी जगह-जगह मौजूद हैं, जिन्हें लोग लेडी फ़ातिमा के स्कूल कहते हैं। एक सादालौह (सीधी-सादी) जन्नती बीबी ने अलीगढ़ में मुझसे कहा, "ईसाई भी जनाब ज़हरा को मानते हैं। लो देखो! यहाँ लेडी फ़ातिमा का स्कूल खोल दिया।"

फ़ादर कहने लगा, "राजा साहब की बेटियाँ, अब मुस्तक़िल तौर पर बंगलौर में रहती हैं; उनका कुछ सामान फ़रोख़्त हो (बिक) रहा है अगर आप चाहें तो देख लीजिए।"

जो ख़ातून हमारे साथ दिल्ली से आई थीं, उन्होंने दिलचस्पी का इज़हार किया। यह फ़ादर भी मोटरसाइकिल पर बैठकर, हमारे आगे-आगे चला।

ताजपुर से वापसी पर, एक टीले पर उस घराने की कोठी दिखाई दी, जो अब बिल्कुल wuthering heights प्रतीत हो रही थी। कोठी ढंढार पड़ी थी। एक कमरे में कुछ फ़र्नीचर जमा कर दिया गया था। फ़ादर ने कहा, "कोठी, कोई गुप्ताजी हैं, वह ख़रीद रहे हैं, इसमें फ़ैक्टरी लगायेंगे।" "इतना भारी फ़र्नीचर, हम अपने छोटे से फ़्लैट में कहाँ रखेंगे।" हमारी दोस्त बोलीं।

हम लोग बाहर आये; कुछ कमरों में सब्ज़पोश फ़क़ीरों और चरवाहों के परिवार आबाद हो गए थे। चारों ओर चारपाइयाँ, बर्तन भाण्डे। एक फ़क़ीरनी कोने में बैठी, खाना पका रही थी। बाहर बरसाती में एक चरवाहा और उसकी बीवी, एक ओर खाट पर बैठे थे। औरत ने सुर्ख़ रंग का तंग पायजामा पहन रखा था, कानों में चाँदी की बालियाँ। उनका छोटा बच्चा आँखें दुखने के मरज़ में, मुब्तला फ़र्श पर बैठा चिल्ला-चिल्ला कर रो रहा था।

फ़ादर लपक कर उसकी तरफ़ गया और उसे गोद में उठा लिया फिर उसने चरवाहे से कहा, "मेरे साथ अस्पताल चलो।" हम लोगों को ख़ुदा हाफ़िज़ कहा, बच्चे को मोटरसाइकिल पर अपने आगे बैठाया। चरवाहा पीछे बैठा।

our lady of Fatima का परिस्तार, ग़रीब गल्लाबान और उसके बच्चे को लेकर शिफ़ाख़ाने की ओर फ़र्राटे से निकल गया।

फ़ातिमा-अज़्ज़हरा (मोहम्मद साहब (स.) की बेटी) के नाम लेवा फ़क़ीर ने, जो शायद अनक़ा शाह की बिरादरी का एक सदस्य था, चिलम हुक़्क़े पर रखी, अपना कशकोल (भिक्षा पात्र) उठाया और बरसाती में आकर हमारे सामने, अपने हाथ फैला दिये।

सहरा-ब-सहरा

फ़ाइव स्टार मुशायरा कल्चर

मुद्दतें गुज़रीं, पहली बार बग़दाद के एयरपोर्ट रेस्तोराँ में, अबापोश अरबों को वाइन पीते देखकर, हैरत हुई थी। पहली बार मिस्री फ़िल्म देखी, औरतें अरबी बोलते-बोलते, निहायत बेहूदा रक़्स शुरू कर देतीं, तो बड़ी कोफ़्त होती। चूँकि अरबी से हम हिन्दुस्तानियों की कल्पना मज़हब और पवत्रिता से सम्बन्धित है।

क़ाहिरा के एक नाइट क्लब में बेली डांस देखा तो और ज़्यादा शर्मिंदगी महसूस की। अबूधाबी के एक फ़ाइव स्टार होटल के ब्रेकफ़ास्ट रूम में, एक मेज़ पर सुअर के माँस के टुकड़ों का अंबार दिखायी दिया, तो ख़याल आया कि इन्हीं बर्तनों में दुनिया भर के मुसलमान, जो इस होटल में ठहरते हैं, आराम से खाने-पीने में मसरूफ़ रहते हैं।

हर दौर के मज़हबी तहफ़ुफ़ुज़ात (धर्म-सुरक्षा के उपाय) बदलते जाते हैं। पहले हिन्दू आमतौर पर मुसलमानों के साथ बहुत भाईचारा और दोस्ती रखते थे लेकिन खाना उनके साथ नहीं खाते थे। अब ज़्यादातर एक साथ खाते-पीते हैं। रेलवे स्टेशनों पर अब हिन्दू पानी और मुसलमान पानी की आवाज़ें भी सुनाई नहीं देतीं।

कुछ पाकिस्तानी शाइर हाल में तशरीफ़ लाए। अज़ीज़ बानो और मैं एक दरीचे के क़रीब नाश्ता करने में मसरूफ़ थे। दूसरी मेज़ों पर पाश्चात्य देशों के लोग अपना मनपसन्द ब्रेकफ़ास्ट, बैकन एण्ड एग्ज़ (Bacon & Eggs) उड़ा रहे थे। क्या यह लॉस एंजलेस का कोई होटल था या वाशिंगटन का या लंदन का? एक मुस्कुराते हुए निहायत ख़ुश-अख्लाक़ गवानी बैरे ने कॉफ़ी लाकर, हमारी मेज़ पर रखी। क्या यह बम्बई का ताजमहल होटल था?

अबूधाबी, जो पेट्रोडालर्ज़ की कॉमनवेल्थ का एक अहम केंद्र और उपमहाद्वीप के रहने वालों का एक मसरूफ़ तरीन (व्यस्ततम्) शहर कि दौलत कमाने और उड़ाने की सरगर्मी सबसे बड़ी मसरूफ़ियत है। नीचे सड़कों पर

लम्बी मोटर कारें गुज़रती जा रही थीं, जिनमें अबापोश शैख़ या हिन्दुस्तानी, पाकिस्तानी उच्च एक्ज़ीक्यूटिव सवार थे। ऊँची इमारतों के नीले शीशे, धूप में झिलमिला रहे थे। ये इमारतें, उपमहाद्वीप और दूसरे पूर्वी देशों से आए हुए मज़दूरों ने बनाई थीं और यहाँ से जो दौलत कमाकर हमारे मेहनतकश हिन्दुस्तान वापस जाते थे, उनमें ज़्यादातर केरल के बाशिन्दे थे। कोई दस साल पहले, केरल के सर-सब्ज़ जंगलों में छिपे, उनके छोटे-बड़े मकानात मैंने देखे थे, जो वहाँ दीनार हाउस कहलाते हैं।

कहीं कोई आवाज़ नहीं, मुकम्मल ख़ामोशी, सड़कों पर पैदल राहगीर नापैद। अल्लाह मियाँ ने अरबों को कैसा नवाज़ा; बैठे-बैठे कुर्सी के नीचे से तेल निकल आया। ईरानियों को भी नवाज़ा था, वहाँ बादशाह के तख़्त के नीचे से तेल का चश्मा उबलने लगा था। उसे निकालने और इस्तेमाल करने के लिए भी, पश्चिम से फ़रज़ंदाने तस्लीस (ईसाई) ही बुलाये गए थे। फिर जब वे सारे मध्यपूर्व पर छा गए और आप उसकी दौलत से, जिसका कुछ हिस्सा किराये के तौर पर फ़रजन्दाने तसलीस ने दे दिया, तो आप ऐशो इशरत में मशग़ूल हो गए।

अब ग़ौर करने की बात यह है कि उन्हीं कलीसा वालों ने इस उपमहाद्वीप में नये आक़ाओं के रूप में आकर अगर आपको अंग्रेज़ी न पढ़ाई होती, आधुनिक शिक्षा से परिचित न कराया होता, तो आज आप यहाँ इन शैख़ों का सारा कारोबार न संभाले होते और शिक्षा व मेहनत (श्रम) की एन्गलो सेक्सन परम्परा को स्वीकार करने के बाद, यह आलम न होता कि इस वक़्त अबूधाबी की कई बड़ी कम्पनियों की उच्चाधिकारी, पाकिस्तान व हिन्दुस्तान की नौजवान महिलाएँ भी हैं।

दूसरे दिन हुम्मन आपा की सबसे छोटी चार्टर्ड एकाउंटेंट लड़की, दुर्दाना ने फ़ोन किया और फिर होटल पहुँची। वह एक निहायत अहम पाइप लाइन की चीफ़ एकाउंटेंट थी। एक ख़ालाज़ाद बहन और उसका शौहर, जो सैयद आले रज़ा लखनवी का सबसे छोटा लड़का है, अबूधाबी में मौजूद थे। यह नयी अंतर्राष्ट्रीय अर्थव्यवस्था और नये सामाजिक बदलाव की निहायत

ख़ुशआयंद और हौसलाअफ़ज़ा दुनिया थी। मगर उस समाज में ख़ुद अरब औरतें कहीं नज़र न आयीं। खाड़ी के देश बहुत रौशन ख़याल और मॉडर्न हैं। हिन्दुस्तान व पाकिस्तान से आई हुई ख़वातीन, हर जगह अहम काम संभाले हुए हैं। बहुत अच्छा लगा मगर वही सवाल बार-बार ज़हन में आया, अरब ख़वातीन कहाँ हैं?

जश्ने जमीलुद्दीन आली का एक मुशायरा, हिलटन होटल के हाल में मुनअक़िद (आयोजित) हुआ। मुशायरे नवाबों के दीवानख़ानों से निकले तो पाँच सितारा होटलों में शिफ़्ट हो गए और यहाँ मध्यपूर्व के शैख़ ऐसे नवाब हैं, जिनकी बदौलत हमारे उपमहाद्वीप के मआशरे के कम अज़ कम एक हिस्से में ख़ुशहाली की लहर दौड़ गयी है। कारीगर और मेहनतकश मज़दूर से लेकर पढ़े-लिखे नौजवानों का प्रोफ़ेशनल वर्ग, सभी इस नयी अर्थव्यवस्था से लाभान्वित हो रहे हैं। यह Consumerism का निहायत अजीबोग़रीब दौर है। अबूधाबी में किताबों की दुकानें, कहीं नज़र न आयीं। ज़रूर होंगी, दिखलाई नहीं दीं।

मुझे समझा है क्या हरचरण दास!

नज़दीक का शहर दुबई, एक लोकोक्ति और Syndrome बन चुका है। अबूधाबी के बाद, दुबई ऐसा लगा जैसे एक ग़ैरशख़्सी (मानव-रहित) ख़ामोश इमारतों और ख़ामोश सड़कों की बस्ती से निकलकर, अचानक इंसानों की आबादी में आ गए। कुछ बम्बई, कुछ कराची, सारे शहर पर उपमहाद्वीप वासी ही छाये हुए थे। रास्ते में शारजाह पड़ा, जहाँ इनका दुनिया भर में मशहूर क्रिकेट मैच हो रहा था। इंगलैण्ड की टीम आई हुई थी। दुबई का वर्ल्ड ट्रेड सेण्टर, बिल्कुल न्यू ओरलींज़ का वर्ल्ड ट्रेड सेंटर प्रतीत हुआ। पचास हज़ार श्रोताओं का मजमा, स्टेज पर शोअरा कराम (कविगण), अहमद नदीम क़ासमी की सदारत (अध्यक्षता), जो लाहौर से आमंत्रित किये गए थे।

41 ई. में उनके अफ़सानों का मजमूआ (संग्रह) 'चौपाल' छपा था, दारुल इशाअत पंजाब, लाहौर ने उसे प्रकाशित किया था। क़ासमी साहब, उस वक़्त उस इदारे में 'फूल' व 'तहज़ीब-ए-निसवाँ' के एडिटर के तौर पर काम करते थे

या शायद उसके बाद। सभ्य, मरजाँ मरंज (न किसी को दुःख पहुँचाओ, न ख़ुद दुःखी हो, वाले स्वभाव के)। अब वे पाकिस्तान के बुज़ुर्ग और निहायत मोहतरम अदीब व शाइर हैं और पाकिस्तानी साहित्य के एक स्तम्भ। यह मुशायरा जश्न-ए-आली के सिलसिले में मुनअक़िद (आयोजित) हुआ था। अज़ीज़ बानो ने अपना कलाम पेश किया तो बेहद वाह-वाह हुई। महफ़िल पर छा गयीं।

आली ने मुझसे कहा, "भई यह तो बहुत ही मुशायरा लूट क़िस्म की ख़ातून निकलीं।" मैंने जवाब दिया, हमने क्या ख़्वाह मख़्वाह आपसे कहा था कि इन्हें बुलवाइये? कुछ समय पूर्व आली, शंकर शाद मुशायरे के लिए दिल्ली आए थे। बानो लखनऊ से तशरीफ़ लाई थीं, वह मेरे यहाँ ठहरी हुई थीं। आली की दावत में उन्होंने भी अपना कलाम सुनाया। वे बहुत दिनों से इसरार (आग्रह) कर रहे थे। "हमारा जश्न मनाया जाएगा, उसमें तुम ज़रूर शिरकत करो।" हम इस शर्त पर आयेंगे कि आप बानो को भी मदऊ (आमंत्रित) कीजिए, हिन्दुस्तान की बेहतरीन शाइरा हैं।

जब वह मेरे साथ हाईस्कूल में पढ़ती थीं तब से शे'र कह रही हैं; तबीयत कुछ क़लंदराना (मस्त) पाई है। मजमूआ कलाम नहीं छपवातीं बल्कि एक बार उन्होंने अपना मसव्वदा (पांडुलिपि) उनकी हवेली में एक अंधा कुआँ है, उसमें डाल दिया था। यह हवेली आसिफ़ुद्दौला के काल में 1797 ई. में तामीर की गयी थी। जब से इनका कश्मीरी मूल ख़ानदान इसमें रहता आया है। सत्यजीत राय ने इस हवेली के नमूने के सेट बनवाकर, उनमें शतरंज के खिलाड़ी की शूटिंग की थी। उनके घर के पास ही वह कूचा है, जहाँ मसनवी 'ज़हर-ए-इश्क़' का 'रहता था एक सौदागर'।

"बानो के दादा ख़्वाजा अजीज़ लखनवी, फ़ारसी के उच्चकोटि के शाइर और अल्लामा इक़बाल के निजी दोस्त थे। बानो, अपने क़लन्दराना व दरवेशाना मिज़ाज की वजह से, अपने अशआर भी रिसालों में बहुत कम छपवाती हैं। अंग्रेज़ी साहित्य में एम.ए. किया है और निहायत उम्दा अंग्रेज़ी लिखती और बोलती हैं।"

ग़रज यह कि अज़ीज़ बानो दाराब वफ़ा लखनवी के भी कुछ अशआर, उस शाम हासिल-ए-मुशायरा (उच्च कोटि के) समझे गए। इल्ला माशाअल्लाह!

स्टेज पर हबीब अंसारी फ़िरंगी महली भी तशरीफ फ़रमा थे। पिछली बार उनसे, चटगाम के एक मुशायरे में मुलाक़ात हुई थी। हाजरा मसरूर, ख़दीजा मस्तूर और जमीला हाशमी भी मेरे साथ सामईन (श्रोताओं) में शामिल थीं। जब से अब तलक ऐसा हुआ कि वह मुल्क ही, यानी पूर्वी पाकिस्तान ही दुनिया के नक़्शे से ग़ायब हो गया। जमीला और ख़दीजा ने भी इस नश्वर संसार को रहने के क़ाबिल न समझा और हम सबसे रूठ कर चली गयीं।

लखनऊ में फ़िरंगी महल के ख़स्ता बामो-दर (जर्जर छतें-द्वार), अपने किन-किन नाम लेवाओं को याद करते होंगे और भला कब तक याद रखेंगे। कुछ वर्ष पहले दूरदर्शन के लिए, लखनऊ के बारे में एक दस्तावेज़ी फ़िल्म बनी। एक साउथ इण्डियन नौजवान पार्थासारथी और एक पंजाबी लड़की ने यह फ़िल्म बनाई थी। दोनों लखनऊ की तहज़ीब से नावाक़िफ़ लेकिन बहुत बुद्धिमान और समझबूझ वाले नौजवान थे। आधे घण्टे में, जो कुछ उन्हें लोगों ने बताया, उसकी फ़िल्म बन्दी की, बाद में उसके 'रफ़ कट' मुझे दिखाने के लिए लाये। उसमें फ़िरंगी महल के भी कुछ शॉट थे।

मौलाना मतीन मियाँ ने उससे मुताल्लिक़ कुछ बताया और उनकी भतीजी नुज़हत फ़ातिमा, जिनकी पीठ कैमरे की तरफ़ रही, ख़ाली अलमारियाँ खोलती और बन्द करती रहीं। यानी तीन सौ साल से हिन्द के मयख़ाने बन्द नहीं थे, वह अब जाकर बन्द हो रहे हैं। फ़िरंगी महली दूर-दूर जा बसे हैं। फ़िरंगी महल के खण्डहरों में घास उग आई है। कुछ ख़ानदान अब भी वहाँ मौजूद हैं; सवाल यह है कि महज़ हमारे यहाँ ही ऐसा क्यों होता है? हमने तो कभी नहीं सुना कि यूरोप के प्राचीन विद्यालय अचानक बन्द हो गए। विश्वयुद्ध की तबाहकारियों के बाद भी, जो प्राचीन संस्थान या पाठशालाएँ बन्द हो गयी थीं, वह फिर आरम्भ कर दिये गए।

पूर्व सोवियत संघ के राज्य यूक्रेन का नगर 'क्यू' बमबारी से बिल्कुल नीस्तोनाबूद हो गया था; वहाँ मैंने देखा कि पुरानी पाठशालाओं और ऐतिहासिक

इमारतों की तस्वीरें, ढूँढ़-ढूँढ़ कर निकाली गयीं और उनको सामने रखकर, वह इमारतें नये सिरे से बिल्कुल उसी अंदाज़ में बनायी गयीं। एक गिरजाघर के अन्दर, आर्टिस्ट लोग दीवारों पर वही तस्वीरें बनाने में मसरूफ़ थे, जिनसे नौ सौ साल पहले, गिरजाघरों को सजाया गया था। यह एक बेदीन (अधर्मी) हुकूमत थी, जिसने कलीसा के मज़हब को निरस्त कर दिया था लेकिन उसके आर्ट को अपनी बेशक़ीमती राष्ट्रीय धरोहर समझते थे।

दारुलउलूम देवबन्द अलबत्ता प्रगतिशील है; यूनिवर्सिटी का दर्जा हासिल कर चुका है। चार हज़ार छात्र हैं उसमें; सूडान और दूसरे अफ़्रीक़ी देशों के छात्र भी शामिल हैं। उसके होस्टलों में रहते हैं। देवबन्द में सुना है, मज़हबी इंतिहापसन्दी (अतिवाद) भी नापैद है। पाकिस्तान में मौलाना अशरफ़ अली, थानवी के नाम पर एक जामिया अशरफ़िया क़ायम हो चुका है। ख़ानदान-ए-फ़िरंगी महल में डॉक्टर नसीम अंसारी जैसे प्रगतिशील विद्वान भी मौजूद हैं।

हबीब अंसारी साहब ने एक नज़्म पढ़ी, जिसको सुनकर मजमे में उथल-पुथल मच गयी। श्रोताओं में ज़्यादातर लोग मुहाजिरीन (भारत से गए शरणार्थी) थे, जिनके माँ बाप या वे ख़ुद हिन्दुस्तान से पलायन करके, पाकिस्तान गए हैं। 71 ई. में एक पलायन करके, मध्यपूर्व और पश्चिमी देशों में आबाद थे। यह इस उपमहाद्वीप के समकालीन इतिहास का एक दृश्य था (मुझे अब उक्ति 'मंज़रनामा' से चिढ़ हो गयी है) अब जो अदीब और शाइर, हिन्दुस्तान और पाकिस्तान से जाकर, दूसरे मुल्कों के मुशायरों में एक दूसरे से मुलाक़ात करते हैं, तो किसी एक हिन्दुस्तानी शाइर ने मुझसे कहा कि पाकिस्तानी अदीब और शाइर हम लोगों के साथ, ज़रा सरपरस्ताना (संरक्षात्मक) या अहसास-ए-बरतरी (बड़प्पन की भावना) का रवैया भी रखते हैं।

कुछ वर्ष पहले, अहमद फ़राज़ एक मुशायरे के लिए दिल्ली तशरीफ़ लाए थे, ग़रीबख़ाने पर ज़ाकिरबाग़ में क़दम रंजा फ़रमाया और आग्रह किया कि मिडिल ईस्ट में उनका कोई जश्न मनाया जा रहा था या कोई मुशायरा था, उसकी सदारत (अध्यक्षता) करूँ। मैंने कहा, "अरे भई! मैं मुशायरों की सदारत नहीं करती फिरती, न मेहमान-ए-ख़ुसूसी (विशेष अतिथि) बनती हूँ।"

तो बड़ा बोल कभी नहीं बोलना चाहिए; यूँ हुआ कि आली और तैयबा कराची से आए और उन्होंने आग्रह किया कि अबूधाबी के जश्ने-आली का उद्‌घाट न, ऐनी बेगम तुम ही करोगी। (मुझे आलीजी और इंशाजी कहने से भी चिढ़ है) ये आली साहब जो हैं, जब 47 ई. में बुलन्दशहर में इनका ब्याह तैयबा बेगम से हुआ था, मेरी वालिदा मरहूमा को ख़ालाजान पुकारते थे, चूँकि उन मरहूमा के दैरीना (लम्बी अवधि के) ताल्लुक़ात, उन साहब के ख़ानदान से थे। वह भी वही वज़अदारी निभाते हैं और कहते हैं, यह हम मुग़लों की परम्परा है। याद करो हुमायूँ ने क्या किया था, वग़ैरह-वग़ैरह।

जो लोग आली से वाक़िफ़ नहीं, वह नहीं समझ सकते कि वे किस क़दर बाग़ो-बहार इंसान हैं, एक अंजुमन साज़ शख़्सियत हैं। पाकिस्तान में राइटर्ज़ गिल्ड के संस्थापक और रूह-ए-रवाँ रहे। पाकिस्तान के राष्ट्रीय कवि हफ़ीज़ जालंधरी के बाद, ये ही हैं। सरकार में भी बहुत प्रभाव रखते हैं। यहाँ आते हैं तो दिल्ली वाले इनको दिल्ली वाला समझकर, बहुत आवभगत करते हैं। अल्लाह उन्हें जीता रखे! अब मैंने देखा कि वे मिडिल ईस्ट के नये इंडो-पाकिस्तानी समाज में कितने लोकप्रिय हैं।

अमारात उर्दू सोसायटी ने जश्ने-आली में शिरकत के लिए दिल्ली से प्रोफ़ेसर गोपीचन्द नारंग को भी आमंत्रित किया था। उन्होंने आली की शाइरी पर एक मक़ाला (निबन्ध) पढ़ा। मौसूफ़ (आली) के दोहों के सामाजिक अर्थों पर नाचीज़ (लेखिका) ने भी कुछ कहा। दूसरे दिन उन्होंने फ़रमाया, भई तुमने वह जो कुछ मेंढकों और झींगुरों वग़ैरा का ज़िक्र किया था, वह पर्चा दे दो। मेरी जान जल के रह गयी। एक तो मैं इतनी दूर से आऊँ और आपके मुताल्लिक एक पेपर पढ़ूँ, जो मैं किसी के लिए नहीं करती। शेक्सपियर ज़िन्दा होकर आ जाये तो उसके लिए भी नहीं पढ़ूँगी। अब बुला के देखिए मुझे आप।

"भई तुमने वह क्या लिखा है मेंढक और झींगुर; वह पेपर दे दो, इतमीनान से उन्होंने दोहराया। उसी शाम, उसी पचास हज़ार के मजमे के सामने, प्रोफ़ेसर गोपीचन्द नारंग के कमसिन और मधुर कंठ बच्चे तरुण ने आली का कलाम हारमोनियम पर गाकर सुनाया। दुबई की दुकानों में दो चीज़ों की बहुतायत

थी, सोने के ज़ेवरात और हिन्दुस्तानी फ़िल्मों के वीडियो कैसेट और हिन्दुस्तानी फ़िल्मी गानों के कैसेट; ये जैसे इस नयी संस्कृति का निचोड़ था।

अब दुबई और अबूधाबी के बीच में अल-ऐन पड़ता है। टीलों पर शजरकारी (वृक्षारोपण) की गयी थी और मालूम हुआ कि हर दरख़्त की सींचाई पर न जाने कितने हज़ार पेट्रोडालर ख़र्च किया जाता है। हर दरख़्त से एक ट्यूब लगा हुआ था, जिसके द्वारा बहुत दूर से पानी लाया जाता था।

अबूधाबी के शैख़ के एक बेटे की वर्षगाँठ मनाई जा रही थी, चुनांचे सारे रास्तों और इमारतों पर लाखों बल्ब दिन रात रौशन रहते थे। हर तरफ़ अंधाधुंध इन्तिहा से ज़्यादा फ़ुजूलख़र्ची के मंज़र दिखलाई देते थे। जब मुसलमान के पास पैसा आता है तो वह उसे इसी तरह उड़ाता है।

मेरे बराबर की कुर्सी पर एक दाढ़ी वाले बुज़ुर्ग बैठे थे और ज़ेरे-लब (दबे होंठों से) कुछ विर्द (जाप) कर रहे थे। मैंने ज़रा डरते-डरते एक काग़ज़ उनकी तरफ़ सरकाया। मौलवियों से बात करते हुए हमेशा डर लगता है, न जाने किस तौर पर पेश आयें।

अलीगढ़ में एक बार मैं नेशनल कालोनी में प्रोफ़ेसर मसजूद हसन का नया मकान तलाश करती फिर रही थी। सामने से एक निहायत ख़िज़्र सूरत (नेक सूरत), अबा व अमामा पहने एक मौलाना आते दिखायी दिये। मैं लपक कर उनके पास पहुँची और सलाम करने के बाद उनसे पूछा, क्या प्रोफ़ेसर मसजूद हसन के मकान का रास्ता बता सकते हैं। उन्होंने कोई जवाब न दिया और नाक की सीध में सामने देखते हुए, आगे चले गए।

प्रोफ़ेसर मसजूद के घर पहुँचकर मैंने यह वाक़ेया सुनाया तो सुआलेहा आपा बोलीं, अरे तुमने ग़ज़ब कर दिया। तुमने जाकर उनसे बात कर ली। उन्होंने एक बहुत ही बड़े आलिम-ए-दीन (धार्मिक विद्वान) का नाम लिया और बोलीं, वह औरतों से बात नहीं करते। एक और मौलाना उर्दू विभाग में पढ़ाते थे, मैं एक साल के लिए अलीगढ़ बतौर विज़िटिंग प्रोफ़ेसर गयी थी, एक दिन सुबह मैं क्लास लेने पहुँची तो देखा उस कमरे में वह मौलाना क्लास ले रहे हैं। इस

कमरे में तो मैं क्लास लेने वाली हूँ। आपको शायद ग़लतफ़हमी हुई है, लड़के भी बाहर खड़े हैं। मौलाना ने मेरी सुनी, अनसुनी कर दी और हरगिज़ जवाब न दिया। मौलाना एक ख़ातून को, जो उस ज़माने में विभाग अध्यक्ष थीं और हमेशा उन्हें सलाम अलैकुम कहती थीं, वे उनको जवाब नहीं देते थे। उन्होंने कहा कि औरतों को सलाम करना मेरे मसलक (पंथ) में नहीं है।

तीसरा वाक़ेआ यह हुआ कि बम्बई एयरपोर्ट पर एक बार एक निहायत ख़ुश शक्ल, सब्ज़ आँखों वाले सब्ज़पोश मौलाना खड़े थे, मैंने उनसे दरयाफ़्त किया, "क्या जहाज़ छूटने का एनाउंसमेंट हो गया है?" उन्होंने कोई जवाब न दिया। दोबारा पूछा, तब भी ख़ामोश रहे। गुजरात में हिन्दुओं का एक सम्प्रदाय है, जिसके स्वामी लोग औरतों से बात नहीं करते; इस सम्प्रदाय के लोग ब्रिटेन में बहुत आबाद हैं। उनके धार्मिक पेशवा, जब गुजरात से लंदन वग़ैरह जाते हैं तो औरतों को परे हटा दिया जाता है लेकिन मुझे नहीं मालूम था कि हमारे यहाँ भी ऐसे उलमा-ए-दीन मौजूद हैं।

चुनांचे जो सफ़ेदपोश बुज़ुर्ग मेरे बराबर में बैठे थे, मैंने बहुत ही सहमकर उनसे दरख़्वास्त की कि वह अल्लाहुम्मा अल उमरा के आगे वाली दुआ, इस पर लिख दें। उन्होंने निहायत ख़ुशख़ल्क़ी से लिखकर वह पर्चा मुझे दिया और एक एयरहोस्टेस जब कॉफ़ी लेकर आई तो उन्होंने बर्तानवी लहज़े की अंग्रेज़ी में कहा : God bless you my child! या अल्लाह! ये कितने उम्दा मौलवी हैं। मैंने उनसे पूछा, कहाँ से तशरीफ़ लाते हैं, बताया, 'डरबन साउथ अफ़्रीका से; रहने वाले गुजरात के थे और अक्सर डरबन से हिन्दुस्तान आया करते थे। बिल्कुल पादरियों जैसे ख़ुश अख़्लाक़ मौलवी थे।

पिछली सीट पर दो बेगमात मसरूफ़-ए-गुफ़्तगू (बातचीत में व्यस्त) थीं।

एक ने पूछा : मियाँ प्यारी मरने से पहले क्या कर रही थीं?

दूसरी : (जल कर) नाच रही थीं ...ऐ तुम्हारे यहाँ लोग मरने से पहले क्या करते हैं?

एक : ऐ बाजी सुनो, "मियाँ प्यारी की लड़की माँ के चेहलुम में बिल्कुल लाल जोड़ा पहनकर आयी, कहने लगी सास का हुक्म है, मैं क्या करूँ और सुनो तो, इतने अमीर आदमी की बहू और उसने सोने के ज़ेवर पहन रखे थे। मैंने कहा, ऐ बी! हमारे यहाँ तो सोना नौकरानियाँ पहनती हैं; हम लोग तो महज़ हीरे जवाहरात..."

जद्दा एयरपोर्ट कहा जाता है, दुनिया का सबसे बड़ा हवाई अड्डा है। वालिद मरहूम यलदरम ने 1934 ई. में लिखा था :

तैयारा कामरान में जद्दे में है जहाज़
अब अपने घर को तू ही बचा इस ज़माने में।

ये मुल्क अरब क्लब पाशा और लारेंस ऑफ़ अरेबिया की गतिविधियों का केंद्र रहा था और एंग्लो-अमेरिकन ऑयल कम्पनियों के जोड़-तोड़ का अड्डा। उस वक़्त और आज की दुनिया में हालाँकि हालात का फ़र्क़ ज़मीन व आसमान का था मगर बुनियादी मामले वही थे और उनका प्रभाव क्षेत्र कहाँ से कहाँ पहुँच चुका था। फ़रमाँरवाओं (शासकों) की ऐशो इशरत के स्रोत हज़ार गुना बढ़ चुके थे लेकिन तेल की दौलत से मालामाल इन देशों ने उपमहाद्वीप के नौजवानों की बेरोज़गारी की समस्या भी तो हल कर दी थी।

जद्दा एयरपोर्ट पर जिस लड़के ने मेरा सामान चेक किया, वह पाकिस्तानी था। एयरपोर्ट का सारा स्टाफ़ ही उपमहाद्वीप के लोगों पर आधारित प्रतीत होता था। लड़के ने मेरे पर्स में से होम्योपैथिक दवा की एक पुड़िया निकाल ली, "इसमें क्या है?" उसने संजीदगी से पूछा। "Heroin" मैंने उसी संजीदगी से जवाब दिया। वह बेचारा शायद नया-नया उस काम पर लगा था; नर्वस हो गया। मैंने कहा, "मियाँ तुम ऐसा करो, इन पुड़ियों को केमिकल परीक्षण के लिए भेज दो।"

कुछ फ़ासले पर बाहर गैलरी में मियाँ तारिक़ हैदर मुंतज़िर (प्रतीक्षा में) थे; उन्होंने यह संवाद सुना; बेचारे कस्टम वाले लड़के ने कहा, "अच्छा, अच्छा जाइए" मैं बाहर आयी; तारिक़ मियाँ ने कहा, "यहाँ इस क़िस्म की तफ़रीही गुफ़्तगू न कीजिए, मख़्दूश (ख़तरनाक) है।"

यह हवाई अड्डा क्या हैरतअंगेज़ इमारत थी; छतें इस तरह तामीर की गयी थीं कि सहराई ख़ेमे (जंगल के शिविर) मालूम हों। सऊदी एयरलाइंस की गोरी हवाई मेज़बान (एयर होस्टेस) लड़कियों की टोपियों में फ्रांस के सबसे बड़े फैशन डिज़ाइन ने इस तरह से जॉर्जेट आवेज़ाँ की थी, जो एक झलक में नक़ाब सी प्रतीत होती थी।

पीआईए का हवाई जहाज़ आ चुका था। डॉक्टर हिलाल नक़वी नज़र आये, फिर अमजद इस्लाम अमजद, आली और तैयबा, डॉक्टर सलीम मुईनी जद्दा एयरपोर्ट के उच्चाधिकारी, अजमेर के एक पीरज़ादे, निहायत दिलचस्प और शगुफ़्ता तबीयत आदमी पाकिस्तानी। अब यहाँ मिडिल ईस्ट की सोसायटी में यह शनाख़्त करना मुश्किल था कि कौन हिन्दुस्तान से आया है और कौन पाकिस्तान से।

"हम हुए तुम हुए कि मीर हुए..."

मैंने एक बार किसी को बताया था कि मैं दुनिया के जिस एयरपोर्ट पर उतरती हूँ, अल्लाह के फ़ज़्लो-करम से माशाअल्लाह मेरा एक न एक भतीजा, भतीजी, भांजा, भांजी, ख़ैर मक़दम (स्वागत) के लिए मौजूद होते हैं। अबूधाबी में हुम्मन आपा की लड़की दुर्दाना, यहाँ भाई उसमान हैदर के बेटे तारिक़ हैदर और उनकी बीवी हाला, जो चचा बशीर हैदर मरहूम की नवासी थीं।

हाला के वालिद डॉक्टर मोहम्मद यूसुफ़ अरबी के नामवर स्कॉलर, उम्मे हानी आपा के छोटे भाई। उम्मे हानी आपा अलीगढ़ यूनिवर्सिटी में फ़ारसी विभाग की अध्यक्ष थीं। डॉक्टर मोहम्मद यूसुफ़ कोलम्बो युनिविर्सिटी में उस्ताद थे। अपनी लड़कियों के साथ एक दिन पिकडली लंदन में पैदल जा रहे थे, अचानक हृदयगति बन्द हुई।

तारिक़ और हाला जद्दा में कई साल से रहते थे। तारिक़ मियाँ जर्मनी की हवाई जहाज़ कम्पनी Lufthansa में अफ़सर थे। यहाँ भी जश्न-ए-आली मनाया जा रहा था। तारिक़ मियाँ के घर से मुशायरा गाह बहुत दूर थी। रास्ते में तारिक़ मियाँ ने पूछा, "फूफी आपके जश्न क्यों नहीं मनाये जाते?" मैंने कहा, "सबको मालूम है कि मैं अपने जश्न हरगिज़-हरगिज़ नहीं मनवाती; सवाल

ही पैदा नहीं होता। बहुत लोगों ने इसरार (आग्रह) किया, आख़िर थक कर ख़ामोश हो गए, अलबत्ता अपने दोस्तों की इस क़िस्म की तक़रीबात (समारोहों) में शिरकत से बहुत लुत्फ़ आता है।"

"चुनांचे अब देखो कि अभी दो हवाई जहाज़ कराची और दिल्ली से जद्दा पहुँचे हैं और सब मारामार मुशायरा गाह की तरफ़ भागे जा रहे हैं। इसी जोशो-ख़रोश ने बाहरी दुनिया में उर्दू के झण्डे गाड़ दिये। कभी उपमहाद्वीप की दूसरी भाषाओं के लिए सुना है कि इस धूमधाम से उनके जलसे टोरंटो से लेकर ओसलो तक आयोजित होते हों। उर्दू की इस लोकप्रियता का राज़ है मुशायरा। न बंगाली में मुशायरे हो सकते हैं न तमिल में। अब कवि सम्मेलन भी कहीं-कहीं होने लगे हैं मगर वह बात कहाँ मौलवी मदन की सी। मुशायरा उर्दू कल्चर का निहायत कामयाब एक्सपोर्ट मेटेरियल सिद्ध हुआ।"

नम्बर एक, मुशायरा। नम्बर दो, अलीगढ़ वाले, जो माशाअल्लाह से सारी दुनिया में फैले हुए हैं।

मुशायरागाह का अहाता भी लग रहा था, जैसे स्ट्रेची हाल का लान या नुमाइश ग्राउंड या कैनेडी ऑडिटोरियम का कुछ हिस्सा यहाँ शिफ़्ट कर दिया गया है। बहुत सी शनासा (परिचित) सूरतें नज़र आयीं और निहायत ख़ुशो-ख़ुर्रम मिला-जुला मजमा। अचानक एक साहब ने आकर कहा, "मुतव्वे आ जाएंगे, अन्दर तशरीफ़ ले चलिए।"

"ये मुतव्वे कौन चीज़ हैं?"

"पुलिस" उन्होंने जवाब दिया। "पिछले दिनों तलत महमूद इण्डिया से तशरीफ़ लाये थे, उनके सुनने वालों में औरतें भी मौजूद थीं, मुतव्वे आ गए।" उस वक़्त उस अहाते में ख़वातीन इधर-उधर गिरोह बनाये, बातों में मसरूफ़ थीं, हम लोग लेडीज़ रूम की तरफ़ लपके।

"फूफी, सलाम अलैकुम! मैं अय्यूब ख़ाँ मरहूम की लड़की हूँ।" मैंने चौंक कर देखा, लेडीज़ रूम में एक लड़की बिल्कुल अय्यूब भाई मरहूम की हमशक्ल सामने खड़ी थी। ताज्जुब नहीं हुआ; शायद तिब्बत ही ऐसा मुल्क

है, जहाँ अपने रिश्तेदार, दोस्त अहबाब या उनकी औलाद नहीं मिलेगी। यह तो बहरहाल जद्दा था और दोस्त अहबाब भी कैसे, मार तीन-तीन, चार-चार पीढ़ियों की दोस्ती।

अब यह लड़की, जो मुझे इतनी अपनाइयत और बेतकल्लुफ़ी से 'फूफी' पुकार रही थी, उसको मैंने पहले कभी नहीं देखा था और इसके ख़ानदान से हम लोगों का कोई ख़ूनी रिश्ता न था, सिवाय तीन चार नस्लों की दोस्ती के और ये कैसे निःस्वार्थ और बेलौस सम्बन्ध होते थे।

अख़्तर मुमानी और इब्राहीम मामू की वफ़ात (मृत्यु) के मुताल्लिक़ मुझे इल्म था। मैंने दरयाफ़्त किया "तुम्हारे वालिदैन (माता-पिता) आजकल कहाँ हैं, कराची?"

"वह दोनों भी गए।"

"अरे।"

"दोनों को जाने की बहुत जल्दी थी, वर्ना अब्बा मुझसे मिलने यहाँ आया करते और आज अलीगढ़ वालों के इस मजमे में कैसे निहाल होते। सुना है, वह उन नौजवानों में से थे, जिन्हें अलीगढ़ के खिलंदड़े कहा जाता है और आपको सुनकर और ज़्यादा अफ़सोस होगा कि आग़ा चचा भी रवाना हो गए।"

"यानी सरसरी इस जहाँ से गुज़रे" एक ख़ातून ने जो कोच में बैठी हुई थीं, इज़हार-ए-ख़याल किया। कुछ साल पहले तक लखनऊ छावनी में जब मैं उस सड़क पर से गुज़रती थी, जो मोहनलाल गंज जाती है तो रास्ते में इब्राहीम मामू की सुर्ख़ रंग की कोठी, मस्जिद और उनकी लाल कुर्ती के मकानों का साफ़ सुथरा मोहल्ला रास्ते में पड़ता था। अब शायद, वह सारा इलाक़ा ही अलग नज़र आता है। जंगल की रात में अलीगढ़ वालों का यह ख़ुशबाश मजमा कुछ पलों के लिए ख़ेमा-ज़न (ठहरा) था।

अय्यूब भाई और उनके माँ बाप और छोटे भाई तो अपने ख़ेमे उठाकर कहीं चले गए थे। आज तक किसी को मालूम नहीं हुआ कि ये कारवाँ लामकाँ (परलोक) में कहाँ का रुख़ करते हैं कि वहाँ न कोई रास्ते हैं, न दिशाएँ, इस

रेगिस्तान की तरह और अरब के सहरा में तो हुकूमत-ए-वक़्त उनके आख़िरी पड़ाव (क़ब्रों) के निशान तक मिटा देती है।

नवागन्तुक महिला ने कहा, "हम आपको लेडीज़ क्लब में आमंत्रित करना चाहते हैं। आपको एक ट्राफ़ी पेश करेंगे।"

"कप या शील्ड?" मैंने दरयाफ़्त किया, "क्या मैंने अच्छे रन बनाये हैं?"

हाला ने आकर कहा, "चलिए मुशायरा शुरू होने वाला है।" हालाँकि हमेशा की तरह बहुत देर से इसका आग़ाज़ हुआ। मैं हाल की तरफ़ बढ़ी। एक साहब भागे-भागे आए और कहा, "औरतों के लिए अलैहदा इन्तिज़ाम है।" वे हमें एक विशाल मच्छरदानी की ओर ले गए, जो हाल के एक कोने में लगा दी गयी थी। हम सब उस मच्छरदानी के अन्दर जा बैठे; वहाँ सरवरी मिलीं जो कैलाश होस्टल में हैदराबाद दकन से आई थीं और ज़फ़रुल इस्लाम से उनकी मंगनी जब तय हुई तो उसकी पार्टी में आले हसन ने सलाम मछली शहरी की नज़्मों की पैरोडी पढ़ी थी, "कॉफ़ी हाउस" शीर्षक से।

सलाम मछली शहरी कब के अल्लाह को प्यारे हो चुके थे। आले हसन ने भी ज़्यादा उम्र न पायी। अगर इंसान हर वक़्त यह याद रखे कि जाने वालों का ताँता बँधा हुआ है तो अच्छा है।

इस्तक़बालिया तक़रीरें शुरू हुईं। फिर एक बच्चा कारचोबी वास्कट पहने, गुलदस्ते लिये मच्छरदानी में आया। फिर उसी बच्चे ने माइक्रोफ़ोन लाकर मेरे सामने रखा। अब नींद के मारे बुरा हाल; दिल्ली से रवाना होने के लिए अलस्सुबह उठी थी, फिर यहाँ एयरपोर्ट से तारिक़ के घर और वहाँ से बहुत फ़ासले पर यह मुशायरागाह। एक परचे पर हवाई जहाज़ में एक मुख़्तसर सी इबारत लिखी थी, अब वह पर्स की भूल-भुलैयों में मुश्किल से मिली, उसके बाद वह पर्चा भी ख़ाँ गया।

आज सात साल बाद यह मज़मून लिखने के लिए उसका वीडियो कैसेट चलाकर देखा तो फ़रमूदात-ए-आलिया (शुभवचन) कुछ इस तरह पल्ले पड़े : "ख़वातीन व हज़रात! ख़ुशी की बात है कि उर्दू दुनिया के नक़्शे पर जद्दा भी

एक अहम ...आली की मक़बूलियत (लोकप्रियता) की वजह यह है कि इनकी शायरी और इनकी आवाज़ हिन्द-ईरानी रिवायत (परम्परा) ...ऐसा भी नहीं है कि इस कारनामे का पसमंज़र (पृष्ठभूमि) बिल्कुल नया हो।

इस सदी के आग़ाज़ में जब उर्दू शायरी अक़लियत परस्ती और इफ़ादियत पसन्दी का इम्तिज़ाज़ (बौद्धिकता और उपयोग करने की योग्यता का सम्मिश्रण) ...आली ने मीर की रिवायत को ...इनके दोहे हिन्दी शायरी का चर्बा नहीं ...नींद का झोंका, मज़ीद (और भी) चंद जुमले में इस मुशायरे का इफ़तिताह (उद्घाटन) करते हुए ख़ुशी महसूस करती हूँ।" तालियाँ...

वाह क्या नेतागीरी की तक़रीर-ए-दिलपज़ीर (दिल लुभाने वाली) थी।

कू-ब-कू

जब हम फ्रेंकफर्ट पहुँचे, हवाई जहाज़ से उतरते वक़्त हमने बड़े प्यार और फ़ख़्र के साथ मुल्कराज आनन्द को आगे-आगे कर दिया और वे ज़रा झेंपते हुए गुड्डा जैसे सीढ़ियाँ उतरने लगे। क़ुदुरतुल्लाह शहाब ने एक बार बतलाया था कि उनके हवाई जहाज़ ने पालम पर लैंड किया तो उन्होंने और उनके साथियों ने प्रेसीडेंट अय्यूब ख़ाँ को जल्दी से सँवारा था। बालों पर ब्रश, कोट के कालर में ताज़ा फूल। वह यूँ ही लम्बे क़द के ख़ूबसूरत आदमी थे और एक और ख़ुश शक्ल, ख़ुशपोश शख़्स जवाहरलाल नेहरू से मिलने जा रहे थे तो मुल्कराज आनन्द भी क्या किसी मुल्क के सरबराह से कम थे, वह हमारी मुमलिकत-ए-अदब के सद्र (साहित्य रूपी देश के अध्यक्ष) थे।

दो ख़वातीन (महिलाएँ) लपक कर मुल्क के पीछे-पीछे उतरीं ताकि प्रेस और टेलीविज़न कैमरों की ज़द (क़ैद) में वे भी आ जाएँ। मुल्क नौजवान छात्र की हैसियत से लंदन से जर्मनी आया करते थे, जो क्रिस्टोफ़र अश्रवुड का जर्मनी था। दो बड़ी लड़ाइयों का मध्यम युग, जिसे एक ब्रिटिशर साहित्यकार ने The long weekend कहा था। दुनिया अब क्राइसिस से क्राइसिस तक ज़िन्दा रहने की आदी हो चुकी है।

मेरे पास उस ज़माने की बीबीसी की एक तस्वीर है, जिसमें नौजवान मुल्क, जवाँ साल टी.एस. एलियट, एक और अंग्रेज़ अदीब और शाइर थम्बी भुट्टो मसरूफ़-ए-गुफ़्तगू (बातचीत में व्यस्त) हैं। उस ज़माने में ये शाइर 'पोइट्री लंदन' एडिट करता था और Penguin New writing के अतिरिक्त वही प्रकाशन संस्था, इण्डियन पेंगुइन राइटिंग भी प्रकाशित करती थी, जिसमें मुल्कराज आनन्द और अहमद अली की कहानियाँ छपती थीं।

एयरपोर्ट पर जर्मनी मीडिया के लोगों की भीड़ में टी वी का एक कैमरामैन ऐसा नज़र आया, जो मानो मेडिवल गोथक क़िले से बाहर निकल आया है। वही चेहरा मोहरा और बिल्कुल उसी स्टाइल के बालों की माथे पर झालर और बालों

के पट्टे यानी तेरहवीं-चौदहवीं सदी के सेंट्रल यूरोप की एक शक्ल। इसी तरह आपको आज के इंसानों में अजंता और तक्षशिला और जैन शैली की तस्वीरें, गुजरात और राजस्थान में दिखलाई दे जाती हैं। चेहरों का यह पैटर्न और इस छब का रहस्य भी मुझे हैरान करता है।

मुल्क, आर.के. नारायण, अनिता देसाई और इस हक़ीर-फ़क़ीर (लेखिका) को होटल पेसिफ़िक में ठहराया गया था। बाक़ी लोग नहर के किनारे एक और होटल में। इस विशेष सत्कार की वजह से उचित रूप से कुछ लोग नाख़ुश थे। बाद में मालूम हुआ कि प्रबन्धकों को इत्तिला मिली थी कि आर.के. नारायण और मुल्क राज आनन्द के अलावा अनीता देसाई और लेखिका भी बेहद बूढ़ी हैं, उनको ज़्यादा चलने-फिरने में ज़हमत होगी, इस वजह से उन्होंने हम चारों के लिए उस होटल का इंतिज़ाम किया था, जो मेले के बहुत नज़दीक वाक़े (स्थित) था।

जब मैं काउंटर पर रजिस्ट्रेशन के लिए पहुँची तो दाढ़ी वाले जर्मन ने मुझे ताज्जुब से देखा। हर जर्मन एक जैसा नज़र आता है; चूँकि इन सबकी जर्मन कट दाढ़ियाँ और सम्राट जार्ज पंचम भी, जो नस्ली एतबार से काफ़ी हद तक जर्मन थे, अपनी दाढ़ी की वजह से और भी ज़्यादा जर्मन नज़र आते थे। अब जर्मन में रहने वाले हिन्दुस्तानियों और पाकिस्तानियों ने भी यही जर्मन कट दाढ़ियाँ रख ली हैं। अपने कमरे में पहुँचकर मामूज़ाद बहन फ़रीदा को स्टॉकहोम फ़ोन किया; भांजे आसिम ज़ैदी को लंदन, ख़ालिद हसन को वियाना, मुन्नू को पेरिस।

दो ख़ुश शक्ल (सुन्दर) नौजवान कमरा साफ़ करने के लिए आये। वे चेहरे मोहरे से सेंट्रल यूरोपियन हो सकते थे। चेकोस्लोवाकियन, जो एक बहुत ख़ूबसूरत क़ौम है लेकिन वे नादिरपुर और अब्बास निकले। जब आयतुल्लाह ख़ुमैनी का दौर शुरू हुआ और ईरान-इराक़ का युद्ध छिड़ा, जिसमें छोटे-छोटे बच्चों को गले में प्लास्टिक की कुंजियाँ पहनाकर, उन्हें मोर्चे पर भेजा जा रहा था। ये जन्नत की कुंजियाँ थीं, शहादत के बाद जिससे वे जन्नतुल फ़िरदौस का दरवाज़ा खोलेंगे।

नादिरपुर और अब्बास वहाँ से भागे और जन्नत की कुंजियों के बजाय होटल के कमरों की कुंजियाँ संभाले अपनी रोज़ी-रोटी कमा रहे थे। इनकी तरह के अनगिनत ईरानी नौजवान शरणार्थी जर्मनी में मौजूद थे। जिस तरह इसी देश से भाग-भाग कर लोगों ने अमेरिका और दूसरे देशों में शरण ली थी।

दुनिया के मामले कभी बदले नहीं। कितनी लाखों किताबें लिखो, छापो, पढ़ो, उनके मेलों का आयोजन करो, यातनाएँ देने की मानव प्रवृत्ति ज्यों की त्यों क़ायम रहती है।

हस्सो बाजी के लड़के का फ़ोन आया, जब वह और उसकी जर्मन बीवी नीचे लॉबी में आकर बैठे, एक और साहब भी इन्तिज़ार में थे और उन्होंने अपना नाम बतलाया। हाल ही में उनका एक उपन्यास अंग्रेज़ी भाषा में लंदन से छपा था, उनकी बीवी भी जर्मन या शायद डच थीं। मुशफ़िक़ाना (वात्सल्यपूर्ण) अंदाज़ में कहने लगे, "आप भी काफ़ी अच्छा लिखती हैं।" उन्होंने अपने नाविल में पाकिस्तान की तवायफ़ों, चोरों, गिरहकटों और नशेबाज़ों की सोसायटी का विस्तारपूर्वक चित्रण किया था। यहाँ के पब्लिशरों ने उस किताब को हाथों हाथ लिया था। अब उन्होंने मुझसे कहा है, "इसी विषय पर एक और उपन्यास लिखो।"

हस्सो बाजी की बहू ने अपनी सास के दिये हुए झुमके पहन रखे थे। जब वह मरहूमा अपने इसी बेटे से मिलने के लिए जर्मनी आने वाली थीं तो पहले मेरे यहाँ बम्बई में रुकी थीं। दोबारा बम्बई आईं तो छोटे बेटे के इंतिक़ाल की ख़बर मिली। ज़ारो-क़तार रोती हुई जर्मनी रवाना हुईं।

उनका यह बड़ा बेटा एक इंतिहाई हसीन इलाक़े में बेहद ख़ूबसूरत मकान में रहता था। एक बार फिर जर्मनी आकर मैंने सोचा, ऐसी आर्टिसटिक नफ़ीस-उत्तबअ (सौम्य प्रकृति वाली), बाज़ौक (सुरुचिपूर्ण) क़ौम जिसने दार्शनिक, संगीतज्ञ और कवि पैदा किये, उसी क़ौम ने वे गैस चैम्बर भी बनाये।

किताब मेले की गलियाँ मीलों तक फैली थीं। लाखों किताबें, हज़ारों प्रकाशक, एक इमारत से दूसरी तक जाने के लिए छोटी-छोटी ट्रेनें चल रही

थीं। एक हाल में बड़ा सा बैनर लगा था, आज बंगाली क्लब की तरफ़ से टैगोर ईवनिंग मनाई जाएगी। मलयालम शाइरा कमला दास मेरे पास खड़ी थीं। उन्होंने मुस्कुराकर मुझे कोहनी से टहोका दिया, "टैगोर ईवनिंग।"

जिस दिन पेरिस रवाना हो रही थी, एक हाल में रसूलुल्लाह (स.) के एक बहुत बड़े फ़र्ज़ी पोर्ट्रेट पर नज़र पड़ी। कितने मुसलमान मुल्कों के डेलीगेट्स अपनी अपनी किताबें वहाँ लेकर आए थे। किसी एक ने विरोध प्रकट नहीं किया। एक साहब से कहा कि इस हाल के प्रबन्धकों को तलाश करें। वह कहने लगे चलिए, अब तो नुमाइश ख़त्म ही हो रही है, आइंदा साल देखेंगे।

हिन्दुस्तान के एक दलित महाराष्ट्रियन साहित्यकार की वहाँ बहुत आवभगत हो रही थी। जगह-जगह वे पोज़ बनाकर खड़े हुए और उनकी तस्वीरें ली गयीं। जर्मन और पश्चिम वाले, जो एशियाई जितना ज़्यादा सियाहफ़ाम और पिछड़ा हुआ नज़र आए, उसको बहुत पसन्द करते हैं।

फ्रेंकफर्ट से बर्लिन परवाज़ करते हुए महाश्वेता देवी कहने लगीं "बिहार के आदिवासियों के अलावा मैंने कलकत्ता की तवायफ़ों का भी बहुत मुशाहिदा (अवलोकन) किया; उनमें से एक ज़हरा, बहुत ज़हीन और समझदार लड़की मिली।"

"मैं गौहरजान के मुताल्लिक़ और मालूमात हासिल करना चाहती हूँ। कहीं से नहीं मिलतीं, वे एक हैरतअंगेज़ ख़ातून थीं। मैंने सुना है, बंगाली भाषा में किसी ने उनकी सवानेह उम्री (जीवनी) लिखी है। शायद कलकत्ता वाली गौहर की अम्मा भी जर्मन मूल की यहूदी थीं और सुलोचना यानी रूबी मेयर्ज़ के माँ बाप दोनों ऑस्ट्रियन यहूदी थे।"

"इस मुल्क से कितने यहूदी जानें बचाकर निकले और उन्होंने हालीवुड की फ़िल्म इंडस्ट्री को अपने टैलेंट से मालामाल किया। ब्रिटिश इण्डिया भी उनके लिए एक शरणस्थली सिद्ध हुई और वहाँ की इंटरटेनमेंट इंडस्ट्री। जर्मनों की मौजूदा नस्ल शायद नहीं जानती कि सिर्फ़ चालीस पैंतालीस साल पहले तक उनके बाप दादा कैसे हौलनाक दौर में ज़िन्दा थे और उनमें से बहुत सों ने क्या-क्या ज़ुल्म ढाए।"

एक छोटे से मेडिवल शहर में दुनिया भर के पब्लिशरों का एक सेमिनार आयोजित हुआ, जिसमें हिन्दुस्तानी पब्लिशरों ने भी लम्बी चौड़ी तक़रीरें कीं। तब मैंने माइक्रोफ़ोन अपनी तरफ़ खींचकर कहा, "मैं थर्ड वर्ल्ड की ऐसी लेखिका हूँ, जिसके अत्याधिक प्रकाशित उपन्यास को पिछले तीस साल में आज तक एक पैसे की रॉयलटी नहीं मिली। आप लोग राइटर्ज़ के अधिकारों के लिए क्या ज़बानी जमा ख़र्च कर रहे हैं।"

मैंने काफ़ी देर तक इस समस्या पर विचार प्रकट किया। मैंने कहा, "यह रिकॉर्ड क़ायम करने के लिए कि मुझे आज तक दोनों मुल्कों में एक पैसा रॉयलटी का नहीं मिला, मेरा नाम Guinness Book of Records में शामिल करना चाहिए।"

सेमिनार के बाद हम लोग बाहर चौक में टहल रहे थे। रोमन बासु मेरे पास आए और कहने लगे, "मैं तो हक्का-बक्का हूँ, जो आपने बताया, मैं न्यूयार्क में रहता हूँ और वहाँ किताबें भी प्रकाशित करता हूँ। बंगाल में यह हाल है कि मेरे वालिद शाइर थे और उन्हें अपनी किताबों से इतनी रॉयलटी मिलती थी कि उन्होंने हम सब भाई बहनों को उच्च शिक्षा दिलाई।"

मैंने कहा, केराला में भी राइटर्ज़ को मलयालम किताबों से ख़ूब आमदनी होती है। ये आफ़त सिर्फ़ उत्तरी भारत के लिए मख़सूस (विशिष्ट) है, इसकी एक वजह यह है कि बंगाल और केराला दोनों में शिक्षा की दर बहुत अधिक है और लोग आमतौर पर किताबें ख़रीदते और पढ़ते हैं लेकिन यहाँ पश्चिमी देशों में पब्लिशिंग के कारोबार की यह शानो-शौकत और इतनी बड़ी आर्थिक व्यवस्था देखकर, अपने यहाँ के पिछड़ेपन पर अफ़सोस होता है।

हमारे यहाँ कम से कम उर्दू में एक अदबी किताब छपती है तो इसका एडीशन कितना होता है। राइटर्ज़ को तो एक ही हज़ार बताया जाता है। प्रकाशक कहीं ज़्यादा छापता है और उसे पहला एडीशन कहकर बरसों चलाता रहता है। दरअस्ल अदीब (साहित्यकार) हमारे मुल्कों में एक दलित जाति है।

हाइडल बर्ग में मुजाहिद हुसैन ज़ैदी उर्दू पढ़ाते थे, उनकी बीवी भी जर्मन थीं और ख़ूब उर्दू बोलती थीं। घर का कल्चर जर्मन था। यूनिवर्सिटी के एक डिनर में फ़तेह मोहम्मद मलिक मिले, वे इक़बाल चेयर के प्रोफ़ेसर थे। चूँकि अल्लामा इक़बाल ने हाइडल बर्ग में पढ़ा था इसलिए हुकूमते पाकिस्तान ने इस यूनिवर्सिटी के उर्दू डिपार्टमेंट में एक इक़बाल चेयर क़ायम कर दी थी और देखिए अंग्रेज़ बर्तानवी और अमेरिकन जंगबाज़ों की समझदारी कि वे जर्मनी के बेमिसाल प्राचीन विद्यालयों को पश्चिमी सभ्यता का अहम सर्माया समझते थे। उन्होंने जर्मनी के औद्योगिक नगरों को अपनी अंधाधुंध बमबारी से मलियामेट कर दिया था लेकिन इन ख़ूबसूरत छोटे-छोटे यूनिवर्सिटी टाउंस पर आँच नहीं आने दी। जर्मनों ने भी ऑक्सफ़ोर्ड और कैम्ब्रिज तबाह नहीं किये।

बर्लिन से एक छोटा हवाई जहाज़ पकड़ कर, पेरिस का रुख़ किया और एयरपोर्ट पर मन्नो को इन्तिज़ार करते पाया। मन्नो ने मेरा भारी सूट केस उठाया और अपनी बारीक एड़ियों वाली सैंडल्ज़ पर फुर्ती से चलती, बाहरी दरवाज़े की ओर रवाना हुई। बाहर आकर हम लोग ट्रेन में बैठे और उपनगरों का रुख़ किया। मन्नो ने फ़्लैट का दरवाज़ा खोला, उसकी दोनों लड़कियाँ स्कूल गयी हुई थीं। ड्राइंगरूम की दीवार पर सामने अति प्रत्यक्ष स्थान पर चग़ताई की एक पेंटिंग की नक़्ल आवेज़ाँ थी, मैंने कहा, "यह बहुत अच्छी नक़्ल है, किसने बनायी?"

मन्नो बोली, "आपने" मुझे अपनी चन्दा मुमानी का ख़याल आया। यू.पी. की पुरानी तहज़ीब के मुताबिक़ साहिब-ए-ख़ाना (मेज़बान) मेहमान से मकान के बजाय "आपका मकान" कहता है और चन्दा मुमानी की किसी चीज़ की प्रशंसा की जाए तो कहती थीं कि "आप ही की है", या आपकी नज़्र है। मैंने कहा, "नहीं भई, मुझे तस्वीर चाहिए नहीं!" मन्नो कहने लगी कि आप ही ने बनायी थी, आपको याद नहीं। अम्मी ने चग़ताई का एक प्रिंट देकर आप से कहा था, इसकी नक़्ल वाटर कलर्ज़ में कर दो। फिर वह दूसरे फ़ोन पर लपकी। उनकी दोस्त निशात, जो डॉक्टर अंदलीब शादानी की बेटी थीं, वह एक फ़्रांसीसी शौहर के साथ पेरिस में रहती हैं।

डॉक्टर अंदलीब शादानी, जो एक ज़माने में प्रेमपुजारी के पेन नेम से 'साक़ी' में अफ़साने लिखते थे ...ढाका ...लुक़मान भाई और हुस्ना आपा का स्टेट बैंक और पाकिस्तान का घर, जो अट्ठारहवीं सदी में ईस्ट इण्डिया कम्पनी का गवर्नमेंट हाउस था। ढाका यूनिवर्सिटी के उर्दू विभाग का शाम का नाश्ता, अंजुमन तरक़्क़ी-ए-उर्दू की महफ़िलें, हुस्ना आपा उस अंजुमन की रूहे-रवाँ (संगठन की आत्मा) थीं। समय ने वह पृष्ठ एक दम पलट दिया ...आपा हमीद जहाँ जो आला बी (शैख़ मोहम्मद अब्दुल्लाह संस्थापक मुस्लिम गर्ल्ज़ कॉलेज की बेगम) की भांजी थीं और 1932 ई. में लेडीज़ यूनिवर्सिटी से डिग्री लेकर लौटी थीं और बतौर इंस्पेक्टर ऑफ़ स्कूल्ज़ ग़ाज़ीपुर आती थीं और हमारे यहाँ ठहरती थीं।

एक दिन खाने की मेज़ पर गैस की सनसनाती रोशनी में वे कह रही थीं, "ट्यूब के दरवाज़े आप से आप खुलते हैं और एक मिनट में बन्द हो जाते हैं।" तो मैंने कल्पना की कि कोई बहुत बड़ा मोटर के टायर के अन्दर लगाने वाला ट्यूब होगा, उसके अन्दर मुसाफ़िर बैठ जाते होंगे और वह लुढ़कता चला जाता होगा। और मैं एक रोज़ इसी बात पर दुःखी होकर अँधियारे ड्राइंगरूम में गयी और एक सोफ़े पर गिरकर रोने में मसरूफ़ हुई तो आपा हमीद जहाँ टार्च लेकर मुझे मनाने के लिए वहाँ आयीं।

तीसरा दृश्य...। देहरादून नक़ी मोहम्मद ख़ाँ ख़ुर्जवी की कोठी जिसमें हम लोग मुक़ीम (ठहरे) थे, आपा हमीद जहाँ अपनी ख़ाला सिकन्दर जहाँ बेगम (सफ़ेद ग़रारा पहने, सफ़ेद गोरी चिट्टी, पंखिया हाथ में) के यहाँ टहलती हुईं वहाँ आया करती थीं। बाद में उन्हें कभी नहीं देखा। तो अब 1986 ई. के पेरिस में आपा हमीद जहाँ मरहूमा की लड़की निशात का फ़ोन आने पर मैंने ये सब बातें सोचीं।

मन्नो ने कहा, Iftekhar Arif is going bananas वह लंदन से कई बार काल कर चुका है कि आप कब पहुँच रही हैं। एक शाम हम लोग जंगल से गुज़र रहे थे। वहाँ हस्बे-मामूल ब्राज़ील से आए हुए लड़की नुमा लड़के हर तरफ़ बिखरे दिखाई दिये। एक दरख़्त के नीचे एक कार खड़ी थी और एक लड़का बड़ी सुरीली आवाज़ में बाहर खड़ा गाना सुना रहा था। इतने में घोड़ा सवार

पुलिस नमूदार (प्रकट) हुई और उसने उन लोगों को दौड़ा दिया। वे सब सड़कों पर से कूद कर जंगल में छिप गए। "आह पेरिस! पेरिस कभी नहीं बदलेगा।"

एक और छोटा हवाई जहाज़ पकड़ कर लंदन। छोटे हवाई जहाज़ों के उस एयरपोर्ट पर फिरोज़ जबीं, इफ़्तिख़ार आरिफ़ और रीहाना व आसिम के लड़के आमिर और नासिर को मौजूद पाया।

आसिम के घर में हस्बे-मामूल मेहमानों का मजमा और आसिम हस्बे आदत फ़र्श पर कोहनी टेक कर नीम दराज़ (अर्धलम्बित) हुए और गप्प का सिलसिला वहीं से जोड़ा, जहाँ पिछली बार उसे छोड़ा था। लंदन में पुराने लोग थोड़े बहुत मौजूद थे और नये चेहरों की बहुलता। चचा सिद्दीक़ अहमद सिद्दीक़ी के इंतिक़ाल को अट्ठारह साल गुज़र चुके थे। बी.बी.सी. से तक़ी अहमद सैयद रिटायर हो गए थे और बिस्तर पर थे।

एक रोज़ मैं, आसिम और अख़्तर उनके घर गए। हर तरफ़ बिल्लियाँ ही बिल्लियाँ, बड़ी वीरानी थी। वह गार्डेन रूम में सोफ़े पर लेटे हुए थे। उनकी अर्धजापानी, अर्ध अंग्रेज़ पत्नी काम में मसरूफ़ थीं। इकलौती लड़की यूनिवर्सिटी गयी हुई थी। तक़ी मियाँ ने कहा, "बस अब हमने तय कर लिया है, हम बाक़ी ज़िन्दगी वतन में गुज़ारेंगे। हमारे लिए जामिया नगर में एक मकान तय कर दीजिए।" मैंने कहा, "तक़ी मियाँ 36 साल इस मुल्क में गुज़ार कर आप अब हिन्दुस्तान में न रह सकेंगे। वहाँ की गर्मी, गर्दो-ग़ुबार, बेलुत्फ़ी और वग़ैरह-वग़ैरह आप तो शायद मारे आइडियलिज़्म के खींच भी ले जाएँ लेकिन आपकी बेचारी बीवी और लड़की के बस की बात नहीं।"

नहीं हम ज़रूर आयेंगे। साल में कुछ महीने भाभीजान के पास इस्लामाबाद, फिर दिल्ली और सण्डीला ...फिर वे बड़े प्यार और फ़ख़्र से हुम्मन आपा की लड़की दुश्का की बातें करते रहे, जो उनकी भतीजी थी और उनके यहाँ रहकर उसने लंदन स्कूल ऑफ़ इक्नॉमिक्स से कम्युनिस्ट पार्टी ऑफ़ इण्डिया के आरम्भिक वर्षों से सम्बन्धित पी.एच.डी. किया था। ये सब तक़ी मियाँ के प्रिय विषय थे, हम लोग तक़ी मियाँ के घर से बहुत उदास वापस आये।

वे सारे नौजवान, जो आज़ादी के फ़ौरन बाद भारत विभाजन के वाक़ेआत से दिल बर्दाश्ता (खिन्न) होकर उसी मुल्क में रहने के लिए आ गए थे, जिसकी ग़ुलामी से उन्होंने हाल ही में छुटकारा पाया था, उन सबकी ज़िन्दगियाँ तो ऐसी ग़मनाक नहीं गुज़रीं। आर्थिक रूप से तक़ी मियाँ निहायत ख़ुशहाल, एक बीवी जो फ़रमाँबरदारी में अंग्रेज़ कम और जापानी बहुत ज़्यादा थी, एक निहायत ज़हीन बेटी।

"मैं समझता हूँ, तक़ी भाई को जलावतनी (निर्वासन) का ग़म खाये जा रहा है।"

"अरे क्या बात करते हो आसिम" मैंने कहा। मानसिक रूप से यह देश जितना stimulating है और ख़ुदा शकरख़ोरे को शकर देता है। ब्रिटिश म्यूज़ियम में उर्दू सेक्शन के इंचार्ज बने, 30 बरस बी.बी.सी. में रहे लेकिन उन्होंने अपनी सारी ज़हनी सलाहियतों के बावजूद कोई तखलीक़ी (रचनात्मक) काम शायद इसलिए नहीं किया कि चचा सिद्दीक़ अहमद, सिद्दीक़ी की तरह ये भी महज़ गुफ़्तार के गाज़ी (वाकपटुता में दक्ष) हैं और वैसे आलसी।

इंटेलेक्चुअल्स की यह भी एक क़िस्म होती है। हमारे यहाँ इलस्ट्रेटेड वीकली ऑफ़ इण्डिया में दो साउथ इंडियन थे, आर. जी. के. और वासुदेव। उनके जैसे विद्वान तुम्हें कम मिलेंगे लेकिन हद से ज़्यादा सुस्त। दोनों ने कभी अपने तौर पर एक जुमला न लिख के दिया; बस बैठे सिग्रेट फूँका करते थे।

एक शाम आसिम के यहाँ बहुत बड़ी म्यूज़िक पार्टी थी। ये म्यूज़िक पार्टियाँ भी उनका पुराना मशग़ला था। उसमें उन्होंने मेरे सारे पुराने दोस्तों को आमंत्रित किया। उस ख़ुशबाश मजमे में तक़ी मियाँ को बहुत कम लोगों ने याद किया। चलती का नाम गाड़ी है।

इफ़्तिख़ार आरिफ़ के यहाँ मजलिस-ए-अज़ा (कर्बला के शहीदों को याद करके शोकाकुल होना) में ज़हरा निगाह ने अपनी सुरीली आवाज़ में मर्सिया पढ़ा। कमरों में बीबियों का जमघटा, सद्र दरवाज़े पर जूतों के अंबार, सड़क पर कारों का हुजूम और बीबियाँ हैं कि हुजूम के हुजूम मजलिस के लिए चली आ

रही हैं। अल्लाह! यह लंदन है या लखनऊ! पहले लोग कहते थे, "हम मोहर्रम करने लखनऊ जा रहे हैं।" अब कहते हैं, "इस साल का मोहर्रम तो हम लंदन में करेंगे।" फ़ुलाँ-फ़ुलाँ जगह बड़ी माअरके की मजलिसें होती हैं। हाइड पार्क में अब ताबूत भी निकलने लगा है।

जब रात के वक़्त मकानों से मातम, रोने, चीख़ने की आवाज़ें बुलंद होती हैं तो "अंग्रेज़ काहे को सोता रहेगा" वह दम साधे हुए है। यह बैठे बिठाये हमने क्या कर दिया। अपने पूर्व Colonial Natives के लिए दरवाज़े खोल दिये। अब वह गुजराती हिन्दू है तो मिनी बेन लोग लहंगे पहने सिर पर गागर धरे, गाती बजाती, अपने त्योहार मनाने हाइडपार्क चली जा रही हैं। इन्तिहाई महंगे इलाक़ों के हर चौथे-पाँचवें मकान पर दीवाली की रात को चराग़ाँ नज़र आता है।

हाइड पार्क के क़रीब एक दिन एक मौलवी साहब को देखा, हाथ में बधना लिये एक चौराहे के बीच में खड़े, विजयी मुद्रा में चारों तरफ़ देख रहे थे। मोटरें उनकी वजह से रुक गयी थीं क्योंकि वह ग़लत जगह से सड़क पार कर रहे थे। हाथ में मिट्टी का लोटा लिये, वह इतमीनान से एक मस्जिद की तरफ़ चले गए।

इफ़्तिख़ार आरिफ़ के साथ एक रोज़ सुबह-सुबह नॉर्वे के किसी दफ़्तर में गयी तो देखा बेशुमार पाकिस्तानी मौलवी नार्वे जा रहा था। अब शहरों में आमतौर से इस तरह के पोस्टर पाये जाते हैं। फ़ुलाँ-फ़ुलाँ हाल में ईद मीलादुन्नबी का जलसा मय दरूद शरीफ़। ये ख़बरें भी सुनने में आती हैं कि बरमिंघम की फ़ुलाँ मस्जिद में मुक़ल्लिदीन (वे मुसलमान, जो चारों इमामों में से किसी एक का अनुसरण करता हो) ने नमाज़ पढ़ ली, उसके बाद ग़ैर मुक़ल्लिदीन ने मस्जिद को धोया। शाबाश! शाबाश! मज़हबी जलसे जुलूस के अलावा, उर्दू मुशायरे और जलसे बहुत लोकप्रिय हैं।

पिछले ज़माने में बीबीसी उर्दू सेक्शन में, एक भले आदमी नूर मोहम्मद चौहान हुआ करते थे। मज़हब के अनुसार ईसाई थे और इस इरादे से लंदन

आए थे कि मलिका एलिज़ाबेथ को उर्दू पढ़ायेंगे, वह मुमकिन न हुआ, उनको बीबीसी में नौकरी मिल गयी। उन दिनों एजाज़ वग़ैरा कहा करते थे :

कहा लंदन चला जाऊँ; कहा लंदन चले जाओ
कहा चौहान का डर है, कहा चौहान तो होगा

अब बीबीसी का सारा स्टाफ़ या तो अल्लाह को प्यारा हो गया था या छिन्न-भिन्न हो चुका था। वहाँ भी सब नये लोग, जगह भी बदल चुकी थी, ऑक्सफ़ोर्ड सर्कस के बजाए बुश हाउस, मोहम्मद आक़िल कातिब की बजाय कम्प्यूटर, अमजद अली, राज़ मुरादाबादी, चचा सिद्दीक़, चौहान साहब सब स्वर्गीय।

अतिया हबीबुल्लाह अब भी लंदन में थीं। मगर बीबीसी नहीं आती थीं। पुराने वक़्तों की एक कड़ी के तौर पर, माशाअल्लाह सदाबहार यावर अब्बास हलाँकि रिटायर हो गए थे मगर प्रोग्राम करने आते थे और वह बुनियादी तौर पर बीबीसी टेलीविज़न के कैमरामैन थे। बी.बी.सी. के अलावा यह अब चैनल फ़ोर का दौर था।

कसौटी के सतून

(ये निबन्ध "कुर्रतुल ऐन हैदर के साथ एक शाम" के दौरान उर्दू मर्कज़ लंदन में पढ़े गए।)

अगस्त 1986 ई. ...मैं जब भी लंदन आती हूँ, हस्बे-मामूल इण्डिया ऑफ़िस लायब्रेरी में जाकर हमेशा सोचती हूँ, कभी शाह आलम द्वितीय के दरबार का कोई एक ही फ़ारसी पत्रों आदि का संग्रह खुलवा के देखूँ। पत्रों आदि के संग्रहों के ये पुलिंदे, सुर्ख़ कपड़े में लिपटे ढेरों यहाँ सुरक्षित हैं। कोई इनका अध्ययन नहीं करता।

शाह आलम के उस दुःख भरे दौर के कितने मामलों का इन पत्रों के संग्रहों के ज़रिये रहस्योद्घाटन होता। या शायद किसी इतिहासकार ने उनमें से किसी एक का अध्ययन किया हो; मुझे मालूम नहीं कैसे-कैसे तूमार (लम्बी कहानी) बाँधे गए। मैंने गाड़ी से उतरकर लंदन यूनिवर्सिटी के एक हाल की तरफ़ जाते हुए, आसिम और अख़्तर से कहा।

"जी, और यहाँ आजकल आग़ा साहब के लिए लोग कैसे-कैसे तूमार बाँधते हैं।" आसिम ने इज़हारे ख़याल किया।

जो भी हो यहाँ BCCI के उर्दू मरकज़ की वजह से उर्दू की सरगर्मियाँ और भी अधिक हो गयी हैं। हाल की तरफ़ जाते हुए लोगों में से एक ने, आसिम के छोटे लड़के नासिर को पहचान लिया, जो जूनियर MCC का एक प्रतिष्ठित खिलाड़ी रह चुका था और अब इमरान ख़ान के साथ काउंटी क्रिकेट में मसरूफ़ रहता था और इंगलैण्ड की तरफ़ से क्रिकेट खेलने की ग़रज़ से ऑस्ट्रेलिया भी जाया करता था, उसने गर्मजोशी के साथ नासिर से हाथ मिलाया।

डॉक्टर फतेह मोहम्मद मलिक, प्रोफ़ेसर इक़बाल चेयर हाइडल बर्ग यूनिवर्सिटी, जिनको जर्मनी से इस जलसे की सदारत करने के लिए बुलाया गया था, कार से उतरे। डॉक्टर मुल्कराज आनन्द, जो एक ज़माने में उर्दू में भी

अफ़साने लिखा करते थे, इस जलसे के मेहमाने-ख़ुसूसी (विशेष अतिथि) थे, जहाँ हम लोग किताब मेले में शामिल हुए थे।

पिछले हफ़्ते बीबीसी टेलिविज़न वाले, आसिम के मकान के कमरों में और पाईंबाग़ में अपने कैमरे और रौशनियाँ जमा रहे थे। वह नासिर के मुताल्लिक़ 45 मिनट की एक डॉक्युमेंट्री फ़िल्म बनाने में मसरूफ़ थे। उसके बारे में यह डॉक्युमेंट्री बीबीसी के मेन इंग्लिश प्रोग्राम के लिए बनाई जा रही थी। अख़तर नज़दीक के हेयर ड्रेसर से अपने बाल सैट करवा के आईं। आसिम हस्बे-मामूल अपने मख़सूस अंदाज़ में दीवान पर नीम दराज़ (आधे लेटे हुए) रहे।

उन दिनों के इंटरव्यू में अंग्रेज़ Commentator उनको बार-बार मदर ओकटर और फ़ादर आसिम कहता। "यह तो उन्होंने हमें अच्छा ख़ासा नन और पादरी बना दिया।" अख़तर ने कहा। बाक़ी शूटिंग वे क्रिकेट के मैदान में कर चुके थे।

ये उर्दू मर्कज़ की धूमधाम का ज़माना था। आए दिन जलसे, मुशायरे, किताबों की रस्मे इजरा (लोकार्पण)। इफ़्तिख़ार आरिफ़ उस अंजुमन के रूहे-रवाँ थे। एक जलसे में सैकड़ों का मजमा देखकर, मुझे वह ज़माना याद आता है, जब इसी शहर में अंजुमन तरक़्क़ी पसंद मुसन्निफ़ीन या हल्क़ा-ए-अरबाब-ए-ज़ौक़ की ओर से एक महफ़िल रखी जाती और उसमें तीस चालीस लोग आ जाते तो हमारी ईद हो जाती थी।

सितम्बर 1986 ई. की उस शाम, वह ज़माना बिल्कुल ग़दर 57 ई. से पहले की बात मालूम हो रही थी। आसिम ने लंदन यूनिवर्सिटी की उस इमारत से काफ़ी फ़ासले पर गाड़ी रोक ली थी। लोग हैं कि हुजूम के हुजूम चले आ रहे हैं। कुछ लोग तो बरमिंघम और दूसरे शहरों से भी आए हैं; आमिर ने कहा, "इतना बड़ा मजमा, अब तक लंदन में सिर्फ़ फ़ैज़ साहब के लिए इकट्ठा हुआ है।" वह तो ठीक है लेकिन हमारी चप्पल ही टूट गयी। मैंने हाल की तरफ़ बढ़ते हुए इत्तिला दी।

अब क्या किया जाए। एक चप्पल हाथ में लेकर तो स्टेज पर जा नहीं सकते। अच्छा अख़्तर तुम एक काम करो; हम साड़ी में पाँव तो बहुत ध्यान से छिपाये रखेंगे लेकिन उठकर माइक की तरफ़ जाते हुए अगर तुमको टूटी हुई चप्पल की झलक नज़र आ जाए तो तुम फ़ौरन अपनी नाक खुजाने लगना।

हम समय-समय पर तुमको देखते रहेंगे। आसिम, अख़्तर, आमिर, नासिर जाकर पहली पंक्ति में बैठ गए।

इफ़तिख़ार आरिफ़ ने कहा :

"मेरे लिए इज़्ज़त और शरफ़ की बात है कि आज की महफ़िल में सदारत के फ़राइज़ (अध्यक्षता का कार्य) उर्दू के मुमताज़ अदीब और स्कॉलर प्रोफ़ेसर फतेह मोहम्मद मलिक अंजाम दे रहे हैं। ये भी मेरे लिए एज़ाज़ (सम्मान) की बात है कि बर्रे सग़ीर (उपमहाद्वीप) की एक अहदसाज़ (युग निर्माता) शख़्सियत अंग्रेज़ी के मुमताज़ अदीब और तरक़्क़ी पसंद (प्रगतिशील) तहरीक के बानियों (संस्थापकों) में से एक डॉक्टर मुल्कराज आनन्द हमारे दरमियान तशरीफ़ फ़रमा हैं और तशरीफ़ रखते हैं, मुमताज़ शख़्सियत (लोकप्रिय व्यक्तित्व वाले) और सहाफ़ी (पत्रकार) रज़ा अली आबिदी, जो क़ुर्रतुल ऐन हैदर के फ़न के हवाले से गुफ़्तगू करेंगे।

ऐनी साहिबा ने एक जगह लिखा है कि लिखना एक मेटाफ़िज़िकल कार्य है, इस तरह लिखना जैसे पृष्ठ पर बारिश हो रही है। स्वीकृति, उपार्जन, विश्लेषण, व्याख्या, अनुवाद, सूचना, संदेश पहुँचाना, ये सब कर्म में सम्मिलित हैं। कोई एक मामूली सा वाक़ेआ हो और आप (लेखिका) एक नये सफ़र पर रवाना हो जाती हैं। तीन-चार साल हुए, आपा ने मशीन पर सिलाई करते हुए, यूँ ही बातों-बातों में कहा, अपने क़स्बे में जाड़े आते ही हम हर सिंघार से दुपट्टे रंगते थे और जब बसन्त आती थी तो उनकी बच्ची ने, जो चार साल की उम्र से कराची में रह रही थी, सिर उठाकर पूछा, "अम्मा बसन्त क्या होती है?"

उस एक वाक्य को सुनने के बाद, मैंने आठ सौ पृष्ठ का एक नाविल लिख मारा। सारी दुनिया, सारी कायनात का तजज़िया (विश्लेषण) तो कोई

भी नहीं कर सकता मगर तलाश किसी एक नुक्ते से शुरू की जा सकती है। मैं अपने दोस्त मुमताज़ सहाफ़ी (प्रतिष्ठित पत्रकार) जनाब रज़ा अली आबिदी से गुज़ारिश करूँगा कि वह तशरीफ़ लाएँ और अपनी गुफ़्तगू का आग़ाज़ करें।

रज़ा अली आबिदी (बी.बी.सी. लंदन) :

मोहतराम मुल्कराज आनन्द साहब, ऐनी आपा, जनाबे-सद्र और चूँकि हाल बड़ा है तो क़रीब बैठे ख़वातीन व हज़रात और दूर बैठे ख़वातीन व हज़रात। यह मज़मून, जो मैंने आज की शाम लिखा है, चंद बातों की वज़ाहत (व्याख्या) पहले कर देना चाहता हूँ कि इसमें क़तई किसी शख़्स की तरफ़ से कोई इशारा नहीं, कोई छींटा किसी पर बिल्कुल नहीं।

अगर मैंने कहीं कहा है कि क़ुर्रतुल ऐन हैदर बहुत अच्छी हैं, इसका मतलब यह नहीं है कि दूसरे लोग बहुत अच्छे नहीं हैं। बहुत से लोग हमें बहुत अज़ीज़ हैं, इतने कि वह ख़ुद भी नहीं जानते, नक़्क़ादों (आलोचकों) की बात अगर इसमें आई है तो ऐसे नक़्क़ाद हैं, जो हर सफ़हे (पृष्ठ) पर एक गाली लिखते हैं लेकिन दिल से हमारे बेहद क़रीब हैं, हमें बहुत अजीज़ हैं तो अलामती (प्रतीकात्मक) कहानी का इसमें ज़िक्र आयेगा, जो ख़ालिस मेरा नज़रिया है, अगरचे (यद्यपि) मैंने यह कहा है कि अलामती कहानी से मुझे डर लगता है, इसका मतलब यह नहीं कि सारी अलामती कहानियों से मुझे डर लगता है। कुछ ऐसी अलामती कहानियाँ भी लिखी गयी हैं कि उर्दू अदब को उन पर नाज़ है।

जिस दिन से लंदन में यह ख़बर आम हुई है कि मुझे क़ुर्रतुल ऐन हैदर पर मज़मून पढ़ना है और वह भी उन्हें सामने बिठाकर, उस वक़्त से ज़िन्दगी दुश्वार सी हो गयी है। मुख़तलिफ़ (विभिन्न) लोग, मुख़तलिफ़ दहानों से यह कह रहे हैं, यह तुमने क्या मुसीबत मोल ले ली है।

क़ुर्रतुल ऐन हैदर पर गुफ़्तगू करना, यूँ भी आसान नहीं और वह सामने हों तो और ग़ज़ब। ज़रा-ज़रा सी बात पर ख़फ़ा हो जाती हैं, नाक पर वह मक्खी नहीं बैठने देतीं। सख़्त snab हैं, ख़बरदार! मतलब यह कि लोग इस

बेचारे छोटे से, कमज़ोर से क़लम को भी ज़ंज़ीर पहनाना चाहते हैं और आज मैं जो बात कहने के लिए यहाँ हाज़िर हुआ हूँ, वह यही है कि क़ुर्रतुल ऐन हैदर की सबसे बड़ी ख़ूबी यह है कि उन्होंने ज़ंजीरें तोड़कर क़लम को आज़ाद करा लिया है और यूँ उर्दू ज़बान को आबरू मिली है।

मेरे दोस्त इफ़्तिख़ार आरिफ़ यूँ तो बहुत से काम करते हैं मगर दो-चार अच्छे काम भी कर लेते हैं। (क़हक़हा) मिसाल के तौर पर वह किसी को मक़ाला (निबन्ध) लिखने की दावत देते हैं तो अज़ राहे इनायत (कृपा करके) मक़ाले का उनवान (शीर्षक) भी दे देते हैं। मैंने आज इस निशस्त (गोष्ठी) का दावतनामा खोलकर पढ़ा तो ख़ुद मुझपर यह भेद खुला कि मुझे क़ुर्रतुल ऐन हैदर की शख़्सियत और फ़न के मौज़ू (विषय) पर गुफ़्तगू करना है।

कहने को मेरा काम आसान हो गया मगर हक़ीक़त यह है कि जहाँ तक शख़्सियत का ताल्लुक़ है, मैंने सिर्फ़ एक बार हैदराबाद दकन में, उर्दू कॉन्फ़्रेंस हो रही थी, उस मौक़े पर दूर से उनको देखा था; अब शख़्सियत की बात कैसे करूँ, अब अहले-फ़न आप सब समझते जानते हैं कि तनक़ीद निगार (आलोचक) नहीं हूँ। होता तो कितना अच्छा होता। एक सवाल यह पैदा होता है कि मैं कौन होता हूँ, जो यह मज़मून पढ़ने चला आया। सुनिये, इधर मग़रिब (पश्चिम) में यह बात हर दूसरे-तीसरे महीने सुनने में आती है कि फ़ुलाँ किताब की एक लाख जिल्दें (प्रतियाँ) छपी हैं और छपते ही बिक गयीं।

गार्सिया मार्कीज़ ने नया नाविल शुरू ही किया था कि पब्लिशर ने दस लाख प्रतियाँ छापने का ऐलान कर दिया, इसके विपरीत अपनी तरफ़ बेचारी नरगिस दस पंद्रह साल अपनी बेनूरी पे रोती है, तब कहीं कोई ऐसी जी को ख़ुश करने वाली किताब आती है कि आदमी अपने रोज़मर्रा के मामूलात छोड़कर, दुकान की तरफ़ दौड़ता है और उस किताब को झट खरीद लाता है लेकिन कभी आपने सोचा है कि अच्छी किताब का ज़िक्र सुनकर, दौड़कर ख़रीदने वाला आदमी कौन होता है, कैसा होता है?

मेरा हाल गली-गली घूमकर, पुराने घरानों से उतरा हुआ गोटा लचका, गोल कटोरों जैसे पलड़ों में तौलकर ख़रीदने वाले बिसायती की बोकची में बँधी

कसौटी जैसा है, जो नई-नई सी हो, उस पर सोने की ठोस सी लेकिन साफ़ गहरी लकीर हो, इसके विपरीत एक घाघ आलोचक का हाल, पानीपत में बू अली शाह क़लन्दर के रौज़े के सतूनों (स्तम्भों) जैसा है।

हज़रत के रौज़े की निहायत आलीशान इमारत में कसौटी के पत्थर के चार स्तम्भ स्थापित हैं, जिनमें कहीं जोड़ नहीं है, हर स्तम्भ कसौटी की बड़ी चट्टान से तराशा गया है और कहते हैं कि हिन्दुस्तान भर में इतना बड़ा पत्थर कहीं और नहीं है। यह भी सुना है, सूरत की बंदरगाह पर फ़िरंगियों का कोई जहाज़ डूबा था, जिसमें ये पत्थर लदे हुए थे, बाद में ये पत्थर समुद्र की तह से निकाले गए।

अब इस नक़शीन इमारत में सियाह रंगत के ये चार सतून, आँखों को बहुत ही भले लगते हैं अगर आप उन्हें क़रीब से देखें तो आप देखेंगे कि रौज़े पर हाज़िरी के लिए आने वाली ख़वातीन, आते-जाते उन सतूनों पर अपने ज़ेवर रगड़-रगड़ कर यह देखा करती हैं कि सोना असली है या नहीं।

मुसलमान तो पानीपत के उस इलाक़े से कभी के रुख़सत हुए, अब मन्नत मुराद लेकर वहाँ हिन्दू आते हैं, ख़ासकर नई-नई दुल्हनें, क़लन्दर साहब को सलाम कराने के लिए लाई जाती हैं। साथ में सास भी आती है और मेरा ख़याल है कि वहीं सलाम-वलाम के बाद, बहू का ज़ेवर उन सतूनों पर वह सास परखती है।

तो मैं यह कहना चाहता था कि मैं ऐसा नक़्क़ाद (आलोचक) नहीं हूँ। मैं पानीपत का सतून नहीं हूँ। मैंने कराची के जंग अख़बार में अपनी मुलाज़िमत छोड़ दी थी और ईदगाह मैदान के सामने सुल्तान बुक डिपो से "मेरे भी सनमख़ाने" की एक प्रति ख़रीदी थी। हालाँकि बात अब पुरानी हुई; अब मेरी इस छोटी सी कसौटी पर उनके नाम की बहुत सी लकीरें हैं।

इस तीस बरस के अरसे में नस्र (गद्य) और ख़ासतौर पर उर्दू नस्र और कहानी, ख़ुसूसन (विशेषतः) उर्दू नस्र के साथ दूर तक चला और कभी-कभी यूँ सोचता हूँ कि क़ुर्रतुल ऐन हैदर उन लोगों में से हैं कि जिनका होना बड़ा ग़नीमत

है। उर्दू को ख़ुदा जाने किसकी नज़र लगी कि यह ज़बान (भाषा) कहानी को रास नहीं आती है और अब हालत यह है कि तमिल में, तेलुगु में, कन्नड़ में, मलयालम में उपमहाद्वीप की बेहतरीन कहानियाँ लिखी जा रही हैं; मगर दुखिया ख़ुदा-ख़ुदा करके ज़ुल्फ़ से निकली है तो फ़सीलों (दीवारों) पर रख दी गयी है।

नज़्म ही इसका ओढ़ना है, नज़्म ही इसका बिछोना है मगर क़ुसूर ज़बान का है या ज़बान वालों का, मुझे तो लगता है कि सदियों की शेरोशायरी ने इसकी रूह में आराम तलबी फूँक दी है; अच्छी कहानी की रचना की वेदना, इस ग़रीब से बर्दाश्त नहीं होती। मन पर बीती घटनाएँ, दो पंक्तियों में बाँधते-बाँधते, इसका यह हाल हो गया है कि अस्तित्व के अनुभव को फैलाकर सुनाने की मशक़्क़त, अब इससे नहीं होती।

तख़लीक़ (रचना) के दुःख को अब कौन झेले और शोध की ख़ातिर कौन बैठे। ऐसी रस्म चल ही नहीं सकती, ऐसे में क़ुर्रतुल ऐन हैदर हैं तो दिल को बड़ी ढारस है; वह जब तक सारा होमवर्क मुकम्मल नहीं कर लेतीं, कहानी नहीं लिखतीं। अपने जीवन भर के अवलोकन और अध्ययन को अपनी तहरीर (लेखनी) में इस तरह बरतती हैं कि इनकी कोई बात मस्तिष्क का अविष्कार नहीं लगती। अगर इनकी कहानी में किसी जगह पर घर के पिछवाड़े रेलगाड़ी भी गुज़रा करती है तो ज़रूर वह कभी न कभी, कहीं किसी ऐसे घर में रही होंगी, जिसके पिछवाड़े रेलगाड़ी गुज़रा करती होगी।

और यही हाल इनके किरदारों (पात्रों) का है, सब जैसे इनके कज़िंस हों, सब जैसे इनके दोस्त हों और हम जमाअत हों और ख़ुद भी नाम बदल कर, वह उनमें शामिल हो गयी हों और शायद यही वजह है, कहानी में जो बात उनके किरदार कहते हैं, आलोचक उसे इनकी अपनी बात क़रार देते हैं। इनकी कहानी के सारे मक़ाम भी देखे भाले हैं। यूँ बे थके बयान किये जाती हैं, जैसे हमसे अपेक्षा हो कि हम भी वहीं के हैं। यही मामला नहटौर के मकान का है; यही हिसाब अर्लज़कोट के मकान का है।

मक़ाम के बाद, भाषा की बात आती है तो क़ुर्रतुल ऐन हैदर ने कहानी कहने के हर नये ढंग को एक ऐसी भाषा में ख़ूब से ख़ूबतर कहा है, जो

रिवायत के मामले में (परम्परा) बड़ी तहीदस्त (कंगाल) हुआ करती थी। कभी वक़्त रुक जाता है तो कभी पहलू बदलने लगता है, कहीं ये दोनों एक ही दिशा में चलने लगते हैं और कभी उनमें से एक की चाल बदल जाती है। यहाँ मैं रौब में लाने वाली उक्तियाँ प्रयोग नहीं करूँगा, मुझमें और पानीपत के सतूनों में कुछ तो फ़र्क़ बाक़ी रहना चाहिए।

अलबत्ता उर्दू कहानी पर इस दौरान, जो क़यामत टूटी है, उसकी बात कहे बग़ैर मैं नहीं रह सकता। हुआ यह कि जब आधुनिकतावादी नग्न प्रतीकात्मक कहानी की बात छिड़ी तो हमें लालसा हुई। दोस्तों से छुपकर एक संकलन ख़रीदने गए, बिल्कुल यूँ जैसे जिज्ञासा का मारा हुआ नौजवान, ग़लत सीढ़ियाँ चढ़ रहा हो। फ़र्क़ यह रहा कि वह शर्मिंदा-शर्मिंदा लौटता है, हम डरे-डरे घर लौटे।

किताब की पहली और ज़िन्दगी की आख़िरी अलामती (प्रतीकात्मक) कहानी पढ़ी, जो कुछ यूँ थी कि सामने एक पुल है और पुल का एक टीन का पीला पाया (स्तम्भ) रेत में धँस गया है और एक दृष्टि में वह टीन पाया दिखायी देता है लेकिन अस्ल में वह टीन का बना ऑक्टोपस (Octopus) है और ऑक्टोपस भी ऐसा कि घी के पुराने कनस्तरों को चीरकर बनाया गया हो, बिल्कुल दीवाने का ख़्वाब। दीवाना तो फिर भी ग़नीमत है कि ख़्वाब देखता है और कहता नहीं। और ये लोग कहते हैं कि मैंने यह देखा।

कैसा ग़ज़ब है कि जिस ज़बान की शाइरी की कुल इमारत अलामतों (प्रतीकों) पर खड़ी हो। जब दीवार गिरने को है तो उसका मतलब दीवार न हो और जब दरवाज़ा कहे तो उसका मतलब दरवाज़ा न हो और फिर भी बात उतर कर वहाँ पहुँच जाये, जहाँ पहुँचने के लिए वह कही हुई है। इस ज़बान की नस्र और कहानी में अलामत का यह हाल हुआ है कि जी दहला जाए है। बात केवल इतनी सी है कि हम रहते हैं रूड़की में और रिश्ता मिलाते हैं रलके से और पढ़े हैं मंगलौर में और क़राबतदारी हमने कर रखी है मलारमे से।

हम नहीं सोचते कि यहाँ का विवेक भिन्न, पाठक भिन्न, यहाँ की होशमंदी कुछ और, यहाँ का दीवानापन अलग, इनका ज़माना और है, और हमारा ज़माना

और है। न हम रिवायत (परम्परा) की उन मंज़िलों से गुज़रे हैं, जिससे जर्मनी वाले गुज़र चुके हैं; न हमने सामाजिक प्रगति के वह मरहले झेले हैं, जो फ़्रांस वाले कभी के झेल चुके हैं। ये सब तो हुआ नहीं अलबत्ता ये हुआ, एक सुबह जब मैं सोकर उठा तो ख़ुद को टटोल कर देखा तो अपने आप को काफ़्का और सार्तर में पाया।

क़ुर्रतुल ऐन हैदर ने यह किया कि तमाम इमकानात (सम्भावनाओं) को दरयाफ़्त किया मगर इमकानात की हदों को फलाँगा नहीं। अजनबी नाम और दूर-दूर के मक़ाम इनकी तहरीरों में बेथकन आते चले जाते हैं। कभी-कभी इतने अजनबी कि लिखने वाले का क़लम डगमगाता है और प्रूफ़ रीडर यह सोचकर चुप हो जाता है कि इलज़ाम आख़िरकार कातिब (लिखने वाले) पर ही जाएगा लेकिन पाठक तहरीरों को चाहे तो ज़िन्दा रखे और चाहे तो न रखे

उसने इस छिपी हुई ख़ूबी को पा लिया है; वही जो लेखक की दस्तख़त शुदा किताब बग़ैर क़ीमत नहीं लेता बल्कि वही पाठक अपने शहर के दुकानदार से क़ीमत देकर लाता है, जिससे कि उर्दू का कोई क़लमकार आज तक ज़िन्दा नहीं रहा।

अब आइए कुछ भिन्नता की ओर। मैं एक बात कभी न समझ सका; लोग भिन्नता में और झगड़े में फ़र्क़ क्यों नहीं कर सकते। अगर उंगलियों के निशान की तरह हर एक के विवेक की सतह भी भिन्न है तो हर एक की राय भिन्न होने में कौन सी क़यामत है। जहाँ सकारात्मक तर्क होगा, वहाँ मामले के एक से ज़्यादा पहलू भी होंगे; तभी मज़बूत राय प्रभावशाली होगी। लीजिए साहब फिर पानीपत के सतून की बात याद आ गयी, मैं सीधी सी बात यह कहना चाहता हूँ, जहाँ पढ़े-लिखे होंगे, जहाँ आपस में लोग बातें करेंगे, तो अलग-अलग समझबूझ के मुताबिक़, अलग-अलग बात भी कहेंगे और अंत में किसी मुनासिब फ़ैसले पर पहुँचेंगे।

इख़्तिलाफ़ (भिन्नता) का बुनियादी उसूल यह है कि जो मैं कह रहा हूँ, माना कि सही तो वही है लेकिन जो आप कह रहे हैं, हो सकता है, वह ग़लत

न हो। किसी तरफ़ का नाम लिये बग़ैर, मैं यह कहूँ कि अगर क़ुर्रतुल ऐन हैदर को किसी सरज़मीन या किसी इंसान या किसी जमाअत से इख़्तिलाफ़ है तो क्यों न हो; इस दौर के इंसान को एक ही तो आज़ादी नसीब हुई है, राय क़ायम करने की आज़ादी, तो क्या वह भी छीन ली जाए।

दूसरी बात, जिस तरह मुझे राय क़ायम करने का हक़ है, बिल्कुल उसी तरह आपको राय निरस्त करने का हक़ है। जो राय दुरुस्त न होगी, ख़ुद ही कूड़े के ढेर पर जगह पायेगी। क़ुर्रतुल ऐन हैदर की एक हाल ही की तक़रीर मैंने पढ़ी; "क़ैदख़ाने में तलातुम है" मुझे ऐसा लगा, उस तहरीर में तलातुम (तूफ़ान के थपेड़े) हैं।

समय और स्थान को, एक पल उसमें चैन नहीं; वाक्य अधूरे रह जाते हैं और अपूर्ण छूट जाते हैं। नाज़ी जर्मनी के ज़िक्र में, कर्बला के मर्सिये में वेदना नज़र आती है, कॉमा और फ़ुल स्टॉप तक नहीं है। शुरू से आख़िर तक एक क्रम हीनता सी है, वाजिबुल क़त्ल (वध-योग्य) हैं ...मामले को और उलझा दिया है, मुझे इस शैली से इख़्तिलाफ़ नहीं, मगर मेरी समझ ख़ुद को एक ज़रा अलग डगर पर ले जा रही है।

मैं ज़िया मोहीउद्दीन तो नहीं हूँ, जो कहूँ कि ऐनी आम रिवायत की कहानी तो लिख कर दिखाइये। मगर मैं दौड़कर किताबों की दुकान पर जाने वाला वह पाठक ज़रूर हूँ, जो यह कह सकता है कि शे'र बेशक विशिष्ट लोगों की पसन्द का हो मगर हम सामान्य जनता से भी गुफ़्तगू रखें। यह तो हुई फ़न (कला) की बात।

आख़िर में व्यक्तित्व। एक शाम कुछ देर साथ रहने में यह मालूम हुआ कि ऐनी आपा नमक नहीं खातीं, किसी का भी और जब ये खाना चाहती हैं तो खिलाने वाला ख़ुद खा जाता है। एक दो को छोड़कर, कोई पब्लिशर इनकी किताब की रॉयलटी नहीं देता। जिस तरह लम्बी छुट्टियों के दिनों में, घर में बेकार रहने वाले बच्चों की समझ में जब कुछ नहीं आता और जी घबराता है

तो चॉकलेट खाने लगते हैं; इसी तरह ऐनी आपा का जी घबराता है तो नयी लिपस्टिक लगाने लगती हैं।

कभी तो बच्चियों की तरह खिल उठती हैं। देर से कोई फ़ोन नम्बर मिलाने की कोशिश की जा रही हो और आख़िर में नम्बर मिल जाये तो ज़िला बिजनौर की किसी लड़की की तरह ख़ुश हो जाती हैं, उस दिन ख़ुश होकर कुछ कहने जा रही थीं; हिन्दुस्तान की मशहूर शाइरा कमला दास को भूले से कमला झरिया कह गयीं और फिर मुँह पर हाथ रखकर, अपनी ही भूल पर देर तक हँसती रहीं, 'O' लेविल पास करने वाली किसी छात्रा की तरह।

ख़ूब हैं और इनसे यही कहने को जी चाहता है कि लिखे जाइए, नई शैलियाँ आज़माइए, हर संभावना के दालान में गर्मियों की शाम कुर्सियाँ डाल कर बैठिए और अपनी बात निःसंकोच कहिए क्योंकि आपकी बात को समझने के मामले में अब हम सब स्कूल के 'O' लेविल पास कर चुके हैं। शुक्रिया

अदब में लेडीज़ कम्पार्टमेंट

प्रोफ़ेसर फ़तेह मोहम्मद मलिक :

जनाब मुल्कराज आनन्द और हाज़िरीने कराम! (उपस्थित गण) मुझे मालूम हुआ है कि आप क़ुर्रतुल ऐन हैदर को सुनने के लिए बेताब हैं। आपकी इस बेताबी को देखते हुए, मैं आपके और इस महफ़िल की मेहमाने-ख़ुसूसी (विशिष्ट अतिथि) के दरमियान ज़्यादा देर तक रुका रहना नहीं चाहता, आपका कम से कम वक़्त लेने की तमन्ना में उर्दू मर्कज़ का शुक्रिया भी अदा नहीं करता; सिर्फ़ अपनी इस ख़ुशबख़्ती (सौभाग्य) पर नाज़ करने की इजाज़त चाहता हूँ कि मुझे इस महफ़िल में शिरकत करने की सआदत नसीब हुई।

पिछले कई बरसों से, जिसकी हर नई तहरीर मेरे लिए रूहानी तजरिबे की सूरत में नमूदार (प्रकट) होती चली आ रही है। यक़ीन जानिये अपने इस एज़ाज़ (सम्मान) पर मैं ख़ुश हूँ और हैरान भी।

क़ुर्रतुल ऐन हैदर इस वक़्त उर्दू दुनिया की महानतम अदबी शख़्सियत हैं और शायद, इसी वजह से उर्दू की हमनसीब भी। यह इस ख़याल से नहीं कह रहा हूँ कि क़ुर्रतुल ऐन हैदर को अपनी मक़बूल तरीन तखलीक़ (सबसे अधिक लोकप्रिय रचना) की रॉयलटी के नाम पर एक पैसा भी नहीं मिला बल्कि इस अहसास से कह रहा हूँ कि हम अभी तक उनके कारनामा-ए-फ़न (कलाकृति) की रानाई (सुन्दरता) और फ़ैज़ान (लाभ) से वाक़िफ़ भी नहीं हैं।

हम अभी तक "आग का दरिया" को उनकी अज़मत (महानता) का सबसे बड़ा सतून (स्तम्भ) समझते हैं, हालाँकि "आग का दरिया" की इशाअत तो फ़क़त इस हक़ीक़त का ऐलान था कि क़ुर्रतुल ऐन हैदर अपनी फ़न्नी ज़िन्दगी (कलात्मक जीवन) के उस दौर से आगे निकल आई हैं, जिसे शाइरी की उक्ति में मश्क़े सुख़न (काव्य अभ्यास) का दौर कहते हैं। ये तो बाद की रचनाएँ हैं, जिनकी बदौलत वे युगात्मा की प्रभावशाली तरजुमान और उर्दू दुनिया की अज़ीमतरीन (महानतम) अदबी शख़्सियत के मक़ाम पर पहुँच गयी हैं।

कुर्रातुल ऐन हैदर की अज़मत के मुकम्मल एतराफ़ (स्वीकृति) में हमारी ग़फ़लत (निश्चेतना) में शायद, इस बात का भी कुछ अमल दख़्ल है कि ये गद्य में लिखती हैं और गद्य को लय के साथ नहीं पढ़ा जा सकता जबकि हम बा शऊर (विवेकशील) होने से ज़्यादा मसहूर (मुग्ध) होने में कोशाँ (प्रयत्नशील) हैं।

इक़बाल ने कितने भिन्न-भिन्न तरीकों से हमें समझाने की कोशिश की है कि :

मेरी नवाए परीशाँ को शायरी न समझ
कि मैं हूँ महरम-ए-राज़े दरूने मयख़ाना

(मेरी बिखरी आवाज़ को शाइरी मत समझ, मैं मधुशाला के अन्दर के रहस्यों को जानता हूँ)।

मगर हम हैं कि उनकी नवाए परीशाँ की हक़ीक़त पर ग़ौर करने की बजाए, उसी पर अड़े बैठे हैं कि नहीं साहब, हम तो आपको शाइर ही समझते हैं। हाज़िरीन-ए-वाला न शाइरी को नस्र (गद्य) पर कुछ फ़ज़ीलत (श्रेष्ठता) हासिल है, न नस्र को शाइरी पर। फ़ज़ीलत तो राज़ हाए दरून-ए-मयख़ाना के इरफ़ान व इन्किशाफ़ में है (श्रेष्ठता तो रहस्यों के प्रकट होने और ईश्वरीय ज्ञान में है)।

मगर यूँ मालूम होता है कि हमने अभी तक दो हक़ीक़तों को दिल से तस्लीम नहीं किया, एक यह कि इक़बाल के बाद इरफ़ान व इनकिशाफ़ (ईश्वरीय ज्ञान व उसके रहस्यों पर से पर्दा हटाने पर) शाइरी का इजारा (आधिपत्य) बाक़ी नहीं रहा और दूसरे यह कि दुनिया के मख़सूस हालात के प्रभाव में पैदा होने वाले कलात्मक साँचे, कुर्रतुल ऐन हैदर को समझने में नाकाफ़ी हैं क्योंकि उनके ज़माने अजीब, उनके फ़साने ग़रीब।

वेदना व वाक़िफ़ियत (परिचय) और पीड़ा व ईश्वरीय ज्ञान की जिस कायनात का नाम "कारे जहाँ दराज़ है" के प्रकट होते ही, हमारे साहित्यिक क्षेत्रों में अजीब बचकाना बहस का आग़ाज़ हो गया। साहित्यकार, आलोचक और प्रोफ़ेसर सब कुछ भूलभाल कर, इस फ़िक्र में मुब्तला हो गए थे कि यह किताब नाविल है भी या नहीं। इस बहस को समेटते हुए डॉक्टर वहीद अख़्तर

ने मेरे दिल की बात कही थी कि क़ुर्रतुल ऐन हैदर ने "कारे जहाँ दराज़ है" को नाविल क़रार दिया है इसलिए इस किताब का नाविल होना बरहक़ (सत्य) है। वहीद अख़्तर की यह दलील बड़ी रचनात्मक दलील है।

नाविल किस चिड़िया का नाम है, यह सवाल हम ज़माने के सबसे बड़े नाविल निगार से ही कर सकते हैं और जब तक हमारे दौर में क़ुर्रतुल ऐन हैदर से बड़ा नाविल निगार सामने नहीं आता, उन्हीं का फ़रमान मुसतनद (प्रमाणित) रहेगा; मगर उनके सामने ऐसे सवाल उठाना, मुझे तो कुछ ज़िमनी इख़लाक़ (अनुषांगिक सदाचार) की नुमाइश सी मालूम होती है इसलिए कि अब ये उस मक़ाम पर है, जहाँ इसनाफ़ (विधाओं) के आबगीने (बुलबुले) तुन्दि-ए-सहबा (शराब की तेज़ी) से पिघले जाते हैं।

अभी तो हमें उन अन्दरूनी रहस्यों पर ग़ौर करना चाहिए, जो यह दरवेशाना प्रकृति की ख़ातून अपनी प्रतिभा और अद्वितीय चिंतन के साथ हम पर प्रकट करती चली आ रही हैं। जब उनका स्वाभिमान वह सागर है, जिसका कोई किनारा नहीं है तो यह विधाओं की क़ब्र में कैसे बन्द रह सकती हैं।

संक्षेप का वादा निभाने की ख़ातिर मैं इस वक़त इनकी सिर्फ़ एक ताज़ातरीन तहरीन को उदाहरण के तौर पर पेश करूँगा, जिसका शीर्षक है "क़ैदख़ाने में तलातुम है कि हिन्द आती है।" क़ुर्रतुल ऐन हैदर ने इसे एक आलम आशोब (संसार की हलचल और मुसीबतें) का नाम दिया है। "अफ़कार" अलीगढ़ और "अदब-ए-लतीफ़" लाहौर के सम्पादकों ने इसे अफ़सानों में सरे फ़ेहरिस्त शाया (प्रकाशित) किया है मगर मैंने इसे शाइरी की मानिंद बार-बार पढ़ा है और हर बार हैरान हुआ हूँ कि पिछली बार रीडिंग में तो यह बात ध्यान में न आई थी। बेशक :

सहल है मीर का समझना क्या
हर सुख़न उसका एक मक़ाम से है

और ये मुक़ामाते-आहो-फ़ुग़ाँ (चीत्कार) भूमंडल के हर उस भाग से सम्बन्धित हैं, जहाँ मुसलमान कभी थे या जहाँ आज हैं या जहाँ उनका होना

न होना बराबर है। यूँ महसूस होता है कि क़ुर्रतुल ऐन हैदर विभिन्न साहित्यिक विधाओं के बीच सरहदी कलह से डरकर विद्वता का पत्थर आज़माने का कोई विवेकपूर्ण इरादा न रखती थीं ...इस आलम आशोब का त्वरित प्रेरक आज के ईरान में इजतिमाई (सामूहिक) सज़ा-ए-मौत की बेतहाशा ख़बरे हैं।

और बात बिल्कुल पारम्परिक अफ़साने के अंदाज़ में शुरू होती है, मगर फिर बन्दा बशर (मानव) है और उस्ताद की एक शैली पर क़ाबू नहीं रहता, जब रूह के अन्दर ख़यालों का समुन्दर मौजें मार रहा हो। नतीजा यह कि दुनिया के विभिन्न किनारों में मौत के तांडव और ज़ुल्मो-जब्र की हुकूमत की रंगारंगी को कहीं आहिस्ता और कहीं तेज़ बहाव के साथ अपने विशाल आँचल में समेटती हुई, यह कलाकृति आख़िरकार एक वैश्विक नौहा (वह कविता जो मृतक के संताप में कही जाती है) व मातम में तब्दील हो जाती है।

आख़िर में तो यूँ लगता है, जैसे क़ुर्रतुल ऐन हैदर इमामबाड़े में बैठी हैं, मजलिस पढ़ रही हैं शामे-ग़रीबाँ का मंज़र नज़र के सामने है और रफ़्ता-रफ़्ता उनकी आवाज़ पर मर्सिया पढ़ने वालों और सोज़ख्वानों की आवाज़ छा गयी है।

...माह मोहर्रम 1403 (हिज्री) में वजूद में आने वाले इस शहपारे के आख़िरी जुमले (वाक्य) पर पहुँचा तो मुझे इक़बाल के ज़माने पर बहुत रश्क आया। लाख इस्लामी दुनिया की रूह यूरोप की औपनिवेशिक शक्तियों के ज़ुल्म के पंजे में तड़प रही थी मगर इक़बाल अपने आसपास की दुनिया में वह ठोस बुनियादें देख सकते थे, जिन पर इस्लाम के ख़्वाब बुने जा सकते थे और क़ौम के पतन के मर्सिये को वजूदियत (जीवन) का प्रतिबिम्ब बनाया जा सकता था।

इक़बाल अपने विज़न के साथ पाश्चात्य सभ्यता को ख़ुद अपने ख़ंजर से ख़ुदकुशी में मसरूफ़ और इसके नतीजे में इस्लामी दुनिया को आज़ाद होता देख रहे थे मगर साथ ही साथ बड़ी दिल सोज़ी के साथ बादशाही और मुलाइयत (ज्ञान और उच्च श्रेणी की शैक्षिक योग्यता) के पुराने फ़ितनों से भी बाख़बर करते जा रहे थे।

इक़बाल की तस्वीर के रौशन पहलू देखने वाली दृष्टि अकारण न थी लेकिन उनके अंदेशे भी दुरुस्त थे। हमारे दौर का कलाकार कितना बदनसीब है कि इसकी आज़ाद दुनिया में इक़बाल के अंदेशे तो ज़िन्दगी की डरावनी हक़ीक़तें बन चुके हैं मगर नवीकरण व इन्क़िलाब के ख़्वाब रेज़ा-रेज़ा हो गए हैं। आज इस्लामी दुनिया ख़ुद अपने ख़ंजर से ख़ुदकुशी पर लगातार कार्यान्वित होने में पक्के यक़ीन के साथ मुब्तला है। अपनी मिट्टी में मिले हुए ख़्वाब की किरचियाँ चुनना आज के फ़नकार का मुक़द्दर है; चुनांचे वो "इस्लामोदय" नहीं लिख सकता, मरी हुई उम्मत का मर्सिया ही कह सकता है।

क़ुर्रतुल ऐन हैदर का जिगर देखिये, उन्होंने रजज़िया व मर्सिया (वीर रस व करुण रस की कविताओं) को शीरो-शकर (मिश्रित) कर दिया है, इक़बाल की शाइरी के टुकड़े, उनके यहाँ महज़ क्राफ़टिंग का अमल हरगिज़ नहीं, इक़बाल के मिस्रे (कविता की पंक्तियाँ) हमारे सुनहरे ख़्वाब हैं और उन पर क़ुर्रतुल ऐन हैदर की तहरीर हमारी ज़िन्दगी की भयानक हक़ीक़तें हैं।

अपनी तबाही के मलबे पर बैठी हुई यतीम व यसीर इस्लामी दुनिया को क़ुर्रतुल ऐन हैदर अपने इतजमाई ख़्वाब (सामूहिक सपने) यूँ याद दिलाती हैं ...फूल हैं सहरा में या परियाँ, सूरी मुर्दे क़तार अन्दर क़तार, निगाहे मर्दे मोमिन से बदल जाती हैं तक़दीरें, चार दिन से शेव नहीं किया, आँखों पर सियाह पट्टियों का मुन्तज़िर अस्सलाम अलैकुम या अहलुल क़बूर ...तो आइए क़तार में लग जाएँ, एक ही सफ़ में खड़े हो जाएँ।

लाइन से लग जाइए, मेज़ पर से एक-एक सियाह पट्टी लेते जाइए और अपनी आँखों पर बाँधते जाइए। ज़मीन पर फ़साद फैलाने वाले और मुनाफ़िक़ीन और मुर्तद और ज़िन्दीक़ (धोखेबाज़, इस्लाम से विन्मुख और अधर्मी) सब एक तरफ़, औरतें और बच्चे दूसरी तरफ़ क़ब्रिस्तान क़बरों से भर गए। एक हों मुस्लिम हरम की पासबानी के लिए। नन्हें-नन्हें बच्चे मोर्चों पर भेजे जा रहे हैं, दोनों तरफ़ से क़त्ल के योग्य हैं।

"क़र्तबा हिन्द में मस्जिद के फाटक पर एक पोस्टर चिपका हुआ है। एक प्यारी फूल सी नन्हीं बच्ची चादर में लिपटी, हाथ में मशीनगन संभाले खड़ी है।

उस जगह पर सूर्यास्त का दृश्य भी कैसा सुहाना लगता है। लाल-ए-बदख़शाँ के ढेर छोड़ गया आफ़ताब (सूर्य)।

मस्जिद को जाने वाला रास्ता घने सायादार दरख़्त, सरसब्ज़ मैदान, महराबों वाली एक पुरानी इमारत, जिसके कमरों में उन बुज़ुर्गों की धुँधली तस्वीरें आवेज़ाँ हैं, जिन्होंने इस्लामी दुनिया के नवीकरण और एकता के सपने देखे। हसीन मस्जिद, तेरा जलाल व जमाल, मर्द-ए-ख़ुदा की दलील, वह भी जलील व जमील (बड़ी शानवाला और सुन्दर) तू भी जमील जलील, आँगन में उस मर्द-ए-ख़ुदा का मज़ार :

मर्द-ए-ख़ुदा का अमल इश्क़ से साहब फ़रोग़
इश्क़ है अस्ले हयात मौत है उस पर हराम

(मर्दों का इश्क़ कर्मों के प्रकाश से काँतिमय, सच्चा जीवन इश्क़ है, उस पर मौत हराम है अर्थात वह अमर है)।

"वो सारी धुँधली तस्वीरें किन लोगों की थीं। अजी थे, मर मरा गए कब के।"

जब मैं यह सोचता हूँ कि सिर्फ़ 50 वर्ष पहले हमारी सामूहिक कल्पना "मौत है उस पर हराम" की बुलन्दी पर परवाज़ कर रही थी और अब मर मरा गए कि पस्ती में सरगर्दां (पतनोन्मुख) हैं तो मुझे यह महसूस होता है, जैसे नवीकरण और एकता का क़त्ल ख़ुद मुझसे सरज़द हुआ है, अल्लाह मेरे हाल पर रहम फ़रमाये।

"कुर्रतुल ऐन हैदर तो मुझ ही को मुलज़िम ठहराये दे रही हैं। ज़रा सुनिये तो "और जोशीले ताक़तवर मुनाफ़िक़ीन, जो कमज़ोर वाजिबुल क़त्ल (क़त्ल करने योग्य) मुख़ालिफ़ों (विद्रोहियों) को मार डालते हैं, दोनों अपने-अपने नौजवान शहीदों की तस्वीरों के पोस्टर लगाते हैं और दीवारों पर लिखते फिरते हैं "मर्ग बर फ़ुलाँ" (अमुक मुर्दाबाद) आज की नस्ल इस नफ़स मर्ग (आत्मा की मृत्यु) से मोहित है, इन सबको मौत को पसन्द करने वाला किसने बनाया? आपने, आपने और आपने।"

"आप सब मुजरिम हैं, राहत के महलों को बला पूछ रही है, बस्ती के मकानों को फ़ना (तबाही) पूछ रही है, सज़ा-ए-मौत का फ़ैसला सुना दिया गया। तक़दीर अपने मौत के फ़रिश्ते को पूछ रही है; क़त्ल कर दिये गए। उन नौजवानों की मौत तरह-तरह के वेषों में हो रही है। बन्दूक़चियों की बाढ़, शहरी दंगाई का छर्रा, पुलिस का एनकाउंटर और देसी पिस्तौल और केसरी वर्दियों में परेड करते नौजवान; उन सबको मौत पसंद करने वाला किसने बनाया, जिनके बाप-दादा ख़ुद अत्याचार सहते हुए शहीद हुए, उन सबको किसने क़त्ल किया? आपने और आपने, और आपने, आप सब मुजरिम हैं।"

"उन्दलस के ख़लीफ़ाओं का क़ुरआनी आयतों से नक़्श किया हुआ महल, अब एक फ़ाइव स्टार होटल है, उसके कमरे में दीवार पर खुदी हुई क़ुरआन की आयतों के बिल्कुल नीचे एक बार है। न सिर्फ़ यह कि आज तक किसी मुस्लिम हुकूमत ने या किसी इस्लामी जमाअत ने स्पेन की गवर्नमेंट से इसके ख़िलाफ़ आपत्ति नहीं जतायी कि कम से कम वह शराबख़ाना उस जगह से शिफ़्ट कर दिया जाये बल्कि नये अरब मुसलमान अरबपति झुँड के झुँड वहाँ जाते हैं।"

"सोचता हूँ कि अपने धर्म की स्वीकारोक्ति के साथ-साथ इस बात को भी एतराफ़ (स्वीकार) क्यों न करता चलूँ कि मैं जब भी ये अफ़साना पढ़ता हूँ, इस मक़ाम पर आकर मुझे रुकना पड़ता है क्योंकि क़ुर्रतुल ऐन हैदर के सफ़रनामों (यात्रा वृत्तांतों) के बेशुमार जुमले मेरे ज़हन पर यलग़ार (आक्रमण) करते हैं। घबराइए नहीं, मैं सफ़रनामे सुनाने का कोई इरादा नहीं रखता, मैं तो फ़क़त यह बताना चाहता हूँ कि क़ुर्रतुल ऐन हैदर को एक तो स्पेन भुलाए नहीं भूलता और दूसरे, अरबों पर ग़ुस्सा उतारे नहीं उतरता।"

"स्पेन का ज़िक्र आते ही ये ख़ातून-ए-अज़ीज़ (प्रिय महिला), इक़बाल की तरह वैभवशाली अतीत के सारे आइन्दा ज़िन्दगी के सपने देखने बैठ जाती हैं और अपने हाल में मस्त बद्दू को देखते ही, इनका ज़हन तहो-बाला (उलट-पलट) होने लगता है।"

"इस ज़ालिम जाहिल (निर्दयी अज्ञानी) को अपने हाल पर छोड़िए। यह तो पहले ही असम्भावित ऐश्वर्य के कष्ट में मुब्तला है। इसके मुताल्लिक़ सोचिए

तो फ़क़त इतना कि जब तेल की दौलत बह जाएगी तो हम फिर से दक्षिण एशिया के क्षेत्रों व नगरों में इसके लिए सहायतार्थ फ़ंड स्थापित करेंगे। नई दुनिया का सूर्य तो यूँ ही क्षितिज पर उदय होगा, जहाँ मीर व अनीस ग़ालिब और इक़बाल उदित हुए थे और जहाँ आज क़ुर्रतुल ऐन हैदर हड्डियों के लरज़ने की आवाज़ सुन रही हैं।"

"ख़वातीन व हज़रात, मैं अपनी गुज़ारिशें अब ख़त्म करता हूँ, आपका वक़्त बचाने के ख़याल से नहीं बल्कि यह सोचते हुए कि "क़ैदख़ाने में तलातुम है" जैसी रचनाओं की सराहना तो इक़बाल ही कर सकते हैं; मैं क्या मेरी औक़ात क्या, मैं तो उनके उद्धरण ही पेश (प्रस्तुत) कर सकता हूँ या फिर अपनी ख़ुशनसीबी पर नाज़ कर सकता हूँ कि इस वक़्त आपके दरम्यान मौजूद हूँ। क़ुर्रतुल ऐन हैदर को देख भी रहा हूँ और सुन भी रहा हूँ। शुक्रिया, (जोश भरी तालियाँ)।"

डॉक्टर मुल्कराज आनंद :

"यह बहुत शुक्र का मौक़ा है कि हम सब यहाँ मिल गए हैं; ऐनी की कहानी सुनेंगे। जब मैं स्कूल का तालिब इल्म (छात्र) था तो इनके वालिद ने एक किताब लिखी थी, "ख़यालिस्तान" ...तब तक मुझे यह नहीं मालूम था कि उनकी बेटी उनके ख़यालिस्तान से और आगे जाएंगी। मुझे फ़ख़्र है कि मैंने पहले कहा और अब फिर कहता हूँ कि क़ुर्रतुल ऐन हैदर ने नाविल की नब्ज़ पकड़ी है, वैसे इन्हें बहुत फ़ायदा हुआ है, अंग्रेज़ी पढ़ने से। इन्होंने एम.ए. इंग्लिश में किया है और यह बहुत ज़रूरी है, ख़ासकर नाविल में क्योंकि नाविल फ़ार्म बाहर से आई है।

उर्दू में कहानियाँ अच्छी लिखी गयीं मगर नाविल नहीं लिखे गए ...टैगोर ने नाविल लिखे ...इसके बाद शरत चटर्जी ...प्रेमचंद ...उर्दू में 'फ़साना-ए-आज़ाद' सरशार का। उसे पढ़ने में बहुत मज़ा आता था। मैं दोपहर को पेड़ के नीचे बैठकर उसे पढ़ा करता था, ...लड़कपन में।"

"...हमारे उर्दू अदब में प्रेमचंद, सरशार के बाद ऐनी ने नाविल को आगे बढ़ाया। उनके यहाँ Departure point है। ये नाविल को और भी आगे ले

गयीं हैं, ख़ासकर "आग का दरिया" में। अजीब बात है कि "आग का दरिया" लुट चुका है और इनको उसकी रॉयलटी का एक पैसा भी नहीं मिला है ...और इन्हें यह चाहिए कि यह नाविल आगे बाक़ायदा प्रकाशित किया जाए ...इनके नाविलों को दोबारा प्रकाशित किया जाए और रॉयल्टी दी जाए।"

"...हिन्दुस्तान में पब्लिशिंग की बहुत सी ख़ामियाँ हैं ...मैं औरतों की बहुत इज़्ज़त करता हूँ और मैं ऐनी की बहुत इज़्ज़त करता हूँ ...मेरे ख़याल में आजकल जो औरतें लिख रही हैं, उनमें बहुत सी Intensity है ...इनके यहाँ जो passion है, जो concerns हैं ...इसमत चग़ताई के यहाँ जो concerns हैं, उनका नाविल टेढ़ी लकीर पढ़ा ...जिसमें पहली दफ़ा कैरेक्टर आया है ...कृष्णचन्द्र ने और बेदी ने ...मैं समझता हूँ, आपको भी जानकारी होगी, तुम्हारी औरतें चुप रहीं ...मैं समझता हूँ कि क़ुर्रतुल ऐन हैदर की यह शिक्षा बहुत मुफ़ीद (लाभदायक) है।"

(लेखक : यह मज़मून लिखने के लिए आज मैंने पूरे ग्यारह साल के बाद इस जलसे का वीडियो फ़िल्म और टेप दोनों चलाए लेकिन डॉक्टर मुल्कराज आनन्द और डॉक्टर फ़तेह मोहम्मद मलिक की तक़रीरों में कुछ अलफ़ाज़ और वाक्य समझ में नहीं आ सके, वहाँ बिन्दु लगा दिये गए हैं।)

क़ुर्रतुल ऐन हैदर :

"जनाब मुल्कराज आनन्द, जनाब-ए-सद्र-मोअज़्ज़ज़ (आदरणीय अध्यक्ष) ख़वातीन व हज़रात। ये आप लोगों ने मेरे लिए जो बातें की हैं, यह आपकी ज़र्रानवाज़ी है। अब मैं क्या अर्ज़ कर सकती हूँ, मुझे अपने मुताल्लिक़ कुछ कहना हमेशा अजीब लगता है; अभी मैंने एक नाविल लिखा है, जिसका शीर्षक है "गर्दिश-ए-रंगे चमन" उसमें एक औरत का कैरेक्टर है, जिन्होंने 45 नाविल लिखे हैं और उनके 46वें नाविल का लोकार्पण समारोह होने वाला है, उसके निमंत्रण पत्र छपे हैं। उसमें उन्होंने एक तक़रीर की, "मैं और मेरा फ़न" और इसके बाद और भी प्रोग्राम हुए और हार फूल पहनाये गए, वग़ैरह-वग़ैरह।"

"तो, "मैं और मेरा फ़न" क़िस्म की बात तो मैंने कभी आज तक की ही नहीं। मुझे यह चीज़ बड़ी Funny लगती है। भई बड़ी आसान सी बात है;

लिखते हैं, लिखने का शौक़ है; शरू से लिख रहे हैं, सबको यह बात मालूम है, अच्छा भी लिखा है, थोड़ा सा। कुछ मामूली भी लिखा है, बुरा भी लिखा है। अब आलोचकों ने मिसाल के तौर पर सबसे पहले तो मेरे लिए यह कहा कि मैं वर्जीनिया वुल्फ़ की तरह लिखती हूँ या मैं उनसे प्रभावित हूँ। उस वक़्त तक मैंने वर्जीनिया वुल्फ़ को पढ़ा ही नहीं था।"

"अच्छा, ये बहुत दिनों तक चलता रहा। फिर तहक़ीक़ किया गया कि मैं हेनरी जेम्स से प्रभावित हूँ ...फिर एक बहुत बड़े आलोचक हैं, उन्होंने कहा ...देखिए अस्ल में होता क्या है, असलियत जो होती है, वह बिल्कुल मामूली और रोज़मर्रा की बातें होती हैं लेकिन जब वह बदल कर आलोचक तक पहुँचती हैं तो वह जिस तरीक़े से इसकी व्याख्या करता है तो वह एक बड़ी बुक़राती और अजीबोग़रीब चीज़ बन जाती है।"

"...तो एक नाविल कराची में कलीमुर्रहमान साहब ने किताबिस्तान या किताब महल से प्रकाशित किया था। उन्होंने मुझसे कहा था कि न्यूयार्क का कोई एक पब्लिशिंग हाउस है, जो अनुवाद करवा रहा है। अनुवाद के लिए आपको एक किताब देता हूँ "Portrait of a Lady" हेनरी जेम्स का नाविल है (...भई, आप लोग बोलते बहुत हैं। प्लीज़!...) तो वह आप अनुवाद कर दीजिए। मैंने कहा, बहुत अच्छा, वह मैंने अनुवाद कर दिया ...भई एक नाविल था, उसका मैंने अनुवाद कर दिया ...छप गया।"

"अब एक आलोचक ने बहुत विस्तार से यह लिखा कि मैं इस नाविल से प्रभावित हूँ; स्टाइल मेरा है, फिर मैंने उसका अनुवाद किया; इसलिए कि उस लड़की की ज़िन्दगी मेरी ज़िन्दगी की तरह है और अब इसी क़िस्म की बातें दूसरे एक बहुत विश्वस्त और मशहूर आलोचक थे..."

"दूसरी बात मैंने देखी है कि नक़्क़ाद हज़रात (आलोचक) ख़वातीन के मुताल्लिक़ जब लिखते हैं, आई एम सॉरी मैं यहाँ बिल्कुल, जो मर्दों और औरतों के बीच वॉर चल रही है, अदब में भी अदब के बाँहर भी, उसका ज़िक्र नहीं कर रही हूँ लेकिन एक हक़ीक़त की तरफ़ इशारा करना चाहती हूँ कि मर्द

हज़रात नक़्क़ाद ...ख़वातीन में बेचारी कोई नक़्क़ाद मुमताज़ शीरीं के बाद पैदा नहीं हुई। (नहीं, यह हक़ीक़त है, मैं हो सकती थी लेकिन हुई नहीं ...क़हक़हा) वह ख़वातीन के बारे में जब लिखते हैं तो वह यह कभी नहीं भूलते कि यह एक ख़ातून लिख रही हैं, यह नहीं देखते कि यह एक राइटर है।"

"जैसे मुल्कराज आनन्द साहब ने जो फ़रमाया वह अपनी जगह बिल्कुल सही है कि ख़वातीन का अपना एक एंगल है, अपनी एप्रोच है। ये तो जेन आस्टिन के ज़माने ही से चला आ रहा है कि ख़वातीन जुज़ियात निगारी (अंश-लेखन) अच्छी कर सकती हैं। मैं अदब में अलाहदा लेडीज़ कम्पार्टमेंट की कभी क़ायल नहीं रही लेकिन भई आप जब बात करते हैं तो आप मैन पोएट, टी.एस. ईलियट नहीं कहते लेकिन ख़वातीन के लिए ज़रूर कहा जाता है कि Woman Novelist।"

"दूसरी बात यह कही गयी कि वह जो मेरा फ़ुलाँ-फ़ुलाँ नाविल है "आग का दरिया" उसकी चम्पा जो हैं, वह मैं हूँ ...हालाँकि पढ़ने से यह बिल्कुल साफ़ हो जाता है कि उस नाविल की 'तलत' मैं हूँ। अच्छा तीसरी बात यह कि ...मैं उनका नाविल नहीं लूँगी ...लेकिन मुझे बड़ा गुस्सा आया ...ख़ैर चलिए ...वह हैं डॉक्टर अनवर सदीद ...उनका मैंने अभी एक मज़मून पढ़ा, किसी पाकिस्तानी रिसाले में छपा है ...अब समस्या यह है कि वहाँ के रिसाले हमारे यहाँ नहीं आते और हमारे यहाँ के रिसाले पाकिस्तान नहीं पहुँचते। थोड़े से आ जाते हैं ...कुछ लोग भेजते हैं ...अव्वल तो मिलते नहीं, रास्ते में चोरी हो जाते हैं।"

"...तो उसमें उन्होंने यह लिखा कि फ़ुलाँ अफ़साना लेखिका की निजी ज़िन्दगी पर आधारित है। पहली बात तो यह कि अनवर सदीद साहब निजी तौर पर मुझसे बिल्कुल वाक़िफ़ नहीं हैं; फिर उन्होंने यह बयान क्यों दिया। आपको ख़ुद ही यह समझना चाहिए, जब आप लिख रहे हैं ...चूँकि ख़ातून लिख रही है, लिहाज़ा कोई बड़ी मिस्ट्री है, जाने क्या हुआ था, जो उन्होंने यह अफ़साना या नाविल लिखा, अब मैं ज़रा संजीदगी से बात कर रही हूँ।"

"उर्दू में, जैसा कि आपने फ़रमाया शाइरी उर्दू लिट्रेचर को खा गयी, उर्दू शाइरी अभी आप देखिए ...हालाँकि हिन्दुस्तान में उर्दू की जो किताबें छप रही

हैं, उसमें 80 फ़ीसदी शाइरी की किताबें हैं ...मजमूआ-ए-कलाम (कविता संग्रह) वग़ैरह। ...तनक़ीद (आलोचना) भी जो लिखी जाती है, जो रिसाले छपते हैं, मज़ामीन (निबंध) जो लिखे जाते हैं, ग़ज़ल पर बेशुमार अनगिनत ...जदीद (आधुनिक) ग़ज़ल Abstract ग़ज़ल, तजरीदी नज़्म और जाने क्या-क्या ...फ़िक्शन पर जो तनक़ीद लिखी गयी ...उस वक़्त हमारे बुज़ुर्ग लिख रहे थे, फ़िक्शन ...हमसे पहले जैसे हिजाब इम्तियाज़ अली वग़ैरह ...जब मंटो लिख रहे थे ...इससे पहले फ़िक्शन आमतौर पर बहुत ही कमज़ोर था ...सिवाय प्रेमचंद और चंद अदीबों के।"

"...फ़िक्शन का स्ट्रक्चर ही आमतौर पर मुखतलिफ़ (भिन्न) था तो उस वक़्त तनक़ीद (आलोचना) नहीं लिखी जाती थी। तनक़ीद का फ़न नहीं था। थोड़े बहुत तब्सरे (टीका-टिप्पणी) लिखे जाते थे। मैंने काफ़ी पुराने रिसाले देखे, वह तनक़ीद नहीं थी, जैसी अब है ...क्लासिकी की शाइरों पर ...ग़ालिब पर मज़ामीन (लेख) लिखे गए लेकिन तनक़ीद जैसे आजकल लिखी जा रही हैं, उस वक़्त मौजूद नहीं थी। तनक़ीद हमारे यहाँ फ़िक्शन की नहीं थी। हमारे यहाँ तो बॉदलियर (एक यूरोपियन कवि) को भी तक़रीबन सौ साल बाद Discover किया गया।"

"अब फ़न्ने-तनक़ीद (आलोचना की कला) ने बहुत तरक़्क़ी की है। तनक़ीद हमारे यहाँ उर्दू फ़िक्शन की नहीं थी। पिछले चालीस-पचास साल में बहुत तरक़्क़ी हुई है; अब वह ...अफ़सोस के साथ कहना पड़ता है कि वह रिवायत (परम्परा) अभी तक क़ायम है कि वह बाक़ायदा ...तनक़ीद फ़िक्शन की ...तरक़्क़ी पसंदों (प्रगतिशील लेखकों) ने जब लिखना शुरू किया तो उन्होंने सारा माज़ी (अतीत) जो उर्दू का था, उसे मुस्तरद (निरस्त) कर दिया कि ये सब रीएक्शनरी थे, रोमांटिक थे ...अब कहा जा रहा है कि नहीं, वे सब रीएक्शनरी नहीं थे ...ठीक थे, ठहाका (क़हक़हा) काफ़ी को मानो अब उन्होंने Rehabilitate कर लिया है।"

"अब देखिए कि अदब में इस तरह के फ़तवे सादिर करे ...मुफ़्ती ...कि यह चीज़ तरक़्क़ी पसन्द ...नहीं थी ...रीएक्शनरी थी ...दस साल बाद कहें कि नहीं यह तो बहुत अच्छी थी, रीएक्शनरी नहीं थी ...तरक़्क़ी पसन्द है

...और चीज़ वही है, अफ़साना वही है, नाविल वही है ...लेकिन उनका बदल गया ज़माना और अपना Approach बदल गया ...इसे कहते हैं Creative Marxism (क़हक़हा)।"

"तो लिहाज़ा अब मुझे अफ़सोस के साथ कहना पड़ता है ...कि तरक़्क़ी पसंदों ने I am sorry डॉक्टर मुल्कराज आनन्द This is what happened."

डॉक्टर मुल्कराज आनन्द Yes, this is what happened तो...।

क़ुर्रतुल ऐन हैदर : "तरक़्क़ी पसंदों ने सारा जो फ़िक्शन था, रेजेक्ट कर दिया ...पुराना ...उनके यहाँ शुरू क्या होता था, हावर्ड फ़ास्ट से ...और उससे पहले जैक लंडन ...और उससे पहले क्या था, डिकेंज़ ...यह तो उनका अंग्रेज़ी का था और बाक़ी उन्होंने कह दिया कि सब Decadent थे ...अब वह फ़्रांस के Symbolist Aesthetes के लिए भी कह रहे हैं कि उन्होंने काफ़ी काम किया है। वह भी ठीक हैं ...पहले तरक़्क़ी पसन्दों ने उनको बीमार Declare कर दिया था (क़हक़हा), ये सब sick लोग हैं।"

"यह हमारे यहाँ बड़ी अफ़रातफ़री रही है ...फ़िक्शन में ...sorry, डॉक्टर फ़तेह मोहम्मद मलिक जब उपमहाद्वीप में दो देश आज़ाद हुए (क़हक़हा) और दूसरी बात यह कि जब देश का विभाजन हुआ ...डॉक्टर फ़तेह मोहम्मद मलिक आपके सामने नहीं कहूँगी कि देश विभाजित हुआ ...जब बर्रे-सग़ीर (उपमहाद्वीप) में दो मुल्क आज़ाद हुए ...हिन्दुस्तान के हालात मुख़तलिफ़ थे; ज़ाहिर है कि पाकिस्तान के हालात भी मुख़तलिफ़ हो गए।"

"भाषा एक रही ...लेकिन वहाँ तनक़ीद भी बदल गयी थोड़ी सी ...तो अलग-अलग ...ज़ाहिर है कि पाकिस्तानी अदब ...रास्ते मुख़तलिफ़ हो गए, वहाँ के हालात, भाषा एक ही रही ...फिर वह कुछ इस्लामी अदब का मामला शुरू हो गया, कुछ पाकिस्तानी का ...यहाँ पर Abstract तजरीदी ...वह शुरू हो गया ...Critics had a field day, जिसका जो जी चाह रहा था, लिख रहा था; इस तरह मामला और उलझ गया ...बड़ा confusion रहा ...मेरी तो कुछ समझ में आया नहीं ...मैं तो साहब बैठकर लिखती हूँ, जो मेरा दिल चाहता है।"

"जब कोई ख़याल आता है या कोई समस्या ...वह जो अभी आपने फ़रमाया ...क़ैदख़ाने में तलातुम है कि हिन्द आती है ...किसी रिसाले के कातिब (composer) ने उसे लिख दिया "क़ैदख़ाने में तलातुम है कि नींद आती है"। (क़हक़हा) रिसाले के जो एडिटर थे, मिर्ज़ा दबीर से वाक़िफ़ नहीं थे; लिहाज़ा उन्होंने इस उनवान (शीर्षक) में हिन्द की बजाय 'नीन्द' ही को रहने दिया।"

"...तो मेरे सामने जो मसाइल (समस्याएँ) हैं, वह महज़ मुसलमानों से मख़सूस (विशिष्ट) नहीं हैं ...न महज़ हिन्दुस्तान से न महज़ पाकिस्तान से ...सारी दुनिया में जो कुछ हो रहा है, उससे मैं बहुत फ़िक्रमन्द हूँ ...जो तशद्दुद (हिंसा) है violence, जो हमारी साइकी में आ गया है, जो यहाँ भी मौजूद है ...कल मैंने टीवी पर देखा, आयरलैण्ड में मारा-मारी हुई ...बम फेंके गए ...हमारे यहाँ भी हो रहा है ...मतलब यह कि पूरी दुनिया में violence का cult बन गया है और लोगों ने उसको क़बूल कर लिया है, यानी उसके बारे में लोग परेशान नहीं हैं। उसको Accept कर लिया गया है ...जनाब यह तो हर जगह ही हो रहा है, क्या करें।"

"अब यह जो रवैया हो गया है, अदीबों का भी कि हम क्या कर सकते हैं; लेकिन कोई हमारे क़रीब में बम फेंक दे तो क्या कर सकते हैं। उसके लिए कुछ लिख तो सकते हैं, कुछ पब्लिक ओपिनियन तो बना सकते हैं, उसके बारे में। तरक़्क़ी पसंदों का जो शुरू का ज़माना था, जब उन्होंने बड़े-बड़े मसाइल (समस्याओं) पर सचमुच काम किया था। तरक़्क़ी पसंदों को मैं "वह" नहीं कर रही हूँ ...उन्होंने उर्दू में जो नया मोड़ दिया और इस वक़्त जो उर्दू की तवानाई (शक्ति) है, फ़िक्शन की और उर्दू शाइरी की, वह तरक़्क़ी-पसंदी की देन है।"

"...उर्दू में जो नारा इस वक़्त चला है ...इससे पहले आप देख लीजिए क्या हो रहा था ...क्या लिख रहे थे वह लोग ...तो वह ठीक है ...लेकिन मिसाल के तौर पर मुझे उस वक़्त बड़ी परेशानी होती है violence की "कि" क्यों है? ...कल तक यही लोग बिल्कुल ठीक थे ...हमारे यहाँ एक अच्छा शाइर है अंग्रेज़ी में, बालू राव ...एक नज़्म उसने अभी लिखी है, एक लड़के के बारे में, कि मुझे बड़ी ख़ुशी हो रही है कि एक लड़का कॉलेज का, बैठा हुआ

लायब्रेरी में keats पढ़ रहा है और मैं बड़ा ख़ुश हूँ कि यह लड़का इस वक़्त keats पढ़ रहा है। वर्ना यह शायद कहीं बम बना रहा होता ...इतने वक़्त में इसने बम नहीं बनाया। बल्कि keats पढ़ लिया। यह इस वक़्त हमारे यहाँ की एक हक़ीक़त है, पूरे हिन्दुस्तान की और पूरी दुनिया में हो रहा है ...दक्षिण अफ्रीका में हो रहा है।"

"तो मैं यह नहीं कहती कि मैं commitment जो ...अब मुसीबत यह है, इस क़दर लोग अलफ़ाज़ से उलझ जाते हैं और उनके पीछे पड़े रहते हैं कि साहब आप committed राइटर हैं, committed राइटर नहीं हैं, आपका committtment क्या है ...आपकी क्या कोई आइडियोलॉजी नहीं है ...एक सम्पूर्ण वस्तु बन गया है।"

"लेकिन एक चीज़ होती है Humanism, अगर आप बुनियादी तौर पर इस को मान जायें कि सब इंसान जो हैं, उनको ज़िन्दा रहना चाहिए, ज़िन्दा रहने का उन्हें हक़ है। मारा-मारी नहीं करनी चाहिए और जो आपका कल्चर है, आइडियोलॉजी है, जो आपके क़ौमी नज़रिये हैं, वह सब अपने करते रहिए लेकिन इस तरह कीजिए कि दूसरों को नुक़सान न पहुँचे। आप बाक़ी दुनिया को भी हक़ दीजिए कि वह अपने तरीक़े से सोच सकें और इसके बाद आप अपनी हद तक अपनी तरक़्क़ी के लिए सोचिए। लेकिन यह जो है कि साहब सारी दुनिया हमारी तरह सोचने लगे ...और यहाँ सब जगह हो रहा है ...पूरी दुनिया में यही हो रहा है ...तो अगर यह न हो रहा होता तो बड़े आराम से लोग रहते।"

"लिहाज़ा मैं बहुत परेशान हूँ इसके बारे में, दूसरी चीज़ जिसकी वजह से मैं परेशान हूँ, वह है जो हमारे यहाँ एक consumerist society वजूद में आ गयी है। पाकिस्तान में, माफ़ कीजिएगा पैदा हो चुकी है; हमारे यहाँ पैदा हो रही है और उसमें उसके साथ जितनी उसकी बुराइयाँ हैं, जितनी उसकी ख़राबियाँ हैं, जितने उसके ऐब हैं, जिस तरह उसने इंसान को कैरेक्टरलेस बना दिया है, वह हमारे यहाँ शुरू हो चुका है। तो यह मेरा जो इस वक़्त का नाविल है, उसका भी मैंने इस नाविल में एक पहलू रखा है तो इस तरह भई मैं लिखती हूँ और अपने लिए लिखती रहूँगी। शुक्रिया!" (पुर जोश तालियाँ)।

नारोवाल से नार्वे

इन्तिज़ार हुसैन ने एकतरफ़ा पलायन की कहानियों की रचनाएँ कीं। डिबाई ज़िला बुलन्दशहर से लाहौर। यह हिजरत (पलायन) उनकी अदबी शनाख़्त बन गयी। हिन्दुस्तान की नई सरहदों के दोनों तरफ़, दूसरे विश्वयुद्ध के बाद सामूहिक और व्यक्तिगत हिजरतों का ताँता बँध गया। अमेरिका में यूरोप से वतन छोड़ के जाने वालों ने पूरे Emigre साहित्य की रचना की।

1947 ई. के बाद हिन्दुस्तान और पाकिस्तान को ख़ैरबाद कहने वालों के क़ाफ़ले, जो पश्चिम के साहिलों और बन्दरगाहों पर उतरे, उनकी मुसाफ़तों के व्यक्तिगत तजुर्बे और ज़्यादा जानलेवा रहे होंगे क्योंकि वह अपने ख़ेमे उखाड़कर बिल्कुल अजनबी नख़लिस्तानों में ले गए थे। अनगिनत परिवारों के लिए पलायन की यह क्रिया बार-बार दोहरायी गयी। हिन्दुस्तान से पश्चिमी और पूर्वी पाकिस्तान, फिर 23 साल बाद बंगलादेश से नेपाल के रास्ते कराची और उसके बाद पश्चिमी देश। इंसान बड़ा सख़्तजान है, वह सूरज के नीचे कहीं न कहीं अपनी जगह बना लेता है।

1986 ई. ...उत्तरी यूरोप की बर्फ़ीली फ़ज़ाओं में परवाज़ करते हुए हमसफ़र पंजाबी बीबी ने ज़रा तहकमाना (हुक्म के से) अंदाज़ में उंगली उठाकर, अंग्रेज़ एयर होस्टेस को बुलाया "वन गिलास वाटर", मुस्कुराते हुए एंग्लो-सेक्सन लड़की पानी लेकर आई और हलाल गोश्त की क़ाबें (प्लेटें) हमारे सामने रखीं। हस्बे-मामूल विभिन्न डिब्बों पर अरबी इबारत लिखी हुई थी; पेट्रो डॉलर की बदौलत बहर-ए-ज़ुल्मात में दौड़ा दिये, घोड़े हमने (यह अल्लामा इक़बाल के शे'र की पंक्ति है)।

पंजाबी बीबी ने खाना शुरू किया और इतमीनान से अपनी बात जारी रखी, "हाँ जी, मेरी धी की ससुराल ओस्लो में है। उस दा ख़ाविन्द ख़ुदावन्द करीम के फ़ज़्ल से चार दुकानों दा मालिक है; पंद्रह चिट्टे और चिट्टियाँ उसकी दुकानों पर नौकर हैं।"

सर रज़ा अली मरहूम की बेटी आलिया बेगम, जब लंदन गयीं थीं तो उन्होंने बताया था, हमारा ड्राइवर भी एक साहब है (साहब, यानी अंग्रेज़)।

मुसाफ़िर बीबी ने आगे कहा, "तो जी, वतन से यहाँ साल में दो तीन बार आ जाती हूँ।"

वतन से उनका तात्पर्य इंग्लिस्तान था।
"आप लोग पाकिस्तान से कब आये?"

"जी, मुझे तो कुछ याद नहीं, साड्डे बुज़ुर्ग नारोवाल सियालकोट से बर्मिंघम आ गए थे; जब हिन्दुस्तान पाकिस्तान बना, उसके बाद।" उन्होंने ऐसे मुबहम अंदाज़ से कहा, जैसे हम लोग कहते हैं, "हमारे बुज़ुर्ग मंगोलों के अक्रमण के दौर में समरक़न्द व बुख़ारा से आए थे।"

नारोवाल ...गड्डी आई नारोवाल दी। देहरादून में हाज़िर मामू की भांजी जमीला और उसकी सहेली दुपट्टे सुखाने के लिए उनके दोनों सिरे थाम कर, झुलाते हुए गा रही थीं "गड्डी आई नारोवाल दी", फाटक के बाहर पहाड़ी नहर ईस्टर्न केनाल का शफ़्फ़ाफ़ सर्द पानी रंगबरंगे संगरेज़ों पर तेज़ी से बहता रहता था और शायद अब भी उसी तरह बह रहा है और नाज़िर भाई रोलर स्केट पहने सरसर बरामदे में से गुज़र जाते थे और तौफ़ीक़ रिफ़अत और उनका छोटा भाई रेडियोग्राम पर शमशाद बेगम और उमराव ज़िया बेगम का एक रिकॉर्ड बजाता था : "टाहली दे थल्ले बैह के, माहिया वे माहिया, कर दियाँ गल्लाँ।"

यह मज़मून लिखते हुए, मैंने बलराज कोमल को फ़ोन किया। मैंने उनसे पूछा, टाहली किस दरख़्त का नाम है? 'शीशम' उन्होंने जवाब दिया और बताया कि वह भी सियालकोट में पैदा हुए थे और उनकी बहन की शादी नारोवाल में हुई थी।

कितनी आसान बात है, अर्थ मालूम हो जाएँ तो शब्द के रहस्य एकदम विलुप्त हो जाते हैं। टाहली तो ढोलक की थाप पर हमेशा मुझे बहुत रोमांटिक लगा। वह हमारा बेचारा परिचित शीशम ही निकला। अब आगे चलिए।

गहरी धुंध ने उत्तरी समुद्र को अँधेरे सागर में तब्दील कर दिया, कहीं-कहीं किसी जहाज़ से आती सर्चलाइट पानी पर तैरते बर्फ़ के तूदों को चमका देती थी। जब हवाई जहाज़ नीचे उतरा धूप खिली हुई थी।

हमसफ़र पंजाबी बीबी ने बतलाया था कि लंदन में उनके ख़ाविन्द बहुत दिनों से बेरोज़गार थे और सारा परिवार बेरोज़गारी का भत्ता पा रहा था। रहने को काउंटी कौंसिल का मकान मिला हुआ था, जिसमें क़ानून के मुताबिक़ हर बच्चे का कमरा अलग था। इन सारी उपलब्धियों और सुख साधन के बावजूद वह ख़ातून हुकूमत-ए-बर्तानिया की बेहद शाकी (शिकायतकर्ता) थीं।

इंग्लिस्तान को वह आदतन वतन कह रही थीं, चूँकि वह सैकण्ड जनरेशन इमिग्रेंट थीं। उनके रिश्तेदार इसी तरह जर्मनी और नार्वे में आबाद हो चुके थे। ओस्लो के हवाई अड्डे पर उतरकर वह निहायत ख़ुद एतमादी (आत्मविश्वास) के साथ तेज़-तेज़ क़दम रखती आगे चली गयीं। एयरपोर्ट पर एक और महाजिर (पलायन कर्ता) हरचरण चावला और उनकी बीवी पूर्णिमा मौजूद थे, जो टाहली के बजाय स्कैंडी नेवियन ओक के नीचे बैठकर, उर्दू में अफ़साने लिखते थे।

जिस तरह प्राचीन इबरानी पवित्र आर्क यानी वह संदूक़चा लेकर बैतुल मुक़द्दस से निकले थे, जिसमें तौरेत (Torah) और ज़बूर के सहीफ़े (ईश्वर की भेजी हुई पुस्तकें) सुरक्षित थे। वह ये आर्क संभाल कर जलावतन हुए और मुल्कों-मुल्कों घूमे और wandering jew कहलाये। इसी तरह कैसी हैरत की बात है कि पंजाबी हिन्दू और सिख उर्दू की नाव में बैठकर अजनबी साहिलों पर उतरा, जलावतनी की मुसीबतें उठाईं और ग़म सहे, मगर उर्दू से अपनी मोहब्बत नहीं छोड़ी; हालाँकि उर्दू की नाव के इन जियाले माँझियों की ये आख़िरी पीढ़ी है।

नार्वे में पाकिस्तानी माइग्रेंट भी काफ़ी तादाद में मौजूद थे, उर्दू के रिसाले निकल रहे थे। अंतर्राष्ट्रीय मुशायरे होते थे। एक पाकिस्तानी की दुकान में बड़ा पोस्टर नज़र आया।

"ईद मीलादुन्नबी जुलूस ज़ेरे सरपरस्ती, ख़तीब-ए-मिल्लत अल्लामा मुश्ताक़ अहमद चिश्ती एम.ए. मोअर्रख़ा 16 नवम्बर 1986 ई. बरोज़ इतवार। रवानगी

मर्कज़ अहले सुन्नत, बाद नमाज़ अस्र, बारह रबीउल अव्वल। उश्शाक़ रिसालत मआब से दरख़्वास्त है कि जुलूस में पुरवक़ार, बा अदब और बावज़ू शिरकत करें। जलसा व दौराने जुलूस जमीअत-ए-हस्सान, बर्तानिया, मीलाद पार्टी और आशिक़ाने मुस्तफ़ा (स.) नार्वे नात ख़्वानी करेंगे। नामवर, मुक़तदर और शोहरा-ए-आफ़ाक़ उलमा-ए-कराम और मशायख़-ए-उज़्ज़ाम ख़िताब फ़रमायेंगे। मस्तूरात (महिलाओं) के लिए बापर्दा बन्दोबस्त, 15 नवम्बर लंगर शरीफ़, 16 नवम्बर शीरीनी तक़सीम की जाएगी।"

"अल दाइयान इलल ख़ैर मर्कज़ जमाअत अहले सुन्नत, नार्वे"
(निमंत्रण कर्ता (नेकी की ओर) मर्कज़ जमाअत अहले सुन्नत, नार्वे)

जद्दा की तरह ओस्लो भी उर्दू दुनिया के नये नक़्शे पर प्रकट हो चुका था। "हाँ साहब नूह नार्वी भी तो नार्वे के रहने वाले थे।[1]"

मामूज़ाद बहन भाई फ़रीदा और ज़ुल्फ़िक़ार हैदर और फ़रीदा का बेटा अली स्टॉकहोम से मिलने आये, आसान बात थी। कार में बैठे और पड़ोसी देश में दाख़िल न कोई झगड़ा, न टंटा; न उनको जाकर पुलिस में अपनी आमद की रपट लिखवानी पड़ी क्योंकि वह एक सभ्य देश से दूसरे तमीज़दार मुल्क में आए थे।

हम पड़ोसी मुल्कों के बाशिंदे एक दूसरे को माशाअल्लाह अपराधी प्रवृत्ति का समझते हैं। अव्वल तो आमदो-रफ़्त पर पाबन्दी और जब एक दूसरे के यहाँ पहुँचो तो सीधे जाओ थाने। वाह! पचास बरस इन्हीं मुसीबतों में गुज़र गए। दो नस्लें एक दूसरे से अजनबी विमुख और ख़ौफ़ज़दा परवान चढ़ीं। बाहरी देशों में जब वे मिलते हैं तो व्यक्तिगत तौर पर दोस्तियाँ और इजतमाई नफ़रतें (सामूहिक़ घृणाएँ) दुश्मनियाँ बदस्तूर क़ायम; जज़ाकल्लाह (अल्लाह तुम्हें अच्छा बदला दे)!

नार्वे में हिन्दुस्तानी राजदूत एक पंजाबी डिप्लोमेट थे, उनकी बीवी यूरोपियन थीं, उनके यहाँ भी दावत में पंजाबी पाकिस्तानी बहुत घुले-मिले नज़र आये। भाषा का एक होना राजनीतिक सीमाओं को तोड़ देता है। मेरी दोस्त रशीदा

1. सम्भवतः यह वाक्य हास्य का पुट डालने के लिए कहा गया है क्योंकि नूह नारवी, नारा ज़िला इलाहाबाद के रहने वाले थे।

मरहूमा पंजाबी थी, उसके शौहर पूर्वी पाकिस्तान के कमालुद्दीन अहमद थाईलैंड में पाकिस्तान के राजदूत थे। बैंकाक में उसने मुझसे कहा, "इण्डियन हमारे बहुत दोस्त हैं, इतवार का दिन है, अगर तुम कहो मैं अभी फ़ोन कर दूँ। बैंकाक का हर सरदार दुकानदार फ़ौरन अपनी दुकान खोलकर सामान हाज़िर कर देगा।"

"रशीदा।" मैंने जवाब दिया; ये दोस्तियाँ महज़ ज़ाती (निजी) ताल्लुक़ात पर मबनी (आधारित) हैं। चूँकि तुम्हारी और इन सरदारों की भाषा और बहुत हद तक कल्चर एक है मगर सियासत की बर्फ़ कभी क्यों नहीं पिघलती?

यह सवाल ज्यों का त्यों क़ायम है, कोई जवाब नहीं मिलता, पश्चिमी देशों में माइग्रेंटस को बड़ी मराआत (उपलब्धियाँ) हासिल हैं। उनकी तहज़ीबी सरगर्मियों के लिए भी हुकूमतें बहुत रक़में उपलब्ध कराती हैं। बंगाली और उर्दू में ख़ूब रिसाले निकल रहे हैं। मुशायरों के Impressario और आमतौर से अच्छे गलेबाज़ शाइरों और शाइरात को मदऊ (आमंत्रित) करते हैं।

एक बार मैं बर्लिन से कहीं जाने के लिए हवाई जहाज़ का टिकट ख़रीदने गयी। हवाई जहाज़ के दफ़्तर में एक पाकिस्तानी नौजवान ढेरों हरे पासपोर्ट लिये खड़ा था, उसने बताया कि वह बेलजियम में रहता है; मैंने पूछा क्या आपने भी शाइर बुलवाए हैं। कहने लगे "जी नहीं, क़व्वाल। बेलजियम में क़व्वालों की बहुत माँग है।"

ज़रा सोचिए नार्वे में उर्दू शाइरी हो रही है। बेलजियम और डेनमार्क में क़व्वाली और यह तो आज से पच्चीस बरस पहले की बात है, जब मैंने इलस्ट्रेटेड वीकली में शकीला बानो भोपाली पर मज़मून छापा था, जो इंग्लिस्तान के औद्योगिक नगरों में क़व्वाली गाने जाती थीं तो श्रोता ख़ासतौर पर सरदार साहेबान पाउंड नोट स्टेज पर फेंकते थे।

स्कूल में पढ़ते थे कि नार्वे में छह महीने का दिन और छह महीने की रात होती है तो सोचते थे कि वहाँ छह महीने तक लोग सोते रहते होंगे और अगले छह माह जाग कर गुज़ारते होंगे; मगर अच्छा-ख़ासा नार्मल दिन था, सूरज ख़ूब चमक रहा था। स्कैंडीनेविया की ज़िन्दगी को हमने एबसन के ड्रामों

के ज़रिये जाना और वह क्या मनमोहक ड्रामे थे और नेवट हेमसून, जिनके बारे में मुमताज़ शीरीं मज़मून लिखती थीं तो हम पर बहुत रौब पड़ता था।

मेरी अपनी लायब्रेरी में कई नार्वेजियन अदीबों की किताबें मौजूद हैं। उन नाविलों का वह परिस्तानी सा माहौल ज़र्द बालों और नीली आँखों वाली लड़कियाँ, दो चोटियाँ गूँधे, लकड़ी की बाल्टियाँ उठाये। हमारे उर्दू के एक मशहूर अफ़साना निगार ने नार्वे के मुताल्लिक़ अपने सफ़रनामे में लिखा था, "मैंने उसकी आँखों की नीली झीलों में झाँका, उसने मेरी आँखों में झाँका, इसी तरह जब हमारे अदीब किसी पश्चिमी देश में पहली बार पहुँचते हैं; मानों ज़मीनी जन्नत की हूरें क़दम-क़दम पर उनका स्वागत करती हैं। शुरू-शुरू में हमारे बहुत से प्रेमविभोर महानुभावों ने उनसे शादियाँ भी कर ली थीं और वहीं बस गए।

यूरोप के शहरों में उनसे मुलाक़ात होती है, जो अपनी यूरोपियन बीवियों के साथ वहाँ आबाद हैं। ईद या दीवाली पर उनकी बीवियाँ साड़ी या शलवार क़मीज़ पहनकर, पाकिस्तान व हिन्दुस्तान के दूतावासों की दावतों में जाती हैं। ये साहेबान अपने पूर्व हमवतनों को अपने हसीन व नफ़ीस मकानों में आमंत्रित करते हैं और गोया ज़बान-ए-हाल से कहते हैं, "ओ देस से आने वाले बता..."

ऐ साहब क्या इस्लाम या इमाम हुसैन को गोरे के सर्टिफ़िकेट की ज़रूरत है।

और यह बात संयोगवश नहीं है कि अंग्रेज़ ने भी ग़ैरतमंद इंडीपेंडेंट अफ़ग़ान पठान की सराहना की है। वालिद-ए-मरहूम (स्व० पिता जी) देहरादून में नज़रबंद अफ़ग़ान बादशाह अमीर याकूब अली ख़ाँ के असिस्टेंट पॉलिटिकल एजेंट रहे थे। वह जलावतन (निर्वासित) अफ़ग़ान देहरादून में आबाद हो गया था। उनमें से कुछ शहज़ादे वालिद मरहूम से मिलने आया करते थे।

सरदार उमर ख़ाँ मरहूम, जो अमीर याक़ूब ख़ाँ के सगे साले थे, मुझे अच्छी तरह याद है, वह वालिद मरहूम के पास आकर घण्टों बैठते, फ़ारसी में गुफ़्तगू करते और शतरंज खेलते। उन्हें आँखों की कोई बीमारी थी, जिसकी वजह से वह एक बड़े मशहदी रूमाल से बार-बार अपनी आँखें पोंछते रहते थे, एक बार मैंने देखा, वह अटक-अटक कर इक़बाल की नज़्म पढ़ रहे थे।

रूमी बदले शामी बदले बदला हिन्दुस्तान
तू भी ऐ फ़रज़न्दे कुहिस्ताँ अपनी ख़ुदी पहचान
तेरी बे इल्मी ने रख ली बे इल्मी की लाज
आलिम फ़ाज़िल बेच रहे हैं अपना दीन-ईमान

1941 ई. में इस हालत में उनका इंतिक़ाल हुआ कि इलाज के लिए उनके पास पैसा भी नहीं था। अंग्रेज़ ने उन काले बाबू का हमेशा मज़ाक़ उड़ाया। उन अफ़ग़ानों ने कभी बर्तानिया से हार नहीं मानी।

अंग्रेज़ विद्वानों के दो वर्ग हैं। 'मुस्तशरिक़ीन' (वह फ़िरंगी जो पूर्वी भाषाओं का ज्ञानी व विद्वान हो) जो अपनी ज़िन्दगियाँ पूर्व के रहस्यों को खोजने में व्यतीत कर देते हैं और ऐसे ख़ज़ाने खोद निकालते हैं, जिनकी हमने कभी परवाह नहीं की। दूसरा साधारण पढ़ा लिखा वर्ग। मुस्तशरिक़ीन के भी दो सम्प्रदाय हैं; एक Indic; धर्मों, हिन्दू, बौद्ध और जैन और उनके द्वारा रचित सभ्यताओं के विद्वान हैं। दूसरे जो इस्लामी दुनिया, इस्लामी इतिहास, दर्शन और धार्मिक अध्ययन आदि के विशेषज्ञ हैं; उन सबका ज्ञान बेपनाह और इसी हद तक विनम्र स्वभाव। हमारे बर ख़ुद ग़लत एन्टेलेक्चुअल्ज़ के लिये अनुकरणीय।

ख़ुशक़िस्मती से मुझे फ़िलिप हट्टी, प्रोफ़ेसर बर्नार्ड लुईस और सबसे ज़्यादा ख़ुशबख़्ती यह कि प्रोफ़ेसर आर्नल्ड टवाईन बी से विचार विमर्श करने के कई अवसर मिले। उनको विनम्र स्वभाव का पाया। मेरे साथ समस्या यह है कि मुझे इतिहास, वैश्विक धर्म, सामाजिक अध्ययन, साहित्य, इस्लामियात, सूफ़िइज़्म (तसव्वुफ़), इब्न अल अरबी वग़ैरह से जितनी दिलचस्पी है, हिन्दुस्तान की फ़िल्म इंडस्ट्री और उसके इतिहास से भी उतना ही या ज़रा उससे कम राब्ता रखती हूँ। हालाँकि मुझे पॉप म्यूज़िक से क़तई दिलचस्पी नहीं। उस्ताद बिसमिल्लाह ख़ाँ और दूसरे बड़े उस्तादों से मुझे उतनी ही श्रद्धा है, जितनी किसी महान विद्वान या बड़े साहित्यकार से।

चुनांचे जब लंदन के इस्लामिक कल्चरल सेंटर में यूसुफ़ इस्लाम से मिली, जो पहले एक नामवर पोप सिंगर था और इस्लाम क़ुबूल करने के बाद इस

हद तक मौलवी बन गया कि अपनी सात वर्षीय बच्ची को भी उसने पर्दा करा दिया; यानी वह सिर पर सफ़ेद स्कार्फ़ बाँधे हुए थी तो जी चाहा कि उससे पूछूँ कि तुम यह माक़ूल और एतदाल पसन्द (मध्य मार्गी) धर्म अपनाने के बाद, इतने कट्टरपंथी क्यों हो गए, एतदाल (बीच) का रास्ता क्यों न पकड़ा। मगर उस अल्लाह के बन्दे ने बराबर नज़र नीचे रखी और बात करके ही न दी।

Zeal of the convert भी एक हक़ीक़त है। दुनिया उन गोरे जोगियों और जोगनों से भरी पड़ी है, जो हरे कृष्णा, हरे रामा गाते फिरते हैं और बेहद ख़ुश हैं। मज़हब तब्दील करने वालों की इंतिहापसंदी (extremism) एक नफ़सियाती (मानसिक) करिश्मा है और जो व्यक्ति इस अंदरूनी गहरे तजरिबे या कनफ़्यूज़न के संपर्क में नहीं आया, वह इसे समझ नहीं सकता।

इस्लामियात के मशहूर स्कॉलर डॉक्टर दाऊद रहबर इंटरनेशनल इस्लामिक कोलोकेम में शरीक हुए थे, जो 1958 ई. में लाहौर में आयोजित हुआ था, वहाँ उनसे मुलाक़ात हुई। एक सेशन में उन्होंने क़ुरआन शरीफ़ की तफ़सीर (व्याख्या) के मुताल्लिक़ कुछ कहा था, जिस पर मौलवी बहुत ज़्यादा नाराज़ हुए। दाऊद रहबर माहिर-ए-ग़ालिबियात (ग़ालिब के अध्ययन के विशेषज्ञ) भी थे, उनके वालिद भी नामवर इस्लामी स्कॉलर थे, उन्होंने अमेरिका जाकर Baptism अपनाया और गिरजे में जा बैठे।

यह सूचना मिलने पर एजाज़ हुसैन बटालवी ने मुझसे कहा, "अरे ज़रा सोचो, दाऊद की रूह का सन्नाटा, उसका अन्दरूनी दुःख; जब उसने यह फ़ैसला किया होगा, वग़ैरह-वग़ैरह।"

अब पादरी दाऊद रहबर अमेरिका के मिशनरी रिसाले "मुस्लिम वर्ल्ड" में मज़मून लिखते हैं। जो लोग पैतृक धर्म छोड़कर, इस्लाम धर्म अपना लेते हैं, उनका रूहानी तजरिबा भी इतना ही क़ाबिल-ए-क़बूल होगा। दरअस्ल इन व्यक्तिगत मामलों के सम्बन्ध में कुछ कहना नहीं चाहिए। मिसाल के तौर पर बहुत ठंडे देशों से निकलकर मिशनरी मर्द और औरतें कैसी हँसी-खुशी, जलते-भुनते मुल्कों में यीशू मसीह की ख़ातिर ज़िन्दगियाँ गुज़ारते हैं और आते हैं कहाँ से; आयरलैण्ड, स्कॉटलैण्ड, नार्वे, स्वीडन।

1987 ई. ...स्टॉकहोम, चारों तरफ़ स्नोबेरी खिली हुई थीं, हम लोग एक रेस्टोरेंट में बैठे बर्फ़िस्तानी बारहसिंघे का निहायत बद ज़ायक़ा गोश्त नोश करने में मसरूफ़ थे। यह इस मुल्क की सबसे क़ीमती और आलातरीन डिश है। एक हिन्दी अदीब, जो वेजीटेरियन थे, बड़े फ़ातेहाना अंदाज़ से सब्ज़ीख़ोरी में मसरूफ़ रहे। यानी और खाइए भाँति-भाँति के जिनावर का माँस।

कुछ फ़ासले पर बैठा एक स्वेड किसी बात पर हँसा; अशोक बाजपेयी बोले, एक स्वेड अट्ठारहवीं शताब्दी में हँसा था, उसके बाद आज यह दूसरा स्वेड हँसा है।

"ये लोग कभी मुस्कुराते भी नहीं क्या प्राब्लम है?"

"यह दुनिया का सबसे ज़्यादा दौलतमंद मुल्क है, इसके बाशिंदों की प्रति-व्यक्ति आमदनी बेशुमार, हद से ज़्यादा तरक़्क़ीयाफ़ता, हर चीज़ इन्हें मुयस्सर, तो ये ख़ुश किस बात पर हों। इनके ज़ज़बात मर चुके हैं।"

"शायद इसीलिए दुनिया में सबसे ज़्यादा ख़ुदकुशी इस मुल्क में होती है।" मैंने कहा।

"आपका टेलीफ़ोन" एक निहायत लहीम-शहीम वेटर्स ने आकर मुझे मुख़ातब किया। विंग कमांडर अस्करी, हाँ भाई तुम किस सिलसिले में आई हो?

"मामू, फ़ेस्टिवल ऑफ़ इण्डिया में एक अदद हिन्दुस्तानी राइटर्स कॉन्फ्रेंस भी इसमें शामिल है; हम कॉन्फ्रेंस ख़त्म होते ही आपके पास आ जाएंगे लेकिन मामू बारहसिंघे का गोश्त न खिलाइयेगा।"

"बारहसिंघे का गोश्त हरगिज़ नहीं, शायद मकरूह (घृणित) है।" निहायत मुत्तक़ी (बुराइयों से बचने वाले) और पंचवक़्ता नमाज़ी मामू सैयद ज़हूरूल अस्करी ने जवाब दिया, जो अपनी औलाद के पास रावलपिण्डी से आए हुए थे।

यह बर्फ़िस्तानी बारहसिंघा फ़ादर क्रिस्मस की स्लेज गाड़ी खींचने वाला निहायत बदमज़ा निकला। यह क्रिसमस कार्ड के लिए ही ठीक है।

और वे सींगों वाली टोपियाँ ओढ़े मर्द और औरतें जो उत्तरी यूरोप के ओपेरा के पात्र हैं, क्या वो भी ख़याली (काल्पनिक) हैं। मैंने एक स्वीडिश मेज़बान से पूछा, जो यहाँ के मशहूर राइटर थे। कहने लगे, "बिल्कुल ख़याली, जैसे आपके यहाँ रोप ट्रिक दिखाने वाला फ़क़ीर।"

"अफ़सोस! स्वीडन का वे अफ़सानवी ग्रान्ड ओपेरा वाला माहौल ही आप ख़त्म किये दे रहे हैं", मैंने कहा। हम बाज़ार में पैदल चलते कहीं जा रहे थे, ये लोग हमें पैदल चला चलाकर मार डालेंगे। इनको सेहत बनाने का जुनून है, जिसे देखो पैदल या बाईसिकिल पर घूम रहा है। नार्वे का बादशाह स्लेज कँधे पर रख कर ट्रेन में बैठता है और बर्फ़ पर फिसलने के लिए पहाड़ों की तरफ़ निकल जाता है। यह कोई हमारे इंग्लिस्तान की पुर-ग़ुरूर शाही फ़ैमिली थोड़ा ही है, जो अवाम से अलग थलग रहती है।

सेमीनार एक प्राचीन यूनिवर्सिटी के हाल में आयोजित हो रहे थे, बाहर ख़ामोश कॉरीडोर, छात्रों के चुपचाप गिरोह, हर तरफ़ चेहरों पर गम्भीरता और संजीदगी छायी हुई। एक नौउम्र बंगाली शाइरा और उसके शौहर हमारे गिरोह में शामिल थे। मजमें में कुछ बंगालियों को देखकर उनकी जान में जान आयी।

इसके बाद बहुत ज़्यादा बंगाली नजर आए। एक बंगाली प्रोफ़ेसर ने खाने पर हमें आमंत्रित किया और बाल्टिक समुद्र की माछी, भात के साथ खिलाई। उनका लड़का एक स्वीडिश हिप्पी बन चुका था, उसने हाथों में जस्ते की चूड़ियाँ पहन रखी थीं। लम्बे बाल बिखराये वो भी चुपचाप बैठा था। घर के मालिक ने काली देवी की एक बहुत बड़ी तस्वीर बनाकर अपनी क़ौमी शख़्सियत बरक़रार रखने के लिए ड्राईंगरूम में लगा दी। ये बंगाली ज़्यादातर यूनिवर्सिटियों में पढ़ा रहे थे, और क्या करते, बंगाली है तो यूनिवर्सिटी में ही पढ़ायेगा।

यूरोप के रेलवे स्टेशनों में पहुँचकर और यूरोपीय ट्रेनों में बैठकर हमेशा यह ख़याल आता है कि हम एक ग़ैर हक़ीक़ी (बनावटी) दुनिया में सफ़र कर रहे हैं। भीड़-भाड़, ख़्वाँचे वालों की आवाज़ें, धकापेल, हाँपते, मनों बोझ सिर पर लादे क़ुली, रेल के अन्दर रेल-पेल, मुर्गी के दरबों की मानिंद डिब्बों के अंदर

और छतों पर बैठे मुसाफ़िर। जब कोई पश्चिमी देश का बंदा पहली बार हमारे रेलवे स्टेशन देखता है तो उसके होश गुम हो जाते हैं

ट्रेन से हम लोग एक मेडीवल यूनिवर्सिटी टाउन गए। प्लेटफ़ार्म पर उतरे, सन्नाटा ...कोई बन्दा बशर स्वागत के लिए मौजूद नहीं, अपने-अपने बैग उठाकर बाहर निकले, एक परेशान सूरत ख़ातून दिखलाई दीं, बोलीं, "मेरे साथ चलिए" उस विशालकाय स्वीडिश हसीना ने सामान से लदे-फ़ंदे हम मुसाफ़िरों को पैदल चलाना शुरू किया। चलते-चलते हलकान हो गए, "यह इतना अमीर कबीर मुल्क, इन्होंने हमारे लिए गाड़ियों का इन्तिज़ाम क्यों नहीं किया" एक साहब ने मुझसे कहा। ये हमारी सेहत बनाने के दरपै (कोशिश में) हैं क्योंकि इन्होंने हमारा हुलिया देख लिया है। दुबले-पतले, सूखे, चेहरों पर रौनक़ का अभाव। हमारे साथ कोई तगड़ा पंजाबी भी तो नहीं, जो इनकी ज़रा ढारस बंधे।

आख़िरकार एक इमारत के सामने पहुँचे, जिसे देखते ही न जाने क्यों मेरा माथा ठनका। लिफ़्ट नदारद, मेरा और बंगाली लड़की का सामान बतौर शोलरी दो साहेबान ने उठा रखा था। तीसरी मंज़िल पर पहुँचे, एक क़तार में कमरे और दरवाज़े नज़र आये। "शायद यह कोई होस्टल है," मैंने कहा।

एक स्वेड ख़ातून नमूदार हुई, मुझे मेरा कमरा दिखाया, अन्दर एक पलंग मेज़ कुर्सी, सिरहाने बाइबल और मज़हबी किताबचों का अंबार ऐसा लगा जैसे अब वह नेक बीबी कमरे के दरवाज़े में बाहर से ताला लगाकर कुंजी छनकाती वापस चली जाएगी और लंच के वक़्त एक सूखी रोटी, एक गिलास पानी और बाँसुरी दे जाएगी कि रूखी सूखी खाओ, बाँसुरी बजाओ और यीशु मसीह को याद करो। फ्रांसीसी नाविल "ताईस" का अंतिम दृश्य।

बाहर निकली, सारे साथी सहमे-सहमे से, बरामदे में खड़े थे "ये कौन जगह है", "सज़ायाफ़्ता मुजरिमों का सुधारगृह" मैंने जवाब दिया। बंगाली लड़की बोली, "इतने सारे कमरे और बाथरूम दो! हम लेडी लोग कहाँ जाएगा?"

अरुण कोलाटकर; मराठी ड्रामा निगार भागे-भागे आये, स्वीडिश में जो पमफ़्लेट रखे हैं, उनको देखकर अटकल से यह अंदाज़ा लगाया कि यह आदी

शराबियों का सुधारगृह है। आजकल शायद छुट्टियाँ हैं और वह लोग कहीं गए हुए हैं।

"नीचे जाकर हिन्दुस्तानी राजदूत को फ़ोन करती हूँ" मैंने कहा।

एक साहब ने उस ख़ातून का पीछा किया, जो हमें यहाँ पहुँचाकर भाग गयी थी। वह वापस आई, बहुत फ़िक्रमंद नज़र आती थी। "माफ़ी चाहती हूँ, तारीख़ों में कुछ गड़बड़ हो गयी। यह इंटरनेशनल कॉन्फ्रेंसों का ज़माना है और यहाँ के सारे होटल बुक हैं। आप सबका कल से बढ़िया होटल में इन्तिज़ाम किया गया है; बस आज की रात यहाँ टिक जाइए।"

शायद तारीख़ों में ग़लतफ़हमी उस ख़ातून ही को हुई थी क्योंकि वह बहुत नर्वस मालूम हो रही थी।

"हम आपकी परेशानी का अंदाज़ा करते हुए यहाँ ज़रूर ठहर जाते लेकिन यहाँ ग़ुस्लख़ाने महज़ दो हैं, नामुमकिन! नहीं रह सकते; हम वापस स्टॉकहोम जा रहे हैं। चलो भाई अपने-अपने बक्से उठाओ।" मैंने कहा।

परेशान ख़ातून फिर नीचे गयी, उसके साथ-साथ हम लोग भी सीढ़ियाँ उतरे, कहीं फ़ोन किया, बोली "आपको नज़दीक के एक शहर लिये जाती हूँ, बहुत बढ़िया होटल है।" मैंने सिर हिलाया। पहले एक स्काउट जाये और देखकर आए कि कैसा होटल है।

डोला डंडा उठाकर फिर एक और शहर के एक पुरफ़ज़ा होटल में क़याम किया और रोज़ाना वहाँ से उस दूसरे शहर में आकर सेमीनार वग़ैरह में शिरकत की।

स्वीडन में मिशनरी प्रोस्टेंट मज़हब का आधिपत्य प्रतीत होता था; यानी इतनी दौलत और एश्वर्य के बावजूद कुछ लोग ख़ुदा को नहीं भूले थे। हालाँकि उनसे ज़्यादा अख़लाकी लिहाज़ से आज़ाद ख़याल मआशरा भी यूरोप में एक ही था, अजीब प्रतिकूलताओं का देश था।

एक स्वीडिश अदीबा ने अपने यहाँ लंच पर आमंत्रित किया। वह ख़ातून एनगर्ड बर्गमाँ का मानो एनलार्ज एडिशन थीं। वही चेहरा मोहरा लेकिन निहायत

लहीम-शहीम (हृष्ट-पुष्ट)। उनके यहाँ दरीचे के बाहर सेब का दरख़्त था, उन्होंने जिन्नातनी की तरह हाथ बढ़ाकर कुछ सेब तोड़े। उनके शौहर पश्चिमी यूरोपियन मसीही सभ्यता की सारी दुनिया पर श्रेष्ठता के मुद्दई प्रतीत हुए। वो कलकत्ता में रह चुके थे, छोटी-छोटी मेज़ों पर लंच सर्व किया गया। मैं और कृष्ण बलदेव एक छोटी मेज़ पर खाना खाने में मसरूफ़ थे। मेज़बान ख़ातून ने साड़ी पहन रखी थी और वह हर मेज़ का जायज़ा ले रही थीं।

उनके शौहर आए और एक तरफ़ खड़े हो गए। कृष्ण ने कहा, अब वाज़ (धर्मोपदेश) होगा। वाज़ तो नहीं हुआ अलबत्ता एक बंगाली लड़की, जिसने मिशनरियों वाली अटंगी साड़ी पहन रखी थी, प्यानो के सामने बैठी, उसने एक गीत गाया; उसका शौहर भी एक स्वीडिश था। जब हम लोग जा रहे थे, वह लड़की अपने शौहर और बूढ़े ससुर के साथ फाटक से निकलकर एक सिम्त, जिसके रास्ते पर दोनों तरफ़ स्नोबेरी की सरसब्ज़ झाड़ियाँ थीं, जाती नज़र आयी। उस मेहनती सी बंगाली लड़की ने यीशु मसीह और स्वीडन के ज़रिये से अपनी ज़िन्दगी बना ली।

पूर्व सोवियत यूनियन के राइटर्ज़ होम, हर शहर में क्या एक से एक ख़ूबसूरत पुर-फ़ज़ा हुआ करते थे। स्वीडिश राइटर्ज़ यूनियन की इक़ामत गाह (ठहरने की जगह) भी कुछ कम जाँफ़ज़ा (मनभावन) न थी। फ़र्क़ महज़ यह था कि रूस की हर अदबी मेहमान सराय के सिरहाने कम्युनिस्ट लिट्रेचर मिलता था और यहाँ बाइबल।

उस नवनिर्मित होस्टल के दरोदीवार में शाहबलूत की ताज़ा महक अभी मौजूद थी। रोज़ाना सुबह को एक स्वीडिश अदीब बालों के पट्टे रखाए, बाहरी सीढ़ियों से बाग़ में उतरता था, वह बिल्कुल अली सरदार जाफ़री का हमशक्ल था। अगाथा क्रिस्टी ने अपने किसी नाविल में लिखा है कि 'दुनिया में हर शख़्स का एक हमशक्ल मौजूद होता है, यानी हमज़ाद।'

एक सुबह दो प्यारे से बच्चे पीठ पर ट्रैवलिंग बैग लादे बरामदे के नीचे आकर खड़े हुए, उनमें से एक ने अंग्रेज़ी में कहा, "हम दो छात्र हैं, जो सफ़र

पर निकले हैं। क्या हम यहाँ रात गुज़ार सकते हैं?" उस पल मुझे अचानक मध्ययुगीन वह कथन याद आया, जिसमें wandering scholars अपने साथ किताबें उठाये hospices पर पहुँच जाते थे। मुसाफ़िर नवाज़ी तो भई ख़ानक़ाही इस्लामी रस्मो रिवाज में भी शामिल थी।

एक रोज़ मैंने मेज़बान अदीब से कहा कि "मैं वह नवीं-दसवीं शताब्दी की पत्थर की शिलाएँ देखना चाहती हूँ, जिन पर प्राचीन स्वीडिश भाषा में कुछ लिखा हुआ है।" वो जनाब बहुत खुश हुए और फिर पैदल चलाकर हम लोगों को एक जगह ले गए, जहाँ वह पत्थर की शिलाएँ एक हज़ार वर्ष तक ज़मीन में गड़ी हुई थीं। उनकी इबारतों पर बहुत काम हुआ था, जिनसे प्राचीन स्वीडन के इतिहास पर प्रकाश पड़ता था।

Twilights of the gods... ये उत्तरी यूरोप के प्राचीन देवताओं का देश था। जीवन से विशालतर देवपुत्रों का संसार, जिसे ग्रान्ड ओपेरा की घन गरज में ढाला गया। मैंने एक स्वीडिश राइटर से पूछा कि यहाँ थियेटर तो बहुत ज़बर्दस्त होगा। वो और उनके साथी एक दूसरे को देखकर ख़ामोश रहे। एक दिन मैं एक म्यूज़ियम में पहुँच गयी। वहाँ निहायत ख़ूबसूरत डमी यानी लकड़ी की मूर्तियाँ, पिछली शताब्दियों की पोशाकें पहने खड़ी थीं, प्राचीन युग से आज तक और उनसे अंदाज़ा होता था कि हर दौर का फ़ैशन यूरोप के सारे देशों में एक जैसा था। जब न प्रेस था, न फ़ोटोग्राफ़ी, न कम्युनिकेशन के तरक़्क़ी याफ़्ता साधन।

सलेबी युद्धों से वापस लौटने वालों के द्वारा पूर्वी डिज़ाइन भी वहाँ पहुँचे। कुछ कारोबारियों के द्वारा एक म्यूज़ियम में मध्ययुग का एक-एक स्वीडिश घर बनाया गया था, निहायत भद्दा, चोबी (लकड़ी का) फ़र्नीचर, फ़र्श पर फूँस बिछा हुआ; इतनी सर्दी में कैसे गुज़र करते होंगे और बाथरूम कहाँ जाते होंगे? एक सवाल, जो मुझे हैरान करता है कि माचिस के आविष्कार से पहले आग सुलगाने में कितनी दिक़्क़त पेश आती होगी और इन बर्फ़िस्तानी इलाक़ों की सर्दी।

लेकिन इस सर्दी ने यूरोप की क़ौमों को चाक़ व चौबंद बनाया और हमेशा मसरूफ़ रहने के लिए वो दुनिया पर राज करने निकले। नार्वे और स्वीडन के

जहाज़राँ कहाँ-कहाँ जा पहुँचे और मध्य युग के मुहिम जू अरब जहाज़ राँ कि वो रूसी और स्केन्डीनेवियन व्यापारियों से कारोबार रखते थे। फिर हम क्यों पिछड़ गए? क्या तक़दीर-परस्ती इसकी बुनियादी वजह थी?

म्यूज़ियम के एक कमरे से घुँघरूओं की आवाज़ बुलन्द हुई। हिन्दुस्तानी रक़्क़ासों की एक टोली अपनी रिहर्सल में मशग़ूल थी और फ़ेस्टिवल ऑफ़ इण्डिया के सिलसिले में विभिन्न स्थानों पर अपनी कला का प्रदर्शन करने वाली थी।

कान्फ्रेंस के आख़िरी दिन सुबह मामूज़ाद बहन और भाभी फ़रीदा और एजाज़ हैदर इक़ामतगाह (ठहरने की जगह) पर आये। अशोक वाजपेयी ने उनको ब्रेकफ़ास्ट पर आमंत्रित कर लिया था। वे दोनों डाइनिंग हाल में आ गए। फ़रीदा ने नीले रंग का ओवरकोट पहन रखा था। एक अदीब ने जो मेरी मेज़ पर बैठे थे, चुपके से पूछा, "यह तो एक दम जोल-परी के माफ़िक दिखता है। हेंस क्रिश्चियन एण्ड रसनवाला जोल-परी और यह लड़का एकदम फ़ेरीलैण्ड का प्रिंस; क्या ये दोनों पर्शियन हैं?"

"नहीं, मेरे मामा का लड़की और लड़का; ये लोग स्टॉकहोम में रहता है। इस लड़के से हालीवुड में एलिज़ाबेथ टेलर की फ़र्स्ट कज़न ने ब्याह किया था; मैंने इत्तिला दी।

बाप रे! "वह लड़की नशीली दवाओं की आदी निकली, लिहाज़ा तलाक़ हो गयी। हालीवुड में यह एक्टिंग करने नहीं गया था, वहाँ U.L.C.A. पढ़ रहा था। ये सब ब्रेन ड्रेन वाला लोग है।

मामू और मुमानी रावलपिण्डी से उनके यहाँ आए हुए थे। पिछले साल उनका बड़ा बेटा ज़ुल्फ़िक़ार हैदर और बेटी फ़रीदा मुझसे मिलने ओस्लो आए थे।

मामू ने कहा, "ज़ुल्फ़िक़ार हैदर दकन की एक बड़ी भली लड़की से ब्याह करने वाला है। पहले रफ़िया की शादी एक ईरानी नौजवान से हुई थी, वह नौजवान आजकल नार्वे में ईरान का राजदूत है। किसी वजह से तलाक़ हो गयी। तुमको मालूम है कि मिडिल ईस्ट में तलाक़ एक आम बात है और इसे हमारे यहाँ की तरह ऐब नहीं समझा जाता। रफ़िया के वालिद हैदराबाद में

शायद पुरातत्व विभाग के डायरेक्टर थे। रफ़िया का एक लड़का भी है; अली। बहुत प्यारा बच्चा है।"

शाम को स्टॉकहोम के अँधियारे आकाश पर बिजली की रौशनियों से बना ALI जगमगाया। एजाज़ हैदर ने कहा, "बाजी यह एक पाकिस्तानी रेस्टोरेंट का नाम है 'अली'। ये स्वेड लोग ख़ासी बोरियत की ज़िन्दगी गुज़ारते हैं। उनके यहाँ नाइट लाइफ़ है ही नहीं। शाम हुई और घरों में बैठ गए। अब हम लोग उन्हें कुछ तफ़रीहगाहें उपलब्ध करा रहे हैं। एक रेस्टोरेंट मैंने भी खोला है, शाम को वहाँ चलेंगे। हमारा पार्टनर एक हिन्दुस्तानी है और हमारे कुक भी। रेस्टोरेंट हिट हो गया।"

मामू कहने लगे, "कभी हमारे बुज़ुर्गों ने यह न सोचा होगा कि हमारी औलाद दूसरे मुल्कों में जाकर रेस्टोराँ खोलेगी।"

पश्चिम में हिन्दुस्तानी रेस्टोरेंट सौ फ़ीसदी मुनाफा देते हैं। बावर्ची ज़्यादातर सिलहट के मुसलमान, चीनी और हिन्दुस्तानी खाने पश्चिम में सबसे अधिक लोकप्रिय हैं। पाकिस्तानी रेस्टोरेंटों के मालिक भी अपने भोजनालयों को इण्डियन रेस्टोरेंट कहते हैं। नाम उन्होंने निर्वाणा, हरे कृष्णा, सितार, ताजमहल वग़ैरह रख लिये हैं, जिससे एक यूरोपियन तुरन्त पहचान जाता है कि यह इण्डियन रेस्टोरेंट है।

जर्मनी के एक यूनिवर्सिटी टाउन में एक इण्डियन रेस्टोराँ में सामने ही श्रीकृष्ण की बड़ी सी तस्वीर आवेज़ाँ थीं, उसके नीचे रेस्तोराँ के पाकिस्तानी मालिक बैठे मुस्कुरा रहे थे। अन्दर इण्डियन फ़िल्मी गाने बज रहे थे। इमरान ख़ान, अमिताभ बच्चन और दिलीप कुमार की तस्वीरें आमने-सामने लगी थीं। यह इंटरनेशनल इंडोपाक पोप कल्चर था। मुनाफ़ाबख़्श राजनीतिज्ञों की सियासत से बेपरवाह और बेनियाज़। अपनी-अपनी सरज़मीन से बहुत दूर जा बसने के बाद सोचने के ढँग भी ज़रा मुख़तलिफ़ हो जाते हैं लेकिन एक हद तक।

कश्मीर के मामले में जर्मनी का एक पाकिस्तानी बिज़नेसमैन जिसने अपनी दुकान का नाम हरे कृष्णा रख लिया हो, वह भी क्रोधित हो जाएगा। जब दोनों

देशों में युद्ध छिड़ता है तो इन देशों के तारिकीन-ए-वतन (प्रवासी) पश्चिमी देशों में एक दूसरे के खिलाफ़ जुलूस निकालते हैं। इंसान की फ़ितरत में अगर यह जटिलताएं न हों तो वह इंसान ही क्यों कहलाये।

एक रोज़ सुबह ही सुबह मैं और मामू हवाख़ोरी के लिए निकले, सामने घनी बेलों से छिपी एक चारदीवारी दिखलाई दी, उसमें एक दरवाज़ा बन्द था। बाग़ों की ऐसी चारदीवारी और दरवाज़े देखकर मुझे हमेशा तेहरान, कोयटा और देहरादून याद आते हैं। ये बड़े रहस्यमय दरवाज़े मालूम होते हैं, एलियस इन वंडरलैण्ड वाले ...मामू कहने लगे, "ऐसा ही एक फाटक हमने लखनऊ में देखा था, बाजी के घर से ज़रा आगे।"

"जी हाँ, हमें भी याद है; बड़ा सा लोहे का फाटक बंद था, सामने बहुत झाड़ झंकाड़ उगा हुआ था और आपने आगे जाकर उसका नाम पढ़ा था Kala Kanker Estate; मामू! ये काला कंकर एक ताल्लुक़ा था, जिसके मौजूदा राजा साहब अब पोलिटिक्स में आ गए हैं। उन दिनों अम्मा आपके लिए लड़की तलाश करने की मुहिम में जुटी हुई थीं।"

एक दिन वे और छब्बो ख़ाला क़स्बा नगराम गयीं; वहाँ एक लड़की देखी मगर उन लोगों ने कहा कि वह लड़की को ब्याह के बाद इतनी दूर पेशावर नहीं भेजेंगे। बाद में उस लड़की की शादी प्रोफ़ेसर एहतशाम हुसैन से हुई। अम्मा ने एक और लड़की पसन्द की। नवाब नय्यर जहाँ की इकलौती बेटी बहुत ख़ुश थीं कि वह लड़की सीनियर कैम्ब्रिज पास है। फिर मामू क्या हुआ था, वह मुझे याद नहीं, रिश्ता क्यों टूटा?

"नवाब नैयर जहाँ बेगम ने शर्त यह रखी कि हम उन्हीं के यहाँ जाकर रहने लगें। अब भला बताओ हम घर दामाद बनते?"

मैंने कहा, "हर साल मोहर्रम में उनके यहाँ बड़ी ज़बर्दस्त अज़ादारी होती थी। बेशुमार हबशनें उनकी खानाज़ाद नौकरानियाँ थीं। नवीं तारीख़ को ज़ुलजनाह अन्दर लाया जाता था तो वे हबशनें उनके कान में कहती थीं, "या मौला इसी साल इस सलतनत का वारिस भेज दीजिए।" आइडिया यह था कि ज़ुलजनाह

यह दरख़्वास्त इमाम हुसैन को पहुँचा देगा। मामू यूरोप के कैथोलिक मुल्कों में तो इस क़िस्म के अक़ीदे (विश्वास) बहुत आम हैं।"

"ये स्वीडन और नार्वे बड़े कट्टर किस्म के प्रोटेस्टेंट मुल्क हैं। कैथोलिक मुल्कों में कोर्पस क्रिस्टी का जुलूस क्या ताज़ियों के जुलूस से कुछ कम होता है? अच्छा मामू अगर आपका ब्याह उस ख़ालिस लखनव्वा नवाबज़ादी से हो जाता तो शायद आप भी अंगरखा, दोपल्ली टोपी पहनकर, मसनद (गद्दी) पर बैठे पेचवान गुड़गुड़ाया करते। कहाँ आप एयरफ़ोर्स के विंग कमाण्डर बन गए।"

एक और ख़ाना बाग़ का गुलपोश दरवाज़ा सामने आया। यह दरवाज़ा भी बन्द था। मामू कहने लगे, "देखो बेटी! रास्ते में अक्सर ऐसे ख़ूबसूरत बाग़ पड़ते हैं और उनके दरवाज़े भी आमतौर से ताला लगे और कुछ मालूम नहीं कि वह बाग़ कैसा है। हम कॉलेज के स्टेज के बेहतरीन शेक्सपियरन एक्टर समझे जाते थे और बाँसुरी भी ख़ूब बजाते थे लेकिन हम एक परफ़ॉर्मिंग आर्टिस्ट बनने का तस्सवुर भी न कर सकते थे। हालाँकि बाग़ का एक दरवाज़ा यह भी था लेकिन हमने इसकी तरफ़ नज़र उठाकर भी न देखा।"

गहरे नीले बाल्टिक समुद्र में बर्फ़ के पहाड़ से तैर रहे थे, कुछ महज़ निश्चल, कुछ रवाँ-दवाँ। लो साहब! अब समुद्री जहाज़ों की शक्ल भी बदल गयी स्तम्भनुमा मानो एक इमारत। पश्चिम वालों की तरक्क़ियों की रफ़तार का भला कोई ठिकाना है। हर दफ़ा नई-नई चीज़ें दिखलाई देती हैं। एक इतवार के दिन फ़रीदा मुझे और मुमानी को Cruise पर ले गयी। स्वेड लोग तफ़रीह करने निकले थे मगर सब ख़ामोश। मुमानी ने कहा, "आख़िर इनको क्या तकलीफ़ है लेकिन जहाज़ पर वो हँस बोल रहे थे।"

एक जज़ीरे (टापू) के किनारे, जो एक परिस्तानी जज़ीरा मालूम हुआ, ज़मीन पर घोड़ा गाड़ियाँ मौजूद थीं। एक पुरानी शैली की ट्राम में बैठकर, जज़ीरे का चक्कर लगाया। ट्राम एक अफ़सानवी चीज़ है, पहले उसमें घोड़े भी जोते जाते थे। यूरोप के शहरों का और खुद हमारे बम्बई कलकत्ता और पुरानी दिल्ली का वह क्या रोमांटिक ज़माना रहा होगा कि टन-टन करती ट्राम में बैठे चले जा रहे हैं। अब ट्रामें ही नहीं चलतीं, बड़े अफ़सोस की बात है।

इसी समुन्दर में, सत्रहवीं सदी में स्वीडन का एक बड़ा जहाज़, अपने पहले सफ़र पर निकला था, साहिल के क़रीब ही डूब गया; उस जहाज़ को इन्होंने पानी से निकाल लिया है और उसके लिए एक अलग म्यूज़ियम का निर्माण किया है, यानी पूरा जहाज़ एक नई इमारत बनाकर, उसके अन्दर सुरक्षित कर लिया; हद यह कि गोश्त के टुकड़े भी, जो जहाज़ की रसोई में मौजूद थे। अपने अतीत की धरोहर से प्रेम हो तो ऐसा।

म्यूज़ियम में उसकी एक-एक चीज़, जो सही सलामत रह गयी है, रखी गयी है। फिर उन्होंने उसी जहाज़ को दोबारा बनाया। उसमें कलाकारों को उसी तरह के वस्त्र पहनाकर जहाज़ पर, उनके शबो-रोज़ के मुताल्लिक़ फ़िल्म बनायी गयी है, जो उस म्यूज़ियम के एक हॉल में बराबर चलती रहती है।

हमारे यहाँ इतिहास के कैसे-कैसे ख़ज़ाने मौजूद हैं, हमने आज तक उनको उजागर नहीं किया बल्कि उनके मुताल्लिक़ अब साम्प्रदायिक दंगे भी शुरू कर दिये हैं। क्या फ़तेहपुर सीकरी या लालक़िले का दीवान-ए-ख़ास, इसी तरह सजाकर नहीं रखा जा सकता था, जिस तरह यूरोप में प्राचीन शाही महल आरास्ता व पैरास्ता रखे गए हैं और टिकट लगाकर पब्लिक को दिखाये जाते हैं; ख़ासतौर से स्कूल के बच्चों को।

मैंने अबुल फ़ज़ल फ़ैज़ी के मकान की अन्दरूनी दीवारों पर कालू पहलवान मुरादाबाद और अशरफ़ी लाल वग़ैरह कोयले से लिखे देखे। अजंता की गुफा में खाना पकाया जा रहा था, मैंने जब दरयाफ़्त किया, गाइड बोला, जी क्या करें; यहाँ न्यू बुद्धिस्ट पिकनिक मनाते हैं, उनको मना नहीं किया जा सकता। उनका कहना है कि ये गुफाएँ बुद्धिस्ट कलाकारों ने बनाई थीं। यह 1973 ई. की बात है, जब मैंने इसके सम्बन्ध में इलस्ट्रेटेड वीकली में विस्तार से लिखा। मुमकिन है, अब यह सूरत-ए-हाल न ही हो।

स्टॉकहोम में भी उर्दू वालों की बहुलता थी। बनारस के पण्डों की तरह, जो जिमख़ानों के यहाँ जगह-जगह भोजन करते फिरते हैं, यह बन्दी भी उर्दू के डिनर खाने के बाद लंदन रवाना हुई।

स्नोबेरी के शगूफ़े

एक बार मुझे हेमबर्ग के एयरपोर्ट पर बहुत देर तक इन्तिज़ार करना पड़ा, एक पाकिस्तानी प्रवासी पहुँचाने आए थे, जो शायद अहमदियों के ख़िलाफ़ आन्दोलन के ज़माने में लाहौर से पलायन करके जर्मनी में बस गए थे। हालाँकि उन्होंने मुझ पर यह ज़ाहिर नहीं किया था कि वह अहमदी हैं लेकिन मुझे उनकी बातों से अंदाज़ा हो गया कि वह किस वजह से वतन से निकले। जब मैंने उनसे सवाल किया कि क्या वह भी इस सम्प्रदाय से ताल्लुक़ रखते हैं तो उन्होंने चुप्पी साध ली और यह ज़ाहिर किया, जैसे उन्होंने मेरा सवाल सुना ही नहीं।

मैंने कहा, "देखिये साहब मुझे इल्म है कि निजी सवालात करना इंतिहाई बदतमीज़ी की बात है कि आप शिया हैं या सुन्नी, अहमदी हैं या वहाबी लेकिन एक तो मैं जर्नलिस्ट हूँ, दूसरे यह कि मैं राइटर हूँ।"

"मुझे ज़ाहिर है कि इंसानी ज़िन्दगियों से बहुत दिलचस्पी है और आपको तो शायद इल्म होगा कि मेरे अपने सगे ख़ालू मीर अफ़ज़ल अली, जो साहिबे तस्नीफ़ (रचयिता) थे, मेरी वालिदा के सगे फूफीज़ाद और मामूज़ाद भाई भी थे और जिनको वे बहुत चाहती थीं। वे चौधरी ज़फ़रुल्लाह ख़ाँ, सैयद इनामुल्लाह शाह (जो अल्लामा इक़बाल के उस्ताद मीर हसन सियालकोटी के सगे भतीजे थे) और चौधरी साहब के ससुर शमशाद हुसैन आई.सी.एस. के बचपन के दोस्त और हमजमाअत थे; इस वजह से लोगों ने यही समझा कि वह भी क़ादियानी हो गए हैं।"

"हालाँकि वाक़ेआ यह नहीं था, चुनांचे जब अफ़ज़ल मामू का इंतिक़ाल हुआ तो उनकी वसीयत के मुताबिक़, उनको आम मुसलमानों के क़ब्रिस्तान में दफ़्न किया गया मगर अफ़ज़ल ख़ालू मरहूम हमेशा यही कहते रहे कि अहमदियों ने जितना इस्लाम का प्रचार पश्चिम में किया है, उसके वे बहुत प्रशंसक हैं। शियों और सुन्नियों ने एक दूसरे से लड़ने के अलावा और क्या किया है?"

मेरी यह तक़रीर-ए-बेनज़ीर सुनने के बाद भी मेरे मेज़बान ने कोई जवाब न दिया। चुपचाप बैठे दरीचे से बाहर देखते रहे, जहाँ सारी दुनिया के हवाई जहाज़ आकर उतर रहे थे या उड़ान भरने की तैयारी में थे। पश्चिमी देशों ने हमेशा दूर देशों के सताये हुए अल्पसंख्यकों या लोगों को बड़ी फ़राख़दिली से जगह दी और आज भी वह एक शरणस्थली है, हमारे उन विद्वानों के लिए, जो किसी न किसी वजह से अपने देस से निकले।

मैंने उनसे फिर बहस की, आप राइटर हैं, क्या आपको आम के बाग़, कोयल की कूक, सरसों के खेत याद नहीं आते या भरी दोपहरी में दूर से आती पपीहे की आवाज़; वे चुप रहे। "भरी दोपहरी बावरी इकली-दुकली मत जा।" यह गीत शायद ख़ान मस्ताना ने गाया था या जी.एम. दुर्रानी ने।

मैंने फिर कहा, "सरसों के फूल"। उन्होंने जवाब दिया "मुझे स्नोबेरी" भी उतनी ही इंस्पायर करती है। मैं ख़ामोश हो गयी चूँकि किसी पश्चिमी देश में बीस-तीस साल तक नहीं रही। जो लोग वहाँ रच बस गए हैं शायद वे इतने जलावतन (निर्वासित) नहीं रहते, जितना हम उन्हें समझते हैं।

इसी जर्मनी से बेशुमार यहूदी, हिटलर के उत्थान के बाद अमेरिका भागा था। एक बड़ी दिल को दहला देने वाली तस्वीर मुझे हमेशा याद आती है। घने सफ़ेद बालों वाले मासूम सूरत आइंसटाइन अमेरिका पहुँचकर दाहिना हाथ उठाये, अपने नये मुल्क से वफ़ादारी का हलफ़ ले रहे हैं। दानिश्वरों, वैज्ञानिकों, कलाकारों को आमतौर पर उनके अपने वतन में चैन से जीने नहीं दिया गया, सिवाय बर्तानिया के।

"कुछ बात है कि हस्ती मिटती नहीं है उनकी"

उस मुल्क की रवादारी का यह आलम था कि हिन्दुस्तान के इंक़िलाबी ब्रिटिश इण्डिया से भाग कर कहाँ आते ...इंग्लिस्तान। उनसे पहले यहूदी कार्ल मार्क्स ने कहाँ बैठकर लिखा ...ब्रिटिश म्यूज़ियम में। हमारी अपनी अल्पायु अवस्था में जब हम लंदन में थे तो यहाँ के बर्तानवी वामपंथियों का नेतृत्व करने वाले कौन थे? ...कृष्णा मेनन, इक़बाल सिंह और रजनी पाम दत्त, प्रोफ़ेसर बाईमेन लेवी।

हम लोग पूर्वी यूरोप के किसी यूथ फ़ेस्टिवल में जाने से पहले विक्टोरिया स्टेशन पर खड़े होकर गाते थे, जब सुर्ख़ इन्क़िलाब आयेगा, हम Lady Astor से बर्तन धुलवायेंगे। हम चर्चिल को wood bine सिग्रेट पिलवायेंगे।

वहाँ सुर्ख़ इन्क़िलाब कभी नहीं आया और देखते ही देखते बर्तानिया एक दौलतमंद वेलफ़ेयर स्टेट बन गया और हिन्द व पाक और बंगलादेश के नौजवानों की सबसे बड़ी तमन्ना यह ठहरी कि जिस मुल्क की ग़ुलामी से उनके बुज़ुर्गों ने बड़ी जद्दोजोहद के बाद आज़ादी हासिल की थी, वे किसी न किसी तरह वहीं पहुँच जायें। चुनांचे एक वक़्त यह कहा जाने लगा था कि बर्तानिया की हेल्थ सर्विस इस उपमहाद्वीप से गए हुए डॉक्टर व डॉक्टरनियाँ ही चला रही हैं।

अब यह आलम है कि अगर रोल्ज़ राइस मोटरकार सड़क पर से गुज़रती हो तो पहले राहगीर यह कहते थे कि कोई अमीर कबीर यहूदी होगा। अब कहते हैं, कोई हिन्दुस्तानी या पाकिस्तानी टाइकॉन जा रहा है। ये अरबपति आमतौर से राइट विंग से ताल्लुक रखते हैं और अपने-अपने सम्प्रदायों की रजअतपसंद (प्रतिक्रियावादी) मज़हबी जमाअतों की सरपरस्ती में मसरूफ़ हैं। बड़ी आसान बात है, जो हालात हैं उन्हें क़ायम रखने ही में उनका अस्तित्व विद्यमान है।

1965 ई. में युगाँडा में ईदी अमीन के आधिपत्य के बाद, वहाँ गुजराती मूल के कारोबारी वर्ग ने इंग्लिस्तान का रुख़ किया क्योंकि उन सबके पास ब्रिटिश पासपोर्ट थे। चुनांचे मुल्क की आबादी में एक और नस्ली गिरोह का इज़ाफ़ा हो गया। उनके बाप-दादा गुजरात और काठियावाड़ से अफ़्रीक़ा गए थे। अब अफ़्रीक़ा से उन्होंने इंग्लिस्तान दूसरी हिजरत की। अपना गुजराती कल्चर हर मुल्क में अपने साथ ले गए। किसी कल्चर की पायदारी उसकी भाषा और लिपि के जीवंत होने पर आधारित है। बर्तानिया के मुहाजिरीन (शरणाथी) घर में गुजराती, उर्दू और पंजाबी बोलते हैं, स्कूलों में अब उर्दू और गुजराती पढ़ायी जाती है।

अफ़्रीक़ी नस्ल के लोग भी वेस्टइंडीज़ और ईस्ट अफ़्रीक़ा से आकर यहाँ आबाद हुए मगर चूँकि वे ज़्यादातर ईसाई थे और भाषा भी उनकी अंग्रेज़ी थी,

उनको यहाँ एडजस्ट करने में ज़्यादा मुश्किल पेश नहीं आयी। उनका कल्चर भी पश्चिमी था।

तीन-चार साल पहले लंदन में एक पाकिस्तानी टैक्सी ड्राइवर ने मुझसे कहा, "जी इन लोगों ने तो इंग्लैण्ड आकर अंग्रेज़ों को सिखाया है कि अस्ल आवारगी क्या होती है।" उस ड्राईवर की लड़की, जो डॉक्टर इस्मत शाह की क्लीनिक में काम करती थी, लम्बी आस्तीन का लम्बा फ़्राक पहने, सिर पे सफ़ेद स्कार्फ़ बाँधे आती थी। यह सफ़ेद स्कार्फ़ इंग्लिस्तान में रहने वाली मुसलमान लड़कियों के नये इस्लामी व्यक्तित्व का प्रतीक सा बन चुका था।

इसी तरह गुजराती हिन्दू औरतें, जो ज़्यादातर नुक्कड़ की, अख़बार, रिसाले और तम्बाकू बेचने वाली दुकानों की मालिक थीं, अमूमन (आमतौर से) फ़्राक के साथ माथे पर सुर्ख़ बिन्दी लगाये दिखायी देती थीं। वह ज़माना बूढ़े अंग्रेज़ों के लिए अब ख़्वाबो-ख़याल हो चुका है, जब काले यहाँ आते थे तो अंग्रेज़ों का लिबास और तौर-तरीक़े इख़्तियार करने में फख़्र महसूस करते थे। शक्तिशाली कल्चर से प्रभावित होकर उसे इख़्तियार करना एक मानसिक और सामाजिक सत्य है।

मध्य युग में मसीही यूरोप, इस्लामी उंदलस (स्पेन) की सभ्यता से इस हद तक प्रभावित हुआ कि पाश्चात्य संगीत में हमें आज तक अरबी नग़मों की गूँज सुनाई देती है। अरब के वाद्ययंत्र यूरोपियन संगीत में शामिल हुए, निर्माण शैली पर स्पेन की गहरी छाप पड़ी, गली-गली घूमने वाले गवय्यों के ज़रिये अरब स्पेनिश धुनें, सारे यूरोप में फैलीं। यूरोप की आधुनिक शायरी, जिसका बावा आदम बोदलियर को समझा जाता है, दरअस्ल उसकी नींव नवीं-दसवीं ईस्वी के स्पेनी क़सीदों (वह कविताएँ, जो किसी की प्रशंसा में कही गयी हों) पर है, जिसकी स्वीकारोक्ति कभी नहीं की गयी। अर्सा हुआ मैं इस विषय पर एक मज़मून लिख चुकी हूँ।

अंग्रेज़ों ने हिन्दुस्तान आकर अट्ठारहवीं सदी की शक्तिशाली मुग़ल सभ्यता को अपनाया, मुग़लिया लिबास पहना, उर्दू में शाइरी की। हालात ने एकदम

पलटा खाया और सैयद अहमद ख़ाँ ने बूट और पतलून पहनी और लम्बा टर्किश कोट और उन्होंने लंदन जाकर स्वकथनानुसार “गर्दन मरोड़ी मुर्ग़ी” खायी लेकिन उनका लम्बा टर्किश कोट इस हक़ीक़त का ऐलान था कि वे अपना क़ौमी व्यक्तित्व भी बरक़रार रखेंगे।

बंगाली मानसिक रूप से अंग्रेज़ हो गया, उसने विक्टोरियन लिबास भी पहना, घर के अन्दर उसने अपना धोती-कुर्ता पहनना नहीं छोड़ा। यह तहज़ीबी सनवियत (दोरुखी धारणा) डेढ़ दो सौ साल से हमारी इजतिमाई (सामूहिक) साइकी का एक हिस्सा बन चुकी है और अब अगर बर्तानिया की मुसलमान लड़कियाँ सिर पे स्कार्फ़ बाँधकर बास्केट बाल खेलती हैं तो वह बिल्कुल ताज़ातरीन आधुनिकवाद का एक प्रतीक है, जो शायद आने वाली सदी में कोई और स्पष्ट रूख़ शायद इख़्तियार न करे।

क्योंकि पश्चिम की साइंस और टेक्नॉलोजी और मानव ज्ञान की बेपनाह तरक़्क़ी के मुक़ाबले में हम बहुत दिनों तक उनके पिछलग्गू ही रहेंगे और उनसे प्रभावित भी। इन एक सौ वर्षों में महज़ तीन या चार हिन्दुस्तानियों ने नोबेल प्राइज़ हासिल किया है जबकि पश्चिम वालों के यहाँ उनकी तादाद, ख़ासतौर से यहूदियों की अनगिनत है।

कह लीजिए कि हम उनके ग़ुलाम रहे इसलिए तरक़्क़ी नहीं की मगर इस तरह अपनी कमज़ोरी और अयोग्यता का इलज़ाम, दूसरों के सिर रखे जाने से काम नहीं चलेगा। हमारी ज़हनी गुलामी की महज़ एक मिसाल यह है कि अगर एक पूर्व के साहित्यकार की किताब विलायत में छप जाये तो हम उसे बहुत बड़ा अदीब मानने लगते हैं। मैंने अक्सर बड़ी-बड़ी मशहूर हस्तियों के चेहरों का अध्ययन किया है, जब वह किसी गोरे से बात करते हैं तो उन पर एक अजीब ख़ाकसारी की कैफ़ियत तारी होती है (हीन भावना जागृत होती है) और साथ ही यह गौरव भी कि गोरा हमसे दोस्ती कर रहा है।

राल्फ़ रसेल ने एक दफ़ा मुझसे मुस्कुराकर कहा था कि “उनके मुताल्लिक़ यह बात बहुत क़ाबिले ज़िक्र समझी जाती है कि एक अंग्रेज़ उर्दू पढ़ता है और

पढ़ाता है।" यह सवाल कि पूर्वी ज़हन आमतौर पर अविष्कार और रचना करने की बजाय महज़ अनुकरण का आदी है। यह एक अलग विषय है, जिसकी यहाँ गुंजाइश नहीं।

यह कमज़ोरी आमतौर से सारे पूर्व वालों में है। मैंने ईरान में देखा और हैरान रह गयी (मुझे हैरान करने के लिए दुनिया के मुआमलात और वाक़ेआत की कमी नहीं) मैं शाहबानो फ़रह पहलवी को ख़ुदा हाफ़िज़ कहकर काख़-ए-न्यावरान से बाहर निकली; बारिश होने लगी। उसी वक़्त एक यूरोपियन फ़ोटोग्राफ़र वारिद (प्रकट) हुआ।

शाहबानो ने अपने एक जनरल से कहा था कि मेरे लिए गाड़ी ले आए और मैं उस जनरल को एक वर्दीपोश शाही ड्राईवर समझी थी और जाकर गाड़ी में बैठ गयी और जब कार फाटक से बाहर निकल रही थी, उस वक़्त मैंने देखा कि शाहबानो ईरान निहायत गर्मजोशी से उस फ़ोटोग्राफ़र की तरफ़ मुतवज्जोह (ध्यानाकृषित) हुईं और उसका स्वागत किया। यही तनदही मैंने उन दोनों मियाँ बीवी में देखी; जब वे किसी गोरे से बात करते थे और मुझे चूँकि एक महीना उन दोनों के साथ गुज़ारने का मौक़ा मिला था तो मैंने उन अंशों का अवलोकन किया।

हालाँकि ईरान के लोग अपनी सभ्यता पर बेहद नाज़ाँ हैं और अरबों के मुक़ाबले में ख़ुद को उच्च समझते हैं। पूर्व वालों में यह अहसास-ए-कमतरी (हीनभावना) कब से पैदा हुआ? सम्भवतः पश्चिम के आधिपत्य के पश्चात, हम आज तक गर्व के साथ कहते हैं कि अमुक अंग्रेज़ ने इस्लाम क़बूल कर लिया, फ़ुलाँ अंग्रेज़ लॉर्ड, फ़ुलाँ अमेरिकन लेखक इस्लाम का स्वीकार करने वाला है, फ़ुलाँ बर्तानवी इतिहासकार ने इमाम हुसैन के मुताल्लिक़ यह लिखा।

"अरे साहब क्या इस्लाम, क्या इमाम हुसैन को गोरे के सर्टिफ़िकेट की ज़रूरत है?"

अजब इन्क़िलाब-ए-ज़माना है

अजब इन्किलाबे ज़माना है, मेरा मुख़्तसर सा फ़साना है
वही सर जो बार है दोश पर...

आसिम के दोस्त हाशमी लहक-लहक कर हारमोनियम पर जिगर साहब की ग़ज़ल गा रहे थे। म्यूज़िक पार्टी ज़ोरों पर जारी थी। आसिम के सारे गवय्ये दोस्त इकट्ठे थे। मैं हस्बे-मामूल बैंड मास्टर या कन्डक्टर का अपना पुराना रोल अदा कर रही थी। आसिम यह गाओ, वह गाओ, ठीक से गाओ वग़ैरह। अचानक आसिम ने ज़ोर से पुरानी हाँक लगाई "कल तो जाना ही है सफ़र पे मुझे" हम लोग सुबह सवेरे स्कॉटलैंड के लिए घर से रवाना होने वाले थे।

सुबह को हमने एडनबरा का इरादा किसी वजह से मुलतवी करके आसिम के समधी के यहाँ जाने का प्रोग्राम बनाया, जो कंट्री साइड में रहते थे। आसिम के छोटे लड़के नासिर की शादी यहीं बर्तानिया में हुई थी। बड़े बेटे आमिर की बीवी आसिम की भतीजी थी, छोटी बहू के माँ बाप पंजाबी थे, लड़की यहीं पैदा हुई थी मगर आमिर, नासिर और आसिमा की तरह उसके अन्दर भी आजकल के विलायती बच्चों वाली आदतें नहीं थीं।

घर के माहौल का असर ज़्यादा मुस्तहकम (दृढ़) साबित हुआ बल्कि यहाँ रहकर लोग नमाज़-रोज़े के ज़्यादा पाबन्द हो गए हैं। पश्चिमी संस्कृति के हमले से बचाव के उपाय बड़े पैमाने पर जारी हैं। जुमे के दिन किशवर के मुन्ने-मुन्ने पोते सिर पे सफ़ेद गोल टोपियाँ ओढ़कर, कुर्ते पायजामे पहने, अपने बड़ों के साथ मस्जिदों में जाते हैं; मस्जिद, मन्दिर, गुरुद्वारे सब निहायत क्रियाशील और पूजा पाठ करने वालों से भरे हुए।

"कल इफ़्तिखार आरिफ़ के यहाँ मजलिस में जाना है।" अख़्तर ने याद दिलाया। उनका फ़ोन आया था, कोई बड़े मौलाना लखनऊ से आए हुए हैं, वे मजलिस पढ़ेंगे।

इन्क़िलाबात-ए-ज़माना में से एक यह भी है कि पहले लोग-बाग लंदन आकर भागम-भाग निहायत जौक़ो-शौक़ से ओपेरा और बैले देखने जाते थे ताकि वापस जाकर कह सकें कि उन्होंने स्वान लेक देखा। अब वे यहाँ पर महज़ अपने मीलाद शरीफ़, नज़्रो-नियाज़ और अज़ादारी (कर्बला के शहीदों को याद करके शोकाकुल होना) में मशगूल (व्यस्त) रहते हैं क्योंकि बर्तानिया अब उनके लिए फ़ॉरेन कंट्री नहीं बल्कि उनका वतन है। कुछ घरानों की अज़ादारी भी मशहूर थी। उन्हीं में से एक घराना इफ़्तिख़ार आरिफ़ का था।

इफ़्तिखार आरिफ़ ख़ासुल-ख़ास शहर लखनऊ के रहने वाले थे। लखनऊ यूनिवर्सिटी से एम.ए. करने के बाद 1965 ई. की जंग से ज़रा पहले कराची चले गए थे और वहाँ रेडियो पाकिस्तान और टेलीविज़न से सम्बद्ध थे। अब वे BCCI के एक उच्च अधिकारी की हैसियत से लंदन आये। यहाँ उस बैंक के संरक्षण में उर्दू मर्कज़ क़ायम किया गया और ये उसके निगराँ मुक़र्रर हुए। कुछ शख़्सियतें एक संस्थान की शनाख़्त बन जाती हैं।

आल इण्डिया रेडियो और शुरू-शुरू का रेडियो पाकिस्तान और बुख़ारी ब्रादर्ज़ एक दूसरे के सम्पूरक थे और उस दौर की एक myth सी बन गयी। इसी तरह बी.बी.सी. का उर्दू का सेक्शन और फ़िरंगी महल लखनऊ के सिद्दीक़ अहमद, सिद्दीक़ी मरहूम और अब बीबीसी का उर्दू का मर्कज़ और इफ़्तिख़ार आरिफ़।

एक रोज़ इफ़्तिख़ार आरिफ़ के दफ़्तर में वात्सायन बैठे नज़र आए थे। इफ़्तिख़ार निहायत प्रभाव वाले और लोकप्रिय आदमी थे और उनके दफ़्तर में हर क़िस्म की ख़वातीन व हज़रात बैठे मिलते। वात्सायन से हिन्दुस्तान के बाहर ही मेरी साहब सलामत (दुआ-सलाम) होती थी। टोक्यो, क्यूटो, नार्वे, जर्मनी, अब लंदन। उनकी पहली बीवी कपिला वात्सायन हिन्दुस्तान की एक नामवर ख़ातून थीं। उनसे भी मेरी मुलाक़ात रूस के शहर मास्को में ही हुई, हिन्दुस्तान में कभी नहीं।

इफ़्तिख़ार आरिफ़ की वालिदा बब्बो बाजी एक बहुत ही शीरीं सुख़न (मृदु-भाषी) बीबी थीं; लखनवी तहज़ीब का आला नमूना। उनके अलावा राजा साहब

सलेमपुर की साहबज़ादी, बिट्टो बाजी; अब यह कल्चर भी तक़रीबन ख़त्म होता जा रहा है। दो साल पहले अज़ीज़ बानो 'वफ़ा' से एक टेलिविज़न पर इंटरव्यू करने वाली लड़की ने उनसे कहा, "आप लखनऊ के बारे में अपना कोई शे'र सुनाइए।" उन्होंने तुरन्त उत्तर दिया :

एक दिन तारीख़ के औराक़ (पृष्ठों) में खो जाऊँगी
रफ़्ता-रफ़्ता मैं भी अपना लखनऊ हो जाऊँगी

इफ़्तिख़ार आरिफ़ की वालिदा जैसी मोहज़्ज़ब (सभ्य) और ख़ुशगुफ़्तार (सुभाषी) बेगमात भी अब सफ़हा-ए-हस्ती (संसार) से नापैद होती जा रही हैं। बब्बो बाजी को आख़िरी बार मैंने आरिफ़ मियाँ के यहाँ लखनऊ में देखा। वे आरिफ़ मियाँ के वालिद हज़रत दानिश अली शाह की मुरीद थीं और भैया से बहुत मोहब्बत करती थीं। इफ़्तिख़ार आरिफ़ का नाम भी भैया यानी सैयद आरिफ़ अली शाह के नाम पर ही रखा था। भैया और इफ़्तिख़ार लगभग हम उम्र थे।

एक मर्तबा लंदन से वापसी पर लखनऊ में मैंने इफ़्तिख़ार की वालिदा से कहा था, "आपका बेटा इतने अर्से से लंदन में है, एक बार हो आइए।" कहने लगीं, "हम भैया को छोड़कर कहीं नहीं जा सकते, इफ़्तिख़ार आन कर हमसे मिल जाते हैं।"

हर इंसान की अपनी दुनिया और अपनी कायनात है। कोई और कायनात उसमें मुदाख़िलत (प्रवेश) नहीं कर सकती। हम लोगों ने जो विभिन्न वर्ल्ड व्यू एक दूसरे में गडमड कर दिये तो ज़रा कनफ्यूज़न ही रहा।

तो क्या ज़हन के सब दरवाज़े खिड़कियाँ, रौशनदान बंद रखने चाहिएं कि सिराते -मुस्तक़ीम (सीधे मार्ग) से न भटकें।

हाइड पार्क में मजमा लगाने वाले पादरी, भाँति-भाँति के कलीसाओं की ओर बुलाने वाले, क़ादियानी मौलवी, सियाहफ़ाम हब्शी मुसलमान धर्मप्रचारक, हिन्दू योगी; सब लकड़ी के डिब्बों पर खड़े अपनी सदाएं लगा रहे थे। 1952 ई. से लेकर आज तक मुख़तलिफ़ ज़मानों में उस हाइडपार्क कार्नर में जो तरह-

तरह के भाषण करने वालों और धर्मोपदेश देने वालों की सदाएं और जोशीली तक़रीरें मेरे कानों में पड़ीं, उनसे पश्चिम के तेज़ी से बदलते हुए रूझान और नज़रियात का अंदाज़ा होता था।

शुरू-शुरू में जब पूर्व के उपनिवेशों में से कुछ को आज़ादी मिल गयी थी। अफ़्रीका और एशिया के लेक्चरबाज़ इम्पीरियलिज़्म की बुराई करते। शीत युद्ध के दौरान हाइडपार्क कार्नर कम्यूनलिज़्म और उसके विरोधियों की तक़रीरों का अखाड़ा बन गया उसके बाद भिन्न-भिन्न धर्मों की ओर बुलाने वालों का जमावड़ा रहा। उस वक़्त भी हर साबुन के डिब्बे पर खड़ा भाषणकर्ता अपनी अपनी हाँक लगा रहा था। भीड़ में कुछ लोग ठहर कर आगे बढ़ जाते हैं और दूसरे तबलीग़ करने वाले की तक़रीर सुनने लगते हैं। यह हाइड पार्क कार्नर, संसार प्रसिद्ध स्पीकर्स कार्नर है जहाँ अब ईसाई धर्मप्रचारकों का नया निशाना इस्लाम धर्म की बुराई करना है।

एक शाम नूर अफ़शाँ और मैं हाइड पार्क कार्नर में घूम रहे थे। दो नौजवान शैतान का भेस बदले सामने से गुज़रे। उन्होंने इब्लीस (शैतान) के पारम्परिक मसीही तसव्वुर (कल्पना) के मुताबिक़ सिर पर सींग लगा रखे थे। उनके सुर्ख़ लिबास में तीन कोनों वाली एक नोकदार दुम लगी थी। कुछ फ़ासले पर एक बहुत बड़ी तस्वीर में एक दाढ़ी रखे अमामा-पोश मुसलमान योद्धा अरबी लिबास पहने हाथ में तलवार लिये घोड़े पर सवार था। (उस तस्वीर पर भी लंदन में रहने वाले इस्लामी देशों के राजदूतों ने कोई आपत्ति नहीं की) उसके नीचे लिखा था Anti Christ.

है तो यह वही तसव्वुर, जिसे हमारे यहाँ काना दज्जाल (इस्लामी मान्यतानुसार वह व्यक्ति जो क़यामत के क़रीब प्रकट होगा और इस्लाम का शत्रु होगा) कहते हैं लेकिन उन्होंने उसका रुख़ मुसलमानों की तरफ़ मोड़ दिया था।

एक हब्शी पादरी निहायत ज़ोरो-शोर से Anti Christ के मुताल्लिक़ शोला अफ़शानी कर रहा था (अर्थात आग उगल रहा था)। हब्शी पादरी अमेरिकी समाज का एक आवश्यक अंग हैं और उनकी आतिशबयानी (अग्निमय भाषण) मशहूर है। हाइडपार्क के ये काले पादरी शायद अमेरिका से आए थे।

"ऐ री माई कैसे-कैसे लोग" नूर अफ़शाँ गुनगुनाने लगीं। याद है कि हम लोग बड़े आग़ा साहब से गाना सीखने जाया करते थे। कितने राग रागनियाँ तो हमने सीख डालीं और सब भुला दीं और उससे पहले तुमने लखनऊ में कितना पक्का गाना सीखा था।

"हाँ" मैंने जवाब दिया। बारह राग रागनियाँ, यानी पूरा मैरिस कॉलेज के सेकण्ड इयर का कोर्स तबले और सितार और थ्योरी ऑफ़ म्यूज़िक। सब इस तरह ग़ायब हुआ जैसे सितार का ठाठ बदलने से पहला राग लुप्त हो जाता है।

और जब हम बनारस यूनिवर्सिटी में म्यूज़िक का इम्तिहान दे रहे थे तो परीक्षक ने 'काफ़ी' का अलाप करके पूछा था कि यह कौन सा राग है। कमरे के बाहर हम जमाअत (सहपाठी) लड़कियाँ अपनी बारी का इन्तिज़ार कर रही थीं, उनमें से एक लड़की ने ज़ोर से आवाज़ दी थी Enough, Enough! यानी 'काफ़ी, काफ़ी'।

फिर जब दूसरी लड़की अन्दर परीक्षा देने गयी और परीक्षक ने आड़ा चौताला बजाया तो मैंने बाहर से हाथ तिरछा किया था, यानी हम लोगों ने म्यूज़िक के इम्तिहान में ख़ासी Cheating की थी और उसके फ़ौरन बाद बेहद डर लगा था कि पकड़े जायेंगे और फ़ेल होंगे लेकिन साफ़ बच गए ...हा ...हा ...हा ...हा।

मैं और नूर अफ़शाँ किशवर के मकान की तरफ़ रवाना हुए। झील पर तैरते राजहंस धुंध में ग़ायब हो गए।

हाइडपार्क के बिल्कुल सामने एक तरफ़ नूरअफ़शाँ और आसिम की ख़ालाज़ाद बहन किशवर का मकान सड़क के नुक्कड़ पर स्थित था। अब उसको यूँ वर्कआउट कीजिए कि किशवर और आसिम की माएं मेरी सगी तयाज़ाद बहनें और किशवर के वालिद सैयद अहमद रशीद मरहूम मेरठ के बैरिस्टर सैयद मोहम्मद मीर के बेटे थे और उनके छोटे भाई सैयद अहमद रफ़ीक़ इलाहाबाद में बैरिस्टर थे। सैयद अहमद रशीद की बीवी सिद्दीक़ा आपा भी इतनी ही ख़ूबसूरत थीं। उनकी शादी के मौक़े पर उनके चचा यलदरम ने लिखा था :

ऐ सर्वे बाग़-ए-हज़रते-मीर-ए-जिनाँ मक़ाम
(ऐ जन्नतियों के सरदार मोहम्मद (स०) के बाग़ के सरो वृक्ष)
हम आज तुमको देते हैं अपने चमन का फूल

दूल्हा के बहनोई इलाहाबाद के बैरिस्टर मोहम्मद हुसैन साहब ने खड़े होकर फ़िलबदीह (तुरन्त) जवाब दिया :

एजाज़े हैदरी का निराला है यह असर
गुलचीं (फूल चुनने वाला) को साथ ले गया उसके चमन का फूल

वही घरेलू शाइरी की रिवायत (परम्परा)। मौजूदा नस्ल अब इस परम्परा से अनजान होती जा रही थी। उस शादी का एक अनोखापन यह भी था कि दुल्हन ने अपने चाचा की दी हुई ऐसी साड़ी पहनी थी, जिस पर ख़ासतौर से अलीगढ़ मुस्लिम यूनिवर्सिटी का मोनोग्राम, खजूर का दरख़्त, चाँदतारा और शाही ताज कारचोब से बनाया गया था।

किशवर के ड्राइवर मिस्टर विलियम पुरानी चाल के अंग्रेज़ थे। वे प्रिंस अली ख़ाँ के बाडीगार्ड रह चुके थे; प्रिंस के यहाँ से उन्हें पेंशन मिलती थी, जिसे वे Oxfam को दे चुके थे। उनकी लड़की भी Oxford की ग्रेजुएट थी और कहीं पढ़ा रही थी। विलियम साहब इंग्लिस्तान की क्लास सिस्टम का पूरा ख़याल रखते थे। जब वे किशवर के किचन के अन्दर आते तो खड़े-खड़े चाय पीते, निहायत अदब से बात करते। किशवर और उनके शौहर मिस्टर रिज़वी के ड्राईवर की हैसियत से बीबीसी टेलीविज़न पर उनका इंटरव्यू भी किया गया।

भाई अहमद रशीद मरहूम और आपा सिद्दीक़ा 47 ई. से पहले के कलकत्ते की लोकप्रिय सोशल फ़ीगर्ज़ थे। हिन्दुस्तान के पहले मुसलमान हवाबाज़ (पायलट) मुराद साहब की हवाबाज़ी से मुताल्लिक़ समारोहों को भी अहमद रशीद ने लाँच किया था। भाई अहमद रशीद मोहम्मडन स्पोर्टिंग क्लब कलकत्ता के सेक्रेटरी भी रह चुके थे। मोहम्मडन स्पोर्टिंग और मोहन बागान के मैच आज तक बड़ी अहमियत रखते हैं।

लखनऊ छावनी में इब्राहीम मामू के मकान के 'लाल कमरे' में एक ग्रामोफ़ोन रखा था, जिसके रिकार्डों में मोहम्मडन स्पोर्टिंग के मैच के रिकॉर्ड भी शामिल थे। उसमें बार बार हारमोनियम पर मैच की मानो रनिंग कमेंट्री गाकर सुनायी गयी थी। इस क़िस्म के रिकॉर्ड जैसे लैला मजनूँ सीरीज़ और मकान के सबसे अहम कमरे के लिए 'लाल कमरे' की उक्ति भी मैंने बाद में कभी नहीं सुनी, जिस तरह शिकारगाह या मैदान-ए-जंग में नवाब या बादशाह का ख़ेमा 'लाल ख़ेमा' कहलाता था।

लंदन में किशवर के पास उस ज़माने की तस्वीरों का एक अनूठा संग्रह मौजूद था। उसमें विलियम साहब को इस काम पर भी लगा दिया था कि वे इन तस्वीरों को अनुक्रम में एलबम में लगायें। विलियम साहब बहुत ख़ुश थे क्योंकि हालाँकि वे कभी इण्डिया नहीं गए थे लेकिन उस दौर के कलकत्ते की बर्तानवी सोशल लाइफ़ से वाक़िफ़ थे। विलियम साहब पुरानी शैली के अंग्रेज़ों का आख़िरी नमूना थे।

लंदन में, मैं अपने क़याम का आधा हिस्सा किशवर के यहाँ गुज़ारती थी और आधा आसिम के यहाँ। दोनों जगह रिश्तेदारों की भीड़ लगी रहती थी। एक दिन किशवर अपनी बहुओं से जो उसकी सगी भाँजियाँ थीं, कहने लगी 'जिस तरह की इंडो-ब्रिटिश सोशल लाइफ़ के दृश्य तुम लोगों को इन तस्वीरों में नज़र आते हैं, अम्मी बताती हैं कि इस क़िस्म की तर्ज़े-ज़िन्दगी उनके तीनों चचाओं के यहाँ भी उन्होंने देखी। अम्मी के जवाँमर्ग (युवावस्था में मृत) वालिद तो ज़रा पुरानी चाल के आदमी थे।

'हाँ!" मैंने जवाब दिया। कलकत्ते के भद्र लोग की तरह मैं यू.पी. के इस नये अंग्रेज़ी संस्कृति से प्रभावित वर्ग को मुस्लिम भद्र लोग कहती हूँ। हमारे सामाजिक इतिहास में उन्होंने एक अहम रोल अदा किया, यानी "महिलाएँ और राजनीतिक विवेक"। अब यह राजनीतिक विवेक 1937 ई. के बाद एक दम ज़्यादातर मुस्लिम लीग के खाते में चला गया। यह एक अलग विषय है, अपनी क्लास की सुरक्षा उस मुआशरे (समाज) की एक ख़ुसूसियत थी और उसी

मुआशरे में जो इन्क़िलाबी पैदा हुए वे भी आख़िर में ज़्यादातर अपने स्टीरियोटाइप पर लौट गए। बंगाल में अमूमन ऐसा नहीं हुआ।

हालाँकि यहाँ लंदन में एक पुराना इन्क़िलाबी कुनबा रहता है। इस बार वह बेहद लेफ़्ट विंग बीबी मुझे बता रही थीं कि वे अपने ख़ानदान के चार सौ वर्षों के इतिहास पर आधारित एक उपन्यास लिख रही हैं। उनके घराने की एक ख़ुसूसियत यह है कि अकबर के ज़माने से लेकर आज तक उनके ख़ानदानी काली टेम्पल में चार सौ वर्ष से लगातार पूजा हो रही है। पुजारी मरते जाते हैं, उनकी जगह उनकी औलाद ले लेती है, पूजा के नियमित होने में फ़र्क़ नहीं आता।

एक समय था, जब उन्हीं ख़ातून ने अपने अपने ख़ानदान के फ़्यूडल बैकग्राउंड को सिरे से निरस्त कर दिया था और उसका ज़िक्र करते हुए भी झेंपती थीं। इन बीबी से मिलकर मुझे हिन्दुस्तान की वे चंद ख़वातीन (महिला) याद आयीं, जो एक ज़माने में बड़ी ज़बर्दस्त इन्क़िलाबी मशहूर थीं लेकिन अब वे मजलिस-ए-मोहर्रम पढ़ने में मसरूफ़ हैं।

"सबात एक तग़य्युर को है ज़माने में"
(संसार में केवल बदलाव को ही स्थायित्व प्राप्त है)

बर्तानिया में प्रवासियों के विभिन्न वर्ग हैं। उच्च शिक्षित, प्रोफ़ेशनल क्लास, और मेहनतकश मज़दूर और कारीगर, कुछ लोग जो हिन्दुस्तान के शासक वर्ग से सम्बन्ध रखते हैं और यहाँ एक गुमनाम ज़िन्दगी गुज़ार रहे हैं या किसी काम में मसरूफ़ हो गए हैं, अमीर अहमद ख़ाँ राजा महमूदाबाद जिन्होंने 1937 ई. में मुस्लिम लीग का नवीकरण किया और अपनी दौलत अंधाधुंध ख़र्च करके उस तहरीक को परवान चढ़ाया। अब वही लंदन में ख़ुद इख़्तियारी जलावतनी की ज़हनी आज़मायशें झेल रहे थे और वहीं उन्होंने इन्तिक़ाल किया।

वे बड़े उसूल परस्त और आइडियलिस्ट इंसान थे और दौर-ए-हाज़िर के राजनीतिज्ञों के दाँव पेंच और ज़हनी क़लाबाज़ियों से समझौता न कर सके। इस तरह के कई हिन्दुस्तानी भी लंदन में मौजूद थे, जो महज़ अतीत की यादों के सहारे जी रहे थे। उनके विपरीत नई नस्ल के पाकिस्तानी और हिन्दुस्तानी

यहाँ के निहायत हौसलामंद कारोबारी वर्ग में शामिल थे। ख़्वाजा मंज़ूर हुसैन, वालिद मरहूम के ज़माने में अलीगढ़ में इंग्लिश पढ़ाते थे। वे और उनकी बेगम मेरे माँ बाप के क़रीबी दोस्तों में शामिल थे।

ख़्वाजा साहब के बेटे शाहिद हुसैन रेडियो पाकिस्तान के डायरेक्टर जनरल रहे। उनकी बेगम यासमीन ने भी कैम्ब्रिज में पढ़ा था; यासमीन के बड़े भाई हुमायूँ ख़ाँ नई दिल्ली में पाकिस्तान के हाई कमिश्नर रह चुके थे; यह सूबा-ए-सरहद (सीमा प्रान्त) का एक ख़ालिस पठान कुनबा था।

अब शाहिद हुसैन और उनकी बेगम यासमीन ने किताबों की एक बहुत बड़ी दुकान वेस्ट एंड में ख़रीद ली थी। बहुत बढ़िया दुकान थी, जिसमें समकालीन विषयों की पुस्तकों के अतिरिक्त हिन्दुस्तान की प्राचीन, विशेष रूप से ब्रिटिश काल से सम्बन्धित कमयाब (कम उपलब्ध) किताबों का ज़ख़ीरा भी मौजूद था। उनके तहख़ाने में मुग़लिया नवादिर, तस्वीरें और दूसरी बेशक़ीमत ऐतिहासिक कलाकृतियाँ बिक्री के लिए रखी थीं।

बर्तानिया में जिन एशियाई महिलाओं ने बिज़नेस में बहुत सफलता प्राप्त की थी उनके मुताल्लिक़ एक किताब छपी है, जिसके आवरण पर महिलाओं के ग्रुप फोटो में यासमीन भी शामिल थीं।

एक शाम मुझे उनकी दुकान के सामने एक फ़ुटपाथ पर खड़े नज़र आए जो दुकान की शो विंडो में रखी कम्पनी काल की चंद नादिर (अनूठी) तस्वीरें देख रहे थे, जो हाल ही में शाहिद और यासमीन हिन्दुस्तान के किसी नवादिर फ़रोश से ख़रीदकर लाए थे। न जाने क्यों उस लम्हे मुझे दो उज़बेक याद आए, जो लेनिनग्राड की मस्जिद के सामने चुपचाप खड़े थे। अपने विरसे (Heritage) और अपनी तहज़ीबी जड़ों की नामालूम कोशिश?

जब वह शहर सेंट पीटर्ज़बर्ग कहलाता था; ज़ारशाही रूस की हुकूमत ने अपने मध्य-एशियायी उपनिवेशों के मुसलमानों के लिए यह मस्जिद बनवायी, जो उस ज़माने में अपने-अपने विजित नगरों से गोरे ईसाई आक़ाओं की राजधानी सेंट पीटर्ज़बर्ग आया करते थे। बिल्कुल उसी तरह जैसे इंग्लिस्तान में शाहजहाँ

Mosque हिन्दुस्तानी मुसलमानों के लिए तामीर की गयी थी या पेरिस की मस्जिद, जिसके मुताल्लिक़ इक़बाल ने लिखा था :

मेरी निगाह कमाल-ए-हुनर को क्या देखे
कि हक़ से ये हरम-ए-मग़रिबी है बेगाना

हरम नहीं है, फिरंगी करिश्मा बाज़ों ने
तन-ए-हरम में छुपा दी है रूह-ए-बुतख़ाना

ये बुतकदा उन्हीं ग़ारतगरों की है तामीर
दमिश्क़ हाथ से जिनके हुआ है वीराना

(मेरी दृष्टि इस कौशल को क्या देखे कि यह पश्चिम का उपासना गृह ईश्वर से विन्मुख है। यह मस्जिद नहीं बल्कि फ़िरंगियों ने मस्जिद रूपी संरचना में मूर्तियों की आत्मा छिपा दी है। यह मूर्तिघर उन्हीं आतताइयों की रचना है, जिनके हाथों दमिश्क सुनसान अर्थात बर्बाद हो गया है।)

तो क्या ये फ़िरंगी महज़ करिश्माबाज़ ही थे? शायद नहीं। लेकिन पराधीन क़ौमें अपनी ग़ुलामी के दौर में अपने आक़ाओं की बदौलत हासिल किये हुए ज्ञान व कलाओं से लाभान्वित होने के बावजूद उनको नापसन्द भी करती है और आज़ाद होने के बाद भी इसका इक़रार नहीं करतीं।

उन्हीं दिनों या उसके बाद मैंने लंदन के टेलीविज़न पर Jesus के मुताल्लिक एक पुरलुत्फ़ फ़िल्म देखी। एक सीन था कि ...रोमन पोशाक पहने कुछ सुन्दर किनआनी नौजवान एक रेस्तोराँ में पत्थर की गोलमेज़ के गिर्द बैठे बहस कर रहे हैं। "आख़िर उन रोमनों ने कुछ नहरें खोदने के अलावा हमारे लिए और क्या किया है?"

चुनांचे जॉन ग्रेग जो उसके फ़ुटपाथ पर खड़ा डेनियल ब्रादर्स का एक बड़ा प्रिंट मुलाहिज़ा कर रहा था, उसके हमक़ौमों ने (उसकी कौम के लोगों ने) हिन्दुस्तान में चंद नहरें खोदने के अलावा और क्या किया था।

जॉन ग्रेग को अपने नस्ली उत्तराधिकार की कशिश उस दुकान पर खींच लाती थी क्योंकि उनके पूर्वज मैजर पामर ने शाह आलम द्वितीय की मुँहबोली

बेटी शहज़ादी फ़ैज़ुन्निसा बेगम से शादी की थी और जॉन ग्रेग बड़े फ़ख़्र से अपने आपको शाह आलम का पड़नाती बताते थे। (मैं इसका तज़किरा पहले भी किसी मज़मून में कर चुकी हूँ।)

अन्दर दुकान में राजा महमूदाबाद मरहूम के बहनोई पटना के सैयद मेहदी इमाम (मुझे नाम सही याद नहीं) चुपचाप अलमारियों में से किताबें निकाल निकाल कर उनको तरतीब (व्यवस्थित ढंग) से लगाने में मुनहमिक (तल्लीन) थे। बाद में यासमीन ने मुझे बताया कि दुकान की किताबों की देखभाल उन्होंने इन्हें सौंप रखी है। जिस काम का वे उन्हें मुआवज़ा भी देते हैं। इन्क़िलाबाते-ज़माना! (सांसारिक बदलाव)।

आसिम की बड़ी बहन नूर अफ़शाँ ने जो अपनी बेटी मेहर अफ़शाँ के पास जर्मनी आई हुई थीं, मुझसे मिलने के इरादे से लंदन वारिद हुईं। उनके शौहर सैयद मज़हर इमाम मरहूम जो गया के सैयद हुसैन इमाम के बड़े बेटे थे, वे भी पटना के बैरिस्टर अली इमाम के ख़ानदान की सुन्नी शाखा से ताल्लुक़ रखते थे। एक दिन नूरअफ़शाँ ने कहा, "चलो हम लोग सैयद मेहदी इमाम साहब से मिल आयें।"

रानी साहिबा महमूदाबाद एक बेसमेंट फ्लैट में रहती थीं। जगह-जगह No Smoking की तख़्तियाँ लगी हुई थीं। कहाँ क़िला महमूदाबाद बटलर पैलेस और क़ैसरबाग़ लखनऊ, कहाँ यह फ़्लैट। कराची में एक बार राजा साहब महमूदाबाद मरहूम भाई लुक़मान हैदर से मिलने उनके यहाँ आये। लुक़मान भाई अपने टाइमटेबल के बेहद पाबंद आदमी थे। कुछ मिनट राजा साहब से बातें करने के बाद कहा, "अच्छा साहब मेरा तो टहलने का वक़्त हो गया, आप इतनी देर ऐनी बीबी से बातें कीजिए।"

बातें क्या, मैंने उनसे ज़बर्दस्त बहस शुरू कर दी। "आपने पाकिस्तान बनवाया और ख़ुद लंदन में जा बैठे।" बड़ी नरमी से जवाब दिया "बीबी मैं ही अकेला मुलज़िम नहीं।" (यह वाक़ेआ मैं कारे जहाँ दराज़ Volume II में लिख चुकी हूँ।)

राजा साहब यहाँ इस्लामिक कल्चर सेंटर के डायरेक्टर हो गए थे। वे बड़े नेक और शरीफ़ इंसान थे। सियासत उनके बस का रोग नहीं थी लेकिन चूँकि उनके बाप महाराजा अली मोहम्मद ख़ाँ मरहूम एक अहम सियासी शख़्सियत रहे थे; उन्होंने सोचा होगा, लाओ हम भी यही करें तो अचानक एक नया मुल्क बन गया।

खाना निहायत नफ़ीस था, जो उन रानियों ने ख़ुद तैयार किया था। वह लंदन की ऑटोमेटिक ज़िन्दगी की आदी मालूम होती थीं। छोटी बेटी बहुत आला दर्जे की मर्सिया ख़्वानी[1] करती थीं और जब भी मैं अगर मोहर्रम के दिनों में लंदन जाती तो वे कहलवा भेजती थीं कि उनसे मर्सिया सुन जाओ। अज़ादारी और ग़मे हुसैन अपनी जगह से उखड़े हुए उन लोगों के लिए बहुत बड़ा सहारा था क्योंकि परदेसियों के लिए हर शहर शहर-ए-कूफ़ा[2] है।

इसी तरह आज सौ बरस पहले लखनऊ के शाही जलावतनों ने मटियाबुर्ज कलकत्ता में मजलिसे क़ायम कीं तो कलकत्ता तो फिर भी हिन्दुस्तान था; अब यह शहर लंदन, अल्लाह, अल्लाह!

एक दिन नूर अफ़शाँ और मैं इस्लामिक कल्चर सेंटर गए, ख़ासी अव्यवस्था नज़र आयी। राजा साहब मरहूम के ज़माने में यहाँ बहुत सलीक़ा था, अब बाग़ में झाड़-झंकाड़ उग आया था। दो-तीन नामालूम से लोग इधर-उधर घूम रहे थे। यहाँ हम लोग तो बड़ी धूमधाम से ईदें मनाते थे। मैंने नूर अफ़शाँ से कहा, “सच है भाई, हर शख़्स अपने ज़माने को बेहतरीन समझता है।”

जिस दिन मैं दिल्ली वापस आ रही थी, नूर अफ़शाँ और मैं एयरपोर्ट की लाउंज में बैठे मानो दुनिया वालों का नज़ारा करते रहे। दो पंजाबी औरतें झाड़ुएँ संभाले प्रकट हुईं। कोने में रखे कूड़ेदान को साफ़ किया, हमें देखकर ज़रा झेंपीं और अपने काम में मसरूफ़ आगे चली गयीं।

---

1. वह काव्य पाठ, जिसमें कर्बला के युद्ध के कष्टों और घटनाओं का वर्णन किया गया है।,
2. कूफ़ा सीरिया का एक शहर, जो कर्बला के युद्ध की घटना से प्राचीन काल से सम्बन्धित है।

परी चौक

एडोल्फ़ हिटलर का जुनून न रहा, परी रह गयी। वह बर्लिन के एक चौराहे पर अब भी खड़ी है। इत्तिहादियों (संगठित सेनाओं) की बमबारी ने इस शानदार और हसीन शहर की ईंट से ईंट बजा दी। संयोगवश परी बच गयी। शहर पहले से ज़्यादा आलीशान, राख के ढेर से प्रकट हुआ। तुर्क मज़दूरों ने नई इमारतों का निर्माण किया क्योंकि गोरों की चाकरी एशियाइयों की क़िस्मत में लिखी है।

कभी हमने यह न सुना कि जर्मनी और फ़्रांस वाले हिन्दुस्तान में मज़दूरी करने आ गए हैं। पाकिस्तानी व हिन्दुस्तानी झुँड के झुँड जर्मनी आकर बसे। आला तालीमयाफ़्ता नौजवान और अनपढ़ मज़दूर सबको रोज़गार मिल गया। उन्होंने उस चौराहे का नाम परी चौक रख लिया। स्थानों और व्यक्तियों के तुरन्त नाम चिपका देना हमारी ख़ुसूसियत है।

लखनऊ में कोलिंज़ की यादगार "कल्लन की लाट" बम्बई में एक पारसी रहनुमा की मूर्ति "खड़ा पारसी"। एक और चौराहे पर एक शहसवार की लौहमूर्ति स्थापित की गयी थी। आज़ादी के बाद क़ौमपरस्तों (राष्ट्रवादियों) ने अंग्रेज़ घुड़सवार को उतार दिया, काला घोड़ा रह गया, अब वह एरिया इसी नाम से मशहूर है; तो बर्लिन जो अब हिन्दुस्तानियों व पाकिस्तानियों से भी आबाद है, वहाँ परी चौक क्यों न हो।

अब शहर में सड़कों के किनारे हिन्दुस्तानी व पाकिस्तानी नौजवान सेकण्डहैंड माल बेचते हैं, जिसमें रूसी सुर्ख़ फ़ौज के सिपाहियों की वर्दियाँ, तमग़े और छोटे-छोटे बैज भी शामिल हैं और समूरी टोपियाँ, दस्ताने; बिल्कुल नख़्ख़ास का बाज़ार प्रतीत होता है। रूसियों को ये नन्हे-मुन्ने बैज तोहफ़े में देने का भी जुनून था, चुनांचे मेरे पास भी ऐसे तमग़े मौजूद हैं, जो वे तोहफ़े में दिया करते थे। स्कोफ़ के रेलवे यूनियन के अध्यक्ष ने अपना निशान इनायत करके मानो मुझे अपनी यूनियन का आनरेरी मिम्बर बनाया था।

वह भी क्या ज़माने थे, सदा रहे नाम अल्लाह का। वह सुर्ख़ इन्क़िलाब आया भी चला भी गया, इतना अचानक अप्रत्याशित। लाखों जानें चली गयीं, इस शहर बर्लिन को जीतने के लिए रूसियों ने अपने अनगिनत नौजवान क़ुर्बान किये थे। अब उनकी टोपियाँ और तमग़े सड़क के किनारे पंजाबी लड़के, अमेरिकन पर्यटकों के हाथों बेच रहे हैं। डरो! डरो!! 1857 ई. के बाद हमारे बुज़ुर्गों ने भी वह ज़माना देखा था, जब इम्पीरियल मुग़लों का सामान कबाड़ियों ने फ़रोख़्त किया।

सड़क के किनारे बरन्डन बर्ग गेट के पास एक निहायत बदसूरत छोटी सी कार भी बिक्री के लिए खड़ी थी; जर्मन नौजवान ने हँस कर कहा "यह बेचारे कम्युनिस्टों ने बनाई थी।"

अब वह बेचारे इतने बुरे भी नहीं थे मगर जब वक़्त बदलता है तो यूँ ही बदलता है। मिस्टर दूबे एक निहायत मोतबर कैरियर डिप्लोमेट, पहले पूर्वी बर्लिन में तैनात थे। यहाँ एक उर्दू कॉन्फ्रेंस होने वाली थी, जिसके लिए पाकिस्तान से जमीलुद्दीन आली और इन्तिज़ार हुसैन आ चुके थे। मिस्टर दूबे ने लंच किया; पाकिस्तानी डेलीगेट्स को भी बुलाया। खाने की मेज़ पर महाभारत का ज़िक्र छिड़ा, जो उन दिनों हिन्दुस्तानी टीवी पर पेश की जा रही थी और पाकिस्तान में बड़े जौक़-शौक़ से देखी जाती थी।

जमीलुद्दीन आली अपने दोस्तों से उसकी प्रशंसा करने में मसरूफ़ थे। महाभारत की कहानी प्राचीन यूनान की तरह एक युनिवर्सल ड्रामा है। उसके कैरेक्टर आज भी दुनिया में ख़ुद हमारे दरमियान मौजूद हैं, अनादिकाल से हमेशा तक के लिए नेकी और बुराई की जंग। फ़ाशिज़्म के ख़िलाफ़ लड़ाई तो यूरोप में आज से महज़ चालीस-पैंतालीस साल पहले लड़ी गयी थी। ख़ुद यह आलीशान मकान, जिसमें हमारे राजदूत रहते थे, 1945 ई. से पहले नाज़ी उच्चाधिकारी का महल था।

जर्मन पढ़े, जिनमें गोयटे के ज़माने में से उनको संस्कृत और फ़ारसी वग़ैरह का शौक़ चर्राया तो उनके कुछ विद्वान इस जुस्तजू में जुट गए। उनके

पूर्वी विधाओं के डिपार्टमेंट और उनकी युनिवर्सिटियाँ ...क्या कहने। तीन विचारक; आइंस्टाइन, सेगमंड फ़्राइड और कार्ल मार्क्स; इन तीनों ने जर्मनों की और आले इमरान ने नये विचारों की दुनिया तहो बाला (उलट-पलट) कर दी और उन्हीं की क़ौम को उनके अहले वतन ने जी भर के प्रॉसीक्यूट किया। गैस चैम्बर में ले जाए जाने से पहले, कनसंट्रेशन कैम्प में क़ैद यहूदी क़ौम के ज्ञानी और कलाकार एक दूसरे से ज्ञानवर्धक विषयों पर विचार-विमर्श करने में व्यस्त रहते थे।

वह क्या लरज़ा देने वाला वक़्त था लेकिन उनके अज़ीज़ रिश्तेदार वह न भुला देने वाली यातनाओं का ज़माना भूल गए और अपना नया मुल्क बनाने के बाद, उन्होंने फ़िलस्तीन के अस्ल बाशिंदे अरबों पर क़यामत ढाई। मामला था नस्ली और सांस्कृतिक श्रेष्ठता के अहसास का। अरब बेचारे एशियाई कीड़े मकोड़े थे। यूरोपियन कालोनियलिज़्म भेस बदल कर मध्यपूर्व में दोबारा आ चुकी थीं।

लेखिका से अब कुछेक यूरोपियन इस्राईली विद्वानों से गुफ़्तगू के दौरान अरबों का ज़िक्र आया तो मुशफ़िक़ाना (दयालुतापूर्ण) अंदाज़ में उन्होंने Our Arabs उसी तरह कहा, जैसे मास्को के गोरे रूसी मुझसे इसी अंदाज़ में कहते थे Our Uzbeks, जर्मनी औद्योगिक रूप से फिर उतना ही तरक़्क़ीयाफ़्ता हो चुका है, हालाँकि उसे फ़ौज रखने की अब भी इजाज़त नहीं कि कहीं बोतल में से जिन्न फिर बाहर न निकल आवे।

मिस्टर दुबे ने मुझसे कहा, "आप उनका नाज़ी ज़ख़ीरे का म्यूज़ियम ज़रूर देख आइए।" दूसरे दिन उनका हरियाणवी ड्राइवर गाड़ी लेकर घर आया। म्यूज़ियम में जगह-जगह हिटलर की फ़िल्में दिखायी जा रही थीं। जर्मन नौजवान लड़के और लड़कियों की टोलियाँ ऐवानों में बेफ़िक्री से घूमते फिर रहे थे। कहीं किसी फ़िल्म के सामने बैठ जाते और हिटलर की तक़रीरों पर ठहाके लगाते। उन नौजवानों के दादा नाना नाज़ी फ़ौज में भर्ती किये गए थे और उन्होंने भी क्या-क्या ज़ुल्म न किये होंगे। अब ये जर्मन और अंग्रेज़ एक आदर्श यूरोपियन क़ौम बना रहे हैं। साँझे बाज़ार वग़ैरह और हमेशा की तरह एशियाइयों को अपने से कमतर समझने में मसरूफ़।

पिछले चार सौ साल से यह अहसास-ए-बरतरी (Superiority Complex) उनके मिज़ाज में शामिल है। पूर्वी भाषाओं और विधाओं के विशेषज्ञ अंग्रेज़ों के समूह को छोड़कर, सारे पाश्चात्य देशों का रवैया आज भी ज़्यादा नहीं बदला।

जब तुर्क अपना आख़िरी समुद्री युद्ध यूरोप से हारे हैं, उस समय तुर्कों का आलम यह था कि रूसी राजदूत अपने सेवकों के साथ सेंट पीटर्ज़बर्ग से बाब-ए-आली आता यानी क़ुस्तुनतुनिया पहुँचता तो तुर्क उन नीमवहशी रूसियों पर हँसते थे और तुर्की के सुल्तान क्रिश्चियन यूरोप के देशों में अपने दूत नियुक्त करना अपनी शान के ख़िलाफ़ समझते थे। इंडस्ट्रियल रिवोल्यूशन ने यूरोप की काया पलट दी और हुक़्क़ा पीने वाला अफ़ीमची तुर्क पूर्व का नया प्रतीक बना।

हालाँकि एक दिन मुझसे प्रोफ़ेसर मुजाहिद हुसैन ज़ैदी ने हाइडल बर्ग में कहा था, चूँकि जर्मन कभी एक इम्पीरियलिस्ट क़ौम नहीं रहे, यानी उन्होंने फ़्रांस और बर्तानिया की तरह पूर्व वालों को कभी अपना ग़ुलाम नहीं बनाया था। उनके यहाँ नस्ली श्रेष्ठता का वह रवैया नहीं है, जो हमें बर्तानिया में मिलता है। जर्मनों ने अफ़्रीक़ा में तो कुछ उपनिवेश ज़रूर बनाये थे लेकिन मदर कंट्री और कालोनी का वह रिश्ता, जिसने हमें पश्चिम की ज़हनी ग़ुलामी पर मजबूर किया, उनके यहाँ नहीं था। इसी वजह से हिन्दुस्तान के राष्ट्रवादी नवयुवक शिक्षा के लिए बर्तानिया की बजाय जर्मनी आया करते थे। डॉक्टर ज़ाकिर हुसैन ख़ैरी बन्धु और उन जैसे बहुत से।

मुझे वालिद साहब मरहूम के प्यारे दोस्त, चचा सत्तार ख़ैरी अच्छी तरह याद हैं; बेहद स्वीट बुज़ुर्ग थे। उनकी जर्मन बीवी, जिन्हें हम फ़ातिमा चच्ची कहते थे, बहुत ही नेक पतिव्रता और ख़िदमत गुज़ार हाउस वाइफ़ थीं। उन्होंने ग़रीबी की मुसीबतें भी झेलीं, जब जंग शुरू हुई तो चचा सत्तार ख़ैरी के साथ, उनको नैनीताल में नज़रबन्द कर दिया गया। विभाजन के बाद, वे अपने बच्चों के साथ पाकिस्तान चली गयीं। उनके अलावा दिल्ली में चच्ची मार्ग्रेट शमसी और बेगम सलीमुज़्ज़माँ भी जर्मन थीं।

डॉक्टर सलीमुज़्ज़माँ, जो चौधरी ख़लीक़ुज़्ज़माँ के भाई थे, क़रौलबाग में बैरिस्टर नूरुद्दीन अहमद की कोठी में किरायेदार थे। बेगम नूरुद्दीन अहमद अंग्रेज़ थीं। तीनों ख़वातीन की एक दूसरे से बहुत दोस्ती थी। हालाँकि एक दिन किसी बात पर मिसेज़ शमसी ने मुझसे चुपके से कहा "अंग्रेज़ हमारा दुश्मन है।"

इंसान के मुख़तलिफ़ नस्ली, तहज़ीबी रवैयों का अंदरूनी घपला भी ख़ासा हैरान कर देने वाला है।

म्यूज़ियम से बाहर निकलकर खुली हवा में आते हुए किसी ने मुझसे कहा, देखिए इस सीढ़ी पर खड़े होकर हिटलर सामने मजमे को ख़िताब करता था, जंग शुरू हुई। लखनऊ का एक ताँगे वाला अपने घोड़े को चाबुक मारकर बोला "चल बेटा हिटलर की चाल" उसे पकड़ लिया गया था। आज दुनिया भर के डिक्टेटर हिटलर की चाल चल रहे हैं और लोग इंसानियत सोज़ मज़ालिम (अमानवीय अत्याचारों) की ख़बरें पढ़ने के आदी हो चुके हैं। इन मज़ालिम की यादगारों के म्यूज़ियम नहीं बनाये जाते।

जर्मनी में नया नाज़ीवाद भी शुरू हो चुका है। एक सिख लड़का मानविन्द्र सिंह, जो एक जर्मन लड़की से शादी करके यहीं बस गया है, उसने बताया कि उसकी कार पर किसी ने रात में स्वास्तिक का निशान बना दिया।

एक दिन हम लोग पोट्सडम गए, जो विश्वयुद्ध के तुरन्द बाद इस वजह से मशहूर हुआ था कि यहाँ रूज़वेल्ट, चर्चिल और स्टालिन ने मुलाक़ात की थी। उस शहर में एक पुराने ज़माने का क़िला भी था। मैं और एक जर्मन अनुवादक लड़की एक रेस्तोराँ में जाकर बैठे; इतने में दो नामवर अदीब (साहित्यकार) हज़रात, जो हमारे पड़ोसी मुल्क से ताल्लुक रखते थे, क़िले से वापस आकर रेस्तोराँ में दाख़िल हुए और हमारी मेज़ पर आकर बैठ गए।

अचानक किसी बात पर उन दोनों में तकरार शुरू हुई और दोनों ने एक दूसरे को मोची और क़साई की उपाधियों से नवाज़ा; मैं दम बख़ुद, जर्मन लड़की हैरान! मुझे ख़ासतौर से यह शर्मिंदगी थी कि यह लड़की जो इन हज़रात से बहुत

प्रभावित थी, क्या सोचती होगी। इस्मत आपा ने एक दफ़ा बताया था बम्बई की अदबी महफ़िलों में खाने पीने के बाद कुछ अहले क़लम इसी तरह लड़ते थे...

एक दफ़ा प्रोफ़ेसर सैयद एहतशाम हुसैन इलाहाबाद से तशरीफ़ लाये थे और सैयद अली रज़ा के यहाँ ठहरे, जो शायद उनके क़रीबी रिश्तेदार थे। निम्मी और अली रज़ा ने बड़ी ज़बर्दस्त दावत की। निम्मी का तीन मंज़िला बंगला समुन्दर के किनारे वाक़े (स्थित) था, अदबी और इल्मी हस्तियों से पुर।

अचानक एक सिम्त थोड़ी सी हड़बौंग मची। मैंने देखा, एहतशाम साहब एक कोने में सहमे हुए खड़े हैं। मालूम हुआ एक बेहद मसरूर (ख़ुश) अरब मेहमान ज़िद कर रहे थे कि उनकी ग़ज़ल भी सुनी जाए। कुछ लोगों ने बीच बचाव करना चाहा, चंद मेहमानों ने बाहर निकलने की कोशिश की। ख़ुशी ख़ुशी अरब ने रिज्ज़ (युद्ध में पढ़ने वाली शाइरी, जिससे जोश बढ़ता है।) पढ़ा और रास्ता रोक लिया। एहतशाम साहब मुझसे कहने लगे "आपके यहाँ बम्बई की पार्टियों में ये सब होता है?" निम्मी बेचारी भागी-भागी आई और उसने मुझे और इस्मत आपा को बाहर तक पहुँचाया। किसी ने कहा, "अरबों को उर्दू में शाइरी नहीं करनी चाहिए।"

फ्रेंकफुर्त में एक खाने का होटल है जहाँ गोयटे जाकर बैठा करता था। शायद वह भी अपने समकालीनों के साथ लड़ता झगड़ता होगा। क्या पता? जर्मनी के इन ऐतिहासिक रेस्टोरेंटों की दीवारों पर फ्रेस्को तस्वीरें इन दृश्यों की बनायी हैं, जिनमें उनके मशहूर शाइर व अदीब शराब नोशी में मसरूफ़ हैं या एक दूसरे से बहसो मुबाहिसे कर रहे हैं। फ़्रांस के चित्रकारों ने पेरिस के आर्टिस्टों की ज़िन्दगी के दृश्य पेश किये।

हमारे यहाँ इस क़िस्म की कोई तस्वीरी यादगारें मौजूद नहीं। जॉन कम्पनी के चित्रकारों ने फ़ैज़ाबाद, लखनऊ, दिल्ली, पटना और कलकत्ते का सोशल सीन पेंट किया था; मुर्ग़बाज़ी और मुजरा, दो लोकप्रिय मशग़ले थे। उन तस्वीरों के ज़ख़ीरे भी ज़्यादातर पश्चिम ही में सुरक्षित हैं। मोहम्मद हुसैन आज़ाद ने स्वयंकथनानुसार जो फ़ोटोग्राफ़ आब-ए-हयात में खींचे हैं काश उनकी चित्रकारी

की जाती। मगर हमारे यहाँ साहित्य और ऐतिहासिक पुस्तकों को इलस्ट्रेट करने की परम्परा ही नहीं है।

बर्तानिया के चित्रकारों ने अंग्रेज़ी साहित्य के मशहूर दृश्य पेंट किये हैं सारा इंग्लिश लिट्रेचर प्राचीनकाल से लेकर वर्तमान युग तक चित्रित किया जा चुका है। इसी तरह रूस में महान रूसी नाविलों के दृश्य उनके आर्टिस्टों ने पेंट किये हैं। यूरोपियन साहित्यकारों और शाइरों की ज़िन्दगियों का चित्रांकन किया जा चुका है और उनके म्यूज़ियम मौजूद हैं। साहित्य का कोई विद्यार्थी किसी एक पीरियड का अध्ययन करना चाहे तो साहित्यिक म्यूज़ियम के किसी एक कमरे में उसको उसके वांछित विषय का सारा मेटेरियल अज़ीमुश्शान पेंटिंग्स ही के ज़रीए मिल जाता है।

मैंने रुख़साना शमीम को मिनिस्टरी फ़ोन किया। दूसरे दिन वे लाइफ़्ज़ग आ गयीं। वह उर्दू अदीबों और शाइरों से मुलाक़ात करने को उत्सुक थीं।

कोलोन में जर्मन रेडियो की उर्दू सर्विस, शायद बीबीसी के बाद सबसे बड़ी उर्दू सर्विस है। एक बेहद हसीन महजबीन ख़ातून इस प्रोग्राम की इंचार्ज, एक ख़ुशमिज़ाज जर्मन उर्दू दाँ इसके सरबराह थे। ख़ातून ने बतलाया कि उनके पहले शौहर हिन्दुस्तानी थे, लखनऊ के रहने वाले। यहाँ अचानक इंतिक़ाल हो गया। नाम बताया तो याद आया। हस्सो बाजी लखनऊ से मेरे पास आई हुई थीं, बेटे की अचानक मौत का तार पहुँचा; वे बिलक बिलक कर रोती हुई जर्मनी सिधारीं। उस लड़की के मौजूदा शौहर का एक अनोखा पेशा था; वह पासपोर्ट पर सुन्दर अक्षरों में नाम लिखते थे।

हसीन ख़ातून ने अपने घर पर दावत की, जिसमें हिन्दी सेक्शन की इंचार्ज भी आई थीं, उनका नाम शायद मिसेज़ पोपट था; ख़ुद पंजाबी थीं, मियाँ गुजराती; उन्होंने भी खाने पर बुलाया। अपने यहाँ वह बहुत ही शिष्ट अंदाज में सिर ढाँपे मेज़बानी के फ़राइज़ अंजाम दे रही थीं। चुपके से बोलीं "मेरी ससुराल वालियाँ आई हुई हैं।" दूसरे कमरे में उनकी गुजराती सास ननदें बिल्कुल अहमदाबाद की मुन्नी बेन की पूरी टोली।

अब यह यूरोप हो या अमेरिका; कमअज़कम इस पहली नस्ल के हिन्दुस्तानी महाजिर (शरणार्थी) ने अपनी ख़ू बू (परम्परा) नहीं छोड़ी। मैंने मिसेज़ पोपट की सास ननदों के सामने उनकी बहू की ख़ूब तारीफ़ें कीं। "वाह! आपको माशाअल्लाह क्या अच्छी नेक ख़िदमतगुज़ार बहू मिली है। बिल्कुल बनी बनायी सरस्वती चंद्र नाविल की हीरोइन।" वह लोग बहुत ख़ुश हुईं। मिसेज़ पोपट ने मेरे कान में कहा; "थैंक यू, शाबाश!"

इरशाद पंजतन और उनकी जर्मन बीवी मिलने के लिए होटल आये। चाँदी के वरक़ लगी छोटी इलायचियाँ पेश कीं। यह नेमत आपको जर्मनी में नहीं मिलेगी। बिल्कुल ख़ालिस हैदराबादी आदमी और सम्भवतः हिन्दुस्तान के एक ही Mime आर्टिस्ट। जब ये यूरोप से अपनी कला सीख कर हिन्दुस्तान लौटे थे तो उनकी हमवतन नफ़ीस जंग ने उनके लिए एक Introducing function चर्चगेट के एक होटल में आयोजित किया था और मैंने उनके बारे में एक मज़मून "इमप्रिंट" में लिखा था, जो रिसाला उस वक़्त मैं एडिट करती थी।

ये भी कुछ अर्से बाद यूरोप वापस आ गए। हिन्दुस्तान में आदमी महज़ ख़ामोश नक़्ल पर गुज़र नहीं कर सकता। कलाकार मार्क ज़ुबैर, जो चचा सिद्दीक़ अहमद सिद्दीक़ के बेटे थे, बम्बई आये। लंदन में एक्टिंग करते थे, यहाँ भी एक आध पिक्चर बनायी जो फ़्लाप हो गयी, वापस गए।

Diaspora की शब्द योजना (उक्ति) यूरोप के यहूदियों के लिए इस्तेमाल की गयी थी। प्राचीन काल में फ़िलस्तीन से निकल कर सारे यूरोप में तितर बितर हो गए थे। उपमहाद्वीप वाले जो अब जहाँ-गश्त (संसार भर में घूमने वाले) बन चुके हैं, मैं उनके लिए यही उक्ति उचित समझती हूँ। दूसरे मुल्कों में जाकर आबाद होने का अमल नौजवानों के लिये जोश भरा, दिलचस्प लेकिन उनके बूढ़े माँ बाप के लिए सब्र आज़मा होता है।

मैंने ऐसे दृश्य सारे संसार में देखे हैं, मिसाल के तौर पर सिडनी' (ऑस्ट्रेलिया) में बसने वाले एक रिश्तेदार की सास, जो सारा दिन बावर्चीख़ाने में काम करती थीं, पोती-पोते खिलाती थीं, नमाज़ रोज़े में मसरूफ़ रहती थीं,

वह इस्माईल मेरठी की नवासी (नातिन) थीं। कोई हमज़बाँ, हमसुख़न मुयस्सर नहीं था। बेटे-बहू के दोस्त जो घर पर आते थे, उनसे क्या दिलचस्पी।

जर्मनी में भी हसीन ख़ातून वालिदा (माँ) की तनहाई देखकर, मुझे सिडनी में रहने वाली बेगम साहिबा का ख़याल आया और इस तरह कई बूढ़े माँ-बाप विभिन्न पश्चिमी देशों में देखे, जिनमें से कुछ के बाप तो बहुत मॉडर्न हो गए थे। पब में जाने लगे थे; माँएं अलबत्ता रोज़े नमाज़ में लगी रहतीं। अस्ल Diaspora उन बूढ़े लोगों का है।

अब रिवाज यह है कि कुछ माता-पिता को चार-चार महीने के वीज़ा पर अमेरिका बुला लिया जाता है, जहाँ चार महीने नानी, अम्मा बच्चों की देखभाल करती हैं। वह वापस जाती हैं तो दादी आ जाती हैं, अगले चार महीने उनके ज़िम्मे। बाक़ी चार महीने में कोई ख़ाला या फूफी। बम्बई के कौंसिलख़ाने में वीज़ा के इन्तिज़ार में बहुत से उम्र रसीदा ख़वातीन व हज़रात बैठे तसबीहें फेरा करते हैं।

एक बार बम्बई से इलाहाबाद जा रही थी, डॉक्टर ज़ीनत अंसारी हमसफ़र थीं। डिब्बे में हम दोनों के अलावा और कोई न था। इटावे के क़रीब बिल्कुल डाकुओं के इलाक़े में ट्रेन रुक गयी; कुछ फ़ासले पर एक पटरी उतर गयी थी, मालूम हुआ उसकी मरम्मत में कई घंटे लगेंगे। सारी ट्रेन ख़ाली हो गयी और लोग चाय की तलाश में नज़दीक के गाँव में पहुँचे। (बाद में पता चला कि वह गाँव भी डाकुओं का था) मैंने ज़ीनत से कहा, "मैं भी कहीं से ढूँढ़कर चाय लाती हूँ।"

पटरियाँ फलाँग कर चाय की तलाश में गाँव की तरफ़ जा रही थी। एक देहाती जेंटलमन हमराह चलने लगे। बोले, "बीबी! आप मेरे साथ-साथ चलिए।" मैंने पूछा, "आप डाकू तो नहीं हैं?" कहने लगे, "मैं ख़ुद तो डाकू नहीं हूँ मगर मेरे गाँव के कई एक जवान बाग़ी हो गए हैं।" फिर उन्होंने बताया कि इस वक़्त वे सीधे अमेरिका से आ रहे हैं, बेटा हर साल चार महीने का वीज़ा और किराया भेज देता है।

बर्तानिया की तरह जर्मनी भी अब मानो भारतीयों की कालोनी बन गया है। दुनिया ने चार अज़ीमुश्शान सलतनतों का ज़माना देखा। प्राचीन रोमन एम्पायर जो बर्तानिया से लेकर उत्तरी अफ़्रीक़ा, पश्चिमी एशिया तक फैली थी। ख़िलाफ़त-ए-उसमानिया, सलतनत-ए-मुग़लिया और ब्रिटिश एम्पायर। जर्मनी का शहर कोलोन भी रोमनों की एक कोलोनी था, लफ़्ज़ "कोलोनी" के नाम की वजह। ओडी कोलोन, जो सारी दुनिया में शीशियों में बिकता है, पहले पहल यहीं तैयार किया गया।

एक म्यूज़ियम में प्राचीन रोमनों का सारा शहर सुरक्षित है, जो एक खुदाई से निकाला गया। बिल्कुल आजकल के जैसी गोल मेज़ों के गिर्द चार-चार कुर्सियों वाले रेस्टोराँ।

रोमनों की फ़ौजी छावनियों के स्टाइल पर बाद के ज़मानों की छावनियाँ तामीर की गयीं। रोमन क़ानूनसाज़ यूरोप के उस्ताद बने। वे कितने तरक़्क़ीयाफ़ता लोग थे; वे इन्हीं मेज़ों के गिर्द इन कुर्सियों पर बैठकर बहस व मुबाहिसे करते होंगे। ज़माने की मैजिक लैंटर्न बड़ी तेज़ी से घूम जाती है।

फ़ासलों से परिन्द लौटे

"आसिम, यह नज़्म सुनो!"

"आहा-हा" आसिम ने सिर हिलाकर हस्बे आदत निहायत संजीदगी से पेशगी दाद दी।

"कि फ़ासलों से परिन्द लौटे।"

"वाह-वाह; मिसरा-ए-ऊला (पहली पंक्ति) भी बहुत उम्दा होगा।"

"मगर यह दरिया ही को ख़बर है..." मैंने दूसरा मिसरा पढ़ा।

"इफ़्तिख़ार आरिफ़" अख़्तर ने हवाई फ़ोन लाकर दिया।

"हैलो ...आदाब! हम इस मर्तबा भी उर्दू मर्कज़ की जानिब से पिछले साल की तरह उतना ही बड़ा जलसा मुनअक़िद (आयोजित) करना चाहते हैं।"

"गोल कीजिए।"

"मगर पब्लिक का ज़ोरदार आग्रह।"

"पब्लिक के आग्रह और शौक़ीन मिज़ाजों की फ़रमाइश पर एक छोटा सा जलसा रख लीजिए। ज़रा रुख़साना शमीम की नज़्म सुनिए। अख़्तर! रुख़साना को जर्मनी फ़ोन लगाओ और उनसे पूछो कि उनकी वह पूरी नज़्म क्या है। हाँ भई तो ...बस एक बड़ा जलसा हो गया पिछले साल; काफ़ी है।"

"इस बार हम ज़हरा आपा को अध्यक्षता के लिए आमंत्रित करेंगे।"

"जर्मन भाषा में रुख़साना शमीम कह रही हैं कि वह घर पर नहीं हैं।" अख़तर ने जवाब दिया। मैं इफ़्तिख़ार आरिफ़ के साथ गपास्टिक में मसरूफ़ रही। बाहर घंटी बजी। आसिम अपने लड़कों के निर्माणाधीन मकान का मुआयना करने पाईनबाग़ में चले गए। दूसरे दरवाज़े से एक हसीन और स्मार्ट नौजवान ख़ातून गार्डेन रूम में दाख़िल हुईं। उन्होंने वकालत का सियाह लिबास पहन रखा था। सफ़ेद अदालती कालर, सियाह कोट और स्कर्ट, सियाह जाली के मोज़े ऐन मैन रिसाला Vogue की एक फ़ैशन माडल, जिसने अपना माडलिंग का व्यवसाय छोड़कर वकालत शुरू कर दी हो। चेहरे मोहरे से इटालियन

प्रतीत होती थीं। उनके बायें हाथ पर पट्टी बंधी हुई थी। "तुम्हें यह चोट कैसे लगी?" अख़तर ने पूछा

"मैं प्रिंस चार्ल्स के साथ शहसवारी कर रही थी, घोड़ा नया था, गिर पड़ी। हालाँकि शहसवारी मैं बचपन से करती आई हूँ लाहौर में। मेरे डैड की रियासत के घोड़े बहुत मशहूर थे।" उन्होंने जवाब दिया।

वह ख़ातून मुझे बहुत ग़ैर हक़ीक़ी (सत्यता से परे) सी मालूम हो रही थीं।

"आपके वालिद किस रियासत के नवाब थे?" मैंने शिष्टतापूर्वक सवाल किया।

"रियासत का नाम तो मुझे याद नहीं, पुरानी बात है।" उन्होंने कहा और विषय बदल दिया।

उनके जाने के बाद अख़तर ने बतलाया कि वे तलाक़ के मुक़दमों की बहुत कामयाब वकील थीं।

वह छुट्टी का दिन था और लोग एक दूसरे से मिलते मिलाते फिर रहे थे। अब बिल्कुल अलग तरह की दो ख़वातीन (महिलाएँ) तशरीफ़ लायीं। दोनों ने साड़ियाँ पहन रखी थीं। लड़की की साँवली रंगत थी, गहरा मेकअप, चमकीली साड़ी, हाथों में चमाचम चूड़ियाँ।

"हम लोग आक्सफ़ोर्ड से सीधे आ रहे हैं।" लड़की ने कहा। मैंने उनको भी आँखें फाड़कर देखा। फ़ैशन माडल जैसी सोलिस्टर साहिबा के फ़ौरन बाद यह एक दूसरा नमूना था। आक्सफ़ोर्ड, कैम्ब्रिज में रहने वाली एशियन छात्राओं से बिल्कुल भिन्न। मैंने अंदाज़ा लगाया कि शायद उनके बाप ऑक्सफ़ोर्ड के किसी मोटरों के कारख़ाने में काम करते होंगे; लेकिन मालूम हुआ कि वह भी आक्सफ़ोर्ड में अध्ययनरत थीं। वालिदा कहने लगीं : "कल मैंने जंग अख़बार में ऐलान पढ़ा था कि एक फ़िल्म डायरेक्टर लाहौर से आए हुए हैं और यहाँ एक पिक्चर बनाने के लिए एशियन लड़कियों का इंटरव्यू करेंगे। यही पता दिया था।"

आसिम के फ़्रेंडस सर्किल में रंगारंग लोग शामिल थे, जिनमें से कुछ का ताल्लुक़ परफ़ार्मिंग आर्टस से था। मोहम्मद रफ़ी मरहूम का बेटा शाहिद भी अक्सर उनकी म्यूज़िक पार्टियों में आता था।

जब हिन्दुस्तानी फ़िल्मों की लंदन और यूरोप में शूटिंग की महामारी नयी-नयी फैली थी; हीरो और हीरोइन एफ़ल टावर पर चढ़कर नाचते और गाते थे, आदि। उन्हीं दिनों बम्बई में एक दिन मैं इस्मत आपा के यहाँ गयी। एक नौजवान फ़िल्मी शाइर आये, कहने लगे "मैं अभी लंदन से वापस आ रहा हूँ, मालाजी की शूटिंग थी।"

"लंदन में आप कहाँ ठहरे थे।" मैंने पूछा : कुछ अटपटे से अंदाज़ में फ़रमाया : "जी लंदन में कोई दरिया है उसी के क़रीब एक मकान हम लोगों ने किराये पर ले लिया था।"

दिन में शूटिंग, शाम को पब। उन बेचारों को फ़ुर्सत या दिलचस्पी कहाँ थी कि उस दरिया ही का नाम मालूम कर लेते जो लंदन में से गुज़रता है। हमारे फ़िल्म निर्माताओं की साधारण सी अज्ञानता और बेख़बरी की एक रौशन मिसाल। चुनांचे हमारे हीरो और हीरोइन पिछले तीस वर्षों से पश्चिमी देशों के बाग़ों में दरख़्तों के गिर्द नाचते गाते फिर रहे हैं, लेकिन उन्हीं फ़िल्मों की बर्तानिया में लोकप्रियता की यह हालत है कि पिछले साल "दिल वाले दुल्हनिया ले जायेंगे" ने लंदन की एशियाई आबादी में धूम मचा रखी थी और एक शाम आसिम की बहुएं और बेटियाँ भी ज़ौक़ो-शौक़ से यह फ़िल्म देखने गयीं।

पुराने समय की बात है एक रोज़ इब्राहीम पोची ने मुझसे कहा कि यहाँ एक सोसायटी बनानी चाहिए, जो एशियाइयों को इण्डियन फ़िल्म दिखाये। मेरे सिटिंग रूम में एक संगेमरमर की पुराने फ़ैशन की मेज़ थी, उसके गिर्द बैठकर तरह-तरह के प्रोग्राम बनाये जाते थे। इसी तरह एक रोज़ हम तीन-चार दोस्तों ने उस सोसायटी की स्कीम तैयार की। एक दो फ़िल्म निर्माताओं को तो मैं जानती हूँ, उनको ख़त लिखे कि अपनी फ़िल्में भेजें। पूर्वी अफ़्रीक़ा के इब्राहीम पोची उस सोसायटी के रूहे-रवाँ (आत्मा) थे।

अब्बास साहब से फ़िल्म मंगवाई गयी "अनहोनी", अस्काला थियेटर किराये पर लेकर वह फ़िल्म दिखाई। उसके बाद सोहराब मोदी तशरीफ़ लाये। वह "शीशमहल" अपने साथ लाए थे। उस फ़िल्म की हीरोइन नसीम बानो उन्हीं

दिनों अपने बच्चों का दाख़िला यहाँ के स्कूलों में कराने आई थीं। एशियन फ़िल्म सोसायटी की तरफ़ से समय-समय पर स्काला थियेटर में शो होने लगे।

कहाँ आज का ज़माना जब बर्तानिया में हिन्दुस्तानी फ़िल्म स्क्रीन करने वाले सिनेमाघर अनगिनत हैं। ज़्यादातर इन फ़िल्मों की कहानियाँ वही हैं, जो कि थीं। महज़ चेहरे बदल गए हैं, तकनीक उच्चकोटि की हो चुकी है। एशियन फ़िल्म सोसायटी के ज़माने में एक इतवार के दिन हम एक मुस्लिम सोशल फ़िल्म "ऐलान" दिखला रहे थे, हीरोइन मुनव्वर सुल्ताना। मैं किसी काम से प्रोजेक्टर रूम में गयी तो देखा कि प्रोजेक्टर चलाने वाला बुडढा अंग्रेज़ हैरान परेशान बैठा था। बर्तानवी अंडर स्टेटमेंट के साथ बोला "यह भी एक क़िस्म की फ़िल्म होते हैं।"

हमारे फ़िल्म निर्माता हैं कि इतना फ़ारेन एक्सचेंज ख़र्च करके यहाँ आते हैं और आज तक इतनी ही ख़राब पिक्चर्स बनाये चले जा रहे हैं।

"ख़राब फ़िल्में बनाना भी एक आर्ट है।" यह हमारे आपके बस की बात नहीं।

पिकेडली में उर्दू मर्कज़ का दफ़्तर; हाल में मोहतरमा ज़हरा निगाह की अध्यक्षता में जलसा।

जलालुद्दीन अहमद भी लंदन में अर्से से रहते हैं। रशीद अहमद सिद्दीक़ी के भांजे और दामाद यानी सलमा सिद्दीक़ी के बहनोई, हमारे बहुत पुराने दोस्त जलाल साहब ने सारी उम्र भाँति भाँति की स्कीमें बनायीं और कुछ एक को क्रियान्वित भी किया। एक मर्तबा उन्होंने मुझसे बहुत संजीदगी से कहा "एक यूनिवर्सिटी क़ायम करनी चाहिए।" कभी वह तय करते कि उर्दू अदब का संकलन कई फ़िल्मों के ज़रीए पेश किया जाए।

जलाल साहब जो आर्ट के बहुत पढ़े लिखे नक़्क़ाद (आलोचक) नज़रिया साज़ हैं, अब एक मार्ग की क़िस्म का रिसाला किसी अरब फ़ाउंडेशन की तरफ़ से प्रकाशित कर रहे हैं। हालाँकि अरबों को आर्ट से कोई इतना लम्बा चौड़ा ताल्लुक़ नहीं है लेकिन जलाल साहब ने उन्हें भी इस काम पर लगा दिया है। पिछली बार उन्होंने एक और स्कीम पेश की; फ़रमाया :

"बस आप इण्डिया जाकर हमारे रिसाले के लिए Our Indian Correspondent बन जाइए और इण्डियन आर्ट पर मुझे लेख और तस्वीरें भेजिए।"

"और फिर देखिए कि आप इण्डियन आर्ट की क्या धाक दुनिया पर बिठाते हैं; तहलका मच जाएगा।" मुझ जैसी काहिल-उल-वजूद (आलसी) ख़ातून, मैं आपके लिए संवाददाता का कार्य करूँगी? मैंनें जवाब दिया।

जलाल साहब ने तुरन्त एक प्रस्ताव रखा। "आप उर्दू में लिखे जाने वाले अफ़सानों का एक संकलन तैयार कीजिए, जो हम बड़े उच्च स्तर पर मध्यपूर्व के लिए अरबी और फ्रेंच में प्रकाशित करेंगे।" आदि इत्यादि।

गुड ओल्ड जलाल साहब। उन्होंने आर्ट की बड़ी बड़ी प्रदर्शनियों का आयोजन किया। आर्ट पर बड़े उच्च श्रेणी के लेख लिखे, लेकिन ऐसे लेख जो समझ में आ जाते थे। लेखिका के बनाये हुए कुछ तैलीय चित्रों के सम्बन्ध में एक मज़मून में उन्होंने लिखा कि उन चित्रों का शीर्षक होना चाहिए, Think and be sad.

सहाब क़िज़िलबाश 1957 ई. से लंदन में रहती हैं। कुछ लोगों के लिए कहा जाता है कि वे चाँदी का चम्मच मुँह में रखकर पैदा हुए थे। मेरा ख़याल है कि सहाब रेडियो का माइक्रोफ़ोन लिए दुनिया में तशरीफ़ लाई थीं। अपने स्कूल के ज़माने से वह आल इण्डिया रेडियो दिल्ली से ब्रॉडकास्ट करती रहीं; जब वायसराय की पत्नी रेडियो स्टेशन देखने आयीं तो सहाब को "हमारी बेबी एनाउंसर" कहकर उनसे मिलवाया गया। अब भी वह माशाअल्लाह ग्लैक्सो बेबी ही लगती हैं।

अर्सा-ए-दराज़ (लम्बे समय) से बीबीसी उर्दू सेक्शन से वाबस्ता (सम्बन्धित) हैं। पुर ख़ुलूस और ख़ुशमिज़ाज : फ़ारसी ईरानी लहजे में बोलती हैं क्योंकि उनके घर में फ़ारसी भी बोली जाती थी। उनके वालिद आग़ा शाइर क़िज़िलबाश देहलवी, शागिर्द 'दाग़' ईरानी मूल के थे। वालिदा सीतापुर की रहने वाली थीं। सहाब ज़ाहिदान रेडियो से भी सम्बन्धित रह चुकी हैं। "मेरा कोई माज़ी नहीं" उनकी नयी किताब का शीर्षक है। (माज़ी अर्थात अतीत) हालांकि वह किताब

माज़ी (अतीत) ही से सम्बन्धित है। "यादनामा" हालनामा तो हो नहीं सकता। इस रचना में उन्होंने अपने ब्राडकास्टिंग के लम्बे कैरियर का और बुख़ारी बन्धु जैसी शख़्सियतों का ज़िक्र बड़े दिलचस्प अंदाज़ में किया है।

फ़िल्म डायरेक्टर ज़िया सरहदी लंदन में स्वयं स्वीकार्य निर्वासन का जीवन बिता रहे हैं। एक ज़माने में उनकी प्रगतिशील फ़िल्म "हम लोग" बहुत मशहूर हुई। यह फ़िल्म बनाने के बाद वह पाकिस्तान चले गए और बम्बई से आए हुए दूसरे फ़िल्म निर्माताओं की तरह वे भी पाकिस्तान में कामयाब (सफल) न हो सके। पढ़े-लिखे आदमी थे, दूसरी हिजरत (पलायन) करके पाकिस्तान से लंदन आ गए। उनकी बड़ी लड़की अपने स्पेनी पति के साथ मैड्रिड में रहती है।

"मैं सितम्बर में जर्मनी आ रही हूँ वहाँ से स्पेन भी जाऊँगी तो आपकी बेटी से ज़रूर मिलूँगी।" मैंने ज़िया साहब से कहा। उर्दू मर्कज़ वाले जलसे में वह भी तशरीफ़ लाये थे और उनको देखकर न जाने क्यों मुझे उसी मुल्क में रहने वाले कुँवर मोहम्मद अशरफ़ का ख़याल आ गया, जो एक ज़माने में हिन्दुस्तान के वामपंथ के एक अहम नज़रिया साज़ रहे थे। ज़िया साहब को भी हिन्दुस्तान के प्रगतिशील फ़िल्म डायरेक्टरों में गिना जाता था।

सितम्बर 1991 ई. ...बर्लिन में वह एक निहायत ख़ूबसूरत और पुरफ़ज़ा मकान, जिसके अस्ल मालिक एक यहूदी व्यापारी को उसके ख़ानदान समेत एक सुहानी सुबह हिटलर के फ़ौजियों ने गिरफ़्तार करके एक ट्रक पर लादा। शहर से बाहर एक कनसंट्रेशन कैम्प में ले गए, जहाँ उन सबको एक भट्ठी में झोंक दिया गया। ऐसी घटनाएँ वहाँ अनगिनत हुईं।

अब यह मकान बाहर के मेहमानों के लिए मख़सूस कर दिया गया था। मैं उसके बढ़िया फ़र्नीचर, दरो दीवार, बाग़, झील, तनावर दरख़्त देख-देखकर उस यहूदी परिवार के मुताल्लिक़ सोचती और कुढ़ा करती। उन लोगों ने उसी घर में ख़ुशोख़ुर्रम ज़िन्दगियाँ भी गुज़ारी होंगी। इस दुनिया में बहुत लोग ऐसे हैं, हम ही जैसे इंसान, जिनके दरवाज़ों पर जल्लाद आधी रात को दस्तक देता है। ईरान में उन दस्तकों का सिलसिला हाल ही में कई बरस तक जारी रहा।

मेरा कमरा दूसरी मंज़िल पर था, जिसकी खिड़की के नीचे सुर्ख़ खपरैल की ढलवाँ छत पर एक सफ़ेद बिल्ली अक्सर चिड़ियों की तलाश में घूमा करती, फिर एक कोने में बैठकर दोपहर के आराम में मसरूफ़ हो जाती, मोटी ख़ुशमिज़ाज नौकरानी सफ़ाई करने आती तो मैं उसको देखकर सोचा करती कि यह जंग के ज़माने में एक नाज़ुक अंदाम सुनहरे बालों वाली लड़की रही होगी। जो दो चोटियाँ गूँथे स्कूल जाती होगी और उसने भी कैसा हौलनाक ज़माना देखा।

ग्राउंड फ़्लोर पर ब्रेकफ़ास्ट लाओंज के बिल्कुल सामने झील में राजहंस तैरा करते। जंगल के वासी और पानी के परिन्दे इंसान के खूनख़राबे और ग़ारतगरी से बच निकलते हैं। बाइबिल में लिखा है "चिड़ियों के घोंसले हैं और लौमड़ियों के भट लेकिन आदमियों के लिए सिर छुपाने की कोई जगह नहीं।"

और कैसा-कैसा सभ्य, सुसांस्कृतिक उच्च शिक्षित, दार्शनिक स्कॉलर, साहित्यकार, शाइर सीढ़ियाँ उतर कर उस लाओंज में आकर बैठता और कुछ एक के ज़हनों में पक्षपात छुपे हुए थे। एक नामवर शिक्षाविद जो हमारे साथ के डेलीगेट्स में से थे। एक सुबह उन्होंने मुझसे पूछा, "आज आपका क्या प्रोग्राम है?" मैंने कहा, "यहाँ के एक म्यूज़ियम में इस्लामी आर्ट का बहुत नादिर (अनूठा) ज़ख़ीरा मौजूद है, मैं वह देखने जाऊँगी।" उन्होंने ज़रा मुस्कुरा कर सवाल किया "ओहो! क्या इस्लाम में भी आर्ट है।" मैंने कहा, "आप जैसे दानिशवर का यह सवाल ताज्जुबख़ेज़ है।" फिर मैं बाहर देखने लगी, जहाँ राजहंस बड़े इतमीनान से बारिश की हल्की सी फुहार में तैरते फिर रहे थे।

जर्मन बुनियादी तौर पर चिंतक प्रकृति के लोग हैं लेकिन नाज़ी दौर के बाद सारी दुनिया में जर्मनों का इमेज बिगड़ गया और उनको दार्शनिक, संगीतज्ञ और कवि की बजाय जंगजू नस्लपरस्ती के प्रचारवादियों की बदौलत एक ज़ालिम खूँख़्वार क़ौम समझा जाने लगा। बर्तानिया के जंगी प्रोपैगण्डे में उन्हें Huns कहा जाता था, जो मध्य एशिया की एक वहशी क़ौम थी, जिसने पाँचवीं छठी सदी ईस्वी में यूरोप पर हमला किया था।

मुसलसल नकारात्मक प्रोपैगण्डा मुल्कों, क़ौमों और सम्प्रदायों का इमेज बदल डालता है। उनकी सारी सभ्यता की धरोहर, वैश्विक संस्कृति की प्रगति

और स्थायित्व में उनकी भागीदारी शेष संसार को उनकी इल्मी और तहज़ीबी देन। ये सब चीज़ें एकदम फ़रामोश कर (भुला) दी जाती हैं।

उदाहरण के तौर पर हम महज़ बर्तानवी अत्याचारों का ज़िक्र करते हैं। बर्तानिया की बदौलत हम नये युग में दाख़िल हुए। उन्हीं की भाषा के द्वारा हम आधुनिक ज्ञान से रूशनास हुए। हमारी चिंतन शैली, रहने का स्टाइल, सामाजिक सम्बन्ध, हर चीज़ में इसी तरह की एक तरक़्क़ीयाफ़्ता तब्दीली पैदा हुई है, जैसी कुछ शताब्दियों पहले तुर्कों और मुग़लों के आगमन के बाद उनकी सभ्यताओं के मेल ने एक नये कल्चर की नश्वोनुमा (पालन-पोषण) की थी।

ये सामाजिक और सांस्कृतिक प्रगति का एक सीधा सादा वाक़ेआ और नियम है। यूरोपियन औपनिवेशवाद पिछड़े हुए पूर्व की तरक़्क़ी का ज़रीया बनी। राष्ट्रों के जागरण के आन्दोलनों ने पूर्व और पश्चिम के टकराव की विभिन्न प्रकार से व्याख्या की। फ़िलहाल पश्चिम में लोकप्रियता प्राप्त करने के मक़सद से पूर्व के पिछड़ेपन को विषय बनाकर पश्चिम की बरतरी साबित करने के लिए जो किताबें लिखी गयीं, उनमें सलमान रुशदी सरे-फ़ेहरिस्त हैं। उनसे पहले नराद चौधरी और नाईपाल जैसे लोगों ने मिस कैथरीन मेटो की जानशीनी (उत्तराधिकारिता) की थी। पश्चिम की उनकी सर्वप्रियता अब मोहताज-ए-बयान नहीं।

कॉन्फ्रेंस के एक सेशन के दौरान पश्चिम और पूर्व की इस ज़हनी आवेज़िश (मानसिकता) के सिलसिले में एक जर्मन अदीब ने सलमान रुशदी का ज़िक्र बड़े तारीफ़ी अंदाज़ में किया है। सारे पश्चिम की तरह यहाँ भी "शैतानी अशआर" बहुत लोकप्रिय हुई थी। (इस किताब Satanic Verses का अनुवाद उर्दू में न जाने क्यों बराबर शैतानी आयात किया जाता है। हालाँकि क़ुरआनी आयतों का अनुवाद ही अंग्रेज़ी में Quranic Verses किया गया है तो आयतें इस संदर्भ में शैतानी तो नहीं हो सकतीं)।

मैं भिन्नाकर स्टेज पर गयी और सख़्त अल्फ़ाज़ में इसका खंडन किया। सेशन ख़त्म हुआ; सामने ही वह जर्मन प्रोफ़ेसर खड़े थे, जो हमारी मेज़बानी के फ़राइज़ अंजाम दे रहे थे। वे कहने लगे, "मैं भी इस सिलसिले में आपसे

कुछ पूछना चाहता था लेकिन आपको इतने क्रोद्ध में देखकर ही मुझे मेरा जवाब मिल गया।"

सलमान रुश्दी की इस किताब के बारे में उस वक़्त पूर्व और पश्चिम दो बिल्कुल प्रतिकूल रवैये सामने आये। ज्यों ही मैं बाहर हाल में आई, हाल के दरवाजों के पास खड़े उपमहाद्वीप के कुछ नौजवानों ने बड़ी श्रद्धा से मेरा हाथ अपनी आँखों से लगाया। मैं हैरान परेशान। "क्या बात है भई?" मैंने पूछा।

"अल्लाह आपके जोशे-ईमानी को और फ़रोज़ाँ करे! इस वक़्त आपने हम सबकी तर्जुमानी की।"

हुजूम के उस रेले में और आगे बढ़ी तो अब कुछ जर्मन नौजवानों ने रास्ता रोक लिया और बोले "आपने सलमान रुशदी के बारे में जो कहा, वह बिल्कुल ग़लत है और बड़ी बेइंसाफ़ी और पक्षपात है।"

"पक्षपाती तो आप लोग ख़ुद हैं; आज से नहीं सलीबी जंगों के ज़माने से।" मैंने जवाब दिया।

हम चंद दोस्त नज़दीक के एक रेस्तोराँ में काफ़ी पीने के लिए गए। एक साहब ने ज़रा रौब में आकर मुझसे पूछा, "क्या आप सलमान रुशदी को जानती हैं?" मुझे हैरत हुई।

शोहरत कभी-कभी ख़ुद मशहूर होने वाले फ़र्द की मानसिकता और शख़्सियत को किस क़दर प्रभावित करती है और दूसरों को भी।

अब मिसाल के तौर पर यह कहा जाएगा कि अलीगढ़ यूनिवर्सिटी के मेडिकल अफ़सर डॉक्टर बट और मिसेज़ बट सलमान रुशदी के नाना नानी थे और कराची वाली आमना मजीद मलिक सलमान रुशदी की ख़ाला हैं। यानी इस विवादग्रस्त लेखक के बुज़ुर्गों की हैसियत से वे परिचित होंगे या सलमान रुशदी की माँ, जो उनके पिता से शादी करने के बाद नगीं कहलाती हैं, पहले ज़हरा बट थीं।

ज़हरा की बहन ताहिरा की शादी जनरल शाहिद हामिद से हुई थी; लखनऊ के मशहूर इंजीनियर फिरोज़ कोठी वाले, हामिद हुसैन और यू.पी. के नामवर सिविलियन अफ़सर महमूद बट, जिन्होंने लखनऊ और इलाहाबाद शहरों को संवारा है, वे सलमान रुशदी के मामू हैं। नगीं के पहले शौहर माहिर अर्थशास्त्री शाग़िल साहब रिटायर होने के बाद अब अलीगढ़ में रहते हैं।

अब बताइए, यह सब बिल्कुल जाने पहचाने और अपनी दुनिया के लोग और सलमान रुशदी बन गए एक अजीबोग़रीब अनोखी हस्ती, जिनको अब इस शताब्दी का मशहूर तरीन अदीब भी कहा जा रहा है; हालाँकि उनकी यह किताब निहायत ग़ैरदिलचस्प और अदबी लिहाज़ से नाक़िस (त्रुटि-युक्त) घटिया नाविल है।

"आपने कैसे पढ़ ली?" इण्डिया में तो उसे बैन कर दिया गया है।" एक दोस्त ने पूछा।

"हाँ, लेकिन मुझे ख़ालिद हसन ने वियाना से भिजवाई थी।" मैंने जवाब दिया।

कभी-कभी सोचकर हैरत होती है कि पश्चिम की मीडिया ने उस शख़्स का कितना डंका बजाया। मेरे ख़याल में यह एक मामूली बात नहीं है, एक बहुत ही मानीख़ेज़ (अर्थपूर्ण) वाक़ेआ है और इस वाक़ए से हम पूर्व वालों को समझ लेना चाहिए कि असलियत में वेस्ट हमें कितना कमतर समझता है। मुझे उन्नीसवीं सदी की एक इतिहास की किताब का वह जुमला कभी नहीं भूलता कि यूरोप और एशिया की आख़िरी लड़ाई, जो यूनान के तट पर लड़ी गयी उसमें यूनान जीता और उसने पश्चिम की शक्ति सम्पन्नता को हमेशा के लिए सिद्ध कर दिया।

डॉक्टर और मिसेज़ बट अलीगढ़ में मेरे माँ बाप के बहुत क़रीबी और दुःख-सुख के शरीक दोस्त थे। आमना बाजी एक बहुत ही दिलचस्प और योग्य महिला हैं। कराची में उन्होंने एक बहुत बड़ा वीमेंज़ कॉलेज क़ायम किया, जिसमें मेरी भतीजियों ने भी पढ़ा। पिछली बार कराची में जब आमना बाजी को मालूम हुआ कि मैं आई हुई हूँ तो वह फ़ौरन नूरुल ऐन बीबी के यहाँ तशरीफ़ लायीं। उस वक़्त सलमान रुशदी ने यह किताब नहीं लिखी थी।

नर्गी, मेरी कज़िन अज़रा आपा की दोस्त और क्लास फ़ेलो थीं। उनका फ़ोन अज़रा आपा के यहाँ आया तो मैंने कहा कितनी ख़ुशी की बात है कि आपके साहबज़ादे इतने कामयाब मुसन्निफ़ (लेखक) बन गए। ए लो साहब, उसके अगले साल ही सलमान रुशदी ने शैतानी किताब लिख डाली और मेरी इस थ्योरी को साबित कर दिया कि पश्चिम में लोकप्रियता प्राप्त करने का यह आसान तरीन नुस्ख़ा है कि कोई पूर्व का इंसान अपनी संस्कृति का मज़ाक़ उड़ाये।

इसी तरह नार्वे में एक नवउम्र पाकिस्तानी साहित्यकार ने तहलका मचा रखा था, उसने अपने मुल्क और सभ्यता को बुरा भला कहा था। किताब शायद उसने नार्वेजियन में लिखी थी। इंग्लिस्तान के किताब फ़रोशों के यहाँ अब एक अलाहदा अलमारी में हिन्दुस्तान के मुताल्लिक़ इस क़िस्म की किताबें बिक्री के लिए रखी जाती हैं। हालाँकि उनमें से ज़्यादातर की शोहरत अस्थाई सिद्ध होती है। कोई पंद्रह बीस वर्ष पहले वहाँ राशि ब्राता बहुत लोकप्रिय हुए थे लेकिन आज उन्हें कोई नहीं जानता।

दूसरा सेशन ख़त्म होने के बाद, उस मजमे में से निकल कर एक और जर्मन मेरी तरफ़ आया और मुझसे कहने लगा, "मैं वह जर्मन आर्टिस्ट हूँ, जो बम्बई में कुछ दिन आपके यहाँ मेहमान रहा था। इण्डिया से जाकर मैंने आपको वियतनाम से ख़त भी लिखा था।"

"हाँ मुझे अच्छी तरह याद है लेकिन मैंने तो तुमको वियतनाम ही में वह ख़त लिखने के बाद एक इत्तिफ़ाक़िया गोली का निशाना बनाकर मार दिया था, अपने एक अफ़साने में; और उस अफ़साने का शीर्षक "आवारागर्द" था।"

बम्बई में उसने मुझे बताया था कि युद्ध के दिनों में जब रूसियों ने उसके घर पर हमला किया, उसकी माँ को पकड़ कर ले गए। उसका बाप मारा गया और वह ख़ुद चार-पाँच साल का बच्चा एक कमरे में भूखा प्यासा बन्द रहा। अलमारियों तक उसका हाथ न जाता था कि वह कोई चीज़ निकालकर खा सके। मगर वह ज़िन्दा बच गया क्योंकि ज़िन्दा रहना उसकी क़िस्मत में था और हज़ारों बच्चे मारे गए।

"आज अख़बार में आपका नाम देखकर मैं इस जलसे में आया।" उसने मुझे अपना कार्ड दिया और बताया कि बर्लिन में फ़ुलाँ जगह उसका अपना स्टूडियो है और अब वह एक कामयाब चित्रकार बन चुका है। मैंने वादा किया कि उसे दूसरे दिन फ़ोन करूँगी। वह दरवाज़ों से निकलती हुई भीड़ में ख़ाँ गया। मैं आगे बढ़ी तो उसका दिया हुआ visiting card भी भीड़ के रेले में मेरे हाथ से गिर गया। उसके बाद ओटो फिर कभी नज़र नहीं आया।

रुख़साना शमीम मुंसटर से अपने साथ एक पतीला भर पकोड़े तल कर लायी थी, जो उसने आधी रात से उठकर तैयार किये थे। उसने गाड़ी मकान के सामने रोकी और वह पतीला डिक्की में से निकाला। उसी वक़्त एक साथी डेलीगेट उधर से गुज़रे। वह अपनी भाषा के मशहूर शाइर थे। मैंने उनका तआरुफ़ (परिचय) रुख़साना से कराया और कहा, "यह आप लोगों के लिए पकवान लेकर इतनी दूर से आई हैं।" उन्होंने जवाब दिया, "ही ही ही। हम ये ठंडे पकोड़े क्या खायेंगे।" और वे बड़ी बेनियाज़ी से आगे बढ़ गए। मुंसटर वापस जाते हुए रुख़साना ने ख़ामोशी से वह भारी पतीला उठाकर डिक्की में वापस रखा, हम लोग मुंसटर रवाना हुए।

दून वैली का गुमनाम ताइर

वह एक बहुत ही ख़ुश आवाज़ परिन्दा है, जो वादी-ए-देहरादून के घने जंगलों में छुपा रहता है और दोपहर के सन्नाटे में कभी-कभी उसकी आवाज़ सुनाई देती है, जो लगता है कि वह फ़रियाद करता हो "मैं सोता था" उस परिन्दे की आवाज़ मैंने देहरादून से बाहर कहीं नहीं सुनी और सुनी भी तो कहाँ, बरसों बाद अचानक सुबह सवेरे औरंगाबाद के गेस्ट हाउस के बाग़ में; जहाँ वह बड़ी दिलदोज़ सदा लगा रहा था "मैं सोता था, मैं सोता था।" कहाँ शिवालिक की पहाड़ियाँ और हिमालय का आँचल; कहाँ पथरीला दक्षिण और मराठवाड़ा। उस परिन्दे की ज़्यादा देर तक सोने की आदत न छूटी।

मैंने तय किया कि बम्बई जाकर सालिम अली से उसके मुताल्लिक़ दरयाफ़्त करूँगी, जो दुनिया के सबसे बड़े Orinthologist हैं लेकिन बम्बई में कभी सालिम अली साहब से पूछने की नौबत न आयी। औरंगाबाद में उस सुबह वह परिन्दा अपना राग सुनाकर ख़ामोश हो गया।

लेकिन गेस्ट हाउस के कमरे में शशिबाला चहचहाती रही। वह सूटकेस में से जोड़े निकाल-निकाल कर एक कश्ती में सजाती रही थी, मानो पुणे की यह मराठा ब्राह्मण पुत्री हमेशा से यू.पी. के मध्यम वर्ग के मुसलमान घरानों के समारोहों में इसी तरह प्रबन्ध करती रही हो। वह ज़ोय. अंसारी की दूसरी पत्नी थी। जब ज़ोय. अंसारी बम्बई यूनिवर्सिटी में रूसी भाषा पढ़ा रहे थे तो यह उनकी शागिर्द रही थी और तभी उसने ज़ोय. अंसारी से शादी कर ली थी।

वह एक साँवली निकलते जिस्म की मामूली शक्लो सूरत की बिल्कुल सीधी-सादी लड़की थी, जिसको देखकर कोई यह नहीं सोच सकता था कि वह अपने पुराने विचारों के पूना ब्राह्मण ख़ानदान से बग़ावत करके एक मुसलमान से शादी कर लेगी। वह एक बहुत ही ख़िदमतगुज़ार पतिव्रता पत्नी सिद्ध हुई थी, जिसका सारा वक़्त पकाने रींधने और अपने बच्चे की परवरिश में गुज़रता था। वह गर्व से कहती थी "देखिए मैंने रूमाली चपाती बनानी भी सीख ली है।"

एक दिन वह आकर मुझसे कहने लगी "आपा आपको भी हम लोगों के साथ औरंगाबाद चलना है।" ज़ोय अंसारी के साहबज़ादे ने डॉक्टर रफ़ीक़ ज़करिया की तरफ़ से मिलने वाली सरकारी सहायता के साथ औरंगाबाद में एक फ़ैक्टरी क़ायम की थी। इमारत निर्माणाधीन थी, वहीं पर अंसारी साहब उस कारख़ाने का उद्घाटन धूम-धाम से करने वाले थे।

उलमा-ए-दीन (धर्मविदों) और अदीबों के अलावा मेहमानों में जो बम्बई से गए, उनमें म्यूज़िक डायरेक्टर नौशाद और कथक क्वीन सितारा देवी भी शामिल थीं। यह इजतमाउज़्ज़िदैन (प्रतिकूल लोगों का हुजूम) और उसका जश्न मनाना ज़ोय अंसारी ही का कमाल था। अगर उस पार्टी में कुछ रूसी भाषाविद भी शामिल होते तो अजब नहीं था लेकिन वे शायद समय पर मास्को से न आ सके।

डॉक्टर रफ़ीक़ ज़करिया महाराष्ट्र सरकार के एक नामवर और प्रभावशाली मंत्री थे। वे राजनीतिज्ञ कम हैं और इतिहासकार और विद्वान ज़्यादा। लंदन में क़ानून पढ़ा; रज़िया सुल्ताना के बारे में एक उपन्यास लिख चुके हैं। यह इलाक़ा कोंकण के रहने वाले हैं। कोंकणी मुसलमान भी एक मिली-जुली महाराष्ट्रियन और उर्दू कल्चर के नुमाइंदे हैं और यह एक तरक़्क़ी-याफ़्ता समुदाय है। उनकी बीवी फ़ातिमा, गुजराती मेमन ख़ातून इज़ाबेला थोबरन कॉलेज लखनऊ की तालीम-याफ़्ता हैं। रियासतों की सरहदों में रद्दोबदल के बाद दकन का कुछ इलाक़ा महाराष्ट्र में शामिल कर दिया गया था। ज़िला औरंगाबाद रफ़ीक़ ज़करिया का चुनाव क्षेत्र था। उन्होंने वहाँ कई कॉलेज और स्कूल भी स्थापित किये।

ज़ोय अंसारी एक बहुत ही क़ाबिल और ज्ञानी आदमी थे और पुराने इन्क़िलाबी, जो बाक़ायदा अगस्त आन्दोलन में भाग ले चुके थे। वह एक रचनात्मक पत्रकार थे, शगुफ़्ता नस्र (सौम्य गद्य) लिखते थे। रूसी भाषा के इतने बड़े विद्वान थे कि उर्दू और रूसी शब्दकोष तैयार किया था और उनको इस बात का भी बहुत शदीद अहसास था कि उन्हें वह Recognition नहीं मिला, जिसके वह योग्य थे। सेंस ऑफ़ ह्यूमर भी बहुत था, आए दिन मास्को जाते रहते थे, एक बार गए तो वहाँ से कोई डिग्री लेकर लौटे।

मैंने फ़ोन किया "रूसियों की आँखों में धूल झोंक आये?" बहुत ख़ुश हुए, फ़रमाया "जी हाँ" बस एक सरदार जाफ़री से नहीं पटती थी। मैंने कहा, "पटे भी कैसे, आप दोनों अपनी-अपनी जगह क़ुत्ब (वह बुज़ुर्ग वली, जिसके सुपुर्द दुनिया के किसी इलाक़े की व्यवस्था हो) का दर्जा रखते हैं।" ज़ोय अंसारी ने जवाब दिया "जी नहीं, क़ुत्ब एक वक़्त में महज़ एक होता है और वह यह फ़क़ीर-हक़ीर हैं।" एक दिन फ़रमाया "ख़यालिस्तान के एक अफ़साने में कुलाबा को क़ुलाबा लिखा गया है। बताइए यह नाम होने की वजह क्या हो सकती है।" मैंने कहा "शायद इसलिए कि प्रायद्वीप के सिरे पर ज़मीन आसमान के क़ुलाबे मिलते हैं।"

कभी वे उर्दू मुहावरों की ऐतिहासिक पृष्ठभूमि बयान करते तो मालूमात का दरिया बहाने लगते।

ज़ोय अंसारी हमेशा कहते थे, मैं तो फ़क़ीर आदमी हूँ, बेटे का निकाह बस शरबत के प्याले कर किया जाएगा लेकिन निकाह और ब्याह निहायत फ़्यूडल अंदाज़ से हुआ। शशि ने अपने सौतेले बेटे की शादी की तैयारी बहुत ही प्यार और ख़ुलूस के साथ की थी। बरी के जोड़े ख़रीदकर वह भागी-भागी मेरे पास आशा महल आती और पूछती "आपा यह ठीक है? क्या आप लोगों के यहाँ यह चलेगा, यह ज़ेवर चलेगा?"

"बिल्कुल चलेगा शशि, तुम तो बहुत ही पतिव्रता निकलीं।" दुल्हन मजरूह सुल्तानपुरी की लड़की थी। उनके यहाँ भी निहायत रिवायती क़िस्म की रस्में अदा की जा रही थीं। ज़नानों की एक टोली नाचती-गाती उनके घर पहुँची और उनके लीडर ने कहा "हम जब बान्द्रा आ रहे थे तो ट्रेन में किसी ने हमें बताया कि आज मजरूह साहब के यहाँ शादी है।"

उस शादी में ज़ोय साहब के कुछ इन्क़िलाबी दोस्त भी शामिल थे, जिनकी शादी जो पार्टी वेडिंग कहलाती थी, कॉमरेड पी.सी. जोशी ने मानो बतौर रजिस्ट्रार या क़ाज़ी करवायी थी। अब यहाँ दो शिया मौलाना लड़की वालों की तरफ़ से मौजूद थे।

जिस तरह मेरी दोस्ती अगर एक तरफ़ उलमा-ए-दीन, मौलानाओं, क़ादियानी धर्मप्रचारकों, वहाबी उग्रपंथियों और शिया उलमा से थी तो दूसरी तरफ़ रक़्क़ास, संगीतकार, कलाकार और दूसरे परफ़ॉर्मिंग आर्टिस्ट भी मेरे फ्रेंड्स सर्किल में शामिल थे।

इस तरह सरदार जाफ़री और ज़ोय अंसारी; दोनों के यहाँ एक दूसरे के विपरीत स्कूल ऑफ़ थॉट्स के विद्वान और परफ़ॉर्मिंग आर्टिस्ट इकट्ठे रहते थे; जब हम औरंगाबाद पहुँचे तो हमें विभिन्न नवाबों और जागीरदारों के यहाँ ठहराया गया। जिस कोठी में उसके मालिक मय बेगम के रहते थे, उसके बरामदे पर मॉर्निंग ग्लोरी की घनी बेल फैली थी। मेज़बान ने अक्सर पुश्तैनी नवाबों वाली प्राकृतिक सादगी से कहा, "मैं महाराष्ट्र कॉलेज में क्लर्क हूँ; पाँच सौ रुपये महीना पाता हूँ।"

समारोह में जाने के लिए उनकी बेगम ने बेशक़ीमत जड़ाऊ सेट पहना। मियाँ ने स्कूटर मंगवाया और वह उसमें बैठ गयीं। मैंने कहा, "आप इतने सारे ज़ेवर पहनकर चोरों को अपने यहाँ क्यों दावत दे रही हैं।" बोलीं, "हम यहीं के रहने वाले हैं, हमें कोई चोट नहीं पहुँचा सकता।"

ज़ोय अंसारी के बेटे की निर्माणाधीन फ़ैक्टरी का फ़र्श अभी पुख़्ता नहीं हुआ था, उसमें सितारा ने अपने अनुपम नृत्य का प्रदर्शन किया और नाचते हुए, जो कंकरियाँ उनके पैरों तले आयीं, उनको ऐसी महारत से हटाती गयीं, मानो वह भी नृत्य का एक हिस्सा था। आंध्रा की लोकसंगीत के एक मशहूर गायक ने एक लोकगीत गाया, जिस पर सितारा ने तुरन्त नृत्य किया।

पर्दानशीं बेगमात ऊपर बालकनी में बैठी थीं; सितारा जो कुछ दिन पहले बम्बई के तेजपाल हाल में लगातार नौ घण्टे नाचकर अपना ही रिकॉर्ड तोड़ चुकी थीं। नाचते-नाचते वह खाना भी खा लेती थीं, चाय भी पीती जाती थीं, हाज़िरीन से गुफ़्तगू भी करती जातीं थीं। जब वह कॉलेज रोड माटुंगा में हस्नी आपा की पड़ोसन थीं और कभी-कभी अपने बावर्चीख़ाने की खिड़की में आकर हस्नी आपा से बातें करती थीं, फिर फुर्ती से जाकर लक्ष्मी की तस्वीर की पूजा

शुरू करतीं और बाहर निकल जातीं। उसी फर्राटे से उन्होंने अब तक अनगिनत फ़िल्में बनायीं, सारी दुनिया में नाचीं और कई शादियाँ कीं। मुस्तक़िल रक़्साँ रहने की वजह से उनकी सेहत क़ाबिल-ए-रश्क थी और वह उम्र रसीदा (अधिक आयु की) हरगिज़ नज़र नहीं आती थीं।

ज़ोय अंसारी के एक शिया मौलाना दोस्त, जो पूर्वी अफ़्रीक़ा में इस्लाम धर्म के प्रचारक रह चुके थे, जश्न में शिरकत के लिए बम्बई से तशरीफ़ लाए थे। नाच-गाना देखना और सुनना उनके मसलक (मत) में गुनाह था, हाल के बाहर एक तख़्त पड़ा था, उस पर एक दरी बिछी थी। मौलाना नौजवान आदमी थे, जब सितारा ने रक़्स शुरू किया, वह बेचारे फ़ौरन बाहर निकले, उस दरी को अच्छी तरह ओढ़ा, लपेटा और कानों में उंगलियाँ ठूँसीं ताकि घुँघरूओं की आवाज़ हरगिज़ न सुन सकें। इसके बाद वह उस तख़्त पर आँखें मीच कर लेट गए। सर्दी का मौसम और मौलाना खुले आकाश के नीचे निद्रामग्न।

हम कुछ लोग चाय पीने के लिए बाहर आये। पुराने गुजराती स्टेज के एक मुसलमान एक्टर, जो ज़ोय अंसारी साहब के दोस्तों में शामिल थे और तक़रीब (समारोह) में शिरकत के लिए अहमदाबाद से तशरीफ़ लाये थे, मुझको वह बेहद fascinating और क़ाबिल-ए-क़द्र हस्ती मालूम हुए। यानी आग़ा हश्र की स्टेज का एक कलाकार, जो अब तक हमारे दरमियान मौजूद था। मैंने उनसे कहा, "देखिए सितारा देवी दुनिया की बेहतरीन रक़्क़ासाओं में से एक हैं और ये मौलाना उनका रक़्स देखने के बजाय, कानों में उंगलियाँ दिये और आँखें बन्द किये लेटे हैं। मुस्तक़िल मिज़ाजी और ईमान की पुख़्तगी हो तो ऐसी।"

गुजराती एक्टर ने जवाब दिया "बहन पक्का मुसलमान तो मैं भी हूँ और ईमान मेरा भी बहुत पक्का है लेकिन बीबी अपनी-अपनी लाइन की बात है; उनकी लाइन अलग है और हमारी अलग।" मौलाना हमारी गुफ़्तगू सुन रहे थे, टस से मस न हुए। रक़्स पिछले प्रहर तक जारी रहा और क़ायदे के मुताबिक़ फ़ज्र की अज़ान से ज़रा पहले महफ़िल बर्ख़ास्त की गयी और औरंगाबाद की मस्जिदों से अज़ान की सदाएँ बुलंद हुईं।

अगले रोज़ हम लोगों ने अजंता और एलोरा का रुख़ किया। क़िला दौलताबाद के क़रीब भारत माता के मन्दिर में मूर्ति के सामने हस्बे दस्तूर एक घण्टा आवेज़ाँ था। सितारा देवी ने वह घण्टा बजाया, नोट बुक निकाली और कुछ लिखने लगीं। वह जगह-जगह अपनी नोट बुक में कुछ-कुछ क़लमबद्ध करती जाती थीं। कहने लगीं, "मैं एक किताब लिख रही हूँ"।

मैं सितारा देवी को अपने बचपन से देखती आई थी लेकिन तस्नीफ़ो-तालीफ़ (पुस्तक की रचना व संकलन) का शौक़ उनमें कभी न पाया था। ज़ोय अंसारी की पहली बेगम भी वहाँ मौजूद थीं। किसी ने उनसे दरयाफ़्त किया कि कल का क्या प्रोग्राम है। उन्होंने जवाब दिया "यह आप सैयद ज़िल्ले हसनैन साहब से पूछिए।" उन्होंने कहा कि यह ज़िल्ले हसनैन साहब कौन हैं? "वही जिनको आप लोग ज़ोय अंसारी कहते हैं।"

जिस ज़माने में ज़ोय साहब कम्युनिस्ट थे, उन्होंने कहा था कि जुलाहों को बहुत हक़ीर समझा जाता है। मैं अब अपने को उन मेहनतकश बुनकरों से Identify करूँगा; लिहाज़ा वे ज़ोय अंसारी बन गए।

सितारा की शादियों का ग्राफ़ बहुत दिलचस्प था। माटुंगा में जब वह रहती थीं, पी.एन. ओड़ा उनके शौहर थे। के.एन. सिंह जो देहरादून के एक बहुत अच्छे ख़ानदान के चश्मो-चराग़ थे, उनके भाई बने हुए थे, वह भी वहीं रहते थे। दो साल बाद, जब हम दोबारा बम्बई गए तो सितारा ने क़िस्तों पर कार ख़रीद ली थी। उसी ज़माने में शायद ख़ुर्शीद ने भी गाड़ी ख़रीदी। मंटो ने अपने कॉलम में लिखा "अल्लाह बड़ा कारसाज़ है, वह कार भी देता है और साज़ भी।"

औरंगाबाद से बम्बई वापसी पर शशि कम्पार्टमेंट की खिड़की में बैठी थी, महाराष्ट्र की हरी-भरी घाटियाँ उसके बराबर से गुज़रती जा रही थीं। मुझे अचानक यह ख़याल आया कि शशि इस वक़्त एक तस्वीर की तरह ख़ालिस अपने पसमंज़र (पृष्ठ भूमि) में मौजूद है। इसी तरह का ख़याल मुझे अपनी दोस्त नादिरा इम्तियाज़ के लिए भी आया।

जब वह लाहौर की मालरोड पर गाड़ी में बैठी मुझ से बातें कर रही थीं। मुझे लगा कि यह नादिरा का ख़ालिस अपना माहौल है या जब बच्ची काँगा की शादी हुई, वह दस्तूर के मुताबिक़ अपने शौहर के साथ आतिशकदे (अग्निकक्ष) से निकलकर, मेज़ों के दोनों तरफ़ मेहमानों से एक-एक करके हाथ मिलाती फिरीं। सफ़ेद लेस की साड़ी गुजराती स्टाइल की।

उसके मियाँ ने पारसी दुगला पहन रखा था और पारसी सियाह टोपी, जो सासानी युग से लेकर आज तक पारसी पहनते आ रहे हैं। उन्होंने अपनी शैली नहीं बदली। उस वक़्त ये लोग भी अपने कल्चर में जैसे डूबे हुए थे। पश्चिमी परम्परा के अनुसार बम्बई में बच्ची अपने पिता की बाँह थामे आतिशकदे (अग्निशाला) की तरफ़ आई थी।

जब पश्चिमी ऑर्केस्ट्रा वेडिंग मार्च बजा रहा था तो ख़ुशवंत सिंह, जो मेरे क़रीब बैठे थे, चुपके से बोले, यह पारसियों की ढोलक का गीत है। पारसी, ईरानी, गुजराती और पश्चिमी कल्चर का एक निहायत दिलावेज़ माजून-ए-मुरक्कब (सम्मिश्रण) है। इसी तरह एक हद तक मराठों के यहाँ मुग़लिया तहज़ीब की झलक कहीं-कहीं उनकी ज़बान और उनके नामों में नज़र आ जाती है या उनके नाच में रक़्क़ासाएँ नमस्कार के बजाय मुग़लिया अंदाज़ से तस्लीम बजा लाती हैं। पारसियों की गुजराती भाषा में बेशुमार अलफ़ाज़ फ़ारसी के मौजूद हैं।

ज़ोय अंसारी पुश्किन को हमेशा शुद्ध रूसी उच्चारण के साथ पुश्किना कहते थे। मेरे पास से पुश्किन फ़ेस्टिवल में शामिल होने का निमंत्रणपत्र आया। मैंने अंसारी साहब को फ़ोन किया कि मैं पुश्किना फ़ेस्टिवल के लिए आपके देस जा रही हूँ।

"फ़क़ीर का तकिया तो सहारनपुर में है" जवाब मिला। कहने लगे फ़ुलाँ-फ़ुलाँ से ज़रूर मिलयेगा। आप तो सोवियत यूनियन की पुरानी सैलानी हैं, मैंने कहा। "इस बार मैं मरू और बुख़ारा वग़ैरह भी जाऊँगी, पिछली बार मैं समरक़न्द और ताशक़न्द तो गयी थी।" कहने लगे, "ज़रूर जाइए उन जगहों पर जाकर दहाड़ें मार-मार कर रोने को दिल चाहता है।" मुझे ज़रा ताज्जुब हुआ

और यक़ीन आया कि सारी मार्कसियत के बावजूद अपने-अपने तहज़ीबी विरसे की कशिश ज़्यादा ताक़तवर साबित होती है।

मैंने कहा, "ज़ोय साहब मेरा तो दहाड़ें मार-मार के रोने को बेशुमार मुक़ामात पर जी चाहता है।" यही चीज़ मैंने सोवियत यूनियन में देखी थी, जहाँ बड़ा-बड़ा कम्युनिस्ट दानिशवर रूसी अपने ग्रेग आर्थोडॉक्स चर्च के आर्ट और संगीत पर बेहद नाज़ाँ (गौरवान्वित) था।

एक दिन मालूम हुआ कि शशि अंसारी मर गयी। वह रसोई की उसी खिड़की में आगे को झुकी अपने गुलाब के गमलों को पानी दे रही थी, जो खिड़की के बाहर एक तख़्ते पर रखे थे। संतुलन न रख सकी और चौथी या पाँचवीं मंज़िल से नीचे सीमेंट के फ़र्श पर जा गिरी। शशि उसी तरह ख़त्म हुई, जैसे उस सुबह औरंगाबाद गैस्ट हाउस के बाग़ का गुमनाम परिन्दा गाते-गाते अचानक चुप हो गया था।

सैर-ए-कोहसार

सुबह सवेरे मश्शो और तलत के फ़्लैट के नीचे एक बड़ी स्टेशन वैगन आकर रुकी। उसमें ड्राइवर और चपरासी के अलावा एक शरीफ़ सूरत जेंटलमैन भी बैठे थे, डिप्टी डायरेक्टर पर्यटन विभाग यू.पी. मिस्टर शीश चंद्र। "आपका शुक्रगुज़ार हूँ कि आपने हमारे महकमे की यह दावत क़ुबूल कर ली।" उन्होंने फ़रमाया। वह नफ़ीस उर्दू बोल रहे थे, शेरकोट ज़िला बिजनौर के कायस्थ निकले। हम लोग अपनी लम्बी सफ़ारी पर रवाना हुए। बरेली का रास्ता पकड़ा; वहाँ से नैनीताल। ये सब जंगलों का इलाक़ा है और लकड़ी की बड़ी मंडी।

यू.पी. के ज़मींदार वर्ग के सैर व शिकार के लिए यह इलाक़ा बड़ी अफ़सानवी सी अहमियत रखता था। डायरेक्टर टूरिज़्म यू.पी. ने पंजाब के मुताल्लिक़ मेरा मज़मून 'वीकली' में देखकर मिस्टर ख़ुशवंत सिंह को लिखा था कि मैं अगर बतौर स्टेट गेस्ट यू.पी. का दौरा करके, उन इक़दामात (उपायों) को देखूँ, जिनके ज़रीए वह इस रियासत के पहाड़ी मक़ामात पर सैलानियों के लिए नये इन्तिज़ामात कर रहे हैं ...वग़ैरह-वग़ैरह।

महाराष्ट्र जैसी तरक़्क़ीयाफ़्ता स्टेट से आने के बाद, यू.पी. कुछ पिछड़ा सा लगना चाहिए था मगर यह भी ख़ासा तरक़्क़ीयाफ़्ता मालूम हुआ। कम अज़ कम लखनऊ से सीतापुर, बाराबंकी और कानपुर की सिम्त जाने वाली शाहराहों के दोनों तरफ़ नये दौलतमंद वर्ग के आलीशान मकान नज़र आ रहे थे। बीच-बीच में कहीं-कहीं प्राचीन निर्धनता ग्रस्त, कम्पनी स्टाइल की कोठियों की झलक दिखाई दे जाती, जिनमें अब फटे हाल पुराने ज़मींदार अपनी ज़िन्दगी के दिन पूरे कर रहे थे। प्राचीनता व नवीनता का एक टकराव 1856 ई. के बाद लखनऊ आने वालों को भी ऐसा ही दिलदोज़ (मन को दुःखी करने वाला) लगा होगा। 90 वर्ष के बाद इतिहास ने फिर अपने आपको दोहराया।

तराई के एक रेलवे स्टेशन पर एक मुन्ना सा रेलवे इंजन सुस्ता रहा था। यह इंजन छोटी लाइन की ट्रेन पर यात्रियों को लेकर बद्रीनाथ की

तरफ़ जाएगा। मेरे बचपन में तराई का मतलब था, घने जंगलों में छुपे डाक बंगले, मचानों पर बैठे शिकारी, दरख़्त के नीचे शे'र के लिए गारह बाँधा जाता। हम बाबा लोग चपरासियों के साथ कुछ देर के लिए ख़ेमागाह से मचान पर भेजे जाते। मेहमान साहब लोग शिकार के लिए हाथियों के हौदे पर बैठकर आया करते। (हाथी की पीठ पर कसा हुआ हौज़ा लोकभाषा में हौदा कहलाता था।)

तो वह मंज़र दरअस्ल अब भी नहीं बदला है। अंग्रेज़ कलेक्टर की जगह हिन्दुस्तानी कलेक्टर, आई.ए.एस. का नौजवान और उसका स्टाफ़, पुराने ज़मींदारों की जगह नये ज़मींदार, जिन्होंने अपने आलीशान फ़ार्म हाउस तामीर कर लिये हैं। वही जी हुज़ूरी और दरबारदारी का माहौल। ज़िलों के अफ़सर अब भी अपनी जगह बादशाह हैं। अलबत्ता आई.ए.एस. की महिला अफ़सरान, जो ज़िलों में डिप्टी कमिश्नरी के पदों पर विराजमान हैं, अहलकार अब भी उनको आदतन कलक्टर साहब पुकारते हैं। कलक्टर साहब आ गयीं, चली गयीं, मीटिंग में हैं ...वग़ैरह-वग़ैरह।

1947 ई. के बाद तराई के इलाक़ों में सिख शरणार्थियों को आबाद किया गया, जिन्होंने अपनी मेहनत से उस बीहड़ को सरसब्ज़ व शादाब बना दिया। दिल्ली से लेकर मुरादाबाद, रामपुर और उससे आगे तक रात को राजमार्ग के दोनों तरफ़ फ़ैक्ट्रियों की जगमगाती रौशनियों से यह अंदाज़ा होता है कि पश्चिमी उत्तर प्रदेश ने कितनी औद्योगिक प्रगति की है। इसके विपरीत लखनऊ से पूर्व की ओर जाइए तो निर्धनता पिछड़ापन और अँधेरा। क्या पूरब देस की क़िस्मत में ग़रीबी हमेशा के लिए लिख दी गयी है।

आज़ादी के तुरन्त बाद, जब यहाँ ठेकेदारों ने अंधाधुंध जंगल काटे, मनचले नौजवान व्यापारियों ने महाशेर का शिकार करके नदियाँ ख़ाली कर दीं। जंगल कटे तो तराई के बेचारे शे'र पनाह लेने के लिए इधर-उधर भागे। बहुत बड़ी तादाद को शिकारियों ने ख़त्म किया। बाक़ी बचे हुए शरणार्थी शे'र और चीते कॉर्बेट नेशनल पार्क में आबाद किये गए। यह पार्क एक एंग्लो-इण्डियन जॉन कार्बेट का कृतज्ञ है।

मैंने फ़रवरी 1975 ई. में 'वीकली' में रिपोर्ट किया था कि इस वक़्त यू. पी. का महज़ सोलह प्रतिशत क्षेत्र जंगलात (वन क्षेत्र) में शामिल है, बाक़ी हर जगह से दरख़्त कट चुके हैं।

बरेली से उत्तर की ओर बढ़ते हुए, हवा में बड़ी अनजानी सी मधुर सी ठंडक और ताज़गी का अहसास होता है। हम हिमालय की तरफ़ जा रहे हैं। रास्ते में मुसलमान किसान औरतें, रंगबिरंगे चूड़ीदार पायजामे पहने, खेतों में काम कर रही हैं। (लेकिन हमारी मीडिया में, बुर्क़ापोश, नक़ाबपोश मुसलमान औरत का इमेज किसी तरह नहीं जाना जाता) नई ज़रई मआशियात (खेतीबाड़ी) से सम्बंधित आर्थिक स्थिति। की प्रतिनिधि वह बारातें हैं, जो ट्रैक्टरों पर सवार इधर-उधर जाती नज़र आती हैं।

यक्का लगभग नापैद हुआ। हमारा किसान अब साइकिल और ट्रैक्टर के युग में प्रवेश कर चुका है। बैलगाड़ियों में Dunlop टायर लगे हैं और अब वह महज़ डनलप कहलाती है। ट्राँजिस्टर ने सत्तू की पोटली की जगह ले ली। बुर्क़ापोश लड़कियाँ कॉलेज की किताबें संभाले, अपने भाइयों की साइकिलों के लगेज कैरियर पर बैठी कॉलेज जाती नज़र आती हैं। यह यू.पी. के देहात का नया लैण्डस्केप है ...यह मंज़र कशी मैंने आज से बाईस वर्ष पहले की थी।

नये निर्माणों में बदज़ौकी (कुरुचि) की फ़रावानी (बहुतायत) तेज़ नीली और तेज़ गुलाबी रंग की दीवारें, भौंडी नाम के लिए आधुनिक शैली की बिल्डिंग, जो आसपास से बिल्कुल मुनासिबत (अनुकूलता) नहीं रखतीं। अंग्रेज़, हिन्दुस्तान के जिस राज्य में गया, वहाँ की स्थानीय निर्माण शैली का लिहाज़ रखते हुए उसने अपनी इमारतें बनवायीं।

केराला में फूँस की छतें और मलियाली स्टाइल। शब्द बंगला ही अंग्रेज़ी में बतौर बंगलो इस वजह से शामिल हुआ कि यूरोपियन व्यापारियों ने सबसे पहले बंगाल में अपनी रिहाइश के लिए बंगाली बाशिंदों के स्टाइल के मकानों का निर्माण करवाया। यानी चौकोर, आमतौर से बाँस और गारे की दीवारें, चारों तरफ़ बरामदा, फूस की छत, यह यूरोपियन बंगला कहलाया। यह लफ़्ज़ हम आज तक इस्तेमाल करते हैं।

यू.पी. के ज़िलों में, जो नई इमारतें सरकार ने बनवाई हैं, इससे ज़्यादा भौंडा तर्ज़ें तामीर (निर्माण शैली) मुमकिन नहीं। अंधाधुंध माहौल के दृश्यों की अनुरूपता को बिल्कुल नज़रअंदाज़ करके, ये केक पेस्ट्री की शैली हमारा अपना सरकारी तर्ज़े तामीर है। अफ़सोस ...मसूरी और नैनीताल को भी इसी तरह बर्बाद किया गया है।

मसूरी का स्वाय होटल एक ज़माने में हिन्दुस्तान के राजाओं और नवाबों के ठहरने का स्थान था और टोक्यो के इम्पीरियल होटल की तरह सारी दुनिया में मशहूर था। उसकी मौजूदा तबाहहाली भी इबरतनाक (भयावह) थी। सर्दियों का ज़माना था इसलिए होटल तक़रीबन ख़ाली पड़ा था। उन्होंने मेरे लिए अपने बेहतरीन सूट में ठहरने का इन्तिज़ाम किया था। जब शहज़ादी दुर-ए-शहवार और महारानी कपूरथला और दूसरी हसीन और ग्लैमरस रानियाँ यहाँ आती थीं तो अज़ीज़ अहमद उनके मुताल्लिक Gossip से भरपूर उपन्यास लिखते थे। "ऐसी बुलन्दी ऐसी पस्ती", 'जादू का पहाड़' वग़ैरह।

इन उपन्यासों को पढ़ने वालों के लिए वह एक बड़ी जादूभरी आला व अर्फ़ा दुनिया थी, जिसमें तुझ-मुझ का गुज़र न था लेकिन सच्चाई इससे भिन्न थी। उस ज़माने में फ़ैशनेबल ज़िन्दगी गुज़ारने वाले दौलतमंद आदमियों की तादाद बहुत सीमित थी। अब ये दौलतमंद "निचले" मध्यम वर्ग तक फैल चुकी है। मसूरी और नैनीताल बहरहाल अब भी अपने इंग्लिश स्कूलों के लिए मशहूर हैं।

एक वक़्त, जब एक बड़ी हिन्दुस्तानी रियासत के नवाब साहब अपनी बेगम, यानी हर हाइनेस और तीन मनज़ूर-ए-नज़र (प्रिय) ख़वातीन के साथ मसूरी में ठहरे हुए थे, जो नवाब साहब की कोठी के नज़दीक की कोठियों में ठहरायी गयी थीं, उनमें से एक हसीना कलकत्ते की एंग्लो-इण्डियन थी और बाक़ी दो उस वक़्त की मशहूर तरीन फ़िल्म स्टार।

हर हाइनेस ने एक बार लेखिका को बताया कि जब उनकी शादी नवाब साहब से होने वाली थी तो उनके बुलंद मर्तबत वालिद ने उनसे कहा था कि तुम इस बात से क़तई न घबराना कि नवाब साहब दूसरी ख़वातीन में भी

दिलचस्पी रखते हैं। यह वालियान-ए-रियासत की रिवायत (परम्परा) रही है और इसे कोई अहमियत नहीं देनी चाहिए। अस्ल बेगम तो तुम ही रहोगी। शाम को जब वह डाँडी पर बैठकर नवाब साहब के साथ हवाख़ोरी के लिए निकलतीं तो डाँडी अक्सर उन कोठियों के सामने से गुज़रती, जिनमें वह दोनों फ़िल्म स्टार्ज़ और कलकत्ता की एंग्लो-इण्डियन ठहरी थीं।

अजीज़ अहमद हैदराबाद की शहज़ादी दुर-ए-शहवार के सेक्रेटरी थे और अक्सर वह भी मसूरी आया करते थे। उनको इस सोसायटी के अध्ययन का अच्छा-ख़ासा मौक़ा मिला था, चुनांचे वह अपने अफ़सानों में बराबर उसका चित्रांकन करते रहे। एक फ़िक्शन राइटर के अलावा एक सामाजिक इतिहासकार की हैसियत से भी उनकी अहमियत महत्वपूर्ण है लेकिन जाने क्यों अफ़साने और नाविल के आलोचकों ने उन्हें वह स्थान नहीं दिया, जिसके वे अधिकारी हैं।

हमारा बचपन रानीखेत, अलमोड़ा, नैनीताल, मसूरी में गुज़रा। उनकी मौजूदा ख़स्ताहाली, विपत्तियों को देखकर ऐसा दुःख हुआ, जैसे कोई बेहद क़ीमती निजी वस्तु हमेशा के लिए ख़ाँ गयी हो। इन पहाड़ों को ऐसी बेरहमी से क्यों बर्बाद किया गया। क्या ये इस देश की बहुमूल्य धरोहर नहीं थे। रानीखेत क्लब के सामने एक घड़ी लगी हुई थी, जिसका बटन दबाने से सूई तुरन्त वाँछित चोटी की निशानदही करती और उसकी ऊँचाई के नम्बरों तक नज़र जाती।

उस घड़ी को भी हमारे आज़ाद भाइयों ने, जो यहाँ सैर व तफ़रीह करने आए और इस सर्किट हाउस में ठहरे, तोड़-फोड़ कर बराबर किया। फिर उसे दोबारा बनवाया भी नहीं गया। क्या हमें आज़ादी नहीं मिलनी चाहिए थी? नैनीताल में लोगों ने गर्व से मुझसे कहा तो क्या कहा ...देखिए वह शेरवुड स्कूल है, जिसमें अमिताभ बच्चन ने पढ़ा है।

इसी तरह उन पुराने पहाड़ी होटलों की मौजूदा बदहाली भी उसी अतीत की बाक़ी (शेष) बची चीज़ों और उनकी बर्बादी पर विलाप कर रही थी। नये समाजी इन्क़िलाब पेटी (Petty) पूँजीवाद को पूँजी और राजनीतिक सत्ता दोनों चीज़ें सौंप दीं।

मसूरी की माल रोड पर शाम के वक़्त सेरों सोने के ज़ेवरात से लदी-फंदी औरतें चहलक़दमी करती नज़र आतीं। ज़्यादातर ये लोग रेस्टोरेंटों में बैठे रहते। पहाड़ों पर Hiking करना या ताज़ा हवा में घूमना, उनके प्रोग्राम में शामिल ही नहीं था। ये मसूरी और नैनीताल अपनी दौलत के प्रदर्शन के लिए आते थे और पहाड़ी रिक्शा क़ुली इन नये सैलानियों को उसी सब्र के साथ ढो रहे थे, जो उनके बाप दादा की परम्परा रही थी।

आज़ादी से पहले मालदार कुलीन छुट्टियाँ बिताने पहाड़ों पर आते थे या उनके बच्चे यहाँ के इंग्लिश मीडियम स्कूलों में पढ़ते थे। अब वह वर्ग अधिकतर यूरोप और अमेरिका जाता है और उनकी औलाद भी बाहर शिक्षा ग्रहण कर रही है।

नैनीताल का मैट्रोपोल भी अब निहायत आमियाना अंदाज़ से सजाया गया था। हालाँकि उन होटलों के बूढ़े बैरे और ख़ानसामाँ अब भी आदतन अंग्रेज़ों के ज़माने के एटीकेट के पाबन्द थे।

रानीखेत एक बहुत बड़ी छावनी है और उसके पहाड़ों की क़ुदरती शौकत व अज़मत अभी बरक़रार है। यह दुनिया के हसीन-तरीन पहाड़ों में से है। फ़ारेस्ट लॉज के बरामदे से त्रिशूल (23406 फिट) और नन्दा देवी (25645 फ़िट) की चोटियाँ बिल्कुल सामने बहुत क़रीब खड़ी प्रतीत होती हैं। हालाँकि वे 61 मील दूर हैं। सूर्यास्त के समय नार्टन होटल की बालकनी में खड़े होकर, उन पहाड़ों की पुरशिकोह गरजदार सन्नाटे की आवाज़ सुनिए, जो उन गहरी घाटियों और पर्वत श्रृंखलाओं की ख़ामोशियों को दोहराती रहती है।

यह ख़ूबसूरत होटल भी अपने अंदर एक अतीत रखता है। रानीखेत छावनी 1869 ई. में क़ायम की गयी। नार्टन होटल हाजी रहमतुल्लाह ने खोला। जिस तरह तराई के शे'र जंगल कटने के बाद इधर-उधर भाग गए थे, उसी तरह मध्य एशिया पर 'ज़ार' शाही रूस के आधिपत्य के बाद बुख़ारा और समरक़ंद के ख़ानों ने हिन्दुस्तान का रुख़ किया। पेशावर, लाहौर और दूसरी जगहों पर आबाद हुए। हाजी रहमतुल्लाह भी समरक़न्द से आए थे, उन्होंने नैनीताल में अंग्रेज़ों के लिए नार्टन और लखनऊ में बर्लिंगटन होटल खोले।

हाजी रहमतुल्लाह के मौजूदा बेहद लखनवी पड़पोते ने होटल के ड्राइंगरूम में पुराने स्टाइल के आतिशदान में रौशन आग के सामने बैठकर मुझे बताया, "1947 ई. के बाद होटल ट्रेड को बहुत नुक़सान पहुँचा।" नैनीताल यू.पी. सरकार की गर्मियों के मौसम की राजधानी था। आज़ादी के बाद वे सारे सिविलयन और फ़ौजी अफसर, जो यहाँ आया करते थे, अचानक ग़ायब हो गए। 'सैर-ए-कोहसार' पण्डित रतन नाथ 'सरशार' इस तरह शुरू करते हैं :

"अस्करी : क्यों साहब ये गर्मियों में साहब लोग रुख़सत (छुट्टी) क्यों ज़्यादा लेते हैं। इसका कोई सबब ज़रूर है क्योंकि ये लोग अपने वक़्त के लुक़मान हैं। इनका कोई फ़ेल (कार्य) ख़ाली अज़ हिकमत (बुद्धि से रिक्त) नहीं होता और गर्मी की फ़स्ल में कम से कम 80 फ़ीसदी ज़रूर महीने दो महीने की रुख़सत लेंगे। आज बड़े साहब रुख़सत पर हैं और कल छोटे साहब और परसों जरनैल साहब का अस्बाब (सामान) जा रहा है।

गर्मियों भर यही ताँता बँधा रहता है और सर्दियों में इक्का दुक्का ही कोई रुख़सत लेता हो, जिसे देखिए दौरे पर। यह क्या बात है, यह पहाड़ है क्या शै। जितनी मुश्किल इस्तलाहें (उक्तियाँ) हैं, वह भी पहाड़ों ही के मुताल्लिक़ फ़ुलाँ काम करना क्या पहाड़ उठाना है; तो हज़रत इससे तो पाया जाता है कि पहाड़ कोई वज़नी शै है।

नवाब : वज़नी ज़रूर होगा मगर आख़िर वज़न की भी कोई इन्तिहा है, बहुत वज़नी होगा, कोई छह मन का होगा।

मम्मन : ख़ुदावन्द हरगिज़ पहाड़ पर जाने का क़स्द (इरादा) न फ़रमाइएगा। ए तौबा-तौबा! हुज़ूर बस यह मुलाहिज़ा फ़रमाइए कि जनाब वालिद साहब ने पहाड़ के सफ़र में तकलीफ़ उठायी कि वसीयत कर गए। अब मिर्ज़ा साहब से चीना पहाड़ के सफ़र का हाल सुनिए। हुज़ूर इस मक़ाम से अलमोड़ा के पहाड़ और वृन्दावन के कोह-ए-बर्फ़बार (बर्फ़ बरसाने वाले पहाड़) इस तरह साफ़ नज़र आते हैं, जैसे यहाँ से वह सामने वाला शिवालय..."

सरशार ने नवाब मोहम्मद अस्करी बहादुर और उनके यार दोस्तों के नैनीताल की सैर के मुताल्लिक दो पुस्तकों में यह उपन्यास 'सैर-ए-कोहसार' शीर्षक से लिख डाला, जिसके ज़रीए उस दौर की समाजी ज़िन्दगी का अंदाज़ा होता है। साहब लोगों ने काठगोदाम तक रेल चला दी थी, जहाँ से टट्टू और डाँडी पर नैनीताल का सफ़र तय किया जाता था।

नैनीताल में उस वक़्त Albion होटल था, वहाँ फ़ोज़ियर साहब को जगह न मिली तो कल्लन के होटल गए। कल्लन ने कहा, "साहब यहाँ भी इतनी कसरत (ज़्यादती) है कि दो साहब लोग एक-एक कमरे में रहते हैं। बावर्चीख़ाना तक ख़ाली नहीं है। एक गोरा जो बाजा बजाता है, बावर्चीख़ाने में उतर पड़ा और ख़ेमों में खाना पकता है। "एलबियन होटल, हिल साहब का होटल, डाक बंगला, सब जगहें भरी हुई हैं।

रावी : (कहने वाला) "एक स्टेशन पर रेल ठहरी तो मम्मन ने एक सक़्क़े से पूछा, "क्यों मियाँ भिशतिया, यह पहाड़ अब कितनी दूर हैं? उसने कहा, यह सामने वाला पहाड़ तो पाँच मील है और वह पहाड़ यहाँ से कोई ग्यारह-बारह कोस है।"

नाज़ो : "उई बारह कोस! झूठा है मुआ।"

क़मुरन : "सब्ज़ी पी है क्या, ए अभी ढेला फेंकूँ तो खट से बोले जाके, बारह कोस।"

सक़्क़ा : "हजूर नखलऊ के रईस हैं शायद, जभी पहाड़ नहीं देखे।"

क़मुरन : "पहाड़ी लोग तो बे-ज़ीने और सीढ़ी के चढ़ जाते होंगे।" (सीढ़ी के लफ़्ज़ पर इर्द-गिर्द के जो लोग खड़े थे, हँस दिए और समझ गए कि ये लखनऊ के उन लोगों में हैं, जो ख़ुश्के का खेत ढूँढ़ते हैं।)

वे राजे महाराजे और नवाब लोग और ऊँचे फ़िल्म स्टार, जो आज़ादी से पहले मसूरी आते थे, अब वे अपनी छुट्टियाँ गुज़ारने या अपनी फ़िल्मों की शूटिंग करने के लिए यूरोप जाते हैं। समाजी नक़्शा बदल गया।

1974 ई. में जब मैं देहरादून गयी, उस वक़्त डालनवाला की कोठियाँ कुछ बाक़ी थीं। हमारा आशियाना नीस्तो-नाबूद (धराशायी) हो चुका था। उसकी जगह नयी कोठी खड़ी थी। बाग़ और उसके लीचियों के दरख़्त ग़ायब हो गए थे, वहाँ एक सपाट मैदान पड़ा था। वह रंग-बिरंगी बजरी भी मौजूद नहीं थी, जिसने देहरादून की कोठियों को एक अलग ही सुन्दरता प्रदान की थी।

मैंने उस तरफ़ नज़र दौड़ाई जहाँ बरसाती के नज़दीक धूप में बेद की कुर्सियाँ और मेज़ रखी जाती थी और जाड़ों की सुबह अब्बाजान वहाँ बैठकर अख़बार पढ़ा करते थे और नेग्स बड़ी चौकसी के साथ इधर-उधर टहलता और चिड़ियों के पीछे दौड़ा करता।

मैं "आग का दरिया" में कमाल का देहरादून जाकर ख़्याबान को देखने का पूरा मंज़र बहुत दिन पहले लिख चुकी थी। वही मंज़र फिर आँखों के सामने मौजूद था। आशियाने में जो लोग आया करते थे या रहते थे, वो कहाँ गए। बूढ़े, कमज़ोर, मिस्कीन, मिस्टर साइमन, स्याह सूट पहने जो अम्मा को सितार सिखाने आते थे। उनका ज़िक्र भी अफ़साना "डालनवाला" में कर चुकी थी और क़दीर ड्राइवर और फ़क़ीरा बावर्ची सब ग़ायब।

पहाड़ी नहर का पानी रंग-बिरंगे पत्थरों पर से गुज़रता, सुरीला शोर करता फाटक से बाहर उसी तरह बहता रहा, जैसे वह हमारे बचपन में बहता था। कितनी बर्फ़ सामने हिमालय की चोटियों से पिघली और रस्पना नदी के पानियों में शामिल होकर ग़ायब हो गयी।

अम्मा बतलाया करती थीं; जब वह 1912 ई. में शादी के फ़ौरन बाद मसूरी आई थीं, उस वक़्त पहाड़ी जंगलों से निकलकर शे'र रात को रस्पना में पानी पीने आते थे और उनकी गरज दूर से सुनाई देती थी। दून वैली के शे'र कब के ग़ायब हो चुके। नये हिन्दुस्तान के कारोबारियों ने पैसे के लालच में पहाड़ और घाटियाँ पेट भर के तबाह कीं। चुन-चुन कर शे'र मार डाले और उनकी खालें बेचीं। अगर उनका बस चलता तो इन पहाड़ों को भी उखेड़ कर एक्सपोर्ट कर देते।

डालनवाला पहुँचकर मैं डॉक्टर हून का घर ढूँढ़ती फिरी। आख़िरकार एक कोठी के फाटक पर डॉक्टर पी.सी. हून का बोर्ड नज़र आया, अन्दर गयी; एक औरत बरामदे में निकली। मैंने कहा "बड़ी मेम साहब से मिलना चाहती हूँ।" अंदाज़े से सोचा कि बेटे की शादी हो गयी होगी तो उसकी बीवी छोटी मेम साहब कहलाती होंगी। एक दुबली पतली ख़ातून शाल ओढ़े बाहर आयीं। मैं उनको नहीं पहचान सकी। मुझे एक निहायत फ़रबा (ऋष्ट-पुष्ट) गोरी चिट्टी ख़ातून याद थीं। बेहद फ़ैशनेबल, जो अक्सर अम्मा के साथ शापिंग करने परेड ग्राउंड जाया करती थीं।

मैंने बतलाया, मैं कौन हूँ, बहुत ख़ुश हुईं, फिर उनके बेटे ब्रिगेडियर हून बरामद हुए। वह भाई के मुताल्लिक़ पूछते रहे कहाँ हैं, क्या कर रहे हैं? वे स्कूल में भाई के साथ पढ़ते थे। ड्राइंगरूम में मेंटलपीस पर बड़ा सा तैलीय चित्र डॉक्टर हून का रखा था, जो 1926-27 ई. में इसी देहरादून में नाना सैयद नज़रुल बाक़र के चिकित्सक रहे थे और उसके बाद से हम सब के फ़ैमिली डॉक्टर। बात-बात पर फ़ारसी शे'र पढ़ते थे। डॉक्टर हून बहुत ही ख़ूबसूरत इंसान थे। मिसेज़ हून अम्मा को उर्दू में ख़त लिखती थीं, वह महाराजा कपूरथला की शायद भतीजी थीं। बड़ा ही रौबदार रखरखाव वाला सभ्य परिवार था।

अब ब्रिगेडियर हून रिटायर हो गए थे, उनके पिता के स्वर्गवास को भी बहुत समय बीत चुका था। दरअस्ल एक कुनबे की एक दो नस्लों का साथ आमतौर से सत्तर-अस्सी साल से आगे नहीं बढ़ पाता। फिर भी यह घराना ख़ुशक़िस्मत था कि उसी सड़क पर, उसी कोठी में अपनी जगह पर मौजूद था। उनके आस-पास की दुनिया बदल गयी। ख़ुद हम लोग कहाँ-कहाँ की ख़ाक छानते फिरे। डॉक्टर हून से, अगर ज़िन्दा होते तो कहते, "बस बीबी हम लोगों का दाना नहीं आया इस वजह से देहरादून से नहीं निकले।"

इसी नहर के किनारे कुछ फ़ासले पर कर्णपुर में ख़ानबहादुर ज़िल्ले हसनैन रहा करते थे, जिनके ख़ानदान से अम्मा की बहुत पुरानी दोस्ती थी और अल्लन मामू की शादी भी उनके यहाँ हुई थी। उनकी लड़कियाँ सब ए.पी. मिशन गर्ल्ज़ हाई स्कूल में पढ़ती थीं लेकिन पर्दे की पाबंद। उनके यहाँ बात-बात

पर बेगम ज़िल्ले हसनैन इस्तख़ारा[1] देखतीं। डॉक्टर हून बड़ी ख़ुशदिली के साथ अम्मा से कहते, "बस बेगम साहब मोहम्मद हसनैन साहब के यहाँ दाना नहीं आया इसलिए उन्होंने फ़ुलाँ दवा इस्तेमाल नहीं की।"

महज़ दाना आने की तो बात है, न भी आए तो ज़िन्दगियों के रास्ते बदल जाते हैं। डालनवाला में इन तमाम लोगों की कोठियाँ ख़ाली पड़ी थीं, जिनमें वे रहा करते थे। उन्होंने ये कोठियाँ बड़े अरमानों से बनवाई या ख़रीदी थीं और न जानते थे कि एक सारबान सराय के मानिन्द उनका क़याम आरज़ी (अस्थाई) है।

कुछ एक अफ़ग़ान घराने शायद अब भी देहरादून में मौजूद हैं। मोहम्मद मीर, ख़ानबहादुर सनाउल्लाह, अख़तर मोहम्मद ख़ाँ, रज़ाउल्लाह इंजीनियर, उनके भाई मौलवी इनायतुल्लाह देहलवी पूर्व संचालक दारुल तर्जुमा हैदराबाद दकन, (ये दोनों शमसुल उलमा मौलवी ज़काउल्लाह के बेटे थे) आबाद अहमद ख़ाँ, साहबज़ादा सईदुज़्ज़फर ख़ाँ, महमूदुज़्ज़फ़र ख़ाँ वग़ैरह-वग़ैरह। या इन कोठियों में अब दूसरे लोग आबाद थे और वह अफ़ग़ान शहज़ादे क्या हुए; उनकी औलादें जाने कहाँ-कहाँ निकल गयीं।

आख़िर अफ़ग़ानिस्तान युद्ध के बाद पदच्युत अमीर-ए-काबुल को अंग्रेज़ों ने देहरादून में नज़रबन्द किया था। उनके ख़ानदान के कुछ लोगों को लाहौर में रखा गया, यहाँ देहरादून में छह महीने सर्दियों के मौसम के गुज़ार कर वह अमीर-ए-काबुल मसूरी भेज दिये जाते, उनका पॉलिटिकल एजेंट एक अंग्रेज़ था। वालिद मरहूम ने उनके असिस्टेंट पॉलिटिकल एजेंट नजफ़ अली ख़ाँ से उस औहदे (पद) का चार्ज लिया। नजफ़ अली ख़ाँ के छोटे भाई ईसाई हो गए थे और पादरी रजब अली कहलाते थे।

वह अंग्रेज़ों के उत्थान का समय था और कई हिन्दू, सिख और मुसलमान परिवारों ने विदेशी शासक का धर्म भी ग्रहण कर लिया था। पादरी रजब अली की औलाद के मुताल्लिक़ मुझे मालूम नहीं लेकिन नजफ़ अली ख़ाँ की नवासी

---

1. जब इंसान किसी कार्य को करने या न करने में असमंजस की स्थिति में हो और कोई फ़ैसला न ले पावे तो कुछ दुआयें पढ़कर सो जाने का कर्मकाण्ड, जिससे उसे सपने में कोई फैसला लेने का इशारा होता है और उसमें अल्लाह तआला की स्वीकृति शामिल होती है।

रूह अफ़ज़ा सज्जाद हैदर अम्मा से बराबर बड़ी मोहब्बत से मिलती रहीं, उनके शौहर सज्जाद हैदर उनके कज़िन थे और उनका नाम भी यल्दरम पर रखा गया था। 1961 ई. में अम्मा लंदन जाकर वहाँ साहिबे फ़राश (बीमार) हो गयीं। उन दिनों सज्जाद हैदर साहब पाकिस्तान के हाईकमिश्नर थे।

एक बार जब वे दोनों मियाँ बीवी अम्मा की अयादत (कुशल क्षेम पूछने) के लिए आये; इत्तिफ़ाक़ से एक हिन्दुस्तानी अदीब और मशहूर लेफ़्ट विंग राइटर, जो बम्बई से लंदन आए हुए थे, वह भी अम्मा की अयादत के लिए तशरीफ़ ले आये। ये साहब पाकिस्तान गवर्नमेंट की ब्लैक लिस्ट में थे, अम्मा ने बड़े इतमीनान से कहा, "मियाँ जाओ ज़रा इनके लिए किचन से चाय तो बना लाओ।" वह बेचारे चुपचाप बावर्चीख़ाने में जाकर चाय बनाने लगे। कश्ती लेकर अम्मा के कमरे में गए, सज्जाद हैदर के सामने कश्ती रखी। दूसरे कमरे में आए और मुझसे कहा, हद है। ये साहब अगर मैं पाकिस्तान जाऊँ तो मुझे फ़ौरन जेल में डाल दें और यहाँ चच्ची मुझसे उनके लिए चाय बनवा रही हैं।"

मुझे सरदार उमर ख़ाँ हमेशा याद आते हैं, जो पूर्व अमीर-ए-काबुल के बिरादर-ए-निस्बती (साले या बहनोई) और ख़ुद भी शहज़ादे थे, वह अब्बाजान के पास आकर शतरंज खेला करते थे, वह फ्रेंचकट दाढ़ी रखा करते थे और एक बड़े से रूमाल से बार-बार अपनी आँखें पोंछते जाते। उनकी आँखों को कोई ऐसी बीमारी थी, जिसकी वजह से वह हमेशा आँसू बहाती रहती थीं।

सुनहरा कलावा, रेशमी पगड़ी, लम्बा तुर्रा, काफ़ी ख़स्ता कोट पतलून और तक़रीबन टूटे जूते। मगर वह इन्तिहाई स्वाभिमानी अफ़गान थे और कभी किसी क़िस्म की मदद के तालिब न हुए। एक बार देहरादून से आने के बाद अब्बाजान वहाँ गए और सरदार उमर ख़ाँ से मिले। अम्मा को लिखा "उमर ख़ाँ बहुत बीमार हैं और इलाज के लिए भी पैसा नहीं है।"

बम्बई में एक बार मुझे एक लहीम-शहीम (ऋष्ट-पुष्ट) ख़ातून कहीं पर मिली थीं, उन्होंने अपना नाम शायद शहनाज़ गुल बताया था, वह फ़िल्मों में छोटे-मोटे रोल करती थीं। वह भी काबुल के शाही ख़ानदान से ताल्लुक़ रखती थीं। बान्द्रा

में एक और ख़ातून मिलीं, जिन्होंने अपने आपको पूर्व अमीर काबुल की बेटी बताया। उनके तीन लड़के हुमायूँ, शाहरुख़ और माहरुख़, मिर्ज़ा ब्रादर्स के नाम से फ़िल्म बना रहे थे। और उनकी फ़िल्में : धनवान, क़समें वादे, लव स्टोरी, वग़ैरह बहुत कामयाब रहीं। उन ब्रादरान में से एक भाई की शादी इलाहाबाद में रहने वाले एक और अफ़ग़ान शहज़ादे शेर ख़ाँ की बेटी से हुई थी।

शेर ख़ाँ के बारे में कहा जाता है कि वह काफ़ी खौफ़नाक थे। हमेशा बन्दूक़ हाथ में रखते थे और पुलिस भी उनसे डरती थी। यानी चट्टानों पर बसेरा करने वाले शाहीनों के रास्ते बदल गए। कहाँ मैदान-ए-कारज़ार (युद्ध क्षेत्र), कहाँ बम्बई की फ़िल्म इंडस्ट्री। महज़ दाना आने ही की तो बात है।

ठोंक झाला

सोशल वैल्यूज़ बदलती रहती हैं। कभी आहिस्ता ख़राम (सुस्त-रफ़्तार), कभी सियासी (राजनीतिक) इन्क़िलाब की बदौलत एक झटके से मुआशरे (समाज) का नक़्शा मुख़तलिफ़ (भिन्न) हो जाता है। संगीत हमारी सभ्यता का आवश्यक अंग था। ईसा पूर्व की ढोल और साज़ बजाने वाली औरतों की पत्थर की तस्वीरों से लेकर अजंता, एलोरा, दकनी, राजस्थानी और मुग़लिया निगारिस्तान (आर्ट गैलरी) भाँति-भाँति के साज़ों और राग रागनियों से गूँज रहा है, संगीत चित्रकारी में ढली वाटर कलर की तस्वीरों ने शाइरी का रूप धरा। राग माला चित्रों का बाज़ाब्ता दबिस्तान (स्कूल) क़ायम हुआ।

हमारे कास्ट सिस्टम की वजह से संगीत भी एक पुश्तैनी व्यवसाय बन गया। संगीतकार मीरासी कहलाए। यानी संगीत कला उन्होंने अपनी मीरास (Heritage) में हासिल की थी। फिर वाह बेचारे महज़ मीरासी बन गए। मीरासनें यानी उनके घर की औरतें ऊँचे घरानों के ज़नानख़ानों में गाने बजाने लगीं। ये मीरासनें बाइज़्ज़त पर्दानशीं बीबियाँ थीं।

मोहर्रम के दिनों में उनके मर्द बाहर मर्दानख़ाने में सोज़ख़्वानी (कर्बला के युद्ध की घटनाएँ पढ़कर मातम करना) करते। औरतें अन्दर ज़नाना मजलिसों में अपनी पुश्तैनी कला का प्रदर्शन करतीं। शादी ब्याह, जन्म के समारोह और त्योहारों के अवसरों पर मीरासी और मीरासनों का शामिल होना लाज़िमी था। गाने वाले और गाने वालियाँ नक़्क़ाल और भाँड उच्च कोटि के कलाकार थे लेकिन बदक़िस्मती से हमारे वर्गों में बँटे समाज में उनको टाट बाहर समझा गया।

मर्दानख़ाने की तहज़ीब में मुजरा इस सदी के शुरुआती वर्षों तक लोकप्रिय रहा। दिल्ली की मोतीजान, लखनऊ की बेनज़ीर वग़ैरह का मुजरा सुनना शुरफ़ा (कुलीन वर्ग) का एक तहज़ीबी मशग़ला था। बेगमात चिलमन के पीछे बैठकर गाना सुनती थीं लेकिन तवायफ़ों से पर्दा किया जाता था। कुछ मशहूर गानेवालियाँ स्टेज एक्ट्रेस बन गयी थीं। वही मूक फ़िल्मों में बतौर अदाकारा स्क्रीन पर प्रकट हुईं।

यह ख़याल सरासर ग़लत है कि उत्तरी भारत की हिन्दू सोसायटी में संगीत कला कुलीन वर्ग की लड़कियों को सिखलायी जाती थी। नृत्य और संगीत उनके यहाँ भी उत्तर में वेश्या और दक्षिण में देवदासी की मीरास थी। मेरी दोस्त शीला धर जो दिल्ली के एक मशहूर कायस्थ ख़ानदान से ताल्लुक़ रखती हैं, बताती हैं कि जब उन्होंने गाना सीखना शुरू किया तो उनकी वालिदा ने म्यूज़िक टीचर को आगाह कर दिया था कि उन्हें सिर्फ़ भजन सिखायें।

नई क़ौमपरस्ती के तहत संगीत की तरफ़ तवज्जोह की गयी थी, बंगालियों ने सबसे पहले संगीत को एक मिडिल क्लास की घरेलू औरतों का तहज़ीबी मशग़ला बनाया और बंगालियों ने हारमोनियम बजाया तो घर-घर हारमोनियम बजने लगा।

हमारे यहाँ भी संगीत की काफ़ी चर्चा थी। बड़े अब्बा (ताऊ) क्लासिकल संगीत की जानकारी रखते थे। अम्मा के दो कज़िन बहुत मधुर कंठ के थे और राग-रागनियों से वाक़िफ़। अम्मा के नज़दीकी दोस्तों के सर्किल में उनके मुँह बोले भतीजे इम्तियाज़ अली ताज प्यानो बजाते थे। दृष्टिहीन शाहिद हुसैन एडवोकेट भी ख़ूब गाते थे। म्यूज़िक पार्टियाँ होती थीं और शौक़िया गाने वालों की महफ़िलें।

अपने नाविलों में अम्मा ने इसी सोशल सीन की मंज़रकशी (चित्रांकन) की। अम्मा की हीरोइन समय-समय पर भीगी आँखों से हार्मोनियम पर दर्द भरी ग़ज़लें गाती थीं। एक जोगन भी थी, जो हमेशा सितार बजाती थी और शायद जिगर साहब ने लिखा है :

"जोगन कोई सितार बजाती चली गयी"

हालाँकि सितार चलते-फिरते नहीं बजाया जा सकता। ये हिन्दुस्तान की नयी लिबरल सोसायटी थी, जिसमें शरीफ़ज़ादियों का गाना बजाना अब इतना ऐब नहीं रहा।

हमारे यहाँ हारमोनियम 1931 ई. में आया, जिसे कलकत्ता से मंगवाया गया था। अम्मा ने हारमोनियम के साथ सितार बजाना भी सीखा। ग़ाज़ीपुर में उस्ताद यूसुफ़ ख़ाँ उनके टीचर थे।

रामपुर के साहबज़ादा सईदुज़्ज़फ़र ख़ाँ लखनऊ मेडिकल कॉलेज के प्रिंसिपल थे और उनकी बेटी डॉक्टर हमीदा ज़फ़र मरहूमा अलीगढ़ की नामवर "आई सर्जन" थीं। उनका कुछ साल पहले अलीगढ़ में इन्तिक़ाल हुआ है। डॉक्टर सईदुज़्ज़फ़र के छोटे भाई साहबज़ादा रशीदुज़्ज़फ़र ख़ाँ गाज़ीपुर में वालिद मरहूम के सहकर्मी थे। उन्होंने अम्मा की फ़रमाइश पर रामपुर से उस्ताद यूसुफ़ ख़ाँ को बुलवाया। वह हमारे यहाँ तीन साल तक रहे।

कोठी का एक कमरा, जिसका रुख़ बराबर के लॉन की तरफ़ था, उनको रहने के लिए दिया गया। सुबह-शाम चाय और खाने की कश्तियाँ उनको भेजी जातीं, कभी तीसरे प्रहर को वह अन्दर आकर अम्मा को सितार बजाना सिखाते; वर्ना बैठे आराइश-ए-महफ़िल पढ़ा करते। उस्ताद शाइर भी थे, नुकीली मूँछें रखते थे और आँखों में सुर्मा, मख़मली टोपी और वास्कट, निहायत मोतबर बुज़ुर्ग थे। जब हमारे यहाँ डिनर पार्टियाँ होतीं तो वह खाने के बाद मेहमानों को अपने क्लासिकल संगीत से आनन्दित करते।

उनके दूसरे शागिर्द साहबज़ादा रशीदुज़्ज़फ़र ख़ाँ थे, उनके (साले या) बहनोई जमील ख़ाँ ने श्याम कुमारी नेहरू से शादी की थी, इस वर्ग की महिलाएँ यानी अब नयी सोशल वैल्यूज़ के निर्माण में लगी हुई थीं, उनकी तस्वीरें महिलाओं की पत्रिका "इस्मत" में प्रकाशित होती थीं। वह उस वक़्त तक बड़ी प्रगतिशील पत्रिका थी और बड़े गर्व से, हवाबाज़ मिस एमी जानसन, सरोजनी नायडू और अफ़ग़ानिस्तान की मलिका सुरैया की तस्वीरें प्रकाशित करता था।

प्रथम विश्व युद्ध के बाद अमानुल्लाह शाह अमीर अफ़ग़ानिस्तान ने कमाल अतातुर्क की तरह अपने मुल्क को मॉडर्न बनाने का बीड़ा उठाया। अमानुल्लाह शाह और मलिका सुरैया हिन्दुस्तान में भी बहुत लोकप्रिय रहे। अम्मानुल्लाह शाह ने अंग्रेज़ों से टक्कर ली, लिहाज़ा तुर्की के मुस्तफ़ा कमाल पाशा की तरह ग़ाज़ी कहलाये।

उन मलिका सुरैया को वर्तमान युग के ईरान की मलिका सुरैया से कन्फ्यूज़ न करना चाहिए, जिनको मोहम्मद रज़ा शाह पहलवी ने तलाक़ देकर

फ़रह दीबा से शादी की। अफ़गानिस्तान की मलिका सुरैया बेहद हसीन थीं। उस वक़्त मलिका सुरैया की हिम्मत और बेखौफ़ी का क्या आलम होगा, जो उन्होंने यूरोपियन लिबास में बेपर्दा पब्लिक में आना शुरू किया और तख़्तो-ताज से मियाँ बीवी ने हाथ धोये।

उसी ज़माने में हिन्दुस्तान में कई लड़कियाँ ग्रेजुएट हो चुकी थीं और विलायत हो आई थीं। ग़ाज़ीपुर में हमारे यहाँ 1933 ई. में तीन ऐसी ही मुसलमान औरतों का जमावड़ा रहता। लखनऊ यूनिवर्सिटी के डॉक्टर वली मोहम्मद की बेटी ज़ैनब अमजद अली, जो इज़ाबेला थोबरन कॉलेज की ग्रेजुएट थीं, मिस डॉक्टर हमीद जहाँ इंस्पेक्टरेस ऑफ़ गर्ल्स स्कूल्ज़ और अलीगढ़ के मीर विलायत हुसैन की बेटी डॉक्टर ज़ुबैदा सालेह, जो लेडी हार्डिंग कॉलेज की तालीमयाफ़्ता और ज़िले के महिला अस्पताल की इंचार्ज थीं।

लेकिन उसी ज़माने में रामपुर ही की अज़रा और ज़ोहरा, जो साहबज़ादा मुमताज़ुल्लाह ख़ाँ की लड़कियाँ थीं, यूरोप में उदय शंकर के ट्रूप में शामिल हो गयीं। अम्मा को उनका यह क़दम हरगिज़ पसन्द न आया और उन्होंने वही बात दोहरायी कि अब आम मुसलमान लड़कियों की तालीम से और ज़्यादा बद दिल हो जायेंगे कि वह सारे ख़ौफ़ सही निकले; शरीफ़ज़ादियाँ नाचने गाने लगीं।

क़िस्सा मुख़्तसर यह कि हमारी सोसायटी की तरक़्क़ी की रफ़्तार ख़ासी बेढंगी रही। लेकिन सारे डर मध्यम वर्ग ही को लगे थे। ऊँची सोसायटी के सदस्य अपनी दौलत और सामाजिक पोज़ीशन के बलबूते पर मिडिल क्लास के Interests को नज़र में न लाते थे। सबसे ज़्यादा पुराने विचारों के यू. पी. के मुसलमान थे। पंजाब, बम्बई, कलकत्ता और मद्रास अपेक्षाकृत ज़्यादा आज़ाद ख़याल रहे।

देहरादून में मिस्टर साइमन अम्मा के म्यूज़िक टीचर थे। अम्मा म्यूज़िक की कापी सामने रख लेतीं और नये गीत सीखने के लिए दरदा-दरदारा-दा-दारा वग़ैरह लिखा करतीं। वह बड़ी महारत से भिन्न-भिन्न गीतों के लिए ठाठ बदलती थीं। वह ठोंक झाला ख़ूब बजाती थीं। उस्ताद यूसुफ़ ख़ाँ अपनी रामपुरी पठानियत

के साथ उसे ठोंक झाला कहते थे और देहरादून के मिस्टर साइमन, कमज़ोर, लाग़िर, मिस्कीन निहायत कमज़ोर आवाज़ में कहते, बेगम साहब अब उसी गीत का झाला बजाइए। लेकिन अम्मा के दबंग व्यक्तित्व की व्याख्या ठोंक झाला ही कर सकता था जबकि अब्बा जान के नर्म और शान्तिप्रिय व्यक्तित्व का चित्रण झाला से होता था; झाला और ठोंक झाला।

संगीत से अम्मा के लगाव का ये आलम था कि जब वह कहीं सफ़र पे जाती थीं तो किमख़्वाब के ग़िलाफ़ में बन्द उनका सितार और हारमोनियम साथ होते थे। अपने इन्तिक़ाल से कुछ दिन पहले अफ़ज़ल ख़ालू ने उनको लाहौर से दिसम्बर 1937 ई. में लिखा, बाजीजान बस आप आ जाइए, अपना सितार और हारमोनियम तो हरगिज़ साथ न लाइए; बस अपना नमाज़ लोटा लेकर चल पड़िए। वह अपने आख़िरी वक़्त तक पाँचों वक़्त की नमाज़ पढ़ती रहीं। उनका म्यूज़िक रूम अलग होता था और वहीं बैठकर वह अपने लेख और उपन्यास लिखतीं या डिक्टेट करवाती थीं।

जिस समाज में शरीफ़ बीबियों का संगीत सुनना ही बुराई समझा जाता हो, उसमें अम्मा की इतनी बड़ी पेशक़दमी (आगे क़दम बढ़ाना) निहायत क़ाबिल-ए-तारीफ़ बात थी। हालाँकि वह महफ़िल या पार्टी में हरगिज़ नहीं गाती थीं, उनका गाना भी किसी ने कभी नहीं सुना। ये महज़ उनका निजी मशग़ला था, जिसमें उनके हमनवा (सहगायक) उनके क़रीबी रिश्तेदार शरीक थे। और उन्हीं की देखा-देखी चंद और मुस्लिम घरानों की ख़वातीन ने संगीत सीखा लेकिन महज़ फ़ैशन के तौर पर। उनमें वह अम्मा वाली लगन नहीं थी।

उन्होंने 1944-45 ई. के लगभग एक नामवर लेखिका की हैसियत से यह अंदाज़ा भी लगा लिया था कि उनके ज़माने का स्टाइल अब फ़रसूदा (पुराना) हो चुका है। उस साहित्य का एक रोल था, जो उसने अदा कर लिया। नये ज़माने के अदीबों (साहित्यकारों) में अहमद अली तो मानो उनके ही घर के लड़के थे। प्रगतिशील साहित्यकारों की नास्तिकता से वो नालाँ (खिन्न) थीं।

एक बार लखनऊ में बातों-बातों में अम्मा ने डॉक्टर रशीद जहाँ से कहा, कल तो हज़रत अली का यौम-ए-शहादत (शहीदी दिवस) है, कल शायद छुट्टी

होगी। रशीदा आपा ने पूछा; अच्छा वह कौन साहब थे, मैं उनसे वाक़िफ़ नहीं हूँ। अम्मा ने उनसे महज़ इतना कहा कि रशीदा तुम मुझसे बावली बातें मत किया करो।

लेकिन मज़हब के बारे में वह बहुत ही एतदाल पसंद (मध्यम-मार्गी) और तर्कसंगत थीं। पीर फ़क़ीर दरगाहें ताज़िए की ज़ियारत, नज़्र नियाज़, मन्नतें, मुरादें बढ़ा चढ़ाकर अज़ादारी के ख़िलाफ़ थीं। लड़कपन से उन्होंने और उनकी फूफी अकबरी बेगम (अफ़ज़ल अली की माँ "गूदड़ का लाल" की लेखिका) ने अंधविश्वासों के विरुद्ध जिहाद बोल रखा था।

एक बार देहरादून में अपने पुराने दोस्तों के यहाँ गयीं तो उन बीबियों को जाय-नमाज़ पर इस तरह बैठै देखा कि उन्होंने क़ुरआन शरीफ़ अपने सिरों पर रख लिए थे। अम्मा ने पूछा, यह तुम लोगों ने कौन सी नमाज़ ईजाद की है। लाओ मुझे एक तस्बीह दे दो मैं बैठकर पढ़ती रहूँगी।

अम्मा के मुताल्लिक़ एक हैरतअंगेज़ बात यह थी कि भिन्न-भिन्न मतों में विश्वास करने वाले लोग, उनके नज़दीकी दोस्तों के सर्किल में शामिल थे। सैयद इनामुल्लाह शाह, चौधरी ज़फ़रुल्लाह ख़ाँ वग़ैरह क़ादियानी थे। उम्मतुल वही और कुछ औरतें वहाबी सम्प्रदाय की मानने वाली थीं। दरगाही दोस्तों की भी उनके यहाँ कमी नहीं थी लेकिन मैंने कभी उनको किसी से निजी मतावलम्बन के सम्बन्ध में बहस तो दरकिनार उसका तज़किरा (चर्चा) करते भी नहीं सुना। इस तरह क्षेत्रीय अलगाववाद की सोच भी उनके लिए निरर्थक थी।

हिन्दुओं और सिखों से उनके गहरे सम्बन्ध थे। एक चाचा गुलाब सिंह का वह अक्सर ज़िक्र करती थीं, जो उनके वालिद के दोस्त थे। एक इण्डियन क्रिश्चियन पादरी मुखर्जी उनके मुँह बोले भाई थे। मुखर्जी मामू अलीगढ़ ट्रेनिंग कॉलेज के प्रिंसिपल रहे थे और उन्होंने अम्मा को अपनी बहन बना लिया था। ये मुँह बोले रिश्ते उस ज़माने में बड़ी अहमियत रखते थे और उन्हें आमतौर से सगे रिश्तेदारों से कम नहीं समझा जाता था। लिहाज़ा अम्मा के मुँह बोले "भाइयों" में सैयद इनामुल्लाह शाह, ज़फ़रुल्लाह ख़ाँ, ग़ुलाम मोहम्मद हाज़िर,

ख़ानबहादुर रज़ा हुसैन (रज़िया सज्जाद ज़हीर के वालिद) शम्सुलउलमा मौलवी सैयद मुमताज़ अली वग़ैरह-वग़ैरह, बहुत लम्बी फ़हरिस्त है।

यह बड़ी निःस्वार्थ और बेलौस दोस्तियाँ और ताल्लुक़ात थे और उन्हें उम्रभर क़ायम रखा जाता था। चूँकि उन ताल्लुक़ात में कोई निजी उद्देश्य शामिल नहीं था; लिहाज़ा उनमें नाख़ुशगवारी की भी कोई संभावना नहीं थी। एक तरफ़ ये मामू लोग और दूसरी तरफ़ मुँह बोले चचा यानी अब्बाजान के क़रीबी दोस्त। उन सबका एक बहुत बड़ा क़बीला था। ये सब बहुत पढ़े लिखे और सभ्य लोग थे। जब कभी मैं किताबों या रिसालों में उन हस्तियों के नाम पढ़ती हूँ तो मेरी आँखों के सामने उनकी सूरतें आ जाती हैं।

मिसाल के तौर पर चचा रज़ाउल्लाह, शम्सुल उलमा मौलवी ज़काउल्लाह के बेटे थे। मौलवी इनायतुल्लाह देहलवी उनके बड़े भाई थे और सुल्ताना ख़ाला और उनके दामाद डॉक्टर वहीद मिर्ज़ा, जो लखनऊ यूनिवर्सिटी में अरबी विभाग के अध्यक्ष थे। मिर्ज़ा मोहम्मद सईद देहलवी के छोटे भाई डॉक्टर वहीद मिर्ज़ा, ई. बिलीमौर्या अपने समय के मशहूर पारसी कलाकार जैसे लगते थे।

जब मैंने तौफ़ीक़ रिफअत के साथ पहली फ़िल्म देखी उसका नाम 'बैरिस्टर की बीवी' था, उसमें हीरोइन मिस गौहर थीं। इतनी मोटी हीरोइन मैंने आज तक नहीं देखी। वह बैठती थीं तो उनका खड़ा होना दूभर था। इस आलम में वह समुन्दर के किनारे रेत के क़िले बना रही थीं और फिर उन्होंने हारमोनियम पर गाना गाया। फिर ई. बिलीमौर्या आये; एक रील कलर में थी यानी उसका एक-एक शॉट हाथ से पेंट किया गया था। उसमें हीरो ने नीले रंग का सूट पहन रखा था और मैंने बेसाख़्ता कहा; अरे ये तो बिबिया बाजी के मियाँ हैं। (बिबिया बाजी सुल्ताना ख़ाला की लड़की थीं और डॉक्टर वहीद मिर्ज़ा से उनकी शादी हुई थी।)

शम्सुल उलमा मौलवी सैयद मुमताज़ अली अम्मा के एक और मुँह बोले भाई थे; वह मुझे बहुत धुँधले से याद हैं क्योंकि 1935 ई. में उनका इंतिक़ाल हो गया। उनके दो बेटे थे, सैयद हमीद अली और सैयद इम्तियाज़ अली ताज। ये

दोनों अम्मा को बिल्कुल अपनी सगी फूफी समझते थे। दोस्तों के उस हिन्दुस्तान गीर नेटवर्क में अम्मा और अब्बाजान ने बहुत सी शादियाँ भी करवायीं, जिनमें से एक शादी ताज और हिजाब की थी।

अम्मा हिजाब की चहीती "ख़ाला जान" थीं। ये ख़ानदान हम लोगों से बहुत मोहब्बत करता था और अम्मा भी उनको अपने सगे रिश्तेदार की तरह समझती थीं। भाई हमीद अली अम्मा को आख़िरी वक़्त तक ख़त लिखते रहे, जिसमें निहायत दिलचस्प अंदाज़ से अम्मा को सम्बोधित करते थे। प्यारी इकलौती फूफी, प्यारी बहुत जल्द खफ़ा हो जाने वाली फूफी वग़ैरह।

ऐसे रख रखाव वाले लोगों की अगली पीढ़ी यानी मौजूदा नस्ल में इम्तियाज़ भाई मरहूम के दामाद से लाहौर में 1988 ई. में मुलाक़ात हुई। निसार अज़ीज़ ने मेरे लिए पार्टी की थी। उसमें हिजाब, यासमीन और उनके शौहर, तीनों आए थे। एक मेहमान ने "आग का दरिया" की एक प्रति मुझे देकर कहा कि उस पर अपना दिल्ली का पता लिख दूँ। मैंने अंग्रेज़ी में पता लिख दिया। यासमीन के मियाँ क़रीब ही खड़े थे, व्यंग्यात्मक लहजे में बोले; ओहो क्या आप भारत में रहकर उर्दू लिखना भूल गयीं? इसके जवाब में मैंने ख़ामोशी मुनासिब समझी लेकिन मुझे ख़याल आया कि इन दो पीढ़ियों में कितना फ़र्क़ है।

हिजाब शाइस्ता इकरामुल्लाह की तरह अम्मा की बहुत फ़ैन हैं। एक ताज्जुबखेज़ बात ये है कि अम्मा के पाठकों का ग्रुप महज़ घरेलू औरतों तक सीमित नहीं था बल्कि कुछ पढ़े लिखे मर्द और आधुनिक उच्च शिक्षित महिलाएँ उनके उपन्यासों को बहुत पसंद करती थीं। डॉक्टर शाइस्ता इकरामुल्लाह अम्मा की फैंस में शामिल हैं। चुनांचे अम्मा की हर किताब के अब तक अनगिनत संस्करण निकल चुके हैं। उनका आख़िरी नाविल "नजमा" लगातार छपता रहता है। वो क़लमबर्दाश्ता (बेसाख़्ता तुरन्त लिख देना) लिखती थीं या किसी से लिखवा लेती थीं क्योंकि उनकी नज़र बहुत ही कमज़ोर हो चुकी थी।

एक बार गर्मियों के मौसम में देहरादून की एक बड़ी ही पुरफ़ज़ा कोठी "Doon Heaven" में हम लोग मुक़ीम (ठहरे) थे। एडिटर "इस्मत" के तक़ाज़े

का ख़त आया, एक नाविल लिख दीजिए। अम्मा ने मुझे आवाज़ दी, "लड़की इधर आओ, काग़ज़ क़लम लाओ और बैठकर लिखो।" उन्हीं दिनों उन्हें ब्लड प्रेशर की बीमारी हो गयी थी, वह पलंग पर लेटी रहीं, फ़रफ़र लिखवाना शुरू कर दिया।

चित्रकारी में कुछ मुसलमान लड़कियों की हद से ज़्यादा आज़ादी ने उन्हें बेचैन कर रखा था क्योंकि उनकी सारी उम्र औरतों की आज़ादी की तहरीक चलाने में गुज़री थी; लेकिन लोग एतदाल का रास्ता (मध्यम-मार्ग) क्यों छोड़ देते हैं। यह बात उनकी समझ में भी नहीं आयी। क्योंकि उन्होंने स्वयं आज़ाद, ख़ुद मुख़्तार ज़िन्दगी गुज़ारी थी लेकिन एतदाल का रास्ता नहीं छोड़ा था।

उनकी पुरानी और प्यारी दोस्त अब्दुल्लाह बेगम की एक लड़की ख़ुर्शीद जहाँ मिर्ज़ा ने रेणुका देवी का फ़िल्मी नाम इख़्तियार करके बम्बई टाकीज़ ज्वाइन कर ली थी और उनकी फ़िल्म "नया संसार" (मुझे अच्छी तरह याद नहीं) देहरादून में चल रही थी। और अम्मा को इस बात का दुःख था कि जो लोग महिलाओं की आज़ादी के मुख़ालिफ़ हैं और अब कहेंगे देखिए क्या नतीजा निकला शरीफ़ज़ादियाँ एक्ट्रेस बन गयीं।

अम्मा बेहतरीन हाउसवाइफ़ थीं और अपना घर बहुत ही सलीक़े से सजाकर रखती थीं। अंग्रेज़ियत और अंग्रेज़ी स्टाइल की बहुत क़ायल थीं। हिन्दुस्तानी जीवन शैली को घासड़-पासड़ कहती थीं। उनका यह रवैया भी उन्नीसवीं सदी की विक्टोरियन छाप का परिणाम था। कलकत्ते के बंगाली बाबू से लेकर सर सैयद तक अंग्रेज़ी तहज़ीब को ऊँचा और अनुकरणीय समझना पूरे औपनिवेशिक पूर्व की ख़ासियत (विशेषता) थी। नया राष्ट्रवाद भी उस कॉलोनियल सोच में शामिल हो गया था। तुर्की और मिस्र मुसलमानों के आदर्श बने।

जब गाँधीजी ने स्वदेशी आन्दोलन आरम्भ किया तो अब्बाजान के पुराने क्लासफ़ेलो मौलाना मोहम्मद अली और मौलाना हसरत मोहानी उस वक़्त तक क़ौमी लीडर बन चुके थे।

ग़ाज़ीपुर तक अम्मा के संदूक़ों में खादी की साड़ियाँ रखी हुई थीं, जो उन्होंने आठ-नौ वर्ष तक स्वदेशी आन्दोलन के ज़माने में पहनीं। वह खादी

साड़ियाँ बड़े एहतमाम से छपवायी जातीं, दर्ज़ी बरामदे में बैठकर उनके किनारों पर "सूत की बेलें और पारसी बेलें" टाँकता। जूते अलबत्ता इंग्लिश फ़ैशन के होते थे। भारी हिन्दुस्तानी गहने पहनने छोड़ दिये गए थे। Ambivalence और Confusions हमारी सोच की एक विशेषता थी।

अब एक तरफ़ तो अम्मा अंग्रेज़ों की बहुत बड़ी प्रशंसक थीं, दूसरी तरफ़ वह स्वदेशी आन्दोलन में भी शामिल हुईं। बेगम ख़्वाजा अब्दुल मजीद की फ़रमाइश पर इस आन्दोलन के मुताल्लिक़ एक उपन्यास लिखा, जिसकी हीरोइन और उसकी हिन्दू सहेली कमला खादी की तौलिया बुनती हैं। एक अंग्रेज़ मिस्टर मर्फ़ी नाविल का विलन है। इंग्लिश गवर्नमेंट का मुक़ाबला करने की भी उनमें अजीबोग़रीब हिम्मत थी।

सोलन की जिस कोठी में वह रहती थीं, ज़िले के हाकिम ने उनसे कहा कि वह उसे फ़ौरन ख़ाली कर दें; चूँकि गवर्नर पंजाब अपने स्टाफ़ के साथ आधे दिन के क़याम के लिए आने वाले हैं। अम्मा ने जवाब दिया मेरा छोटा बच्चा बीमार है, मैं तो हरगिज़ यहाँ से नहीं जाऊँगी, आपका जो दिल चाहे कर लीजिए।

बड़ी बहसा बहसी के बाद हाकिम-ए-ज़िला ने यह अंदाज़ा लगा लिया कि बड़ी बेढब ख़ातून से उसका पाला पड़ा है। उसने कहा, अच्छा बेगम साहब आप इन्हीं दो कमरों में बैठी रहिए, जब तक गवर्नर साहब आकर चले न जाएँ; बाहर न आइएगा वर्ना मुझे अपनी नौकरी से हाथ धोना पड़ेगा। अम्मा ने अपने नौकरों को भी दिन भर की छुट्टी दे दी और बच्चों के साथ अपने कमरे में क़िलेबंद होकर बैठ गयीं। गवर्नर आकर चला गया। अम्मा ने यह पूरा वाक़ेआ अपने एक मज़मून में क़लमबन्द किया था।

मौलवी मुमताज़ अली देवबन्द ज़िला सहारनपुर के रहने वाले थे, जिन्होंने लाहौर में सकूनत इख़्तियार करके इशाअत (पब्लिशिंग) का काम शुरू किया। उनकी पत्नी मोहम्मदी बेगम ने रिसाला "तहज़ीब-ए-निसवाँ" का सम्पादन किया।

जब ये अख़बार छपना शुरू हुआ तो अकबरी बेगम वालिदा अफ़ज़ल अली और उनकी भतीजी नज़्र ज़हरा बेगम दोनों उसमें मज़मून लिखने लगीं। ये दोनों

कोहाट छावनी और नौशहरा छावनी में रहती थीं, जहाँ अकबरी बेगम के भाई सैयद नज़रुल बाक़र बतौर कमिसरेट एजेंट मुक़ीम थे। वह गोरा फ़ौज के सप्लाई एजेंट थे और मेस को खाने-पीने की चीज़ें और शराब वग़ैरह सप्लाई करते थे।

उनके वालिद मीर मज़हर अली अल्लामा इक़बाल के वालिद शैख़ नूर मोहम्मद के दोस्त थे और उनके यहाँ सिलाई भी करते थे। जगन्नाथ आज़ाद ने मुझे बताया कि अल्लामा इक़बाल की एक सवानेह उम्री (जीवनी) में लिखा है कि मौलवी मीर हसन बिलग्रामी, जो स्यालकोट में ई.ए.सी. थे और शहर की पहली सिंगर सीविंग मशीन उनके यहाँ आयी, जिसको शैख़ नूर मोहम्मद ने इस्तेमाल किया। जो मुआवज़ा डिप्टी साहब ने उनको दिया था, इक़बाल की निहायत दीनदार वालिदा ने यह कहकर उसे क़बूल नहीं किया, यह हराम की कमाई का पैसा है। मैंने जगन्नाथ आज़ाद से कहा कि यहाँ पर उस किताब के लेखक को ग़लतफ़हमी हुई है।

हराम की कमाई मीर मज़हर अली के फ़रज़न्द सैयद नज़रुल बाक़र की कही जा सकती है क्योंकि वह अंग्रेज़ी फ़ौज को शराब सप्लाई करते थे न कि ...मौलवी बिलग्रामी और शैख़ नूर मोहम्मद मीर मज़हर अली के यहाँ मासिक तनख़्वाह पर कपड़े सीते थे। शैख़ नूर मोहम्मद बुर्क़े की टोपियाँ सीने के माहिर थे।

अम्मा बतलाती थीं कि जब वह तीन साल की थीं तो लाड़ के मारे उनके दादा ने उनके लिए सुर्ख़ रंग का बुर्क़ा सिलवाया था; जिसे वह अपनी पोती नज़्र ज़हरा बेगम को उढ़ा कर अपने सामने घोड़े पर बिठाते और हवाख़ोरी के लिए ले जाते। वह क्या दृश्य रहा होगा कि एक साहब, एक नन्हीं सी बुर्क़ापोश बच्ची को घोड़े पर बिठाये, दुल्की चले जा रहे हैं और उसी बच्ची ने बड़ी होकर बुर्क़े के खिलाफ़ जिहाद बोल दिया।

उनके वालिद मीर नज़रुल बाक़र ख़ुद निहायत साहब आदमी थे, उन्होंने घाट-घाट का पानी पिया था। बतौर सप्लाई एजेंट वह बक्सर बग़ावत और जंग में अंग्रेज़ी फ़ौज के साथ इस सदी के शुरू में चीन गए। बोयर वार के लिए

दक्षिण अफ़्रीक़ा, फिर 1914 ई. से 1918 ई. तक फ़्रांस में रहे। वह भी बहुत ही, हर धर्म के लोगों से मेलजोल रखने वाले, दोस्ती निभाने वाले कुनबा परवर और फ़ैयाज़ (दानी) इंसान थे।

आज़ाद ख़याली का यह आलम था कि जिस ज़माने में औरतों के लिए तस्वीर खिंचवाना बुराई समझा जाता था, उनकी बेटी नज़्र ज़हरा को फ़ोटोग्रफ़ी का शौक़ चढ़ आया तो उन्होंने बेहतरीन कैमरा और उसके लवाज़िमात मंगवाए और घर ही में बेटी के लिए एक डार्क रूम बनवा दिया। मेरे पास अम्मा का एक कैमरा मौजूद है, जिसके साथ एक कार्ड है, जिस पर गैस लाइट में तस्वीरें खींचने के निर्देश दर्ज हैं। अब नज़्र ज़हरा बेगम ने अपनी सहेलियों की तस्वीरें खींचनी शुरू कीं। उनकी एक हिन्दू सहेली सरस्वती एक तस्वीर में एडवर्डियन गाउन पहने खड़ी हैं। एक तस्वीर उन्होंने अतिया फ़ैज़ी और ज़हरा फैज़ी की भी खींची थी।

अम्मा के पास जो ख़ुद उनकी खींची हुई कुछ तस्वीरें उनकी सहेलियों की मौजूद थीं, उनसे ज़ाहिर होता था कि इस सदी के शुरू में मुसलमानों के फ़ैशनेबल वर्ग की महिलाओं ने एडवर्डियन गाउन भी पहनने शुरू कर दिये थे। ख़ुद अम्मा ने एक गाउन और जैकेट डिज़ाइन किया था, जिसे वह ख़ुद भी पहनती थीं और यह उनकी सहेलियों में भी पसंद किया गया।

क़ाबिल-ए-ज़िक्र बात यह है कि अम्मा ने शादी से पहले प्रचलित तंग पायजामे कभी नहीं पहने। बेगम नज़ीर हुसैन के कथनानुसार उन्होंने फ़र्शी पायजामे की काट छाँट करके खड़े पाँयचे का ग़रारा ईजाद किया था, जो बहुत लोकप्रिय हुआ और आज तक पहना जाता है। चूँकि हमारे यहाँ सोशल हिस्ट्री बहुत कम लिखी गयी। हमारी सामाजिक शैली में तब्दीली पैदा करने वाले भी गुमनाम रहे।

शटल का एक बुर्क़ा निरस्त करके अम्मा ने गाउन के स्टाइल का बुर्क़ा डिज़ाइन किया जो बेहद लोकप्रिय हुआ। नाविल "गूदड़ का लाल" जो शायद पहली बार 1907 ई. में छपा था, अम्मा की फूफी अकबरी बेगम ने लिखा था।

जो मानो मुस्लिम समाज को आधुनिक विचारों और नयी जीवन शैली अपनाने की एक बड़ी कोशिश थी। उसमें उन्होंने अपनी हीरोइन के बारे में लिखा, जो मॉडर्न स्टाइल का बुर्क़ा ओढ़ती थीं और "ये बुर्क़ा मिस नज़रुल बाक़र ने ईजाद किया है और ख़ातून स्टोर से मिल सकता है।"

क़ाबिल-ए-ज़िक्र नुक्ता यह है कि अम्मा ने अपनी यह ईजाद मुफ़्त ख़ातून स्टोर के हवाले की। किसी क़िस्म का मुआवज़ा लेना शान के ख़िलाफ़ समझा जाता था और उस ज़माने में इस क़िस्म के व्यापारिक मामलों से ये ख़वातीन क़तई बेनियाज़ (बेपरवाह) थीं। न उन्हें अपने नामो-नमूद की कोई फ़िक्र थी। बस सब पर समाज सुधार और औरतों की शिक्षा की धुन सवार थी।

महिलाओं की शिक्षा की मुहिम के सिलसिले में अम्मा ने शादी के तुरन्त बाद 1912 ई. में देहरादून पहुँच कर पहला काम यह किया कि एक गर्ल्ज़ स्कूल खोला। 1918 ई. में लखनऊ पहुँचीं तो जस्टिस करामत हुसैन के स्थापित किये हुए मुस्लिम गर्ल्ज़ स्कूल के काम में लग गयीं। हर हफ़्ते वह और उनकी दोस्त बेगम वज़ीर हसन स्कूल के बोर्डिंग हाउस में जाकर बावर्चीख़ाने का मुआयना करतीं, वग़ैरह, वग़ैरह।

उन्होंने शुरू से आख़िर तक अपनी रचनाएँ पब्लिशर्स को मुफ़्त अता कर दीं और उनसे रॉयल्टी का एक पैसा नहीं लिया। उन्होंने बच्चों के लिए जो किताबें 1910 ई. वग़ैरह में लिखीं : "सलीम की कहानी", "सच्ची रज़िया और उसकी बकरी", "दुःख भरी कहानी", "फूलों का हार", ये सारी किताबें उन्होंने अपनी शादी से पहले लिखी थीं और जब ही दारुल इशाअत पंजाब लाहौर से प्रकाशित हुईं। उनमें से कुछ किताबें पंजाब टेक्स्ट बुक कमेटी ने भी मुंतख़िब (चयनित) कीं।

1958 ई. में मैंने फ़िरोज़ संस लाहौर के शो रूम में अम्मा की चंद किताबें रखी देखीं थीं, जो उन्होंने बच्चों के लिए लिखी थीं।

उन्नीसवीं सदी के आख़िर में बाइसिकिल सवार औरत इंग्लिस्तान और अमेरिका में आज़ादी-ए-निसवाँ (महिलाओं की आज़ादी) की अलामत (प्रतीक)

बनीं। वह बतौर "टाइप राइटर" दफ़्तरों में काम करने लगी थीं (टाइपिस्ट को उस ज़माने में टाइपराइटर कहा जाता था) नज़्र ज़हरा बेगम के यहाँ दफ़्तर में काम करने की नौबत तो नहीं आई अलबत्ता उन्होंने बाइसिकिल चलाना भी सीखी।

कोहाट छावनी में अपने वालिद के बंगले के विशाल परिसर में वह साइकिल चलाया करतीं। औरतों का साइकिल चलाना एक इन्क़िलाबी क़दम था। चाहे वह पर्देदार बाग़ी में दो चर्ख़ी चलाएँ। बाइसिकिल चलाने वाली लड़कियाँ मानो नई औरत का प्रतिनिधित्व कर रही थीं। यलदरम का अफ़साना "सोहबत-ए-नाजिंस" जो 1905 ई. में लिखा गया, उसमें दो लड़कियों की ख़तो-किताबत पेश की गयी है, जिसमें उन्होंने 1925 ई. की तारीख़ दर्ज की है यानी यलदरम ने 1905 ई. में बीस साल बाद का नक़्शा पेश किया है।

वह आज़ादी-ए-निसवाँ (औरतों की आज़ादी) औरतों के समान अधिकारों के ज़बरदस्त अलमबरदार थे लेकिन बदक़िस्मती से हमारे आलोचक उन्हें महज़ एक ऐसे साहित्यकार के रूप में पेश करते हैं, जिसके यहाँ औरत रोमांस का सिम्बल थी। अपने अफ़साने "इज़दवाजी मोहब्बत" (1907 ई.) में भी उन्होंने औरतों की यूनिवर्सिटी क़ायम करने के ख़्वाब देखे। सर अब्दुल क़ादिर का कहना था कि 1907 ई. में एक कॉन्फ्रेंस के बाद यलदरम ने बेहद ख़ुशो-ख़ुर्रम होकर कहा कि मैं इस वक़्त एक ऐसी औरत से मिलकर आ रहा हूँ, जो ख़ुद भी आज़ाद है और आज़ादी-ए-निसवाँ की क़ायल भी है।

बहुत समय बाद जब मैं कराची में एक Eccentric ख़ातून से मिली तो मुझे हैरत हुई कि हमारे बुज़ुर्गों को क्या हो गया था, जो वह इस ख़ातून को आइडियलाइज़ करते थे, मगर उस ज़माने में बेपर्दा ख़वातीन चंद एक ही थीं और वह ही बहुत ग़नीमत समझी जाती थीं। अतिया फ़ैज़ी तो बेशक बहुत पढ़ी लिखी बीबी थीं और संगीत की विशेषज्ञ भी।

अम्मा अपनी उन तमाम योग्यताओं की बदौलत बड़ी आसानी से लीडर बन सकती थीं, जिस तरह की पेशवा ख़वातीन उनकी सहेलियाँ बेगम जहाँआरा शाहनवाज़, बाजी रशीदा लतीफ़ वग़ैरह थीं मगर उन्होंने लीडरी कभी नहीं की।

क़लम की सिपाही अलबत्ता हमेशा रहीं। रिसालों और साप्ताहिक समाचारपत्रों में उनके लेख बराबर छपते रहे। हकीम यूसुफ़ हसन एडिटर "नेरंगे ख़याल" अपने सालनामे (वार्षिकी) में उर्दू के लेखकों को ख़िताब दिया करते थे। 1935 ई. में उन्होंने अम्मा को "अदीबुल मुल्क" के ख़िताब से नवाज़ा।

समकालीन समस्याओं के सिलसिले में "जाँबाज़" की पृष्ठभूमि तो स्वदेशी आन्दोलन की राजनीति है। "मज़हब और इश्क़" उनका दूसरा नाविल जो "दौर-ए-जदीद बुक डिपो" लाहौर ने 1935 ई. में प्रकाशित किया और अब नायाब (मिलता नहीं) है (आजकल के पाठकों में से किसी के पास हो तो मुझे तुरन्त सूचित करें।)

यह उपन्यास एक नयी समस्या यानी हिन्दू-मुस्लिम शादियों के सम्बन्ध में था। और एक बेइन्तिहा रौब-दाब वाले सियासी ख़ानदान की लड़की और एक मुस्लिम नौजवान उसके हीरोइन और हीरो थे। उपन्यास के पात्र सारे जाने पहचाने थे। मिसाल के तौर पर 'सर वज़ीर हसन, मुशीर हसन क़िदवाई' वग़ैरह जिनके नाम लेखिका ने तब्दील कर दिये थे। उपन्यास में हीरो और हीरोइन की शादी भी हो जाती है और गवाहों में सर वज़ीर हसन वग़ैरह शामिल हैं। असलियत में हीरो को जलावतनी इख़्तियार करनी पड़ती थी और हीरोइन की शादी उसके अपने सम्प्रदाय में कर दी गयी थी।

अम्मा के आख़िरी नाविल "नजमा" और "माली की बेटी" थे। वह ताबड़तोड़ लिखतीं थीं या लिखवा लेती थीं, वह एक "नेचुरल राइटर" थीं। 17 अक्तूबर 1967 ई. में जब बम्बई में उनका इन्तिक़ाल हुआ, उससे बहुत पहले ही सुधार करने वाले और फ़ेमिनिस्ट नाविलों का दौर ख़त्म हो चुका था।

ख़ुदा हाफ़िज़ अतिया!

कुछ वर्ष पहले उर्दू एकेडमी यू.पी. के एक सेमिनार में शिरकत के लिए लखनऊ गयी, तब पहली बार एकेडमी की इमारत देखी, जो रानी साहब बल्हेरा की मिलकियत थी। अट्ठारहवीं सदी जार्जियन निर्माण शैली की ये इमारत काफ़ी ख़स्ता हालत में और शायद रौशनउद्दौला की कचहरी की तरह इन्तिहाई बेहिसी के साथ इसे भी गिरा दिया जाए। एकेडमी की बिल्डिंग की अस्ल मालकिन तो समय के बदलते हुए परिवेश के कारण अब लंदन में रहती हैं, जिसका ज़िक्र मैं पिछली किसी क़िस्त में कर चुकी हूँ।

अजब इन्क़िलाब-ए-ज़माना है
मेरा मुख़्तसर (छोटा) सा फ़साना है।

मगर यह फ़साना नहीं है, ज़माने की तब्दीलियों और इंसानों के निजी हालात के नशेबो फ़राज़ (उतार-चढ़ाव) की एक लम्बी पत्रावली है, जो खुलती चली जाती है। मुग़लिया दौर की वह पत्रावलियाँ नहीं खोली गयीं, जाने क्या-क्या दुःख भरे राज़ खुलते। लिहाज़ा बेहतर है कि वह पत्रावलियाँ बंधी ही रहें।

एकेडमी की बिल्डिंग के कमरों में किताबों की अलमारियाँ रखी थीं। रीडिंग रूम सुनसान पड़ा था। एक बड़े कमरे में कुछ आदमी कैरम खेलने में मसरूफ़ थे, ये सारा माहौल मुझे कुछ सरशार (प्रसिद्ध उपन्यासकार) के लखनऊ वाला प्रतीत हुआ। जिस तरह वक़्त यहाँ थमा हुआ था, उर्दू भी एक आहिस्ता ख़राम पालकी में पर्दानशीं हो चुकी थी।

पहले दिन जब मैं वहाँ गयी, सूरज डूबने में थोड़ी सी देर बाक़ी थी। बरामदे के अर्धखंडित स्तम्भों पर से धूप सरकती जा रही थी, जब मुझे अचानक अतिया हबीबुल्लाह के उपन्यास “Sunlight on a broken column” का ख़याल आया, जो कुछ वर्ष पहले लंदन से छपा था और इसी माहौल और इसकी मौजूदा उदासी में था ...एक बात आज तक समझ में नहीं आयी, हमारे बुज़ुर्गों ने जो कुछ किया सो किया; शायद वह उस वक़्त के हालात का तक़ाज़ा था।

अतिया की सास यानी बेगम हबीबुल्लाह, अम्मा की बहुत पुरानी सहेली थीं। 1947 ई. में उनकी बहू अतिया ने लंदन पलायन किया। उनकी बेटी तज़ीन अपने शौहर फ़रीदी के साथ कराची गयीं लेकिन बेगम हबीबुल्लाह एक और लीडर ख़ातून, बेगम एज़ाज़ रसूल की मानिन्द लखनऊ ही में रहीं।

पाकिस्तान जाने या न जाने का फ़ैसला सामान्यतः लोगों के निजी हालात पर आधारित था। बहुत से परिवार ज़मींदारी के ख़ातमें के बाद रवाना हुए। कई लोग सरकारी नौकरियों से रिटायर होने के इन्तिज़ार में रहे लेकिन अपने लड़कों को पाकिस्तान भेज दिया। यही मंज़र मैंने उस वक़्त के पूर्वी पाकिस्तान में देखा, जहाँ हिन्दू घरानों के नौजवान रोज़ी-रोटी की तलाश और बेहतर भविष्य की आशा में कलकत्ते चले गए थे और उनके बुज़ुर्ग अपने-अपने पुराने मकानों में अपनी ज़िन्दगी के दिन पूरे कर रहे थे।

सैयद वलीउल्लाह मरहूम पूर्वी पाकिस्तान के नाविलिस्ट ने मुझे बताया था कि हर हिन्दू घराने के मकान के सामने एक तुलसी का पौधा चौकोर गमले में मौजूद होता था और रोज़ाना शाम को घर की बहू उसके सामने चराग़ जलाती थी क्योंकि तुलसी के पौधे को लक्ष्मी का अवतार माना जाता था। 1947 ई. के बाद उन घरानों में तुलसी के चराग़ रौशन करने छोड़ दिये गए क्योंकि इनके ज़रीए ही अल्पसंख्यक समुदाय की निशानदेही आसानी से हो जाती थी।

यह घटना अपने आप में बहुत ग़मनाक थी। हालाँकि इसकी तरफ़ बहुत कम लोगों का ध्यान गया। सियासी इन्क़िलाबात की वजह से परिवारों के पलायन की दुःखद घटना को एक पश्चिमी चित्रकार ने अपनी एक मशहूर पेंटिंग में इस तरह पेश किया है कि कुछ आदमी एक कश्ती में सवार इंग्लिस्तान के साहिल से दूर जा रहे हैं और एक औरत पीछे मुड़कर बड़ी निराशा के साथ वतन की आख़िरी झलक देख रही है। लेकिन अगर ये हिजरतें न होतीं (पलायन न होते) तो मनुष्य की सभ्यता आगे न बढ़ती।

इतिहास की अपनी जबरियत और अपना तर्क है। फ़र्स्ट जनरेशन स्वदेश से पलायन करने वालों ने अपने साहित्य की भी रचना की, इसका दिल हिला देने वाला उदाहरण अमेरिकन कहानीकार विलियम सेरोयाँ की कहानियाँ हैं, जो

उसने केलिफ़ोर्निया में आबाद लेबनानी ईसाइयों के सम्बन्ध में लिखीं। रफ़्ता-रफ़्ता उर्दू में भी एक Emigre लिट्रेचर पैदा हो रहा है।

अतिया हबीबुल्लाह मरहूमा का नाविल Emigre अदब का एक क़ाबिल-ए-क़द्र हिस्सा है और अतिया की याद ताज़ा रखने के लिए ज़रूरी है कि Sunlight on a broken Column का अनुवाद प्रकाशित किया जाए।

1947 ई. से लेकर आज तक रोज़ाना डूबते सूरज की रौशनी ने इसी क़ैसरबाग़ और इसी लखनऊ में कैसे-कैसे घर उजड़ते देखे। उर्दू एकेडमी के इन स्तम्भों में तो बड़ी मज़बूती पायी गयी। क़ैसरबाग़ के मकानों की सपाट छतों और गोल स्तम्भों वाले बरामदों पर से धूप रोज़ाना बेनियाज़ी के साथ चढ़ती उतरती रहती है। इसी क़ैसरबाग़ के मशहूर गोल चौराहे पर एलफ़िंस्टन सिनेमा अब भी मौजूद है, जिसका नाम अब बदल दिया गया है (अब इसका नाम आनन्द है)।

1947 ई. से पहले घोड़ागाड़ी जब घसियारी मंडी की तरफ़ मुड़ती, जहाँ हमारा स्कूल था और जब चौराहे पर पहुँचती तो एलफ़िंस्टन सिनेमा के बड़े-बड़े इश्तिहारों पर सुर्ख़ नीले रंग से वह नम्बर लिखे नज़र आते। "संत तुलसीदास" 3rd week, 4th week, 5th week वग़ैरह, फिर "पुकार" के नम्बर दिखायी दिए, उसके नम्बर बढ़ते चले गए। शौक़ीन लोग सिनेमा के सप्ताहों के द्वारा अपना समय नापते थे। टी.एस. एलियट कॉफ़ी के चम्मचों के द्वारा। आपका पैमाना जो भी हो, गुज़रती उम्र के नम्बरों में इज़ाफ़ा रोका नहीं जा सकता।

चुनांचे जब मेरी घोड़ागाड़ी, जिस पर मैं सामने वाली सीट पर फ़्राक पहने बड़ा सा तानपुरा संभाले बैठी होती। ये जगह ख़ुद मैंने अपने लिए चुन ली थी ताकि बड़ी लड़कियाँ आराम से अपनी जगहों पर बैठ सकें। मैंने "आग का दरिया" में यह मंज़र नाविल की एक इतिहासकार तलत के हवाले कर दिया। जो विक्टोरिया पर बैठी तानपुरा संभाले मोती महल ब्रिज पर से रोज़ाना गुज़रती है और मौरिस कॉलेज जाती है।

1996 ई. के ज्ञानपीठ पुरस्कार के लिए पहले की तरह मैं जजों की कमेटी में शामिल थी। मामूल के मुताबिक़ फ़िक्शन के बेशुमार हिन्दी उपन्यास

ज्ञानपीठ वालों ने मुझे पढ़ने के लिए भेजे, जो उस इनाम की ख़ातिर आए थे। उसमें एक हिन्दी उपन्यास का पहला पृष्ठ देखकर मैं चौंकी।

एक विक्टोरिया पर एक लड़की तानपुरा संभाले बैठी है। यह मानो उस उपन्यास का Motif था। उस हिन्दी उपन्यास की हीरोइन रोज़ाना मोती ब्रिज क्रास करके अपनी विक्टोरिया पर अपने तानपुरे समेत, म्यूज़िक सीखने जाती है। सारी मंज़रकशी वही थी, जो मैंने "आग का दरिया" में तलत (यानी मैं ख़ुद) के लिए की थी। हिन्दी का यह उपन्यास शायद 1996 ई. में प्रकाशित हुआ।

चुनांचे उस वक़्त से लेकर आज तक कितने हज़ारों weeks एलफिंस्टन सिनेमा के पोस्टरों पर से गुज़रते चले गए। वक़्त का पैमाना सिनेमा का पोस्टर भी तो हो सकता है।

अभी लंदन से ख़बर मिली कि अतिया हबीबुल्लाह भी अपने सफ़र-ए-आख़िरत पर रवाना हो गयीं। इस इत्तिला का महज़ एक उनवान (शीर्षक) काफ़ी है; Death of a beautiful woman. अतिया के लिए एक ज़माने में अंग्रेज़ लोग कहा करते थे, अगर तुम हिन्दुस्तान जाओ और दो चीज़ें न देखो, ताजमहल और अतिया हबीबुल्लाह तो तुमने कुछ नहीं देखा।

अतिया नये हिन्दुस्तान की एक "अस्तूरी" (हस्ती) थीं। गुदया ज़िला बाराबंकी के क़िदवाई ख़ानदान से सम्बन्ध रखती थीं और सम्भवतः 1934 ई. में उन्होंने इज़ाबेला थोबरन कॉलेज से बी.ए. किया था और तब ही उनकी शादी शन्नी हबीबुल्लाह से हुई थी। मैं उनको अपने बचपन से देखती आ रही थी। जब मैं ज़रा बड़ी हुई तो लखनऊ रेडियो के ड्रामों में उनके साथ हिस्सा लिया।

सन् 1947 ई. में हिन्दुस्तान का नक़्शा बदला। लखनऊ से इतना बड़ा पलायन नहीं हुआ, जो दिल्ली का मुक़द्दर था; लेकिन बहुत से ख़ानदानों ने तर्के-वतन (देश छोड़ दिया) किया। कुछ पाकिस्तान चले गए और कुछ लंदन। 1947 ई. में ही अतिया भी लंदन चली गयीं। जहाज़ पर लखनऊ रेडियो की मशहूर गाने वाली गौहर सुल्तान और उनके शौहर हफ़ीज़ जावेद और आल इण्डिया रेडियो के (सुनहरी आवाज़ वाले) आले हसन भी उनके हमसफ़र थे।

उन्हीं दिनों रफ़ी अहमद क़िदवाई के कज़िन अनवर जमाल क़िदवाई अपनी बेगम शकुन्तला समेत बरतानिया चले गए, जहाँ उनकी नियुक्ति बतौर पी.आर.ओ. इण्डिया हाउस में हुई। उस वक़्त हिन्दुस्तान के पहले हाई कमिश्नर कृष्णा मेनन थे। ये बड़ा वलवला-अंगेज़ (जोश भरा) ज़माना था। कृष्णा मेनन और इक़बाल सिंह जैसे लोगों ने लंदन में रहकर सारी उम्र बर्तानिया के ख़िलाफ़ जद्दोजोहद की थी।

अब कृष्णा मेनन इण्डियन हाई कमिश्नर थे और हिन्दुस्तानी विद्वानों का एक ग्रुप अपने साथ रखते थे। हिन्दुस्तानी संगीतकारों और रक़्क़ासाओं (नर्तकियों) ने लंदन आना शुरू कर दिया था। इण्डिया की कल्चरल पब्लिसिटी ज़ोरों में की जा रही थी। एक ख़ास क़िस्म का गौरव और बरतरी का अहसास हिन्दुस्तानियों में पैदा हो गया था कि वे पंडित नेहरू के देस से आए हैं और उनका वतन विश्व राजनीति में एक महत्वपूर्ण रोल अदा कर रहा है।

ब्रिटिश वामपंथ बहुत ज़माने से हिन्दुस्तानी राष्ट्रवादियों का हमनवा रहा था। लंदन के ब्लूम्ज़ बरी ग्रुप में डॉक्टर मुल्कराज आनन्द भी शामिल थे। बीबीसी के उर्दू सेक्शन में अतिया ने 1948 ई. से ब्रॉडकास्ट करना शुरू किया। इस सेक्शन के बर्तानवी संचालक मिस्टर डीन उर्दू से वाक़िफ़ थे क्योंकि वह पंजाब पुलिस में रह चुके थे। उस उर्दू सेक्शन की सरगुज़िश्त (विवरण) भी किसी को लिखनी चाहिए क्योंकि ये उर्दू के अहले-क़लम (लेखकों) का एक अहम मर्कज़ बन गया था।

फ़िरंगी महल लखनऊ वाले सिद्दीक़ अहमद सिद्दीक़ी जो जगत चचा थे और कहलाते भी चचा सिद्दीक़ थे। यावर अब्बास जो 'मीर अनीस के ख़ानवादे से ताल्लुक़ रखते थे। नूर मोहम्मद चौहान, जिन्होंने एक ईसाई ख़ातून से शादी करने के बाद ईसाई धर्म अपना लिया था; ये लंदन इस इरादे से आए थे कि शहज़ादी एलिज़ाबेथ को उर्दू पढ़ायेंगे, जो मुमकिन न हुआ; अलबत्ता बीबीसी में नौकरी मिल गयी। चौहान साहब हमेशा जिनाह कैप पहनते थे और एक बार उन्होंने मुझे बताया कि धर्म बदलने से पहले वे उर्दू वज़ीफ़े भी बहुत करते थे। चौहान साहब के लिए एजाज़ बटालवी ने इरशाद किया था :

कहा लंदन चला जाऊँ
कहा लंदन चले जाओ
कहा चौहान का डर है
कहा चौहान तो होगा

(इसी तरह का पहला शे'र मैंने अपने एक मामू से लखनऊ में सुना था) :

कहा बर्मा चला जाऊँ
कहा बर्मा चले जाओ
कहा जापान का डर है
कहा जापान तो होगा

मेरे एक रिश्तेदार तक़ी अहमद सैयद जो सर सैयद अहमद ख़ाँ पर रिसर्च करने लंदन आए थे, वे भी उर्दू के स्टाफ़ में शामिल हो गए। अब यहाँ एक मुख़्तसर या क़िस्सा अपने मुताल्लिक़ ...उर्दू सेक्शन के अंग्रेज़ संचालक ने मुझसे वादा किया था कि स्थानीय ब्रॉडकास्टर की हैसियत से हर हफ़्ते मुझे प्रोग्राम देंगे; जिसमें औरतों का प्रोग्राम भी शामिल था, उसे अतिया कंडक्ट करती थीं।

अब उसी प्रोग्राम को हमारे पड़ोसी मुल्क के एक सीनियर डिप्लोमेट की बीवी भी समय-समय पर महज़ शौक़िया क्रमबद्ध करती थीं। उन ख़ातून के ख़ानदान से मेरे माँ-बाप की इतनी लम्बी पुरानी दोस्ती थी कि जब वह डिप्लोमैट पैदा हुए थे तो उनका नाम मेरे वालिद के नाम पर रखा गया था। उनकी बेगम भी अम्मा की बड़ी अक़ीदतमंद (श्रद्धालु) 'भांजी' थीं। लेकिन अब जो यहाँ पहुँची और बीबीसी में प्रोग्राम करने शुरू किये तो लोकल मुलाज़िमत का वादा पूरा न किया गया।

मैं इस तरह हर प्रोग्राम अलग-अलग कांट्रैक्ट पर करती रही। तब मालूम हुआ कि उस अंग्रेज़ संचालक को उस डिप्लोमेट ने खाने पर बुलाया और कहा कि साहब आप यह क्या ग़ज़ब करते हैं। मेरी बेगम की नश्रियात (प्रसारणों) में ख़लल पड़ जाएगा। अंग्रेज़ को अपनी डिप्लोमेसी का भी ख़याल था। उसने जवाब दिया, आप फ़िक्र न कीजिए। आपकी बेगम का हफ़्तावार प्रोग्राम ज्यों का त्यों रहेगा; चुनांचे ऐसा ही हुआ। मैं हस्बे आदत इस सारे क़िस्से से बेनियाज़

रही; तब एक रोज़ तक़ी मियाँ ने मुझसे कहा कि आपको मालूम है, आपको अभी तक कॉन्ट्रैक्ट ही क्यों दिये जाते हैं? फुलाँ-फुलाँ डिप्लोमेट को नाराज़ नहीं किया जा सकता।

इस क़िस्म के वाक़ेआत हर सरकारी और ग़ैर सरकारी संस्था में अमूमन पेश आते रहते हैं, जिनकी गाज कुछ लोगों पर गिरती है और कुछ फ़ायदे में रहते हैं। लेकिन मुझ पर कुछ ऐसी बेवकूफ़ी छायी हुई थी कि इन बातों का पता ही न चलता था। मैं हस्बे-मामूल (यथानुसार) नश्रियात (प्रसारणों) में शिरकत करती रही और ज़्यादा बेवकूफ़ी का सबूत यह दिया कि एक फ़ैमिली फ़्रेंड जो हाल ही में बीबीसी में आए थे, उन्होंने मुझसे शेक्सपियर के पूरे ड्रामे उर्दू में अनुवाद करवाये और एक ड्रामा बर्नार्ड शॉ का "Candida"।

लेकिन अनुवादक के तौर पर नाम उनका प्रकाशित हुआ। फिरोज़ जबीं ने भी इसी तरह कुछ ड्रामों का अनुवाद किया। होता यह था कि मौसूफ़ मुझसे कहते, लो "भिन्नो" मैकबेथ का तर्जुमा (अनुवाद) कर डालो, तुम्हारे लिए बाँये हाथ का खेल है, तुम उसमें एक चुड़ैल का पार्ट करना।

आहा हा! चुड़ैल बहुत अच्छा रोल है; और मैं झटपट तर्जुमा करने बैठ जाती। अतिया को हम सब बहुत एडमाइर करते थे। वह एक कला दक्ष ब्रॉडकास्टर थीं। वह इन ड्रामों की हीरोइन बनती। एजाज़ बटालवी हीरो। अतिया ऐसी अहम नश्रियात के लिए एक अंगूठी पहन कर आतीं, जो उन्हें शायद किसी बुज़ुर्ग ने दी थी। उस ज़माने में प्रोग्राम पहले से रिकॉर्ड नहीं किये जाते, सारी नश्रियात "हाथों हाथ" होती थीं और लम्बे ड्रामों में हमेशा यह डर रहता था कि कहीं ज़रा सी भूल चूक न हो जाए दरअस्ल हर प्रोग्राम से पहले यही फ़िक्र रहती थी। अतिया ख़ासतौर पर लम्बे ड्रामे के लिए यह अंगूठी पहन कर आती थीं।

एक बार फिरोज़ ने चुपके से मुझसे कहा, तुम्हें मालूम है कि अतिया कितनी बड़ी हैं, वह 35 साल की हैं। नियम के अनुसार हमेशा उनका नाम लिया। एक तो अतिया को बाजी पुकार कर ख़ुद को कमसिन सिद्ध करने की मुझे कोई तमन्ना नहीं थी, दूसरे यह कि पश्चिम में अपने से बड़ों को आपा, भाई वग़ैरह कहने का दस्तूर नहीं है।

सनी और अतिया ने चेलसी में एक फ़्लैट ख़रीद लिया था और उनके दोनों बच्चे वहाँ स्कूल में दाख़िल हो गए थे। अतिया अंग्रेज़ी में लिखती थीं। उनके अंग्रेज़ी अफ़सानों का संग्रह Phoenix Fled एक उच्चकोटि के पब्लिशिंग हाउस से प्रकाशित हुआ, न जाने क्यों अतिया को अनुवादों के द्वारा उर्दू में परिचित नहीं कराया गया। उनके अंग्रेज़ी नाविल को भी उर्दू में छपना चाहिए था। अतिया एक बहुत शिष्ट, मिलनसार और ख़ुशमिज़ाज बीबी थीं। सारी ज़िन्दगी उनकी बड़ी प्रशंसा की गयी और क़ुदरत ने उन्हें जी भरके हर तरह से नवाज़ा था। लेकिन उन्होंने अपने आपको कोई ख़ासुल-ख़ास हस्ती कभी नहीं समझा।

बर्तानिया का कुलीनों का वर्ग यानी लॉर्ड और लेडी लोग, उनकी एक बहुत ही घमंडी और अलैहदगी पसन्द सोसायटी है। अतिया उन गिनती के चंद हिन्दुस्तानियों में शामिल थीं, जिनका इस सोसायटी में मान सम्मान किया जाता था लेकिन जिस तरह वह लॉर्ड फ़ुलाँ और लेडी फ़ुलाँ के यहाँ वीकएन्ड पार्टियों में आमंत्रित की जाती थीं, उसी इतमीनान के साथ वह लंदन के गुमनाम हिन्दुस्तानियों की दावतों में भी शरीक होती थीं। किसी क़िस्म की पर्सनैलिटी प्रॉब्लम अतिया के यहाँ नहीं थी।

अपने भाई फ़व्वाद के इन्तिक़ाल के बाद अतिया टूट सी गयी थीं। फ़व्वाद एक एक्सपर्ट पायलेट थे, विमान दुर्घटना ही में उनका देहान्त हुआ। वह जितना ग़म न करतीं कम था। अतिया के बेटे वारिस हुसैन और बेटी शमा दोनों फ़िल्म निर्माता हैं और बचपन से इंग्लिस्तान के बजाय हिन्दुस्तान आकर अपना काम शुरू किया। सनी ने बम्बई में वार्डन रोड पर उनके लिए एक फ़्लैट ख़रीदा। ये फ़्लैट मेरे पड़ोस में था। कभी-कभी अतिया लंदन से आकर वहाँ क़याम (ठहरा) करतीं।

डॉक्टर मुल्कराज आनन्द और नोशब्ज़ जी उनके फ्रेंड्स सर्किल में शामिल थे। वह शाम मुझे याद आती है, जब अतिया के यहाँ गयी, वह दरवाज़ा खोल कर बाहर आयीं और ज़ारो-क़तार रोने लगीं। वह फ़व्वाद के इन्तिक़ाल के बाद बेहद कमज़ोर दिल की हो गयी थीं और बात-बात पर अश्कबार हो जाती थीं

(रोने लगती थीं)। फ़व्वाद की असमय मौत ने उनके मन मस्तिष्क को बुरी तरह प्रभावित किया था।

एक बार जब अतिया बम्बई आयीं, फ़िल्म 'शोले' की सफलता हर जगह चर्चा का विषय थी। अतिया के यहाँ भी यह ज़िक्र निकला, उनके शौहर भी आए हुए थे। शमा उर्दू नहीं बोल पाती थीं। बैरा चाय लेकर आया तो शमा ने मुझसे कहा कि इससे पूछिए "शोले" इतनी ज़्यादा क्यों पसन्द की गयी। वह बोला मेम साहब उसमें डायलॉग बहुत "जबरजश्त" मारा है, जैसे "आदमी तीन गोली छह" मुझे ठीक तरह याद नहीं कि बैरे ने क्या डायलॉग दोहराया था। उस वक़्त मैं सोच रही थी कि शमा और वारिस अपनी सम्पूर्ण बर्तानवी ट्रेनिंग के साथ-साथ हिन्दुस्तान की सामूहिक साइकी के मर्म और रहस्यों को अपनी गिरिफ़्त में ले आयें तो बात बनेगी।

पिछली बार जब मैं लंदन गयी तो मुझे मालूम हुआ कि अतिया बीमार रहती हैं। मैं फ़िरोज़ और यावर अब्बास उनके यहाँ गए; हम लोग बहुत देर तक पुरानी बातें करते रहे। चलते वक़्त मैंने कहा, आज हम लोगों ने रिटायर्ड जरनैलों की तरह बैठकर अपने-अपने मोर्चों और युद्ध क्षेत्रों का तज़किरा किया है; अतिया बहुत हँसीं।

अफ़सोस कि रिटायर्ड जरनैलों की अगली री यूनियन में शिरकत के लिए वह मौजूद न होंगी।

हरम लेक और सलाम लेक

उसमानिया तुर्की में रिहायशी मकान दो हिस्सों पर आधारित होता था, हरम लेक और सलाम लेक; जिसे हमारे यहाँ ज़नानख़ाना-मर्दानख़ाना कहते हैं। हमारे यहाँ औरतों की उर्दू भी ज़रा मुख़तलिफ़ (भिन्न) थी। ये बेगमाती ज़बान ऐसी दिलनशीं और बाँकी थी कि उसका तर्जुमा किसी और ज़बान में नामुमकिन है।

उर्दू पत्रकारिता भी मर्दाना और ज़नाना दो ख़ानों में बँट गयी। पश्चिम में 'लेडीज़ होम जर्नल' क़िस्म के रिसाले अर्से से निकल रहे थे। "तहज़ीब-ए-निसवाँ" जो 1898 ई. से जारी हुआ, उसके मास्टहेड पर छपता था, 'हर शनिवार को एक शरीफ़ बीबी की एडिटरी में लड़कियों के लिए प्रकाशित होता है।' अक्सर मज़मून निगार औरतों के नामों की बजाय महज़ त. ख. श. म. वग़ैरह छपता था।

20 मई 1905 ई. के तहज़ीब-ए-निसवाँ में ख़बर छपी थी कि विक्टोरिया गर्ल्ज़ स्कूल लाहौर से इस साल छह लड़कियाँ मिडिल स्कूल के इम्तिहान में शामिल हुईं थीं, जिनमें चार मुसलमान और दो हिन्दू। हमें इस बात के मालूम होने से निहायत ख़ुशी हुई कि ये सब छह की छह लड़कियाँ उस इम्तिहान में कामयाबी के साथ पास हो गयी हैं और ज़्यादा ख़ुशी इस बात के सुनने से है कि कामयाब छात्रों की फ़हरिस्त में से इसी स्कूल की चार लड़कियाँ अव्वल रही हैं।

15 जुलाई 1905 ई. के "तहज़ीब-ए-निसवाँ" में यह ख़बर छपी कि 28 जून 1905 ई. को सूरत में एक जलसा इन तजावीज़ (प्रस्तावों) पर ग़ौर करने के लिए किया गया कि शहज़ादी वेल्ज़ के हिन्दुस्तान तशरीफ़ लाने के मौक़े पर इज़हार-ए-इताअत (स्वामी भक्ति) के मुताल्लिक़ क्या कार्रवाई की जाए। जलसे में बहुत सी देसी व यूरोपियन सम्मानित औरतें शामिल थीं। माहनामा "ख़ातून" 1904 ई. में अलीगढ़ से जारी हुआ। "तहज़ीब-ए-निसवाँ" और "ख़ातून" में क्लेश भी शुरू हो गया। "तहज़ीब-ए-निसवाँ" में बृजकुमारी के मज़ामीन (निबन्ध) भी अक्सर छपा करते थे।

बम्बई में शहज़ादी वेल्ज़ के स्वागत के लिए जो ज़नाना जलसा आयोजित किया गया, 23 नवम्बर 1905 ई. के "तहज़ीब-ए-निसवाँ" में ज़हरा ख़ानम फ़ैज़ी ने रिपोर्ट भेजी कि लेडी पेटियट लेडी जहाँगीर, लेडी करीम भाई इब्राहीम, बेगम मुमताज़ जहाँ नसरुल्लाह ख़ाँ, भोर की रानी वग़ैरह कुल पाँच मुसलमान बेगमें, तीन पारसनें, बाक़ी छह-सात हिन्दू बीबियाँ शहज़ादी साहिबा से मिलीं, उनमें पाँच औरतें अंग्रेज़ी भी जानती थीं।

30 दिसम्बर 1905 ई. को कलकत्ता में भी हस्बे-मामूल शहज़ादा व शहज़ादी साहिबा के स्वागत की तैयारियाँ धूमधाम से हो रही हैं और हाकिम व महकूम (मालिक और गुलाम) अपने हौसले के म्वाफ़िक़ जोश दिखा रहे हैं। अधिकारियों की इच्छा थी कि बंगाली शरीफ़ व कुलीन महिलाएँ प्राचीन रीतियों के अनुसार शहज़ादी साहिबा से मुलाक़ात करें, मगर बंगाली मर्द इस बात को नहीं मानते, वह कहते हैं कि हम अपनी औरतों को आज़ादी हरगिज़ न देंगे। बंगाल के विभाजन ने बंगालियों को ख़ूब बहानेबाज़ बना दिया।

ये अख़बार मिस नज़रुल बाक़र के नाम से जारी किया गया था और हर हफ़्ते लाहौर से कोहाट, नौशहरा या जहाँ भी नज़रुल बाक़र साहब तैनात होते डाक द्वारा पाबन्दी से पहुँच जाता था। मेरे पास 1905 ई. की "तहज़ीब-ए-निसवाँ" की फ़ाइल मौजूद है, जिसकी अम्मा ने अपने उसी ज़माने में एहतियात से जिल्द बँधवा ली थी। उस वक़्त की लड़कियाँ किताबों और रिसालों की कितनी क़द्र करती थीं क्योंकि ये उनकी ज़िन्दगी की नयी दिलचस्पी थी।

मेरी तायाज़ाद बहन रज़िया बाजी बतलाती थीं कि अपनी शादी से पहले उन्होंने अपनी एक बाक़ायदा लायब्रेरी बनायी थी और जब ये रिसाले उनके नाम आते थे तो घर भर की लड़कियाँ इकट्ठी होकर हंडकुलिया या गुड़ियों की शादी की बजाय छोटे-छोटे निबन्ध लिखकर अपने बुज़ुर्गों को सुनातीं और उनसे इनाम पातीं। अंग्रेज़ी शिक्षा ग्रहण करना उन सब के लिए एक नेमत थी। शादी शुदा लड़कियाँ और नयी दुल्हनें भी अंग्रेज़ी पढ़ रही थीं।

अम्मा ने एक बार बतलाया था कि जब वह नौशहरा से मुरादाबाद आयीं तो उनकी हसीन-व-महजबीन (सुन्दर व चाँद जैसे मस्तक वाली) चच्ची, आले

ज़हरा बेगम जिनकी हाल ही में शादी हुई थी, उनसे अपने शादी के जोड़ों और ज़ेवरात पर गुफ़्तगू करने की बजाय उनसे बोलीं, आओ मैं तुम्हें एक चीज़ दिखाऊँ और उन्हें एक सहनची में ले गयीं और बड़ी ख़ुशी के साथ अलमारी में "ब्लैकी एण्ड सन" लंदन की छपी हुई अंग्रेज़ी किताब दिखलाकर बोलीं देखो, हम यह पढ़ रहे हैं। तुम क्या पढ़ती हो? "यही किताब तो हम भी पढ़ रहे हैं, अपने साथ ले आए हैं।" उन्होंने जवाब दिया।

ये विक्टोरियन और ऐडवर्डियन, कॉलोनियल सभ्यता के लाभ थे और ये एज्युकेशन कोर्स सारे ब्रिटिश एम्पायर में प्रचलित था। फूफी हमीदा वालिद मरहूम की चचाज़ाद बहन थीं। उन्होंने तो अंग्रेज़ी नहीं पढ़ी थी लेकिन उनकी छोटी बहन वहीदा चच्ची अंग्रेज़ी से वाक़िफ़ थीं। उनके वालिद भी उनसे मज़मून लिखवाकर सुनते थे।

एक बार उनके वालिद ख़ानबहादुर डिप्टी सग़ीर हुसैन ट्रॉंस्फ़र होकर एक ज़िले से दूसरे ज़िले जा रहे थे। सारा सामान बैलगाड़ियों पर लदा था। क़ाफ़ले में गाय, भैंस और मुर्ग़ियों के दड़बे भी शामिल थे। बेगमात पालकियों में बैठती थीं। सफ़र कई हफ़्तों में तय होता था। रात को छोलदारियाँ लगा ली जातीं। बेगमात के लिए क़नातें सुबह सवेरे कोच, इन मुसाफ़तों के दौरान भी ये कम उम्र लड़कियाँ किताबें पढ़ती जातीं।

एक तबादले के दौरान क़ाफ़िला रास्ता भूल गया। मूसलाधार बारिश, रात का वक़्त और जंगली जानवरों का ख़तरा। चच्चीजान फ़रमाती थीं कि ऐन उस वक़्त बारिश में भीगते हुए एक सब्ज़पोश बुज़ुर्ग प्रकट हुए और उन्होंने रास्ता बताया न कोई बात की और न रुके और फ़ौरन ग़ायब हो गए।

मेरा निजी ख़याल है कि ख़्वाजा ख़िज़्र[1] सर सैयद अहमद ख़ाँ के भेस में अलीगढ़ में आए थे। ज़रूरी नहीं कि ख़्वाजा ख़िज़्र अपनी सूरत ही में नज़र आयें, वह किसी भी वेश में आ सकते हैं।

एक बार लंदन में रात के वक़्त मैं नाइट्स ब्रिज के ट्यूब स्टेशन से बाहर निकली, एक बूढ़ा अख़बार फ़रोश बाहर खड़ा था। मुझे लंदन आए चंद रोज़

1. हज़रत ख़िज़्र अलैहिस्सलाम, एक मान्यता के आनुसार भटके हुओं को रास्ता बताते हैं।

ही हुए थे, मैंने उससे मतलूबा (वाँछित) जगह का पता पूछा, उसने बतलाया Brompton Oratory ऐन सामने जो इमारत है। मैंने उसको मकान नम्बर भी बतलाया था, शुक्रिया अदा करके चल पड़ी।

चलाचल-चलाचल मैं उस बिल्डिंग के सामने पहुँच गयी मगर अब मुझे याद नहीं रहा कि वह नम्बर 214 था या 215। पास-पास दाख़िले के दो दरवाज़े थे; मैंने ग़लत दरवाज़े की घंटी बजा दी। दरवाज़ा खुला, एक सियाहफ़ाम आदमी ने झाँका, ऐन उसी वक़्त किसी ने मेरी कोहनी पकड़कर मुझे पीछे खींचा, वही बुड्ढा अंग्रेज़ अख़बार फ़रोश खड़ा था, बोला डियर तुम ग़लत दरवाज़े पर आ गयी हो, 214 ये है; उसने बराबर के दरवाज़े की घंटी बजायी और जब तक दरवाज़ा खुले वह खड़ा रहा। अनवर जमाल क़िदवाई के ख़ानसामाँ रमज़ान ने दरवाज़ा खोला, मैं पीछे मुड़कर उस बुड्ढे अंग्रेज़ अख़बार फ़रोश का शुक्रिया अदा करूँ, वह ग़ायब हो चुका था।

वह ज़माना जब गिनती की कुछ लड़कियाँ हिन्दुस्तान से तालीम के सिलसिले में यहाँ आती थीं; अक्सर उनके साथ उनकी शेप्रून होती थीं। वह इस तरह रातों को अकेली थोड़े ही मारी-मारी फिरती थीं। बहरहाल यह बिल्कुल नया ज़माना था। और उस वक़्त वह दौर जब आपा हमीद जहाँ, ख़ातून आपा, नूरजहाँ यूसुफ़ वग़ैरह यहाँ पढ़ने के लिए आई थीं, हमें अब बहुत दक़ियानूसी मालूम होता है। आजकल माँ-बाप अपनी लड़कियों को आमतौर पर सत्रह वर्ष की आयु में शिक्षा के लिए अमेरिका भेज देते हैं। नज़रियों और सामाजिक रवैयों में बड़ा फ़र्क़ आ चुका है।

जब मैं पहली बार इंग्लिस्तान आ रही थी मेरे चचा सैयद निसार हैदर ने किसी से दरयाफ़्त किया था कि ऐनी बीबी को लंदन पहुँचाने कौन गया है, उन्हें बताया गया कि वह अकेली गयी हैं तो उन्होंने ख़ामोश होकर फिर पेचवान की नै मुँह में लगा ली। यह नयी औरत का नया ज़माना था और हालाँकि नयी मुसलमान औरत उत्तरी भारत में ज़्यादा बुर्क़ापोश थी मगर उसका एक वर्ग समाजी और राजनीतिक चेतना भी प्राप्त कर चुका था। यह जागृति बड़ी सीमा

तक "तहज़ीब-ए-निसवाँ" ही की कृतज्ञ थी, जिसने कुछ ही वर्षों में सारे देश के अन्दर निबन्धकार महिलाओं की खेप पैदा कर दी थी।

उसी ज़माने में या उससे भी पहले नौउम्र बिन्त-ए-नज़रुल बाक़र के भाई रज़ा बाक़र का इन्तिक़ाल हो गया। सैयद मुमताज़ अली ने मिस नज़रुल-बाक़र को ख़त लिखा कि आज से रज़ा बाक़र मरहूम की जगह मुझे अपना भाई समझिए चुनांचे वह निहायत संजीदगी के साथ बिन्त-ए-नज़रुल बाक़र के भाई बन गए। 1907 ई. में जब मिस नज़रुल बाक़र की जवाँ साल वालिदा मुस्तफ़ाई बेगम का इन्तिक़ाल हुआ तो मोहम्मदी बेगम पत्नी मुमताज़ अली, वालिदा इम्तियाज़ अली ताज ने उन्हें ख़त लिखा, बहन मैं फ़ौरन ट्रेन से आपके पास पहुँचती वग़ैरह।

आमतौर से ख़याल किया जाता है, ख़ासतौर से हिन्दुस्तान की दूसरी भाषाओं के लेखकों और पत्रकारों का पक्का विश्वास है कि उर्दू में डॉक्टर रशीद जहाँ और इस्मत चग़ताई से पहले औरतों ने न कुछ लिखा, न कोई क़ाबिल-ए-ज़िक्र लेखिका पैदा हुई। एक हिजाब इम्तियाज़ अली थीं, जिनका मज़ाक उड़ाना ख़ुद हमारे तरक़्क़ी पसंदों ने अपना फ़र्ज़ समझा, हिजाब से पहले लिखने वालियों का तो ज़िक्र ही क्या। हमारे विश्वसनीय आलोचक प्रोफ़ेसर वक़ार अज़ीम ने महिलाओं के लेखों को "निम्न वर्ग का साहित्य" कहकर बयक क़लम मुस्तरद (निरस्त) कर दिया।

हमारे तरक़्क़ी पसन्दों (प्रगतिशील साहित्यकारों) ने उनकी आवाज़ में आवाज़ मिलायी और उर्दू में अदबी पेश क़दमी, "अंगारे" की लेखिका रशीद जहाँ ने की। ये किताब 1932 ई. में प्रकाशित हुई थी लेकिन इससे पहले उर्दू के मशहूर अदबी रिसालों "नेरंग-ए-ख़याल", "हुमायूँ", "अदबी दुनिया", वग़ैरह में नज़्र सज्जाद हैदर, हिजाब इस्माईल, मिसेज़ अब्दुल क़ादिर वग़ैरह के अफ़साने प्रकाशित हुए थे। मिस नज़रुल बाक़र इस सदी की पहली दहाई से मर्दाना रिसालों में मज़मून लिख रही थीं, जैसे उन्होंने इस दूरी को बड़ी आसानी से तोड़ दिया था, जिसने हमारे समाज को मर्दाना और ज़नाना कम्पार्टमेंट में विभाजित कर रखा था।

हिन्दुस्तान और हिन्दुस्तान से बाहर के ऐसे जलसों में जहाँ दूसरी हिन्दुस्तानी भाषाओं के प्रतिनिधि शरीक होते हैं। मुझसे आमतौर पर यह सवाल किया जाता है कि आपकी सोसायटी तो इतनी दक़ियानूसी है, आपको एक टाइपिस्ट बनने के लिए बड़ी जद्दोजोहद करनी पड़ी होगी। जब मैं उनको बताती हूँ कि हिन्दुस्तान में उर्दू एक तरक़्क़ीयाफ़ता मुआशरे की ज़बान है, जिसमें औरतें पिछले सौ वर्षों से अपना फ़ेमिनिस्ट प्रेस चला रही हैं तो उनको यक़ीन नहीं आता।

अदब (साहित्य) अब भी जैसे सलाम लेक और हरम लेक में बँटा हुआ था। लेकिन यह तफ़रीक़ (अंतर) भी एक क़ाबिल-ए-ज़िक्र चीज़ है क्योंकि इससे ज़ाहिर होता है कि हमारे यहाँ वीमन-लिब का आन्दोलन, जो ख़ुद पर्दानशीं औरतों ने शुरू किया और इस वजह से कामयाब रहा कि उनके रौशन ख़याल सरपरस्त मर्द, बाप, भाई, शौहर उनके हमदर्द और हमनवा थे और यह भी न भूलना चाहिए कि ये सब ज़्यादातर सरसैयद तहरीक की पोषित नस्ल के प्रतिनिधि थे।

हालाँकि सरसैयद ने ख़ुद कभी महिलाओं की शिक्षा की हिमायत नहीं की, बल्कि उनका ख़याल था कि पहले लड़के आधुनिक शिक्षा ग्रहण कर लें फिर लामुहाला उनके घरों की औरतें भी नयी रौशनी से लाभान्वित होंगी। "मुसद्दस हाली"[1] इस नयी तहरीक का मेनिफ़ेस्टो था, जो 1893 ई. में प्रकाशित हुआ।

शैख़ मोहम्मद अब्दुल्लाह संस्थापक मुस्लिम गर्ल्ज़ कॉलेज अलीगढ़ ने सवानेह उम्री (जीवनी) अब्दुल्लाह बेगम में लिखा है कि महिलाओं की शिक्षा के सिलसिले में सज्जाद हैदर, अबू मोहम्मद और चंद दूसरे नौजवान अलीगढ़ में उनके समर्थक थे। शैख़ अब्दुल्लाह ने एक मदरसा निसवाँ (महिलाओं का मदरसा) स्थापित करने का प्रस्ताव रखा। चबूतरे पर नवाब मोहसिनुल मुल्क और दूसरे फ़ाउंडर्स तशरीफ़ फ़रमा थे। नवाब मोहसिनुल मुल्क ने गुस्से में अपनी टोपी उतार कर दूर फेंक दी और बोले, मुसलमान क़ौम लड़कों की अंग्रेज़ी तालीम के लिए तैयार नहीं है, अब तुम लड़कियों का क़िस्सा शुरू कर दो।

1. शाइर 'हाली' की कविता, जिसमें एक बंद छह पंक्तियों का होता है।

नवाब सुल्तान जहाँ बेगम, जो हिन्दुस्तान की पहली महिला थीं, जो किसी यूनिवर्सिटी की चांसलर मुक़र्रर की गयीं। हर हाइनेस नक़ाब पहन कर बाहर आती थीं और क़ौमी सरगर्मियों में ब नफ़्से-नफ़ीस (पूरी तन्मयता) से हिस्सा लेती थीं। ख़ुद भोपाल में उन्होंने औरतों की तालीम व तरक़्क़ी के लिए बहुत कुछ किया।

भोपाल एक पुराने विचारों की पठान रियासत थी लेकिन हैरतअंगेज़ बात यह है कि एक के बाद एक चार बेगमें उसकी शासक रहीं हैं, उन्होंने ख़ुद हुकूमत की, ख़ुद हुक्म और फ़रमान जारी किये लेकिन किसी मौलवी ने यह फ़तवा जारी नहीं किया कि औरत की हुकूमत जाइज़ नहीं। ये बेगमात पर्दानशीन थीं मगर सुल्तान जहाँ बेगम बेनक़ाब भी बाहर आयीं।

उस ख़ानदान की पाँचवीं हुक्मराँ बेगम साजिदा सुल्तान अपने वालिद हमीदुल्लाह ख़ान के इन्तिक़ाल के बाद उनकी जानशीं (उत्तराधिकारी) हुईं लेकिन उस वक़्त भोपाल एक रियासत की हैसियत से अपनी शनाख़्त खो चुका था और मध्य प्रदेश की राजधानी बना दिया गया था। लगातार चार बेगमात की हुक्मरानी की बदौलत, भोपाल की औरतों में अपनी अहमियत का अहसास और ख़ुद्दारी का जज़्बा बेदार हुआ।

नवाब भोपाल हमीदुल्लाह ख़ाँ ने रियासत को इण्डियन यूनियन में मिलाते वक़्त यह शर्त रखी कि औरतों को शिक्षा यहाँ पहले की तरह हमेशा मुफ़्त दी जाएगी। भोपाल में इस्लामी शरीयत की पाबंदी इस हद तक है कि वहाँ हिन्दुस्तान के दूसरे इलाक़ों के विपरीत तलाक़ या विधवाओं के विवाह को बुरा नहीं समझा जाता।

लक्ष्मीबाई झाँसी की रानी एक क़ौमी Myth में तब्दील हो चुकी है। बेगम हज़रत महल की तरह वह भी अपने वारिस के तख़्तो-ताज के लिए लड़ी थीं। बहरहाल ये दोनों महिलाओं की आज़ादी के ध्वजआरोहियों के लिए प्रतीक बन गयीं और हम भी उन्हें इसी हैसियत से देखना पसन्द करते हैं। उर्दू में औरतों की पत्रिकाएँ भी बहुत निकलीं और स्त्रियों की पत्रकारिता का एक बड़ा व्यवस्थित

स्कूल स्थापित हो गया। ये पत्रकार महिलाएँ अधिकतर घरेलू बीबियाँ थीं। पर्दे के अन्दर रहकर, दुनिया जहान की ख़बर रखती थीं और अपने अधिकारों के लिए रोष प्रकट करना भी ख़ूब जान गयी थीं लेकिन राजनीतिज्ञों ने असलियत को तोड़ मरोड़ के पेश किया।

उदाहरण के तौर पर कुछ वर्ष पहले अमेरिका में मेरी एक पाकिस्तानी दोस्त के अमेरिकन पति ने मुझसे बहस की और कहा कि पाकिस्तान बनने से पहले उपमहाद्वीप के मुसलमान दूसरे दर्जे के नागरिक थे और औरतों की हालत तो बहुत ही ख़राब थी। जो कुछ तरक़्क़ी उन्हें मिली, वह पाकिस्तान बनने के आन्दोलन की बदौलत मिली। उस अमेरिकन ने, जो अपनी बीवी से सुना था, वही दोहराया। मतलब यह कि 1857 ई. के बाद अलीगढ़ और जस्टिस करामत हुसैन के स्थापित किये हुए मुस्लिम गर्ल्ज़ स्कूल लाहौर के ज़नाना मदरसों आदि को नज़रअंदाज़ करके इतिहास मानो 14 अगस्त 1947 ई. से आरम्भ होता है।

औरतों ने उर्दू के गद्य साहित्य में मर्दों के कंधे से कंधा मिलाकर नाम पैदा किया। एक महिला साहित्यकार ज. ख. श. यानी ज़ाहिदा ख़ातून शेरवानिया ने अंतर्राष्ट्रीय राजनीति पर नज़्में लिखीं और हिजाब को 1936 ई. में पायलट का लाइसेंस मिला। खेल के मैदान में मिस ख़ानम हाजी इण्डिया टेनिस चैम्पियन रहीं वग़ैरह-वग़ैरह। लेकिन सारे कारनामों को फ़रामोश कर दिया गया। "इस्मत" और "तहज़ीब-ए-निसवाँ" की पुरानी फ़ाइल उठाकर देखिये कि सारे उपमहाद्वीप में पेशावर से लेकर रासकुमारी तक मुसलमान औरतों के आन्दोलन कितने क्रियाशील और संगठित रहे थे।

हैदराबाद दकन एक ज्योतिर्मय अध्याय था कि वहाँ के निज़ाम दकन की पॉलिसी की बदौलत लड़कियों को धर्म और सम्प्रदाय की विशिष्टता के बिना, उच्च शिक्षा के लिए इंगलैंड भेजा जाता था। कलकत्ते का सोहरावर्दी ख़ानदान और बम्बई के फ़ैज़ी और तैयबजी घराने, अपनी आला तालीमयाफ़्ता ख़वातीन के लिए मशहूर थे। कई ख़ानदानों की औरतों ने पर्दा करना छोड़ दिया था और उनकी लड़कियाँ कॉलेजों में पढ़ रही थीं। मुस्लिम महिलाएँ राजनीति में आ गयी थीं।

मेरे बचपन में बेगम कुलसूम शाहिद हुसैन एम.एल.ए. मुरादाबाद से आकर लखनऊ में हमारे यहाँ क़याम करती थीं। Legislative Assembly के सेशन के लिए रोज़ाना सुबह कौंसिल चैम्बर जाया करती थीं। उस ज़माने की और ख़वातीन लीडर बाजी रशीदा लतीफ़, बेगम जहाँ आरा शाहनवाज़, लेडी मोहम्मद शफ़ी, बेगम हबीबुल्लाह वग़ैरह अम्मा की सहेलियाँ थीं।

ये सब सरोजनी नायडू को अपनी सहकर्मी मानती थीं और उनकी प्रशंसक थीं, लेडी वज़ीर हसन का एक दिलचस्प संवाद मुझे याद है : (वह हमेशा पूर्वी भाषा बोलती थीं) अम्मा से कहने लगीं : कांग्रेसी हमको मानत हैं तो सोशलिस्ट न भी तो हमरी बात मनिहैं और रही गवर्नमेंट, तो अगर हम बन्ने मियाँ की माँ हैं तो लल्ले मियाँ की भी तो माँ हैं (लल्ले मियाँ यानी सैयद हसन जहीर इण्डियन सिविल सर्विस के एक सदस्य थे) उन तमाम बेगमात में बला का आत्मविश्वास था।

उनके अलावा एक वर्ग बहुत ज़्यादा पश्चिमी विचारों वाला भी हो गया था मगर दिलचस्प बात यह है कि सोसयटी उस समय बड़े चौंका देने वाली तब्दीलियों को भी क़बूल कर लेती थी, मिसाल के तौर पर शैख़ अब्दुल्लाह की एक बेटी खुर्शीद जहाँ मिर्ज़ा 1939 ई. में बम्बई टाकीज़ की हीरोइन बन गयीं तो कोई धमाका नहीं हुआ। मुसलमानों ने बतौर एहतजाज अपनी लड़कियों को अलीगढ़ गर्ल्ज़ कॉलेज से नहीं उठाया। कुछ वर्षों बाद शैख़ अब्दुल्लाह की बहू शाहिदा, जिन्होंने मोहसिन अब्दुल्लाह से शादी की थी, वह भी फ़िल्म स्टार नीना बन गयीं। अलीगढ़ की तीसरी लड़की ज़ुबैदा हक़ बेगम पारा के नाम से मशहूर हो गयीं। गर्ल्ज़ कॉलेज बदस्तूर नेक नाम रहा।

तरक़्क़ी पसन्दों ने सबसे पहले अपनी धूम अलीगढ़ में मचायी। इस्मत चग़ताई भी अलीगढ़ से निकलीं। उनका मज़मून "पर्दे के पीछे" शायद 1940 ई. में छपा था और उनके पहले संग्रह में शामिल है। इसमें उन्होंने मेरी चचाज़ाद बहनों, अज़रा आपा ने कुछ माह पहले 82 वर्ष की आयु में कराची में इन्तिक़ाल किया। उन्होंने बी.ए. के इम्तिहान में फ़र्स्ट क्लास फ़र्स्ट की पोज़ीशन हासिल की थी और बाद में लंदन यूनिवर्सिटी में भी पढ़ा और वहाँ से डिग्री ली।

वह आदर्शवादियों का दौर था। ये आदर्शवादी तरह-तरह के थे। कम्युनिस्ट हल्के-फुलके गुलाबी तरक़्क़ी पसन्द, जैसे इस्मत आपा। ये सब लोग वक़्त और वाक़ेआत और हादिसों के बहाव में बह रहे थे। उस दौर को विभिन्न शीर्षकों से याद किया गया। असलियत महज़ एक थी; वाक़ेआत का बहाव, जिस पर किसी का वश न था।

मेरे बचपन में एक शाइरा ने बड़ी धूम मचायी थी, वह ख़तीबा-ए-हिन्द कहलाती थीं और गद्य और भाषण द्वारा अपने राजनीतिक धर्म का प्रचार करती थीं। निहायत बाशऊर (विवेकपूर्ण) सियासी शाइरी आज से 60/70 साल पहले एक जवाँ मर्ग शाइरा ज़ाहिदा ख़ातून शेरवानिया ने की। उनका मजमूआ-ए-कलाम (काव्य संग्रह) "फ़िरदौस-ए-तख़य्युल" 1940 ई. में दारुल इशाअत पंजाब, लाहौर ने प्रकाशित किया। इसकी भूमिका यलदरम ने लिखी थी। "फ़िरदौस-ए-तख़य्युल" भी गुमनाम रही।

उस दौर में औरतों का स्टेज पर आकर, मर्दाना मुशायरे में अपना कलाम पढ़ने का सवाल ही पैदा नहीं होता था। रेडियो और टेलीविज़न भी नापैद थे। चुनांचे बहुत से उच्च कोटि के रचनाकारों को exposure नहीं मिला, जिसके वे अधिकारी थे।

एक चीज़ ने मुझे हमेशा हैरान किया है कि कई औरतें अपनी निहायत ख़राब शाइरी इस क़दर इतमीनान और ख़ुद एतमादी के साथ बड़े-बड़े मुशायरों में पेश करती हैं; और भी ताज्जुब आजकल की कुछ आधुनिक शाइरात का कलाम सुनकर हुआ। ऐसा लगता है मानो वे एक बेहद आज़ाद ख़याल पश्चिमी समाज की पालित पोषित हैं। हालाँकि सच्चाई इससे पूर्ण रूप से भिन्न है। कुछ महिलाएँ अच्छी आवाज़ की भी हैं और मुशायरे की शोभा बढ़ाने के लिए उन्हें बुलाया जाता है। तरन्नुम (लय) के साथ अपनी घटिया शाइरी पेश करती हैं और श्रोताओं को इससे बेहतर शाइरी की उनसे आशा भी नहीं होती।

हिन्दुस्तान में अज़ीज़ बानो वफ़ा और चंद और शाइरात, पाकिस्तान में फ़हमीदा रियाज़ और किशवर नाहीद एक बिल्कुल अलग क्लास से ताल्लुक़

रखती हैं। बुलंदपाया शाइरात के इस वर्ग में जवाँमर्ग (जवानी में मृत्यु प्राप्त) शाइरा परवीन शाकिर भी शामिल थीं।

पुरुषों और स्त्रियों का मुशायरा समकालीन कल्चर की पैदावार है। सबसे पहला ज़नाना मुशायरा, जो मैंने अपनी वालिदा के साथ अटैंड किया, जैसे हरम लेक की महफ़िल-ए-सुख़न थी, जो क़ैसरबाग़ में मुनअक़िद (आयोजित) हुई थी। कनीज़ फ़ातिमा 'हया' बड़े ही मंझे हुए अंदाज़ से उसे कंडक्ट कर रही थीं। ग़ुलाम क़ादिर फ़रीद बाक़ायदा ड्रेस सूट पहने, उस महफ़िल में कोरेले करने में मसरूफ़ थे। वह बहुत ही पुर तकल्लुफ़ और आदाब-ए-महफ़िल का पाबन्द ज़माना था। हर बात क़ायदे व ज़ाब्ते के मुताबिक़ की जाती थी, वर्ना ग़ुलाम क़ादिर, फ़रीद क़ादिर ड्रेस सूट क्यों पहनते (बुशर्ट और बे तकल्लुफ़ लिबास अमेरिकनों की बदौलत जंग के ज़माने में प्रचलित हुआ)।

उस महफ़िल में जोश की भांजी सफ़िया शमीम मलिहाबादी भी शामिल थीं और जब बुन्दा बाजी, यानी कनीज़ फ़ातिमा हया ने मुशायरे के समापन पर कहा कि अब हम आपको अपने स्टूडियोज़ वापस लिये चलते हैं तो मैं उनके प्रोफ़ेशनल एनाउंसमेंट से बहुत प्रभावित हुई, हालाँकि उनका रेडियो से कोई ताल्लुक़ नहीं था। ज़्यादातर महिलाएँ जो पब्लिक लाइफ़ में नहीं आती थीं, वह भी बड़ी योग्य और competent थीं।

एक क़ाबिल-ए-ज़िक्र बात, जो हमारी तहज़ीब की पायदारी की एक मिसाल है। हमारे यहाँ मिलीजुली सोसायटी का प्रचलन होने के बावजूद, हम अभी तक मानसिक रूप से उन हद बन्दियों के आदी हैं। यहाँ मैं एक वाक़ए का ज़िक्र करती चलूँ। आज से कोई बीस साल पहले की बात है, मैं बम्बई से दिल्ली आ रही थी। तीन हज़रात उस कम्पार्टमेंट में हमसफ़र थे। मेरी मौजूदगी की वजह से या आदर में वे तीनों इस लम्बी यात्रा में एक लफ़्ज़ मुझसे न बोले। आपस में भी क़तई कोई बात नहीं, बिल्कुल गुमसुम बैठे रहे। ये हमारी सलाम लेक और हरम लेक सभ्यता का प्रदर्शन था।

लाल डिग्गी के किनारे

मिर्ज़ा मोहम्मद रफ़ी सौदा (एक प्रसिद्ध पुराने शाइर) ने रिपोर्ट किया कि "वह एक शख़्स, जो बाईस सूबों का था ख़ाविन्द, रही न उसके तसर्रुफ़ में फ़ौजदारी-ए-कोल", फ़ौजदारी व दीवानी पहले मराठों के हाथ में आयी, फिर कम्पनी बहादुर का परचम लहराया।

अलीगढ़ रेलवे स्टेशन से जमालपुर की तरफ़ जाते रास्ते में एक तालाब पड़ता है, जो लाल डिग्गी कहलाता है। उसके किनारे पर फूँस का बंगला, दूर से एक पुरानी पेंटिंग जैसा नज़र आता था; और सुना है कि हाल ही में उसे उसके उत्तराधिकारियों के आपसी झगड़ों की बिना पर आग लगा दी गयी। ये बंगला जनरल पैरोन के युग की आख़िरी यादगार था। अपने अतीत और अपने इतिहास से बेपरवाई को हम लोग शायद तरक़्क़ी पसन्दी समझते हैं।

जब मुग़ल सलतनत के पतन के दौर में दिल्ली पर मराठों का आधिपत्य हुआ तो मराठों की सेना के फ़्रांसीसी जनरल पैरोन ने अलीगढ़ में छावनी छायी थी। सिपाहियों के लिए बैरकें और यूरोपियन अफ़सरों के लिए फूस की छतों वाले बंगलों का निर्माण किया गया। 1803 ई. में बर्तानवी हुकूमत के इस्तहकाम (स्थापित होने) के बाद, फ़्रांसीसी और मराठे रुख़सत हुए। दक्षिण में पूना दरबार का ख़ातिमा हो गया, जहाँ की रक़्क़ासा मस्तानी बाई, सब्ज़ आँखों वाली हसीना और पेशवा बाजीराव के साथ उसके रोमांस के क़िस्से भी भूली बिसरी कहानियों में शामिल हो गए।

पूना में वह महल मौजूद है, जिसके एक कमरे में मस्तानी बाई का तंबूरा, क़ालीन और तकिया सुरक्षित कर लिया गया है। कहा जाता है कि वह फ़र्रुख़ाबाद की रहने वाली थी। मस्तानी बाई भी अट्ठारहवीं सदी के पतनकाल की एक प्रतिनिधि थीं। हालाँकि उन्होंने उत्तर भारत की पूर्व नर्तकी बेगम सुमरो की तरह इतना सियासी इक़्तदार हासिल नहीं किया।

मराठा शाही ख़ानदान की इस मुसलमान शाखा को पेशवा ने जागीर अता की थी और वे नवाब कहलाए। ये इल्मो-अदब के सरपरस्त थे और मिर्ज़ा

ग़ालिब से भी इनकी दोस्ती थी। उनकी औलाद में से एक साहिब कराची में एयरफ़ोर्स के अफ़सर थे और उनकी बहन चित्रकारी सीखने रोम जाने वाली थीं। ऐसे अफ़सानवी पसमंज़र (पृष्ठभूमि) की ख़ातून बहुत सीधी और सादा लौह थीं। इसी ख़ानदान की दूसरी शाख़ हिन्दुस्तान में रहती है और शादी ब्याह के मौक़े पर इनकी दुल्हनें पुरानी शैली की मराठी साड़ी और गहने पहनती हैं।

1784 ई. में अलीगढ़ पर सिंधिया ने क़ब्ज़ा कर लिया था। अलीगढ़ मराठों का मज़बूत क़िला बन गया, जहाँ उनका फ़्रांसीसी जनरल 'ब्वायन' मराठों को क़वायद परेड कराता था। सिंधिया का जनरल पैरोन, उन सेनाओं का कमाण्डर इन चीफ़ था। लॉर्ड लेक और जनरल पैरोन की सेनाओं में घमासान का रण पड़ा।

अगस्त 1803 ई. में पैरोन ने लॉर्ड लेक के सामने हथियार डाले। अलीगढ़ का क़िला अब मराठों के हाथ में था, उस क़िले को मराठा फ़ौज के फ़्रांसीसी इंजीनियरों ने बेहद मज़बूत बनाया था। एक महीने तक लड़ाई जारी रही; आख़िरकार बर्तानिया जीता और शिवालिक की पहाड़ियों तक का इलाक़ा, ब्रिटिश मक़बूज़ात (अधिकार) में शामिल हो गया। अलीगढ़ का साहिब बाग़ उसी दौर की यादगार है, जब फ़िरंगी साहब लोग यहाँ रहते थे।

सर सैयद अहमद ख़ाँ ने अलीगढ़ को मदरसे के लिए इस वजह से मुंतख़ब (चयनित) किया कि दिल्ली के नज़दीक था और उसके आसपास के मुसलमान जागीरदार, जो ग़दर में अंग्रेज़ी सरकार के वफ़ादार रहे थे, उन्होंने मदरसे की आर्थिक सहायता की थी।

जब सैयद अहमद ख़ाँ ने 1875 ई. में मदरसातुल-उलूम क़ायम किया तो उस वक़्त ये बंगले काफ़ी पुराने हो चुके थे। उनकी निर्माण शैली वही थी, जो यू.पी. के सारे कम्पनी स्टाइल बंगलों में दिखाई देती है। गोल महराबों वाले बरामदे, ज़मीन की सतह के बराबर फ़र्श। बहुत ऊँची ढलवाँ छतें, गर्मी दूर रखने के लिए ये सारे बंगले ख़सपोश के थे। फ़ौज के लिए जो बैरकें बनायी गयी थीं, वह अब कॉलेज के बोर्डिंग हाउस में तब्दील हुईं और कच्ची बारक और पक्की बारक कहलायीं। कुछ इमारतें बोर्डिंग हाउस और हॉल निर्मित किये गए, उन सब जगहों की एक लीजेंडरी हैसियत है।

हुकूमत ने जो बंगले सर सैयद अहमद ख़ाँ को दिये थे, उन बंगलों में से एक में यूनिवर्सिटी के अंग्रेज़ प्रोफ़ेसर जी.सी. ओड रहते थे। दूसरे में प्रोफ़ेसर फ़ील्डन। एक बंगले में ज़हूर वार्ड की एक शाख़ क़ायम की गयी थी। उन्हीं बंगलों में से एक में यूनिवर्सिटी के पहले रजिस्ट्रार, यानी (मेरे) वालिद मरहूम ने आठ साल क़याम किया, जो शायद नम्बर तीन था और वह रिजस्ट्राज़ हाउस कहलाया। राक़िमुल हुरूफ़ (लेखिका) का जन्म उसी बंगले में हुआ। उन्हें दोबारा तामीर किया गया है और उनकी छतें पक्की कर दी गयी हैं।

यूनिवर्सिटी एरिया और सर सैयद नगर में अब बेशुमार कोठियाँ नये स्टाइल की तामीर की गयी हैं लेकिन उन पुराने बंगलों का एकाकीपन और दिलकशी, एक गुज़रे हुए अफ़सानवी दौर की याद दिलाती थीं। अलीगढ़ का फैलाव अब बेपनाह है। सारे हिन्दुस्तान का मुसलमान रिटायर होकर यहाँ आता है और एक अदद कोठी यहाँ बनवा लेता है। हालाँकि यहाँ सड़कों की हालत बहुत ख़राब है।

यूनिवर्सिटी अब पूर्व की चंद अज़ीमुश्शान दर्सगाहों में से एक है, जहाँ बीस हज़ार विद्यार्थी पढ़ रहा है। ये एक सेंट्रल यूनिवर्सिटी है; कई नये होस्टल क़ायम हो चुके हैं। बहुत सी पुरानी परम्पराएँ शेष हैं, शिक्षा स्तर के लिहाज़ से भी यह दर्सगाह मुल्क की कुछ दूसरी युनिवर्सिटियों से बेहतर है।

जब मेरा पाँचवीं क्लास में यहाँ दाख़िला हुआ था, हिसाब के लिए मुझे तीसरी क्लास में जाना पड़ता था, बाक़ी विषयों के लिए पाँचवीं क्लास में। अच्छो सातवीं क्लास में थीं, ज़हरा आपा दसवीं में। दीनयात (धार्मिक विषय) के पीरियड में पहले दिन ही उस्तानी जी ने मेरे फ़्रॉक पर एतराज़ किया, फिर उन्होंने कहा कि सिर ढाँप कर बैठो। कशीदाकारी की क्लास में एक ट्रे क्लाथ काढ़ने के लिए दिया गया था, उसमें सूई और धागा उड़सा हुआ था, मैंने वह सिर पर रख लिया, पंद्रह रोज़ इसी तरह गुज़रे।

आख़िर एक दिन मैंने घर वापस आकर, यानी चचा नसीरुद्दीन हैदर के यहाँ नूर मंज़िल पहुँचकर ऐलान कर दिया। यहाँ पढ़ना मेरे बस की बात नहीं

है। उस वक़्त मैं एक ही लड़की थी, जो फ़्रॉक पहनती थी। एक टीचर मिस अधम भी फ़्रॉकपोश थीं। उस्तानियों में लखनऊ की एक पारसी ख़ातून थीं। अक्सर वह मुझे अच्छो समझकर डाँटने लगतीं, फिर कहतीं, ओह, आइ एम सॉरी! यू आर नॉट अच्छो। अच्छो अपनी शरारतों की वजह से मशहूर थीं।

1956 ई. में जब मैं कुछ दिन के लिए अलीगढ़ गयी तो अपनी कज़िन ज़हरा आपा के यहाँ देखा, एक साइकिल सवार लड़की चली आ रही है, वह मेरी एक और कज़िन थी, जो मुझसे मिलने आई थी। मुझे बहुत अच्छा लगा कि यहाँ लड़कियाँ अब आज़ादी से साइकिलों पर घूम रही हैं और भी ताज्जुब हुआ और ख़ुशी, जब एक डांस मास्टर तशरीफ़ लाये और उन्होंने मेरी कज़िन की नौ उम्र लड़की को कथक सिखाना शुरू किया। अंग्रेज़ी विभाग के अध्यक्ष महमूद साहब की लड़की अनवरा, कथकली सीखने शान्ति निकेतन गयी हुई थी।

भई यह अलीगढ़ तो बिल्कुल बदल गया, कमाल है लेकिन रफ़्ता-रफ़्ता यहाँ दक़ियानूसी वर्ग का प्रभाव बढ़ता गया। नृत्य संगीत की ये बहार-ए-जाँफ़ज़ा बहुत जल्द ख़त्म हुई। इतनी बड़ी तब्दीली हमारी सोसायटी में अचानक भला कैसे आ सकती है। इन्क़िलाब-ए-ईरान की मिसाल हमारे सामने मौजूद है। नवीकरणवाद की यह लहर सारे विश्व में फैल चुकी है और हर देश में क्रिया-प्रतिक्रिया का यह चक्र अनन्त प्रतीत होता है।

मैंने 1967 ई. में तेहरान में हद से ज़्यादा पश्चिम के अंधाधुंध पिछलग्गूपन के नज़ारे देखे थे, हालाँकि एक सकारात्मक पहलू महिलाओं की आज़ादी का यह था कि उनके स्पोर्ट्स के मैदान में मोटर सवार लड़कियों के दस्ते हैरतअंगेज़ करतब दिखा रहे थे। ख़ानमें जो बिल्कुल यूरोपियन प्रतीत होती थीं, ज़िन्दगी के हर विभाग में काम करती नज़र आ रही थीं। अब राजनीतिक बदलाव के एक झटके से वह सब पर्देदार हुईं और हमारे यहाँ भी दक़ियानूसियत का यह रवैया बहुत आम हो चुका है।

अब 1961 ई. में अलीगढ़ में और ज़्यादा तब्दीलियाँ नज़र आयीं। आज़ादी के बाद इस यूनिवर्सिटी ने बहुत तरक़्क़ी की थी। डॉक्टर ज़ाकिर हुसैन, जहाँगीर

कहलाते थे क्योंकि उन्होंने कैम्पस को सरसब्ज़ कर दिया। कर्नल बशीर हुसैन ज़ैदी मानो शाहजहाँ थे, उन्होंने बहुत सी इमारतें बनवायीं। आज़ादी के तुरन्त बाद यहाँ महज़ चार पाँच सौ लड़के रह गए थे; अब उनकी तादाद अट्ठारह हज़ार थी। अलीगढ़ में जाने क्या कशिश है कि यहाँ के मक्खी-मच्छर, गर्द व ग़ुबार, कचरा और टूटी-फूटी सड़कों के बावजूद, यहाँ के गुरुजन इस कैम्पस को छोड़ने का ख़याल भी नहीं करते हैं। वे लंदन और पेरिस में क़याम करके फिर ख़ुशी-ख़ुशी अलीगढ़ वापस आ जाते हैं।

ये एक बहुत बड़ा साँझा परिवार है, सब एक दूसरे के दुःख दर्द में शरीक, शादी-ब्याह भी अक्सर आपस में होते हैं, शादियाँ बड़ी धूम-धाम से की जाती हैं। ओल्ड ब्वायज़ लॉज के सब्ज़े पर टी पार्टी दी जाती है। अलीगढ़ ने मेरी इस थ्योरी को भी सच साबित कर दिया कि हमारा कल्चर दरअस्ल दो चीज़ों पर आधारित है, अच्छा खाना और उर्दू शाइरी। यहाँ भी ख़ास-ख़ास मौक़ों पर यूनिवर्सिटी और गर्ल्ज़ कॉलेज में निहायत पुरतकल्लुफ़ डिनर दिये जाते हैं। यह एक स्वआलम्बित सोसायटी है और इसके वासियों के लिए ब्रह्माण्ड का केंद्र।

अलीग बिरादरी का ज़हनी कल्चर, उनकी हास्य-प्रवृत्ति, चुटकुले और परम्पराएँ व कहानियाँ एकाकी और विशेष शैक्षिक व सांस्कृतिक परिवेश का प्रतिनिधित्व करते हैं, जिसका कोई उदाहरण नहीं। अपनी दर्सगाह से मोहब्बत, उसकी विभिन्न नस्लों से यगानगत (नज़दीकियाँ) क़ाबिल-ए-ज़िक्र है। यही वफ़ादारी और मोहब्बत मैंने गवर्नमेंट कॉलेज लाहौर के शिक्षित व्यक्तियों में देखी; वह कॉलेज भी अलीगढ़ की तरह ऑक्सफ़ोर्ड और कैम्ब्रिज के नमूने पर क़ायम किया गया था। बर्तानिया में उस भाईचारे को ओल्ड स्कूल टाई कहते हैं।

अलीगढ़ के पढ़े हुए लोग दुनिया के जिस इलाक़े में एक दूसरे से मिलें, इसी भाईचारे का नवीकरण कर लेते हैं। मैंने अलीगढ़ में कभी नहीं पढ़ा, सिवाय उस एक या डेढ़ महीने के, जब पाँचवीं क्लास में दाख़िल की गयी थी और वहाँ से भाग निकली थी लेकिन मेरा लगभग सारा ख़ानदान अलीगढ़ का परवर्दा (पोषित) है। इस वजह से मैं उनकी परम्पराओं से भी परिचित हूँ और मोतरिफ़

(स्वीकारकर्त्ता) भी। बड़े भाई सैयद मुस्तफ़ा हैदर ने भी अलीगढ़ इंटरमीडिएट में दाख़िला लिया और चंद रोज़ बाद वहाँ से देहरादून वापस चले गए।

फिर मैं यहाँ एम.ए. इंग्लिश के इरादे से आयी। उस वक़्त लड़कियाँ एम.ए. के लेक्चर सुनने के लिए यूनिवर्सिटी जाने लगी थीं लेकिन उनको बुर्क़ा ओढ़ना पड़ता था। अब मैं एम.ए. इंग्लिश की एक ही लड़की थी; अब एक आदमी के लिए कमरे में स्क्रीन लगाई जाए या क्या किया जाए, बड़ी समस्या थी। अंग्रेज़ प्रोफ़ेसर फ़ील्डिंग ने मुझसे कहा, अच्छा मैं बताऊँ, तुम बुर्क़ा ओढ़कर क्लास के बाहर दरवाज़े में बैठ जाया करना।

मैंने कहा, 'जनाब, शायद आप संजीदा नहीं हैं।' उन्होंने जवाब दिया : मैं बिल्कुल संजीदा हूँ; बुर्क़ा यहाँ लाज़िमी है। मैंने कहा, 'मेरी वालिदा ने यहाँ आकर 1920 ई. में पर्दा करना छोड़ दिया और यूनिवर्सिटी के कई शिक्षकों की बेगमात को पर्दे से बाहर निकाला और अब 25 साल बाद, मैं यहाँ आकर बुर्क़ा ओढ़ूँ। ये प्रतिबिम्बित प्रगति मुझे स्वीकार नहीं।' चुनांचे अलीगढ़ को ख़ुदा हाफ़िज़ कहा और लखनऊ चली गयी।

आज़ादी के बाद यूनिवर्सिटी अपने सांस्कृतिक क्रियाकलापों के लिए बहुत मशहूर हुई। लड़के और लड़कियाँ एक साथ ड्रामों में हिस्सा लेते। यूथ फ़ेस्टिवल जो दिल्ली में आयोजित होते थे, उसमें भी अलीगढ़ के छात्र और छात्राएँ इकट्ठे अपने प्रोग्राम पेश करते। एक बहुत ही आलीशान और आधुनिक उपकरणों से सुसज्जित कैनेडी ऑडिटोरियम का निर्माण किया गया, जहाँ लड़की-लड़कों के मिले-जुले ड्रामे पेश किये जाते, मुशायरे और अदबी महफ़िलें आयोजित होतीं लेकिन रफ़्ता-रफ़्ता क़दामत परस्त (पुराने विचारों के) लोगों का असर बढ़ता गया; लड़कियाँ बुर्क़ापोश हुईं और लड़की-लड़कों के मिले-जुले ड्रामे ख़त्म।

अब आज़ादी के बाद हालात बिल्कुल बदल चुके थे और जैसा कि मैंने ऊपर लिखा है, लड़कियाँ, लड़कों के साथ ड्रामों में हिस्सा ले रही थीं; साइकिलों पर आज़ादी से घूमती थीं, लड़कों के साथ मिलकर कोरस गाती थीं। लेकिन 1982 ई. में जब मैं बतौर विज़िटिंग प्रोफ़ेसर वहाँ गयी और मैंने कैम्पस की

बदली हुई फ़ज़ा का अंदाज़ा लगाया, तभी एक शाम कैनेडी ऑडीटोरियम के स्टेज पर यूनिवर्सिटी का तराना पेश किया गया :

ये मेरा चमन है मेरा चमन
मैं अपने चमन का बुलबुल हूँ

लड़के पिछली क़तार में और लड़कियाँ सामने खड़ी थीं। मजाज़ की नज़्म और यूनिवर्सिटी आर्केस्ट्रा के साथ तराने की दिलआवेज़ धुन बहुत ही मनभावन दृश्य था। उस वक़्त के वाइस चांसलर मेरे पास ही बैठे थे, मैंने उनसे कहा मुझे लगता है कि अब लड़कियाँ और लड़के एक साथ नहीं गा सकेंगे और ऐसा ही हुआ।

कुछ अर्से बाद, लड़कियाँ यूनिवर्सिटी स्कवायर से अलग कर दी गयीं। डॉक्टर नसीम अंसारी और डॉक्टर ज़ीनत अंसारी की बेटी राइडिंग क्लब की कैप्टन थीं। लड़कियाँ हर मैदान में आगे थीं मगर अब बुर्क़ापोश सितम रसीदा मज़लूम औरत का स्टीरियो टाइप भला क्यों बदले। इण्डियन प्रेस में मुसलमान औरत हमेशा नक़ाबपोश ही दिखायी जाती है। मैं ये रिमार्क्स सुनते-सुनते आजिज़ (तंग) आ चुकी हूँ : "आप तो इतनी मॉडर्न हैं, आप तो मुस्लिम महिला बिल्कुल नहीं लगतीं।"

अलीगढ़ में एक दिन प्रसिद्ध मूर्तिकार ने मुझसे कहा, वह फ़ैज़ साहब और दूसरे अदीबों और शाइरों के हेड (Head) बना चुके हैं, मेरा भी बनाना चाहते हैं, लिहाज़ा उन्होंने प्लास्टर ऑफ़ पेरिस में मेरा सिर बनाया और अपने मुज़स्समों (मूर्तियों) की प्रदर्शनी आयोजित की। मैंने उनसे कहा कि मुझे लगता है कि मौजूदा फ़ज़ा में आप यह नुमाइश न कर पायेंगे, मगर वह न माने। नुमाइश सजायी, सुरैया आपा की वालिदा कहने लगीं, ऐनी बीबी का जो पुतला बनाया है, उसे मैं भी देखने जाऊँगी।

चुनांचे हम सब लोग नुमाइश देखने पहुँचे। बड़ी नाज़ुक-नाज़ुक मूर्तियाँ और सिर स्टूलों पर रखे थे। नुमाइश का अभी उद्‌घाटन भी नहीं हुआ था कि क़दामत परस्त तलबा की (दक़ियानूसी छात्रों की) एक टोली वहाँ पहुँच गयी,

उस टोली में चंद बुर्क़ापोश लड़कियाँ भी शामिल थीं। उन्होंने नुमाइश को बन्द करने का मुतालिबा किया और मुझसे बहस की।

मैंने कहा 1905 ई. में मिस्र के मुफ़्ती मोहम्मद अब्दा फ़तवा दे चुके हैं कि संगतराशी जाइज़ है। उन्होंने जवाब दिया, हम ये सब नहीं मानते, नुमाइश बन्द कीजिए वर्ना हम ये मूर्तियाँ तोड़ डालेंगे। मैंने संगतराश से कहा कि आपकी बरसों की मेहनत बेकार जाएगी। नुमाइश बंद कर दीजिए, चुनांचे यही किया गया।

क़दामत परस्ती और तजदीद परस्ती (पुराने विचारों व नए विचारों) की यह लहर एक विश्वव्यापी फेनोमेना है और उसके सियासी और समाजी प्रेरकों का विश्लेषण ठंडे दिल से करना चाहिए। सिर पर गागर रखे और लहंगे पहने, गुजराती, वैष्णों और जैन औरतें, हाइड पार्क में जाकर, अपनी रस्में अदा करती हैं। मोहर्रम की मजलिसें आला पैमाने पर आयोजित की जा रही है।

दो सौ साल तक पश्चिम वालों ने पूर्व को अपना हाशिया बरदार समझा। आज लंदन के इन्तिहाई कंज़र्वेटिव अपर क्लास की भूरी विक्टोरियन इमारतों के दरमियान, अचानक एक नारंगी रंग का मन्दिर दिखलायी दे जाता है, जो आसपास से क़तई अनुकूलता नहीं रखता लेकिन इस हक़ीक़त का ऐलान करता है कि सनातन धर्म के पुरोहित भी यहाँ दनदना रहे हैं।

मालदार अरबों, हिन्दुस्तानियों और पाकिस्तानियों ने लंदन की कुछ अहमतरीन (अति महत्वपूर्ण) इमारतें ख़रीद ली हैं। एक सरदारजी, एक बड़ी ज़मींदारी के मालिक बन गए हैं और वह अब बाज़ाब्ता Lord of Manor कहलाते हैं। एटन और Harrow जो इंग्लिस्तान के ख़ासुलख़ास स्कूल थे, अब उनमें बेशुमार गुजराती पटेल बच्चा पढ़ रहा है।

अक्सर मुसलमान कुनबों की लड़कियाँ, बापर्दा, शरअी लिबास, यानी लम्बी आस्तीन के लम्बे फ़्रॉक पहने और सिर पर माथे तक स्कार्फ़ बाँधकर अपने स्कूलों में वॉली बॉल और बास्केट बॉल खेलती हैं। मतलब यह कि अब पूर्व वालों को किसी क़िस्म की हीन भावना अपने कल्चर के सम्बंध में नहीं रही।

अंग्रेज़ एक घाघ व्यापारी क़ौम, उसने देखा कि नये-नये दौलतमंद अरब और साउथ इण्डियन, चमकीला और भड़कदार सामान-ए-आराइश (साज-सज्जा का सामान) पसंद करते हैं। लिहाज़ा अब हाइडपार्क के किनारे-किनारे, जो बाज़ार लगता है, उसमें भद्दी बदजौक़ तस्वीरें और दूसरे चमचमाते प्रोडक्ट, जो ख़ासतौर पर अरबों के लिए बनाए गए हैं, फ़रोख़्त किये (बेच दिए) जाते हैं।

बदक़िस्मती से यह "अरब टेस्ट" कहलाता है और फिर वही ग़मनाक हक़ीक़त याद आती है कि सिसली और स्पेन द्वारा और सलेबी युद्धों के दौरान पूर्व के आर्टिस्टिक डिज़ाइन और मोटिफ़ यूरोप पहुँचे और जो Arabesque कहलाए और जिन्होंने यूरोप की मॉडर्न नग्नकला को भी प्रभावित किया। यूरोपियन बर्तानवी कल्चर पर मध्य युगीन संस्कृति की जो छाप पड़ी, उसका अमूमन (आमतौर से) तज़ाकिरा नहीं किया जाता।

वह ज़माना, जब अलीगढ़ के उन फूस के बंगलों में अंग्रेज़ प्रोफ़ेसर क़याम करते थे और एक वफ़ादार नयी नस्ल के मानसिक प्रशिक्षण में व्यस्त थे (हालाँकि इस नस्ल ने बहुत से इन्क़िलाबी पैदा किये) अंग्रेज़ प्रोफ़ेसर, जो ऑक्सफ़ोर्ड और कैम्ब्रिज से यहाँ आता था, अपने हमक़ौम मिशनरियों की तरह उसका भी एक मक़सद था। पढ़े-लिखे Native जेंटलमैन वह कलकत्ता, बम्बई और मद्रास में तैयार कर चुका था और वह सारे नौजवान ख़ासतौर से बंगाली बाबू लोग, बहुत ही कामयाब ब्राउन साहब सिद्ध होते थे।

शायद सर ग़ज़ाली ने लिखा है कि अलीगढ़ में उनके इंग्लिश प्रोफ़ेसर की बीवी छात्रों से ऐसा बर्ताव करती थी, जो अंग्रेज़ कलेक्टर की बीवी के रवैये से भिन्न न था। हमारे बुज़ुर्गों ने इम्पीरियलिज़्म के उस दौर में अलीगढ़ में पढ़ा, जब बर्तानिया का सूर्य चरमोत्कर्ष पर था और उनको इन्हीं इम्पीरियलिस्ट शिक्षकों ने पढ़ाया लेकिन उन नौजवानों ने जापान और तुर्की की विजयों पर ख़ुशियाँ मनायीं।

ज़िलों के हेडक्वार्टर्स औपनिवेशिक उक्ति में स्टेशन कहलाते थे। हर स्टेशन में एक सिविल लाइंस, एक कम्पनी बाग़ होता था, जो ईस्ट इण्डिया कम्पनी के दौर के बाद भी बाग़ ही कहलाया। उसमें शाम के वक़्त गोरों का बैंड भी बजता था।

सिविल लाइंस में पुर्तगाली कोलिनियल के अलावा जॉर्जियन तर्ज़ की कोठियाँ भी बनवायी गयी थीं, जिनमें से बहुत अब भी मौजूद हैं और उनमें और अमेरिका की दक्षिणी रियासतों की जॉर्जियन इमारतों में कोई फ़र्क़ नहीं है। यह न्यू क्लासिकल निर्माण शैली ज़ारशाही रूस में भी प्रचलित हो चुकी थी। ये यूरोप की वह आलमगीर (विश्वव्यापी) तहज़ीब कहलायी।

रियासत एरिज़ोना की एक रिहायशी इमारत में पहुँचकर मुझे लगा कि मैं अरबिस्तान के किसी मकान के आँगन में मौजूद हूँ। सभ्यताओं की ये गूँज जादुई है और जब वह अचानक ग़ायब हो जाये तो अफ़सोस होता है।

हम इस वक़्त एक ऐसे दौर से गुज़र रहे हैं, जब संस्कृति की पहचान भी लुप्त होती जा रही है और इस संस्कृति की ग़ैरमौजूदगी को महसूस करने वाले भी बहुत कम लोग बाक़ी हैं। डिग्गी के किनारे फूस का वह बंगला मेरे लिए बड़ी अहमियत रखता था। जिस तरह एक दो सौ बरस का छतनार दरख़्त, जो उर्दू विभाग के सामने खड़ा था, सड़क चौड़ी करने के लिए उसे गिरा दिया गया तो उस दिन मुझसे खाना न खाया गया।

डोना जूलियाना की सराय

पूर्वी यूरोप के शहर सराय इयोवा से लेकर यू.पी. की मुग़लसराय तक, कितनी ही सरायें आबाद हुईं। व्यापारिक कारवानों के लिए रैन बसेरे मध्ययुगीन इंग्लिस्तान व यूरोप और ईरान व हिन्दुस्तान के मुसाफिरख़ानों का अपना रोमांस था। मालवाहक जानवरों की घण्टियाँ, रंग-बिरंगी पोशाकें पहने व्यापारी, चीन व माचीन से आने वाले क़ाफ़ले, इन्हीं के मेलजोल से भाषाएँ बनीं। विभिन्न सभ्यताओं ने जन्म लिया।

ये दुनिया सराय फ़ानी (नश्वर) है, पूर्व के रहने वालों का आम नज़रिया था। सराय में एक सैहन (आँगन) चारों तरफ़ कमरे और दालान होते थे। भटियारा और तेज़ भटियारिन उत्तरी भारत की सराय के ख़ास कैरक्टर थे।

मुसाफ़िर क़ाफ़ले बनाकर चलते थे ताकि रहज़नों और बटमारों का मुक़ाबला कर सकें। लोगबाग सफ़र पर निकलते तो घरवालों से कहा-सुना माफ़ करवाकर रवाना होते। वह यक़ीनन कोई ख़ुशगवार ज़माना नहीं था। अव्वल तो बेगमात डेवढ़ी से बाहर निकलती ही नहीं थीं। मर्द परदेस जाते और बीबियाँ घर पर रहतीं। इस परम्परा का भी एक रूमान बन गया और लोकगीत। परदेसी बालमा के इंतिज़ार में बिरहा के गीत गाये जाते। ग़मज़दा बहू, जिसे सास-ननदों के ज़ुल्म भी सहने पड़ते। सास-ननदें हमारे फ़ोक दौर की पारम्परिक वेलन थीं। धुएँ की गाड़ी चलने के बाद, परदेसी बालम दूर-दराज़ के सफ़र करने लगे।

तवे की रोटी तवे पे रही जाए
मेरा रोटी का खोया कलकत्ते चला जाए

कलकत्ता जैसे परदेस की आख़िरी सरहद थी।
मोको ख़र्च दे जाना पिया जब जाना बिदेसवा रे
सास मोरी बड़ी पटाखा उसको अलग कर जाना पिया जब जाना बिदेसवा रे

ऐसे हालात में पत्नियों के परदेस जाने की कल्पना भी नहीं की जा सकती थी। एक गाँव से दूसरे गाँव शादी ब्याह के लिए अलबत्ता चली जाती थीं। कहा

जाता है कि हमारी पड़दादी सैयदा मरियम ख़ातून पर्देदार बहली में सवार नहटौर से पाँच मील दूर सिकंदरपुर जा रही थीं।

शौहर मीर अहमद अली घोड़े पर सवार हमसफ़र थे, उनका नवजात बच्चा बहली के अंदर गदेले पर सो रहा था। कच्ची सड़क के धचके में वह बच्चा सरक कर चलती गाड़ी से नीचे सड़क पर गिर गया। मरियम ख़ातून ने उफ़ न की, दमबख़ुद बैठी रहीं। चूँकि आवाज़ का भी पर्दा था, इत्तिफ़ाक़ से अहमद अली साहब ने बच्चे को देख लिया और फ़ौरन घोड़े से उतरे। अगर जलालुद्दीन हैदर साहब इस हादसे में ख़त्म हो जाते तो कहाँ आप पाठक और कहाँ लेखिका।

हम लोग अपने अतीत की Myth बनाने के उस्ताद हैं। फ़र्ज़ कीजिए वह मिशनरी डॉक्टरनियाँ, उस्तानियाँ, नर्सें जिन पर आज एक हज़ार गालियाँ पड़ रही हैं अगर हिन्दुस्तान आई ही न होतीं तो हमारा हाल वही होता, जो अफ़गानिस्तान वग़ैरह का है लेकिन समय की दूरी अतीत की हर मुसीबत को अफ़सानवी रंग दे देती है। अट्ठारहवीं सदी के हिन्दुस्तान में अशान्ति और अफ़रातफ़री का दौर शुरू हुआ। यूरोपियन मुहिमजू अजनबी हिन्दुस्तान के दूर दराज़ इलाक़ों में घोड़े दौड़ाते नज़र आ रहे थे। बड़े-बड़े हैट पहने, जिनमें लगे हुए पर हवा में लहराते।

पूर्व के रोमांस ने यूरोप वालों को मोहित कर रखा था। अलिफ़ लैला के बाद, ये Great Magor (यानी मुग़ल-ए-आज़म) का अफ़सानवी दौर था। पुनर्प्रगति के तैलीय चित्रों में यूरोपियन चित्रकार, एक आध पूर्वी पात्र अक्सर दिखाते थे। सिर पर बड़ा सा पग्गड़, मोतियों की मालाएँ, ज़ेब गुलू (गले के हार) चित्रों के एक कोने में, एक छोटा सा हबशी ग़ुलाम बच्चा ज़रूर होता था। चार सौ साल से पूर्व का यह इमेज पश्चिमी मानसिकता में जागृत था। दिल्ली और आगरा में अकबर के ज़माने से पुर्तगाली मौजूद थे।

अट्ठारहवीं सदी में औरंगज़ेब के उत्तराधिकारी फ़र्रुख़सियर जब तख़्त पर बैठे, मुग़लिया सल्तनत का सूरज डूब रहा था। शासक वर्ग, जो यूरोपियन व्यापारियों, मिशनरियों से मेल-जोल रखता था मगर ख़ुद पश्चिमी ज्ञान की

प्राप्ति की बिल्कुल उसे परवाह नहीं थी। वह यूरोपियन अफ़सरों से अपनी फ़ौजें आरास्ता करवा रहे थे लेकिन किसी मुग़ल या मराठे फौजी सरदार ने कभी यह न सोचा कि विलायत से कुछ शिक्षक भी बुलवा लें। उनसे आधुनिक चिकित्सा और पश्चिमी विज्ञान की दर्सगाहें खुलवायें और अपनी औलाद को उच्च शिक्षा के लिये यूरोप भेजें।

रूस जो एक पिछड़ा हुआ अर्धएशियाई देश था, उसके बादशाह ज़ार पीटर ने ख़ुद यूरोप जाकर आधुनिक टेक्नॉलोजी का प्रशिक्षण प्राप्त किया। हमारे यहाँ एक टीपू सुल्तान, रौशन दिमाग़, मॉडर्न शासक उत्पन्न हुआ लेकिन उस वक़्त तक बहुत देर हो चुकी थी और यह छोटा सा निहायत ग़ैर-अहम वाक़ेआ तो टीपू सुल्तान से बहुत पहले का क़िस्सा है। कहा जाता है कि शाहजहाँ की एक बेगम बीमार पड़ीं, दरबारियों ने अर्ज़ किया कि जहाँपनाह एक फ़िरंगन तबीबा (अंग्रेज़ महिला चिकित्सक) इन दिनों गोवा से आई हुई हैं, बहुत क़ाबिल तबीबा हैं। बादशाह ने उसे बुलावा भेजा; उसका नाम "डोना जुलियाना" था।

डोना यानी आदरणीया; डॉक्टर जुलियाना शाही पालकी में सवार होकर, दरबार-ए-शाही में पहुँचीं, शाहजहाँ की मलिका का इलाज किया। वह मुग़ल शहज़ादी सेहतयाब हुई। शाहजहाँ ने फ़िरंगन को मोतियों से भरा थाल और हीरे जवाहरात पेश किये होंगे, फ़िरंगन ने जवाब दिया, मुझे ये सब नहीं चाहिए; अगर जहाँपनाह, शहर के नज़दीक थोड़ी सी ज़मीन इनायत कर दें ताकि वहाँ मैं अपने लोगों को बसाकर एक शिफ़ाख़ाना क़ायम करूँ।

बादशाह ने महरौली के रास्ते में आराज़ी दे दी। डॉक्टर जुलियाना ने फ़ौरन वहाँ एक चर्च बनवा लिया और वह ग़रीब ग़ुरबा, जिनको मिशनरियों ने बैपटिज़्म की दीक्षा दी थी, वहाँ आबाद किये। वह सारा इलाक़ा मसीह गढ़ कहलाया और उस जगह का नाम सराय जुलियाना पड़ गया, जिसे जनता आज तक 'सराय जुलैना' कहती है।

इस वक़्त ये इलाक़ा, नयी दिल्ली के सबसे महंगे रिहायशी इलाक़ों में शामिल हो चुका है। यहीं पर होली फ़ैमिली अस्पताल और आगे जामिया मिल्लिया

इस्लामिया, जो यहाँ करौलबाग से स्थानांतरित किया गया था। पिछले दस वर्षों में सराय जुलैना एक घनी आबादी वाला मोहल्ला बन चुकी है। इसके एक सिरे पर ज़ाकिर बाग़ की इमारतें हैं। उनके सामने सोफ़्टेल सूर्या फ़ाइव स्टार होटल है। ज़ाकिर बाग़ के दो टावर, अपनी निर्माण शैली की वजह से, नई दिल्ली के बेहतरीन अपार्टमेंट ब्लॉक्स में शामिल हैं।

मैं अमीना के यहाँ नम्बर-10 अलीपुर रोड पर रहती थी। सबा ज़ैदी (जो उन दिनों दिल्ली दूरदर्शन में ड्रामा डायरेक्टर थीं) ने मुझसे कहा कि उनके भाई बबलू ने एक नयी जगह पर फ़्लैट लिया है, वह जगह आप भी देख आइए। चुनांचे मैं और अमीना ज़ाकिर बाग़ पहुँचे, ये इमारत लगभग मुकम्मल हो चुकी थी। सबा ने जो पता बताया था, वहाँ एक ख़ातून एक कमरे में बैठी, मज़दूरों से कुछ काम करवा रही थीं; उन ख़ातून का नाम करोना अहमद था और उनके शौहर इम्तियाज़ अहमद, जवाहरलाल नेहरू यूनिवर्सिटी में प्रोफ़ेसर थे। करोना से बातचीत करने के बाद, अगस्त 1984 ई. में वहाँ शिफ़्ट हो गयी। करोना ख़ुद भी पढ़ाती थीं और उनको JNU के कैम्पस में मकान मिला हुआ था।

ज़ाकिर बाग़ टावर "ए" की एक ऊपरी मंज़िल पर, कुछ दिन पहले ज़रीना आ गयी थीं। वह मजाज़ की रिश्तेदार थीं, उनके शौहर इदराकुज़्ज़माँ भट्टी अर्थशास्त्री थे। एक फ़्लैट में प्रोफ़ेसर रहमान टोंकी आ गए; ये प्रसिद्ध वैज्ञानिक थे और ज़हरा आपा और जर्रार भाई के पुराने दोस्त। उनकी बेगम शफ़्फ़ो बरेली की रहने वाली थीं। आठवीं मंज़िल पर एयर मार्शल चौहान मौजूद थे, जिनकी बीवी डोर्थी का परिवार, किसी ज़माने में क़रौलबाग में रहता था और चची ज़ाहिदी से उनकी बहुत दोस्ती थी।

मेरे फ़्लैट के बिल्कुल सामने डॉक्टर फ़ारूक़ी ने फ़्लैट लिया, जौनपुर के रहने वाले, देवबंद के फ़ाज़िल, जामिया मिल्लिया में अरबी के उस्ताद, रौशन ख़याल और सुलझे हुए ज़हन के। उनकी बेगम फ़रज़ाना, ज़िला मुरादाबाद के नवाब की बेटी, बहुत ही मिलनसार और ख़ुशअख़्लाक़। ज़रीना के यहाँ नववर्ष की पार्टी में एक ख़ातून मिलीं, जो बेगम लियाक़त अली ख़ाँ की भावज निकलीं, यानी मिसेज़ हेनरी पंत।

बेगम लियाक़त अली ख़ाँ अलमोड़ा के पंत ख़ानदान से ताल्लुक़ रखती थीं, जो मज़हब के एतबार से ईसाई था, उनका असली नाम आयरिन था, उन्होंने इज़ाबेला थोबरन कॉलेज लखनऊ में पढ़ा था। Economics में लखनऊ यूनिवर्सिटी से गोल्ड मैडल हासिल किया था।

ये नवाबज़ादा साहब की दूसरी पत्नी थीं। पाकिस्तान में वज़ीर-ए-आज़म की बेगम की हैसियत से उन्होंने साड़ी पहनना छोड़ दी और ग़रारा प्रचलित किया। वह गले में हमेशा हिमाइल शरीफ़ (छोटे साइज़ का क़ुरआन शरीफ़) पहने रहती थीं। वह नये मुल्क में औरतों की लीडर बनीं और बड़ी ही ख़ुश इन्तिज़ामी के साथ ऑल पाकिस्तान वीमेंज़ एसोसिएशन की शाखाओं को सारे मुल्क में फैलाया। मेरा ख़याल है कि ये उनकी क्रिश्चियन work ethic का परिणाम था। वह हॉलैंड में राजदूत भी रहीं।

उस शाम ज़ाकिर बाग़ की उस पार्टी में बेगम लियाक़त के भाई से बातें करते हुए, मुझे फिर क़िस्मत के दाव-पेंच का ख़याल आया। फ़र्ज़ कीजिए अगर आयरिन पंत की लियाक़त अली ख़ाँ से मुलाक़ात का इत्तिफ़ाक़ ही न हुआ होता तो वह भी आज शायद इस पार्टी में मौजूद होतीं, उनका इस्लामी नाम राना था और नवाबज़ादा लियाक़त अली ख़ाँ ने नई दिल्ली में अपनी कोठी का नाम भी उसी मुनासिबत से गुले राना रखा था। ये कोठी अब पाकिस्तानी हाईकमिश्नर की रिहाइश के लिए मख़सूस है।

एक बार ढाका की एक पार्टी में मेरी मुलाक़ात बेगम लियाक़त अली ख़ाँ के दूसरे भाई से हुई, जिनका नाम अब मिस्टर परवेज़ था और वह कोई बड़े औहदेदार थे। बातों-बातों में मैंने उनसे आहिस्ता से पूछा, आपका भाई हेनरी पंत आजकल कहाँ है। वह चौंक पड़े, मैंने कहा, यह बड़ी मुख़्तसर सी दुनिया है, उन्होंने सरगोशी में जवाब दिया, “And it is a naughty world too.” उनका मतलब शायद यह था कि मुझे यह ज़ाहिर नहीं करना चाहिए था कि मैं उनके परिवार से वाक़िफ़ हूँ, हालाँकि मैंने आहिस्ता से ये सवाल किया था।

डॉक्टर ख़लीक़ अंजुम ने एक बार बताया था कि उनके मोहल्ले का एक हिन्दू करख़नदार मिला; मैंने बात काटी और पूछा, क्या करख़नदार हिन्दू भी

होते थे? उन्होंने जवाब दिया, बिल्कुल होते थे और वही करख़ंदारी ज़बान बोलते थे, जो अब सुनने में नहीं आती तो उन्होंने पूछा, तुम अब तक कहाँ थे, वह कहने लगा, क़सम क़ुरआन शरीफ़ की, प्यारे! हिन्दूगर्दी का फ़ायदा उठारिया हूँ; एक स्कूल का प्रिंसिपल बन गया हूँ।

लोग हर ज़माने में किसी न किसी गर्दी से लाभान्वित ज़रूर होते आए हैं, चुनांचे अम्मा के मशहदी पूर्वज से, उनके किसी दोस्त ने आगरा की किसी गली में सवाल किया होता; भाई आप अब तक कहाँ थे? तो वह जवाब देते, क़सम क़ुरआन शरीफ़ की प्यारे शिया गर्दी का फ़ायदा उठारिया हूँ। वह पूछता, आजकल शियागर्दी? बुज़ुर्ग जवाब देते, मलिका नूरजहाँ के ज़माने में ईरानियों ने जौक़ दर जौक़ (झुण्ड के झुण्ड) यहाँ आना शुरू किया कि भय्ये अपनी लड़की हिन्दुस्तान के तख़्त पर बैठी है तो वहीं को चले चलो, कहीं काम पर लगा देगी तो वह अब भी चले आ रहे हैं। शाइर, चित्रकार और एक से एक कारीगर इस मुल्क के शाइरों को निगारख़ाना-ए-मानी व बहज़ाद बना दिया है। आजकल शहज़ादा मुराद के उस्तादों में मेरा नाम है।

शहज़ादों के उस्तादों को बतौर पेंशन जागीर मिलती थी। शहज़ादा मोहीउद्दीन को जब वह बहैसियत शहनशाह औरंगज़ेब तख़्तनशीं हुए, तो उनके एक पूर्व शिक्षक ने दरख़्वास्त भेजी कि उन्हें जागीर प्रदान की जाए। औरंगज़ेब ने भिन्नाकर जवाब दिया : मौलाना। जुग़राफ़िया (भूगोल) में आपने मुझे बताया था कि ज़मीन गाय के सींग की नोक पर टिकी है और जब गाय अपना सिर हिलाती है तो भूचाल आ जाता है। आपने मुझे यह भी बतलाया था कि इंग्लिस्तान और हॉलैंड ऐसे ग़ैरअहम (महत्वहीन) मुल्क हैं, जिनके बादशाह हमारे मामूली राजाओं से भी कम दर्जे के हैं।

इस इलमियत की बिना पर आप मुझसे जागीर माँगते हैं! लेकिन अम्मा के पूर्वज, औरंगज़ेब के उपरोक्त उस्ताद से अवश्य ही बहुत बेहतर रहे होंगे क्योंकि उनको रामगंगा के किनारे गवर्नर रुस्तम ख़ाँ के बसाये हुए नये शहर, मुरादाबाद में बड़ी अराज़ी अता की गयी। उसे बक़ौल अल्लन मामू, बाद के ज़माने में हमारे बुज़ुर्गों ने चार कौड़ी प्रतिगज़ के हिसाब से बेच खाया। इसी

दरिया के किनारे महज़ लाँकड़ी, जो माफ़ी की जागीर थी, बाक़ी बची। उसी आधार पर ये ख़ानदान सादात-ए-लाँकड़ी कहलाया।

एक और बुज़ुर्ग, जिनका घराना कई पुश्तों से लखनऊ में आबाद था, उसके एक फ़र्द साहिब-ए-तस्नीफ़ (पुस्तक-लेखक) हुए। मीर मासूम अली "इंशा-ए-मासूम" के लेखक। मीर मासूम अली की बेवक़्त मौत की वजह से, सारे कुनबे की किफ़ालत (ख़र्च उठाने) की ज़िम्मेदारी उनके बेटे मीर क़ायम अली पर आ पड़ी। उस ज़माने का दस्तूर था कि बक़ौल शख़्से एक आदमी कमाता था तो उसके दस रिश्तेदार खाते थे।

लखनऊ में अंग्रेज़गर्दी मची थी। नवाब वज़ीर सआदत ख़ाँ के दौर से, रहने का स्टाइल भी अंग्रेज़ी हो गया था। घरों में यूरोपियन फ़र्नीचर आ गया था। कुछ अमीरों ने मेमों से शादियाँ भी कर ली थीं। लखनऊ में आज भी कुछ निहायत ग़रीब आदमी ऐसे मिल जाएंगे, जो अपनी नीली आँखों और भूरे बालों की वजह से अलग नज़र आते हैं। ये लोग आज से बीस-पच्चीस साल पहले तक इमामबाड़ों के अमले में शामिल छोटे-मोटे काम करते थे।

एक बार मुझे हज़रत गंज के पीछे इमामबाड़े के बाहर दो ईसाई फ़क़ीरनियाँ मिलीं, जिन्होंने अपने नाम मेरी और एलिज़ाबेथ बतलाए। ग़दर के बाद यह इमामबाड़ा कुछ अर्से के लिए गिरजे में तब्दील कर दिया गया था, उस वक़्त से उसके अहाते में ईसाई कुनबे रहते आए हैं। मक़बरा कम्पाउंड के बड़े आँगन के चारों तरफ़ दो-दो, तीन-तीन कमरों के घर पुराने ईसाई ख़ानदानों से आबाद हैं। ये शाही ज़माने में मक़बरे का शागिर्द पेशा (नौकरों के रहने के मकान) था। अब यह छोटे-छोटे मकान निहायत सलीक़े से आरास्ता हैं, बाहर नन्हें-मुन्ने बग़ीचे। पश्चिम वालों को जो रहने-सहने का तरीक़ा आता है, वह देसी ईसाइयों को सिखला गए।

अट्ठारहवीं सदी में कलकत्ते के एक अमीर मिर्ज़ा अबू तालिब इसफ़हानी इंग्लिस्तान गए। डबलिन पहुँचकर वह किसी आयरिश लॉर्ड के यहाँ ठहरे, जो कलकत्ते में रह चुका था और उनका दोस्त था। वहाँ उन्होंने लिखा कि इस

मुल्क के लोग बड़े सलीक़े से रहते हैं, उनके घरों में खाने का कमरा अलग होता है, सोने का अलग और उठने-बैठने का अलग।

यूँ तो हमारे यहाँ भी दीवानख़ाना अलैहदा होता था लेकिन वहीं दस्तरख़्वान बिछाकर खाना खा लिया जाता था। तख़्त या पलंग पर दस्तरख़्वान बिछाकर, उकड़ूँ बैठकर खाना मध्यमवर्गीय परिवारों का आम दस्तूर था, मेज़ कुर्सी और सोफ़े वाली तर्ज़े-रिहाइश बाद में इख़्तियार की गयी।

जब ईस्ट इण्डिया कम्पनी के जूनियर हिन्दुस्तानी औहदेदारों ने अपने अंग्रेज़ आक़ाओं के अनुकरण में मर्दानख़ाने में ड्राइंगरूम का इज़ाफ़ा कर दिया तो डाइनिंग टेबल और कुर्सियाँ भी आ गयीं लेकिन वह ख़ास-ख़ास मेहमानों के लिए इस्तेमाल की जाती थीं। कुलीन वर्ग के लोग आमतौर पर खाना फ़र्श या तख़्त पर ही खाते थे। दिल्ली में एक अंग्रेज़ सम्भवतः विलयम फ्रेज़ियर और उसकी हिन्दुस्तानी देहाती महबूबा सर्वन के लिए लोकगीत बना :

"धौले कुएँ पे तंबूरे ताने, मीख़ें दीं गड़वाय" आदि... उसके बाद-
"लहंगा पहनना छोड़ मेरी सर्वन साया पहनना सीख
हाथ से खाना छोड़ मेरी सर्वन छुरी काँटे से खाना सीख।"

यह लोकगीत जैसे आने वाली नये इंडो-इंग्लिश सोशल स्टाइल का चार्टर था। उन्नीसवीं सदी में हिन्दुस्तानियों ने जिस तेज़ी से और उत्सुकता के साथ पश्चिमी सभ्यता स्वीकार कर ली थी, इसका अंदाज़ा हमें कालीघाट चित्रकारी द्वारा आसानी से हो सकता है। अब पश्चिम, प्रगति, उच्च सभ्यता और तरक़्क़ी का प्रतीक था, वह मिशनरी लोग यहाँ के धर्मांतरण करने वाले लोगों को सिखला गए।

हमारी अम्मा की नस्ल तक कुलीन वर्ग की लड़कियों को फ़्रांसीसी, यूनानी, जर्मनी ईसाई उस्तानियाँ पढ़ातीं थीं। ये भी कॉलोनियल और इम्पीरियल सभ्यता का एक पहलू था। सत्रहवीं सदी की एक मुग़ल पेंटिंग में एक दाढ़ी वाले बुज़ुर्ग लड़कियों को पढ़ा रहे हैं और उन्हीं में एक हिन्दू लड़की माथे पर बिन्दी लगाये

उन से ज़रा दूर बैठी पढ़ने में मसरूफ़ है। मैंने यह तस्वीर इलस्ट्रेटेड वीकली में प्रकाशित की थी।

इसी तरह की कई तस्वीरें हमारे राष्ट्रीय संग्रहालयों में मौजूद हैं, जो अतीत के बहुत से तारीक गोशों (अंधियारे कोणों) पर रौशनी डालते हैं और उनके ज़रिये मुग़ल काल के मुताल्लिक़ बहुत सी ग़लतफ़हमियों को साफ़ किया जा सकता है। मिसाल के तौर पर, मैंने लंदन के एक म्यूज़ियम में एक तस्वीर देखी, जो 1800 ई. में बनायी गयी थी। उसमें एक मुग़ल शहज़ादा बाग़ में खड़ा है और कुछ कनीज़ें (दासियाँ) उसका सदक़ा उतार रही हैं और शहज़ादे से आसमान से सितारे देखने का टोटका करवाया जा रहा है। बीमारी से सेहतयाबी के बाद यह रस्म अदा की गयी थी। शहज़ादे ने अंग्रेज़ी गाउन पहन रखा है, जिसके कालर पर फ़र लगी है।

इम्पीरियल सभ्यता की छाप स्थानीय सामाजिक शैली पर जिस तरह पड़ती है, रोमन इम्पायर वाले अपने पीछे अपनी निर्माण शैली छोड़ गए और अपना क़ानून भी। स्पेन की ख़िलाफ़त भी ख़त्म हुई लेकिन स्पेन में अरब कल्चर के गहरे नक़ूश आज भी ज़ाहिर हैं और स्पेन वालों के ज़रिये अमेरिका तक पहुँचे इम्पीरियलिज़्म और स्थानीय संस्कृतियों के टकराव और मेलजोल से एक नयी सामाजिक शैली जन्म लेती है।

अंग्रेज़ कब का रुख़सत हुआ लेकिन मेज़-कुर्सी, ड्राइंगरूम अपने पीछे छोड़ गया और जब हम अपनी छोटी-छोटी बैठकों को ड्राइंगरूम कहते हैं तो हम नहीं जानते कि इस ड्राइंगरूम का अस्ल नाम withdrawing room था। रात के खाने के बाद लेडीज़ इस कमरे में withdraw करके अपना पावडर और विग वग़ैरह ठीक करती थीं; उस वक़्त तक दूसरे कमरे में हज़रात चुरुट पीते थे।

कालोनियलिज़्म पिछड़े हुए पूर्व के लिए फ़ायदामंद भी साबित हुई क्योंकि उसके ज़रिये पश्चिमी विधाएँ हम तक पहुँचीं। बंगाल, मद्रास और बम्बई हिन्दुस्तान के सबसे ज़्यादा तरक़्क़ीयाफ़्ता मक़ामात थे क्योंकि यहाँ यूरोपियन सबसे पहले आये।

बग़दाद के पतन के बाद मुसलमानों को इतना बड़ा ज़हनी धक्का पहुँचा था कि उनको यक़ीन हो गया कि उनकी यह तबाही अल्लाह की तरफ़ से है और उनकी तक़दीर में यही लिखा था। इसके विपरीत पश्चिम वालों ने तक़दीर की बजाय तदबीर को अपनाया और उनका पूर्व पर अधिकार उस समय हुआ, जब हम अपनी गिरावट की आख़िरी हदों को पहुँच चुके थे। चुनांचे अब पश्चिम से ईसाई मिशनरी नेटिव लोगों को "तहज़ीब" सिखाने के लिए आ पहुँचे।

डिस्ट्रिक्ट बिजनौर में चंद बड़ी ज़मींदारियाँ मौजूद थीं। उनमें से एक छोटी सी रियासत राजा का ताजपुर कहलाती है। 1857 ई. में ताजपुर के चौधरियों ने अंग्रेज़ों की मदद की, जिसके बदले में उनको राजा का पुश्तैनी ख़िताब और पाँच सौ गाँव अता किये गए। उन चौधरियों ने ईसाई मज़हब इख़्तियार कर लिया। इस ज़िले की बड़ी जमींदारियों में सैयद इक़बाल मेहदी की जायदाद भी शामिल थीं। कोट क़ादिर उनके इलाक़े में मौजूद है (कोट क़ादिर गुलाम क़ादिर रुहेला का क़िला है) बाद में ये रहज़नों और डाकुओं का ठिकाना बन गया, जिसमें छुपकर वह अपना लूट का माल तक़सीम करते थे।

संसार प्रसिद्ध सुल्ताना डाकू भी उन्हीं रहज़नों में शामिल था। सुल्ताना डाकू अपने वक़्त का रोबिन हुड था। वह अमीरों को लूटकर ग़रीबों की सहायता करता था। अगर उसे मालूम होता कि कोई ग़रीब आदमी अपनी बेटी के ब्याह के लिए फ़िक्रमंद है, रातों-रात रुपये से भरी एक थैली, उस आदमी के आँगन में छन से आ गिरती। सुल्ताना अवाम का हीरो था। चचा ज़फ़र उमर उसे पकड़ने के लिए नियुक्त किये गए थे।

हॉलीवुड में उसके मुताल्लिक़ एक निहायत कमज़ोर फ़िल्म बनी, जिसमें "यल ब्रेज़" ने हीरो का रोल अदा किया था। एक छोटा सा पार्ट अज़रा मुमताज़ का भी था। फ़िल्म की स्पेन में शूटिंग की गयी। अगर वह बिजनौर आते तो उन्हें कहीं ज़्यादा ख़ूबसूरत दृश्य, घने जंगल, नदियाँ और पुराने क़िले मिलते; फ़िल्म बहरहाल फ़ेल हो गयी।

राजा का ताजपुर इस वजह से मशहूर हुआ कि उसके चौधरियों ने ईसाई होने के बाद अपनी ज़िन्दगियाँ ख़िदमते-ख़ल्क़ के लिए वक़्फ़ कर दीं।

इस समय ताजपुर का शिफ़ाख़ाना (अस्पताल) वग़ैरह दूर-दूर तक मशहूर हैं। ईसाई होने के बाद उस चौधरी ख़ानदान ने पूरे तौर पर अंग्रेज़ी लाइफ़ स्टाइल अपनाया। हिन्दुस्तान के दूसरे सम्प्रदायों ने अंग्रेज़ियत महज़ एक हद तक इख़्तियार की थी। यानी उन्होंने एक दोराहे की कॉलोनियल सभ्यता का निर्माण किया था लेकिन देसी ईसाइयों ने आपस में भी अंग्रेज़ों के तौर-तरीक़े अपनाये।

लाहौर में एक ईसाई ख़ानदान एक पादरी साहब का था। मेरे बचपन में उनकी बेटी से हमारी छब्बो ख़ाला की बहुत दोस्ती थी, एक दिन उन्होंने मुझे अपने यहाँ "Day Spend" करने के लिए बुलाया। मेज़ पर खाना चुना गया, साहिब-ए-ख़ाना ने ग्रेस पढ़ी, यानी वह दुआ जो ईसाई ख़ाना खाने से पहले पढ़ते हैं। खाना खाने के बाद छब्बो ख़ाला की सहेली ने मुझसे उर्दू में कहा "मेरी बच्ची तुम पलंग में जाओ, हम भी पलंग में जायेंगे।" चाय ठीक साढ़े चार बजे। मैं सारा दिन खेल कूद और दरख़्तों पर चढ़ने में बिताती थी। मजबूरन लेटी और आँखें बन्द कर लीं। ख़ाला मार्ग्रेट दोपहर में दो-तीन बार आकर देख गयीं कि मैं सो रही हूँ या नहीं।

बहुत ही क़ायदे क़ानून का पाबन्द कुनबा था। ज़ाब्ते (नियम) की पाबंदी और समाजी ताल्लुक़ात में रखरखाव, तक़ल्लुफ़ और एतदाल (मध्यममार्ग) बर्तानिया की ख़ुसूसियत थी। ये सारे गुण हमारी पूर्वी सभ्यता में मौजूद थे। उदाहरणतः हमारे बुज़ुर्ग टोपी और पूरी पोशाक पहने बग़ैर किसी मेहमान से मिलते थे, न बाहर निकलते थे, नशस्त व बर्ख़ास्त (उठना-बैठना) दस्तरख़्वान के आदाब, बुज़ुर्गों का अदब, रिश्तेदारों की पासदारी, छोटे-बड़ों का आदर वग़ैरह-वग़ैरह समाज के अनगिनत क़ायदे क़ानून थे, जो पिछली नस्लों की घुट्टी में पड़े थे।

पहले हम लोग अपने से बड़ों की नुक्ताचीनी (आलोचना) का ख़याल भी न कर सकते थे। अब आजकल के नौजवान लड़के-लड़कियाँ अपने बड़ों का बाज़ दफ़ा उनके मुँह पर मज़ाक़ उड़ाती हैं और उसे आज़ादी-ए-राय समझा जाता है।

लंदन में सड़क के किनारे अख़बार रखे रहते हैं, राहगीर चुनकर अख़बार उठा लेते हैं और उसकी क़ीमत वहीं रख देते हैं। जगह-जगह रेज़गारी की

ढेरियाँ लगी रहती हैं लेकिन उस पैसे की चोरी कोई नहीं करता, हालाँकि अब हालात ज़रा बदल गए हैं और अफ़सोस के साथ कहना पड़ता है कि जब से यहाँ कालों की आबादी बढ़ी है, चोरी-चकारी भी शुरू हो चुकी है।

लंदन की एक महफ़िल में हमारे चंद नौजवान अपने अंग्रेज़ साथियों को बतला रहे थे कि हम लोग हमेशा "बिला टिकट" सफ़र करते हैं। अंग्रेज़ों की समझ में न आया कि इसमें फ़ख़ की क्या बात है। उन्होंने कहा कि आप अपने रेलवे को नुक़सान नहीं पहुँचाते? विध्वंसवाद ऐसे देशों की एक ख़ुसूसियत है, जो पहले पश्चिमी देशों के उपनिवेश रह चुके हैं। उस समय आइडिया यह था कि अगर हम तोड़-फोड़ करेंगे तो हमारे विदेशी आक़ाओं का नुक़सान होगा।

रवैये बदलते रहते हैं, पहले तोड़-फोड़ करने वालों को इन्क़िलाबी कहा जाता था; अब आतंकवादी। बेउसूली अनियमितता और फूहड़पन हमारी क़ौमी आदत बन गयी है। रानीखेत के सर्किट हाउस के सामने अंग्रेज़ों ने एक उपकरण फ़िट किया था, जिसकी सूई बटन दबाने पर इच्छित चोटी के सामने रुक जाती थी, जिस पर उसकी बुलंदी के नम्बर लिखे हुए थे। आज़ादी के बाद उस उपकरण को भी उस सर्किट हाउस में आकर ठहरने वालों ने तोड़-फोड़ कर बराबर किया।

तब हम कहते हैं कि यही प्रजातंत्र है और यही हमारे लोगों की अभिरुचि है तो क्यों हम उस पुरानी elitist निर्माण शैली और साज सज्जा के स्टाइल से चिमटे रहें। मिशनरी स्कूल आज भी हिन्दुस्तान की बेहतरीन दर्सगाहें (पाठशालऐं) समझी जाती हैं क्योंकि उनके चलाने वाले मिशनरी उन्हीं यूरोपियन नियमों और सलीक़े के पाबन्द हैं। जो क़ौमपरस्त विदेशों को बुरा-भला कहते हैं, अपनी औलाद को इन मिशनरी स्कूलों में पढ़ने के लिए भेजते हैं, मिशनरी अस्पताल और कॉन्वेंट शासक वर्ग के बच्चों के status symbol हैं और सबसे ज़्यादा दर्दनाक बात यह है कि हिन्दुस्तान और पाकिस्तान दोनों जगह पर प्राइवेट स्कूल, सेंट एन कॉन्वेंट और सेंट मेरी कॉन्वेंट के बोर्ड लगा रखे हैं।

मैंने यह वाक़ेआ पहले भी कहीं लिखा है कि हमारे चचा की एक कोठी नहटौर में ख़ाली पड़ी थी, चचीजान का नाम हमीदा बेगम था। कुछ औरतों ने

आकर उनसे कहा, इसमें सेंट हमीदा कॉन्वेंट खोल लीजिए। पॉयनियर अख़बार में लड़की की शादी का इश्तिहार छपता है : 'गोरी कॉन्वेंटेड बी.ए. पास गर्ल।" हमारे उपमहाद्वीप का यह ग़मनाक कल्चर है और इस आमतौर पर नज़र आने वाली जहालत में रोज़ ब रोज़ तरक़्क़ी हो रही है। एक स्कूल का नाम लखनऊ में सन् मेरी कॉन्वेंट (Sun Mary Convent) भी देखा।

मिशनरी ज़्यादातर जा चुके हैं, थोड़े से बाक़ी हैं। ज़ाकिर बाग़ के नज़दीक जुलैना गाँव यानी "डोना जुलियाना" की बसाई हुई ईसाई बस्ती में उस सम्प्रदाय के लोग मौजूद हैं, उनका चर्च भी है, जिसके पादरी गोआ से आते हैं। गोआ पुर्तगाल की एक कॉलोनी रहा है। मसीहगढ़ से आयाएँ और ख़ानसामाँ घरों में काम करने के लिए गोआ से आते हैं।

उनमें से एक लड़की सीलिया, जो मेरे यहाँ ज़ाकिर बाग़ में कुछ अर्से काम करती रही, ये बिहार की आदिवासी लड़की थी, जिसके पूरे क़बीले को जर्मनी से आए हुए कैथोलिक मिशनरियों ने ईसाई कर लिया था। उस लड़की के सलीक़े का आलम यह था कि वह सफ़ाई करने से पहले कपड़े बदलती और अपने ख़ाली वक़्त में रुमालों पर कशीदाकारी करती रहती। ननों ने उसको सिखलाया था कि वह कभी हाथ पर हाथ धरे न बैठे; मगर इस पश्चिमी work ethic का दूसरा पहलू यह भी निकला कि उस लड़की के ब्वाय फ्रेंड्ज़ के टेलीफ़ोन आने लगे; मुझे मज़बूरन उसे अलैहदा करना पड़ा।

कराची से फूफीज़ाद भाई सैयद उसमान हैदर, बच्चों तारिक़ और ख़ुर्शीद समेत तशरीफ़ लाए। यह उसमान भाई देश विभाजन से पहले की बम्बई में एक बड़े हैंडसम नौजवान थे, अब एक दाढ़ी वाले बुज़ुर्ग। ज्यों ही वह ज़ाकिर बाग़ पहुँचकर गाड़ी से उतरे, स्थानीय मस्जिद से अज़ान की आवाज़ बुलंद हुई। मैंने कहा, उसमान भाई भागकर जाइए, अभी आपको जमाअत मिल जाएगी, वह ज़रा आश्चर्यचकित दिखायी दिये क्योंकि उन्होंने सुन रखा था कि भारत में अज़ान देने पर पाबंदी लगा दी गयी है, शाम को उन्होंने मुझसे कहा, बीबी मेरी एक तमन्ना यह रह गयी है कि मरने से पहले ताजमहल देख लूँ, जो मैंने पहले

कभी नहीं देखा और आख़िरी बार नहटौर हो आऊँ। अब आप मेरे लिए एक स्टोव मेरे कमरे में रखवा दीजिए, सुबह की चाय मैं ख़ुद बनाता हूँ।

मुझे याद आया कुछ नहटौरी बुज़ुर्गों की यह ख़ास आदत थी कि फ़ज्र से पहले जागकर वह खड़पड़ शुरू कर देते और अपनी चाय ख़ुद बना कर पीते थे। उसमान भाई को दिल्ली आए 48 घंटे गुज़र चुके थे। अचानक उन्हें याद आया कि उन्होंने थाने में अपनी रिपोर्ट दर्ज नहीं करायी है। मैंने घबराकर प्रोफ़ेसर शमीम हनफ़ी को टेलीफ़ोन किया कि क्या किया जाए। उन्होंने कहा हम एक डीआईजी दोस्त को फ़ोन कर देते हैं।

कुछ देर बाद डीआईजी साहब का फ़ोन आया, उन्होंने फ़ुलाँ-फ़ुलाँ अफ़सर से बात कर ली है। आप कल सुबह उस दफ़्तर में जाकर उनसे मिल लीजिए, मैंने अपने एक इंस्पेक्टर से कह दिया है कि वह कल दस बजे वहाँ आपका इन्तिज़ार करे।

लेकिन मैं उन इंस्पेक्टर साहब को पहचानूँगी कैसे? वहाँ बड़ी भीड़ होती है। कुछ देर बाद डीआइजी साहब ने फ़ोन किया, मैंने इंस्पेक्टर से बात कर ली है, वह सीआईडी का आदमी है, सफ़ेद पतलून और नीली बुशर्ट पहने होगा, अब आप बताइए वह आपको कैसे पहचाने, आप किस रंग की साड़ी पहने होंगी?

'गुलाबी' मैंने जवाब दिया।

अब यह किसी जासूसी नाविल का डायलॉग मालूम हो रहा था। रात के दस बजे ख़ुशमिज़ाज और हँसमुख मुलाज़िम इम्तियाज़ ने दूसरे कमरे से बशाशत (प्रसन्नता) के साथ आवाज़ दी। मेम साहब पतलून तो सफ़ेद ही रहेगी मगर बुशर्ट का रंग बदल गया। कमरे में आकर फ़रमाया, वह इंस्पेक्टर साहब का टेलीफ़ोन आया था, वह घर गए तो मालूम हुआ कि उनकी बीवी ने नीली बुशर्ट तो धोने के लिए डाल दी है और दूसरी शर्ट इस रंग की उनके पास नहीं है, अब वह कल गुलाबी रंग की बुशर्ट में नज़र आयेंगे।

सुबह दस बजे हम लोग पुलिस हेडक्वार्टर पहुँचकर वीज़ा ऑफ़िस में गए। उसमान भाई जाकर एक बेंच पर बैठ गए। मैंने सम्बंधित अधिकारी को

सूरत-ए-हाल समझायी कि बिल्कुल दिमाग़ से उतर गया। किसी को याद न आया कि 48 घंटे के अन्दर-अन्दर रिपोर्ट कर देना चाहिए। हमारे साथ जो साहब गए थे, उन्होंने कहा कि क्या उसमान भाई यह नहीं लिख सकते कि आते के साथ बीमार पड़ गए थे, इस वजह से समय पर रिपोर्ट नहीं कर सके।

उसमान भाई ने जवाब दिया, बीबी मुसलमान कभी झूठ नहीं बोलता मैं बीमार नहीं पड़ा। आप भी भूल गयीं और मुझे याद नहीं रहा न तारिक़ मियाँ को। इतने में अब मैंने नज़र दौड़ाई कि वह इंस्पेक्टर साहब मिल जाएँ, जिन्होंने गुलाबी शर्ट पहनी हो। मगर यह देखकर मेरी सिट्टी गुम हो गयी कि गुलाबी शर्ट पहने वहाँ तीन चार आदमी घूम रहे थे। आख़िरकार उनमें से एक साहब हमारी तरफ़ आये। मैंने उनसे पूछा कि आप ही वह इंस्पेक्टर साहब हैं, जिनकी मुझे तलाश है : उन्होंने जवाब दिया "जी हाँ", मैंने कहा, "ये मेरे भाई हैं, कराची से आए हैं, इनकी तबीयत..."

उसमान भाई ने मुझे घूर कर देखा, मैंने फ़ौरन अपना बयान बदला, ये भूल गए थे और हम भी। इंस्पेक्टर साहब ने ज़रूरी ख़ानापूरी करके हम लोगों को रुख़सत किया। उसमान भाई अब नहटौर जाने के लिए तैयार हुए। तारिक़ दूसरे हवाई जहाज़ से वापस चले गए थे। उसमान भाई बस के ज़रिये नहटौर तशरीफ़ ले गए। वापस आकर फ़रमाया 'बीबी यहाँ के लोग तो बहुत अच्छे निकले। हम जाते वक़्त ड्राइवर की सीट के बिल्कुल पीछे बैठे थे, ज़ौहर का वक़्त आया, हमने कहा ज़रा तेज़-तेज़ चलाओ हमारी नमाज़ क़ज़ा हो रही है, उस भले आदमी ने फ़ौरन बस रोक ली, "जाइए नमाज़ पढ़ आइए।" हमने उतरकर एक खेत के किनारे नमाज़ पढ़ी, तीन-चार आदमी और आ गए जमाअत हो गयी।"

कुछ दिन बाद उसमान भाई ताजमहल देख आए और ख़ुश-ख़ुश वापस कराची तशरीफ़ ले गए। इस दौरान में वह हिन्दुस्तान को भारत कहना भूल गए थे। ख़ुर्शीद उनके साथ नहीं गयी थीं क्योंकि वह हिन्दुस्तान में ख़रीदारी करना चाहती थीं। ख़ुर्शीद ने अमेरिका में पढ़ा था और हमारे ख़ानदान की हसीनतरीन लड़की है, कराची में जर्नलिज़्म कर रही थी और विभिन्न अंग्रेज़ी अख़बारों के लिए लिखती थीं।

वह अभी यहीं पर थीं कि लंदन से ख़ुशआवाज़ और ख़ुशमिज़ाज सहाब क़िज़िलबाश तशरीफ़ ले आयीं। वह एक बहुत ही भली ख़ातून हैं और मैं उनको एक ज़माने से जानती हूँ, जब वह ऑल इण्डिया रेडियो में मुलाज़िम थीं। जब वाइसराय की बीवी ब्रॉडकास्टिंग हाउस आई थीं तो सहाब का परिचय उनसे हमारी बेबी एनाउंसर के तौर पर कराया गया था। आग़ा शाइर क़िज़िलबाश की बेटी, उनके बड़े भाई आग़ा आफ़ताब और आग़ा सरख़ुश भी शाइर थे और वह भी शे'र कहती हैं। 1959 ई. से वह लंदन में रहने लगी हैं और बीबीसी के उर्दू प्रोग्रामों में ब्रॉडकास्ट करती रही हैं। उनके श्रोताओं का सर्किल इतना बड़ा है कि जब मैं उनके साथ मजगवाँ शरीफ़ गयी और अप्पी से उन्हें मिलवाया तो अप्पी ने कहा; हाँ-हाँ, हम तो उनका प्रोग्राम हमेशा सुनते हैं।"

सहाब किसी चीज़ से आसानी से प्रभावित नहीं होतीं। उन दिनों यासमीन भी दिल्ली में मौजूद थीं, उनके भाई हुमायूँ ख़ाँ उस ज़माने में पाकिस्तान के हाई कमिश्नर थे। यासमीन ने कैम्ब्रिज में पढ़ा था और उनके शौहर ख़्वाजा शाहिद हुसैन अलीगढ़ वाले ख़्वाजा मंज़ूर हुसैन के साहबज़ादे हैं। रेडियो पाकिस्तान के डायरेक्टर जनरल रह चुके थे और अब लंदन में उन्होंने अंग्रेज़ी किताबों की एक बढ़िया दुकान खोल ली है। जब ये पाकिस्तान में मिनिस्ट्री ऑफ़ कल्चर के शायद सेक्रेटरी थे, अपना डेलीगेशन लेकर बम्बई आए थे। यासमीन बहुत मॉडर्न हैं लेकिन इसके साथ ही पीरों फ़क़ीरों से श्रद्धा रखती हैं। मुझसे कहने लगीं यहाँ कोई दरगाह हो तो बताओ; मैंने कहा, बेशुमार। एक तो सामने ही है... चुनांचे मैं उनको हाजी अली की दरगाह पर ले गयी।

अब वह दिल्ली आयीं, अपने भाई के यहाँ ठहरीं और कहा, चलो अजमेर शरीफ़ चलते हैं। हुमायूँ ख़ाँ की कार का बूढ़ा पाकिस्तानी ड्राइवर पठान था और उसकी बातों से मुझे अंदाज़ा हुआ कि वह ख़ान अब्दुल गफ़्फ़ार ख़ाँ के स्कूल ऑफ़ थॉट्स से ताल्लुक़ रखता है, जो सीमांत गाँधी कहलाते थे। अब पाकिस्तान में उनका फ़लसफ़ा बिल्कुल बेवक़्त की रागनी समझा जाएगा।

बहरहाल सरहदी पठान ड्राइवर ने मुझसे कहा कि मैं चाहता हूँ कि जब मैं दिल्ली में हूँ, मेरा लड़का जामिया मिल्लिया इस्लामिया में पढ़े; उसका वहाँ

दाख़िला करवा दीजिए। अब मैं उस बेचारे को क्या बतलाती कि वह गाँधीजी और हकीम अजमल ख़ाँ वाला जामिया नहीं है।

हम लोग जयपुर पहुँचे और एक रिटायर्ड डिप्लोमेट के यहाँ जाकर उतरे, जो अब अपने शहर में एक गेस्ट हाउस चलाते थे। हुमायूँ ख़ाँ (जो रोम में उनके दोस्त रह चुके थे) ने दिल्ली से हमारी आमद की इत्तिला उन्हें कर दी थी, गेस्ट हाउस के बाग़ में मोर टहल रहे थे। जयपुर को इतना ख़ूबसूरत न पाया जिसकी उम्मीद थी; हालाँकि पश्चिम के पर्यटकों के लिए यह priority पर रहता है। बेचारे लखनऊ की तरफ़ कोई भूले से नहीं जाता।

गायत्री देवी जिनका एक नाम आयशा भी है, उन दिनों अपने महल में मौजूद थीं क्योंकि महल पर उनका निजी झण्डा लहरा रहा था। जितना हसीन उनको समझा था, जयपुर की तरह उन्हें भी उतना हसीन न पाया। जब वह हमारे वीकली के दफ़्तर में आई थीं ख़ासी सादा मिज़ाज, घमण्ड ज़रा भी नहीं। मैं उनको तस्वीर खिंचवाने के लिए उसी फ़्लोर पर फ़ोटो स्टूडियो में ले जाने लगी तो उन्होंने हमारे दफ़्तर की एक मेज़ के किनारे पर बैठकर प्लास्टिक की छोटी सी कंघी निकाली और बाल बनाये।

अब कहाँ, मैंने कुछ हफ़्ते पहले ही काख़े-ए-नियादराना-ए-तेहरान में मलिका फ़रह पहलवी के मेहमानख़ाने में सिंगार मेज़ पर सोने चाँदी की जड़ाऊ कंघियाँ रखी देखी थीं; कहाँ ये प्लास्टिक की दो रुपये वाली कंघी। शायद यही फ़र्क़ ईरानी शहंशाहियत और हिन्दुस्तान की जम्हूरियत में था। मैंने फ़ौरन सोचा कि वीकली ऑफ़िस में महारानी गायत्री देवी की आमद के मुताल्लिक़, जो चित्रांकित निबन्ध मैं लिखूँगी, उसका पहला वाक्य यही उचित होगा "महारानी की कंघी"।

जवाहरात का पहाड़

"अब मैं समझती हूँ कि कल से पैकिंग शुरू कर दूँ और बम्बई वापस जाऊँ।" मैंने कहा। हम लोग लॉन पर बैठे थे, डॉक्टर नसीम अंसारी, डॉक्टर ज़ीनत अंसारी, डॉक्टर हमीदा ज़फ़र, प्रोफ़ेसर अब्बास मोसवी और उनकी गणितज्ञ बेगम बिलक़ीस। सुरैया आपा और इज़हार साहब ने अपनी नयी कोठी का नाम "कारे जहाँ दराज़ है" के एक अध्याय के शीर्षक पर "फूल बन" रखा था।

ये फूलबन हमारे नंबर 21 फ़ैज़ाबाद रोड का बाग़ था। अब उस अलीगढ़ वाले फूलबन के लान के एक सिरे पर सुरैया आपा ने एक अंडाकार हौज़ बनवाया था, जिसके किनारे पर सरो के दरख़्त खड़े थे। शबे महताब (चाँदनी रात) में पूरा चाँद जब उन दरख़्तों के ऊपर आ जाता तो ये मंज़र एक छोटी सी मुकम्मल पेंटिंग प्रतीत होता था। हौज़ में फ़व्वारा चलता रहता था। मुलाक़ाती जो ज़्यादातर वैज्ञानिक और गणितज्ञ होते थे, इस क़दर उर्दू-फ़ारसी के शे'र पढ़ते कि आश्चर्य होता था। ख़ुद इज़हार साहब जो गणित विभाग के अध्यक्ष थे, उनको अनगिनत शे'र याद थे और कबीर और ख़ानख़ाना के दोहे।

डॉक्टर नसीम अंसारी फ़िरंगी महल की तहज़ीब के पले बढ़े नामी सर्जन लेकिन अलीगढ़ की परम्परा के अनुसार ऑलराउंडर, जिन्हें साहित्य से गहरा लगाव था, उनकी बेगम ज़ीनत अंसारी के वालिद कलकत्ते के मशहूर डॉक्टर थे। ज़ीनत अलीगढ़ मेडिकल कॉलेज में बाल-रोग विभाग की अध्यक्ष थीं, उनकी लड़की ज़ोया मुस्लिम यूनिवर्सिटी के राइडिंग क्लब की कप्तान थीं और मुझे रह-रहकर यह फ़िक्र होती थी कि यहाँ जो दक़ियानूसियत बढ़ती जा रही है; यह बच्ची यूनिवर्सिटी के शहसवारों का नेतृत्व कब तक कर पायेगी।

एक शाम इज़हार साहब ने बतलाया हमने मशहूर-ए-आलम रियाज़ी दाँ (गणितज्ञ) प्रोफ़ेसर कानन को अलीगढ़ आमंत्रित किया है, बतौर विज़िटिंग प्रोफ़ेसर। वह इतने ओर्थोडॉक्स ब्राह्मण हैं कि कुएँ से ख़ुद पानी निकाल कर पीते हैं। हमने उनसे कहा, "आप आइए तो सही, हम आपके लिए एक कुआँ

भी अलग खुदवा देंगे।" बहुत नफ़ीस इंसान हैं। हमने देखा कि जो बहुत ही कंज़र्वेटिव मज़हब-परस्त होते हैं, वे कम्यूनल नहीं होते क्योंकि वे अपने मज़हब के अस्ल स्पिरिट को समझते हैं। साउथ इण्डिया में आपको कम्युनलिज़्म बहुत कम मिलेगा।

प्रोफ़ेसर कानन लेक्चर देने अलीगढ़ आए, सुरैया आपा के यहाँ भी तशरीफ़ लाये और बड़े तपाक से मिले, बच्चों से बातें कीं। सुरैया आपा ने फल पेश किये; उन्होंने कहा, "मैं इनको अपने साथ ले जाऊँगा बाद में खा लूँगा।" और मेज़बानों का दिल रखने के लिए वह फल अपने बैग में डाल लिए।

लिहाज़ा दो चीज़ें सिद्ध हुईं, एक तो ये कि आमतौर से अक़्लमंद साउथ इण्डियन अगर बेहद बुद्धिमान हो तो वह उच्च श्रेणी का गणितज्ञ बन जाता है जैसे अतीत का रामानुजम और आज का कानन। और दूसरी बात यह कि ज़्यादातर वह अपनी छूत-छात की परम्पराएँ त्यागता नहीं है लेकिन इस रवैये में दूसरे सम्प्रदायों को नीचा दिखाना शामिल नहीं होता। ये उसके अपने दृढ़ विश्वासी होने का एक पक्ष है। मज़हब उसके लिए एक ज़ाब्ता-ए-हयात (जीवन जीने का नियम) है कोई सियासी मसलक (राजनीतिक पंथ) नहीं।

अलीगढ़ जो हमेशा से अपनी दावतों के लिए मशहूर है, जिन्हें मिर्ज़ा सरगुज़िश्त गिज़ एंड परहेज़ी कहा करते थे, वहाँ आए दिन एक दूसरे के यहाँ डिनर हुआ करते थे। यह एक यूनिवर्सिटी टाउन था, जहाँ की सारी सोशल ज़िन्दगी कैम्पस तक ही सीमित थी। बड़े शहरों की युनिवर्सिटियों में यह माहौल नहीं है।

जाड़े आये, एक दिन प्रोफ़ेसर अब्बास मोसवी ने कहा, "हम अपने विभाग की लड़कियों को ओशनग्रॉफ़ी के इंस्टीट्यूट गोआ लिए जा रहे हैं, आप भी चलती हैं?"

बम्बई 1938 ई. : चचा मुर्तज़ा अली ख़ाँ बायखला में अपने लम्बे-चौड़े फ़्लैट का भूगोल अम्मा को समझा रहे हैं। एक हँसमुख साँवली औरत जूड़े में वेणी लगाये पास आकर खड़ी हो जाती है, अम्मा पूछ रही हैं, "और गुस्लख़ाने?"

वह बाँछे खिलाकर कहती है, "हाँ गूसलखाना" मुझे यह दृश्य पूरी तरह याद है, बचपन के अनगिनत और दृश्यों की तरह चचा मुर्तज़ा अली ख़ाँ कहते हैं, "भाभी यह एलियस है नादिर की गवर्नेंस और यह आपको चीनी जापानी, तुर्की, फ़्रेंच, लखनवी, हर तरह के खाने पकाकर खिलायेगी। बेगम के इन्तिक़ाल के बाद इसी ने नादिर को माँ की तरह पाला है।"

नवाबज़ादा मुर्तज़ा अली ख़ाँ, वाजिद अली शाह के ख़ानदान से ताल्लुक़ रखते थे और एम.ए.ओ. कॉलेज अलीगढ़ में अब्बाजान के क़रीबी साथियों में शामिल थे। उस ज़माने की दोस्तियाँ भी बहुत पायदार होती थीं। हम नवाबज़ादा साहब को सर रज़ा अली और मुश्ताक़ अहमद ज़ाहिदी की तरह अपने चहीते चचाओं के ज़ुमरे (वर्ग) में शामिल समझते थे।

चचा मुर्तज़ा अली ख़ाँ बायकला फ़ायर ब्रिगेड के उच्चाधिकारी थे, ख़ासे तनो-तोश के (मोटे-ताज़े) आदमी थे मगर जाने किस तरह अपने स्टाफ़ का नेतृत्व करते हुए फ़र्राटे से आग बुझाने वाली सीढ़ियाँ चढ़ जाते थे। यह बहुत जान जोखों का काम था, उनकी फ़ुल बूट और वर्दी और लोहे का हैलमेट उनके सिरहाने कुर्सी पर रखा रहता था। वह बताते थे कि उनकी ट्रेनिंग ऐसी थी कि रात को ख़तरे का घंटा बजने पर वह फ़ौरन उठ बैठते, फ़ौरन वर्दी और जूते पहनते, सिर पर हैलमेट लगाकर ज़न से बाहर निकल जाते, अम्मा उनसे कहतीं "भाई आप इतनी ख़तरनाक मुलाज़िमत क्यों करते हैं।" वह जवाब देते "लोगों की जानें बचाना ही तो हमारी ज़िन्दगी का मक़सद है।"

मैंने चचा की मंगनी का क़िस्सा अपने अफ़साने "याद की एक धनक जले" में लिखा है, उसका अंग्रेज़ी अनुवाद "My Auni Gracie" किया था, जो इलस्ट्रेटेड वीकली में छप चुका है और मेरे संग्रह "The sound of falling leaves" में शामिल है। आज़ादी के बाद चचा कराची चले गए थे और गुजराती कॉलोनी की एक कोठी में बड़ी तनहा ज़िन्दगी गुज़ार रहे थे। एलियस उनकी ख़िदमत में मसरूफ़ थीं। जब मैंने उनको एलियस कहकर मुख़ातब किया तो उन्होंने मुझसे कहा मेरा बच्चा, मेरे को चची एलियस बोलो; हमने तुम्हारे चचा से मैरिज बना लिया है।

वह बड़ी जन्नती औरत थीं। गोआ में घूमते हुए बरसों बाद मुझे वह याद आयीं और मैंने सोचा कि यहीं के किसी गाँव या बस्ती से निकल कर चची एलियस का कुनबा रोज़गार की तलाश में बम्बई पहुँचा होगा और हज़ारों गवानियों की तरह, जो बम्बई और कलकत्ते में आयाएँ, कुक और बैरे बन जाते हैं या ज़्यादा बासलाहियत (योग्य) हों तो संगीतकार। संगीत उनकी घुट्टी में पड़ा है; लता मंगेशकर भी गोआ की रहने वाली हैं। गोआनी लोग बेहतरीन खाना बनाते हैं और उम्दा गुलूकार और साज़िन्दे। धर्म परिवर्तन के साथ उन्होंने पश्चिमी संगीत को अपने अन्दर समो लिया है। बंगालियों की तरह यह एक ख़ुश आवाज़ नस्ल है।

और स्थानीय कल्चर की परछाईं भिन्न-भिन्न धर्मों के मानने वालों पर किस तरह पड़ती है कि शान्ता दुर्गा की मूर्ति में वर्जिन मेरी की झलक दिखायी देती है।

ट्रेन बम्बई के उपनगरीय स्टेशनों तक पहुँची; अचानक बहुत ही अच्छा लगा। वाक़ेआ यह है कि महाराष्ट्र और बम्बई अब वतन है और उत्तरी भारत तक़रीबन एक अजनबी इलाक़ा लेकिन अपने शहर में आकर हम परदेसियों की तरह साबू सिद्दीक़ मुसाफ़िर ख़ाने पहुँचे; यह भी बम्बई के मुस्लिम कल्चर के ताने-बाने का एक हिस्सा है। साबू सिद्दीक़ पोलिटेक्निक, बहुत सारे हाईस्कूल, मुसाफ़िरख़ाने, कॉलेज वग़ैरह-वग़ैरह।

साबू सिद्दीक़ होस्टल के वार्डेन इश्तियाक़ मोहम्मद ख़ाँ तीसरी मंज़िल पर रहते थे। उनकी बीवी कनीज़, अली सरदार जाफ़री की रिश्तेदार थीं। इश्तियाक़ मोहम्मद ख़ाँ अलीगढ़ मुस्लिम विश्वविद्यालय के मशहूर गवैये थे, जिनके गाये हुए तराना-ए-अलीगढ़ के रिकार्डों ने उन्हें और भी शोहरत बख़्शी थी। कनीज़ गर्ल्ज़ स्कूल में गणित पढ़ाती थीं। बम्बई आकर अपने घर के बजाय कहीं और ठहरना बहुत अजीब सा लगा।

उसी रोज़ कोच के द्वारा गोआ रवाना हुए। रात को रत्नागिरि जगमगाता नज़र आया, जवाहरात का पहाड़, गोआ का फ़ुसूँख़ेज़ (जादूई) रास्ता घने जंगलों में छुपे दो मंज़िला पुर्तगाली स्टाइल के मकान, पुर्तगाली कॉलोनियल सभ्यता की

छाप, जगह-जगह गिरजाघर, फ़्रॉक पहने औरतें, Taverna यानी शराबख़ाने, पाँच सौ वर्ष पुरानी कॉलोनी। यह क्या अजीब मेहमान नवाज़ मुल्क है कि उसने साहिलों पर पुर्तगाली विलंदेज़ी, फ़्रांसीसी क़ौमें आबाद कीं। उन्होंने अपनी शख़्सियत भी बरक़रार रखी लेकिन वह इस आबादी में घुलमिल भी गए। जा ब जा हरे भरे गाँव में सायादार रास्तों पर से गुज़रती ननें, पादरी, गिरजाघरों के जुलूस सब पुरसुकून और अपनी-अपनी मसरूफ़ियात में मगन।

जब हम पणजी पहुँचकर बस स्टेशन पर उतरे, एक और दूसरी दुनिया थी। हिन्दुस्तान का रंगबरंगापन हैरतअंगेज़ है। कहाँ हिमाचल के पहाड़, राजस्थान के रेगज़ार, बंगाल के दरिया, कहाँ यह पुर्तगाल की एक पूर्व कॉलोनी लेकिन यह भी हिन्दुस्तान। बस स्टेशन से बाहर एक बेंच पर एक मौलाना बैठे नज़र आए "अस्सलाम अलैकुम" मैंने कहा, "वालैकुम अस्सलाम" जवाब मिला "तबलीग़ी जमाअत"? (इस्लाम धर्म का प्रचार करने वाले) मैंने पूछा। "हाँ", में सिर हिलाया।

"बहर-ए-ज़ुल्मात में दौड़ा दिये घोड़े हमने"

गोवा एक और तहज़ीबी मंज़र था और यह भी इसी हिन्दुस्तान के मुशज्जर Tapestry में शामिल था, जिसके एक कोने में गोआ का मसीही कल्चर पैटर्न भी मौजूद था और ये सब भी हिन्दुस्तान था। बात यह है कि रंगबिरंगे शीशों को जोड़िये तो वह मस्जिदों, गिरजाघरों और महलों के हसीन stain glass बन जाते हैं और तोड़िये तो उनको खील-खील करने के लिए बस एक पत्थर काफ़ी है। फेंकिये तो छन से टूट जायेंगे और इन शीशों से जो रंग बिरंगी रौशनियाँ प्रतिबिम्बित होती हैं, उन रौशनियों को विलुप्त करना भी बहुत आसान है, महज़ थोड़ी सी साम्प्रदायिकता और नफ़रत दरकार है।

नव वर्ष की रात। अलीगढ़ की लड़कियाँ अपने प्रोफ़ेसरों समेत किसी स्थानीय पार्टी में भाग लेने चली गयीं। हम लोग एक ब्वायज़ होस्टल में ठहराये गए थे, जो क्रिस्मस की छुट्टियों की वजह से ख़ाली पड़ा था। शाम को मोसवी साहब ने मुझसे कहा था "आप भी हमारे साथ चलिए, हम लोग एक जहाज़ पर पार्टी में जा रहे हैं।" मैंने जवाब दिया, "मुझे नई जगहों को बिल्कुल अपने तौर पर डिस्कवर करना अच्छा लगता है, आप जाइए, मैं ख़ुद घूमने निकलूँगी।"

चुनांचे रात गए मैं होस्टल से बाहर आयी, सड़क सुनसान पड़ी थी, न आदम, न आदमज़ाद; सारी आबादी जाने कहाँ चली गयी थी शायद शराबख़ानों में या अपने घरों पर नया साल मनाया जा रहा था।

मैंने एक सिम्त को चलना शुरू कर दिया। उस वक़्त सड़क और रात का मंज़र ऐसा लगा जैसे स्पेनी चित्रकार एल ग्रेको की बनायी हुई एक तस्वीर, एक दरवाज़े में चली गयी या इलाही यह मैड्रिड है या पणजी। कल्चरल ट्राँसप्लाँट की मुकम्मल तस्वीर। अब्दुर्रहमान प्रथम ने शाम की खजूर का एक बीज उंदलस (स्पेन) में बोया था तो सरज़मीन-ए-उंदलस के पुर्तगालियों ने वही पौधा लाकर हिन्दुस्तान के साहिल पे लगा दिया। सिलसिला-ए-रोज़ो-शब।

"तुझको परखता है, यह मुझको परखता है
यह सिलसिला-ए-रोज़ो-शब सीरफ़ी-ए-कायनात"

बहुत दूर सड़क के आख़िरी सिरे पर कैथडरल दिखायी दे रहा था, मैंने उसकी तरफ़ चलना शुरू किया; रास्ते में लोग नया साल मनाते मिले लेकिन किसी ने न आवाज़ कसी न विरोध किया। वे सब ख़ुश और मगन टोलियाँ बनाये घूम रहे थे। मैं इसी तरह टहलती हुई कैथडरल की सीढ़ियों पर पहुँच गयी। सामने वह इबादतख़ाना एक ऊँची पहाड़ी की तरह खड़ा था। ऊपर चबूतरे पर कुछ लोग टहल रहे थे। अंदर गिरजाघर के विशाल हाल में मिडनाइट सर्विस जारी थी। यह एक बहुत अज़ीमुश्शान कैथडरल था, इसको तामीर करने वाले पुर्तगालियों के पूर्वज छह सौ वर्ष पहले मुसलमान रहे होंगे लेकिन अल्लाह मियाँ को शायद इन तब्दीलियों की कोई ख़ास परवाह नहीं है, वह बेनियाज़ी (लापरवाही) से ये सब तमाशे देखा करते हैं।

मैं फिर बाहर आकर एक मुंडेर पर बैठ गयी। उस वक़्त एक बेहद हसीन स्पेनी या पुर्तगाली कोंटेसा सियाह लिबास और लम्बे बुन्दों से सुसज्जित, सीढ़ियाँ चढ़कर ऊपर आई और हाल की तरफ़ चली गयी। वह बिल्कुल बनावटी सी प्रतीत होती थी। शायद वह उसी वक़्त किसी जहाज़ से उतरी थी या कोई पुर्तगाली टूरिस्ट थी या एक्ट्रेस। गिरजा के घंटे बजे, नया साल शुरू हुआ। कुछ देर बाद

मैं चर्च से उतर कर फिर सड़क पर आ गयी और इस तरह तने-तनहा पैदल चलती ठहरने की जगह पर वापस पहुँची।

सुबह को मैंने रात का एडवंचर साथियों को सुनाया। मैंने कहा, "यह गोआ है, यूरोपियन सभ्यता की आउटपोस्ट। मैं आधी रात के बाद इस तरह इतमीनान और बेख़ौफ़ी से बम्बई की किसी सड़क पर नहीं टहल सकती और दिल्ली में तो ख़ैर सवाल ही नहीं पैदा होता।"

दूसरे रोज़ मैं एक और कैथडरल में गयी, जहाँ सेंट फ़्राँसिस के पाँव का एक अंगूठा एक मर्तबान में बतौर तबर्रुक (प्रसाद) महफ़ूज़ है। प्राचीन मिस्रियों की हनूत शुदा लाशें (ममीयाँ) दुनिया के अजायब घरों में रखी हैं। प्राचीन मिस्रियों को मौत ने मोहित कर रखा था। रोमन कैथोलिक चर्च और ग्रीक ऑर्थोडॉक्स चर्च में भी पादरियों और औलियाओं की ममियाँ उनके अहमतरीन तबर्रुकात (अति महत्वपूर्ण प्रसाद) हैं।

कीव (Keiv) के एक कलीसा (चर्च) में दसवीं-ग्यारहवीं सदी की राहिबात (ननों) और राहिबों (सन्यासियों) की ममियाँ उनके एयरकंडीशंड तहख़ानों में क़तार अन्दर क़तार महफ़ूज़ (सुरक्षित) हैं, जबकि ज़मीन के ऊपर ज़िन्दा रूसी हज़ारों-हज़ार जर्मन बमबारी में मारे गए। ये ममियाँ "सख़्त जान" थीं, बच गयीं। ये पादरी और राहिब, जो ज़िन्दगी में लम्बे-तड़ंगे रहे होंगे, अब बच्चों की सी सियाहपोश छोटी-छोटी लाशें, जिनके नन्हे-मुन्ने पाँव बड़े ख़ूबसूरत और नाज़ुक जूतों में छुपे थे और चेहरों पर सियाह कपड़ा बाँध दिया गया था। यह Expressionist चित्रकारों का हैबतनाक तख़य्युल (डरावना विचार), मौत की भयानक शारीरिक अवस्था और इतनी अहानिकारक और बेबस, मृत्यु तत्व के अस्तित्व का लघुकरण कैसे-कैसे अंदाज़ में करती है।

महंतों के मठ और उनके तहख़ाने, जिनमें सन्यासियों की समाधियाँ बनी थीं, जिनके ऊपर तख़्त रखे थे और तख़्तों पर उनके खड़ाऊँ, ऊपर रौशनदान था, जिसमें से गेंदे के फूल दिखाई दे रहे थे। यह मठ मैंने बचपन में देखा था। यह तहख़ाना मुझे इसलिए याद रह गया कि अम्मा को इस मठ के महंत ने

आमंत्रित किया था। वह एक गोरा सा ऋष्ट-पुष्ट नौजवान था, किसी यूनिवर्सिटी का ग्रेजुएट और वह अब अपनी सारी ज़िन्दगी इस मठ में गुज़ारने वाला था।

तो बनारस के नज़दीक के किसी गाँव का वह मठ, जिसमें प्राचीन जोगियों की समाधियाँ मौजूद थीं, जिनमें वह बैठे-बैठे दफ़्न किये जाते थे और रूस के मध्ययुगीन नगर किव के गिरजाघर का वह ममीख़ाना और क़ाहिरा म्यूज़ियम में मिस्र के फ़िरऔनों की वह प्राचीन ममियाँ; उन सबके दरमियान वक़्त का फ़ासला अब कोई अर्थ नहीं रखता।

पणजी के एक पुराने कैथडरल में अचानक एक जनाज़ा हाल में लाया गया और वह छोटा सा जुलूस मेरे क़रीब से गुज़रा। मैं अब तक उस सुनसान हाल में एक किनारे पर बैठी सामने अलतार की पेंटिंग को देख रही थी। ताबूत को लेकर अलतारे के सामने रख दिया गया। सोगवार औरतें सियाह जाली के रुमाल ओढ़े, सोगवार (दुःखी), मर्द हाथ में हैट लिए जीने-मरने में पूरी तरह यूरोपियन कल्चर के पाबंद। पादरी ने आख़िरी मास शुरू किया (जैसे सिखों का अंतिम अरदास यानी 'अर्ज़दाश्त'; उन्होंने भी इस्लामी कल्चर को थोड़ा सा ट्रॉंस्प्लान्ट कर लिया था)।

मुझे एक और कलीसा याद आया। किव का वही आलीशान चर्च, वहाँ भी इसी तरह के दो खुले ताबूत ख़ाली हाल में लाये गए। ताबूत ख़ूबसूरत नक़्शो-निगार से मुज़य्यन (सुसज्जित) थे और उनके अन्दर दो बूढ़ी औरतें मौत की नींद सो रही थीं; और उसी वक़्त मुझे ख़याल आया कि ये दोनों टॉलस्टॉय के रूस में दो हसीन लड़कियाँ रही होंगी। एक किसान ख़स्ता जूते पहने, जो जनाज़े के जुलूस में शामिल था, मेरी तरफ़ आया और अंग्रेज़ी में कहने लगा "हम इस फ़ानी (समाप्त हो जाने वाली) ज़िन्दगी के लिए एक दूसरे से कितना लड़ते-झगड़ते हैं।" इतना कहकर वह वापस चला गया, हज़ारों मील दूर यहाँ गोआ के चर्च में मरने का अमल एक जैसा था। वहीं बैठे-बैठे मुझे New Orleans अमेरिका के उस चर्च का ख़याल आया, जिसकी क़ब्रें ज़मीन के नीचे नहीं थीं, बल्कि वहाँ के दस्तूर के मुताबिक़ ज़मीन के ऊपर बड़े-बड़े संगमरमर के संदूक़ से रखे थे। मौत की विभिन्नताएँ!

गोआ से वापसी में हम लोग एक जहाज़ पर सवार हुए। बम्बई के गवानी बैरे, बावर्ची और आयाएँ अपने परिवारों समेत क्रिस्मस की छुट्टियाँ अपने वतन में गुज़ारने के बाद वापस जा रहे थे; तब मुझे अंदाज़ा हुआ कि मेरा मुलाज़िम अलफ़ाँसो जब कहता कि बाई हम क्रिस्मस मनाने मुलुक जाएगा तो उसके क्या अर्थ थे। वतन उसके लिए कितनी अहमियत और कशिश रखता था। जहाज़ पर मुसलमान मल्लाह और ख़लासी कोंकणी बोलते अपने साथियों को बुलाने के लिए हलक़ से ख़ास तरह की आवाज़ें निकालते और पलक झपकते में जहाज़ के जंगले पर से कूद कर नीचे तैरती डोंगियों में सवार हो जाते या डोंगियों से उचक कर रस्सों के बल फुर्ती से चढ़कर अर्शे पर आ जाते।

अरब सागर की दुनिया और उसके अरब मूल के मल्लाहों की आबादी जो सदियों के उलटफेर में आधी महाराष्ट्रियन हो गयी है; या दकनी मुसलमान, जैसे हमारी हशमतबाई जो अपने रिश्तेदारों से एक ख़ास क़िस्म की मराठी बोलती थीं। महाराष्ट्र के तट की पूरी मुस्लिम सोसायटी उर्दू साहित्य में अपने प्रतिनिधित्व की प्रतीक्षा में है। एक बार बैरिस्टर दानियाल लतीफ़ी ने अचानक बेहद ग़ुस्से में होकर मुझसे कहा था, आप उत्तरी भारत वाले बाक़ी सारे हिन्दुस्तान के मुसलमानों को बारबेरियन (Barbarian) समझते हैं।

रत्नागिरि रौशनियों का पहाड़ फिर प्रकट हुआ। रत्नागिरि नारियल के झुरमुटों से घिरा तट, डोंगियों और जहाज़ों से भरा समुद्र। बम्बई में हमारे दफ़्तर का पट्टे वाला क़ासिम भी रत्नागिरि का रहने वाला था।

पश्चिमी भारत के साहिल (तट) क्या अजीबोग़रीब सहर अंगेज़ (जादूई) दुनियाएँ अपने अन्दर रखते हैं। हम उत्तरी भारत वालों को उनकी कुछ ख़बर ही नहीं। ये बड़े अजीब लोग हैं कि इनके यहाँ साम्प्रदायिकता भी लगभग न के बराबर है।

ओल्ड लेडी ऑफ़ बोरीबन्दर

हर साल जब आर्ट डिपार्टमेंट में फ़िल्मफ़ेयर एवार्ड का बड़ा सा कटआउट तैयार करके उसे फ़िल्मफ़ेयर के दरवाज़े के क़रीब रख दिया जाता तो समझ लीजिए कि अब विक्रम सिंह आकर मुझसे कहते "चलिए"

हम लोग किसी प्रिरी-विव (Preview) थियेटर के लिए रवाना होते। हर थियेटर के एक कोने में सबसे पिछली कुर्सी मेरे लिए सुरक्षित रहती, जिसे किसी ने "Queen Ann's Chair" का नाम दे रखा था। या अहम फ़िल्मों के प्रेस शो के लिए सारे इंग्लिश और लैंग्वेज प्रेस के पत्रकार इकट्ठे होते। इंटरवेल में चाय-पानी से तवाज़ो की जाती। इन सारे प्रेस शोज़ में पहले पहल सिर्फ़ मैं एक महिला होती थी, फिर बी.के. करंजिया की बीवी आबाद करंजिया आने लगीं और फ़िल्मफ़ेयर से एक लड़की लक्ष्मी आया करती।

फ़िल्मी पत्रकारों का यह समूह ज़्यादातर ग़ैरदिलचस्प था। ख़ुद फ़िल्मफ़ेयर के दफ़्तर में पूरी तरह सन्नाटा छाया रहता, सब सिर झुकाये अपने-अपने काम में मसरूफ़। इसके वपरीत उसी फ़्लोर पर "वीकली" के दफ़्तर में लेखिका और बच्ची कुड़कुड़िया की बदौलत बहुत धमाचौकड़ी मचती। हमारे फ़्लोर पर "धर्मयुग" का दफ़्तर भी स्थित था। डॉक्टर धर्मवीर भारती ख़ुशमिज़ाज आदमी थे, उनके पड़ोसी हिन्दी साहित्यकार कमलेश्वर एडिटर "सारिका" संजीदा और गम्भीर इंसान थे, ज़िला एटा के कायस्थ। वह बताते थे कि उनके उर्दूदाँ ख़ानदान में वह पहले शख़्स थे, जिन्होंने हिन्दी पढ़ी।

वीकली में फ़ातिमा ज़करिया बहुत दिनों से Aunty Wendy के पृष्ठ की इंचार्ज थीं। हफ़्ते में दो-तीन दिन आती थीं, खड़े-खड़े एक मेज़ पर झुककर अपना काम करती थीं। कभी एलिज़ाबेथ, बच्ची और मेरे साथ बैठकर लंच में शामिल हो जातीं। वह एक सुन्दर कच्छी मेमन ख़ातून थीं। उन्होंने इज़ाबेला थोबरन कॉलेज लखनऊ में पढ़ा था, उनके शौहर डॉक्टर रफ़ीक़ ज़करिया महाराष्ट्र सरकार के नामवर और नेकनाम स्वास्थ्य मंत्री थे। वह इतिहासकार भी थे और रज़िया सुल्तान पर एक नाविलिट भी लिख चुके थे।

डॉक्टर ज़करिया महाराष्ट्रियन थे और कम्युनिस्ट लीडर डांगे के हमवतन; यानी उनके गाँव का नाम डाँगे था और इस तरह वह डांगे भी कहला सकते थे; उर्दू अदीबों की दावतें करते, उनके यहाँ क़व्वालियाँ भी होतीं। कुछ बहुत ही Anti Establishment उर्दू अदीबों की उनके यहाँ दिन गुज़ारते देखकर मुझे आश्चर्य हुआ क्योंकि उन्हीं हज़रात ने मंत्रियों के ख़िलाफ़ बहुत कुछ लिखा था। हुकूमत से ख़फ़ा रहने वाले लोग कुछ एक ही थे, जिनमें बाक़र मेहदी का नाम सरेफ़ेहरिस्त (ऊपर) रखना चाहिए।

बाक़र मेहदी ने बेतहाशा पढ़ा था। अपने मिज़ाज की तल्ख़ी की वजह से लोग उनसे घबराते थे लेकिन वह उसूल के पक्के इंसान थे और ऐसे लोगों को हमारे यहाँ Eccentric या ख़ब्ती कहा जाता है। उन्होंने एक रिसाला निकाला और मुझसे कहा कि टी.एस.एलियट पर एक मज़मून लिखकर उनको दूँ। रिसाला कल ही प्रेस में जा रहा है, जल्द अज़ जल्द लिख दीजिए।

मैंने उनके सहयोग के विचार से तुरन्त वादा कर लिया और रात को मज़मून लिखना शुरू किया; सुबह तीन बजे तक लिखा, हालाँकि सुबह मुझे दफ़्तर भी जाना था। मज़मून बाक़र मेहदी को भिजवा दिया लेकिन इसके बावजूद उन्होंने अलीगढ़ वालों के बक़ौल, मेरी अंटी बटवाई। हाँ बुआ, अपने-अपने मिज़ाज की बात है; बाक़र मेहदी हमेशा सबसे ग़ुस्से में रहते हैं। जब मिलते हैं तो बड़ी ख़ुशमिज़ाजी से, तल्ख़ी अपने क़लम के लिए महफ़ूज़ (सुरक्षित) रखते हैं।

महाराष्ट्र में उर्दू एकेडमी भी क़ायम हुई लेकिन मैंने उसमें शुरू से आख़िर तक कोई हिस्सा नहीं लिया। वाजिदा तबस्सुम भी बम्बई आ गयी थीं, मैं उनके अफ़सानों से नाख़ुश थी मगर दोस्त की हैसियत से उनको बहुत पसन्द करती थी। दोनों मियाँ बीवी ख़ुशमिज़ाज और पुरख़ुलूस (विनम्र)। वाजिदा तबस्सुम में एक अनोखी तरह की सादगी पायी जाती थी, जो आमतौर पर लोगों में नहीं है। वाजिदा थोड़ा सा ड्रामा भी करती थीं, मिसाल के तौर पर अपने वालिद के इन्तिक़ाल के बाद उनके घराने ने जिस ग़रीबी का सामना किया, वह अक़्ल को हैरान कर देने वाला था।

मैंने कहा, "वाजिदा गप मत हाँको तुमने चने खाकर एम.ए. के पर्चे हरगिज़ नहीं किये।" नहीं आपा सच कहती हूँ, बिल्कुल यही हाल था हमारा।" अपनी बहन से मिलने अमेरिका गयीं; एयरपोर्ट पर इमिग्रेशन अफ़सर ने पूछा, "आप यहाँ क्या करने आई हैं?" फ़रमाया "डॉलर कमाने; मैं यहाँ उर्दू महफ़िलों में अफ़साने पढ़ूँगी और मुझे उसकी फ़ीस दी जाएगी।" उन्होंने कहा, "टूरिस्ट को यहाँ डॉलर कमाने की इजाज़त नहीं।"

उनको अदालत में पेश होने के लिए कहा गया और यह भी कि वकील-ए-सफ़ाई उन्हें ख़ुद हुकूमत मुहैया करेगी, वाजिदा ने बड़े इतमीनान से जवाब दिया, "अपनी पैरवी मैं ख़ुद करूँगी।" फिर वह अदालत में गयीं और अपने पक्ष की हिमायत में कुछ उर्दू शे'रों का अंग्रेज़ी अनुवाद सुनाना शुरू किया। कहने वाला कहता है कि अमेरिकन जज ने हाथ जोड़े और तौबा की और बोला "बीबी बख़्शो यह मुक़दमा ख़ारिज किया जाता है।"

अपने आप से मुतमईन इंसान वाजिदा जैसे कहीं नहीं मिलेंगे। उन्होंने soft porn के अफ़साने लिखकर संजीदा अदब से ख़ुदइख़्तियारी जलावतनी (self exiled) को महत्त्व दिया और अपनी कमर्शियल राइटिंग की बदौलत अवाम में मक़बूलियत हासिल की। मैंने उनसे हमेशा कहा कि वाजिदा इतने बेहूदा अफ़साने मत लिखो मगर वह कहाँ सुनती हैं। कभी मुझे वह इत्तिला देती "आपा मैंने एक बहुत ही बुरा अफ़साना लिखा है तौबा-तौबा बहुत ही बुरा" और यह कहते हुए संतोष की अधिकता से उनका चेहरा जगमगाने लगता।

उनके मियाँ अशफ़ाक़ रेलवे हॉस्पिटल बम्बई में दाख़िल थे, बहुत उम्दा कमरा मिला हुआ था (वह रेलवे में मुलाज़िम थे) किसी बात की शिकायत लेकर वाज़िदा इंचार्ज के पास गयीं, मालूम हुआ कि इंचार्ज अस्पताल के उच्चाधिकारियों की मीटिंग में गए हुए हैं। वाज़िदा हस्बे-मामूल पाँव में बिछुए पहने छन-छन करती उस हाल में दाख़िल हुईं, जहाँ कॉन्फ्रेंस जारी थी। उन्होंने डॉक्टर का नाम लिया और कहा कि ज़रा मैं आपसे बात करना चाहती हूँ और फिर उसको खरी-खरी सुनाकर आ गयीं।

उन्होंने अपने लड़कों के नाम सिराजुद्दौला, टीपू सुल्तान, अलतमश वग़ैरह रखे हैं। लड़की एक ही है, चाँदबीबी। सुल्ताना जाफ़री कहती हैं कि जब चाँद बीबी की बारात घर पर आई तो ये दोनों मियाँ-बीवी अपने कमरे में आराम फ़रमा रहे थे। सुल्ताना आपा ने उनसे कहा, "अरे भई तुम्हारी लड़की की बारात आ गयी है।" वाजिदा ने पूछा तो हमें क्या करना चाहिए।" सुल्ताना आपा ने कहा, "अरे नीचे जाओ और उनको रिसीव करो।" तब वे दोनों नीचे गए।

उनका मकान वाजिदा हाउस, जिसका बोर्ड बहुत दूर से नज़र आ जाता है, ये भी अपने अन्दर एक कहानी रखता है। अशफ़ाक़ अहमद ने जिस ज़माने में जूहू का यह इलाक़ा आबाद नहीं हुआ था, यहाँ काफ़ी ज़मीन ख़रीद ली थी; अब उस पर तीन मंज़िला मकान तामीर किया। उसमें एक हाल भी बनाया। इरादा था कि फ़िल्मों की शूटिंग के लिए उसे किराये पर दिया करेंगे।

जब तक मैं बम्बई में थी मकान की साज-सज्जा अभी शुरू नहीं हुई थी। उस हाल में एक फ़िल्मी स्टाइल का जड़ाऊ ज़ीना ऊपर जाता था। वाजिदा कहने लगीं, "आपा मेरी हमेशा से यह तमन्ना थी कि मेरा एक ऐसा घर हो, जिसमें उस स्टाइल का ज़ीना हो जैसा फ़िल्मों में होता है, जिस पर से हीरोइन उतरती है।"

लेकिन उसी जड़ाऊ ज़ीने के नीचे अशफ़ाक़ और वाजिदा ने अपनी बकरियाँ बाँध रखी थीं और मुर्ग़ियों का एक दड़बा भी वहाँ मौजूद था। एक दिन मैंने उनके यहाँ क़ीमा काटने की मशीन जैसी चीज़ देखी; मालूम हुआ यह हीरे तराशने की मशीन है। अशफ़ाक़ कहने लगे, "आपा अब हम हीरे तराशने का कारोबार शुरू कर रहे हैं।"

यह 1980 ई. की बात है। बहरहाल वाजिदा तबस्सुम एक मुनफ़रिद (एकाकी) और क़ाबिल-ए-क़द्र हस्ती हैं। अभी-अभी इत्तिला मिली है कि अशफ़ाक़ अहमद का इन्तिक़ाल हो गया, वह भी बहुत भला आदमी था।

जब मैं वीकली में थी, मैंने कई साल तक फ़िल्म रिव्यू भी लिखे। नये फ़िल्म ब्लेज़ (Blaze) और दूसरे प्रिव्यू थियेटरों में दिखाये जाते थे। मेरी लिखी हुई टीका टिप्पणियों की बड़ी अहमियत थी और जब ही मुझे मालूम हुआ कि

फ़िल्म रिव्यूज़ लिखने वालों को प्रोड्यूसर भिन्न-भिन्न तरीक़ों से ख़ुश करने की फ़िक्र में रहते हैं। सबसे अहम तरीक़ा खाने-पीने का था। मेरे सिलसिले में तो ख़ैर उसका सवाल ही पैदा नहीं होता था लेकिन यूँ भी अभी हिन्दुस्तान में इतनी आज़ादी नहीं आई थी कि लड़कियाँ या महिला पत्रकार महफ़िल-ए-नावनोश (खाने-पीने की महफ़िल) में शिरकत करें।

एक बार दीवाली के दिन दो बहुत बड़े-बड़े मिठाई के डिब्बे दफ़्तर में भेजे गए, जिनमें से एक मेरे लिए और दूसरा राजू भारतन के लिए था। मौसूफ़ (वह) बहुत ही खरे मगर बहुत कम बोलने वाले आदमी थे और क्रिकेट और फ़िल्म दोनों के बेहद अहम पत्रकार। मिठाई के डिब्बे देखकर उन्होंने हस्बे आदत कमसुख़न (कम बोलने वाले) होने की वजह से ज़ेरे लब (दबे होंठों से) फ़रमाया "You see" और डिब्बे वापस कर दिये। मैंने कहा, "आज मुझे मालूम हुआ कि हम लोग करप्शन और Bribery की लाइन में आ सकते हैं।" भारतन ने फिर ज़ेरे लब जवाब दिया "You see" और सिर झुकाये अपने काम में मसरूफ़ रहे।

दूसरे सहकर्मी गोपाल कृष्णा केराला के प्रकाण्ड पंडित और पुराने विचारों के ब्राह्मण थे। वह बताते थे कि पहले वह सिर के बाल कटवाकर साउथ इण्डियन ब्राह्मणों वाली लम्बी चोटी रखते थे। भारतन की तरह वह भी क़तई असाम्प्रदायिक थे। बहुत अच्छी अंग्रेज़ी लिखते थे और निहायत ही विद्वतापूर्ण लेख लिखते थे। ज्योतिष विद्या से भी कुछ दिलचस्पी रखते थे, निःसंतान थे।

एक दिन कहने लगे, "मेरे और पण्डित नेहरू के सितारे एक से हैं। मेरी तरह उनकी भी कोई औलाद नहीं। मैंने कहा, क्या मिसेज़ इन्दिरा गाँधी उनकी औलाद नहीं हैं।" जवाब दिया "She is a mere female" उनका यह कहना था कि मैं, बच्ची और एलिज़ाबेथ पंजे झाड़कर उनके पीछे पड़ गए। बहुत शोर मचाया; गोपाल उसी शान्ति के साथ बैठे सिग्रेट पीते रहे। मगर मजाल है, जो उन्होंने अपना विचार बदला हो।

वासुदेव एक और बड़े विद्वान साऊथ इंडियन सहकर्मी थे लेकिन बेहद ख़ामोश तबियत; वह बैचलर थे, जिस कमरे में वे रहते थे, उसमें स्टोव और

चाय की केतली भी नहीं रखते थे कि उससे गृहस्थी का कुछ संदेह होगा। सुबह की चाय भी रेस्टोरेंट में जाकर पीते थे। उनका कहना था कि अगर मैं अपने कमरे में चाय बनाऊँगा तो अगली स्टेज लामुहाला यह होगी कि दोस्त कहेंगे शादी कर लो, लड़की खाना भी पका दिया करेगी। नहीं साहब कमरे में चाय की प्याली रखना भी ख़तरनाक है। चंद साल हुए इत्तिला मिली है कि वासुदेव का इन्तिक़ाल हो गया। वह भी बहुत नेक इंसान थे।

एक और सहकर्मी बेनेडिक्ट कोस्टा गोआ के रहने वाले थे। एक दिन टी सेट का डिब्बा लेकर दफ़्तर में आए और मुझसे और बच्ची से कहा कि चलकर उन्हें और बर्तन ख़रीदवा दें। वासुदेव ने अपनी मेज़ पर से धीमी आवाज़ में फ़रमाया "ख़तरे की घंटी बज चुकी है।"

चंद हफ़्ते बाद बेनेडिक्ट कोस्टा ने ताजमहल होटल में अपनी शादी की टी पार्टी दी। बिल्कुल विलायती शादी थी। दुल्हा और दुल्हन पर चावल फेंके गए और दूसरी पश्चिमी रस्में अदा की गयीं। गोआ का कल्चर मूल रूप से पुर्तगाली कल्चर है। कुछ एक लोगों ने अपने आप को बहुसंख्यकों से समानता के लिए अपने पुर्तगाली नाम बदल दिये हैं, जिनमें से एक साहब आर.एस. पंडित दरअस्ल कोई मिस्टर फ़र्नांडिज़ वग़ैरह थे। उन्होंने हमारा रिसाला इम्प्रिंट (Imprint) भी ख़रीदा था, जब मैंने इस रिसाले से इस्तीफ़ा दिया था।

टाइम्स ऑफ़ इण्डिया ग्रुप का ये दफ़्तर, जो बोरीबंदर पर एक पहाड़ की तरह स्थित है, हिन्दुस्तान की रंगारंग और ताज्जुब आमेज़ सोसायटी की एक प्रतिनिधि संस्था है। इलस्ट्रेटेड वीकली के आख़िरी विदेशी एडिटर आयरलैण्ड के निवासी थे। उनके बाद मिस्टर रमन एक साउथ इण्डियन तशरीफ़ लाए। रमन के बाद सुबर्तो बनर्जी एक्टिंग एडिटर हुए, जिनके ज़माने में मैंने वीकली ज्वाइन किया।

उनके बाद ख़ुशवंत सिंह बतौर एडिटर नियुक्त हुए। उन्होंने अपनी पहली मीटिंग में हम लोगों से कहा "देखो भई, वीकली बेहद डल हो गया है, उसको जल्द से जल्द Re-vamp करके उसकी सेल बढ़ायी जाए।" फिर उन्होंने वीकली को दिलचस्प और हरदिल अज़ीज़ (लोकप्रिय) बनाने के चंद नुस्ख़े बताये।

वह ख़ुद बहुत दिलचस्प और बाग़ो-बहार आदमी थे। स्टाफ़ ने उनको बहुत पसन्द किया, वह काम लेना भी जानते थे; अपनी कुर्सी के पीछे एक बहुत बड़ा चार्ट लगवाया था, जिसमें हर-हर हफ़्ते की सेल्ज़ में इज़ाफ़े के Datas रिकॉर्ड किये जाते थे।

अब तरह-तरह की महिलाओं ने दफ़्तर में आना शुरू किया। फ़िल्म स्टार, मॉडल लड़कियाँ जर्नलिज़्म और साहित्य की शौक़ीन औरतों की भीड़ लग गयी। ख़ुशवंत सिंह बुनियादी तौर पर एक निहायत क़दामत पसन्द (पुराने विचारों के) और शरीफ़ इंसान थे लेकिन आमतौर पर पंजाबियों की तरह थोड़े से बेतकल्लुफ़ और थोड़े से हूहक़ (हल्ला-गुल्ला) के शौक़ीन, मुसलमानों के हमदर्द और समर्थक थे। उन्होंने इस्लाम और मुसलमानों के मुताल्लिक़ वीकली में लेख प्रकाशित करने शुरू किये। ईद नम्बर निकाला, वीकली में जहाँ कभी भूले से मुस्लिम कल्चर के बारे में नहीं छपता था; अब उसमें इस क़िस्म के लेखों और चित्रों का सिलसिला जारी हो गया; मैं फ़िक्शन एडिटर थी।

ढेरों कहानियाँ सारे हिन्दुस्तान से प्राप्त होतीं, जिनमें से कुछ एक ही प्रकाशित करने योग्य थीं, वह भी काट-छाँट और भाषा के संशोधन के बाद। एक कहानी झाँसी से मौसूल (प्राप्त) हुई, उस वक़्त मैं एडिटर के कमरे में थी। चपरासी ने कहानी लाकर मुझे दी। मैंने उसे पढ़ा अच्छी ख़ासी थी लेकिन इतनी भी अच्छी नहीं कि उसे प्रकाशित किया जाए। मैंने कहा, "देखिये मिस्टर सिंह यह एक और अफ़साना आया है, लिखने वाली का नाम अतिया है।" बग़ैर देखे ही फ़रमाया, "छाप दो, लिखने वाली लड़की है और मुसलमान है।" लेकिन मैंने बहरहाल वह कहानी मुंतख़िब नहीं की (नहीं चुनी)। मगर ख़ुशवंत सिंह के इस रवैये से उनकी ख़ुशदिली और नेकनियती ज़ाहिर होती थी।

वह अपने अज़ीज़तरीन (बहुत प्रिय) दोस्त मंज़ूर क़ादिर का अक्सर ज़िक्र करते थे, जो लाहौर में थे। एक दिन सुबह ग्यारह बजे हम लोग अपना-अपना काम शुरू करने ही वाले थे कि ख़ुशवंत सिंह हमारी मेज़ों की तरफ़ आये। उनके साथ एक ख़ातून थीं। बहुत ही जज़बाती अंदाज़ में बोले, "यह मेरे प्यारे दोस्त मंज़ूर क़ादिर की बेगम हैं, पाकिस्तान से आई हैं, मैं इस ख़ुशी में दफ़्तर

बन्द कर रहा हूँ, तुम लोग घर जाओ।" हम सबने स्कूल के बच्चों की तरह जिन्हें आशा के विपरीत छुट्टी मिल जाए, ख़ुश-ख़ुश अपनी राह ली।

ख़ुशवंत सिंह ने एक विशेष अंक पाकिस्तान के सम्बन्ध में भी निकाला था। यह अंक मैंने क्रमबद्ध किया था। पाकिस्तान से लेख और चित्र मंगवाए वग़ैरह-वग़ैरह। जिस दिन यह अंक छपकर आया, इत्तिफ़ाक़ से उसके दूसरे दिन ही मुझे तेहरान जाना पड़ गया; मैं एक प्रति अपने साथ लेती गयी। वहाँ अपने एक रिश्तेदार को दिया, जो वहाँ पाकिस्तान, ईरान, तुर्की की किसी साँझी संस्था के चीफ़ थे।

मेरा ख़याल था कि वह इस रिसाले को देखकर ख़ुश होंगे। न केवल यह कि यह हिन्दुस्तान की तरफ़ से भाईचारे ही की कोशिश थी बल्कि ज्ञान और पत्रकारिता की सतह पर भी इस क़िस्म के रिसाले दोनों मुल्कों में प्रकाशित होने चाहिएँ थे लेकिन मुझे बेहद ताज्जुब और अफ़सोस हुआ कि रिसाला पढ़ने के बाद उन्होंने फ़रमाया, "ये आपने हम लोगों की अच्छी ऐसी की तैसी की है।" उनका यह रिमार्क सुनकर मैंने सोचा कि इंसानों की मानसिकता और ज़हनियतें इस हद तक बदल चुकी हैं।

एडिटर के नाम पत्रों का पृष्ठ भी मेरे ज़िम्मे था और मैं रोज़ाना अनगिनत ख़त देखकर उनमें से कुछ एक का चयन कर लेती थी। अयोध्या अभी बहुत दूर था लेकिन बढ़ती हुई साम्प्रदायिकता का बहुत कुछ अंदाज़ा, उन भेजे हुए पत्रों से हो जाता था। उदाहरणतः ताजमहल पर एक मज़मून छपा बतौर प्रतिरोध कई पत्र प्राप्त हुए, जिनमें पी.एन. ओक की थ्योरी दोहरायी गयी कि ये एक राजपूत महल है।

टाइम्स ऑफ़ इण्डिया ग्रुप के स्टाफ़ में हर सम्प्रदाय और हर धर्म के लोग शामिल थे।

महज़ वीकली में एलिज़ाबेथ राव अलमोड़ा की क्रिश्चियन थीं। फ़ातिमा ज़करिया कच्छी मेमन, बच्ची क़ड़कड़िया कलकत्ता की पारसी, वासुदेव और

गोपाल केरल से आए थे। प्रशिक्षणरत पत्रकार विक्रम वोहरा और जगजीत सिंह कालड़ा एक मैजर जनरल और एक ब्रिगेडियर के लड़के थे।

इंग्लिश पब्लिक स्कूल टाइप एक बेइंतिहा ज़हीन लड़का बतौर प्रशिक्षणरत पत्रकार कलकत्ता से आया था, उसका नाम मुबश्शिर जावेद अकबर था। बतौर एम.जे. अकबर उसने बहुत जल्द शोहरत हासिल कर ली। केरल की एक लड़की मलिका जोज़ेफ़ टाइम्स ऑफ़ इण्डिया में काम कर रही थी; अकबर ने उससे शादी कर ली। ताज में दावत हुई, उसमें शिरकत के लिए अकबर के वालिद कलकत्ता से आए, जो मूल रूप से ग़ाज़ीपुर के रहने वाले थे। कार्ड पर दुल्हन का नाम महज़ 'मलिका' लिखा गया, जो मलका भी पढ़ा जा सकता था लेकिन ये दरअस्ल संस्कृत का मल्लिका था।

बम्बई के जर्नलिस्ट सर्किल में एक और नौजवान अनिल धाड़कर भी शामिल हो गए। उनकी बीवी इम्तियाज़ पाकिस्तानी थीं, जिनके माता-पिता स्कॉटलैंड में रहने लगे थे, इम्तियाज़ अंग्रेज़ी में शाइरी करती थीं, उनकी एक नज़्म मुझे बहुत पसन्द आई थी, उसकी कुछ पंक्तियाँ इस तरह की थीं :

I have roamed the world
and found it wanting
but daddy I can't come back to you.

अक्तूबर 1970 ई. में मैं तेहरान गयी हुई थी। भारतीय राजदूत ऋषि रहमान साहब के यहाँ, ख़ुशवंत सिंह को एक शाम मौजूद पाया। मालूम हुआ वह और आर.के. करंजिया बतौर अख़बार नवीस (पत्रकार) वहाँ आमंत्रित किये गए हैं। एक शाम तेहरान P.E.N. के दफ़्तर से फ़ोन आया "हम लोग मिस्टर ख़ुशवंत सिंह को बुला रहे हैं। आप आकर उनका परिचय करा दीजिए।"

कुछ दाढ़ी वाले बुज़ुर्ग, महिलाएँ थोड़ी सी मध्यम आयु की औरतें दस पंद्रह संजीदा (गम्भीर) शक्लों वाले हज़रात हर जगह ऐसे मिल जाएंगे, जो बड़े ख़ुलूस और लगन के साथ इस क़िस्म के तहज़ीबी इदारे (सांस्कृतिक संस्थाएें) चलाते

रहते हैं। तेहरान में वह बड़ी उदास सी शाम थी। जब हाल में गिनती के कुछ श्रोता इकट्ठे हुए, मुझसे कहा गया कि मैं ख़ुशवंत सिंह का परिचय करवाऊँ। अब प्रॉब्लम यह थी कि मैंने उनकी एक किताब भी नहीं पढ़ी थी। ख़ुशवंत सिंह दिल पज़ीर (मनमोहक) अंग्रेज़ी में निहायत दिलचस्प कालम लिखते हैं और मैं उनके फ़िक्शन से अंजान थी लेकिन यह परदेस में अपनी क़ौमी इज़्ज़त का सवाल।

चुनांचे मैंने माइक्रोफ़ोन पर जाकर ख़ुशवंत सिंह के फ़िक्शन के मुताल्लिक़ अंट-शंट कुछ उड़ाया। उस वक़्त मुझे अहसास हुआ कि हमारे अदबी जलसों में इसी तरह तकल्लुफ़न या अख़लाक़न (नैतिकतावश) या रस्मन (रस्मी तौर पर) या एहतरामन (सम्मान स्वरूप) प्रशंसित के मुताल्लिक़ उनकी किताबें पढ़े बग़ैर प्रशंसात्मक तक़रीरें की जाती हैं।

जब मैं हिन्दुस्तान वापस आई तो लोगों ने पूछा, "तुम वहाँ शाही मेहमान थीं, हुकूमत की तरफ़ से बहुत क़ीमती तोहफ़े लायी होंगी।" मैंने 'ना' में सिर हिलाया, किसी को यक़ीन न आया। मैंने कहा, "मेरे सिलसिले में बहुत सी बातें लोगों को नाक़ाबिले-यक़ीन मालूम होती हैं, उनमें से एक यह भी है।"

अब्दुल्लाह लॉज की एक शाम

मैरिस रोड की ये कोठी मानो शिक्षा व प्रगति, महिलाओं की आज़ादी और विचारों की आज़ादी का गढ़ समझी जाती थी। इसमें रहने वाले शैख़ मोहम्मद अब्दुल्लाह, जो एक कश्मीरी नौमुस्लिम थे और उनकी बीवी, जो दिल्ली के एक पुराने ख़ानदान से ताल्लुक़ रखती थीं और आला बी कहलाती थीं। उन्होंने अलीगढ़ गर्ल्ज़ कॉलेज का पौधा लगाया था।

शैख़ अब्दुल्लाह ने "सवानेह उम्री अब्दुल्लाह बेगम" में लिखा है कि जब उन्होंने एक मदरसा निसवाँ (महिला विद्यालय) खोलने का प्रस्ताव रखा तो कॉलेज का प्रशासनिक वर्ग और धर्म व क़ौम के बड़े-बड़े स्तम्भ बड़े तैश (क्रोध) में आए और कहा अभी मुसलमान क़ौम लड़कों की पाश्चात्य शिक्षा की समर्थक नहीं हुई और तुम लड़कियों के स्कूल की बात करने लगे। महज़ दो या तीन नौजवान साथी अबू मोहम्मद, सज्जाद हैदर और एक दो और नौजवानों ने उनका साथ दिया और उन बुज़ुर्गों के मुक़ाबले पर सफ़ आरा (पंक्तिबद्ध) हो गए।

आज 1981 ई. में ज़माना कहाँ से कहाँ निकल गया था। शैख़ अब्दुल्लाह की बहू और बेटी मीना और रेणुका देवी के नाम से फ़िल्म स्टार बन चुकी थीं। एक और आला ख़ानदान की लड़की ज़ुबैदा हक़ (जिनके कज़िन जनरल ज़िया उल हक़ एक नये देश पाकिस्तान के राष्ट्रपति बने) बेगम पारा के नाम से मशहूर हुईं और ये अफ़सोसनाक बात हुई क्योंकि पुराने ख़यालात के बुज़ुर्गों ने कहा, देखा, हम न कहते थे कि लड़कियाँ स्कूल और कॉलेज जाकर एक्ट्रेस बन जायेंगी।

मेरी कज़िन अज़रा आपा बताती थीं कि जब गर्ल्ज़ कॉलेज की लड़कियाँ "नया संसार" फ़िल्म देखने जाने लगीं तो शैख़ साहब बेचारे ने बहुत ही नाराज़गी का इज़हार किया। हम देहरादून में थे। दून हैवेन के हरे भरे बाग़ पर बारिश होती थी तो फूलों की ख़ुश्बू से सारी फ़ज़ा महक उठती थी। सामने कर्ज़न रोड पर से सिनेमा के इश्तिहार का ठेला गुज़रता।

Naya Sansar : Starring : Renuka Devi, a society girl from UP.

आला बी और मुमताज़ आपा देहरादून आई हुई थीं और शाम को उनके बच्चे शहला और सलमान हैदर अपनी आया के साथ हवाख़ोरी के लिए निकलते। रीहाना तैयबजी भी टहलती मिलतीं। वह गाँधीजी की ख़ासुल ख़ास चेली थीं और बड़ौदा से आया करती थीं। रात को क्षितिज पर रौशनियों का पर्वत मसूरी जगमगाता। उस ज़माने में जबकि यूरोप और अमेरिका हिन्दुस्तान वालों के लिए घर-आँगन नहीं बने थे, ख़ुशहाल वर्ग के लिए मसूरी नैनीताल जाना बड़ा भारी status symbol था। मसूरी जाने और वहाँ से वापस आने वालों की आमदो-रफ़्त हमारे यहाँ महीनों जारी रहती।

जब हम लोग ख़ुद वहाँ चले जाते तो घर पे कोई न कोई मौजूद रहता। देहरादून में अम्मा की पुरानी सहेलियों की इफ़रात (बहुलता) थी। शमसुल उलमा मौलवी ज़काउल्लाह की बहू सुल्ताना बेगम, अकबर इलाहाबादी की पोती मुसहफ़ी ख़ाला, मिसेज़ पूरन चंद होन जो महाराजा कपूरथला की भतीजी थीं और बड़ी नफ़ीस ख़ुशख़त उर्दू में अम्मा को पर्चियाँ लिखकर भेजती थीं। ये ख़वातीन (महिलाओं) का एक दूसरे को चिट (चिट्ठी) लिखकर भेजना भी ख़ास अंग्रेज़ी मशग़ला था।

अम्मा का संगीत से लगाव यहाँ क़ायम रहा। ग़ाज़ीपुर में मास्टर डमरी प्रसाद, उन्हें हारमोनियम सिखाने आते थे। सितार के लिए यूसुफ़ ख़ाँ घर पर रहते थे, यहाँ एक देसी ईसाई मिस्टर साइमन उनके सितार के उस्ताद बने।

"डालनवाला" शीर्षक के अपने अफ़साने में मिस्टर साइमन को तो मैंने मार डाला, बेचारे बूढ़े बेहद मिस्कीन ग़रीब आदमी थे, बीवी बच्चे मर चुके थे। एक गोरी एंग्लो-इण्डियन लड़की भी उनकी शागिर्द थी। एक बार वह मिस्टर साइमन के साथ आई और उसने सितार बजाया। अम्मा ने उससे पूछा, तुमने सितार बजाना क्यों सीखा है। "ताकि अंग्रेज़ लोग ग़ौर करें", उसने जवाब दिया। मुझको यह वाक्य अच्छी तरह याद है।

अब अब्दुल्लाह लॉज के बरामदे में बैठे हुए मैंने सोचा कि इंसान किस तरह अपनी ज़िन्दगी के सारे पिछले अध्यायों के पृष्ठ पलटता जाता है। अचानक एक दिन वह किताब ख़त्म हो जाती है। अब यही अलीगढ़ था, हम लोग नुमाइश के लिए इटावा से आए हुए थे। हमारे रिश्तेदार उस वक़्त मसूद मंज़िल में रहते थे, जो अब मसूद महल कहलाता है। नुमाइश में एक हवाई जहाज़ भी आया था, शायद टाइगर मोथ। जब वह भिन्न-भिन्न करता मसूद मंज़िल के ऊपर से गुज़रता तो हम लोग अच्छो, फ़हमीदा और ज़ुलेख़ा बड़ी उत्सुकता से भागे-भागे बाहर आते और उसको देखते।

उसी नुमाइश में कुमारी आशा ओझा ने अपना कथक नाच पेश किया था। नाचें-गायें सुर रंग बाला। कुलीनों की लड़कियाँ पब्लिक स्टेज पर रक़्साँ हो चुकी थीं। उसी ज़माने में अम्मा की एक कश्मीरी ब्राह्मण दोस्त लाडो रानी ज़ुत्शी की लड़की श्यामा ज़ुत्शी ने फ़िल्म लाइन भी इख़्तियार की और अम्मा बहुत क्रोधित हुईं। फिर रिसाला "नेरंगे-ख़याल" का वार्षिकी अंक आया, जिसमें एक दर्जन फ़िल्म एक्ट्रेसों की तस्वीरें थीं, जिनमें से चंद एक के नाम मुझे याद रह गए हैं। ज़ुबैदा, सुल्ताना, ज़ेबुन्निसा, पेस्टिशन कूपर, मेहताब वग़ैरह।

अब ये "फ़िल्मी परियाँ" जिनकी रंगीन तस्वीरों में उनकी साड़ियों को अबरक़ से अलंकृत किया जाता था। जनता को मोहित करने वाली हस्तियाँ थीं, मिस गौहर, रतन बाई वग़ैरह। उस वक़्त कोई बताता कि ये मिस महताब एक ब्यूटी पार्लर खोलेंगी और उसमें हमारी हेयर ड्रेसर बनेंगी तो ऐसे भविष्य बताने वाले उपकरण का अभी आविष्कार नहीं हुआ। हो सकता है, अगले सौ साल बाद, ऐसे कैमरों का भी आविष्कार हो जाये, जो आने वाले दौर को प्रतिबिम्बित कर सकें।

महताब का ब्यूटी पार्लर वार्डेन रोड पर मेरे फ़्लैट से कुछ ही क़दम के फ़ासले पर था। वह मेरे बाल तराशती जातीं और बिल्कुल हज्जामों की तरह मुसलसल बोलती रहतीं। वह अपने आपको नवाब सचिन की बेटी बताती थीं। ज़ुबैदा और सुल्ताना का भी यही दावा था। जैसे नवाब साहब काफ़ी फ़िल्म स्टार्ज़ के वालिद बने। महताब भी बड़ी अच्छी अंग्रेज़ी बोलती थीं। उन्होंने सोहराब

मोदी से शादी कर ली थी। एक लड़का मेहली मोदी, जो अपने बाप के धर्म पर गया था, उसको उन्होंने पढ़ने के लिए लंदन भेजा और ख़ुद भी उसके साथ गयीं लेकिन कहने लगीं चारों तरफ़ अंग्रेज़, उस पर सर्दी; मैं तो साल भर में ही वापस आ गयी।

महताब कहती थीं कि वह तेरह साल की थीं, जब उन्होंने फ़िल्म इंडस्ट्री ज्वाइन की। कोई फ़िल्म स्टार तेरह साल की उम्र से आगे नहीं बढ़ती, जब उसने अपनी पहली फ़िल्म बनायी, मैडम नूरजहाँ ने भी मुझसे कहा था, जब मैं तेरह साल की थी, साबुन से मुँह धोती थी और सोसायटी मेकअप से नावाक़िफ़ थी, उस वक़्त मेरी शादी हुई। अब ज़ाहिर बात है कि जब शौकत हुसैन रिज़वी से उन्होंने शादी की, उससे बहुत पहले उनकी कई फ़िल्में रिलीज़ हो चुकी थीं लेकिन वह ऐसी बाकमाल गाने वाली हैं कि छोटी-मोटी अतिश्योक्ति तो मामूली बात है, उनको सात ख़ून मुआफ़ करने चाहिएँ।

ख़ुर्शीद आपा अब पीटीवी की लोकप्रिय सीनियर कलाकार हैं। अपने पिछले अवतार में वह रेणुका देवी थीं। मालूम नहीं पाकिस्तानी प्रेस में उनके पूर्व भारतीय करियर के सम्बन्ध में कभी लिखा जाता है या नहीं। जिस तरह अर्श मुनीर लखनऊ रेडियो की एक सुनहरी आवाज़, जो अपने लहजे की ख़ालिस लखनवी मिठास की वजह से आवाज़ की दुनिया में अलग ही थीं।

बचपन में मैं बेहद अक़ीदत के साथ उनके प्रोग्राम सुनती थी, जो वह बच्चों के लिए कंडक्ट करती थीं। पाकिस्तान जाकर उन्हें काफ़ी परेशानियों का सामना करना पड़ा और इसी सिलसिले में एक बार मुझसे मिलने आयीं। वह एक अधिक संतानों वाली औरत थीं, बच्चों के प्रोग्राम में वह आपा जान कहलाती थीं।

दोनों छोटे बड़े बुख़ारी बन्धुओं की बदौलत सारे ऑल इण्डिया रेडियो पर उर्दू तहज़ीब की छाप बहुत गहरी थी। एनाउंसर आदाब अर्ज़ करते थे। आपा जान के साथ संतुलन रखने के लिए एक "दीदी" का इज़ाफ़ा कर दिया गया। ये भी एक स्टाफ़ आर्टिस्ट थीं और रामपुर से ताल्लुक़ रखती थीं। उनका नाम सरदार अख़्तर था।

आमतौर पर प्रोफ़ेशनल गाने वालियाँ यानी बाई जी रेडियो पर आती थीं। इनायत बाई ढेरो वाली, जमीला बाई ऑफ़ इलाहाबाद, अनीस ख़ातून कानपुर और एक गायिका का अजीबोग़रीब नाम था, मिस तमंचा जान ऑफ़ लाहौर।

अब यहाँ बाई और जान के मुताल्लिक़ मेरी भी एक थ्योरी है। बाई महाराष्ट्र और राजस्थान में निहायत इज़्ज़त और सम्मान की उपाधि है। उत्तरी भारत में यह तवायफ़ों के लिए क्यों मख़सूस (विशिष्ट) हो गया? मेरा ख़याल है कि अट्ठारहवीं सदी में ख़ासतौर पर मोहम्मद शाह रंगीले के दौर में दिल्ली, दक्षिण की तवायफ़ों से भर गयी। ये उच्च कोटि की कलाकार थीं; जिस तरह हमारे यहाँ तवायफ़ें बीबी कहलायीं। कूचा बीबी गौहर पुरानी दिल्ली में उसी दौर की यादगार है।

तवायफ़ों के नाम के साथ 'जान' क्यों लगता था? मेरे ख़याल में इसमें कोई आमियानापन (छोटापन) मुज़मिर (मिश्रित) नहीं था बल्कि यह जान भी उत्तर-पश्चिम पेशावर की तरफ़ से आया, जहाँ शरीफ़ज़ादियों के नाम के साथ जान आज भी लगाया जाता है। ताहिरा जान, अतिया जान, मेरी एक दोस्त सलमा जान पाकिस्तान सिविल सर्विस की एक उच्चाधिकारी है, तो लाहौर वग़ैरा की जो गाने वालियाँ जान कहलाती थीं, वहीं से यह लक़ब सम्भवतः सारे उत्तरी भारत में प्रचलित हो गया।

अमेरिकी समाजशास्त्रियों को इस क़िस्म के मामलों की बहुत टोह रहती है। कुछ समय पहले एक अमेरिकन महिला रेंगोला क़ुरैशी, जो हिन्दुस्तानी शास्त्रीय संगीत और सोज़ख़्वानी (वह मर्सिए, जो मोहर्रम में गाकर पढ़े जाते हैं) की माहिर हैं, उनको पता चला कि बिहार के फ़ुलाँ छोटे शहर में एक गाने वाली अभी मौजूद है, जो ख़ालिस पुराने तरीक़े से बग़ैर हारमोनियम के महज़ सारंगी के साथ गाती है। चुनांचे ये ख़ातून उससे मिलने वहाँ पहुँचीं। सोज़ख़्वानी की रिसर्च के सिलसिले में रेंगोला क़ुरैशी एक मर्सिये का बन्द मधुर स्वर में पढ़ते हुए बताती जाती हैं कि बन्द के हर मिस्रे (पंक्ति) में उन्होंने कौन-कौन से राग इस्तेमाल किये हैं।

अब फिर अब्दुल्लाह लॉज की एक शाम वापस चलें। ख़ुर्शीद आपा के ज़माने में प्लेबैक लगभग न के बराबर था और हर हीरोइन अपने गाने ख़ुद गाती थी। वह गाने बहुत हल्के-फुल्के और आसान होते थे, चुनांचे ख़ुर्शीद आपा के ख़ूब रिकॉर्ड बजे, जो उन्होंने रेणुका देवी के नाम से ही गाया। पहले हीरोइन बनने के लिए कितना टैलेंट ज़रूरी था; आपकी शक्ल भी अच्छी हो और आवाज़ भी। हसीन व महज़बीं भी होना लाज़िमी था। बम्बई की यहूदी और यूरेशियन लड़कियाँ अपने हुस्नो-जमाल के लिए मशहूर थीं, लिहाज़ा वही हीरोइन बनती थीं।

अब 1981 ई. में रेणुका देवी यानी ख़ुर्शीद आपा पाकिस्तान से अपनी बहनों से मिलने आयीं, मुझसे वह बड़ी ख़ुसूसियत और मोहब्बत से मिलीं। कराची में भाई से भी उनकी बहुत दोस्ती थी। एक शाम मैं और सुरैया आपा उनसे मिलने अब्दुल्लाह लॉज गए। सारी कोठी सुनसान पड़ी थी, उसके वासी यानी शैख़ अब्दुल्लाह और आला बी कबके अल्लाह को प्यारे हो गए। औलाद भी तितर-बितर हो चुकी थी लेकिन मोहसिन अब्दुल्लाह भाई बम्बई टाकीज़ से रिटायर होकर वापस आ गए थे, उनकी बीवी शाहिदा अब पाकिस्तान में बेगम डब्ल्यू. ज़ेड अहमद थीं। दूसरी बीवी वीरा भी कराची चली गयी थीं। किसी दिलजले ने कहा था "मोहसिन अब्दुल्लाह अपनी बीवियाँ पाकिस्तान एक्सपोर्ट करते हैं।"

अमेरिका ने इंसानों को दो वर्गों में बाँट दिया है : Achievers and non achievers. मोहसिन भाई दूसरी कैटेगरी से ताल्लुक़ रखते थे; उनकी पाँच बहनें, डॉक्टर रशीद जहाँ, ख़ातून जहाँ, मुमताज़ जहाँ, ख़ुर्शीद जहाँ और बिरजीस जहाँ एक से एक कामयाब और अपनी ज़िन्दगियों से मुतइमन (संतुष्ट)। फिर न जाने क्या हुआ कि मोहसिन भाई अपनी बहनों से पीछे रह गए।

मुझे याद है, हम लोग ओल्ड ब्वायज़ लॉज में ठहरे हुए थे। वालिद मरहूम एक अर्से तक ओल्ड ब्वायज़ एसोसिएशन के निहायत मुख़लिस और कर्मयोगी ऑनरेरी सेक्रेटरी रहे थे। एसोसिएशन के जलसों के लिए देहरादून, ग़ाज़ीपुर और लखनऊ से अलीगढ़ आया करते और अलीगढ़ को अपना दूसरा काबा कहते थे।

1935 ई. की बरसात में हम लोग देहरादून से अलीगढ़ आए हुए थे और ओल्ड ब्वायज़ लॉज में ठहरे हुए थे, उस वक़्त मोहसिन भाई ने नयी-नयी शादी की थी। ये दोनों ओल्ड ब्वायज़ लॉज के सर्वेंट क्वार्टर में मुक़ीम थे। शाहिदा आपा एक निहायत हसीन शानदार ख़ातून, सफ़ेद और काली धारियों वाली साड़ी पहने, अम्मा के पास आई थीं। मैं बीमार पड़ गयी थी, अम्मा कमज़ोर नज़र की वजह से थर्मामीटर नहीं देख सकती थीं, लिहाज़ा मोहसिन भाई को टेम्प्रेचर देखने के लिए बुलवाया जाता।

जब हम लोग 1938 ई. में बम्बई गए तो मोहसिन भाई और शाहिदा आपा अम्मा से मिलने माटुंगा आये। अम्मा की आदत थी कि वह बहुत डपट कर बात करती थीं। ख़ुसूसन (विशेषतः) वह जिन लोगों को पसंद करती थीं। ये डाँट जैसे उनकी अपनाइयत का इज़हार था। उन्होंने मोहसिन भाई से कहा, "सुना है, तुम यहाँ किसी फ़िल्म में आ गए हो और तुम अशोक कुमार और दूसरे एक्टर एक्ट्रेस एक हाल में सोते हो। याद रखो तुम बहुत जल्द अपनी बीवी से हाथ धो बैठोगे।" उन्होंने हँसकर जवाब दिया, "नहीं ख़ाला हम लोग एक ख़ानदान की तरह रहते हैं, बड़ा ही शरीफ़ाना बंगाली माहौल है" लेकिन बहरहाल अम्मा की वार्निंग बहुत ही सही साबित हुई और शाहिदा मिसेज़ डब्लू. ज़ेड. अहमद बन गयीं।

चुनांचे आज शाम अब्दुल्लाह लॉज के बरामदे में मुझे सारी बातें याद आयीं। कुछ देर बाद इस नीमतारीक (अर्ध अंधकारमय) बरामदे में जब मोहसिन भाई किसी मज़हबी मामले पर ज़रा बाग़ियाना अंदाज़ से बहस करने लगे तो ख़ुर्शीद आपा बेहद ग़ुस्से में उठीं और फ़रमाया, "मेरे सामने ऐसी बेदीनी (अधर्म) की बातें कीं तो छुरा घोंप दूँगी।" और पैर पटकती हुई चली गयीं, चंद लम्हों बाद मोहसिन भाई ने कहा, "देखा यह कितनी अच्छी एक्ट्रेस है।"

ख़ुर्शीद आपा की फ़िल्में जो बचपन में देखते थे, उनकी एक फ़िल्म "भाभी" जो मैंने देखी थी, अब बिल्कुल याद नहीं और "नया संसार" ख़्वाजा अहमद अब्बास की कहानी थी। प्रगतिवादियों का नया ज़माना था, सुना है वह भी प्रगतिवादी फ़िल्म थी; उसका एक गाना था, "एक नया संसार बसा ले, जनता

का हो राज, जगत में जनता की सरकार" ये सारे प्रगतिवादी बड़े सुहाने ख़्वाब देख रहे थे, कृष्णचंद्र उनके क़ाफ़ला सालार (नायक) थे।

लाहौर से एक से एक ख़ूबसूरत रिसाले निकलते थे और नये लिखने वालों की एक फ़ौज सफ़ आरा (पंक्तिबद्ध) हो चुकी थी। लाहौर से साहित्यिक पत्रिकाओं के अलावा क़ौमी दिलचस्पी के पर्चे भी बहुत निकलते थे, जिनमें "चित्रा वीकली" एक फ़िल्मी रिसाला था, उसमें भी कहानियाँ छपती थीं। पंजाब के हिन्दू, मुसलमान और सिख तीनों सम्प्रदायों के अदीब (साहित्यकार) उर्दू दुनिया पर छाये हुए थे; बहुत ही गहमा-गहमी का ज़माना था। सियासत की नीचे-नीचे चलने वाली लहर, जो कुछ ही साल बाद बिफर कर ऊपर आ गयी।

एक शाम मैं सालेहा आपा के यहाँ से फूलबन वापस आई तो ड्राइंगरूम में एक अजनबी को इन्तिज़ार करते पाया; गोरे-चिट्टे बड़े ही विश्वस्त सैयद आले हसन बर्नी, उनका ट्रैवलिंग बैग फ़र्श पर रखा था। अपना परिचय कराया, 'आले हसन बर्नी' यह तो बहुत मानूस (जाना पहचाना) सा नाम है। इलयास अहमद बर्नी की किताब "क़ादियानी मज़हब" मैंने पढ़ी थी। "जी वह मेरे चचा थे।"

बचपन में आशियाने में जो किताबें पढ़ीं थीं, उनके नाम याद थे। चचा इनायतुल्लाह देहलवी की "सलामबो" जिसमें "कर्ताजना" एक शहर का नाम था यानी "Carthage". "क़ादियानी मज़हब" भी पूरी पढ़ डाली थी, हालाँकि समझ में नहीं आया। यह सारा मसअला क्या है क्योंकि इनामुल्लाह मामू और ज़फरुल्लाह मामू दोनों क़ादियानी थे।

हमारे यहाँ माँ-बाप के फ्रेंड्स सर्किल में शिया, सुन्नी, वहाबी, क़ादियानी, हिन्दू, सिख सब शामिल थे और सब बड़े अच्छे और प्यारे लोग थे। वह एक बड़ी सभी धर्मों के लोगों से मेल-मिलाप रखने वाली सोसायटी थी। फिर अचानक 1947 ई. में वह सोसायटी ग़ायब हो गयी। यह बड़ा अजीब वाक़ेआ है, जिसके मुताल्लिक़ लोगों ने ग़ौर करना ही छोड़ दिया है। दुनिया के जिन मुल्कों में बड़ी-बड़ी सियासी तब्दीलियाँ ज़ाहिर हुईं, वहाँ के साहित्य में उनका प्रतिनिधित्व मिलता है।

1948-49 ई. में हिन्दुस्तान पाकिस्तान दोनों जगह विभाजन की याद बिल्कुल कल की सी बात थी लेकिन नौजवानों पर इस तरह का आशावाद का जोश छाया हुआ था। लखनऊ और अलीगढ़ यूनिवर्सिटी से लेकर लाहौर कराची के कॉलेजों के छात्र सज्जाद ज़हीर और फ़ैज़ साहब को अपना गुरु मानते थे, "चन्द रोज़ और मेरी जान फ़क़त चन्द ही रोज़" फ़ैज़ साहब मानो उस दौर के पैग़म्बर थे और उनका कलाम "इंजील मुक़द्दस" वह पाकिस्तान टाइम्स और इमरोज़ का सुनहरा दौर था। साप्ताहिक "लैलो-नहार" भी बड़ी आबो-ताब से निकल रहा था; उसे सिब्ते-हसन एडिट करते थे। अहमद नदीम क़ासमी और उनकी मुँहबोली बहनें हाजरा और ख़दीजा भी उस ग्रुप में शामिल थीं।

अब वह ज़माना आ गया है, जब बड़े-बड़े नामवर लोग, औरतें और मर्द जो शुरू-शुरू में अपनी इन्क़िलाब पसन्दी और "Holier than thau" रवैये की वजह से मशहूर थे, अब वह कहते हैं, हम तो कभी इस क़िस्म के प्रोग्रेसिव नहीं रहे, हमने तो उस ज़माने में भी पार्टी के उग्रपंथियों के ख़िलाफ़ प्रोटेस्ट किया। हालाँकि उनका यह दावा दुरुस्त नहीं, ज़माना बदल गया, उसके साथ वह भी बदल गए या बाक़ायदा Establishment में शामिल हो गए, चूँकि "सबात एक तग़य्युर को है ज़माने में (संसार में स्थायित्व बदलाव को ही है)।"

कुछ सख़्त जान या रख रखाव वाले लोग ऐसे भी हैं, जो अपने आपको तरक़्क़ी पसन्द (प्रगतिशील) कहते हैं। हक़ीक़त ये है कि रशीदा आपा यानी डॉक्टर रशीद जहाँ, बन्ने भाई और चंद एक और कॉमरेडों के अलावा मैंने कोई बन्दा-बशर कम्युनिस्ट या सोशलिस्ट ऐसा न देखा, जिसकी कथनी और करनी में विरोधाभास न हो। इसके साथ ही टीप का बन्द यह भी होता है। हाँ साहिब इसी से तो इण्डिया-पाकिस्तान में मूवमेंट फ़ेल हो गया। "इन्ना लिल्लाहि व इन्ना इलैहि राजेऊन!" (हम अल्लाह के लिए हैं और उसी की तरफ़ लौट कर जाना है। किसी दुःख की बात पर मुस्लिम ऐसा कहते हैं)।

कोचवान का बिगुल

कम्पनी बहादुर के वर्दीपोश कोचवान ने कूच का बिगुल बजाया, यह गोरा पलटन के मार्च की धुन थी और प्राचीन रोमन सेना के सिपाही बजाया करते थे, जब वे बर्तानिया के शासक थे। मेरा ख़याल है कि वही बर्तानवी फ़ौज में स्थानांतरित हुई, जब इंग्लिस्तान ने ईसाई धर्म अपनाया। अब ये धुन फ़ौजी सिपाही ब्रिटिश इण्डिया की छावनियों और पुलिस लाइंस में बजा रहे थे और यह बड़ी दिलावेज़ (मनमोहक) धुन है।

ब्रिटिश म्यूज़ियम लंदन की एक दुकान में कुछ साल पहले मुझे दो ऑडियो कैसेट मिले, जिनमें से एक नवीं-दसवीं सदी ई. की Viking म्यूज़िक का था। जो संगीत के इतिहासकारों ने प्राचीन नार्वेजियन कतबे (शिलालेख) Deeipher करके कम्पोज़ किया था। दूसरा कैसेट और अधिक प्राचीन था यानी रोमन बर्तानिया का सैनिक संगीत। जब मैंने ये कैसेट बजाकर सुना तो मैं चौंकी क्योंकि इसमें बिगुल की वही धुन मौजूद थी, जो मैं बचपन से आज तक हिन्दुस्तान और बाद में पाकिस्तान की छावनियों में सुबह और शाम परचम बुलंद करते और उतारते वक़्त बजायी जाती है, सुना करती थी और मैं हैरत में पड़ गयी कि सुरों का ये क़ाफ़िला कौन-कौन सी वादियाँ, मंज़िलें और फ़ासले तय करता हम तक पहुँचा है।

लखनऊ की पुलिस लाइंस में बिगुल की वही ट्यून बजती है, जो लाहौर पाकिस्तान की छावनी में सुनाई देती है। लॉरेंस रोड लाहौर में सुबह सवेरे हुम्मन आपा की कोठी तक उसकी आवाज़ आती थी। सुर वही हैं, धुन वही हैं, प्राचीन रोमन एम्पायर मिट गयी, सलतनत-ए-बर्तानिया भी ग़ायब। इस सलतनत की वारिस दो रियासतें, जिनकी फ़ौजें एक दूसरे के सामने डटी खड़ी हैं, यहाँ भी दोनों तरफ़ के सिपाही यही धुन बजा रहे हैं। सुर अटल है, सुल्तान हुसैन शाह शर्क़ी की सलतनत का ज़्यादातर लोग नाम भी नहीं जानते लेकिन उनके ख़याल बराबर गाये जा रहे हैं।

Red Coats को हिन्दुस्तानियों ने लालकुर्ती वाले पुकारा। स्कॉटलैंड के फ़ौजी घघरा पलटन के नाम से याद किये जाते थे। हिन्दुस्तानियों ने अपनी सहूलियत के लिए बहुत से अंग्रेज़ी नाम उर्दू में अनुवाद कर लिये थे। रेलवे ट्रेन आग गाड़ी कहलायी; जनरल जरनैल बन गया, गैरिसन इंजीनियर गढ़ कप्तान, अज़ीम शाहराह जरनैली सड़क कहलायी। इस सड़क पर जगह-जगह डाक बंगले तामीर किये गए थे। ये डाक बंगले इसलिए कहलाते थे कि कम्पनी की डाक ले जाने वाली तेज़ रफ़्तार डाक गाड़ियाँ यहाँ रुकती थीं और उनके घोड़े तब्दील किये जाते थे। डाक एक स्थान से दूसरे स्थान तक पहुँचाने का यह प्रबन्ध सबसे पहले अब्बासी ख़लीफ़ाओं ने परिचित कराया था।

हिन्दुस्तान में मुग़लकाल में भी ये इन्तिज़ाम मौजूद रहा। अट्ठारहवीं सदी में नवाब शुजाउद्दौला का पत्र फ़ैज़ाबाद से मराठा पेशवा के पास सात दिन में पूना पहुँच जाता था। अंग्रेज़ों ने इस इंतिज़ाम को और भी तरक़्क़ी याफ़्ता बनाया। ब्रिटिश इण्डिया के ज़िलों में भी डाक बंगले तामीर किये गए। सिंध में बाक़ायदा डाक टिकट जारी हुआ, जिस पर Sind /dawk (सिंध डाक) छपा होता था। कम्पनी की डाक को जगह-जगह पहुँचाने के लिए जो तेज़ रफ़्तार घोड़ा गाड़ियाँ चल रही थीं, वह डाक गाड़ी कहलाती थीं; बाद में जब धुएँ की गाड़ी चली तो उसमें भी डाक ले जाने वाली तेज़ रफ़्तार गाड़ी मेल ट्रेन कहलायी।

लेकिन अभी गाड़ी यानी रेलवे ट्रेन दोआबे के इलाक़े में न पहुँची थी। मीर मासूम अली चकलेदार की अचानक और बेवक़्त मौत के बाद उनके परिवार की ज़िम्मेदारी उनके इकलौते बेटे मीर क़ायम अली पर आ पड़ी। मीर मासूम अली की मौत के बाद अवध के क़ानून के अनुसार उनकी चकलेदारी उनके बेटे को न मिली बल्कि उनके क़र्ज़े अदा करने के लिए मीर क़ायम अली को उनकी सारी जायदाद और इमलाक भी फ़रोख़्त करनी पड़ीं। उनके इमामबाड़े की चाँदी की ज़री और सोने-चाँदी के अलम उन्होंने अपने एक रिश्तेदार के इमामबाड़े में स्थानांतरित किये और ख़ुद तक़दीर आज़माने पुश्तैनी शहर से निकले। पैतृक क़र्ज़े चुकाने के लिए बाहिम्मत नौजवान का परदेस जाना भी एक क्लासिकल सूरते-हाल थी।

परदेसी बालमा Syndrom अबके सावन घर आजा।

मीर क़ायम अली जिन्होंने अंग्रेज़ी पढ़ी थी क्योंकि लखनऊ में अंग्रेज़गर्दी शुरू हो चुकी थी और अंग्रेज़ी रहन-सहन का चलन आम हो गया था। औरतें घर से बाहर क़दम नहीं निकालती थीं लेकिन मीर क़ायम अली नयी रौशनी के आदमी थे, वह एक ग़ैरमामूली (महान) शख़्सियत रहे होंगे कि अब उनके हालात-ए-ज़िन्दगी पर नज़र डालने के बाद ताज्जुब होता है कि वह किस माहौल से निकलकर कहाँ जा पहुँचे और एक बिल्कुल ग़ैर इलाक़ा और अजनबी सामाजिक परिवेश में अपनी जगह बना ली।

चुनांचे मीर साहब अपनी बीवी उमराव बेगम और बच्चों को लेकर कानपुर पहुँचे। दरिया के किनारे एक बेहद प्राचीन कोठी में क़याम किया (ठहरे)। बरसात की झड़ी लगी थी। उमराव बेगम और उनके तीन-चार बच्चे एक कमरे में सो रहे थे। मीर साहब और उनका सबसे बड़ा लड़का मीर मज़हर अली बरामदे में सोते थे। एक रात तूफ़ानी बारिश में उस कमरे की छत गिर गयी और उमराव बेगम और उनके छोटे बच्चे मलबे में दब कर मर गए। महज़ मज़हर अली बाक़ी बचे।

मीर क़ायम अली लड़के को साथ लेकर मुरादाबाद आए ताकि परवरिश के लिए उसको उसके ननिहाल में छोड़ दें। यहाँ उन्होंने अपनी ससुराल वालों के घर के नज़दीक एक मकान तामीर करवाया, जिसके बरामदों के स्तम्भ निहायत सुबुक (पतली) महराबें ख़ूबसूरत, दालान और सहनचियाँ हवादार थीं (ये मकान अब भी मौजूद है और महलसरा कहलाती है)।

मीर क़ायम अली नये ज़माने के आदमी थे, उस मकान से संतुष्ट न हुए। कुछ फ़ासले पर अंग्रेज़ी स्टाइल की कोठी बनवायी। ऊँची कुर्सी, डाट की छतें, ईंटों का फ़र्श, बड़े कमरे, सामने का कमरा अंडाकार यानी उसके सामने का हिस्सा आधा गोलाई लिए हुए था और चारों ओर बरामदा था। कम्पनी की कोठियों का ये गोल कमरा मेरा निजी ख़याल है, सबसे पहले कम्पनी के यूरोपियन व्यापारी जो बिहार, बंगाल और उत्तरी भारत में आए, उन्होंने शहर से बाहर अपने व्यापारिक माल यानी नील के स्टोर रूम की हैसियत से बनवाये

होंगे। जिस तरह बनिये के अनाज का कमरा कोठा कहलाता था और साहूकार का बैंक कोठी।

इसी तरह फ़िरंगियों की तिजारती इमारतें भी कोठी कहलायी होंगी, जहाँ वह अपना कच्चा माल भी गोदामों में रखते थे। इन कोठियों की निर्माण शैली कम्पनी स्टाइल कहलाया। ज़्यादातर जॉर्जियन या न्यो क्लासिकल (Neo-classical) यानी यूनानी और रोमन शैली के पील-पायों (भारी स्तम्भों) वाले बरामदे, Venetian झिलमिलों वाली खिड़कियाँ। ये निर्माण शैली यू.पी., बिहार और पंजाब की पुरानी कोठियों में अब भी नज़र आ जाती है।

दूसरी निर्माण शैली पुर्तगाली कॉलोनियल थी; ये इस्लामी स्पेन का स्ट ाइल था, जो पुर्तगाली अपने साथ गोआ लाए और वहाँ से ये बर्तानवी हिन्द में प्रचलित हुई। ये नीची कुर्सी और गोल महराबों वाले बरामदे पर आधारित था। स्पेन की अरबी निर्माण शैली कहाँ से कहाँ आ पहुँची। जिसका पहले ज़िक्र किया गया है, वह स्टाइल अट्ठारहवीं सदी के इंगलैंड में प्रचलित था।

मैं अब भी यू.पी. के छोटे-छोटे ज़िलों में जाती हूँ तो दरख़्तों में छुपी उन कम्पनी स्टाइल कोठियों को देखती फिरती हूँ, जो अब गिरती जा रही हैं। क्योंकि आमतौर पर हम लोग निर्माण कला से कोई दिचलस्पी नहीं रखते जबकि इसी तर्ज़ की कॉलोनियल न्यो क्लासिकल दो मंज़िला रिहायशी मकान, जो उसी ज़माने में संयुक्त राज्य अमेरिका और इंगलैण्ड में तामीर किये गए, उनको बहुत ही एहतियात से सुरक्षित किया गया है। हमारे यहाँ ये हाल है कि मैंने सुना है, फ़ैज़ाबाद में नवाब शुजाउददौला का बंगला इतना शानदार था कि फ़ैज़ाबाद बंगला ही कहलाने लगा।

लखनऊ में रौशनुद्दौला की ऐतिहासिक कचहरी हाल ही में सरकारी तौर पर ढहा दी गयी है और ये भी इतनी मज़बूत और पुख़्ता थी कि बुलडोज़र और मशीनों से इसे गिराया गया। अपनी सांस्कृतिक धरोहर से लापरवाही हमारे तरक़्क़ी पसन्दों की भी देन थी क्योंकि जिस ज़माने में हमारे यहाँ बौद्धिक जागृति प्रारम्भ हुई, वही वामपंथ के नज़रिया-साज़ों का भी दौर था, जिन्होंने इस सारे अतीत को मेहनतकश वर्ग का दुश्मन क़रार दिया।

इस नयी विचारधारा का मेनिफ़ेस्टो साहिर की वह नज़्म 'ताजमहल' थी। लिहाज़ा कहानी साहित्य में अगर महलों, कोठियों, बंगलों और उनकी साज-सज्जा के स्टाइल का ज़िक्र आया तो नाक़ाबिल-ए-माफ़ी समझा गया। पश्चिम के फ़िक्शन के द्वारा ही वहाँ का सामाजिक इतिहास क्रमबद्ध किया जा सकता है। हमारे यहाँ लगभग यह असम्भव है। बंगाली और मराठी उपन्यासों में इस शताब्दी के प्रारम्भिक वर्षों का सामाजिक चित्रांकन आसानी से मिल जाएगा। हमारे नाविलों में ऐसे इशारे मौजूद हैं लेकिन उनकी तरफ़ किसी ने तवज्जोह ही नहीं दी।

मिसाल के तौर पर अकबरी बेगम वालिदा अफ़ज़ल अली और नज़्र सज्जाद हैदर के उपन्यासों से बख़ूबी अंदाज़ा हो जाता है कि उत्तरी भारत का नया तरक़्क़ीयाफ़्ता वर्ग क्या सोच रहा था और किस तरह की ज़िन्दगी गुज़ार रहा था। इस वर्ग यानी नये अपर मिडिल क्लास ने देश का राजनीतिक नेतृत्व संभाला और वह सारे पक्षपात, संरक्षण और अधिमान साथ लेकर राजनीति में सम्मिलित हुआ और जिसका परिणाम हमारे सामने मौजूद है। हमें इन प्रेरकों और पक्षपातों का विश्लेषण करने की फ़ुर्सत है, न दिलचस्पी। दोनों सम्प्रदाय यानी हिन्दू और मुसलमान दो ऐसे बैल हैं, जो अपने-अपने रहट खींचते अपने-अपने दायरे में घूम रहे हैं। कभी एक दूसरे से टकरा जाते हैं या फिर अलग-अलग चलने लगते हैं।

मीर क़ायम अली ने 1854 ई. के मुरादाबाद में, जो कम्पनी स्टाइल की आलीशान कोठी बनवाई थी, उसमें उनकी आन-औलाद और अगली पीढ़ियों को रहना नसीब नहीं हुआ। जब मीर क़ायम अली की जायदाद का उनके पोते-पोतियों में बँटवारा हुआ, ये कोठी और एक दूसरी कोठी, जो उन्होंने गुरदासपुर में बनवायी थी, अम्मा के हिस्से में आयी। मुरादाबाद वाली कोठी अमूमन (साधारणतया) ख़ाली पड़ी रहती थी क्योंकि उस ज़माने में अपना मकान किराये पर उठाना बुरा समझा जाता था। फिर किसी ने इस पर मुख़ालिफ़त में क़ब्ज़ा कर लिया। अम्मा ने उस पर मुक़दमा दायर कर दिया, जो बरसों चला और

अम्मा ने ख़ालिस फ़्यूडल अंदाज़ में वहाँ जाकर उस शख़्स का सामान बाहर फिंकवा दिया और उसको भी बाहर निकलवाया।

एक मुक़दमा अम्मा का गुरदासपुर में भी जायदाद के सिलसिले में चल रहा था। ये मुक़दमेबाज़ी शरीफ़ों का एक मनपसन्द मशग़ला थी। अम्मा की तरफ़ से पैरवी उनके चचाज़ाद भाई सैयद आले-हसनैन करते थे, जो अलीगढ़ के लॉ ग्रेजुएट थे, उनकी क़ानून की प्रैक्टिस भी जैसे एक तहज़ीबी मशग़ला थी। वह ब्रिटिश इण्डियन आर्मी की रिज़र्व फ़ोर्स में कैप्टन हो गए थे और ज़्यादातर वक़्त मेरठ छावनी में बिताते थे; उनकी शादी उनकी एक कज़िन से हुई थी, जो नवाब महमूदपुर की बेटी थीं और नवाब साहब भी अम्मा के और हसनैन मामू के क़ज़िन थे। उनके बड़े भाई सैयद नवाब आशिक़ हुसैन एम.एल.सी. थे। (उनके एक और कज़िन नवाब हामिद अली ख़ाँ कलकत्ते वाली गौहरजान का मुजरा अपने यहाँ करवाते थे। वह एक निहायत लिजेंड्री ख़ातून थीं और कहा जाता है, सात भाषाओं में गाना गाती थीं।)

मीर क़ायम अली एक दिन अपनी नवनिर्मित कोठी का मुआयना करके ख़ुश-ख़ुश मोहल्ला सादात लाँकड़ी अपनी महलसरा में आए तो क्या देखते हैं कि उनके साले मीर याक़ूब अली तलवार सूँते और अपने दरवाज़े पर खड़े हैं। उन्हें लगाई-बुझाई करने वालों ने यक़ीन दिला दिया था कि मीर क़ायम अली अब लखनऊ वापस न जाने के। वहाँ के हालात दूसरे ही हैं। चुनांचे मीर क़ायम अली वहीं रहेंगे और लाँकड़ी में भी हिस्सेदारी का दावा करेंगे क्योंकि पुरानी दस्तावेज़ों के मुताबिक़ लाँकड़ी में पाँचवाँ हिस्सा उनका भी निकलता था।

मीर क़ायम अली को देखते ही मीर याक़ूब अली ने ललकार कर कहा : क़ायम अली लाँकड़ी से लादावा लिख दो वर्ना में तुम्हारे बेटे का सिर क़लम करता हूँ। मीर क़ायम अली ने आहिस्ता से जवाब दिया, "मियाँ किसी का सिर क़लम न करो, क़लम दवात मंगवाओ। उन्होंने लादावा लिखा और बोले, अच्छा भाई ख़ुदा हाफ़िज़। लखनऊ के बाद अब मुरादाबाद भी छूटा हमसे, अब हम यहाँ कभी न आवेंगे।

बक़ौल हसनैन मामू मीर क़ायम अली के मुँह से जो बात निकली, अल्लाह ने उसे पूरा किया। वह यहाँ से ऐसे निकले कि लखनऊ और मुरादाबाद कभी वापस न आये। मीर याक़ूब अली से उस ड्रामाई गुफ़्तगू के बाद मीर क़ायम अली फ़ौरन पालकी में बैठे और ज़िला कलेक्टर की कोठी पर पहुँचे और उससे कहा, आप मेरा तबादला किसी दूर-दराज़ इलाक़े में करा दीजिए।

कलेक्टर एक-दो मिनट सोचता रहा फिर बोला, "वेल मीर साहब आप पंजाब जाइएगा?" उन्होंने कहा, बिल्कुल जाऊँगा और मुझे पंजाब छोड़ बर्मा भेज दीजिए, मैं वहाँ भी चला जाऊँगा। कलेक्टर ने कहा, पंजाब में हम नहरें खुदवा रहे हैं और हमें इस सूबे के Administration के लिए क़ाबिल और अंग्रेज़ी नौजवानों की ज़रूरत है।

लाँकड़ी वालों के मकान के सामने बहुत बड़ा ज़मीन का टुकड़ा चौक कहलाता था। रात को चौक का बड़ा फाटक बन्द कर दिया जाता था। मीर क़ायम अली की महलसरा भी उस चौक के अन्दर थी, जब वह सुबह-सुबह घर लौटे तो अचानक एक तहलका मच गया; पता लगा सरकारी सिपाही बाहर खड़े हैं। एक आदमी ने सामने आकर कहा, साहब कलेक्टर बहादुर ने मीर क़ायम अली को सलाम बोला है, दुकड़ी भेजी है। मीर साहब ने कहा, अब ये कौन नई आफ़त आयी। वह लखनऊ से निकलने की परेशानियों को अभी तक नहीं भूले थे। बर्क़ अंदाज़ के साथ गाड़ी में बैठे मोहल्ले से बाहर निकले।

अब सारा मोहल्ला मुग़लपुरा अव्वल में शोर मच गया कि मीर क़ायम अली को कलेक्टर साहब के सिपाही पकड़ कर ले गए। अभी हिन्दुस्तानी निहत्थे नहीं किये गए थे, तलवार और बन्दूक़ सब के पास थी। मोहल्ले के कुछ नौजवान तलवारें सूँत कर बाहर निकले। नीम-तले मिस्कोट हुई, तय किया गया कि सादात लाँकड़ी की इज़्ज़त का सवाल है; अंग्रेज़ सिपाही आज तक इस फाटक के अंदर नहीं आए थे, कलेक्टर साहब को देखते हैं। इतने में मीर क़ायम अली शादाँ व फ़रहाँ (ख़ुशी-ख़ुशी) वापस लौटे। एक ख़िलअत ज़ेबेतन[1] थी, हाथ में

1. ख़िलअत पहने हुए थे। ख़िलअत उन वस्त्रों को कहते हैं, जो सरकार सम्मान जताने के लिए किसी को दे।

क़लमदान। कम्पनी की हुकूमत ने ख़िलअत और क़लमदान की मुग़लकालीन रस्म बाक़ी रखी थी। मीर साहब ने फ़रमाया, लो भई हमको तो कलेक्टर साहब ने मुतसदी (क्लर्क) बना दिया। (लेखिका ने हसनैन मामू से पूछा कि मुंशी मुतसदी का मुहावरा तो हमारे यहाँ छोटे दर्जे के सरकारी मुलाज़िमों के लिए इस्तेमाल किया जाता था। मामू ने कहा, हाँ लेकिन चंद रोज़ बाद ही उनको तहसीलदार नामज़द किया गया, जो उस ज़माने में नेटिव के लिए बहुत बड़ा ओहदा समझा जाता था। तहसीलदार, मैजिस्ट्रेट दर्जा अव्वल का काम करता था और इनकम टैक्स भी वही लगाता था।)

मैं और सिल्लो शजर-ए-हयात के ईरानी क़ालीन पर बैठे हसनैन मामू से क़िस्सा सुन रहे थे। मामू सिल्लो से कहने लगे अगर तुम ज़रा सरक के उस दूसरी शाख़ पर बैठ जाओ तो शजर-ए-हयात (जीवन वृक्ष) की सिम्बलिज़्म मुकम्मल हो जाए। उन्होंने सिल्लो से कहा, तुम भी याक़ूब अली की पड़पोती हो और हम लोग मीर क़ायम अली की नस्ल से हैं। आहा! मैंने कहा। मीर याक़ूब अली, जो अपने भांजे को मारे डाल रहे थे? सिल्लो ने पूछा। हाँ, मामू ने जवाब दिया। यह फ़्यूडल समाज की ख़ुसूसियत थी, बात बे बात तलवार निकल आती थी, आख़िर यूरोप में भी तो लोग ज़रा सी बात पर डवेल लड़ने लगते थे। मामू ने इतमीनान से पेचवान गुड़गुड़ाते हुए कहा; लफ़्ज़ फ़्यूडल का मतलब ही है जंगी, लड़ने-झगड़ने वाला, feud करने वाला। इन्हीं मीर याक़ूब अली की पड़पोती सिल्लो कुछ दिन बाद टेक्सटाइल टेक्नॉलोजी की उच्च शिक्षा के लिए मान्चेस्टर जाने वाली थीं।

ये कोयटा छावनी थी और मौसम-ए-बहार का एक दिन। ईरान और बलूचिस्तान में बहार जिस शिद्दत से आती है और कहीं नहीं आती। सारा लैण्डस्केप किसी ईरानी शाइर का या अजीज़बानो के पड़दादा ख़्वाजा अज़ीज़ लखनवी का क़सीदा-ए-बहारिया में तब्दील हो जाता। फिर अचानक मौसम-ए-गुल ग़ायब और शजर-ए-हयात पर चहचहाते परिन्द भी उड़ जाते हैं। इस वक़्त तो शजर-ए-हयात के किनारे बैठे हसनैन मामू को भी परवाज़ करने में पच्चीस-छब्बीस साल बाक़ी थे। उनकी वालिदा मुरादाबाद में रहती थीं और हिजरत

(पलायन) पर आमादा नहीं हुई थीं। ये फ़ौज में थे इसलिए इण्डिया न जा सकते थे। तक़सीम शुदा ख़ानदानों के दुःख के नक़ूश रफ़्ता-रफ़्ता (धीरे-धीरे) वाज़ेह (प्रकट) होते जा रहे थे।

अब मुझे कोयटा छावनी के इस हसीन बंगले में बैठे-बैठे अटारी के उस नीमतारीक (अर्ध अंधकारमय) ज़ीने का ख़याल आया, जिसकी सीढ़ियाँ तीन सौ बरस में घिसते-घिसते तक़रीबन सपाट हो चुकी थीं। बहुत मुमकिन है कि हसनैन मामू की वालिदा जब इस दुनिया से रुख़सत हों तो वह मकान भी ढह जाएगा या उसको गिराकर उसकी जगह नयी इमारत बन जाएगी।

मीर क़ायम अली की कोठी आज़ादी के कई साल बाद तक मौजूद रही फिर बतौर मतरूका (छोड़ी हुई) जायदाद उसके शरणार्थी मालिकों ने उसे गिराकर वहाँ नयी इमारत खड़ी कर ली। उसके शागिर्दपेशे (सर्वेंट क्वारटर्स) की जगह दुकानों की क़तार नज़र आई, जिसके हर दरवाज़े के पास शीशे के शो केस में एक-एक क़द्दे आदम डमी (मूर्ति) साड़ी पहने खड़ी थी। कुछ खिड़कियों में मुरादाबादी बर्तन रखे थे।

1947 ई. से पहले शागिर्द पेशे के ऊपर के कमरे किराये पर उठाये जाते थे और उनमें से एक कमरे में रईस अमरोहवी रहा करते थे। (फिर अचानक नया मुल्क बना, उसके शहर कराची में एक गुमनाम क़ातिल ने रईस अमरोहवी को अपनी गोली का निशाना बना दिया।) शागिर्द पेशा भी उर्दू की ऐसी शब्द योजना है, जिसे लोग अब नहीं समझते; जिस तरह पील-पाये यानी गोल स्तम्भ भी अब एक अजनबी सा शब्द है।

मीर क़ायम अली की ये सारी Urban Estate भी सरकार के क़ब्ज़े में चली गयी। इस फ़ासले से देखा जाए तो मीर क़ायम अली की इतनी बड़ी जायदाद का दरअस्ल वारिस कोई न था। जब उन्हें ज़िला कलक्टर ने पंजाब भेजा तो उन्होंने वहाँ बहुत नाम पैदा किया। एक एक्सट्रा असिस्टेंट कमिश्नर गुरदासपुर की हैसियत से उन्होंने वहाँ निर्माणरत बड़ी दोआब केनाल का इन्तिज़ाम संभाला और मिस्टर प्रिंसिप के साथ मिलकर पंजाब के Revenue laws बनाये और उसमें एक ऐसा खण्ड रखा, जिसकी रु (वजह) से पंजाब का किसान महाजन के चुंगुल से बच गया। इस क़ानून की वजह से वह पंजाब में बेहद लोकप्रिय हुए। उन्होंने ख़ानबहादुर और सी.आई.ई. का ख़िताब भी हासिल किया (यानी कमाण्डर ऑफ़ इण्डियन इम्पायर)।

अपनी मृत्यु के बाद वह फ़्री में 'पीर' बन गए। उनके मज़ार पर हरी झण्डियाँ लग गयीं, क़व्वालियाँ शुरू हुईं और उर्स होने लगा। यानी दुनिया भी मिली और दीन भी। उन्होंने गुरदासपुर में एक बहुत बड़ी कोठी बनवायी थी; अम्मा जब उस मुक़दमे के सिलसिले में गुरदासपुर गयीं और उन्होंने पीर क़ायम अली शाह की क़ब्र पर मेला सा लगा देखा तो उन्होंने क़ौम के सुधारक की हैसियत से वहीं खड़े होकर एक अदद तक़रीर झाड़ दी कि आप लोग इस बिदअत को फ़ौरन ख़त्म कीजिए। मीर क़ायम अली क़तई कोई पीर-वीर नहीं थे वर्ना मैं, जो उनकी पड़पोती यहाँ खड़ी हूँ, मैंने उनकी करामतों के क़िस्से ज़रूर अपने बुज़ुर्गों से सुने होते।

लेकिन अम्मा की उन नसीहतों का 'पीर' के श्रद्धालुओं पर बिल्कुल कोई असर न हुआ बल्कि उन्होंने इज़हार-ए-अफ़सोस किया कि बेपर्दा पीरज़ादी बेदीन (अधर्मी) भी हो चुकी है। पीर साहब के मज़ार के मुताल्लिक़ यह मशहूर था कि उसकी ख़ाक काली खाँसी के मरीज़ बच्चों को चटाई जाती है तो वे तंदुरुस्त हो जाते हैं।

अम्मा सर सैयद की तरबियत याफ़्ता (प्रशिक्षित) बुद्धिजीवी नस्ल से ताल्लुक़ रखती थीं। इसके विपरीत मैं समझती हूँ कि हमने अपनी पुरानी परम्पराओं और विश्वासों को निरस्त करके किसी अक़्लमंदी का सबूत नहीं दिया, क्या पता वह सब भी हो।

काठ का अब्दुल

लफ़्ज़ Bearer से बैरा। बंगाल में ईस्ट इण्डिया कम्पनी के पालकी- बरदार यानी Palanquin Carrier को Bearer कहते थे; बाद में यही "साहब लोग" का निजी सेवक बैरा बन गया, जो उनके कपड़ों की देखभाल करता था और उनका रुपया पैसा भी उसकी सुरक्षा में रहता था। बंगाल में बैरा एक घरेलू नौकर या सरदार कहलाता था, जो इंग्लिश जेंटलमेन अपनी पालकियों में सवार होते थे, उनके कहार Palanquin Bearer कहलाते थे।

लखनऊ में भी पालकी "साहब लोग" की तेज़ रफ़्तार सवारी थी। बंगाल में बैरा या Valet यानी साहब लोग का ख़िदमतगार, जाति का कहार होता था। उसके बाप दादा भी फ़िरंगियों की पालकी उठाते थे। सरदार Bearer पालकी बरदारों का सरदार था; उसके मातहत (अधीन) आठ या दस कहार होते थे।

अब सोचने की बात है कि ग़ाज़ीपुर में हमारे अब्दुल, जो महज़ सरदार कहलाते थे, दरअस्ल उनका औहदा सरदार Bearer का था और अब पालकियों का ज़माना गुज़र चुका था और अर्से से मोटरें चल रही थीं लकिन कोठी का वह मुलाज़िम, जो साहब के लिबास की देखभाल करता था, अब भी महज़ सरदार कहलाता था और लफ़्ज़ Bearer साधारण बैरा बन गया था, जिसे आज तक होटलों का बैरा पुकारा जाता है। इस बैरे का वंशानुक्रम दरअस्ल पालकी Bearer से जाकर मिलता है।

"अंबुवा तले डोला रख दे कहरवा, आई सावन की फुहार" ये बड़े गाने बजाने वाले लोग थे। उनकी एक ताल ही ताल-कहरवा कहलायी। पालकियाँ ग़ायब हुईं; कहार, गाड़ीवान, कोचवान बन गए। मेरे बचपन तक पुराने लखनऊ के गली कूचों में डोलियाँ और चौपहले चल रहे थे। अम्मा जब मोहर्रम की मजलिसों में जातीं तो मोटरकार सड़क पर छोड़ दी जाती। फ़ौरन चौपहले वाले लपके हुए आते। अम्मा अन्दर पर्दे में बैठतीं, हालाँकि उन्होंने कभी पर्दा नहीं किया था लेकिन शहर के अन्दर वह इस रस्म को निभातीं थीं और मैं पर्दे से बाहर मुँह निकालकर गली कूचों की सैर करती जाती थी।

वह यक़ीनन सरवर और सरशार का लखनऊ अब तक मौजूद था। इरफ़ान मंज़िल, जहाँ अम्मा आमतौर से मजलिसों (कर्बला के शहीदों की चर्चा करने की गोष्ठी) के लिए जातीं (मैंने मकान का नाम इस मज़मून के लिए तब्दील कर दिया है)। एक वसीक़ेदार[1] बेगम साहब की मिलकियत थी, वह विधवा थीं और उनके एक ही लड़की थी, जो बहुत कमसिन नहीं थी लेकिन अब तक उसकी शादी न हो सकी थी। उस लड़की की ख़ुसूसियत (विशिष्टता) ये थी कि उसने प्राइवेट तौर पर सीनियर कैम्ब्रिज पास किया था। वह बहुत ख़ुशशक्ल ख़ातून थीं। हमारे एक मामू के लिए भी उसकी निस्बत (रिश्ते) की बातचीत चली लेकिन ये लोग मामू को घरदामाद बनाना चाहते थे, जिसके लिए वह मरहूम हरगिज़ तैयार न हुए।

इसी महल से लगा एक और बड़ा मकान था, जो हमारे एक ननिहाली रिश्तेदार की मिल्कियत थी, उसके बाद एक और मकान नवाब यूसुफ़ की हवेली कहलाता था। नवाब यूसुफ़ की वालिदा यूरेशियन थीं और उनके वालिद कलकत्ते के नवाब सैयद अहमद अली थे और दादा नवाब मुज़फ़्फ़रजंग नायब नाज़िम बंगाल, बिहार, उड़ीसा थे, जिनके नाम पर शहर मुज़फ़्फ़रपुर बसाया गया था।

नवाब अहमद अली ने जनरल लॉर्ड राबर्ट की बहन मार्ग्रेट से शादी की थी; उनका इस्लामी नाम अशरफ़ुन्निसा बेगम रखा गया था। नवाब अहमद अली का एक मकान किंग्ज़टन गार्डेन लंदन में भी था, जहाँ वो हर साल जाते रहते थे। ये एक बेहद ऐतिहासिक क़िस्म का ख़ानदान था, उनकी शादियाँ टीपू सुल्तान के घराने में होती थीं।

दरअस्ल कलकत्ते में विजयी अंग्रेज़ों के अपदस्थ किये हुए सलातीन (शासकों) के तीन ख़ानदान आबाद थे, एक तो यही वाजिद अली शाह का ख़ानदान; दूसरा बिहार के नवाब मुज़फ़्फ़र जंग की औलाद और तीसरे टीपू सुल्तान के नामलेवा। इन तीनों घरानों की आपस में शादियाँ होती रहतीं। आमदनी रफ़्ता-रफ़्ता कम होती गयी लेकिन नयी नस्ल में पढ़ लिखकर किसी ने न दिया। सब "पिदरम सुल्तान बूद"[2] का जाप करते रहे।

---

1. जिसके नाम प्रामेसरी नोट (वसीक़ा) लिखा हुआ हो।, 2. "मेरा बाप बादशाह था" (पूर्वजों की महानता का गुणगान)।

एक बार जब मैं कलकत्ते गयी तो मुझे मालूम हुआ कि टीपू सुल्तान की नस्ल के दो लड़के, कलकत्ते में रिक्शा खींच रहे हैं। तब मैंने कहीं लिखा था कि राजा राम मोहन राय और टीपू दोनों समकालीन थे। टीपू की औलाद कलकत्ते में रिक्शा खींच रही है जबकि राजा राम मोहन राय की क़ौम ने इसी शहर में ज़मीन के नीचे अंडरग्राउंड रेलवे चला दी; इबरत! इबरत! (डरो-डरो)।

तभी मैंने कलकत्ता क्लब में एक पुराना प्रिंट देखा था, जो खाने के कमरे में बहुत ऊँचाई पर आवेज़ाँ था; लिहाज़ा बहुत कम लोगों की नज़रें उस पर पड़ती थीं या अगर क्लब के ब्राउन साहब लोग उसे देखते भी तो क्या फ़र्क़ पड़ता। इस तस्वीर में नवाब मुज़फ़्फ़र जंग, हाथी के हौदे पर झुक कर, लॉर्ड क्लाइव को बंगाल के दीवानी के अधिकारों की दस्तावेज़ बख़्श रहे हैं।

मैं पहले भी कहीं लिख चुकी हूँ कि कम्पनी के पक्षपाती चित्रकार ने उस तस्वीर में नवाब मुज़फ़्फ़रजंग को बिल्कुल सियाहफ़ाम (काला) दिखलाया है, हालाँकि वह ईरानी नस्ल के गोरे-चिट्टे आदमी थे। उनकी औलाद आज तक बहुत साफ़ गोरी रंगत रखती है लेकिन विजयी क़ौम का चित्रकार विजित को हमेशा कमतर दिखाता है। चुनांचे हिन्दुस्तान के हुमायूँ बादशाह को ईरान के शाह तहमास्प सफ़वी की तशहूर पेंटिंग में बेचारे मुग़ल शरणार्थी बादशाह को काला और छोटे क़द का दिखलाया गया है।

मेरी दोस्त और टाइम्स ऑफ़ इण्डिया बम्बई की पुरानी सहकर्मी इला दत्ता और उसका शौहर मेरे साथ उस क्लब में गए थे। मिस्टर दत्ता रजनी पाम दत्त के भतीजे थे, यानी राजा राम मोहन राय के बंगाल के वारिस। चुग्गी दाढ़ी वाला बैरा, जिसने हमें क्लब में खाना सर्व किया, मुसलमान था, यानी देहरादून के कश्ती बरदार लकड़ी के बैरे काठ के अब्दुल का प्रतिनिधि। इस तरह जैसे इस समय पिछली तीन शताब्दियों का प्रतिनिधित्व बंगाल क्लब के इस डाइनिंग हाल में हो रहा था।

अभी कुछ माह पहले कराची में अपने एक कज़िन के साथ सिंध क्लब (या शायद कराची क्लब, मुझे अच्छी तरह याद नहीं) गयी तो वहाँ का माहौल

और फ़ज़ा अब तक हू-बहू वही पायी, जो हिन्दुस्तान में अंग्रेज़ों के क़ायम किये हुए, इन अपर क्लास क्लबों में बरक़रार है। क्लास सिस्टम की ये मज़बूती और पायदारी हैरतअंगेज़ है और ज़्यादा ये कि अगर हिन्दुस्तान के इन क्लबों का कोई सदस्य कराची या लाहौर जिमख़ाना में शाम बिताये तो उसे क़तई कोई अजनबियत महसूस नहीं होगी। अस्ल चीज़ क्लास है, न मज़हब न मुल्क। मान जाइए भई!

बैरे के अलावा दूसरा मुलाज़िम ख़िदमतगार भी था, जो मेज़ पर खाना पेश करता था और अंग्रेज़ी टेबल के सभी क़ायदे-क़ानून से वाक़िफ़ था। हमारे अब्दुल ख़िदमतगार और बैरा दोनों का काम करते थे। वह सफ़ेद चिकन (बारीक सूती वस्त्र) पहन कर और साफ़े (पगड़ी) पर पतली सी इसी तरह की आड़ी पट्टी लगाकर, जिसके ऊपर चाँद का S.H. यानी सज्जाद हैदर का मोनोग्राम लगा हुआ था, बाँधकर बड़ी तमकनत (शान) से किचन इंग्लिश बोलते हुए, मेहमानों को लंच या डिनर सर्व करते थे। अब्दुल गोल-मटोल पुरसुकून चेहरे वाले पूरबिये थे और उनकी शक्ल पर वही शान्ति बरसती थी, जो उनके हमवतन महात्मा बुद्ध के चेहरे पर नज़र आती है। दूसरे शब्दों में मिर्ज़ापुर के अब्दुल किसी तरह भी रामपुर या बरेली के जंगजू माहौल में ख़ुश न रहते।

उनके विपरीत अम्मा के रेज़िडेंट उस्ताद यूसुफ़ ख़ाँ साहब ख़ालिस रामपुरी थे। अब्दुल की मूँछें चीनी अंदाज़ में नीचे को झुकी हुई थीं जबकि उस्ताद की नुकीली मूँछें ऊपर को थीं लेकिन उन मूँछों की शान ही अलग थी, उनकी मूँछों में ख़ाँसाहबी टपकती थी; हालाँकि ख़ुद उस्ताद बड़े नर्म मिज़ाज इंसान थे। रामपुर के रियासती माहौल ने उनका मिज़ाज दरबारी बना दिया था; उस्ताद शाइर भी थे लेकिन जब वह अपनी तनख़्वाह बढ़ाने की दरख़्वास्त (उनको पचास रुपये खाने समेत मिलते थे और खाना और चाय बड़े अहतमाम से अब्दुल ख़ुद ले जाकर उनके कमरे में उनको पेश करते थे) बतौर क़सीदा (कविता की वह विद्या, जिसमें किसी की प्रशंसा की गई हो) लिखकर, अब्बाजान की मेज़ पर रख आए तो अब्बाजान बहुत नाख़ुश हुए, चूँकि हमारे घर के जम्हूरियत पसंद माहौल से ये क़सीदा ख़्वानी (कसीदे पढ़ना) लगा न खाती थी।

हमारे पड़ोस में रामपुर के एक साहबज़ादे रहते थे, जो नवाब रामपुर के नज़दीकी रिश्तेदार थे। उनकी लड़की मेरी हमउम्र थी, जब उनके नौकर कहते, साहबज़ादी जाग गयी हैं, साहबज़ादी खेल रही हैं या साहबजादी रो रही हैं तो मुझे अजीब सा लगता क्योंकि मैं तो बीबी या बिटिया कहलाती थी; हालाँकि पोर्ट ब्लेयर के बेहद बर्तानवी कॉलोनियल माहौल में, जो बिल्कुल समरसेट माहिम का माहौल था। हमारे मुलाज़िम मुझे मसी बाबा पुकारते थे। भाई को हमारे पुराने मुलाज़िम अमीर ख़ाँ आज तक बाबा पुकारते रहे।

मैंने एक दिन अब्बाजान से अपनी हमजोली के मुताल्लिक़ पूछा कि वह साहबज़ादी या शहज़ादी क्यों कहलाती हैं। अब्बाजान ने जवाब दिया कि ये उनके यहाँ का दस्तूर है। हालाँकि हमें अपने हसब-नसब (वंशावली) पर कभी ग़ुरूर नहीं करना चाहिए। फ़ख़ का मुक़ाम महज़ वह होता है, जब आप दूसरों के लिए कुछ कर सकें और वह भी बग़ैर नामो-नमूद की परवाह किये या आप किसी हुनर में महारत (दक्षता) हासिल करें। जैसे हमारे उस्ताद यूसुफ़ ख़ाँ भी एक हुनरमंद इंसान हैं लेकिन हुनरमंदों को उनकी क़ाबिलियत के मुताबिक़ शोहरत या दौलत नहीं मिलती। उस्ताद बेचारे भी तो हमारे यहाँ गुमनाम पड़े हुए हैं।

Creative आर्टिस्टों की ज़िन्दगियों और उनके दुःखों के बारे में तो मुझे बहुत बाद में मालूम हुआ। हमारे उस्ताद यूसुफ़ ख़ाँ न ही अफ़ीम खाते थे, शराब का तो सवाल ही पैदा नहीं होता; पाँचों वक़्त के नमाज़ी थे, पाबंदी से बाल-बच्चों को हर महीने मनीआर्डर भेजते थे। जब हम लोग ग़ाज़ीपुर चले तो मुझे अच्छी तरह याद है, बाग़ की सड़क के किनारे सारा स्टाफ़ मौजूद था, उस्ताद की आँखों से आँसू रवाँ थे, वह भी रामपुर वापस जा रहे थे। अम्मा ने उनसे वादा किया था कि वह उन्हें जल्द देहरादून बुला लेंगी मगर न जाने क्यों ऐसा नहीं हो सका। आजकल का ज़माना होता तो उस्ताद किसी रेडियो स्टेशन पर लग गए होते लेकिन उस ज़माने में रियासतों के अलावा कलाकारों के लिए आमदनी के स्रोत भी बहुत सीमित थे।

आजतक मैं Performing Artists से जो अपनापन और दर्दमंदी महसूस करती हूँ, इसको बहुत से लोग समझ नहीं सकते। ये मिस्कीन (निर्धन दयनीय)

सूरत कलाकार, जिन्हें हम सारंगिये, तबलची, गवैये, नचनिये को टाट बाहर समझते रहे हैं, मीरासी तो मीरासी ही है। भला आप अपने घराने की किसी लड़की की शादी एक आला दर्जे के फ़ाइव स्टार मीरासी (गवैये) से कर देंगे? शायद नहीं, तवायफ़ से वाबस्तगी (सम्बन्ध) की वजह से संगीत कला को भी ऐब समझा गया या महज़ अय्याश रईसज़ादों का मशग़ला; क्योंकि गवैयों के घर के माहौल और हमारे माहौल में फ़र्क़ है। (हालाँकि बड़े उस्तादों के घराने की औरतें सख़्त पर्दे में रहती हैं और उन्हें एक सुर नहीं सिखलाया जाता) लेकिन यह फ़र्क़ किसने पैदा किये।

समाजी हालात और श्रेष्ठता के मानदण्डों ने आला तालीम हासिल (उच्च शिक्षा ग्रहण) करने के बाद, उनकी औलाद और कुलीनों की संतानों में जो सामाजिक अंतर था, वह भी मिटता जा रहा है। ये हमारे यहाँ के कास्ट सिस्टम का भी एक पहलू है। मीरासी शब्द ही पुकार-पुकार कर कहता है कि ये कला उसको अपने बाप-दादा से मीरास (पैतृक सम्पत्ति के रूप) में मिली है और हम यह भूल जाते हैं कि उसने हम पर कितना करम और अहसान किया है कि इस अद्वितीय कला को ज़िन्दा रखा है।

जिस तरह बम्बई में हर घाटन नौकरानी गंगा और हर पूर्बी नौकर रामा कहलाता है, चूँकि पश्चिमी घाट की हरी-भरी पहाड़ियों के बाशिन्दे भी निर्धनताग्रस्त थे और मेहनत मज़दूरी के लिए बम्बई आये, उसी तरह फ़ाक़ाज़दा (भूखे) पूर्वी यू.पी. और बिहार के लोग अरब, भारतीय द्वीपों और प्रशान्त महासागर के दूर-दराज़ द्वीपों तक बतौर Indentured labour जहाज़ों में भर-भर कर भेजे गए। उनकी औलाद में वी.एस. नईपाल जैसे साहित्यकार भी पैदा हुए।

ज़्यादातर पूर्बी जो बाहर के देशों में मिले, जैसे बैंकाक के एक फ़ाइवस्टार होटल का वह बड़ी-बड़ी मूँछों वाला वर्दीपोश दरबान मुझे देखकर बड़ी अपनाइयत से मुस्कुराया, वह बहराइच से वहाँ गया था। इस तरह दूर दराज़ के द्वीपों में ये पूर्बी आबाद हैं और इनका बावा आदम प्रोटोटाइप वह केक स्टैंड था, जिसका नाम ही अंग्रेज़ों ने अब्दुल रख दिया था; ये चार फुट ऊँचा चुग्गी दाढ़ी वाला चोबी बैरा हाथों में कश्ती उठाये, अंग्रेज़ों के ड्राइंगरूम के कोने में खड़ा रहता

था। ये अब्दुल मेरे ख्याल में ब्रिटिश आधिपत्य और कॉलोनियल फ़िरंगी सभ्यता का एक प्रतीक था।

हम उत्तरी भारत के रहने वाले बल्कि ज़्यादातर हिन्दुस्तानी House proud नहीं थे बल्कि Gold and Jewellery proud थे। मुग़ल काल की जीवन शैली हमें मुग़ल-राजपूत चित्रों में दिखायी देती है। निहायत पतले दरवाज़ों और महराबों वाले बरामदे, जिनमें छींट के पर्दे या चिक़ें पड़ी हुई थीं और जालीदार खिड़कियाँ। बरामदे के आगे महताबी या चबूतरे के मध्य में हौज़ या फ़व्वारा या छोटी सी नहर।

दौलतमंदों के यहाँ सहने-चमन के अन्दर एक पवेलियन भी होता था। गर्मियों के मौसम में महताबी पर पलंग बिछा दिये जाते और आसमान के नीचे सोया जाता था। आँगनों में बेला, चमेली, मोतिया की झाड़ियाँ महकती थीं। मुसलमानों के यहाँ अनार का दरख़्त ज़रूर होता था, जो एक ईरानी परम्परा थी और ईरान से यहाँ आई थी; आँगन की दीवार के साथ घड़ौंची पर घड़े और सुराहियाँ रखी जातीं, जो झिलमिलाते मुरादाबादी कटोरे से ढकी रहतीं।

आमतौर से दालान से लगे चबूतरे पर शाम को मूढ़े बिछाये जाते, जाड़ों में धूप भी चबूतरे पर सेंकी जाती; चबूतरे के नीचे फूलों की झाड़ियाँ लगी होतीं, चबूतरे के किनारे पर पीढ़ियाँ रखी जातीं और उनके नज़दीक लोटे और साबुनदानियाँ और बेसनदानियाँ। घर के सदस्य पाँच वक़्त वज़ू करते तो नीचे लगी हुई फुलवारी की ख़ूब सींचाई हो जाती।

अमीर-ग़रीब सबके मकानों का बुनियादी नक़्शा एक सा था। एक लम्बा कमरा, जिसमें कम से कम एक पंक्ति में छह दरवाज़े होते थे, उसके आगे दालान। दोनों तरफ़ एक-एक 'परछती' और उसकी लकड़ी की सीढ़ियाँ, पीछे की दीवार में बहुत ऊपर रौशनदान। पर्दे के ख़याल से पीछे की दीवार में खिड़कियाँ नहीं रखी जाती थीं और सारा घर एक सुरक्षित क़िले सा प्रतीत होता था। ज़नाने आँगन की दीवार के दूसरी तरफ़ उसी नक़्शे का मर्दानख़ाना, दोनों आँगनों के बीच में दरवाज़ा; आँगन के सिरे पर बावर्चीख़ाना और मामाओं और असीरों

के लिए कोठरियाँ; आँगन के दूसरे कोने में शौचालय, हम्माम यानी बाथरूम दालान के बराबर रखा जाता था।

फ्रिज के आने से पहले आइस बक्स इस्तेमाल किये जाते थे और खाना गर्म रखने के लिए Hot case, ये दोनों चीज़ें अंग्रेज़ी स्टाइल की कोठी की पैंट्री का आवश्यक अंग थीं; पैंट्री आबदारख़ाना कहलाती थी। अंग्रेज़ों के आबदारख़ाने को बोतलख़ाना भी कहते थे क्योंकि उसमें शराब का स्टॉक रहता था। ग़दर के ज़माने में फ़िरंगियों से नफ़रत के इज़हार के तौर पर हिन्दुस्तानियों ने एक गीत बनाया था :

अगला नाचे बगला नाचे, नाचे बोतलख़ाना
बड़े साहब का टोपा नाचे, नाचे मेमसाहब का साया।

हिन्दुस्तानी कोठियों में जाली का नेमतख़ाना भी पैंट्री में रखा रहता था और वह डोली भी कहलाता था। उमरा (दौलतमंदों) के घरों में गर्मियों की दोपहर बिताने के लिए तहख़ाना भी होता था। यूरोपियन व्यापारियों ने जो बंगले तामीर करवाये, उनके पिछले हिस्से में अपनी हिन्दुस्तानी पत्नियों के लिए पर्देदार आँगन भी बनवा दिये। कोठी का यह हिस्सा, बीबी ख़ाना कहलाया।

अंग्रेज़ों ने मुग़लकाल के ऊँचे पदों का मान कम करने के लिए उन पदों की हैसियत बहुत ही कम कर दी, हमारे यहाँ बीबी एक बाइज़्ज़त ख़ातून को कहते थे। अंग्रेज़ों ने तवायफ़ों को या उन औरतों को, जो उनके हरम में दाख़िल होतीं, बीबी पुकारा। ख़ानसामाँ यानी Controller of the imperial house hold. को उन्होंने खाना पकाने वाला बना दिया, जिसके लिए तुर्की लफ़्ज़ बावर्ची भी प्रयोग होता था; हिन्दू जिसे भण्डारी या रसोइया कहते थे।

अंग्रेज़ों ने अपनी कोठियाँ बेहद ख़ूबसूरती से सजा रखी थीं। उनके ड्राइंगरूम ज़्यादातर हिन्दुस्तान के बाज़ारों, पहाड़ों या दूसरे स्थानीय रंग से सजे होते थे। अंग्रेज़ों की मानसिकता यह थी कि ये दृश्य हाथी, घोड़ा, पालकी, साधू, फ़क़ीर, सपेरे, मेहनतकश औरतें, ये सब उनकी पृष्ठभूमि के Props हैं। इसी तन्मयता से उनके स्कॉलर्ज़ ने हिन्दुस्तान की Sociology का अध्ययन

किया। उन्होंने अपने Imperial Gazetteers में एक-एक गाँव और क़स्बे की विस्तारपूर्वक भौगोलिक, ऐतिहासिक और आर्थिक स्थिति को लिखा और तब हमें अंदाज़ा हुआ कि उनसे पहले के शासक मुग़ल भी अपने वक़्त से कितने आगे और होशमंद थे कि उन्हीं की लिखी हुई किताबों पर आगे की तहक़ीक़ात की।

मुग़ल राजपूत चित्रों के अनगिनत ज़ख़ीरों का अभी तक अध्ययन नहीं हो सका है, जिनके द्वारा हमें अतीत के बहुत से पक्ष उजागर करने में मदद मिल सकती है। जब मुग़ल दौरे पर या शिकार खेलने जाते थे तो उनके चित्रकार भी साथ ही रहते थे, जो प्राकृतिक दृश्यों, फूलों, पत्तों, जानवरों और परिन्दों के चित्र बनाते थे, वे मानो उनके डॉक्युमेंट्री फ़िल्म प्रोड्यूसर थे।

मुहावरों, शादी- ब्याह के गीत और लोकोक्तियाँ भी अतीत के कल्चर का प्रतिबिम्ब हैं। हमारी अम्मा जो अच्छी ख़ासी अंग्रेज़ीदाँ थीं और एक अंग्रेज़ी जीवन शैली में पली बढ़ी थीं, वह भी ऐसे मुहावरे इस्तेमाल कर जाती थीं, जो बीते युग के कल्चर का प्रतिनिधित्व करते थे; जैसे : अरे वह तो बारह पत्थर बाहर रहते हैं। (पत्थर, अर्थात मील का पत्थर) या : शर्फ़ू सुबह से बाज़ार का कौड़ी फेरा कर रहा है लेकिन अभी तक तुम्हारे पान न लाया। अब यह कौड़ी फेरा उस दौर की याद दिलाता था, जब कौड़ियाँ भी सिक्के के रूप में चलती थीं। फ़ुलाँ चीज़ तो अब दो कौड़ी की नहीं रही। कबीर दास का मशहूर भजन है :

'हीरा जनम अमोल था, कौड़ी बदले जाए'

हमारी चंदा मुमानी एक दफ़ा किसी बददिमाग़ आदमी के लिए कहने लगीं, ऐहे वह तो बर्फ़ख़ाने के मुहाफ़िज़ की तरह अकड़े हुए हैं। "न हियों में, न शियों में" एक और दिलचस्प मुहावरा था।

साहब लोग की चिट्ठियाँ, उस ज़माने में अहम समझी जाती थीं, जब कोई बैरा या ख़ानसामाँ मुलाज़िमत की ग़रज़ से आता तो अम्मा से कहता : बेगम साहब हमारे पास बड़े-बड़े साहब लोग की चिट्ठी है, ये देखिए। फिर वह रुमाल में बंधे सर्टिफ़िकेट पेश करता। ये विभिन्न अंग्रेज़ कर्नलों और सिविलियन अधिकारियों की मोटी-मोटी व शिकस्ता (घसीट कर लिखी हुई) पंक्तियों पर

आधारित प्रमाणपत्र होते, जिनमें लिखा होता कि अब्दुर्रशीद ने हमारे यहाँ सात वर्ष काम किया, वह बड़ा ही मेहनती और ईमानदार आदमी है। अब हम होम वापस जा रहे हैं, इस वजह से मजबूरन उसे अलैहदा करना पड़ रहा है।

कभी-कभी ये बैरे, ख़ानसामाँ और ख़िदमतगार दूर-दूर के शहरों तक हो आए थे और उनकी चिट्ठियों पर पूना, पेशावर, नागपुर, रंगून, वग़ैरह के पते होते थे। कुछ बैरे 1914 ई. की लड़ाई में अपने साहब लोग के साथ यूरोप भी घूम आए थे। हमारे अपने ग़ुलाम हुसैन, जिनका ज़िक्र मैं "कारे जहाँ दराज़ है" में कर चुकी हूँ, हमारे नाना के साथ दक्षिण अफ्रीक़ा की Boer war से लेकर चीन की Opium war के अलावा चार साल फ़्रांस में भी रह आए थे। उनको अब्दुल बैरे के वर्ग में भी शामिल नहीं किया जाता था और वह खाना भी दूसरे नौकरों के साथ नहीं खाते थे।

यह भी हमारी सभ्यता की एक परम्परा थी कि पुराने मुलाज़िमों को महज़ मुलाज़िम ही नहीं समझा जाता था। ख़ासतौर पर बच्चों को यह ट्रेनिंग मिलती थी कि वह उनकी इज़्ज़त करें। चुनांचे हमारी एक कज़िन अपने नाना, चौधरी मोहम्मद अली रुदौलवी के पुराने नौकर मुनव्वर को, मुनव्वर मामू कहती थीं। ये दरअस्ल फ़्यूडल सभ्यता के हिफ़्ज़े मरातब (इंसान के पद और हैसियत के अनुसार आदर करना) का एक पहलू था।

एक पुराने मुलाज़िम हसनैन मामू के यहाँ रहते थे और छुट्टू कहलाते थे। उस कल्चर के शागिर्द पेशे (सेवकों) का आख़िरी नमूना हमारे यहाँ अमीर ख़ाँ थे। हमारे यहाँ आने से पहले, लखनऊ यूनिवर्सिटी के मशहूर प्रोफ़ेसर Strang साहब के यहाँ काम करते थे, इस वजह से वह पुराने ज़माने के अंग्रेज़ों की शराफ़त और रखरखाव के बहुत क़ायल थे।

अमीर ख़ाँ 1947 ई. में हम लोगों के लखनऊ से जाने के बाद, बन्ने भाई और रज़िया आपा के यहाँ चले गए और वहाँ से पंडित आनन्द नारायण मुल्ला के यहाँ इलाहाबाद गए। जब मैं 1962 ई. में बम्बई गयी तो अम्मा ने कहा कि अमीर ख़ाँ को बुलवा लो। चुनांचे मैंने मुल्ला साहब को ख़त लिखा कि वह

अमीर ख़ाँ को भेज दें। अब आनन्द नारायण मुल्ला साहब के रखरखाव का ये आलम था कि उन्होंने अमीर ख़ाँ को, जो पिछले कई बरसों से उनके यहाँ काम कर रहे थे, फ़ौरन बम्बई भेज दिया।

बम्बई में बदक़िस्मती से बेचारे अमीर ख़ाँ को बड़ा ज़बरदस्त Culture Shock पहुँचा। जिस दिन वह तशरीफ़ लाए, उसके दूसरे दिन सुबह को फ़्लैट पर दूध वाला आया और उसने पूछा "बाई हैं?" फिर लिफ़्ट मैन ने पूछा "क्या बाई आज ऑफ़िस जाएगा?" अमीर ख़ाँ ने ग़ुस्से में भिन्नाकर कहा, क्या बकते हो, यहाँ कोई बाई नहीं रहती, हमारी बिटिया का फ्लैट है, क्या तुम जानते नहीं। क़िस्सा मुख़्तसर अमीर ख़ाँ को बम्बई का कल्चर रास न आया। जब वह लखनऊ से यहाँ पहुँचे थे तो अम्मा को सलाम अर्ज़ करने के बाद, वालिद मरहूम को याद करके फूट-फूट कर रोये थे।

अब वह नम्बर 21, फ़ैज़ाबाद रोड लखनऊ की दुनिया और नम्बर 2, आशा महल नौरोजी गमाडिया रोड की दुनिया में आसमान ज़मीन का फ़र्क़ था। तब अंदाज़ा हुआ कि ग़दर 1857 ई. के बाद, जो लोग ज़िन्दा रहे, उन्होंने कितने ज़बरदस्त सांस्कृतिक टकराव और सदमे का सामना किया होगा। राज़िया आपा ने अमीर ख़ाँ के मुताल्लिक़ एक अफ़साना भी लिखा था, जिसका शीर्षक "छतनार" था। रज़िया आपा बन्ने भाई के प्रभाव में कम्युनिस्ट तो हो गयी थीं लेकिन अमीर ख़ाँ जैसे फ़्यूडल माहौल के नुमाइंदे की भी बहुत प्रशंसक थीं।

उस ज़माने तक हमारे प्रगतिशील साहित्यकार उठते-बैठते कम्युनिस्ट पार्टी की मनोवांछित उक्तियाँ इस्तेमाल करते थे। मिसाल के तौर पर फ़ुलाँ जगह तो Top सर्मायादारी रहती है, ये तो आपकी रिएक्शनरी रूमानियत है, ये एक डिक्डेंट कहानी है, फ़ुलाँ-फ़ुलाँ बेहद प्रतिक्रियावादी नज़्में लिख रहे हैं। उसी ज़माने में इस हक़ीर-फ़क़ीर पुरतक़सीर (लेखिका) को, जो Culture Shock पहुँचा, वह ये था कि जब एक शोला-ए-जव्वाला (गर्म मिज़ाज की) तरक्क़ीपसंद अदीबा (प्रगतिशील साहित्यकार) ने मुझे बड़ी ख़ुशी से बताया कि उनकी बेटी के मंगेतर ने बेटी को बीस हज़ार रुपये की मालियत की हीरे की अंगूठी ख़रीद कर दी है, तब मुझे

अंदाज़ा हुआ कि हमारे बेशतर इन्क़िलाबी भी महज़ काठ के पुतले और पुतलियाँ हैं या Ventri loquest की डमी। ये बड़ा अफ़सोसनाक रहस्योद्घाटन था।

इसके बाद दिल्ली में एक बहुत बड़े इन्क़िलाबी लीडर की लड़की की शादी की टी पार्टी में शिरकत की तो वहाँ सब दिल्ली के आला-तरीन अफ़सर, मनिस्टर वग़ैरह की रेल-पेल देखी। उसमें एक शख़्स भी मामूली हैसियत का या कोई जाना पहचाना कॉमरेड नज़र न आया। तब मैंने मेज़बान से पूछा कि आपने अपनी कम्यून के सदस्यों को आमंत्रित नहीं किया।

कहने लगे कि बीबी क्या बताएँ यह 'एट होम' तो अपने बड़े भाई के यहाँ किया है, उन्होंने अपने सर्किल के लोगों को बुलाया है। फिर जब उन कॉमरेड की लड़की दिल्ली से बम्बई जाने लगी तो मैं भी उसे पहुँचाने के लिए स्टेशन गयी थी, वहाँ लड़की की वालिदा ने, जो ख़ुद एक कम्युनिस्ट खातून थीं, लड़की के बाज़ू पर इमाम ज़ामिन (तावीज़) बाँधा। मैंने जब कहा कि आपा यह क्या हो रहा है, वह बोलीं ये तो हमारा कल्चर है।

एक बार सोवियत यूनियन में मैं ट्रेन पर अपनी अनुवादक लड़की के साथ कहीं जा रही थी (वह लड़की भी पार्टी मिम्बर थी), वह अपनी दादी का तज़किरा (चर्चा) कर रही थी। मैंने बेध्यानी से पूछा, तुम्हारी दादी कहाँ रहती थीं। उसने फ़ौरन जवाब दिया, थू-थू, तौबा-तौबा! दादी अभी ज़िन्दा हैं। ख़ुदा करे वह हमेशा ज़िन्दा रहें! तब मैंने सोचा कि हज़ारों बरस से, जो विश्वास हमारे ज़हनों में जगह किये हुए हैं, 70/80 साल में आसानी से धूमिल नहीं हो सकते। हालाँकि अब बहुत से वाम पंथियों के यहाँ, मज़हबी रस्में उनके घरों में अदा की जाती हैं लेकिन उनके मुताल्लिक़ कहते हैं कि यह तो हमारा कल्चर है।

फ़ादर क्रिसमस को वर्तमान रूस में कायापलट से पहले, फ़ादर विन्टर कहा जा रहा था। वह सैलानियों को बड़े फ़ख़्र के साथ अपने गिरजे दिखाने ले जाते थे। हर रूसी गिरजे में मैंने ऊँची-ऊँची शम्अें रौशन देखीं। एक रूसी महिला ने गर्व से मुझसे कहा, ग्रीक आर्थोडॉक्स चर्च हमारा चर्च है। अगर बन्ने भाई ज़िन्दा होते तो मैं उनसे पूछती, ये सब क्या हो रहा है।

"ख़ुदावन्दा ये तेरे सादा-दिल बन्दे किधर जायें।"

रूस में मैंने वर्गों का अंतर भी बहुत देखा। इसका तज़किरा मैं अपने रिपोर्ताज़ "गिलगिश्त" में कर चुकी हूँ।

देहरादून में ईस्टर्न केनाल रोड पर एक हसीन और पुरफ़ज़ा कोठी बेली लॉज कहलाती थी, जिसके बाग़ में बहुत से चकोतरे यानी Grape fruit के दरख़्त थे और ये चकोतरे बिल्कुल घास पर झुके हुए बड़े-बड़े ज़र्द ग्लोब या क़ुमक़ुमे प्रतीत होते थे। मिसेज़ सील के ड्राइंगरूम में भी काठ का अब्दुल ट्रे लिए हुए कोने में मौजूद था, बेली लॉज की मालिक एक अंग्रेज़ महिला मिसेज़ सील थीं; उन्होंने जिस अंग्रेज़ से ये कोठी ख़रीदी थी, उसका नाम कर्नल बेली था, (जान साहब का इल्ला-बेली!) कर्नल साहब मर चुके थे, उनकी विधवा अपनी बड़ी बहन के साथ रहती थीं, जो एक अविवाहित महिला थीं और एक छोटी सी फुदकने वाली चिड़िया प्रतीत होती थीं।

ये दोनों बहनें ग़ज़ब की आर्टिस्ट थीं और उनकी कोठी का हर कमरा, उन दोनों की बनाई हुई वाटर-कलर्स की तस्वीरों से सजा हुआ था लेकिन उस ज़माने में शायद तस्वीरों की नुमाइश का दस्तूर ही नहीं था। आर्ट के रिसाले भी सिवाय कलकत्ते और बम्बई के कहीं और न थे। बहरहाल मिसेज़ सील और उनकी तरह के बहुत से अंग्रेज़ बूढ़े और बूढ़ियाँ, जो बेहतरीन कलाकार थे लेकिन गुमनाम रहे। हिन्दुस्तानी दृश्य, सपेरे, धोबी वग़ैरह उनके प्रिय विषय थे। इस तरह हिन्दुस्तान के Flora and Fauna को उन्होंने बड़े ही प्यार और जाँफ़शानी से चित्रित किया।

न जाने मिसेज़ सील और उनकी बहन का इतना बड़ा ज़ख़ीरा किया हुआ क्योंकि 1947 ई. तक वह दोनों बहनें मर खप चुकी थीं और उनकी जगह एक मुसलमान ख़ानदान बेली लॉज में रहता था; जिन्होंने फ़र्नीचर समेत वह कोठी ख़रीद ली थी। बेली लॉज में अब हमारी अतिया आपा रहती थीं, उन्होंने काठ के अब्दुल की ट्रे पर अपना रुपहला पानदान रख दिया था। बेली लॉज के सामने ईस्टर्न केनाल उसी तरह शोर मचाती हुई बहती जा रही है। अंग्रेज़ों ने बर्फ़पोश हिमालय से ये नहर ऐसी निकाली थी कि थोड़े-थोड़े फ़ासले पर ये

एक पुरशोर (शोर मचाते) कुएँ में गिरती और फिर उसी तरह संगीतमय कुएँ से बाहर निकलकर अपने रास्ते पर रवाँ हो जाती है।

हिमालय के सरसब्ज़ हसीन तरीन पहाड़, जो इस नहर की पृष्ठभूमि में खड़े हैं, इनको लकड़ी के ठेकेदारों ने गंजा कर दिया है। इन पहाड़ों में चूना खोदा जा रहा है। वह बड़े भद्दे हो गए हैं। जब जंगल कट गए तो मौसम भी बदल गया; मसूरी में अब लू चलती है, जब बर्फ़बारी ख़त्म हो गयी तो पहाड़ी नहर भी ख़ुश्क हो जाएगी। बेली लॉज के ड्राइंगरूम में अगर उसके नये मालिकों ने काठ के अब्दुल को कूड़े में नहीं फेंका तो शायद वह इसी तरह अपने कोने में खड़ा सूरज के सवा नेज़े पर आने का मुंतज़िर (प्रतीक्षा में) होगा।

मिस्टर जूडा की कोठी

"आपका घसियारी मण्डी का स्कूल" बेग़म कुलसूम नवाज़ शरीफ़ ने बात शुरू की, मैं चौंकी - पंजाब (पाकिस्तान) के चीफ़ मिनिस्टर की बेगम, जो ख़ुद भी पश्चिमी पंजाब से ताल्लुक़ रखती थीं और कभी लखनऊ गई नहीं थीं। यह घसियारी मण्डी कहाँ पहुँच गईं। मेरी कज़िन अच्छो (ख़ालिदा हैदर), जो दुनिया के मामलात पर मुस्तक़िल हैरान रहने के लिए भी इस दुनिया में नहीं रहीं और जाने कहाँ चली गयीं। जहाँ का ओर है, न छोर, न सरहदें हैं, न पासपोर्ट, न वीज़ा फ़ार्म। अच्छो क़रीब के सोफ़े पर इस तरह गोया (मानो) आलमे-हैरत में बैठी थीं। दूसरी कुर्सी पर आग़ा सुहेल तशरीफ़ फ़रमा थे, जो बेगम नवाज़ शरीफ़ को लखनऊ के बारे में पढ़ाते थे और लखनवी तहज़ीब बेगम कुलसूम नवाज़ शरीफ़ का ख़ास मौज़ू (विषय) था।

जिस ज़माने के घसियारी मण्डी का मैंने तज़किरा किया है, उस वक़्त लख़नऊ और लाहौर एक ही मुल्क़ के दो शहर थे। आप चारबाग़ रेलवे स्टेशन से टिकट कटाकर, फ़र्राटे भरते लाहौर पहुँच सकते थे या वहाँ से लखनऊ आ सकते थे, दोनों शहरों को अपनी-अपनी जगह पर अज़ीम तहज़ीबी मरकज़ (महान सांस्कृतिक केंद्र) होने पर बड़ा नाज़ था। हालाँकि लाहौर उर्दू पत्रकारिता और अदबी सरगर्मियों के मामले में लखनऊ से आगे निकल गया था।

आज की लोकप्रिय उक्ति "मीडिया" से लोग नाआशना थे लेकिन लखनऊ और लाहौर के रेडियो स्टेशन, अच्छे प्रोग्रामों के सिलसिले में एक दूसरे को अपना प्रतिद्वंद्वी समझते थे। दोनों शहरों से बुलन्द पाया (उत्कृष्ट) कलाकार आते-जाते रहते। लाहौर रेडियो में इम्तियाज़ अली 'ताज' अगर स्टार प्रोड्यूसर थे तो लखनऊ में शौकत थानवी और इशरत रहमानी किसी से कम नहीं थे। शौकत थानवी वर्स्टाइल (चंचल) सदाकार (बोलने वाले) थे। रेडियो पर उर्दू कल्चर हावी था। हर ट्राँसमीशन के शुरू और आख़िर में "आदाब अर्ज़" किया जाता था। सभा के बजाय मजलिस प्रचलित था। दिल्ली और लखनऊ की औरतों के प्रोग्राम "हुस्ना बाजी"

और "सईदा आपा" कन्डक्ट करती थीं। लखनऊ में बच्चों के प्रोग्राम की "आपा जान" अपनी सुनहरी आवाज़ और शीरीं (मृदु) लखनवी लहजे के लिए मशहूर थीं।

कुछ अरसे के बाद हिन्दू-मुस्लिम कल्चर में संतुलन क़ायम करने के लिए एक "दीदी" का इज़ाफ़ा किया गया। जिनका असली नाम सरदार अख़तर था और यह रामपुर की रहने वाली एक गोरी चिट्टी और ज़रा लंगड़ी (मोटी-ताज़ी) औरत थीं। "आपाजान" जो दरअस्ल अर्शमुनीर (आज़ादी के बाद ये पाकिस्तान चली गयीं और पीटीवी के प्रोग्रामों की एक नामवर कैरक्टर एक्ट्रेस बनीं) थीं, ख़ालिस लखनवी थीं - लखनऊ रेडियो की मशहूर तमसीलों (नाटक) की हीरोइन यही बनती थीं। यह लखनऊ की बहुत ही मिसाली क़िस्म की साँवली सलोनी और बेहद शीरीं कलाम (मृदु वाणी वाली) परफ़ॉर्मिंग आर्टिस्ट थीं और एक मशहूर मिज़ाह निगार (हास्य-व्यंगकार) की दूसरी पत्नी बन चुकी थीं।

उस वक़्त रेडियो एक नया और जादुई माध्यम था और उसके कलाकारों को वही लोकप्रियता प्राप्त थी, जो आज टेलीविज़न स्टार्ज़ के हिस्से में आई है। पुराने ज़माने की स्टेज और सिनेमा एक्ट्रेस जहाँआरा, कज्जन रेडियो के संगीत नाटकों की हीरोइन बनती थीं। जहाँआरा कज्जन और इशरत सुल्ताना, बब्बो और मलिका पुखराज को कलकत्ते बम्बई और लाहौर से ख़ासतौर पर लखनऊ रेडियो स्टेशन आमंत्रित किया जाता था। मलिका पुखराज महाराजा कश्मीर की दरबारी गायिका थीं और अख़तरी बाई नवाब रामपुर के यहाँ गाने के लिए जाती थीं।

लखनऊ के एक बड़े इंडस्ट्रियलिस्ट इस्तफ़ा ख़ाँ, जो एक दाढ़ी रखने वाले हाजी थे, स्केटिंग चैम्पियन की हैसियत से भी मशहूर थे। बब्बो किसी रेडियो ड्रामे में भाग लेने के लिए लखनऊ आई थीं। उनको हाजी इस्तफ़ा ख़ाँ ने अपने यहाँ एक बड़े डिनर पर बुलाया, जो एक अहम बात थी। चूँकि उस ज़माने में कुलीन वर्ग में मिलीजुली दावतों में, जिसमें बेगमात भी शामिल होती थीं, स्टेज कलाकारों आदि को नहीं बुलाया जाता था लेकिन अख़्तरी फ़ैज़ाबादी, जहाँ आरा, कज्जन, इशरत सुल्ताना, बब्बो और मलिका पुखराज को अब यानी एक हद तक क़बूल कर लिया गया था।

इस लिहाज़ से लाहौर की सोसायटी ज़्यादा आज़ाद ख़याल थी और वहाँ की मशहूर गायिकाएँ इस तरह टाट बाहर नहीं समझी जाती थीं। इसकी वजह शायद यह भी थी कि पंजाब के वडेरे सियासी अधिकार भी रखते थे और कलाकारों का उनके यहाँ काफ़ी अमल दख़ल भी था।

क़ैसरबाग़ के चौराहे से, जो सड़क घसियारी मंडी की तरफ़ जाती है, उसमें एक सुर्ख़ रंग के फाटक के अन्दर, एक ऊँची कुर्सी वाली पुरानी शैली की कोठी थी। लखनवी दस्तूर के मुताबिक़ उस फाटक के मेहराब पर भी आमने-सामने दो मछलियाँ बनी हुई थीं। मछलियाँ अवध की सलतनत का निशान यूँ बनीं, कहा जाता है कि नवाब सफ़दरजंग लखनऊ के शैख़ज़ादों से जंग के दौरान कश्ती में गोमती नदी पार कर रहे थे। जब दो मछलियाँ पानी से उछलकर उनकी गोद में आ गिरीं; नवाब के साथ के लोगों ने उनसे कहा, ख़ुदावन्द! यह बहुत ही अच्छा शगुन है, अब आपकी जीत ज़रूर होगी। लखनऊ पर क़ब्ज़े के बाद नवाब सफ़दर ने आमने-सामने दो मछलियाँ अपनी हुकूमत के तुग़रे में बनवाईं।

लिहाज़ा आज तक लखनऊ के सारे पुराने फाटकों पर दो मछलियाँ Bas Relief में बनी नज़र आती हैं और मछली का यह तुग़रा आज़ादी के बाद भी उत्तर प्रदेश सरकार ने बरक़रार रखा है। शादी ब्याह के मौके पर अक्सर अब भी कई मुस्लिम घरानों में बाराती, एक मिट्टी की हंडिया में पानी से भरी मटकी में छोटी-छोटी मछलियाँ डाल कर दुल्हन के यहाँ लाते हैं। कहीं सफ़र पर जाते समय वही मछली के शगुन के अलावा कड़वे तेल में अपना अक्स (प्रतिबिम्ब) देखा जाता है।

जब हम लोग बनारस हाई स्कूल का इम्तिहान देने गए तो अपने ठहरने के स्थान से इम्तिहान के लिए यूनिवर्सिटी जाते वक़्त दरवाज़े से निकलते तो "दीदी" यानी मिसेज़ पृथ्वी सिंह श्रीवास्तव, कड़वा तेल एक बर्तन में लिये खड़ी रहतीं। हम लोग बारी-बारी अपना अक्स तेल में देखते और फिर इम्तिहान गाह की तरफ़ रवाना हो जाते।

मेरे लिए मास्टर साहब का स्कूल वही मछली सिद्ध हुआ। मास्टर सहाब यू.पी. की गंगा जमनी संस्कृति की आख़िरी मिसालों में से थे। बहुत ही नस्तालीक़ (वाकपटुता से बात करने वाला, बातचीत में दक्ष) और रख-रखाव वाले। उर्दू उनकी घुट्टी में पड़ी थी। बेहद दुबले-पतले हमेशा सफ़ेद बुर्राक़ खादी की धोती, लम्बा कुर्ता पहनते थे। पक्के गाँधीवादी थे। यह मुझे कुछ समय पहले ही मालूम हुआ कि मास्टर साहब नानकपंथ में विश्वास रखते थे, जो कबीरपंथियों की तरह यू.पी. का एक पुराना सम्प्रदाय था, जिसका ताल्लुक़ पंजाब से नहीं था।

दरअस्ल उस ज़माने में उच्च सभ्यता का एक नियम यह भी था कि निजी मान्यताओं के बारे में सवाल नहीं किये जाते थे। लिहाज़ा स्कूल में हम लोगों को यह फ़िक्र नहीं थी कि मास्टर साहब सनातनधर्मी हैं या आर्यसमाजी या कबीर या नानकपंथी। यह उसूल पश्चिमी सभ्यता में आज तक प्रचलन में है लेकिन हमारे यहाँ धर्म अब इतना हावी हो चुका है कि दूसरों की धार्मिक मान्यताओं और धार्मिक विश्वासों की हमेशा खोजबीन और चिंता लगी रहती है।

हिन्दू-मुस्लिम सिख-ईसाई तो ख़ैर नाम से ही जाहिर हो जाता हैं लेकिन इसके आगे और व्याख्याएँ शिया, सुन्नी, सनातनी, आर्यसमाजी वग़ैरह-वग़ैरह हमारे प्रिय विषय हैं। एक औद्योगिक समाज में मज़हबी हदबन्दियों की इतनी अहमियत नहीं रहती। बल्कि पश्चिम में किसी के निजी अक़ीदों (विश्वासों) के बारे में सवाल करना बदतमीज़ी समझी जाती है।

मैं समझती हूँ कि मास्टर साहब उन कुछ चुनिंदा हस्तियों में से थे, जिनके वर्ग के लोग हमारी सोसायटी में बहुत ही कम नज़र आते हैं। ऐसी हस्तियों के लिए यह कहना ज़्यादा मुनासिब है : "एक धूप थी, जो साथ गयी आफ़ताब के।"

मास्टर साहब सारी उम्र गुमनाम रहे, न उन्हें कोई पदमश्री मिला, न पदमभूषण, न उनके मुताल्लिक़ कोई किताब लिखी गयी। उनका स्थापित किया हुआ स्कूल, अब कॉलेज है और शायद उसका वह पुराना माहौल भी बरक़रार

नहीं रहा। मास्टर साहब और उनके स्कूल का ज़िक्र मैंने सारांश में "कारे जहाँ दराज़ है" भाग-1 में किया है क्योंकि मुझे उस किताब में बहुत सारी लम्बी-चौड़ी दास्तानें समेटनी थीं और उस स्कूल और उनके संस्थापक के सम्बन्ध में ज़्यादा विस्तार से लिखा नहीं जा सकता था। अब मैं "कारे जहाँ दराज़ है" भाग-1 के "फूलबन" के पैराग्राफ़ से शुरू करती हूँ।

उस खण्ड में मैं मास्टर साहेब के बारे में "कारे जहाँ दराज़ है" भाग-1 में लिख चुकी हूँ कि हमारे एक रिश्ते के चचा ख़ानबहादुर सैयद अहमद हुसैन, चीना बजार गेट के अन्दर एक पुरानी कोठी में रहते थे। यह कोठी शायद बादशाह नसीरुद्दीन हैदर के ज़माने में बनायी गई थी और लखनऊ Rococo यानी इन्तिहाई पुर तकल्लुफ़ और साज सज्जा वाली लखनवी निर्माणशैली का एक नमूना थी। चचा अहमद हुसैन की गाड़ी भी कुछ कम दक़ियानूसी नहीं थी। ऊँची छत वाली इस स्टाइल की गाड़ियाँ, लंदन में आज भी बर्तानवी रख रखाव और बाँकपन के कारण टैक्सी के रूप में चलती हैं।

उस वक़्त भी यानी 1939 ई. में हमारी और चचा अहमद हुसैन की गाड़ियाँ, जो सैलून कारें कहलाती थीं, दस साल पुरानी हो चुकी थीं लेकिन उनकी मज़बूती का आलम यह था कि हमारी ऑकलैण्ड हज़ारों मील चलने के बाद भी महज़ एक मर्तबा कारख़ाने भेजी गयी थी और उसका इंजन बिल्कुल शोर नहीं करता था।

अल्लामा इक़बाल की "मोटर है ज़ुल्फ़िक़ार अली ख़ाँ का क्या ख़मोश" की तरह गाड़ी के अन्दर, कटगिलास के गुलदान आवेज़ाँ थे और सीटें चमड़े की बजाय निहायत दबीज़ (मोटे) और नफ़ीस सुर्मइ मख़मल की थीं। छत इतनी ऊँची थी कि जब यह हमारे यहाँ कलकत्ते से ग़ाज़ीपुर आई तो मैं उसके अंदर खड़ी हो जाती थी लेकिन छत तब भी ऊँची रहती थी।

एक लगेज कैरियर पीछे था, एक छत पर, जब अब्बाजान दौरे पर जाते तो हमारा पंखा क़ुली पंद्रह वर्षीय हँसमुख दिलीप, लम्बे तुर्रे की पगड़ी बाँधकर बड़ी मुस्तैदी से बाहर फ़ुटबोर्ड पर खड़ा हो जाता। वह दरवाज़े को मज़बूती से पकड़े रहता और पचासों मील का रास्ता इसी तरह तय करता। फ़ुटबोर्ड भी

बहुत चौड़े थे और दिलीप के गिरने का कोई डर न था। ड्राइवर क़दीर की बीवी घूँघट निकालकर अपने छोटे से बच्चे फ़रीद के साथ आगे बैठतीं और वालिद-वालिदा, भाई और मैं पिछली सीट पर। शाम को कमरे की तरह का स्विच ऑन करके, छत में लगा लैम्प रौशन किया जाता।

अब जिस दिन चचा अहमद हुसैन, नीली ऑकलैंड पर बैठकर (उसकी छत और मडगार्ड भी सियाह थे) हमारे यहाँ आये, वह मेरे लिए एक बहुत ही अहम दिन साबित हुआ और अहमद हुसैन ख़वाजा ख़िज़्र! (हज़रत ख़िज़्र अलैहिस्सलाम, जो भटके हुओं को रास्ता बताते हैं) क्योंकि उन्होंने मास्टर पृथ्वी सिंह श्रीवास्तव के प्राइवेट स्कूल का ज़िक्र अब्बजान से किया, जो हाल ही में खोला था और जिसमें चचा अहमद हुसैन की लड़की ज़हरा दाख़िल थीं। दूसरे रोज़ उन्होंने मास्टर साहब को अब्बाजान के पास भिजवाया।

तीसरे रोज़ मैं खुशी से बेहाल अपनी ऐतिहासिक ऑकलैंड पर सवार होकर घसियारी मण्डी पहुँची। जिसका पता मास्टर साहब ने ड्राइवर को समझा दिया था, क़ैसरबाग़ के चौराहे के नज़दीक घसियारी मण्डी वाक़े थी। जो किसी ज़माने में घास की मण्डी रही होगी। अब एक साफ़-सुथरा रिहायशी इलाक़ा था।

फाटक के अन्दर जाकर मैं ऊँची कुर्सी की कोठी के बरामदे में पहुँची। इस कोठी की मालकिन मिसेज़ जूडा लालबाग़ में रहती थीं और नवाब सआदत अली ख़ाँ के ज़माने के मशहूर जूडा के ख़ानदान से सम्बन्ध रखती थीं। बरामदे के अन्दर दो कमरे थे, कोठी के बराबर वाले हिस्से में मास्टर साहब ख़ुद रहते थे। क्लास रूम में, जिसकी खिड़कियाँ साथ वाले बाग़ में खुलती थीं; क़ैसरबाग़ की इमारतों में घिरा वह बाग़ और उस पर बिखरी हुई सुनहरी धूप, जाड़ों में बहुत ही ख़ुशगवार (मनभावन) मालूम (प्रतीत) होती। शहर के मकानों के अन्दर छुपे हुए बाग़ों की कैफ़ियत ज़रा सी अलग होती है और वह बड़े रहस्यमय प्रतीत होते हैं।

आज़रबाईजान के बाग़ बाकू में एक शहर देख कर मुझे घसियारी मण्डी का यह चार दीवारी में छुपा चमन बेसाख़्ता याद आया। बाकू (बाद कू यानी कूए-बाद-हवाओं का कूचा) भी लखनऊ की तरह अपने अन्दर बेशुमार अफ़साने

रखती है। मास्टर साहब उस वक़्त बोर्ड पर चाक से लिख रहे थे। Bana जो गुप्त काल के शाइर का नाम था, मैं अन्दर जाकर सामने की क़तार में खिड़की के पास बैठ गई, मास्टर साहब पढ़ाते रहे। मैंने देखा कि सब लड़कियाँ मुझसे बड़ी थीं, वे ज़्यादातर ऐसे ख़ानदानों की थीं, जहाँ किसी न किसी वजह से उनकी शिक्षा देर से आरम्भ हुई थी।

मुसलमान लड़कियों ने ग़रारे पहन रखे थे। हिन्दू लड़कियों ने धोतियाँ (सूती साड़ियाँ, सूती साड़ियाँ भी धोती कहलाती थीं)। मैं अकेली फ़्रॉकपोश सबसे कमसिन तालिबा (छात्रा) थी। क्लास के बाद इन सबसे फ़ौरन दोस्ती हो गई। अक़ीला बाजी, जस्टिस मोहम्मद रज़ा मरहूम की बेटी, जिनके भाई काज़िम रज़ा इण्डियन पुलिस और हाशिम रज़ा आई.सी.एस. और आले रज़ा मशहूर शाइर थे। अक़ीला बाजी बहुत ख़ुश शक्ल ख़ातून, नाक में हीरे की बड़ी सी लौंग पहनती थीं। इसके अलावा सुग़रा और अतिया दोनों बहनें दराज़ (लम्बे) क़द भारी-भरकम शरीर और ख़ुश मिज़ाज। ये जज मसूदुल-हसन की बेटियाँ थीं। यासीन बाजी चौधरी ख़लीक उज़्ज़माँ की साहबज़ादी थीं।

मुस्लिम लीग के नवीकरण के सिलसिले में चौधरी साहब का नाम अख़बारों में बहुत आ रहा था। एक लम्बी चौड़ी ख़ुश शक्ल लड़की सिराज फ़ातिमा उर्फ़ चन्दा पूरे मर्दाना लिबास में चूड़ीदार पायजामा, कमीज़ और मर्दाना कोट, बाल भी मर्दों की तरह तराशे हुए थे, लखनऊ के मशहूर ख़ानदान हड्डी वालों की दुख़्तर नेक अख़तर (बेटी) थीं। ज़ोहरा गोरी चिट्टी, लम्बा क़द, शरबती आँखें चेहरे की साख़्त (बनावट) बिल्कुल अंग्रेज़ों वाली लेकिन थीं वह हमारी दूर की कज़िन, यानी चचा अहमद हुसैन की बेटी। सीधी-सादी और कम-सुख़न (कम बोलने वाली)।

इक़बाल गोरी चिट्टी कश्मीरी मूल की, जो ख़ास कश्मीरी मोहल्ले से आती थीं। कश्मीरी मुसलमानों और पण्डितों के क़बीले शायद नवाब सआदत अली ख़ाँ के दौर में कश्मीर से लखनऊ आए थे, इन्होंने बड़े अदीब और शाइर पैदा किये। सरशार, चकबस्त, महेश नारायण दर, पण्डित आनन्द नारायण मुल्ला वग़ैरा, इन कश्मीरियों ने आपस में शादियाँ करके, अपना रंगरूप बरक़रार रखा।

सफ़िया अब्दुल हकीम के वालिद, यू.पी. असेम्बली के डिप्टी स्पीकर थे। बन्नन बाजी, जिन्होंने इज़ाबेला थोबरन कॉलेज से बी.ए. कर लिया था और ऑनरेरी तौर पर उर्दू पढ़ाती थीं और मास्टर साहब उनको पेट्रोल के लिए पचास रुपये महीना देते थे और अम्मा इनकी शादी संडीले के सैयद मोहम्मद अब्बास से लगवा रही थीं। वह एक बहुत नस्तालीक़ और स्वीट महिला थीं। नाक में हीरे की लौंग वह भी पहनतीं और ग़रारा, जो लखनऊ की अमीर व ग़रीब मुस्लिम महिलाओं का आम लिबास था, शलवार क़मीज़ उस ज़माने में बिलकुल प्रचलित नहीं थीं।

बन्नन बाजी जो नज़दीक ही रहती थीं, अपनी ओपेल गाड़ी में आती थीं, जिसमें नीले पर्दे पड़े रहते थे, यानी वह आधी पर्दे में थीं, मास्टर साहब इंग्लिश और इतिहास पढ़ाते थे। एक साहबज़ादे, जो यूनिवर्सिटी में फ़ारसी में एम.ए. कर रहे थे। यह विषय पढ़ाने के लिये आते! लखनऊ के रिवायती पुराने मकानों की तरह यहाँ भी एक गेस्ट हाउस मौजूद था, यानी फाटक से लगा एक बड़ा कमरा, जिसका एक दरवाज़ा बाहर खुलता था और दूसरा स्कूल के आँगन के अन्दर। उस कमरे में बहुत बड़ा तख़्त बिछा था और उस पर चाँदनी, कमरे को तख़्त समेत एक सफ़ेद पर्दे के ज़रीये दो हिस्सों में विभाजित किया गया था।

यह फ़ारसी वाले टीचर बाहर से आकर पर्दे की दूसरी तरफ़ बैठ जाते और वह बाहर से ही चले जाते थे। स्कूल की किसी लड़की ने उनकी शक्ल नहीं देखी थी। मास्टर साहब की बीवी जो "दीदी" कहलाती थीं, अपनी कुर्सी इस तरह बिछाती थीं कि दोनों तरफ़ निगरानी करती रहें। फ़ारसी पढ़ने वाली लड़कियाँ पर्दे के दूसरी तरफ़ बैठ जातीं। मैंने फ़ारसी के बदले क्लासिकल म्यूज़िक़ ली थी, जिसकी उस्ताद मैरिस कॉलेज की बी.ए. एक कश्मीरी पण्डित महिला राजकुमारी शिवपुरी थीं। उस ज़माने में इन्क़िलाब की बहुत चर्चा थी, परशियन टीचर भी शायद इन्क़िलाबी थे!

एक दिन स्कूल में दीदी हम लोगों से कहने लगीं, यह हज़रत कहते हैं कि कनवोकेशन में अपनी डिग्री लेने नहीं जायेंगे, सनकी हैं। दीदी बहुत

पुरसुकून और शान्त क़िस्म की ख़ातून थीं। उन्होंने जिस इतमीनान से यह बात कही, सनकी हैं, मुझे आज तक याद है। न जाने यह फ़ारसी वाले टीचर कौन थे और उनका क्या नाम था। किन चक्करों में मसरूफ़ थे और अब कहाँ हैं।

कोठी के आधे हिस्से में मास्टर साहब रहते थे। बरामदे में एक खटोला पड़ा था, जिस पर जमना महरी ज़र्द रंग की रेशमी मलमल की साड़ी फैलाये, सियाह फ़ीता टाँकती रहतीं। दीदी ने इस साल यूनीवर्सिटी से बी एस सी किया था। दीदी यही साड़ी पहन कर कनवोकेशन में डिग्री लेने जायेंगी। सादगी, सादा लिबास और नुमाइश से परहेज़ इस कल्चर के विशेष गुण थे। गर्मियों में दौलतमंद औरतें भी सूती पोशाक पहनती थीं, साल के बारह महीने रेशमी और भड़कीले जोड़े पहने शरणार्थी महिलाएँ, कुछ वर्षों बाद, जब लखनऊ में प्रकट हुईं तो स्थानीय महिलाओं को वे बहुत अनोखी और भड़कीली प्रतीत हुईं। जभी पता चला कि पंजाब में यू.पी. वालों को आमतौर पर बैरा, ख़ानसामाँ कहा जाता है, जिनकी औरतें सूती कपड़े पहनती हैं। वह कमाल की ख़ातून थीं। गृहस्तिन भी थीं।

मास्टर साहब की निहायत पतिव्रता पत्नी, बच्चा भी पालती थीं, Botany यानी वनस्पति विज्ञान का क्लास भी लेती थीं और बड़े सुकून और इतमीनान के साथ ज़िन्दगी गुज़ार रही थीं। मास्टर साहब अब घसियारी मण्डी मिसेज़ जूडा की कोठी से लालबाग़ शिफ़्ट हो चुके थे, जहाँ बैरो रोड पर उन्होंने जो मकान किराये पर लिया था, इत्तिफाक़ से वह भी ऐतिहासिक हैसियत का था। उस मकान में वारेन हेस्टिंग्ज़ गवर्नर जनरल ने बेगमात-ए-अवध यानी नवाब शुरजाउद्दौला की बेगम और बहू को कुछ अरसे के लिए नज़रबंद रखा था! वह बड़ी हवेली, जिसमें बेगमात को महसूर (क़ैद) किया गया था, अब धराशायी हो चुकी थी। जिसके खण्डहर अभी सहन में बाक़ी थे।

लेकिन शागिर्द पेशा सहीह व सालिम मौजूद था, जिसमें मास्टर साहब ने अपना स्कूल यहाँ शिफ़्ट (स्थानांतरित) किया। उसके गैस्ट हाउस में स्कूल का हॉल बनाया गया। यानी जहाँ पर्देदार चौपहले पालकियाँ और हवादार रखे जाते थे, वहाँ अब नये हिन्दुस्तान की लड़कियाँ सुबह को स्कूल लगने से पहले

"सारे जहाँ से अच्छा हिन्दोस्ताँ हमारा" गाती थीं और मास्टर साहब बड़ी श्रद्धा के साथ एक तरफ़ को खड़े रहकर, यह तराना सुनते थे।

मास्टर साहब एक सच्चे खरे उसूल परस्त गाँधीवादी थे, जिन्हें फिरक़ा परस्ती छूकर नहीं गई थी। ऐसे साधू संत क़िस्म के इंसान, अब तक़रीबन नापैद हैं। रीडर्ज़ डाइजेस्ट में एक कालम में ऐसे लोगों का तज़किरा करते हैं, जो किसी न किसी वजह से नाक़ाबिले-फ़रामोश (न भुलाए जाने वाली) रहे। हमारे मास्टर पृथ्वी सिंह श्रीवास्तव भी ऐसी ही नाक़ाबिले-फ़रामोश हस्तियों में से थे, एक निहायत विनम्र स्वभाव के सीधे-सादे आदमी, जो कांग्रेस से अपने बहुत पुराने सम्बन्ध के आधार पर अगर चाहते तो बड़ी आसानी से नेतागीरी कर सकते थे और आज़ादी के बाद कम से कम यू.पी. के शिक्षामंत्री तो ज़रूर बन जाते लेकिन यह सियासी जोड़-तोड़ उनके बस की बात ही नहीं थी।

पुराने ज़माने के उर्दू दाँ कायस्थ; जब उन्होंने क़ैसरबाग़ की इस कोठी के आधे हिस्से में स्कूल खोला और उनके कल्चर, नेक आचरण और ख़ुलूस से प्रभावित होकर, लखनऊ के क़दामत परस्त (पुराने विचारों वाले) मुसलमानों ने भी अपनी लड़कियाँ उनके स्कूल में दाख़िल कर दीं। दरअस्ल उस ज़माने में शराफ़त एक आम चलन था और नामाक़ूल लोग तादाद में कम थे। अब मामला इसके विपरीत है। चुनांचे मास्टर पृथ्वी सिंह को भी अजूबा-ए-रोज़गार (अनोखा) नहीं समझा गया। उनके जैसे मेहरबान मिज़ाज के लोग और भी थे।

बन्नबाजी शादी के बाद बम्बई जा चुकी थीं। उनकी जगह नई टर्म में सोज़ शाहजहाँपुरी उर्दू पढ़ाने के लिए नियुक्त किये गए। सोज़ साहब की दो बीवियाँ थीं। छोटी बेगम भी हमारे साथ दसवीं क्लास में दाख़िल हुईं। सोज़ साहब जब पहले रोज़ उर्दू पढ़ाने के लिए तशरीफ़ लाये और शेरयात (काव्य) के मुताल्लिक़ कुछ कठिन सवालात किये और लड़कियों से ख़ातिर ख़्वाह (मनचाहा) जवाब न पाकर बहुत भिन्नाए और फ़रमाया, मैं पढ़ाऊँ क्या ख़ाक! आप लोग बिल्कुल कोरी हैं।

अज़ीज़ बानो दाराब, जो मशहूर फ़ारसी शाइर ख़्वाजा अज़ीज़ लखनवी की पड़पोती हैं, इस टर्म में दाखिल हुई थीं और मेरे बराबर के डेस्क पर तशरीफ़

फ़रमा थीं। इन्होंने फौरन कापी पर लिखा, हम लोग अभी-अभी कुम्हार के यहाँ से बनकर आ रहे हैं और कापी मेरी तरफ़ सरकाई लेकिन सोज़ साहब एक शफ़ीक़ उस्ताद साबित हुए। वह मजाज़ के हमराह (साथ) अब्बाजान से मिलने हमारे यहाँ 21, फ़ैज़ाबाद रोड भी आया करते थे। इसलिए मैं उनसे वाक़िफ़ थी।

जुग़राफ़िया पढ़ाने के लए लालबाग़ मक़बरा कम्पाउण्ड से एक ईसाई ख़ातून आयीं। मक़बरा कम्पाउण्ड के अन्दर जो इमामबाड़ा था, उसे ग़दर के दिनों में अंग्रेज़ों ने एक गिरजा में तबदील कर दिया था और वहाँ पर कम्पाउण्ड के शागीर्द पेशे में देसी ईसाई आबाद कर दिये थे। कुछ अरसे बाद इमामबाड़ा मुसलमानों को वापिस कर दिया गया लेकिन ईसाई कुनबे इसके शागिर्द पेशे में आबाद रहे। हमारे यहाँ अहाते के ईसाई एक ख़ास शब्द योजना हैं। हर ज़िले में एक मिशन कम्पाउण्ड होता था, जिसमें मिशनरी लोग स्थानीय ग़रीब लोगों को बैपटिज़्म देकर (ईसाई बनाकर) आबाद कर देते थे। मक़बरा कम्पाउण्ड भी उस परम्परा की यादगार था।

मास्टर साहब का स्कूल हिन्दुस्तान की रंगारंगी सोसायटी का मीनाकारी मुख़क़ा (रंगबिरंगी एलबल) था। मिस्टर फ़ज़ल मसीह जुग़राफ़िया टीचर, सोज़ शाहजहाँपुरी उर्दू-फ़ारसी, दृष्टिहीन मास्टर सूरजबख़्श श्रीवास्तव हिन्दुस्तानी शास्त्रीय संगीत। संस्कृत के पण्डित जी, इनके अलावा मास्टर साहब ख़ुद अंग्रेज़ी और इतिहास पढ़ाते थे और जिस रोज़ सोज़ साहब न आए तो उर्दू भी पढ़ाते थे। उर्दू लखनऊ के कश्मीरी पण्डितों और कायस्थों की मातृभाषा थीं लेकिन दस्तूर के मुताबिक़ लड़कियाँ हिन्दी पढ़ती थीं ताकि गीता और रामायण का पाठ कर सकें, इस वजह से उर्दू वर्ग के मर्द, हिन्दी को लड़कियों की भाषा कहते थे।

नामवर हिन्दी साहित्यकार कमलेश्वर ने मुझे बताया कि वह अपने कायस्थ ख़ानदान के पहले नौजवान थे, जिन्होंने हिन्दी पढ़ी। यूँ तो शहर का बच्चा-बच्चा अहले ज़बान (मूल भाषी) था। ज़िला जगत का उस्ताद। दो बहनें, जो एक कॉनवेन्ट स्कूल से आयीं थीं और बड़े गर्व से कहती थीं कि हमें उर्दू नहीं आती। बाक़ी लड़कियों ने उन्हें नक्कू बना डाला क्योंकि इस स्कूल की काफ़ी लड़कियाँ कॉनवेन्ट स्कूल में पढ़ चुकी थीं लेकिन यह अब भी अंग्रेज़ का

ज़माना था और बहुत से ख़ानदान अपनी अंग्रेज़ियत पर नाज़ाँ (गौरवान्वित) थे। ख़ुद हमारे यहाँ हमारी वालिदा बहुत ज़्यादा अंग्रेज़ थीं लेकिन इसके साथ ही उन्होंने हिन्दुस्तानियत का संतुलन भी बरक़रार रखा था।

नवाबी कल्चर, लखनऊ का नुमाइन्दा कल्चर था। यहाँ पुराने वक़्तों में कई एंग्लो-इण्डियन हज़रात व औरतें उर्दू शाइरों की हैसियत से महशूर हुए। कथक अवध का क़ौमी रक़्स (राष्ट्रीय नृत्य) था और इसके मुताल्लिक अहद-ए-रामायण चैथा, कथा वाचक, कथक मेरठ के ज़रीये देवमाला की कहानियाँ पेश करते थे। अब भी कथक रक़्कास कहीं-कहीं रक़्स (नृत्य) के बीच राधा कृष्ण की कहानी सुनाता जाता था।

मास्टर साहब के स्कूल में दूसरी मंज़िल पर एक बुर्जीनुमा कमरा था, जिसमें हमारी म्यूज़िक की क्लास लगती थी। उसके दरीचे के सामने एक तनावर (एक विशाल) दरख़्त (वृक्ष) बारिश में या हवा में झूमता रहता, यह भी बड़ा संगीतमय दरख़्त था और हवाएँ उसकी शाख़ों में से अपनी फ़ज़ाई राग रागनियाँ सुनाती हुई गुज़रतीं।

मास्टर साहब ने पर्दे के ख़याल से सड़क के किनारे-किनारे एक ऊँची टेंटों की दीवार खड़ी करवा दी थी। जिस पर घनी बेल फैल गई थी। कासनी फूलों वाली यह बेल Railway Creepers कहलाती है। क्योंकि एंग्लो-इण्डियन रेलवे के एंग्लो-इण्डियन स्टाफ़ ने अपने बंगलों की दीवारों को इसी बेल से सजाया था। हमारे अहाते की चटाई की दीवार की वजह से, हमारी दर्सगाह (पाठशाला) टटर वाला स्कूल कहलाई। इसके बिल्कुल सामने एक एंग्लो-इण्डियन कुनबा अपने बंगले में रहता था, यह बंगला सड़क से ज़रा नीचे की ओर स्थित था।

जानना चाहिए कि जिस तरह चौक, लखनऊ की पारम्परिक क्लासिकल तवाइफ़ों का मरकज़ (केंद्र) था। लालबाग़ में बहुत से यूरोपियन कुनबे आबाद थे, जिनकी लड़कियों ने कथक सीख रखा था और वे रईसों की महफ़िलों में जाकर नाचती थीं। उन्हीं में से एक लड़की विनी क्लार्क थी और दूसरी रोज़ी; अब दिलचस्प बात यह है कि जब मैंने "मेरे भी सनमख़ाने" लिखा और उस लालबाग़ की एक एंग्लो-इण्डियन रक़्क़ासा का नाम क्वीन रोज़ रखा, उस वक़्त

मैं रोज़ी से नाआशना (परिचित न) थी। यह भी दो-तीन साल पहले मुझे सैयदा नसीम चिश्ती ने बतलाया कि लालबाग़ की वह लड़की रोज़ी कहलाती थी।

आज़ादी के बाद शायद इस क़िस्म की लड़कियाँ अपने कुनबों के साथ ऑस्ट्रेलिया वग़ैरा चली गयीं। (रोज़ी के जाने के बाद बंगले में प्रोफ़ेसर आल अहमद सुरूर आकर रहे) मैंने पहले भी कहीं लिखा है कि लखनऊ में यह एंग्लो-इण्डियन अरबाब-ए-निशात (तवायफ़ें, वेश्याएँ) लाल बीबी कहलाती थीं और इसके नाम की वजह मालूम नहीं और यह ज़्यादातर लालबाग़ में रहती थीं। लालबाग़ इसलिए कहलाया कि रिवायत के मुताबिक़, शाहाने-अवध के लालो-गौहर के खज़ाने यहाँ दफ़्न किये गए थे। यूँ तो हमारे यहाँ तरह-तरह के दफ़ीने (दबे हुए ख़ज़ाने) मौजूद हैं। महज़ इन्हें खोद कर निकालने की ज़रूरत है। लालबाग में एंग्लो-इण्डियन और यूरेशियन अब भी रहते हैं और उनकी निहायत मुतमईन और ख़ुशहाल ज़िन्दगी का सबूत, वह बेइन्तिहा अज़ीमुश्शान कैथेडरल है, जिसका आज़ादी के बाद हज़रत गंज में निर्माण किया गया है।

हमारे एक अज़ीज, जो लालबाग में बैरो रोड पर रहते थे, बताते थे कि अवध चीफ़कोर्ट का एक अंग्रेज़ जज भी उन यूरोशियन रक्क़ासाओं के यहाँ आया करता था। एंग्लो-इण्डियन पुरानी ब्रिटिश उक्ति में उन अंग्रेज़ों को कहते थे, जिन्होंने हिन्दुस्तान में ज़िन्दगियाँ गुज़ारीं। हालाँकि शादियाँ यहाँ नहीं कीं, पुर्तगाली, डच, फ़्रांसीसी और अंग्रेज़, जिन्होंने यहाँ सुकूनत इख़्तियार की और शादियाँ भी देसी औरतों से कीं, उनकी औलाद यूरेशियन कहलाई। अंग्रेज़ बाप और हिन्दोस्तानी माँ की औलाद के लिए एंग्लो-इण्डियन की उक्ति बहुत बाद में प्रचलित हुई।

जब मैं मुद्दतों बाद 1986 ई. में लखनऊ गई तो मास्टर साहब बेहद ख़ुश हुए। "आग का दरिया" अन्दर से निकाल कर लाए और वहाँ पर मौजूद लोगों से कहा, देखो, हैदर ने हमारा ज़िक्र इसमें किया है। (मैंने "आग का दरिया" भाग-3 में मास्टर साहब को कोर कबीर मामा के रूप में पेश किया था) मास्टर साहब का स्कूल इसी पुरानी इमारत में मौजूद था और महात्मा गाँधी गर्ल्स कॉलेज कहला रहा था। दीदी का इन्तिक़ाल हो चुका था, उनके बेटे बहुएँ उनके

साथ रहते थे और ये लोग आज के हिन्दुस्तान से ताल्लुक़ रखते थे। मास्टर साहब की गुमशुदा दुनिया और उसकी मर्यादाओं से इनका कोई ताल्लुक़ नहीं प्रतीत होता था।

मास्टर साहब के कॉलेज में हमारी एक दोस्त रुक़य्या क़िदवाई भी पढ़ा रही थीं, बहुत बड़ा स्टाफ़ था, लड़कियों की तादाद भी बहुत बढ़ गई थी, अब उनके स्कूल से लड़कियाँ अलीगढ़ मुस्लिम यूनिवर्सिटी के हाई स्कूल का इम्तिहान भी देती थीं।

घसियारी मण्डी के सुर्ख़ शाही फाटक के अन्दर, मिसेज़ जूडा की कोठी में लगने वाली वह क्लासें और आज के महात्मा गाँधी गर्ल्स कॉलेज में वही फ़र्क था, जो ज़माने की रफ़्तार का तक़ाज़ा था। इस कॉलेज की प्रिंसिपल अब रुक़य्या क़िदवाई थीं, इस कॉलेज और लखनऊ के दूसरे संस्थानों में अब कोई फ़र्क़ नहीं है। मास्टर साहब एक एकाकी हस्ती थे (एक धूप थी, जो साथ गई आफ़ताब के)।

मिर्ज़ा रुसवा का बंगला

जुलाई-अगस्त की काली घटाएँ, ज़मीन के सब्ज़े और हरे-भरे दरख़्तों में इस तरह घुल मिल जातीं, जैसे वाटर कलर या आप किसी मंज़र में रंग भर रहे हों तो हल्का आबी (पानी जैसा) रंग, लैंडस्केप की हरियाली में किनारों में फैल जाये।

मास्टर साहब (मास्टर साहब पृथ्वी सिंह श्रीवास्तव) की पुरानी फ़ोर्ड, जो देखने में खटारा थी लेकिन फ़ौलादी टैंक का हुक्म रखती थी। सुबह सवेरे हमारे फाटक पर पहुँचकर हॉर्न बजाती। मैं हॉर्न की आवाज़ सुनते ही पिछले बरामदे की सीढ़ियाँ फलाँग कर, फ़र्राटे से बाहर निकलती। अमीर ख़ाँ ओवलटीन की प्याली लिये पीछे-पीछे आते। मैं उनको नज़रअन्दाज़ करके फ़ोर्ड पर चढ़ती।

अज़ीज़बानो, दाराब वफ़ा को यह मंज़र आज तक याद है। वह फ़रमाती हैं, कभी अमीर ख़ाँ गाड़ी में बैठी लड़कियों के लिए एक ट्रे में पानी के गिलास और जग या चाय की कश्ती उठाकर लाते। फिर तुम फ़्रॉक पहने, बस्ता उठाए, भागती हुई आतीं और गाड़ी में उचक कर सवार हो जातीं। गाड़ी के पिछले दरवाज़ों को बन्द करके, उनके सामने पतली-पतली बेंचें लगा दी गई थीं।

एक रोज़ उस गाड़ी को देखकर, वालिद मरहूम के एक दोस्त ने कहा था, एक कायस्थ बच्चे का ज़हने-रसा (उत्कृष्ट मस्तिष्क) ही ऐसी कार आमद ईजाद (ऐसा गुणकारी आविष्कार) कर सकता है। यह गाड़ी फोर्ड मोटरकार के म्यूज़ियम में रखने योग्य थी। एक बार यह अफ़वाह सुनी कि एक ताल्लुक़े के राजा साहब, मास्टर साहब की नेकनामी और तालीम-ए-निसवाँ (स्त्रियों की शिक्षा) के सिलसिले में उनकी जाँफ़शानी (जुझारूपन) से प्रभावित होकर अपना एक मूविंग होम स्कूल को भेंट कर रहे हैं। इस पर मैंने कहा :

मिल गया स्कूल का अतिया (दान), यह हिन्दी क़ौम से
जुड़ गया छकड़ा हमारा, उनके मूविंग होम से

अज़ीज बानो ने, जो बतौर होनहार बिरवा इस वक़्त भी फ़िक्रे-सुख़न (काव्य-चिंतन) फ़रमाती थीं। फौरन कहा, क़ौम और होमफिट नहीं बैठता। मैंने जवाब दिया, मास्टर साहब का छकड़ा भी कौन से मूविंग होम में फिट बैठेगा। हमारे पड़ौसी मिस्टर चक्रवर्ती सुप्रिटेंडिंग इंजीनियर के यहाँ मदरइसटिक शुरू हो जाता बदनम् मधुरम हस्तम मधुरम क्योंकि यह जन्माष्टमी का सीज़न होता।

इस वक़्त गाड़ी में अज़ीज बानो के अलावा अख़्तरी भी मौजूद होतीं। ये दोनों सब्ज़ी मण्डी की तरफ़ पुराने शहर में रहती थीं। मैं गाड़ी में बैठने के बाद, जुग़राफ़िया का सबक़ याद करने के लिए ऐटलस निकालती—यह एक बहुत ही ख़ूबसूरत विलायती ऐटलस थी, जिसके अन्दर निहायत शोख़ (गहरे) रंगों में छपे नक़्शे painting मालूम होते थे। उस वक़्त बेध्यानी से अमेरिका के नक़्शे पर नज़र दौड़ाते हुए, अख़तरी के फ़रिश्तों को भी ख़बर नहीं थी कि वह दूर-दराज़ शिकागो को एक रोज़ अपना वतन बना लेंगीं और बानो बतौर एक बुलन्द पाया शाइरा मशहूर होंगी।

अज़ीज बानो ने इस वक़्त स्कूल की फ़ोर्ड मोटर के ऊपर एक ऐसी हज्ल (वह कविता, जिसमें हँसी-मज़ाक़ के विषय हों) लिख डाली, जिस पर सौदा का घोड़ा भी रश्क करता (संदर्भ सूची) शायरी बानो की घुट्टी में पड़ी थी। हालाँकि बानो को एक मशहूर फ़ारसी शाइर और अल्लामा इक़बाल के दोस्त ख़्वाजा अज़ीज़ लखनवी की पड़पोती होने के नाते, फ़ारसी में इस वक़्त क़सीदा बहारिया (प्रशंसा में गीत) लिखना चाहिए था।

"खेज़ कर दरबाग़ दराग़ क़ाफिला-ए-गुल रसीद"
(उठ बागों में फूलों का कारवाँ पहुँच गया)

अब हम लोग रेलवे लाइन क्रास करके, मुस्लिम गर्ल्स कॉलेज के सामने से गुज़रते हुए, एक तरफ़ को मुड़ते, जहाँ सड़क से कुछ फ़ासले पर घास और ख़द रौ (स्वअंकुरित) चौलाई के पौधों से भरे अमरूदों के बाग़ के अन्दर एक सफ़ेद रंग की कोठी पोशीदा थी, जिसके पिछवाड़े से छोटी लाइन की मालगाड़ी दरख़्तों के झुरमुट में से गुज़रती, दूर पूरब देस गोरखपुर वग़ैरा की तरफ़ निकल जाती।

यह शिकारगाहों और जंगलों में छुपे डाक बंगलों वाले हरे-भरे पुरसुकून ज़िले, मुझे बचपन से हमेशा बहुत आकर्षित करते थे और यह छोटी लाइन की मालगाड़ी मुझे बड़ी रहस्यमय और अफ़सानवी प्रतीत होती थी, जब यह ट्रेन मिर्ज़ा रसवा की कोठी के पिछवाड़े से गुज़रती, उसके आख़िरी अधखुले डिब्बे में एक सुर्ख़ नाक और चुक़न्दर, जैसी शक्ल वाला एंग्लो-इण्डियन बड़े फ़लसफ़ियाना अन्दाज़ में अपने स्टूल पर बैठा नज़र आता।

मिर्ज़ा रुसवा की कोठी में रहने वाली बहनों में सबसे छोटी बहन, जो स्कूल में मेरी क्लासफ़ेलो थी, उसने एक बार हमें बताया था कि वह बूढ़ा गार्ड उनका दोस्त बन गया है। जब डिब्बा बिलकुल उनके अहाते के झाड़-झंकाड़ के बराबर से गुज़रता है तो वह उन्हें देखकर बड़ी ख़ुश दिली से अपना रुमाल हिलाता या कभी कोई बच्ची नज़र आती तो उसकी तरफ़ टॉफ़ी का डिब्बा फेंक देता या कभी बनारस में बना मिट्टी का कोई खिलौना, जो ढेरों नर्म घास पर गिरने की वजह से साबित रहता और ज़ाहिर था कि वह खिलौने ख़ासतौर पर उनके लिए ख़रीद कर लाता होगा।

कभी-कभी वे लड़कियाँ भी काँटोंदार घास में से निकलती हुई, उसके डिब्बे के क़रीब जाकर उसे sandwiches का पैकेट थमा देतीं और वह God bless you – God bless you कहता हुआ sandwich खाता जाता और मालागड़ी दरख़्तों में ओझल हो जाती। उसकी ज़िन्दगी कैसी तनहाई में गुज़रती होगी। ख़ामोश मालगाड़ी के आख़िरी डिब्बे पर घने सुनसान जंगलों में से गुज़रते रहना, उसका मक़सदे-हयात (जीवन-ध्येय) था। क्या वह इसीलिए पैदा हुआ था। कभी-कभी वह अपने स्टूल पर Beer का मग लिये बैठा नज़र आता।

उस वक़्त चार्ल्स डिकंस के पिक-विक पेपर्ज़ का एक किरदार या होगार्थ की एक पेंटिंग प्रतीत होता। उस कोठी में पहले कभी मिर्ज़ा हादी रुसवा ख़ुद रहते थे और बाद में शायद उनकी यूरेशियन गर्लफ्रेंड उसमें रहीं। मिर्ज़ा रुसवा अपनी फ़िटन या बग्घी या झिलमिलयों वाली खिड़कियों की पालकी गाड़ी, यानी विलायती कोच में बैठकर गोला गंज या वज़ीर गंज से इतनी दूर उस मेम साहब के पास आते होंगे और जाड़ों की सुनहरी धूप या गर्मियों की सुहानी

शाम इसी गोल चबूतरे पर पड़ी एक कुर्सी पर बैठकर, उस ख़ातून से इंग्लिश पढ़ते होंगे। हो सकता है, उसे गणित भी पढ़ाते हों। बाद में मिर्ज़ा रुसवा की शागिर्द मिस ग्रेस भी रही हों।

उमरावजान बेचारे मिर्ज़ा साहब का ऐसा ट्रेड मार्क बन गई कि हम उनके अलावा इस हैरतअंगेज़ मुसन्निफ़ (लेखक) के मुताल्लिक़ बहुत कम जानते हैं। जब मैं स्वर्गवासी साबिर दत्त के ग़ज़ल नम्बर का महिलाओं का भाग मुरत्तब (क्रमबद्ध) कर रही थीं तो उस बेचारे सच्चे खरे पुरख़ुलूस उर्दू के ख़ादिम (सेवक) ने कहीं से उमरावजान अदा का एक फ़ोटोग्राफ़ लाकर दिया, जो उन्हें हैदराबाद दकन के किसी ज़ख़ीरे से मिला था और यह तस्वीर बिल्कुल उसी साइज़ की थी।

पिछली सदी में जिस साइज़ की तस्वीरें क़ैसरबाग़ के मशकूरउददौला फ़ोटोग्राफ़र की फ़र्म ने सरकारी हुक्म के मुताबिक़ लखनऊ की तीस-चालीस आला दर्ज़े की अरबाबे निशात (तवायफ़ों) की खींचीं थीं ताकि उनको लखनऊ की म्युनिसिपल कॉर्पोरेशन अपने रिकॉर्ड में रखे और एक तस्वीर लाइसेंस के साथ, उन बेचारियों को भी रखनी पड़ती थी। उमरावजान अदा की इस तस्वीर से पता चलता है कि वह साँवली सलोनी क़ुबूल सूरत (मध्यम नयन-नक़्श वाली) ख़ातून थीं लेकिन हसीन महजबीं हरगिज़ नहीं थीं।

लेखिका ने कहीं लिखा है कि In Lucknow all history is yesterday. 1857 ई. के बाद, आधा लखनऊ ताड़फोड़ कर बराबर कर दिया गया और उसके मलबे में से फ़ौजों की तेज़ रफ़तार नक़लो-हरकत (आवागमन) के लिए पाँच नई सड़कें निकाली गयी थीं। उस तबाही के बावजूद कुछ इमारतें बच गई थीं, उनमें अंग्रेज़ों ने अपने बैंक और क्लब वग़ैरह बनाये।

मिर्ज़ा रुसवा की गर्लफ्रेंड हो सकता है कि कलकत्ता की बाशिन्दा रही हों या लखनऊ के ईसाई सम्प्रदाय से ताल्लुक़ रखती हों, जो सम्प्रदाय यहाँ आसिफ़ुद्दौला के ज़माने से आबाद था, जैसा कि सबको मालूम है, अवध अंग्रेज़ों की सैटेलाइट पोषित सल्तनत थी, उनका यहाँ जितना प्रभाव न होता कम था, रूप मोसियो का बाग़, जो जनता ने मूसा बाग़ बना लिया। लामारटीनियर, जो मारटीन कोठी कहलायी।

पुराने गिरजाघर मिसाल के तौर पर हज़रतगंज के पीछे का मक़बरा कम्पाउंड और लालबाग़ वग़ैरह सब ईसाइयों के घर थे। पुराने यूरेशियन ख़ानदानों में एक कुनबा, जिनकी औरतों से अक्सर मोहर्रम की मजलिसों में मुलाक़ात होती थी, उसकी लड़कियाँ गोरी चिट्टी और नीली आँखों और भूरे बालों वाली थीं और सब बुर्क़ापोश। उनमें से एक लड़की ने मुझे बताया कि उसके दादा Rochester से आगे आए थे। एक और ख़स्ताहाल कुनबा, जिसके मर्द प्रोफ़ेशनल मर्सिया पढ़ने वाले थे।

उनका ताल्लुक़ जनरल लॉर्ड राबर्ट के ख़ानदान से था। जनरल साहब ख़ुद आधे आयरिश और आधे हिन्दुस्तानी थे। जनरल इस्कनर की वालिदा की तरह उनकी माँ भी देसी थीं, वर्तमान काल में उस ख़ानदान की एक लड़की लिलियन स्किनर देहरादून कॉन्वेंट में हमारी दोस्त शकुन्तला जसपाल की क्लास फ़ेलो रहीं।

फ़ील्ड मार्शल लॉर्ड राबर्ट की बहन मार्ग्रेट ने कलकत्ता के नवाब सैयद अहमद अली से शादी की थी, जो नवाब मुज़फ़्फ़रजंग नायब नाज़िम बंगाल, बिहार, उड़ीसा के बेटे थे। नवाब मीर क़ासिम अली ख़ाँ की ट्रेजडी का कोई तज़किरा नहीं करता, अलबत्ता लॉर्ड क्लाइव एक बर्तानवी हीरो हैं, जिनके कारनामे इंग्लिस्तान के स्कूलों में पढ़ाये जाते हैं।

चुनांचे यह साबित हुआ कि बिल्कुल बिना पक्षपात के इतिहास लेखन एक बहुत कठिन काम है और इन्तिहा पसन्दी (चरमपंथ) का रवैया भी इख़्तियार करना निहायत आसान है। मिसाल के तौर पर पश्चिमी क़ौमों की नज़र में पूर्व के बादशाह ज़ालिम और अय्याश थे और पूर्व वालों के नज़दीक वे ख़ुद मासूम भोले फ़रिश्ते, जिनको फ़िरंगियों ने आकर जुल (धोखे) दिये। उधर जो इतिहास की किताबें ज़्यादातर इम्पीरियलिस्ट इतिहासकारों ने लिखीं, वह मैंने स्कूल में भी पढ़ीं। मेरे पास "The Book of Knowledge" (The children's Encyclopedia) की सारी पुस्तकें मौजूद हैं। ये सेट मेरे लिए बचपन में कलकत्ता से मंगवाया गया था। इसी तरह की किताबों का एक सेट मेरे फ़र्स्ट कज़िन पारे और अच्छो के पास भी था।

दरअस्ल वह ज़माना वीडियो कैसेट के बजाय किताबों का था। हालाँकि अब सारे क्लासिक मशहूर नाविल वीडियो कैसेट में तब्दील हो चुके हैं लेकिन प्रिंटेड वर्ड्स यानी छपे हुए शब्दों से दिमाग़ जो सम्बन्ध स्थापित करता है, वह चलती-फिरती तस्वीरों के द्वारा नहीं होता। The Book of Knowledge में एक तस्वीर में विश्व के राष्ट्रों के बच्चे एक जुलूस की शक्ल में दिखलाये गए हैं। सबसे आगे अंग्रेज़ लड़का और लड़की फिर दूसरे यूरोपियन बच्चे, जिनकी क़ौमियत (राष्ट्रीयता) उनके लिबास से ज़ाहिर होती है। उनके बाद जापानी, चीनी, अरब बच्चे। सबसे आख़िर में हिन्दुस्तानी और अफ़्रीक़ी बच्चे, काले-काले, छोटे-छोटे, नंग-धड़ंग और नंगे पाँव।

आजकल आप पश्चिम में अगर किसी यहूदी को Jew कह दें तो बहुत बुरा मानेगा लेकिन असलियत में अधिकतर पश्चिम वाले नस्लपरस्त हैं। सैकड़ों वर्षों का घमंड और श्रेष्ठ होने की भावना कुछ ही वर्षों में ख़त्म नहीं हो सकती, नस्ली श्रेष्ठता की ये भावना हमारे यूरेशियन वर्ग में भी विद्यमान थी। मिर्ज़ा रुसवा की टीचर भी अपने आपको मेमसाब समझती होंगी। वह लोग जाने कहाँ गए (पूरे ख़ानदान और क़बीले अचानक किस तरह ग़ायब हो जाते हैं)।

मिर्ज़ा रुसवा की कोठी वापस चलिए। उस कोठी में अब एक हिन्दुस्तानी ख़ानदान रहता था, जिसकी चार लड़कियाँ थीं। बड़ी दो यूनिवर्सिटी में पढ़ रही थीं। छोटी दोनों हमारे स्कूल में थीं। ये चारों रोज़ाना एक से एक अच्छे और कीमती कपड़े पहनतीं और अपनी खुशलिबासी के लिए मशहूर थीं। जिस तरह की बातें वह करती, उससे ज़ाहिर होता था कि वह किसी रजवाड़े या ताल्लुक़े से ताल्लुक़ रखती हैं।

असलियत में वे इंतिहाई सलीक़ेमंद और समझदार लड़कियाँ थीं। वह महज़ अपनी गुफ़्तगू में शामिल हल्के-फुल्के इशारों से अपनी Aristocratic बैकग्राउंड ज़ाहिर करती थीं, जो कोई ताज्जुब की बात नहीं थी क्योंकि सारे लखनऊ में पुरानी कोठियों के अन्दर बहुत से रखरखाव के पाबंद ताल्लुक़ेदार रहते थे, जिनकी औलाद लखनऊ के अंग्रेज़ी स्कूलों या कॉलेजों में पढ़ रही थी और वह ख़ुद अपने इलाक़े पर आते-जाते रहते थे।

बनियान और तहबंद पहने अमरूद तोड़ने वाले बुज़ुर्ग के मुताल्लिक़ स्कूल की गाड़ी में बैठी हुई लड़कियों ने लामुहाला ये ख़याल किया था कि बड़े मियाँ इन बहनों के ताल्लुक़े के कारिन्दे (कर्मी) हैं। उन साहसी बहनों ने उस ज़माने ही में समझ लिया था कि सामाजिक प्रगति राजनीति की सीढ़ी लगाकर ही की जा सकती है। उन चार बहनों में से सबसे छोटी ने कॉलेज में पहुँचने के बाद कहा कि सात-सात सौ पृष्ठों के दो बड़े उपन्यास एक ही समय में लिख रही हैं

मुंशी फ़य्याज़ अली के उपन्यासों "अनवर" और "शमीम" की शैली पर उन उपन्यासों के नाम रखे "मुनव्वर" और 'नसीम'। जब वे अपने पुलंदे लेकर कॉलेज में आतीं और अक्सर फ़्री पीरियड में हम लोग अपनी पसंद की किसी सीढ़ी पर जा बैठते और वह अपना उपन्यास पढ़ना शुरू करतीं।

सईद बानो अब्बासी (जिनके वालिद लखनऊ के मशहूर दैनिक "सिद्क़" के सम्पादक थे) और मेहरजबीं उनके निहायत वफ़ादार श्रोता थे। दो-तीन दिन ये उपन्यास सुनते-सुनते मुझे ख़याल आया कि इस तरह तो मैं भी लिख सकती हूँ। मैं बचपन से अब तक साप्ताहिक अख़बार "फूल" (लाहौर) और रिसाला "बनात" (दिल्ली) में परियों की कहानियाँ वग़ैरह लिखती थी।

एक बार "फूल" अख़बार के वार्षिक पुरस्कारों में सरेफ़ेहरिस्त मेरा नाम भी था और मुझे पूरे दस रुपये का प्रथम पुरस्कार मिला था; ख़ुशी के मारे बुरा हाल। लिहाज़ा अब मैंने नौउम्र अदीबा (नवयुवती साहित्यकार) के अनुकरण में एक अदद अफ़साना लिखा लेकिन वह क़तई ग़ैररोमांटिक था। वह मैंने किसी को नहीं दिखलाया और सात सौ पृष्ठ का उपन्यास लिखना अपने बस की बात नहीं थी। वालिद के इन्तिक़ाल को अभी महज़ छह महीने गुज़रे थे।

जब हम लोग दिल्ली शिफ़्ट हुए और कुछ दिन वालिद मरहूम के एक प्यारे दोस्त चचा मुश्ताक़ अहमद ज़ाहिदी के यहाँ रहे। वह मरहूम मुझसे और भाई से सगे चचाओं जैसी मोहब्बत करते थे। एक दिन हकीम यूसुफ़ हसन एडिटर "नेरंग-ए-ख़याल" लाहौर से अम्मा के पास ताज़ियत (शोक जताने) के लिए आये।

मैं दस-ग्यारह साल की उम्र से अम्मा की मानो सेक्रेटरी बनी हुई थी। हाई ब्लड प्रेशर की वजह से वह आमतौर से पलंग पर लेटी रहतीं। जब उनके पास रिसालों के एडिटरों की फ़रमायशें आतीं तो वह डपट कर मुझे, लड़की क़लम दवात लाओ और बैठकर लिखो और फिर वह लेटे-लेटे आँखें बंद करके फ़र-फ़र लिखवाना शुरू करतीं। कभी कोई जुमला (वाक्य) व पैराग्राफ़ पर क़लम नहीं फिरवाया। पूरे-पूरे नाविल उन्होंने इसी तरह लिखवा डाले। अगर कोई मिलने वाली आ जातीं तो कभी-कभी उनसे लिखवा लेतीं। उनकी याद्दाश्त व विचार-शक्ति हैरतअंगेज़ थी। नाविल का प्लाट बुनती चली जाती थीं और उसी वक़्त कोई उसे लेखबद्ध कर लेता था। वह एक नेचुरल राइटर थीं।

जब जिनाह साहब मुस्लिम लीग के नवीकरण के सिलसिले में लखनऊ आए तो मिर्ज़ा रुसवा की कोठी में रहने वाली चार बहनों में से सबसे बड़ी बहन उनके ठहरने के स्थान पर पहुँच कर उनसे मिलीं और उनसे कहा, यह काम तो आप मेरे ज़िम्मे कर दीजिए। इस शहर में ज़नाना मुस्लिम लीग मैं क़ायम करूँगी। चुनांचे उन्होंने ऐसा ही किया और बेगम हबीबुल्लाह के साथ मिलकर गूँगे नवाब के बाग़ में ज़नाना पार्क के अन्दर वह महिलाओं के जलसे करने लगीं।

हमारी कोठी के बिल्कुल सामने इलाहाबाद के रिटायर्ड जज सईदुद्दीन जाफ़री रहते थे। उनकी बेगम एक लहीम शहीम पंजाबी ख़ातून थीं, जिन्होंने 1928 ई. में इज़ाबेला थोबरन कॉलेज से बी.ए. किया था। हमारे वालिदैन (माँ-बाप) आला तालीमयाफ़्ता मुसलमान लड़कियों और महिलाओं की बड़ी क़द्र व हिम्मत अफ़ज़ाई करते थे। बेगम जाफ़री से भी उनकी बहुत दोस्ती हो गयी। बेगम जाफ़री उन हौसलामंद बहनों से ज़रा चिढ़ती थीं।

एक दिन वह अम्मा से कहने लगीं; तनवीर फ़ातिमा आज आई थीं बोलीं, मैं बम्बई जाकर क़ानून की प्रैक्टिस करूँगी, जिनाह साहब मुझे पुश करेंगे; अब बताइए बहन, जिनाह साहब बेचारे धान-पान आदमी; वह इन्हें पुश किस तरह करेंगे।

उन दिनों मुंशी फ़य्याज़ अली के नाविल "अनवर" और "शमीम" की बहुत चर्चा थी और वाक़ई वह बहुत दिलचस्प नाविल थे। मुंशी फ़य्याज़ अली

लखनऊ के एक नामी एडवोकेट थे और वालिद मरहूम के कानूनी सलाहकार उन हैरतअंगेज़ अदीबों में से थे, जिन्होंने जहाँ तक मुझे मालूम है, न उन नाविलों से पहले कुछ लिखा और न बाद में, आज़ादी के बाद पाकिस्तान चले गए, जहाँ एडवोकेट जनरल नियुक्त हुए। उनकी लड़कियाँ सलमा और हुमैरा भी आईटी कॉलेज में पढ़ चुकी थीं और सलमा ने 1943 ई. में बी.ए. में फ़र्स्ट पोज़ीशन प्राप्त की थी। ये दोनों बहनें बहुत ही ख़ुशअख़्लाक़ और सीधी-सादी लड़कियाँ थीं। कराची जाकर नाज़िमाबाद में हमारे लड्डन मामू की कोठी में सर सैयद गर्ल्ज़ कॉलेज स्थापित किया।

"करेंगे अहल-ए-नज़र ताजा बस्तियाँ आबाद"
(विद्वान लोग नई बस्तियाँ बसाएंगे)

फिर भी मुझ नासमझ की समझ में आज तक नहीं आया कि हिन्दी मुसलमान ने ख़ुशी-ख़ुशी एक क़ौम की हैसियत से अपने आपको किस तरह और क्यों अपने इलाक़ों से भी Transoprt कर लिया, जहाँ वह दंगों से सुरक्षित आराम से रह रहे थे। इस सवाल पर अब तक बहुत सी किताबें लिखी जा चुकी हैं और आइन्दा लिखी जाती रहेंगी लेकिन ऐसा किस तरह हुआ? ये सवाल मेरे लिए ज्यों का त्यों मौजूद है।

इस क़िस्म का इन्क़िलाब इतिहास में केवल एक बार पहले प्रकट हुआ है यानी स्पेन में। जब वहाँ से मुसलमान निकले तो अपने घरों को ताला लगाकर आए थे और कुंजियाँ उत्तरी अफ्रीका में अपने नये मकानों की दीवारों पर टाँग दी थीं कि एक दिन वापस जायेंगे। लेकिन हिन्दुस्तान से ज़्यादातर हिजरत (पलायन) करने वालों के लिए ऐसी कोई जज़बाती खूँटी मौजूद नहीं थी, जिस पर वे अपनी कुंजियाँ टाँगते। एक बार गए तो गए। मिसाल के तौर पर मिर्ज़ा रुसवा की इस पूर्व कोठी से चलते समय उन बहनों ने पीछे पलट कर न देखा न उनके वालिद को अमरूद का दरख़्त याद आया।

यह किस क़िस्म का इजतमाई (सामूहिक) जज़बाती ख़ालीपन था, जो सियासत ने पैदा किया। अपनी मिट्टी, अपने माहौल, अपने खेत-खलियान, नदियों और बस्तियों की कशिश ऐसी नापायदार (कमज़ोर) क्यों साबित हुई। लेकिन

पलायन का syndrome जिस पर इन्तिज़ार हुसैन की साहित्यिक प्रसिद्धि का दारोमदार है, पंद्रह करोड़ हिन्दुस्तानी मुसलमानों की एक बहुत छोटी संख्या के लिए एक समस्या रहा है, ख़ासतौर पर शहरों में रहने वालों के लिए।

दूर दराज़ देहात में आबाद मुसलमान आज तक पाकिस्तान की समस्या से ना आशना (अनभिज्ञ) हैं, उनको अपनी रोज़मर्रा की मेहनत-मशक़्क़त ही से फ़ुर्सत नहीं कि वह इन मामलात के मुताल्लिक़ सोचें। वह अगर रेडियो भी सुनते हैं तो उनकी समस्याओं के लिए कुछ फ़र्क़ नहीं पड़ता, ये मुआमले उन्होंने पढ़े लिखे लोगों के लिए छोड़ दिये हैं। किसान की सामूहिक याद्दाश्त हमारी सामूहिक याद्दाश्त से भिन्न है। एक तो उसका दिमाग़ information explosion ने अभी तक कुंठित नहीं किया है, वे बहुत सी बातें जो हम भूल चुके हैं, उसके ज़हन में अभी मौजूद हैं।

उदाहरण के तौर पर कुछ साल पहले मैं ज़िला बिजनौर के एक गाँव में घूम रही थी, वहाँ मुझे अंदाज़ा हुआ कि मुसलमानों को अब भी तुर्क कहा जाता है। तुर्कों के बाद अफ़गान और मुग़ल आए लेकिन तेरहवीं और चौदहवीं शताब्दी का तुर्क अब भी मुसलमानों का प्रतिनिधि है।

उस गाँव के मुखिया, जो बतौर गाइड मेरे साथ चल रहे थे, मैं स्लैक्स (Slacks) पहने हुए थी, लिहाज़ा वह मुझे क्रिश्चियन समझे और बतौर गाइड बताने लगे, इस जगह तुर्कों ने ये किया, इस जगह तुर्कों ने वह किया। फिर न जाने किस तरह उन्हें मेरी असलियत का अंदाज़ा हुआ, वह बहुत झेंपे। अपने मकान पर उन्होंने मेरे लिए चाय वग़ैरा का बन्दोबस्त कर रखा था; वहाँ ले गए और बड़ी ख़ातिरें कीं और चलते वक़्त कहने लगे, बेटी बुज़ुर्गों की दुआएँ लो। सारे समय वह निहायत नफ़ीस उर्दू बोलते रहे।

यह तह दर तह मानसिक उलझावे शायद उन क़ौमों का मुक़द्दर हैं, जो एक बहुत लम्बे और जटिल इतिहास के उत्तराधिकारी हैं। इसी जटिल इतिहास का एक पक्ष ज़िला बिजनौर ही का वह हाकिम ईसाई ख़ानदान है, जिसके ठाकुर पूर्वजों ने ग़दर के दिनों से ज़रा पहले अपना धर्म बदल लिया था।

1857 ई. के हंगामे के दौरान उनकी बहुमूल्य वफ़ादारी के पुरस्कारस्वरूप ब्रिटिश सरकार ने उन्हें पाँच सौ गाँव और राजा का पुश्तैनी ख़िताब अता किया। उस ख़ानदान के कुछ लोग अपनी शानदार कोठी में अपने क़स्बे ताजपुर में रहते हैं; कुछ पुणे में रिहाइश इख़्तियार कर चुके हैं। उनकी औरतें जो राजकुमारियाँ कहलाती हैं, अपने कैथोलिक चर्च की बड़ी कर्मठ सदस्याएँ हैं। शिफ़ाख़ाना, यतीमख़ाना और कोठियों का अस्पताल वग़ैरह उनके पैसे से उनकी निगरानी में काम कर रहा है। एक टीले पर स्थित उनकी कोठी wuthering height की सी प्रतीत हुई।

यानी एक अनजानी सी कैफ़ियत उस जगह की हिन्दुस्तान के बजाय पश्चिम की सी थी। कुछ स्थानों या मकानों का अनदेखा Dimension ऐसा होता है, जिसे केवल महसूस किया जा सकता है और शब्दों में उसकी व्याख्या करना मुमकिन (सम्भव) नहीं क्योंकि शब्दों, ज्ञान और अहसासात में अच्छा ख़ासा फ़र्क़ मौजूद है। एक ईसाई ख़ानदान की यह पुरानी कोठी ज़िला बिजनौर के प्राचीनतम इतिहास के अंतिम अध्यायों का एक खण्ड थी।

एक दिन हम लोग ताजपुर मिशन गए, जहाँ मेरा ख़याल था कि हमें मेरी साहिब-ए-फ़राश (बीमार) कज़न ज़हरा आपा की देखभाल के लिए एक ट्रेंड नर्स मिल जाएगी। यह बात भी क़ाबिल-ए-ग़ौर है कि हमारे यहाँ ऐसा कोई हिन्दू या मुसलमान कल्याण कार्यों का इदारा (की संस्था) मौजूद नहीं, ला मुहाला मिशनरियों की मदद ही की ज़रूरत पड़ती है।

ताजपुर में उन्होंने जंगल में मंगल मना रखा है। सबसे क़ाबिल-ए-ज़िक्र चीज़ उनका कोठियों का अस्पताल था, जहाँ वे दूर-दूर ख़ुद जाकर बेसहारा कोढ़ियों को धर्म और सम्प्रदाय का अंतर न करते हुए उठाकर लाते हैं और उनका इलाज करते हैं। उन अपाहिजों में बहुलता हिन्दुओं और मुसलमानों की थी, उनमें कोई सिख नज़र नहीं आया।

बिजनौर के इसी ट्रिप में जब मैं इस ज़िले के बड़े हिन्दू और मुसलमान ज़मींदारों के यहाँ गयी और उनके बाद उन्हीं की बराबरी के क्रिश्चियन ज़मींदार

ख़ानदान से मुलाक़ात की तो मुझे अंदाज़ा हुआ कि डेढ़ सौ साल में ईसाइयत ने उनकी शख़्सियत (उनका व्यक्तित्व) और साइकी ही बदल दी है। किसी हिन्दू या मुसलमान ज़मींदार को यह प्रेरणा नहीं मिली कि अपने यहाँ कल्याणकारी इदारे (संस्थाएँ) क़ायम (स्थापित) करे। दंगल और मुशायरे अलबत्ता आयोजित किये जा रहे थे। यहाँ ताजपुर में माहौल ही भिन्न था। अंधों का स्कूल, यतीम ख़ाना, कुटीर उद्योग, अजीब गहमा-गहमी थी।

उनके एक पुरुज़ा (मनोरम) बनावटी जंगल में से गुज़रते हुए एक पुल पर पहुँची, जिसके ऊपर फ़ातिमा ब्रिज लिखा था। उस नाम को देखकर मुझे और ज़्यादा कोफ़्त हुई क्योंकि यह फ़ातिमा (रसूल मोहम्मद स.) की यादगार नहीं था बल्कि स्पेन के एक शहर फ़ातिमा के नाम पर बनाया गया था। और ये our lady of Fatima के कलीसा का प्रतिनिधित्व करता था। उसकी कहानी यह थी कि स्पेन के पूर्व इस्लामी शहर मदीनतुल-फ़ातिमा, जिसका नाम अपने आधिपत्य के बाद ईसाइयों ने तब्दील नहीं किया।

वहाँ पर आज से 70–80 साल पहले हज़रत मरियम को कुछ गडरिया बच्चों ने ख़्वाब में देखा, वहाँ उस स्थान पर तुरन्त एक चर्च का निर्माण किया गया; उसमें हज़रत मरियम की मूर्ति रखी गयी। तब से वह शहर मदीनतुल-फ़ातिमा (फ़ातिमा का नगर) सारी दुनिया के कैथोलिक ईसाइयों के लिए एक बड़ी ज़ियारतगाह बन चुका है। हज़रत मरियम की वह मूर्ति चमत्कारी समझी जाती है और चूँकि हज़रत मरियम उस फ़ातिमा नामक शहर में दिखलायी दी थीं, हिन्दुस्तान में भी our lady of Fatima के कॉन्वेंट स्कूल मौजूद हैं, जिनमें मुसलमान बच्चे जौक़ दर जौक़ (झुण्ड के झुण्ड) पढ़ने जाते हैं।

अलीगढ़ में हमारी एक सीधी-सादी रिश्तेदार ने मुझसे कहा, ईसाई भी तो जनाब-ए-ज़हरा को मानते हैं, देखो उन्होंने लेडी फ़ातिमा स्कूल यहाँ खोला है। मैं अक्सर सोचती हूँ कि अल्लाह मियाँ वाक़ई बहुत ही बेनियाज़ हैं कि इतने बड़े इस्लामी मुल्क स्पेन से इस्लाम का नामो-निशान मिट गया, वहाँ शानदार मस्जिदें गिरजाघरों में तब्दील कर दी गयीं। अल्लाह मियाँ ने ऐसा क्यों होने दिया? कहा जा सकता है कि मुसलमानों ने भी तो कुस्तुनतुनिया के आलीशान

कलीसा सेंट सोफ़िया को छह सौ साल तक मस्जिद बनाये रखा। बहरहाल अल्लाह मियाँ की बातें वही जानें।

मिर्ज़ा हादी रुसवा (लेखक तमकीन काज़मी 'आजकल' मासिक, सितम्बर 1999 ई.) उसके बाद मिर्ज़ा रुसवा साहब के घर का नक़्शा खींचा गया है, मगर शुक्र है कि ये नस्री ख़ाका (गद्य में खींचा गया नक़्शा) है; मुलाहिज़ा फ़रमाइए :

मुझसे दीवाने का क्या आप पता पूछते हैं
वहशताबाद में है ख़ास सकूनत मेरी।

यह शे'र मानो उसने मिर्ज़ा साहब की ज़बानी कहा है। वाक़ई आप जहाँ रहते हैं, उसको वहशताबाद कहना चाहिए। लखनऊ से दो कोस के फ़ासले पर उस सड़क से क़रीब जो लोहे के पुल से नवाबगंज को जाती है, एक बाग़ की छोटी सी चारदीवारी नज़र आती है। चारों तरफ़ कोसों तक मैदान है। कहीं आबादी का नामो-निशान नहीं। पहले उस सड़क पर मुसाफ़िरों की आमदो-रफ़त ज़्यादा थी मगर जब से उस तरफ़ रेल निकली, बहुत कम लोग आते-जाते हैं। उस आलम-ए-हू (सन्नाटे) में मिर्ज़ा साहब का निवास है।

इस उद्धरण से यह साफ़ ज़ाहिर होता है कि जिस कोठी का अभी ज़िक्र किया गया है, उसमें मिर्ज़ा साहब ख़ुद रहते थे और वह एंग्लो-इण्डियन ख़ातून शायद किसी और बंगले में रहती थीं।

एक अहदसाज़ अदाकार

(एक युग निर्माता कलाकार)

मीना कुमारी और अख़्तरी फ़ैज़ाबादी से परिचय के बाद मुझे अंदाज़ा हुआ कि ये उच्चकोटि की कलाकार महिलाएँ सोसायटी में अपनी इज़्ज़त और किसी मज़बूत जज़्बाती सहारे की कितनी तलाश में रहती हैं। इनके शौहरों की पहली बीवियों की औलाद अगर उन्हें अम्मीजान कहें तो किस क़दर ख़ुश और शुक्रगुज़ार होती हैं और अपने ससुराल वालों की कितनी ख़ातिरें करती हैं। किसी तरह उनको बेसाख़्ता वही इज़्ज़त मिले, जो ख़ानदान की दूसरी बहुओं को हासिल है लेकिन अक्सर ऐसा नहीं होता, महज़ एक ख़ातून नरगिस ऐसी थी, जिसे अपने मुताल्लिक़ कोई complex नहीं था। वह बड़े इतमीनान से कहती थी कि दुनिया जानती है कि मेरी माँ कौन थीं।

गया के सैयद मुज़फ़्फ़र नवाब, जिनके भांजे सैयद मज़हर इमाम से नूरअफ़शाँ की शादी हुई थी, वह अक्सर हमें अपने यहाँ के पुराने क़िस्से सुनाते। जद्दनबाई कलकत्ता से उनके वालिद के यहाँ गया गाने के लिए आया करती थीं। एक बार वह एक बड़े फ़नकार को, जो सैयद साहब कहलाते थे और नवाब मियाँ के यहाँ सितार नवाज़ थे, अपने साथ कलकत्ता ले गयीं। दूसरी बार जब नवाब मियाँ के यहाँ मुजरे के लिए आयीं तो एक और फ़नकार, जो मीर साहब पुकारे जाते थे, उनको अपने साथ कलकत्ता ले गयीं, जहाँ वह मशहूर म्यूज़िक डायरेक्टर बने।

नवाब मियाँ जब भी बम्बई आते तो नरगिस और उनके भाइयों से ज़रूर मिलते। एक बार मैंने नरगिस से पूछा, मुज़फ़्फ़र नवाब से तो आपकी बहुत पुरानी मुलाक़ात है। उन्होंने एक फ़िल्म बनायी थी "खेल" वह हो गयी फ़ेल। नवाब मियाँ ने अपनी रियासत का बहुत सा रुपया उसमें ख़ुशी-ख़ुशी डुबो दिया। अगर तुमने उस फ़िल्म में काम किया होता तो वह शायद नाकाम न रहती। नरगिस ने इतमीनान से जवाब दिया "My mother knew his father" हम तो नवाब मियाँ को अर्से से जानते हैं। नरगिस एक शिक्षित समझदार औरत

थी और उसे यह मालूम था कि उसे मुलम्माकारी (रंग चढ़ाना) के बैकग्राउंड का अविष्कार करने की कोई ज़रूरत नहीं है वर्ना एक मशहूर एक्ट्रेस ने मुझसे कहा था, मैं चौदह वर्ष की थी और बुर्क़ा ओढ़कर अपने वालिद के साथ स्टूडियो जाती थी हालाँकि हक़ीक़त बिल्कुल उसके विपरीत थी।

फ़ैज़ साहब बम्बई के फ़िल्म स्टार्ज़ में बहुत लोकप्रिय थे। जब वे बम्बई आते तो उनकी अपनी हैसियत ख़ुद एक सुपर स्टार की होती थी और फ़िल्म स्टारों के यहाँ उनकी ख़ूब आवभगत की जाती। एक बार जब वह तशरीफ़ लाए और नरगिस के यहाँ उनका लंच हुआ, नरगिस और सुनील दत्त फ़ैज़ साहब को अपने प्राइवेट थियेटर में फ़िल्म "रेशमा और शेरा के कुछ हिस्से दिखलाने के लिए ले गए। वह बहुत मिसाली क़िस्म की बम्बइया फ़िल्म थी। एलिस फ़ैज़ मेरे साथ बैठी थीं, उन्होंनें चुपके से मुझसे पूछा, ये सब क्या हो रहा है? मैंने कहा, चुपकी बैठी रहिए, आप मेहमान हैं, ये दोनों आपकी हर तरह से ख़ातिर मुदारात करने में मसरूफ़ हैं।

उस दौरान अलीगढ़ के एक प्रोफ़ेसर बड़े विद्वान, जो इस लंच पर आमंत्रित थे, उस वक़्त बेहद आलम-ए-सुरूर (नशे) में थे, नरगिस और सुनील दत्त के निजी भूमिगत थियेटर के दरवाज़े में धरना देकर बैठ गए और किसी को बाहर न जाने दें। ब मुश्किल हम लोग ऊपर आए तो मैंने फ़ैज़ साहब से कहा, अब आपको मालूम हुआ, आप इण्डिया में ख़ासतौर पर बम्बई में कितनी बड़ी Constituency रखते हैं। लेकिन एलिस ने फिर सवाल किया, ये फ़िल्म किस चीज़ के मुताल्लिक़ थी?

उसके कुछ दिन बाद ही एहतशाम साहब तशरीफ़ लाए और निम्मी ने डिनर किया क्योंकि एहतशाम साहब, सैयद अली रज़ा के कज़िन थे, निम्मी का मकान एक निहायत ख़ूबसूरत दो मंज़िला बंगला था। वह वर्ली के तट पर स्थित था और उसका ढलवाँ लॉन समुन्दर से जा मिलता था। ये बंगला, मुझे जहाँ तक याद पड़ता है शायद पहले कभी हमारे नवाब मियाँ की मिल्कियत था। निम्मी की एक भांजी की शादी गल्फ़ के एक अरब से हुई थी।

खाने के बाद उस शख़्स ने ऐलान किया कि वह अपनी ग़ज़ल सुनायेगा। एक मशहूर ग़ज़लगो शाइर ने जो ख़ुद उस वक़्त आलमे-सरख़ुशी में (मस्ती में) थे, गरज कर कहा, तुम जाहिल आदमी हो तुम क्या ग़ज़ल पढ़ोगे? इस पर अरब को ग़ुस्सा आ गया और उसने हाथापाई शुरू कर दी। मैं डर के मारे एक कोने में दुबक गयी। देखा तो दूसरे कोने में प्रोफ़ेसर एहतशाम हुसैन सहमे हुए खड़े हैं। कहने लगे, क्या आपके बम्बई में इस तरह की पार्टियाँ होती हैं? मैंने कहा, "एहतशाम साहब यह मेरा भी पहला इत्तिफ़ाक़ है कि इस क़िस्म की दावत में शरीक हुई हूँ क्योंकि आप यहाँ आने वाले थे।

हॉल में अब फ़्री स्टाइल लड़ाई शुरू हो चुकी थी। काफ़ी हज़रात मारपीट में मसरूफ़ थे। निम्मी फ़ौरन भागी-भागी आयीं और बोलीं, मुझे बड़ा अफ़सोस है, मुझे बेहद शर्मिंदगी है, आइए आप लोगों को बाहर तक पहुँचा आऊँ। मैंने कहा, इस्मत आपा को बुलाओ, वह ज़रा इन लोगों को झाड़ें लेकिन इस्मत आपा पहले ही निकल भागी थीं।

पहले इम्प्रिंट और बाद में इलस्ट्रेटेड वीकली ऑफ़ इण्डिया की फ़िल्म क्रिटिक (आलोचक) की हैसियत से अंग्रेज़ी और हिन्दुस्तानी फ़िल्मों के अनगिनत प्रेस शो Attend करना एक बड़ा बोरियत का काम था। बम्बई के अंग्रेज़ी, उर्दू, हिन्दी, मराठी और गुजराती प्रेस के प्रतिनिधियों के अतिरिक्त मेरे साथ महज़ एक महिला मौजूद होतीं। मिसेज़ आबाद करंजिया, जिनके मियाँ बी.के. करंजिया मशहूर पत्रकार रूसी करंजिया के छोटे भाई और हमारे टाइम्स ऑफ़ इण्डिया ग्रुप की पत्रिका फ़िल्मफ़ेयर के सम्पादक थे। फ़िल्मफ़ेयर की जर्नलिज़्म आम फ़िल्मी पत्रकारिता से क़तई भिन्न निहायत शाइस्ता (सौम्य) और संतुलित होती थीं और उसमें दूसरी फ़िल्मी पत्रिकाओं की तरह सस्ती गोसिप और आमियाना (तुच्छ दर्जे की) अन्दाज़ की ख़बरों का गुज़र नहीं था।

टाइम्स ऑफ़ इण्डिया अपने भारी भरकम बुज़ुर्गाना अंदाज़ की बिना पर ओल्ड लेडी ऑफ़ बोरी बंदर बेवजह नहीं कहलाता था। फ़िल्म फ़ेस्टिवल के दौरान, जो बाहर की और हिन्दुस्तानी फ़िल्में ईरोज़ सिनेमा के pre-view थियेटर में दिखायी जातीं। जाड़ों की धूप में ईरोज़ की छत पर सुस्ताने के

लिए आबाद करंजिया, दीना पाठक और मैं आराम कुर्सियों पर बैठकर समय बिताते। नीचे चर्चगेट और oval यानी अंडाकार हरा-भरा सारा इलाक़ा निहायत पुरसुकून और ख़ुशगवार मालूम होता। सुर्ख़ रंग की दो मंज़िला बसें ख़ामोशी से गुज़रती रहतीं।

वीणा बेन अपने ज़माने की एक निहायत ख़ुश-शक्ल ख़ातून और गुजराती स्टेज की नामी एक्ट्रेस थीं। वह कम्युनिस्ट पार्टी की लीडर भी रह चुकी थीं। उस वक़्त उन्होंने हमारे दोस्त रमेश सिंघवी से शादी की थी। रमेश भी बड़े जोशीले सोशलिस्ट लीडर थे। ये लोग बम्बई के उस प्रगतिशील सर्किल में शामिल थे, जिसके दूसरे सदस्य अली सरदार जाफ़री, रूसी करंजिया और ख़्वाजा अहमद अब्बास वग़ैरह थे। रमेश ने वीणा से अलैहदगी इख़्तियार करने के बाद अहमदाबाद के एक मिल मालिक की लड़की वीमो से ब्याह कर लिया था। वीमो भी उस ज़माने के फ़ैशन के मुताबिक़ पार्टी के हमदर्दों में शामिल थीं।

ये वह दौर था, जब हमारे इन्क़िलाबी "मार ले साथी जाने न पाये" क़िस्म के गाने गाते और "जहाँ गया है चाँग काई, वहीं जाएगा नेहरू भाई" के नारे लगाते थे। कुछ अर्से बाद ये जोशो-ख़रोश कम हुआ, बहुत से इन्क़िलाबी लंदन उच्च शिक्षा के लिए गए, वहाँ भी उन्होंने अपनी सियासी सरगर्मियाँ जारी रखीं। लंदन मजलिस उनका एक पुराना और अहम केंद्र था।

इक़बाल सिंह और डॉक्टर मुल्कराज आनंद जो लंदन में रहने लगे थे, उन नौजवानों के गुरु थे। इक़बाल सिंह से अब बहुत कम उर्दू वाले वाक़िफ़ हैं। ये इंग्लिस्तान में अपनी अंग्रेज़ बीवी के साथ रहते थे। अल्लामा इक़बाल के बड़े प्रशंसक थे और उनकी शाइर-ए-मशरिक़ के मुताल्लिक़ एक निहायत क़ाबिल-ए-ज़िक्र किताब The Ardent Pilgrim लंदन से छपी थी और उसका मैंने BBC से review किया था।

इक़बाल सिंह जैसे बुनियादी तौर पर सभ्य और वसीउल-मशरब (मिलनसार) विद्वान अब इस उपमहाद्वीप में बहुत कम रह गए हैं, जो थे उन्होंने हालात से मायूस होकर ख़ुद ही जलावतनी इख़्तियार कर ली अगर ऐसे परदेसी अहले-

नज़र की एक डायरेक्टरी तैयार की जाए तो अंदाज़ा होगा कि ख़्वाब देखने वालों का अस्ल मुक़द्दर क्या है? दुनिया की गाड़ी राजनीतिज्ञ चलाते हैं लेकिन ख़्वाब देखने वालों की समझ में यह बात नहीं आती।

ये नौजवान ब्रिटिश युनिवर्सिटियों में पढ़ रहे थे और अपने जलसे-जुलूसों में एंटी-ब्रिटिश नारे लगाते थे। ब्रिटिश पुलिस बड़े पैतृत्व वात्सल्य के साथ न केवल उनके नारों को नज़रअंदाज़ करती थी बल्कि उनकी सुरक्षा का बन्दोबस्त भी करती थी। वे सारे विद्वान, जिन्होंने अपनी ज़िन्दगियाँ हिन्दुस्तान की जद्दोजोहद-ए-आज़ादी के ज़माने में बर्तानिया के ख़िलाफ़ हंगामा-गुस्तरी (हंगामे करने) में गुज़ारी थीं।

आज़ादी के बाद जब उनके नये मुल्कों हिन्दुस्तान और पाकिस्तान की हुकूमतों ने उन पर पाबंदियाँ लगा दीं, वे टूटे मन से उसी इंग्लिस्तान में शरणार्थी बने, जिसके ख़िलाफ़ वे लड़ते रहे थे। इतिहास के इस दुःखद पहलू पर बहुत कम ध्यान दिया गया है। लेकिन अंग्रेज़ बुनियादी तौर पर एक बनिया क़ौम है, जब स्वतंत्र भारत के बड़े कारोबारियों ने बड़े पैमाने पर बर्तानिया में सर्माया लगाना शुरू किया तो महारानी एलिज़ाबेथ द्वितीय ने स्वयं कहा कि इस द्वीप को ख़ुशहाल बनाने में हिन्दुस्तानियों ने बहुत अहम रोल अदा किया है। ये सर्मायादार ज़्यादातर गुजरात के पटेल थे। हीरो और एटिन जैसे अतिविशिष्ट विद्यालयों में अब अनगिनत पटेल बच्चा पढ़ रहा था।

बर्तानिया के शहरों के हर गली कूचे में हिन्दुस्तानी रेस्तोराँ एक आम चीज़ थी। उन भोजनालयों में सारा गुजराती परिवार मिलजुलकर काम करता। इस तरह वेटर और वेट्रेस की तनख़्वाहें बचाता। चुनांचे उन्होंने दिन-दूनी रात चौगुनी तरक़्क़ी हासिल की। बड़े-बड़े लार्ड (मृत्यु कर ने, जिनका दीवाला निकाल दिया था) अपने-अपने महल और कंट्री हाउस गुजरातियों के हाथों बेच कर भीगी आँखों के साथ ऑस्ट्रेलिया चले गए। एक वह ज़माना था, जब उन्हीं अंग्रेज़ों के पूर्वजों ने आकर हिन्दुस्तान को लूटा था। अब ये गुजराती, हिन्दू और पाकिस्तानी, पंजाबी, मुसलमान सर्मायादारों का देस है।

हिन्दुस्तानियों ने अपनी भरपूर मौजूदगी का ऐलान तरह-तरह से किया है। मिसाल के तौर पर विक्टोरिया के बड़े मज़बूत व विशेष इलाक़े की भूरी ऊँची-ऊँची विक्टोरियन इमारतों के मध्य में अचानक एक नारंगी रंग के नवनिर्मित मंदिर का दरवाज़ा दिखलायी दे जाता है। नौटिंघम जैसे ख़ालिस अफ़सानवी शहर में जुमे के दिन बेशुमार मुसलमान पाकिस्तानी और हिन्दुस्तानी बच्चे कुर्ते पायजामें पहने गोल टोपियाँ ओढ़े मस्जिदों से निकलते नज़र आते हैं।

एक बार मैं आमिर मियाँ के स्वर्गीय दोस्त के यहाँ गयी, जिन्होंने नौटिंघम में फ़ैक्टरी क़ायम की थी। उनके लड़के अब वह फ़ैक्टरी चला रहे थे। जुमे का दिन था, वह नमाज़ पढ़कर आए फ़र्श पर दस्तरख़्वान बिछा। पास-पड़ोस वालियाँ भी आ गयीं, जो अपने साथ सिरी पाये और गाजर का हलवा लायी थीं। खाने के बाद वीडियो पर हिन्दुस्तानी फ़िल्म देखी गयी।

यह रौबिन हुड के शेयरवुड फोरेस्ट वाला नौटिंघम क़तई नहीं था। अंग्रेज़ अपने मकानों में क़िलाबन्द बैठा दान्त पीस रहा है कि यह हमने क्या किया? ब्राउन लोगों ने पहले तो हमें अपने मुल्क से निकाला, फिर आकर हमारे द्वीप पर छा गए। किसी ने कहा कि गोरे अगर अपने वतन से इसी तरह हिजरत करते रहे और एशियाइयों की आबादी इसी रफ़तार से बढ़ती गयी तो क्या अजब है कि डेढ़-दो सदी बाद अंग्रेज़ इंग्लिस्तान में एक अल्पसंख्यक समुदाय बन जाए।

लंदन में पूर्वी अफ़्रीका के एक ख़ोजे इब्राहीम पोजी क़ानून पढ़ते थे, बुनियादी तौर पर व्यापारी आदमी थे, उन्होंने एक दिन मुझसे कहा, अगर यहाँ हिन्दुस्तानी फ़िल्में दिखायी जायें तो काफ़ी अच्छी बिज़नेस रहेगी क्योंकि यहाँ हिन्दुस्तानी और पाकिस्तानी आबादी बढ़ती जा रही है। उन्हीं दिनों लंदन में महबूब साहब ने अपनी फ़िल्म 'आन' रिलीज़ की थी। इससे पहले कोई हिन्दुस्तानी फ़िल्म आला पैमाने पर नहीं दिखलायी गयी थी। उस फ़िल्म को देखकर अंग्रेज़ भौंचक्के रह गए थे कि यह सब क्या हो रहा है?

एक अख़बार में लिखा था कि Aan goes on and on. सरदार अख़्तर, निम्मी, महबूब ख़ाँ उस फ़िल्म के साथ लंदन आए थे, जिस पर लंदन के प्रेस ने और भी आश्चर्य प्रकट किया था। महबूब साहब अंग्रेज़ी नहीं जानते थे,

उनकी तर्जुमानी भी सरदार अख़तर अपनी वाजिबी अंग्रेज़ी में बड़े आत्मविश्वास से कर रही थीं। एक दावत के दौरान उन्होंने कहा, I am a vegetable! सुनने वाले हैरान रह गए क्योंकि यह एक ख़तरनाक बीमारी है लेकिन उसका मतलब vegetarian से था।

उसी दावत में सरदार अख़्तर ने मुझसे कहा, महबूब साहब पाकिस्तान जा रहे थे मगर वहाँ उनसे एक बहुत बड़ी रक़म की माँग की गयी, इसलिए वह वहाँ नहीं गए। अगर हम वहाँ चले गए होते तो आज पाकिस्तान Dictate करता। ये वाक्य उन्होंने कई बार दोहराया, न जाने डिक्टेट करने से उनका अर्थ क्या था। ए.आर.कारदार ने उनकी छोटी बहन बहार अख़तर से शादी की थी और उनकी लड़की 'सिपला' वाले डॉक्टर अब्दुल हमीद की बहू थी।

बरसों बाद सरदार अख़तर से मेरी मुलाक़ात डॉक्टर हमीद के यहाँ कफ़ परेड बम्बई में हुई; वह उस समय के फ़ैशन के अनुसार सफ़ेद रंग की मैक्सी पहने हुए थीं। उन्होंने फिर वही वाक्य दोहराया; पाकिस्तान डिक्टेट करता। उसके बाद उन्होंने ज़ौहर की नमाज़ पढ़ी और वही बात दोहरायी तो मुझे ख़याल आया कि जिन कलाकारों की हमने बचपन में फ़िल्में देखी थीं, उनमें से एक सरदार अख़तर भी थीं, जिनकी फ़िल्में अली बाबा, भरोसा और औरत मुझे अब तक याद थीं। जब मैंने उन्हें यह बताया तो वह बहुत ख़ुश हुईं।

मैंने सोचा कि सारी उम्र Publicity और ग्लैमर और तारीफ़ व तौसीफ़ (प्रशंसाओं) की बौछार में घिरे रहने के बावजूद हमारे मशहूर कलाकार और ज़्यादा तारीफ़ सुनने से कितने ख़ुश होते हैं।

मीना कुमारी और निम्मी की तरह नरगिस भी एक ऐसे घराने की सदस्य थीं, जिसका ताल्लुक़ शो बिजनेस से था। हमारे बचपन में संचार के माध्यम इतने तरक़्क़ीयाफ़्ता नहीं थे। रेडियो भी आम नहीं हुआ था। सिनेमा के इश्तिहार लकड़ी के झोंपड़ीनुमा ढेलों पर चिपके हुए डालनवाला देहरादून की ख़ामोश और फूलों की ख़ुशबू से भरी सड़कों पर से गुज़रा करते और एक आदमी भोंपू मुँह पर लगाये हुए पुकारता जाता।

आज मैटिनी शो, ज़मीन का चाँद, प्लैडियम सिनेमा वग़ैरह और बड़े ख़ूबसूरत चित्रों वाले पम्फ़लेट बाँटता जाता। उर्दू में आज शब को छपा होता था तो मैं आजश-बको पढ़ती थी।" एक फ़िल्म के इश्तिहार में था : Direction by Jaddan Bai, Music by Jaddan Bai, Story by Jaddan Bai. ऐसा मालूम होता है कि हकीम यूसुफ़ हसन बड़े ज़माना-शनास (समय को पहचानने वाले) एडिटर थे क्योंकि नेरंग-ए-खयाल में उन्होंने फ़िल्म एक्ट्रेसों की तस्वीरें और फ़िल्मी ख़बरें प्रकाशित करनी शुरू कर दी थीं।

उसी ज़माने के एक सालनामा (वार्षिकी) नेरंगे-ख़याल में उस वक़्त की चोटी की एक्ट्रेसों के चित्र प्रकाशित होते थे। ज़ुबैदा सुल्ताना, महताब, सरदार अख़तर, माधुरी, सुलोचना, गौहर, पेशंस कूपर, वायलट कूपर, आजोरी, रतनबाई वग़ैरह। ज़ुबैदा और सुल्ताना दोनों बेइंतिहा हसीन बहनें थीं, जिनकी वालिदा का नाम फ़ातिमा बाई था। एक उर्दू पत्रिका में उनको हिज़ हाइनेस फ़ातिमा बेगम ऑफ़ सचेन लिखा गया था और ये दोनों बहनें शायद नवाब साहब सचेन की लड़कियाँ थीं।

महताब भी बताती थीं कि वह भी नवाब साहब सचेन की बेटी हैं। वार्डेन रोड पर मेरे फ़्लैट के क़रीब उन्होंने एक हेयर ड्रेसर की दुकान खोली थी, जहाँ वह ख़ुद भी काम करती थीं। मैं उनके यहाँ जाया करती थी और वह बाल तराशते हुए लगातार बातें करती थीं। एक बार कहने लगीं, मैं महली बाबा को लेकर लंदन गयी थी, तौबा चारों तरफ़ अंग्रेज़ ऊपर से सर्दी, साल भर बाद ही वापस भाग आयी।

मैं सोचती थी या अल्लाह ये वही चित्रलेखा की हीरोइन महताब हैं, अब हेयर ड्रेसर बन गयी हैं। कभी उनके शौहर सोहराब मोदी अपनी काफ़ी पुरानी कार में उनको ले जाने के लिए आते। गले में मफ़लर, मुँह में पान, सीधे-सादे आदमी; ये 'पुकार' फ़िल्म के शानदार सोहराब मोदी थे। मगर ये दोनों उन बहुत से पुराने अदाकारों से कई दर्जा बेहतर हालत में थे, जिनको मैंने निहायत ख़स्ता ज़िन्दगियाँ गुज़ारते देखा।

सुलोचना जो लम्बा यहूदी सफ़ेद चोग़ा पहने अपने बरामदे की आराम कुर्सी पर बैठी सड़क के ट्रैफ़िक को तका करती थीं, उनका कोई रिश्तेदार उन्हें इस्राईल ले गया। वह एक ऑस्ट्रियन मूल की यहूदी महिला थीं। उनका असली नाम रुबी मेयर्ज़ था। वह अपने ज़माने में बम्बई के गवर्नर से ज़्यादा तनख़्वाह पाती थीं और बम्बई के गवर्नर की तनख़्वाह महज़ पाँच हज़ार मासिक ही थी मगर उस ज़माने में एक रुपये की क़ीमत आज से शायद सौ गुणा ज़्यादा थी। आज़ोरी बहुत अच्छी रहीं, वह शादी करके कराची चली गयी थीं। उनका तज़किरा मैं "परिस्तान थियेटर" वाले अध्याय में कर चुकी हैं।

जब अशोक कुमार को पद्मश्री मिला तो उनके बहनोई एस. मुखर्जी ने बड़ी भारी दावत की, जिसमें अशोक कुमार तो हीरो बने स्टेज पर एक तख़्तनुमा कुर्सी पर जलवा-अफ़रोज़ (शोभायमान) थे और मेहमानों की भीड़ में एक गहरी साँवली रंगत की उम्र-रसीदा (बूढ़ी) औरत सियाह साड़ी पहने जैसे ग़म की तस्वीर बनी एक कोने में बैठी थी, वह बेचारी लीला चिटनिस थीं। एक ज़माने में लीला चिटनिस और अशोक कुमार की फ़िल्मी जोड़ी पिक्चर की सफलता की ज़मानत थी और उनकी बारीक-बारीक आवाज़ से गाये हुए गानों के रिकॉर्ड रेडियो पर बजते थे :

'जल भरने चली री गुय्याँ आँ आँ'

1946 ई. में मुस्लिम लीग अपनी लोकप्रियता की पराकाष्ठा पर थी। प्रसिद्ध वक्ता नवाब बहादुर यार जंग जब खचाखच भरे हुए गंगा प्रसाद मेमोरियल हाल लखनऊ में भाषण देते हुए ललकारे : नौजवानों होश में आओ, तुम्हारे दिलों को लीला चिटनिस ने चटनी बना दिया है, ख़ूब तालियाँ बजीं। वह लीला चिटनिस आज फ़िल्मालय के सब्ज़ाज़ार पर एक कोने में चुपचाप बैठी थीं और किसी ने उनको नहीं पहचाना, न उनका नोटिस लिया। एक बार उन्होंने उदासी से कहा था : It is man's world.

शाम को अँधेरा छा चुका था, जब मेरी पड़ोसन चाँद गुप्ता लिफ़्ट से निकलकर मेरे फ़्लैट में आई और कुछ लम्हों तक ख़ामोश रहने के बाद कहने लगी शायद वह जा रही है। इस से ज़रा देर पहले रेडियो पर नरगिस का हेल्थ

बुलेटिन प्रसारित किया गया था। चाँद कहने लगी, मैं अभी-अभी शहर से आ रही हूँ। बस दसवीं सड़क तक पहुँचते-पहुँचते ख़ाली हो चुकी थी, जब वह पिछले बस स्टॉप पर रुकी तो महाराष्ट्रियन House wife बैठी रह गयी थीं। उसने मुझसे बड़ी उदास आवाज़ में यही बात कही कि शायद वह जाने वाली है। मैंने ऐसी उदास शामें बहुत कम देखी हैं।

वह औरत बस से उतर गयी, उस वक़्त मैंने सोचा क्या बात है? उस फ़िल्म स्टार में ऐसी क्या ख़ुसूसियत थी, जिसकी वजह से लोग उसको न केवल पसंद करते थे बल्कि उसकी इज़्ज़त भी करते थे, अब उसके लिए इतने फ़िक्रमंद हैं।

मैंने जवाब दिया; हाँ, उसमें कोई बात ज़रूर है, जिसकी वजह से दूसरी फ़िल्म एक्ट्रेसों से अलग मालूम (प्रतीत) होती हैं। वह इतनी अहम और मोहतरम (सम्माननीय) हस्ती कैसे बन गयी? उसकी बीमारी के दौरान आल इण्डिया रेडियो किसी बड़े क़ौमी लीडर की तरह उसका हेल्थ बुलेटिन प्रसारित कर रहा था। सलमा सिद्दीक़ी उसकी ख़ैरियत पूछने के लिए अस्पताल गयीं तो उसने कहा, मैं बच गयी लेकिन वह बच न सकी।

कुछ समय पहले राज्यसभा की सदस्या नोमिनेत हुई थी और इस ख़ुशी में सलमा ने समुन्दर के किनारे एक जगह पर उसकी पार्टी की थी। तेज़ हवा चल रही थी और सामने सूरज आहिस्ता-आहिस्ता समुन्दर में उतरता जा रहा था। वह कहने लगी, जब मुझसे सफ़ेद दाढ़ियों वाले बुज़ुर्ग कहते हैं कि मैं तो बचपन से आपकी फ़िल्म देख रहा हूँ तो मुझे बड़ा अजीब लगता है।

मैंने जवाब दिया, मुझे तो Remark सुनने की आदत पड़ गयी है। जब निहायत उम्रदराज़ लोग मुझसे कहते हैं कि मैं बचपन से आपके अफ़साने पढ़ रहा हूँ, अब क्या किया जाये। मैंने दस-ग्यारह साल की उम्र से फूल में लिखना शुरू कर दिया था।

इसके अलावा एक समस्या और भी थी, प्रोफ़ेसर मिर्ज़ा मोहम्मद सईद और डॉक्टर वहीद मिर्ज़ा की छोटी बहन क़ुर्रतुल ऐन हैदर के नाम से अदबी रिसालों में मज़मून लिखती थीं और एक समय से उनके मज़मून छप रहे थे।

1940 ई. में उनका इंतिक़ाल हुआ। बहुत से अक़्ल से इतने ख़ारिज थे कि वह समझते थे कि मैं वही क़ुर्रतुल हूँ, जिनके अफ़साने या मज़ामीन उन्होंने रिसालों के बहुत पुराने फ़ाइलों में देखे थे।

मज़हर भाई मरहूम मेरी और तौफ़ीक़ रिफ़अत की उंगली थामे, ताकि हम भीड़ में गुम न हो जायें, देहरादून के प्लेडियम सिनेमा में हमें पिक्चर दिखाने ले गए थे। ये पहली बार मैंने हिन्दुस्तानी फ़िल्म देखी थी, जिसका नाम "बैरिस्टर की बीवी" था और उसमें एक बेहद मोटी मिस गौहर बग़ैर आस्तीन का ब्लाउज़ पहने समुन्दर के किनारे रेत के क़िले बना रही थीं।

एक रील रंगीन थी, जिसमें हीरो मिस्टर ई. बिलीमोर्या नीले रंग का सूट पहने एक बरामदे से उतर कर नीले रंग की मोटरकार में बैठ रहे थे और एक सीन में एक सात-आठ साल की लड़की बड़ा सा फाटक खोल कर एक कमरे में जाती थी और परछत्ती पर बैठकर चेहरा अपने हाथ पर टिका लेती थी, जैसे कुछ सोच रही है और मिस गौहर हारमोनियम पर एक ग़ज़ल गाती थीं। उस छोटी लड़की का नाम इश्तिहारों में बेबी रानी दिया गया था, वह बड़ी होकर नरगिस बन गयी।

उस वक़्त हम लोग कॉलेज में थे और वह भी अपने अंदाज़ और हाव-भाव से फ़िल्म एक्ट्रेस के बजाय एक साधारण कॉलेज गर्ल प्रतीत होती थी। जब वह राजकपूर की फ़िल्म "अंदाज़" और "बरसात" में हीरोइन बन कर धूम मचा रही थी तो हुसना आपा ने राजकपूर के मुताल्लिक़ मुझसे कहा था, तुम्हें याद है हमारे पड़ोसी पृथ्वीराज का ये लड़का माटुंगा में हमारे घर के सामने कॉलेज रोड पर रोलर स्केटिंग करता फिरता था और बेहद शरीर था। मुझको यह भी याद है कि पृथ्वीराज के एक मुलाज़िम, जो पेशावरी पठान थे और उनका नाम शायद 'गुल' था। पृथ्वीराज ने उनको महज़ इसलिए नौकर रखा था कि जब वह अज़ान दें तो ये सुना करें।

दुनिया अजीबो-गरीब वाक़ेआत से भरी थी। पृथ्वीराज के छोटे भाई त्रिलोक कपूर भी उस वक़्त एक अच्छे मशहूर एक्टर थे। वह भी हुस्ना आपा के पड़ोसी थे और उन्होंने कारदार की लाजवाब फ़िल्म "पागल" में भी रोल अदा किया था।

वह कहाँ ग़ायब हो गए; कहीं उनका नाम ही सुनायी नहीं देता, न किसी फ़िल्मी पत्रिका में उनकी टीका टिप्पणी छपती है।

नरगिस की वालिदा एक बड़ी दबंग क़िस्म की ख़ातून रही होंगी। जिस ज़माने में नरगिस और सुरैया दोनों एक दूसरे की प्रतिद्वन्द्वी दोनों चोटी की स्टार समझी जा रही थीं; नवाब मियाँ मरहूम बताते थे कि जद्दनबाई जो बड़े ठस्से की गायिका थीं, गर्व से कहती थीं, हम तवायफ़ हैं, नरगिस तवायफ़ नहीं है। यानी उस वर्ग में भी क्लास का अंतर था।

नवाब मियाँ का कहना था कि नरगिस के वालिद भोपाल के एक बेहद प्रतापवान और सुन्दर रईसज़ादे थे लेकिन किन्हीं कारणों से रावलपिण्डी के एक मालदार नौजवान मोहन बाबू के पिता कहलाये। भोपाल के रईसज़ादे की हिन्दुस्तान की कई महारानियों से यादअल्लाह (दुआ-सलाम) थी।

पश्चिम की उच्च सोसाइटी में एक वर्ग ऐसा भी है, जिसे वहाँ का प्रेस Beautiful people कहता है और ये लोग इन्तिहाई ग्लैमरस ज़िन्दगियाँ गुज़ारते हैं। स्विट्ज़रलैण्ड, पेरिस, दक्षिणी फ्रांस, न्यूयार्क, लंदन वग़ैरह से cafe society और इंटरनेशनल Get set भी कहलाता है। हमारे यहाँ ये वर्ग ज़्यादातर रजवाड़ों के राजाओं-रानियों पर आधारित था।

रियासतों की समाप्ति के बाद उनकी जगह उच्च कोटि के फ़िल्म स्टार्ज़ ने ले ली, जिनके लाइफ़ स्टाइल और क्रिया-कलापों के सम्बन्ध में लेख पढ़-पढ़ कर हिन्दुस्तान का आम मध्यमवर्गीय नौजवान लड़का और लड़की और भी फ़्रस्ट्रेशन महसूस करता है। तीन-चार साल की उम्र से बच्चे फ़िल्मी गीत गाने लगते हैं। आमतौर से फ़िल्म स्टार्ज़ ही हमारी नयी पौध के आदर्श हैं।

लेकिन नरगिस में एक कोई गुण ऐसा था, जिसकी वजह से हमारे ज़माने की कॉलेज की लड़कियों ने उसको अपने जैसा समझा; यानी एक शरीफ़ बुद्धिमान और स्मार्ट तालीमयाफ़्ता लड़की। उसने अपनी अदाकारी में भी किसी सस्तेपन का प्रदर्शन नहीं किया और एक विशेष सम्मान और रखरखाव उसके व्यक्तित्व में मौजूद था।

यूनानी प्राचीन कहानियों में एक कहानी echo और नरगिस की है। echo जो एक कोहिस्तानी (पर्वतीय) परी थी, अपनी लगातार बोलते रहने की आदत की वजह से शिकार की देवी डाइना को दुःखी किया। डाइना ने उसे शाप दिया कि अब वह ख़ुद कोई बात न कर सकेगी बल्कि केवल दूसरे की बात दोहरायेगी, यानी सदाए-बाज़गश्त (गूँज) बन जाएगी। echo बहुत रंजीदा हुई और वह एक हसीन नौजवान जिसका नाम नरगिस था, उसको अपनी ओर आकर्षित न कर सकी। मायूस होकर वह पहाड़ों की ओर निकल गयी, जहाँ इसी ग़म में घुल-घुल कर महज़ एक आवाज़ रह गयी और वह अभी तक हमको सदाए-बाज़गश्त (गूँज) के तौर पर सुनायी देती है।

उधर नरगिस ने अपना प्रतिबिम्ब झील में देखा और ख़ुद अपने आप पर आशिक़ हो गया। चूँकि वह अपने ही अक्स (प्रतिबिम्ब) को हासिल न कर सका, इस ग़म में घुल कर वह भी मर गया। जब दूसरी परियाँ उसे दफ़्न करने के लिए आयीं, उनको उसी लाश की जगह नरगिस के चंद फूल पड़े मिले।

चुनांचे आधुनिक मनोविज्ञान में ख़ुद अपने ऊपर आशिक़ होने के मरज़ को नरगिसियत कहा गया है। हमारी शाइरी में प्रेमिका की आँख को नरगिस की उपमा दी जाती है। हमारी सभ्यता में दासियों, मामाओं और असीलों के नाम फूलों पर रखे जाते थे। सोसन, चमेली, गुलाब, नरगिस वग़ैरह। आधुनिक युग में जद्दनबाई की बेटी, जिनका असल नाम कनीज़ फ़ातिमा था, पहले बेबी रानी फिर नरगिस कहलायीं।

नरगिस की फ़िल्मों ने अदाकारी का एक स्तर पेश किया। फ़िल्म 'आवारा' को जो लोकप्रियता सोवियत यूनियन में प्राप्त हुई, वह अपनी उदाहरण आप है। इसकी वजह यह थी कि दूसरे विश्वयुद्ध के बाद रूसी, ट्रैक्टर और हथोड़े और दराँती वाली सोशलिस्ट सत्यवादिता की फ़िल्में देखते-देखते आजिज़ (तंग) आ गए थे। पश्चिमी फ़िल्मों का प्रवेश वहाँ वर्जित था। चुनांचे आवारा के हल्के-फुल्के रोमांस ने उन्हें मोहित किया।

मैं जब पहली बार सोवियत यूनियन गयी, हम तीन हिन्दुस्तानी डेलीगेट्स को देखते ही अक्सर रूसी "आवारा हूँ" गाने लगते। आज़रबाइजान में उन्होंने

हमें देख कर नारा बुलन्द किया, नरगिस-राजकपूर, अल्लाहो-अकबर। रूस और सोशलिस्ट देशों में लोगों ने अपनी नवजात बच्चियों के नाम नरगिस रखे। ऐसी असीम लोकप्रियता किसी हिन्दुस्तानी कलाकार को हिन्दुस्तान या उससे बाहर हासिल नहीं हुई।

अंग्रेज़ी की एक लोकोक्ति है All the world loves a lover. नरगिस और राजकपूर का रोमांस भी नये हिन्दुस्तान की आधुनिक कहानियों में शामिल हो गया और एक लोकप्रिय रोमांस का ट्रेजिक होना भी ज़रूरी है। चुनांचे नरगिस-राजकपूर की दास्तान भी किसी फ़िल्मी ट्रेजडी की तरह ख़त्म हुई लेकिन जनता ख़ुश हुई, जब नरगिस ने शादी की और एक पतिव्रता पत्नी का जीवन व्यतीत किया। नरगिस हमारी कम उम्री के दौर का एक हिस्सा थी और उसकी फ़िल्में उस दौर के नॉस्टेलजिया में शामिल हैं।

नरगिस अपनी बीमारी से उबर न सकीं। मैं बम्बई से अलीगढ़ आई हुई थी, जब एक शाम डॉक्टर नसीम अंसारी और ज़ीनत के यहाँ रेडियो पर यह ख़बर सुनी कि नरगिस का इंतिक़ाल हो गया। कमरे में सन्नाटा छा गया, सब ख़ामोश थे, चन्द लम्हों तक किसी ने कोई बात नहीं की। सर सैयद के दौर से पहले की बनी हुई, इस कोठी के गहरे ड्राइंगरूम का वह गहरा सन्नाटा मुझे हमेशा याद रहेगा।

कूचा-ए-नौरोज़

तेहरान में सड़कों के नाम एक से एक शाइराना हैं। कूचा-ए-जूए-बार, ख़्याबान-ए-तख़्त-ए-जमशेद, ख्याबान-ए-बाब-ए-हुमायूँ, ख्याबान-ए-फ़िरदौसी, ख़्याबान-ए-नासिर व ख़ुसरो वग़ैरह। बम्बई में भी सड़कों के नाम ऐसे ही शाइराना हो सकते थे क्योंकि वह ज़्यादातर पारसी मशहूर हस्तियों के नामों से नामित हैं। लेकिन सात-आठ सौ वर्षों से गुजरात में रहने की वजह से उन हज़रात ने अपने हसीन फ़ारसी नामों को अजीब अड़ंग-बड़ंग बना दिया। मिसाल के तौर पर अच्छा भला ख़ुर्शीद, खूर्सट जी बन गया। बहमन बोमन फ़्राम रोज़ फली वग़ैरह।

बम्बई में अंग्रेज़ों से संबंधित रास्तों के अतिरिक्त पारसी ईरानी नामों वाली सड़कों की भी बहुतायत है। पेडर रोड को भी वार्डेन रोड से जो निहायत ख़ुशमंज़र पतली सड़क मिलाती है, उसका नाम नौरोज़ी गमाडिया रोड है। नौरोजी तो नौरोज़ी रहा होगा, यानी जिन पारसी बुज़ुर्ग के नाम पर इस सड़क को नामित किया गया, ईरानी नौरोज़ (नव-दिवस) 21 मार्च को पैदा हुए होंगे।

कपाड़िया नाम वहाँ बहुत से गुजरात के हिन्दू-मुसलमान और पारसी परिवारों का होता है, यानी कपास का व्यापार करने वाले लेकिन गमाड़िया का क्या मतलब था, घामड़ तो हो नहीं सकता। उस सड़क पर रिहायशी इमारतों के नाम भी बहुत ख़ूबसूरत थे Aqua Marine, शीरीं दिल पज़ीर, गुलिस्तान-ए-बख़्तावर वग़ैरह। आशा महल और Aqua Marine नौरोज़ गमाडिया रोड की आख़िरी इमारतें थीं, जो एक ही अहाते के अन्दर स्थित थीं। उससे निकल कर ढलान पर जहाँगीर जी रुस्तम जी ईरानी की जनरल मर्चेंट की दुकान थी।

कभी-कभी रुस्तम जी का बहुत बूढ़ा लक़-लक़ दादा कुर्सी पर चुप-चाप बैठा नज़र आता। कभी किसी ने उसके मुँह से एक लफ़्ज़ न सुना; मतलब ये कि अब उसे कुछ बोलने की ज़रूरत ही नहीं थी। वह सब कुछ कह-सुन चुका था और अपने डंडे की मूठ पर दोनों हाथ रखे गरुड़ की सी ग़िलाफी आँखों से सबको देखा करता था। उसकी आँखों ने सदियों के बाद सदियों में क्या-क्या

नहीं देखा होगा। जब सिकन्दर-ए-आज़म ने तख़्त-ए-जमशेद यानी परसी-पोलिस को आग लगाई, तब भी ये वहाँ मौजूद था और जब अरब ईरान पहुँचे तो :

एक ज़रब-ए-शमशीर अफ़साना कोताह
(एक तलवार का वार, कहानी समाप्त)

यहाँ पहुँचकर पश्चिमी घाट पर उतरने वाले पुर्तगालियों के साथ मिलकर उसने फ़ौरन बिज़नेस शुरू कर दी, फिर अंग्रेज़ों के साथ, उसके बाद हिन्दुस्तानियों के साथ। वह क़रताजना में भी था और व्यापारिक कारवाँ लेकर वह हिन्दुस्तान से आज़रबाइजान तक गया। (आज़रबाइजान मुझे हमेशा लगता है जैसे 'आज़र भाईजान') जहाँ उसे जगह-जगह ज़मीन से गैस के शोले देखकर नौरेज़दाँ का ख़याल आया और उसने आज़रबाइजान में भी आतिशकदे (अग्निशालाएँ) क़ायम किये और आतिशपरस्ती (अग्नि-पूजा) शेवा-ए-आज़री[1] भी था।

यूरोप के उत्कर्ष के ज़माने में उसने तुरन्त धारी और पतलून और टेलकोट पहना और टॉप हैट लगाई। बर्तानवी ख़िताब हासिल किये। बाहरी दुनिया में वह एक अर्धयूरोपियन अहम शख़्सियत बना। हालाँकि अपने घर के अन्दर पहुँचते ही कश्ती सदरे, दुगले पहने एक अर्धगुजराती अर्धपश्चिमी मुरक्कब (मिश्रित) शख़्सियत बन गया लेकिन बुनियादी तौर पर वह हमेशा पारसी ही रहा।

मेरी बेहद दिलचस्प और ज़हीन और शगुफ़्ता मिज़ाज रफ़ीक़-ए-कार (सहकर्मी) "बच्ची कड़कड़िआ कहा करती थी कि सारी दुनिया में हम पारसियों की कुल संख्या इलस्ट्रेटेड वीकली ऑफ इण्डिया के सर्कुलेशन से भी कम है, यानी ज़्यादा से ज़्यादा एक लाख और दूसरी कौमों में शादियाँ न करने की वजह से ये गिनती रोज़-बरोज़ कम होती जा रही है लेकिन ये लोग जो इतने थोड़े से बाक़ी रह गए हैं, इतिहास और सभ्यता पर इनकी छाप बहुत गहरी है।

बाइबिल में शैतान की कल्पना भी अहरमन से ली गयी थी। बम्बई में ईरान से आए हुए तीन सम्प्रदाय आबाद हैं। ईरानी असनाशरी, जो वहाँ मुग़ल कहलाते हैं। मुग़ल मस्जिद और इमामबाड़ा वग़ैरह उनके मज़हबी और सांस्कृतिक

1. आज़र का तौर तरीक़ा (आज़र एक मूर्ति बनाने वाले का नाम था)।

केंद्र हैं। इन ईरानी शियों का मोहर्रम भी हिन्दुस्तानी मोहर्रम से भिन्न है। जिस तरह ईरान में बाक़ायदा 'कर्बला' की घटना का ड्राम (Passion Play) खेला जाता है। यहाँ मोहर्रम के दिनों में ऊँटों पर सवार नन्हीं बच्चियों और बुर्क़ापोश औरतों पर आधारित जैसे कर्बला के शहीदों के बाक़ी बचे परिवार वालों का जुलूस निकलता है।

मोहर्रम की दसवीं तारीख़ की शामे-ग़रीबाँ की मजलिस इमामबाड़ा रहमताबाद में आयोजित की जाती है। उसमें भी नाटकीय तत्व शामिल किये जाते हैं। उस इमामबाड़े और क़ब्रिस्तान का इन्तिज़ाम भी दौलतमंद ईरानियों, असनाशरी, बोहरों, ख़ोजों के सिपुर्द है। इस वजह से आरामगाह-रहमतगाह पर किसी पुरफ़ज़ा अंग्रेज़ी क़ब्रिस्तान का धोखा होता है।

रुस्तमजी के बेटे का नाम सोहराब था। ये रुस्तम व सोहराब नये-नये ज़र्थुशस्त्री थे। यानी इनका ख़ानदान पिछली सदी में ईरान से आया था। इनके रिश्तेदार अब भी तेहरान और यज़्द में रहते हैं। ये अपनी ख़ास फ़ारसी बोलते हैं, जो सम्भवत- ईरान में अरबों के आने से पहले की रोज़मर्रा ज़बान या बोली-ठोली थी। ये दुनिया के उन छोटे-छोटे सम्प्रदायों में से थे, जिन्हें इतिहास की तलछट कहा जा सकता है लेकिन अब भी ये बड़े जोशीले राष्ट्रवादी ईरानी थे और इनके रेस्टोरेंटों में शहंशाह मोहम्मद रज़ा पहलवी और शाहबानो फ़रह पहलवी के पोर्ट्रेट आवेज़ाँ थे।

ईरानियों की ये शदीद वतनपरस्ती फ़िरदौसी के ज़माने से चली आ रही है और सारे मध्य-पूर्व में वह अपनी इस विशेषता के लिए अलग ही समझे जाते हैं। जब ईरान में ज़लज़ला (भूकम्प) आया तो इन सारे ज़र्थुशस्त्री ईरानियों ने अपनी-अपनी दुकानों के काउंटर्ज़ पर सहायतार्थ फ़ंड के डिब्बे रख दिये। एक दिन रुस्तम जी ने बड़े दुःख से वह डिब्बा मेरे सामने पेश किया और कुछ बोला, नहीं, उसकी आँखों में आँसू थे।

रुस्तम जी की दुकान से चंद क़दम ऊपर जाकर ज़रा चढ़ाई पर पहला फाटक आशामहल का था; उस फाटके के बराबर एक बहुत ही पुराना बेरी का

वृक्ष खड़ा था, जिसकी डरावनी जड़ें बड़ी दूर तक फैली हुई थीं। उस वृक्ष की जड़ों, शाखाओं और रुस्तम जी के बूढ़े बाप की उंगलियों में एक अजीब एक जैसापन नज़र आता था। ये बूढ़े पारसी भी अपने पोतों नवासों के उन दुकानों के कोने में बिल्कुल चुपचाप बैठे रहते थे। उनका मेटाफ़िज़िकल ताल्लुक़ उस प्राचीन अग्निमंदिरों के घुँघराली दाढ़ी वाले पत्थर के बुतों से था, जो अशोर्य, कुलदानिया, बाबुल और ईरान में तराशे गए थे।

ये एक पुर-हैबत, पुर-जलाल संगतराशी की कला के नमूने थे, जिसमें उनके समकालीन यूनानी मुजस्समों (मूर्तियों) की नज़ाकत और हुस्न और स्त्रित्व नापैद था। प्राचीन ईरान की शहंशाहियत का जलाल और क्रूरता इन पाषाण मूर्तियों में प्रत्यक्ष थी। ये एक ऐसी रहस्यमय सभ्यता थी, जिसने अपना रहस्य चार हज़ार वर्ष से बरक़रार रखा था और बम्बई की क्वींस रोड के भीड़-भाड़ और ट्रैफ़िक के दरमियान आतिशकदे के मुख्य द्वार पर स्थित दो पत्थर के मुजस्समे, जिनके सिर इंसानों के और जिस्म शे'र के थे, प्रकोप और ज़ोरावरी की झलक बरक़रार रखी थी।

मालाबार हिल के बुर्ज-ए-ख़मोशाँ की सिम्त जाने वाले रास्ते का फाटक ऐन कैम्पस कार्नर के चौराहे पर खुलता है। यहाँ भी एक झाड़ झंकाड़ दाढ़ी वाला बूढ़ा पारसी चौकीदार स्टूल पर बैठा रहता था। उसकी आँखों के सामने उससे कम उम्र सभ्यताओं के प्रतिनिधि फ़र्राटे से अपनी गाड़ियों पर निकल जाते, हालाँकि उसका मेज़बान मुल्क हिन्दुस्तान भी उतना ही प्राचीन था, चुनांचे वह बूढ़ा अपने आपको काफ़ी एट-होम महसूस करता होगा।

उस फाटक के अन्दर ग़ैर-पारसियों का प्रवेश कड़े रूप में निषिद्ध है। यानी वे अपने रहस्यों में जन्म लेते हैं और उन्हीं रहस्यों में लीन हो जाते हैं, आख़िर में एक कुत्ता बैठा रह जाता है, जो अपने फ़र्ज़े-मनसबी यानी "सग-दीद" (श्वान दर्शन) की मज़हबी रस्म के लिए यहाँ लाया जाता है। बुर्जे-ख़मोशाँ का एक मॉडल भी बम्बई के एक अजायबघर में रखा है लेकिन मैंने उसे नहीं देखा क्योंकि मुझे इस क़िस्म की Macabre चीज़ों से कोई दिलचस्पी नहीं है।

कहा जाता है कि वह आतिश बोहरान, जो पारसी अरब आधिपत्य के बाद ईरान से अपने साथ लेकर निकले थे, वह बम्बई की उस अग्यारी में सुरक्षित है। यानी एक हज़ार वर्ष से उसे लगातार प्रज्वलित रखा गया है। पारसियों का कहना है कि आग नौरेज़दाँ का एक सिम्बल है और दुनिया में सबसे ज़्यादा पाक व साफ़ चीज़ है क्योंकि ये हर गंदगी को जलाकर भस्म कर देती है।

प्राचीन मजूसी सितारा परस्तों की एक बाज़गश्त (गूँज) हमें अपने यहाँ की जंतरियों में नक्षत्रों के शुभ व अशुभ दिवसों और कुण्डलियों वग़ैरह में मिलती है। हर प्राचीन सभ्यता, हिन्द व ईरान, यूनान, बाबुल व रोम में सात सितारों, सात दिनों वग़ैरह का अमल-दख़ल एक जैसा रहा है। शिया सम्प्रदाय में शुभ-अशुभ का महत्व उनके ईरानी वरसे (धरोहर) की देन है। हमारी एक मुमानी को शाम के वक़्त अगर घर से बाहर निकलते वक़्त आसमान पर एक सितारा भी नज़र आ जाये तो फ़ौरन रुक जाती थीं और जब तक दूसरा सितारा दिखलायी न दे क़दम आगे नहीं बढ़ाती थीं।

उस आतिशकदे के सामने से गुज़रती हुई बस में बैठे पारसियों को दोनों हाथ अलग-अलग उठाकर दुआ पढ़ते देखा तो मुझे ख़याल आया कि हमारे मामू और दूसरे शिया भी बिल्कुल इसी अंदाज़ से दुआ पढ़ते हैं। इंसानी ज़िन्दगी की ये बारीकियाँ आमतौर पर नोटिस में नहीं लाई जातीं। पारसियों ने अपने धर्म की प्राचीनतम रस्मों व परम्पराओं को बड़े ही सम्मान के साथ आम दुनिया की नज़रों से छिपाकर रखा है और उन्होंने फ़िलस्तीनी यहूदियों की तरह सभ्यता के प्राचीनतम युग से आधुनिक युग को मिला दिया है।

अपनी सहकर्मी बच्ची काँगा की शादी में शिरकत की तो देखा कि ख़ास रहस्यपूर्ण रस्मों की अदायगी से पहले एक बड़ी चादर तान दी गयी, जिसके पीछे बैठकर पारसी दस्तूरों से वे मंत्र वग़ैरह पढ़े गए, जो दो-ढाई हज़ार साल पहले ईरान और आज़रबाइजान के अग्निमंदिरों में दोहराये गए होंगे। ज़ुबान, शब्द और उनकी आवाज़ अदायगी एक ऐसा न दिखायी देने वाला अपितु सुनायी देने वाला पुल है; तलवार की धार से ज़्यादा तेज़ और बाल से ज़्यादा बारीक जो दूर-अतीत को वर्तमान से एक पल में मिला देता है।

सोचिए तो डर लगता है और जो ज़बानें (भाषाएँ) भुला दी गयीं और उनकी लिपियाँ नीस्तो-नाबूद हो चुकी हैं, उनके मुताल्लिक़ सोचिए तो और ज़्यादा दहशत होती है। क्या सुदूर भविष्य में कोई ऐसा Rosetta stone किसी पुरातत्व की खुदाई में दरयाफ़्त (खोजा) होगा और शनाख़्त (पहचान) की कोई एसी कुँजी मिलेगी, जिसके ज़रिये सुदूर भविष्य के लोग उर्दू लिपि को पढ़ सकेंगे? क्योंकि हिन्दुस्तान में आज की नस्ल के ज़्यादातर बच्चों के लिए तो उर्दू लिपि बाबुल व नैनवा के स्क्रिप्ट की तरह एक गुमशुदा तर्ज़े-तहरीर (लेखन शैली) बन चुकी थी।

महज़ पचास साल के अन्दर तो उन लाखों किताबों का क्या होगा, जो हमारे पुस्तकालयों में सुरक्षित हैं? तो सिद्ध हुआ कि अर्धशिक्षित बा इक़तदार (अधिकार सम्पन्न) राजनीतिज्ञ सैकड़ों बरस के इल्मी व तहज़ीबी ज़खीरों को अपने फ़ाउंटेन पेन की एक ज़ुंबिश (इशारे) से क़लम ज़द कर (काट) सकता है। चूँकि आज वह सिकन्दर-ए-आज़म से कहीं ज़्यादा ताक़त रखता है, जिसने परसी-पोलिस और उसके कुतबख़ाने (लायब्रेरी) को नज़्रे-आतिश (आग के हवाले) किया था।

वैदिक युग से हमारे आज के ब्राह्मणों का रिश्ता भी उनके श्लोक और मंदिरों के ज़रिये इतना ही प्राचीन है लेकिन हमें उनके ऐतिहासिक होने का इसलिए अहसास नहीं होता क्योंकि वह हमारे आसपास के मंज़र में शामिल हैं। और हमारी रोज़मर्रा की ज़िन्दगी का एक हिस्सा है। एक संस्कृत का श्लोक पढ़ने वाला पण्डित हमारे लिए अजनबी या अजूबा नहीं है लेकिन ज़न्द-पाज़न्द और ओस्ता के मंत्र दोहराने वाला, सफ़ेद दुगला पहने एक पारसी दस्तूर हमारे लिए अच्छी-ख़ासी रहस्यपूर्ण हस्ती बन जाता है।

उस पारसी दस्तूर के पूर्वज और अग्रगामी, मिस्र के फ़िरऔनों के काहिनों के समकालीन थे लेकिन प्राचीन मिस्री अब महज़ ममियों के रूप में पश्चिम के अजायबघरों में सुरक्षित हैं। जबकि हमारा पारसी दस्तूर आज भी क्वींस रोड बम्बई के आतिशकदे में बैठा ज़िन्दावस्ता का पाठ करने में मसरूफ़ है। उसके पुरखों के दिये हुए अहरमन, यज़दाँ फ़रिश्ते और फ़िरदौस चिनहोट के पुल के विश्वासों ने प्राचीन इब्रानियों के धार्मिक विश्वासों को प्रभावित किया।

यहाँ फिर मुझे 'शब्द' के लम्बे सफ़र का ख़याल आता है कि प्राचीन काल में वह नस्ल इबरानी कहलायी, जो इब्रुन्नहर यानी दजला व फ़रात को उबूर (पार) करके आई थी और यूरोप में ये शब्द 'इब्र' Hebrew बना, यानी यहूदी। नहर अरबी में दरिया को कहते हैं; हमारे यहाँ शब्द नहर canal के लिए इस्तेमाल होने लगा। अरबी का दरिया यानी समुन्दर हमारे लिए नदी बन गया और नदी हम छोटे दरिया को कहने लगे जबकि नदी हिन्दी में बड़े दरिया को कहते हैं।

मैं उन दिनों तेहरान में थी, एक दिन हिल्टन के अहाते में नून-मीम राशिद दिखलायी दिए। मैंने कहा : आहा! ईरान में अजनबी, फ़रमाया आप भी। मैंने कहा, राशिद साहब मैं तो यहाँ शाह-ए-ईरान और शहबानो के ख़ुसूसी दावतनामे पर आई हूँ और साथ ही वीकली के लिए यह जश्न भी कवर कर लूँगी। मुख़्तसर ये कि :

'शाही नहीं है बे शीशाबाज़ी' (राजपाठ बिना विलासिता के नहीं है)।

अब रूमी जीता है न राज़ी हारा है बल्कि यहाँ तो महज़ राशिद साहब ने मेरी बात काटकर कोहे-दमावन्द की तरफ़ इशारा किया और कहा : यहाँ महज़ ख़ुदा है और उसकी बीवी। राशिद साहब का तात्पर्य शाह-ए-ईरान और शहबानो से थी, जिनकी विशालकाय तस्वीरों की आउट लाइन बिजली के क़ुमक़ुमों के ज़रिये कोहे-दमावन्द के ऊपर फ़रोज़ाँ (प्रकाशमान) थी।

प्राचीन ईरानी उक्ति में ख़ुदा का अर्थ मालिक है। हम लोगों ने अरबी और ईरानी उक्तियाँ सब गडमड कर दी हैं। बाइबिल के अनुवादकों ने शब्द ख़ुदावन्द-ए-ख़ुदा तो ले लिया मगर अल्लाह नहीं लिया क्योंकि उससे इस्लामी तसव्वुरात वाबस्ता थे। हालाँकि अरब ईसाई भी अल्लाह ही कहते हैं और ईसा इब्नुल्लाह (नाउज़ूबिल्लाह) तो मालूम ये हुआ कि सारा मसअला शब्द और उसके सम्बन्धों का है। नौहों और मर्सियों की इमेजरी, यद्यपि विषय अरबी था लेकिन जब दोहों में कहा गया :

कहीं बानो रण में पुकार रहीं
मोरे सैंया तू मोहे बीसार गयो।

तो वह क़तई अजीब नहीं मालूम हुआ। इसी तरह क़व्वालियों में वृन्दावन की इमेजरी शामिल कर ली गयी और वह अनोखी नहीं लगी। अवध के मुसलमानों के यहाँ मोरा शाम सुन्दर बन्ना आमतौर पर गाया जाता है। ख़ुद लफ़्ज़ बन्ना और बनरा मुसलमानों के यहाँ दूल्हा के लिए इस्तेमाल किया जाता है, बनराज का संक्षिप्त रूप है और बनराज यानी बनों और हरेभरे मैदानों के देवता कृष्ण बनवारी हैं। अब ये कृष्णजी का इमेज बड़ी आसानी से उसी रोमानी तख़य्युल (imaginary) में शामिल हो गया।

रामा भी "अरे रामा सावन बीता जाए" वग़ैरह में लोकप्रिय रहा लेकिन शिव और वैष्णव शामिल नहीं हुए। राम और कृष्ण एक साँझी रोमांटिक इमेजरी के व्यक्ति बन गए। सबसे लोकप्रिय पात्र कृष्ण कन्हैया का था, जिसके मुक़ाबले पर यूनानी नैनवाज़ देवता पेन है, जो बहार के मौसम और बाग़ों का अलबेला देवता है।

एक बार लंदन से वापस आते हुए हवाई जहाज़ में बम्बई की जानी मानी आर्टिस्ट रूमाना फ़तेह अली के बराबर वाली सीट पर कराची के मशहूर अंग्रेज़ी पत्रकार यूनुस एम. सईद बैठे थे। रूमाना उनसे वाक़िफ़ नहीं थी, जब उन्होंने एयर होस्टेस से कहा, मेहरबानी करके ज़रा एक प्याली चाय ला दीजिए तो रूमाना ने भी इज़हारे-ख़याल किया "आप बड़ी अच्छी हिन्दी बोलते हैं।"

यूनुस ने ग़ुर्राकर जवाब दिया "हम हिन्दी नहीं उर्दू बोलते हैं" इसके कुछ अर्से बाद पीआईए की फ़्लाइट के ज़रीए रूमाना बहैसियत बेगम यूनुस सईद कराची चली गयीं। अब वह अपने माँ-बाप से मिलने के लिए बम्बई आती रहती थीं। आशा महल की एक ऊपरी मंज़िल पर एक सरदार साहब रहते थे, जिनकी बीवी विमल भाई वीरसिंह की भतीजी थीं। ये सरदार साहब भी बेशतर सरदारों की तरह निहायत ख़ुशअख़्लाक़ और मिलनसार थे।

तीसरी मंज़िल पर हैदराबाद के एक जागीरदार योगराज किरण का फ़्लैट था, वह ख़ालिस हैदराबादी तरीक़े से झुककर, आदाब अर्ज़ करते थे। उनके ड्राइंगरूम में दीवारों पर आवेज़ाँ इसफ़हानी वाल कार्पेट, उनके Aristocratic बैकग्राउंड का प्रतिनिधित्व करते थे।

आशा महल के अहाते से लगे कम्पाउंड में Aqua Marine स्थित था, उसकी चौथी मंज़िल पर मैजर महमूद हुसैन और उनकी बेगम सुरैया का लम्बा चौड़ा फ़्लैट था, जो उनको सेना की तरफ़ से मिला था। मेजर साहब पट्टन सूबा गुजरात के सैयदज़ादे थे। मध्य युग में पट्टन गुजरात की प्राचीन राजधानी और सैयदों और सूफ़ियों का बड़ा केंद्र था। सैयद महमूद हुसैन भी एक प्राचीन ख़ानवादे से सम्बन्ध रखते थे, कम बोलने वाले और गम्भीर। वे प्रधानमंत्री पण्डित जवाहरलाल नेहरू के मिलिट्री स्टाफ़ में भी रह चुके थे और अब अपना संस्मरण लिखने में व्यस्त थे।

उनकी बेगम सुरैया, सर अली मोहम्मद देहलवी की पोती और पाकिस्तान के विदेश सचिव एस.के. देहलवी की सगी भतीजी थीं। उनका आग्रह था कि उनके पूर्वज दिल्ली से पूना आए थे लेकिन शायद उनका ख़ानदान दलवाई था, यानी वह भी मसहूरकुन (जादू जगाने वाली) बैकग्राउंड की थी। ये दलवाई लोग शायद दकन के सुल्तानों के दल, यानी फ़ौज के लश्कर के पठान अफ़सरों और सिपाहियों की औलाद थे। सुरैया भी गोरी चिट्टी और सुन्दर महिला थीं। आला तालीम-याफ़्ता ख़ानदान था। सुरैया से मेरी मुलाक़ात एक ठग के ज़रीए हुई।

1962 ई. की बरसात में एक दिन दरवाज़े की घंटी बजी, अमीर ख़ाँ बाहर गए। एक नौजवान हाथ में बेद लिए सामने खड़ा था। कहने लगा, मैं दिल्ली से आया हूँ; किशवर क़िदवाई ने आपको सलाम कहलवाया है। मैंने अन्दर बुला लिया; आकर कुर्सी पर बैठा तीन-चार और जानने वालों के नाम लिये, सबकी खैर-ख़ैरियत बतलाई। कहने लगा, मैं इस वक़्त पूना से आ रहा हूँ, जहाँ मैं मिलिट्री एकेडमी में ज़ेरे तरबियत (प्रशिक्षणरत) हूँ। अगले साल कमीशन मिल जाएगा।

चंद मिनट इधर-उधर की बातें करने के बाद, वह खिड़की में गया; बाहर झाँक कर बोला, कुछ नहीं, मैं देख रहा था कि मेरी जीप बाहर खड़ी है कि नहीं। मैं मजीद ख़ाँ की जीप पर आया हूँ, उन्हीं के यहाँ ठहरा हूँ। किशवर आपा ने मुझसे कहा था कि आपसे ज़रूर मिल लूँ; अच्छा अब इजाज़त दीजिए

मेरी कज़िन सामने वाली बिल्डिंग में रहती हैं, बेगम महमूद हुसैन; उनके शौहर मैजर हुसैन की पोस्टिंग आजकल कुलाबा में है। ख़ुदा हाफ़िज़ कहकर चला गया।

उसी शाम दरवाज़े की घंटी बजी। अमीर ख़ाँ ने आकर बताया मेजर हुसैन और बेगम हुसैन! वे दोनों अन्दर आये, एक ख़ूबसूरत गोरी चिट्टी स्मार्ट ख़ातून और एक स्मार्ट फ़ौजी अफ़सर। कहने लगे, हम लोग अब तक काल करने नहीं आ सके क्योंकि बाहर गए हुए थे। आज सुबह कोई अजनबी नौजवान यहाँ आया था? मैंने कहा, जी हाँ, आपका कज़िन वह यहाँ से आप ही के यहाँ तो गया था।

मेजर हुसैन बोले, बड़ी अजीब बात है, उसने यहाँ से जाकर हमसे कहा कि वह आपका कज़िन है। वह कोई ठग मालूम होता है, पूना मिलिट्री एकेडमी में हरगिज़ शामिल नहीं। मैंने उसके जाते ही पूना टेलीफ़ोन करके मालूम कर लिया, अब अगर कोई पुलिस वाला उसकी इन्कवाइरी करता आपके यहाँ आए तो आप साफ़ इनकार कर दीजिएगा कि आप उसको नहीं जानतीं।

उसने पूना मिलिट्री एकेडमी का एक ग्रुप फ़ोटो दिखलाया था, कहने लगा, देखिए ये मैं खड़ा हूँ।

अब सोचिए कोई आदमी, जो फ़राड न हो तो इस तरह सबूत के लिए एक तस्वीर लिए नहीं घूमता और वो भी एक ग्रुप फ़ोटो, जिसमें उसकी शक्ल साफ़ दिखायी ही नहीं दे रही थी। उसने आपसे कुछ पैसे तो नहीं माँगे?

"नहीं" मैंने जवाब दिया। लेकिन दूसरे दिन अली सरदार जाफ़री ने मुझसे कहा, भई एक मुसलमान कप्तान साहब आए थे, उनकी जेब किसी ने काट ली, वह परेशान थे, पूना वापस जाने के लिए उनके पास किराया भी नहीं था, हमने उनको दिया, बेचारे बहुत झेंप रहे थे। कहने लगे, जाफ़री साहब मैं तो आपकी शाइरी का परिस्तार हूँ, इस वक़्त आपसे कर्ज़ लेते अच्छा नहीं लग रहा है, पूना पहुँचते ही मनीआर्डर कर दूँगा।

मालूम हुआ, इसी तरह वह बम्बई के कई लोगों को जुल (धोखा) देकर ग़ायब हुए। माहिर-ए-फ़न ठग थे, काफ़ी अर्से बाद वही साहब एक अस्पताल के

स्पेशल वार्ड में आराम करते पाए गए, वहाँ भी उन्होंने कई लोगों को ठगा। उसके बाद पता चला कि उसके वालिद डिप्टी इंस्पेक्टर जनरल पुलिस थे; साहबज़ादे ने इस फ़न में नाम पैदा किया।

सुरैया एक ज़हीन और दिलचस्प ख़ातून साबित हुईं, उन्होंने अपनी बड़ी शहरी जायदाद पर मुख़ालिफ़ाना (विरोधी) क़ब्ज़े के सिलसिले में किसी पर मुक़दमा दायर कर रखा था, उसकी तारीख़ें आगे बढ़ती जा रही थीं, इस वजह से वह बहुत परेशान थीं और बाबाओं के पास दुआ करवाने के लिए जाने लगी थीं। आकर कहतीं, ज़रा मेरे साथ चली चलो फ़लाँ जगह एक बहुत बड़े बुज़ुर्ग आकर टिके हैं, उनसे तावीज़ ले आऊँ। सुरैया की बात टालना मुश्किल था, चुनांचे उनके साथ मैंने बम्बई के बाबाओं की दुनिया की ख़ूब सैर की।

मेरी समाज सुधारक क़िस्म की वालिदा, जो पीर फ़क़ीर नज़्र-नियाज़ उर्स, दरगाहों और मोहर्रम की रस्मों और ताज़ियों की ज़ियारत वग़ैरह से क़तई दिलचस्पी न रखती थीं बल्कि इसके विपरीत वह अपनी अल्पावस्था के ज़माने से अपने लेखों द्वारा इन रीतियों के ख़िलाफ़ प्रचार करती रही थीं। सम्भवतः इसी की प्रतिक्रियास्वरूप मुझे इन मामलात से बेहद दिलचस्पी थी क्योंकि ये श्रद्धा और भावनाओं का एक अलग रहस्यमय संसार है।

महालक्ष्मी के मंदिर के सामने एक बड़ा सा घंटा आवेज़ाँ है। श्रद्धालु हाथ ऊँचा करके उसे हिलाता है और देवी जैसे घंटे की आवाज़ सुन लेती है। ज़ियारतगाहों (क़ब्रों) के सामने जाकर लोग सच्चे मन से दुआ माँगते हैं। उस मंदिर के नज़दीक एक टापू पर हाजी अली की मशहूर दरगाह है और एक पक्का रास्ता वर्ली की सड़क से उस दरगाह तक जाता है, जिस पर लगातार दर्शनार्थियों की आमदोरफ़्त जारी रहती है। समुन्दर के ज्वार भाटा के वक़्त ये पक्का पुल पानी में डूब जाता है। जब पानी उतर जाता तो भीड़ फिर रवाँ हो जाती।

ज़ायरीन (दर्शनार्थियों) में ग़ैर-मुस्लिमों की तादाद भी कम न थी। हाजी अली का यह द्वीप साहिल (तट) पर से देखने में बहुत छोटा प्रतीत होता है लेकिन दरअस्ल ये काफ़ी बड़ा टापू है, जिस पर मेमन और ख़ोजा सम्प्रदायों ने अपनी कल्याणकारी संस्थाएँ और रेस्ट होम स्थापित कर रखे हैं। हिन्दुस्तान

की प्राचीनतम दरगाह माहिम में स्थित है, जिसके बुज़ुर्ग मख़दूम अली माहिमी हुज़ूर (स.) के तबे ताबईन[1] में शामिल थे और परम्परागत श्रुतियों के अनुसार उन्होंने ही यह दरगाह क़ायम की थी। यहाँ भी हर साल बड़ा भारी उर्स होता है।

एक बुज़ुर्ग बम्बई पुलिस के पैटर्न सैंट थे और उनकी दरगाह पर पुलिस वाले जो ज़्यादातर महाराष्ट्रियन हिन्दू हैं, अपने नज़्राने लेकर अपने बैंड बाजे के साथ जाते रहते हैं। हिन्दुस्तान की इस मनोवृत्ति के अनोखेपन ने मुझे हमेशा हैरान किया। शायद मुसलमान बुज़ुर्गान-ए-दीन से श्रद्धा और साम्प्रदायिक तनाव मस्तिष्क के दो अलग-अलग ख़ानों में बँटे हुए हैं और पीर-परस्ती या मज़ारों पर जाकर मन्नतें, मुरादें माँगना हिन्दू ज़हन की सनातन धर्म, पूजा पाठ में शामिल है।

ग़ैर-मुस्लिमों को दरगाहों की सजावट ऊद व लोबान और पूजा पद्धति अपने मन्दिरों से भिन्न नहीं लगते। इसी वजह से सूफ़िया-ए-कराम ने यहाँ आकर ये तौर-तरीक़े अपनाये थे, चुनांचे वह अवाम (जनता) में इतने लोकप्रिय रहे। जिस तरह मन्दिर में देवी को नहलाया जाता है और उसकी पोशाक तब्दील की जाती है, दरगाहों में मज़ार को ग़ुस्ल दिया जाता है और संदल (चन्दन) चढ़ाया जाता है और उस पर नक़्शीन चादरें चढ़ायी जाती हैं।

कैथोलिक का भड़कीला अलतार, तस्वीरें, ऊद व लोबान, पादरी की निहायत जवाहरात से टकी पोशाक, ऊँची मोमबत्तियाँ, आर्गन की म्यूज़िक और हाथ में लेकर घंटी बजाना, ये तमाम चीज़ें पूजा करने वाले के दिलो-दिमाग़ को शिद्दत से मुतास्सिर (प्रभावित) करती हैं, यानी कैथोलिक चर्च बक़ौल शख़्से कि हवास-ए-ख़मसा (पाँचों इंद्रियों) पर एक ही साथ हमलावर होता है, इसके विपरीत प्रोटेस्टेंट चर्च का बिल्कुल सादा अलतार सादी सियाह सलीब (क्रास) यानी क्रिश्चियन "वहाबियत" की नुमाइंदा है।

मेरा वोट बहरहाल दरगाही मज़हब के लिए है। बम्बई के माउंट मेरी और दूसरे गिरजाघरों में इबादतगुज़ारों की भीड़ रहती; दरगाहों और गिरजाघरों में हिन्दू और पारसी भी झुण्ड के झुण्ड जाते।

---

1. वे लोग, जिन्होंने उन लोगों को देखा कि जिन्होंने अल्लाह के रसूल मोहम्मद मुस्तफ़ा (स.) को देखा।

जिस बस पर मैं वार्डेन रोड से कोलाबा अपने दफ़्तर जाती थी, वह बस क्वींस रोड पर स्थित एक बेहद लंबे-चौड़े क़ब्रिस्तान के बराबर से गुज़रती थी, जो एक लम्बी ऊँची दीवार से घिरा हुआ है। इस दीवार पर ताज़ातरीन फ़िल्मों के इश्तिहार और प्रोडक्टस की विशालकाय तस्वीरें लगाई जाती हैं। बम्बई के व्यस्ततम् और सबसे महंगे इलाक़े के बीचो-बीच ये अत्यंत विस्तृत क़ब्रिस्तान मौजूद है और इसकी बेजान आबादी भी बढ़ती जा रही है।

उसके ज़रा आगे पारसी आतिशकदा (अग्निशाला) है, जिसके बरामदे के दो स्तम्भ प्राचीन ईरान के मुजस्समों की शैली में तराशे गए हैं। प्राचीन ईरान की निरंतरता और सम्बन्ध एक दूसरी सभ्यता में स्थानांतरित हो चुके हैं। यद्यपि माबूद (पूज्य) बदल गए। मैंने अपने ननिहाल में शुभ-अशुभ का तज़किरा भी बहुत सुना। फ़ुलाँ दिन शुभ है, फ़ुलाँ अशुभ; और चन्द्र और वृश्चिक का योग तो बहुत ही बुरा है। सितारों की चाल से ये दिलचस्पी भी सम्भवतः उस प्राचीन ईरान की ज़्योतिष विद्या से सम्बन्ध की यादगार थी।

बम्बई एक अजीबोग़रीब दुनिया है। सबसे ज़्यादा मशहूर एक मुसलमान बुज़ुर्ग कम्मू बाबा, शहर से बाहर एक निहायत पुरफ़ज़ा बंगले में रहते थे। जब हम लोग ट्रेन द्वारा वहाँ पहुँचे तो हिन्दुओं और पारसियों की एक भीड़ वहाँ मौजूद थी। बाग़ में ख़रगोश खेल रहे थे, कम्मू बाबा की बीबी लम्बा मेमन फ़्राक पहने बाहर आयीं और उसके बाद कम्मू बाबा, शायद वह भी मेमन थे। वह आकर एक बेंच पर बैठ गए। सुरैया ने कहा, मेरे लिए दुआ कीजिए, मेरी मुराद पूरी हो जाए। बाबा ने मुट्ठी बन्द की, हाथ ऊँचे करके मुट्ठी खोली। तुम्हारा ख़त पहुँच गया, सुरैया ख़ुश-ख़ुश वापस आयीं।

एक दिन बोलीं, एक बाबा तीन टंकी पर आए हैं, वहाँ चलो। मैंने ज़रा डरते-डरते जवाब दिया; मैं तीन टंकी, चार टंकी कहीं नहीं जाऊँगी लेकिन सुरैया की बात को टालना मुमकिन नहीं था। वह एक बहुत ही भली बीबी थीं। हम लोग बतलाये हुए पते पर, एक घनी आबादी वाले मुस्लिम मोहल्ले में पहुँचे। एक हज्जाम की दुकान में एक साहब फ़र्श पर लेटे हुए थे, सुरैया को देखते ही डपट कर बोले, चली जाओ, फ़क़ीर को अपनी ही कुछ ख़बर नहीं तुम्हें क्या

बतायेगा। भई सुरैया, अब मैं कहीं तुम्हारे साथ नहीं जाऊँगी, मैंने बाहर आकर कहा लेकिन वह कहाँ मानने वाली थीं।

एक दिन फ़रमाया, पता चला है कि एक बुज़ुर्ग फ़ायरमैन के भेस में रहते हैं, फ़ायर ब्रेगेड में मुलाज़िम हैं, उनके यहाँ चलते हैं। हम लोग वहाँ पहुँचे, वह आग बुझाने वाले स्टाफ़ के सरकारी क्वार्टर में रहते थे। कमरे का फ़र्श, बाबा की लड़की रगड़-रगड़ कर चमकाने में मसरूफ़ थी। शायद अपनी बेटी को भी बाबा ने अमलियात की ट्रेनिंग दे रखी थी क्योंकि बाहर से एक औरत ने आकर मराठी में उस लड़की से बात की। लड़की ने एक आधा नीम्बू काटकर उस पर कुछ पढ़ा और फूँका और आधा उसको दे दिया, वह चली गयी।

कमरे में बम्बई की खोलियों के दस्तूर के मुताबिक एक छपरखट बिछा था, एक ताक़ पर सुर्ख़ पर्दा पड़ा हुआ था। "इसके अन्दर सवारियाँ बैठायी जाती हैं", सुरैया ने कहा। मैं बिल्कुल नहीं समझी कि उसका क्या मतलब था, ये उन रहस्यमय मामलों की न समझ में आने वाली दुनिया थी। वहीं पर एक बहुत ही मोटी किताब एक मेज़ पर खुली रखी थी, उसकी इबारत उलटी लिखी हुई थी। फ़ायरमैन की वर्दी पहने बाबा कमरे में आये, वह एक बिल्कुल नॉरमल आम फ़ायरमैन लग रहे थे। सुरैया ने कान में कहा, यह बहुत पहुँचे हुए बुज़ुर्ग हैं। फ़ायरमैन बाबा ने सुरैया को मुख़ातब किया, बीबी, जुमेरात को आना, अभी मैं डयूटी पर हूँ, किसी वक़्त भी कॉल आ सकती है। उसके बाद मैं पूछना भूल गयी कि वह फ़ायरमैन बाबा के यहाँ दोबारा गयीं या नहीं।

दो-तीन और फ़क़ीरों के पते ढूँढ़ लायीं। एक बाबा, जिनके यहाँ वह गयीं, वह बहुत ही ख़ुशगवार और पुरफ़ज़ा जगह थी। कहने लगीं, मेरी दादी लेडी देहलवी की इस कुनबे से क़राबतदारी (निकटता) थी। प्रायद्वीप कोलाबा में इण्डियन नेवी के हेडक्वारटर्ज़ के बिल्कुल नज़दीक, इन बुज़ुर्गों का ख़ानदान अपने ख़ूबसूरत और कुशादा मकानों में रहता था। बाहर फाटक पर बुज़ुर्ग का नाम और उसके नीचे "क़ुत्ब कोकन" की मरमरीं तख़्ती नस्ब (संगेमरमर की तख़ती लगी) थी, अन्दर टाइलों का आँगन। पीरसाहब के घराने की औरतें पर्दा नहीं

करती थीं और सब आराम से बाहर आ जा रही थीं। एक बंगलेनुमा मक़बरे के अन्दर क़ुत्ब कोकण का मज़ार था, वहाँ भी ग़ैर मुस्लिमों का मजमा मौजूद था।

सज्जादानशीं ने मुझसे फ़रमाया, फ़ुलाँ तारीख़ को उर्स है, उसमें ज़रूर आइएगा। उर्स के रोज़ सज्जादानशीं बाक़ायदा सुनहरा लिबास और ताज पहनकर, रिश्तेदारों के साथ पैदल गश्त पर निकले। इण्डियन नेवी की इमारतों के सामने चक्कर लगाकर, दरगाह में वापस आये। उनके यहाँ सुबह से शाम तक बेहतरीन खाने पकते रहते थे। ये भी बड़े सीधे सादे और मिलनसार लोग थे। हिन्दू मुरीदों की तादाद उनके यहाँ भी ज़्यादा थी। नफ़ीस सी-फ़ूड उनके यहाँ पकता था।

एक दिन मैंने बुज़ुर्ग से कहा, मेरा बड़ा भतीजा, जो अमेरिका में है, उसका बहुत दिनों से ख़त नहीं आया, मेरे ख़त का जवाब भी उसने नहीं दिया, मुझे बहुत फ़िक्र है। सज्जादानशीं मोहम्मद अली साहब मज़ार के नज़दीक सिर पे शाल ओढ़कर बैठ गए। कुछ देर बाद सिर निकाला और फ़रमाया वह लड़का अच्छी तरह है, वह कहीं और गया हुआ था, कल-परसों उसका ख़त आ जाएगा, ऐसा ही हुआ।

ख़ुश अक़ीदा (सच्ची श्रद्धा रखने वाले) लोग, इसको रौशन ज़मीरी कहते हैं। पैरासाइकोलॉजी वालों के यहाँ ये E.S.P. है, उर्स की रात बम्बई के बेहतरीन क़व्वालों की क़व्वालियाँ जारी रहीं, ख़वातीन वहीं बाहर आँगन में बैठी थीं, क़व्वाली जारी थी, जब अचानक एक साहब खड़े हुए, उनके उठते ही सारा मजमा सज्जादानशीं समेत खड़ा हो गया।

मालूम हुआ कि उन साहब को हाल (क़व्वाली सुनकर मस्त हो जाने की स्थिति) आ गया था, जो मैंने पहले कभी नहीं देखा था। उन्होंने आसमान की तरफ़ उंगली उठाकर हक़-हक़ दोहराना शुरू किया, इसके बाद वह बैठ गए, मजमा भी बैठ गया। फिर क़व्वाली शुरू हुई, कुछ देर बाद, उन्हीं साहब को दोबारा हाल आया; वह खड़े हुए और दोबारा वही मंज़र दोहराया गया। मालूम हुआ कि जब किसी को हाल आता है तो जलसे में उपस्थित लोग सम्मान में खड़े हो जाते हैं। तीसरी बार उनको हाल आया तो वह रक़्स करने लगे, तीन-

चार चक्कर काटे और फिर बैठ गए। दरगाही तहज़ीब की ये एक दिलचस्प और ज़रा अनोखी दुनिया थी, जो मैंने पहली बार देखी।

शायद डॉक्टर ताराचन्द ने लिखा है कि मुसलमान दरवेशों की इन हाल व क़ाल मजलिसों से प्रभावित होकर, बंगाल के चैतन्य महाप्रभु के रक़्साँ (नृत्यशील) चेलों की परम्परा शुरू हुई थी और Dancing Dervishes के प्राचीन सिलसिले को तो अब मॉडर्न तुर्की ने एक टूरिस्ट अट्रैक्शन बना दिया है और इस तरह हमारे हिन्दुस्तानी रक़्क़ास (नर्तक) पश्चिमी देशों का दौरा करते हैं। अब तुर्की के ये रक़्साँ दरवेश देश-देश घूमकर अपने प्रोग्राम पेश कर रहे हैं। ये फ़ुल बूट पहनकर नाचने वाले फिर्की की तरह मुसलसल नाचते रहते हैं और इन्हें चक्कर नहीं आता, ये कमाल हैं।

बम्बई में क़व्वालों ने उर्दू की बड़ी ख़िदमत की और सबसे बड़ी मोहसिन-ए-उर्दू शकीला बानो भोपाली थीं, जो अपनी वालिदा के साथ स्टेज पर बैठकर बड़े ड्रामाई अंदाज़ में क़व्वाली पेश करती थीं। शकीला बानो की अत्यन्त लोकप्रिय क़व्वालियों ने बम्बई में क़व्वालों और क़व्वालनों का दौर शुरू किया। "असली यूसुफ़ आज़ाद" और "नक़ली यूसुफ़ आज़ाद" भी मैदान में आए, जिनका इन क़व्वालनों के साथ मुक़ाबला होता था। जितनी देर तक क़व्वालन निहायत नाज़ो-अदा के साथ गाकर क़व्वाल को जैसे चैलेंज करती थी, मौसूफ़ बड़ी बेनियाज़ी से चाय पीने में मसरूफ़ रहते थे, जब इनकी बारी आई तो क़व्वालन अपनी बेपरवाही का मुज़ाहिरा (प्रदर्शन) करती।

क़व्वालियों का ये दौर बरसों चला। कुछ अमेरिकन क़व्वालियों की लय के क़ायल हुए; अब पाकिस्तान बाक़ायदा अपने क़व्वाल बाहर भेज रहा है। मैं शायद ये वाक़ेआ पहले कहीं लिख चुकी हूँ कि कुछ वर्ष पहले जर्मनी के एक एयरपोर्ट पर एक नौजवान पाकिस्तानी पंद्रह-बीस हरे पासपोर्ट लिये खड़ा था। मैंने पूछा, क्या आपने उर्दू शाइर आमंत्रित किये हैं? कहने लगा, जी नहीं, अब हम क़व्वाल बुलाते हैं।

सुरैया की सारी तरबियत अंग्रेज़ी स्टाइल की हुई थी। लड़कपन में उन्होंने शहसवारी भी की और जब वह उर्दू बोलती थीं तो गोया अपने ख़यालात का

उर्दू में तर्जुमा (अनुवाद) करती जाती थीं। मैं उसके बीच में हूँ, गोया (मानो) I am in it का अनुवाद था। अपनी हज़ार दाने की तस्बीह झुलाकर कहतीं, अच्छा अब मैं ज़रा क्लब हो आऊँ और अपने शौहर के साथ विलंगडन क्लब चली जातीं। मज़ारों पर जाकर वह साहिबे-मज़ार (जो मज़ार में दफ़्न हैं) को रो-रोकर अंग्रेज़ी में मुख़ातब करतीं, फिर उन्होंने अपने लड़के और लड़की को इंग्लैंड भेज दिया। मैजर हुसैन सुन्नी वक़्फ़ बोर्ड के सेक्रेटरी होकर दिल्ली आ गए और सुरैया जैसी दरगाही ख़ातून की ख़ुशक़िस्मती से उनको दरगाह निज़ामुद्दीन औलिया (रह.) के क़रीब ही फ़्लैट मिला।

जब मैं उनसे मिलने गयी, दरगाह शरीफ़ के इतने क़रीब रहना बिल्कुल "मेरी चाय की प्याली है" ये उन्होंने Just my cup of tea वाले मुहावरे का अनुवाद किया था। सुरैया अपनी औलाद के पास लंदन चली गयीं। उनकी लड़की शमीम ने एक ऊँचे ख़ानदान के अंग्रेज़ नौजवान से शादी कर ली। उनके दामाद के चचा एक मशहूर संसद सदस्य थे। जब सुरैया लंदन गयीं, सुल्ताना आपा भी वहाँ मौजूद थीं। एक दिन उन्होंने सुरैया को फ़ोन किया, मैं फ़ुलाँ जगह ठहरी हुई हूँ, तुम भी वहीं आ जाओ, चुनांचे सुरैया वहाँ पहुँचीं।

एक मशहूर उर्दू राइटर और एक नामवर ख़ातून, सुल्ताना आपा की मेज़बान थीं। अभी ये लोग शाम का खाना तैयार करने में मसरूफ़ थे कि बर्फ़बारी शुरू हो गयी। सुल्ताना आपा ने सुरैया से कहा, अब तुम कहाँ जाओगी, रात को यहीं ठहर जाओ, मौसम बद से बदतर होता जा रहा है। चुनांचे खाना खाने के बाद सुरैया और सुल्ताना आपा, मेज़बानों के मेहमान कमरे में जाकर सो गयीं। सुबह को सुल्ताना आपा जागीं तो देखा सुरैया ग़ायब। फिर बाहर नज़र पड़ी बर्फ़ गिर रही थी और सुरैया बेगम बस स्टॉप पर खड़ी थीं। कुछ मिनट में बस आई और वह उसमें सवार होकर रवाना हो गयीं। दूसरे दिन जब उनसे मुलाक़ात हुई तो सुल्ताना आपा ने पूछा ये क्या वहशत थी, तुम सुबह सवेरे उठकर क्यों भाग गयीं?

"मुझे फ़ज्र की नमाज़ पढ़नी थी।"

"तो फ़ज्र की नमाज़ तुमने कहीं बाहर जाकर क्यों पढ़ी?"

“ऐ हे, सुल्ताना आपा इस घर में नमाज़ कैसे पढ़ती, मेरी नमाज़ क़बूल नहीं होती!”

“क्यों भई?”

“ऐ हे! ये तो मुझे वहाँ जाकर मालूम हुआ कि दोनों ने शादी नहीं की है, भला इस घर में नमाज़ कैसे पढ़ती?”

उस नेक बीबी सुरैया को इंग्लिस्तान में तहे-खाक़ हुए, अब अर्सा गुज़र चुका है। उनको सर्दी बहुत लगती थी लेकिन इतने बरसों से आसमान उनकी लहद (क़ब्र) पर बर्फ़अफ़शानी (बर्फ़ का छिड़काव) कर रहा है, अल्लाह उन्हें जन्नतुल-फ़िरदौस में जगह दे।

जादूघर और गोल कमरा

क़स्बा नहटौर ज़िला बिजनौर में कई कॉलेज, स्कूल और फ़ैक्ट्रियाँ मौजूद हैं लेकिन रेलवे स्टेशन नहीं है। आज से सौ साल पहले, जब ब्रिटिश सरकार ने धामपुर से यहाँ तक रेल की पटरी बिछानी चाही तो हमारे बुज़ुर्गों ने इसकी इजाज़त नहीं दी क्योंकि नक़्शे के मुताबिक़ रेलवे लाइन हमारे क़ब्रिस्तान के बराबर से गुज़रती और इसकी वजह से उस मक़ाम की इज़्ज़त व सम्मान में दख़्लअंदाज़ी का ख़दशा (डर) था। चुनांचे आज तक लागों को सात मील दूर क़स्बा धामपुर जाकर, रेल पकड़नी पड़ती है।

अब फिर एक शताब्दी पूर्व वापस चलिए। कच्ची सड़क पर बैलगाड़ियाँ, बैल, ताँगे, इक्के और रथ चल रहे हैं; मोटरकार शायद अभी आई ही नहीं थी। मकानों में गैस के हण्डे, सड़कों पर मिट्टी के तेल के लैम्प। शाम पड़े एक आदमी कंधे पर सीढ़ी उठाये आता है और लैम्पपोस्ट पर चढ़कर, बत्ती रौशन करता है। धुएँ की गाड़ी को आए हुए अर्सा गुज़र गया, घरों में फ़ोनोग्राम आ गए, जिन पर अब भी रिकॉर्ड बजता है। धुएँ की गाड़ी उड़ाये लिये जा।

ग़दर से बहुत पहले ही अंग्रेज़ों ने शहरों से बाहर अपने लिए एक धरती पर स्वर्ग आबाद कर लिया था, जो सिविल लाइंस कहलाती थीं। गैस के लैम्पों से रौशन चौड़ी सड़कें, एकड़ों बड़े बाग़ों के अन्दर ज़मीन की सतह के बराबर लम्बी चौड़ी कोठियाँ, जो उन्होंने पुर्तगाली कॉलोनियल स्टाइल, पुर्तगाली नव-आबादकारों की शैली पर निर्मित करवायी थीं। कोठियों का ड्राइंगरूम, जो गोल कमरा कहलाता था, उसके सामने का भाग आमतौर से अंडाकार होता था। हालाँकि मुझे इसके इस नाम की वजह आज तक समझ में नहीं आयी, न मालूम हो सकी। हमारे यहाँ देहात में ग़ल्ला रखने के गोदाम को गोला कहलाते हैं।

ईस्ट इण्डिया कम्पनी के फ़िरंगी व्यापारियों का निवास स्थान कोठी शायद इसलिए कहलाई कि उसमें रहकर वह अपनी तिजारत भी करते थे और ये तिजारत इतने ऊँचे पैमाने पर की जा रही थी कि उसकी आर्थिक मज़बूती की

बुनियाद पर इण्डियन एम्पायर का महल खड़ा किया गया। जहाँ तक मुझे इल्म है, हिन्दुस्तानी शहरों की सिविल लाइंस एक ऐसी मख़्सूस (विशिष्ट) परिस्तानी दुनिया थी, जिसके जैसा पूर्व की किसी और यूरोपियन कॉलोनी में मौजूद नहीं था। क्लब घर और चर्च, उन सिविल लाइंस की कोठियों में रहने वाले फ़िरंगियों के दो सामाजिक केंद्र थे।

उस मख़सूस कॉलोनियल इम्पीरियल माहौल की कुछ धुँधले, कुछ साफ़-साफ़ दृश्य मेरी स्मृति में मौजूद हैं। सबसे पुरानी याद हरदोई की है, जहाँ कोठी के पहलू में मेरी बहुत ऊँची प्रेमबोलेटर, एक नीम के वृक्ष के नीचे खड़ी रहती थी, यानी उस वक़्त से ज़रा पहले तक मैं उस गाड़ी में सवार होती थी और उससे ज़रा पहले अलीगढ़ में ख़्वाजा अब्दुल मजीद के साहबज़ादे जमाल ख़्वाजा, उसी गाड़ी पर बैठाल कर हवाख़ोरी के लिए मेरे हमराह ले जाए जाते थे।

हरदोई में हमारे पड़ोसी सैयद इशरत हुसैन पुत्र अकबर इलाहाबादी थे, दूसरी तरफ़ अनवर जमाल क़िदवाई के वालिद रहते थे, ये काँग्रेसी ख़ानदान था लेकिन जमाल के वालिद सरकारी अफ़सर थे, शहरों की सिविल लाइंस की कोठियों के मालिक ज़्यादातर हिन्दू महाजन थे, जो ख़ुद अपनी तंग व तारीक (अंधकारमय) संगलाख़ (पथरीली) दीवारों और सलाख़ों वाली खिड़कियों में सुरक्षित शहर के मोहल्लों में रहते थे। उनमें से एक सफ़ेद झाग जैसा धोती-कुर्ता पहने, अपनी बग्घी में बैठे शहर इटावा के एक महाजन, जो बच्चा बाबू कहलाते थे, मुझे अब तक याद हैं।

एक और मालिक मकान ग़ाज़ीपुर के सीताराम निहायत अमीर-कबीर आदमी थे लेकिन कोठी में कोई छोटा-मोटा मरम्मत का काम होता तो आकर ख़ुद करते थे। वह भी एक "टाइप" किरदार थे। उनके विपरीत दूसरा "टाइप" मिस्टर आसफ़ुज़्ज़माँ का था, जो अपनी फ्रेंच कट दाढ़ी की वजह से जॉर्ज पंचम प्रतीत होते थे और निहायत दबंग क़िस्म के डिप्टी कलेक्टर थे। ये कोठियाँ शहर के महाजन अंग्रेज़ और हिन्दुस्तानी सिविलियन अफ़सरों को किराये पर उठाते थे। पुर्तगाली कॉलोनियल स्टाइल में फ़र्श ज़मीन की सतह के बराबर

होता था और ये ताज्जुब की बात है। चूँकि उनके घने बाग़ों में साँप भी पाये जाते थे, जो बड़ी आसानी से नीची कुर्सी वाली इन कोठियों में पहुँच सकते थे।

मुझे याद है कि हमारे नौकर-चाकर एक बड़ा सा चितकबरा मुर्दा साँप लकड़ी पर टाँगे मुस्कुराते हुए आते और वालिदा से कहते, ये देखिए बेगम साहब ये मोटरख़ाने के पीछे से निकला, सरपट हमारे क्वार्टर की तरफ़ जा रहा था, हमने रस्ते में ही मार लिया। अगर दिलीप देख पाते तो अपने नाग देवता को ऐसे ही छोड़ देते। दिलीप हमारे पंखा क़ुलियों में से एक का नाम था, उनका ज़िक्रे-ख़ैर मैं पहले भी कर चुकी हूँ। ज़िलों के शहरों में मील केंद्रीय पोस्ट ऑफ़िस से गिना जाता था। सिविल लाइंस में ज़िला कलेक्टर, जो पूर्वी यू.पी. में डिप्टी कमिश्नर कहलाता था, निहायत कर्रोफ़र के साथ बिराजता था।

सुप्रिटेंडेंट पुलिस आमतौर पर अंग्रेज़ होता था और जनमानस की भाषा में कप्तान पुलिस कहलाता था। ज़िले में ज्युडिशियल सर्विस के डिस्ट्रिक्ट एण्ड सेशन जज की बराबरी की हैसियत थी, हालाँकि अहमियत में D.M. से कम। ज़िलों के प्रशासन का सारा संगठन कम्पनी ने मुग़ल सल्तनत के ऊँचे दर्जे के प्रशासन पर आधारित कर रखा था। हालाँकि मुग़लकाल के पदाधिकारियों के नाम की हैसियत बहुत कमतर दर्जे की कर दी थी, मिसाल के तौर पर सूबेदार अब वायसराय या गवर्नर के बजाय, फ़ौज का एक बहुत ही मामूली (Non-commissioned) अफ़सर का औहदा था, जो सूबेदार मेजर कहलाता था।

हिन्दुस्तानव्यापी मुग़लिया प्रशासन के पद आज तक बंगाल और महाराष्ट्र के हिन्दुओं के ख़ानदानी नामों के अंग बन चुके हैं। मिसाल के तौर पर बंगाल में सरकार, मजुमदार (अर्थात मजमूआदार) हालडर (यानी हवलदार) ताल्लुक़ेदार, बाग़चीं वग़ैरह। महाराष्ट्र में सूबेदार, इनामदार, हवलदार आदि। गुजरात में मुंशी पोर्टर, पोर्टर का मूल भी फ़ारसी है; और भी इस तरह के कई नाम हैं, जो इस वक़्त मुझे याद नहीं आ रहे हैं। ख़ुद शिवाजी का लक़ब "पेशवा" फ़ारसी शब्द था। सात समुन्दर पार से आए हुए पुर्तगाली नाम भी, अब पाँच सौ साल से इसी सरज़मीन के ईसाई बाशिन्दों के सरनेम (Surname) बन चुके हैं।

पश्चिमी तट के बाशिंदों के यहाँ ख़ानदानी नाम पेशे के ऐतबार से रखे गए हैं। उसमें हिन्दू-मुस्लिम पारसी की ख़ुसूसियत नहीं है। अलबत्ता एक बारीकी "गुजराती भाई" में यह है कि हिन्दू, अंग्रेज़ी में Bhai होगा और मुसलमान व पारसी Bhoy.

सोलहवीं शताब्दी से पूर्व में फ़्रांसीसी, डच पुर्तगाली और इंग्लिश ईस्ट इण्डिया कम्पनियों ने एक ख़ास कॉलोनियल कल्चर की रचना की थी। जनता से उनका ज़्यादातर परिचय, उनके घरेलू मुलाज़िमों तक ही सीमित था। अलावा उन अफ़सरों के, जो दौरे पर गाँव-गाँव जाते थे और इस वजह से वे हिन्दुस्तानी भाषाएँ भी सीखते थे।

दौरे पर जाने वाले अफ़सरों के लिए हर दस या पंद्रह मील के फ़ासले पर डाक बंगले बनाये गए थे ताकि उनको अपने ख़ेमे साथ न ले जाने पड़ें। निर्जन स्थानों पर ये बंगले 40 या 50 मील के फ़ासले पर होते थे। हर डाक बंगले में एक ख़ानसामाँ मौजूद रहता था, मुर्ग़ियाँ भी पालता था, जो साहब की समय-असमय आमद (आगमन) पर फ़ौरन से पहले चिकन रोस्ट और अण्डे की पुडिंग तैयार कर देता था और ये मीठी डिश डाक-बंगलो पुड्डिंग ही कहलाने लगी। वह मुलाज़िम, जो साहब लोग के यहाँ काम करता था, उसकी बीवी 'आया' आया और लड़का Dog-boy अक्सर धर्म के अनुसार क्रिश्चियन होते थे, हलालख़ोर कहलाते थे।

ज़िलों में एक free mason lodge भी होती थी। ये अंग्रेज़ों का एक ख़ास क्लब था, जिसको अवाम "जादूघर" कहते थे क्योंकि आमतौर पर यह मशहूर था कि साहब लोग लॉज में जमा होकर रहस्यमय रस्में अदा करते हैं और फ़्री मेसन लॉज को "शैतान घर" या "शैतान ख़ाना" भी पुकारते थे। यह भी कहा जाता है कि अपनी बिरादरी का सदस्य बनाने से पहले, उस शख़्स को एक ताबूत में लिटाया जाता था, उसके बाद वह जैसे नई ज़िन्दगी हासिल करके उठ बैठता था। दक्षिण भारत के फ़्री मेसन लाँज के लिए मशहूर था कि वह नये मिम्बर का सिर काट कर फिर से जोड़ देते हैं।

ग़ाज़ीपुर में हम जिस जार्जियन कॉलोनियल स्टाइल कोठी में रहते थे, वह भी जादूघर कहलाती थी, चूँकि पहले उसमें फ़्री मेसन लॉज था। ग़ाज़ीपुर ईस्ट इण्डिया कम्पनी काल में अंग्रेज़ों का एक अहम ठिकाना था। शब्द Boy घरेलू मुलाज़िम छोकरे के लिए इस्तेमाल किया जा रहा था। एक अंग्रेज़ पत्रकार ने लिखा : "अगर एक मेम साहब का रुमाल भी सोफ़े पर गिर जाए तो वह उसे उठाने के लिए Boy को आवाज़ देती है।" "Boy, Boy, yes sir, yes sir" हिन्दुस्तानी थियेटर का एक लोकप्रिय और चलता-फिरता गाना था।

ग़दर के बाद, जब बर्तानिया गवर्नमेंट सीधे-सीधे सत्ता में आई तो उन्होंने हिन्दुस्तानियों से मेल-जोल ख़त्म कर लिया और कुलीनों के अलावा आम नेटिव लोग महज़ वे नौकर चाकर ही थे, जो उनके ख़िदमतगार, बैरा, ख़ानसामाँ, माली, कोचवान, चपरासी यानी चुप व रास्त लेफ़्ट-राइट करने वाला सिपाही आम चपरासी बन गया। कोठी के अस्तबल में घोड़े और गाड़ीख़ाना में बग्घी। माली का असिस्टेंट ग्रासकट कहलाता था, जो एंग्लो-इण्डियन उर्दू और "किचन" इंग्लिश की ख़ास उक्ति में शामिल था।

मशालची पहले मशअलें जलाता था, अब वह बावर्ची का असिस्टेंट बना और अब मशालची कहलाने लगा। उन्नीसवीं सदी में सम्माननीय हिन्दुस्तानियों को भी अंग्रेज़ों के सामने जूते उतार कर जाना पड़ता था। व्यापार पेशा लोगों में अंग्रेज़ों का वास्ता ज़्यादातर पारसियों से रहा, जो सांस्कृतिक लिहाज़ से आधे अंग्रेज़ बन गए। हिन्दुस्तानी सोसायटी में हिन्दुओं में कास्ट सिस्टम की वजह से और मुसलमानों में पर्दे की बदौलत वह पूरी तरह घुल मिल नहीं सके। चुनांचे ज़्यादातर पारसी और देसी ईसाई औरतों ही से अंग्रेज़ों की वाक़फ़ियत रही।

हुकूमत मिलने के बाद अंग्रेज़ लड़कियाँ जौक़ दर जौक़ (झुण्ड के झुण्ड) शौहरों की तलाश में हिन्दुस्तान आने लगीं और अंग्रेज़ों ने हिन्दुस्तानी औरतों से शादियाँ करना भी बन्द किया। हिन्दुस्तान में सबसे ज़्यादा कलरबार और तहज़ीबी अलैहदगी की दीवार अंग्रेज़ औरतों ने उठायी। जो हिन्दुस्तानी या साँवली लड़की को अपना प्रतिद्वन्द्वी समझती थीं और उनसे खौफ़ज़दा थीं। मग़रूर और अलैहदगी पसन्द बड़ी मेमसाब अंग्रेज़ औरत की एक शनाख़्त बन गयी। मेमसाब

लोग अब एक हिन्दुस्तानी औरत को 'आया' या हद से हद देसी ईसाई टीचर या नर्स की हैसियत से ही देखना पसन्द करती थीं। रानियाँ और बेगमात जिनसे वे एक हद तक बराबरी के रवैये से पर्दा पार्टियों में मिल लेती थीं। उनके लिए किसी ख़तरे की संभावना नहीं रखती थीं।

ग़दर के बाद अंग्रेज़ अब हिन्दुस्तानी कल्चर में बहुत ही कम शामिल होता था। इस सदी में सिवाय एक "नवाब सर हरकॉर्ट बटलर" के जो यू.पी. के गवर्नर थे और पूरी तरह कम्पनी के ज़माने के अंग्रेज़ Nabobs का कल्चर उन्होंने इख़्तियार कर लिया था। महाराजा, सर अली मोहम्मद ख़ाँ और दूसरे अमीर उनके क़रीबी दोस्त थे। अवध चूँकि बर्तानिया के वफ़ादार ताल्लुकेदारों का गढ़ था; यू.पी. गवर्नमेंट का मुख्यालय भी इलाहाबाद से स्थानांतरित करके लखनऊ बनाया गया। ये लखनऊ की तहज़ीबी पुर्नप्रगति का सुनहरा दौर था।

मेरी कॉलेज ऑफ़ हिन्दुस्तानी म्यूज़िक के अलावा लखनऊ यूनिवर्सिटी भी अवध के ताल्लुकेदारों के आर्थिक सहयोग से स्थापित हुई। ठाकुर नवाब अली और राय राजेश्वर बली इस दौर के दो नामवर ताल्लुक़ेदार थे। इन नामों में ये बारीकी पोशीदा थी कि दिल्ली के शाह के मुक़ाबले में अपने आपको बादशाह का लक़ब (उपाधि) इख़्तियार करने से पहले फ़रमारवाने-अवध (अवध के शासक) नवाब कहलाये थे, लिहाज़ा वह अपने हिन्दू और मुसलमान ज़मींदारों को महज़ राजा या राय या ठाकुर के वंशानुगत ख़िताब से नवाज़ते थे।

लेकिन एक दिलचस्प बात ये है कि इन्हीं महाराजा महमूदाबाद के पुत्र और उत्तराधिकारी राजा अमीर अहमद ख़ाँ के आर्थिक सहयोग की बदौलत लखनऊ ही में 1937 ई. में आल इण्डिया मुस्लिम लीग का नवीकरण किया गया और एक नये राजनीतिक आन्दोलन का आग़ाज़ हुआ। लखनऊ की पुरफ़ज़ा कोठियों के गोल कमरों में अपर क्लास मुसलमान लीडरों की अहम महफ़िलें मुनअक़िद (आयोजित) होने लगीं, जिनमें प्रस्तावित पाकिस्तान के मुताल्लिक़ योजनाएँ तैयार की गयीं। उसके बाद 1940 ई. के लाहौर सेशन में पाकिस्तान का ऐतिहासिक Resolution पास हुआ। अब बरसों बाद मौजूदा सूरते-हाल के मुताल्लिक़ किसी दिलजले ने कहा... "दुःख उठाये बी फ़ाख़्ता।"

हिन्दुस्तानी अपर क्लास Hunt, shootini, Fishin टाइप के लोगों पर आधारित थी। ये ब्रिटिश इण्डियन एम्पायर का वह वर्ग था, जिसने एक हद तक अंग्रेज़ी सामाजिक शैली इख़्तियार कर ली थी और उसकी ख़वातीन पर्दे को त्याग चुकी थीं और उनकी लड़कियाँ अंग्रेज़ी शिक्षा ग्रहण कर रही थीं। हमारी वालिदा के एक कज़िन, जो इण्डियन पुलिस में थे, उनकी बीवी (जो अवध के एक ताल्लुक़ेदार की बेटी थीं) शे'र का शिकार भी खेलती थीं और ज़िले के मिश्रित क्लब के स्विमिंग पूल में तैराकी भी करती थीं लेकिन ऐसी महिलाएँ अभी यदा-कदा ही थीं।

मिडिल ईस्ट, फ़ार ईस्ट, नियर ईस्ट की उक्तियाँ ब्रिटिश फ़ॉरेन ऑफ़िस ने 1905 ई. में अविष्कृत कीं। हमारे यहाँ आज़ादी के बाद पण्डित नेहरू ने साउथ ईस्ट एशिया और उत्तरी अफ्रीक़ा को रिवाज दिया क्योंकि ज़ाहिर है कि मिडिल ईस्ट हिन्दुस्तान के लिए पूर्व नहीं बल्कि पश्चिम में थी लेकिन मैं इस विषय में आसानी के लिए वही पुरानी शब्द योजनाएँ (उक्तियाँ) प्रयोग कर रही हूँ। बर्तानवी फ़ॉरेन ऑफ़िस के वास्ते तुर्की के अलावा यूनान भी नियर-ईस्ट में शामिल था क्योंकि वह कई सदियों तक सलतनत-ए-उसमानिया (Othman Empire) का एक सूबा रहा था।

बर्तानवी हिन्द की उस फ़ैशनेबल कॉलोनियल सोसायटी की आख़िरी झलकियाँ मैंने अपने बचपन में देखीं और उस सोसायटी की मंज़रकशी "मज़हब और इश्क़" और वालिदा मरहूमा के दूसरे नाविलों में इतनी तफ़सील (विस्तार) से की गयी है कि लंच और डिनर के मेन्यू का बयान भी हमें जगह-जगह मिलता है। और ये ख़ुसूसियत पश्चिम के उपन्यासों की भी है, जिसमें खाने की विस्तृत जानकारी शामिल होती थी और विभिन्न शराबों का बयान भी किया जाता था।

नज़्र सज्जाद हैदर के उपन्यासों में शराब का तज़किरा ज़ाहिर है कि मुमकिन ही नहीं था क्योंकि उस ज़माने में जिस फ़ैशनेबल सोसायटी की वह तस्वीरकशी (चित्रण) करती थीं, उसमें शराबनोशी एक बड़ा ऐब था और ये महज़ अय्याश रईसों और नवाबों का मशग़ला था। हिन्दुस्तानी ख़वातीन की मयगुसारी (शराब-सेवन) तो किसी के ख़्वाबो-ख़याल में न आ सकती थी।

कुलीन वर्ग की लड़कियों का रक़्स (नृत्य) सीखना और स्टेज पर प्रोग्राम देना भी तक़रीबन कल्पना से परे था। अलबत्ता घर पे म्यूज़िक टीचर से हारमोनियम सीखने का social sanction ख़वातीन को मिल चुका था। इस मामले में भी हमारी वालिदा ने पेशरफ़्त की (आगे क़दम बढ़ाया) और रेज़िडेंट उस्ताद रखकर घर पर सितार और हारमोनियम बजाना सीखा। आज से सत्तर वर्ष पहले ये एक ख़ासा बड़ा इन्क़िलाबी क़दम था। सितार और हारमोनियम बजाना नये कल्चर की एक निशानी समझी जा रही थी। हारमोनियम भी यू.पी. में बंगालियों ने प्रचलित किया था। दूसरा वाद्य यंत्र असराज था।

मुझे याद है, जब हम गाज़ीपुर में डॉक्टर सेन राय के यहाँ जाते थे, कुछ बंगाली लड़कियाँ चाँदनी रात में चबूतरे पर सटल पाटी बिछाकर असराज बजाती थीं। बिल्कुल टैगोर के नाविलों वाला माहौल रहा होगा। (उन लड़कियों में से एक ने हमारे मौजूदा ज़माने में मशहूर इतालवी फ़िल्म डायरेक्टर रोबर्टो रोज़लेनी से शादी कर ली और इटली में जा बसी)। यू.पी. के घरानों में संगीत भी दो वर्गों में बँटा हुआ था। मर्दानख़ाने का संगीत, जहाँ उस्ताद आकर गाते थे या शादियों में तवायफ़ का नाच किया जाता था और वह बारात के साथ चलते-फिरते तख़्त पर नाचती हुई जाती थी।

बातों-बातों में मुझे स्वर्गीय नरगिस ने बतलाया था कि उनकी दबंग क़िस्म की माँ जद्दनबाई ने किसी रईस की बारात में तख़्ते-रवाँ[1] पर जाने से इनकार कर दिया था। पहले रईसों की महफ़िलों में तवायफ़ें और उनके साज़िन्दे खड़े होकर गाना गाते और साज़ बजाते थे। हमें मुग़ल तस्वीरों में यही दृश्य दिखलायी देता है कि मुग़य्यिना (गाने वाली) और उसके साज़िन्दे रईस के सामने खड़े हैं और गा बजा रहे हैं लेकिन जद्दनबाई ने अपनी बेइज़्ज़ती समझकर ये रस्म भी ख़त्म की और खड़े होकर गाने के बजाय बैठकर गाने की परम्परा का आग़ाज़ किया।

हमारी नयी सोसायटी में तवायफ़ों से गाना सुनना ऐब था, महज़ अय्याश नवाबों और रईसों के यहाँ मुजरे होते थे लेकिन नये शिक्षित मध्यम वर्ग में तवायफ़ का गुज़र नहीं था। उसकी जगह ग्रामोफ़ोन और हारमोनियम पर शौक़िया गाने

1. चलता-फिरता स्टेज शो बारात आदि के साथ चलता है और उस पर नाच गाना होता है।

वालों ने ले ली थी। इन शौक़िया गाने वालों को कस्बी की बजाय अताई कहा जाता था। कस्बी वे लोग थे, जो मेहनत से अपना फ़न सीखकर बतौर पुश्तैनी व्यवसाय गाते-बजाते थे लेकिन ये लफ़्ज़ तवायफ़ के लिए विशिष्ट हो गया।

मैंने अपने घर के निहायत संगीत प्रेमी माहौल में आँख खोली क्योंकि ये कुनबा भी उस वक़्त के तहज़ीबी पेशक़दमी करने वालों में से था, जिसके प्रेरक हमारे माँ-बाप थे। वालिदा के शिया ख़ानदान के लोग सोज़ख़्वानी की परम्परा की बदौलत शास्त्रीय संगीत से भी आशना (परिचित) थे। ज़नानख़ाने में नामी-गिरामी मीरासनें गाती थीं और उनके मर्द बाहर दीवानख़ाने की महफ़िलों में अपनी गायकी का सिक्का जमाते थे। हमारे नाना के दो क़ज़िन, जिन्हें अम्मा लड्डन चचा और अल्लन चचा पुकारती थीं, हालाँकि उनसे उम्र में बहुत कम थे, दोनों निहायत खुश आवाज़ और गाने के रसिया थे।

1920 ई. से 1928 ई. तक आठ साल वालिद मरहूम मुस्लिम यूनिवर्सिटी के रजिस्ट्रार रहे। 1920 ई. में एम.ए.ओ. कॉलेज को यूनिवर्सिटी का दर्जा मिला और वालिद मरहूम को यू.पी. सिविल सर्विस से अस्थाई रूप से लेकर यूनिवर्सिटी का पहला रजिस्ट्रार नियुक्त किया गया। तब ही वालिद मरहूम ने यूनिवर्सिटी में उर्दू विभाग स्थापित किया और वालिद मरहूम ही ने उर्दू के पाठ्यक्रम का चयन किया। आठ साल तक रजिस्ट्रारशिप के अलावा ऑनरेरी तौर पर बतौर रीडर हेड उर्दू पढ़ाई।

उस ज़माने में वालिदा के ये दोनों चचा लड्डन और अल्लन यानी ग़ज़नफ़र अली नक़वी और तहव्वर अली नक़वी और हमारे चचा और फूफी के लड़के सईदुद्दीन हैदर, उसमान और सुल्तान हैदर और अम्मा के चचाज़ाद भाई सैयद आले-हसनैन ये सब रजिस्ट्रार्ज़ हाउस में रहते थे या हॉस्टल में मुक़ीम थे और आते-जाते रहते थे। उस ज़माने में सुना है, उन संगीत प्रेमियों की वजह से रजिस्ट्रार्ज़ हाउस में बड़ी चहल-पहल रहती थी। उस वक़्त न रेडियो था, न बोलता सिनेमा। मूक फ़िल्म देखो और ग्रामोफ़ोन, रिकॉर्ड और हारमोनियम बजाओ। हारमोनियम पर निहायत दक़ियानूसी ग़ज़लें गायी जाती थीं :

'पीके हम जो चले झूमते मयख़ाने से वग़ैरह।

मेरे पास किताबचों का एक ज़ख़ीरा मौजूद है, जो हमारे किसी थियेटर के दिलदार बुज़ुर्ग ने जमा किया होगा। पहले किताबचे में अधोलिखित खण्ड लिखा हुआ है।

"शायक़ीन-ए-हारमोनियम! ये नाचीज़ रिसाला आपकी नज़र के सामने है, जो कि आपको मनपसन्द कामयाबी का रास्ता बतायेगा। मैं अपने आप मियाँ मिट्ठू बनना नहीं चाहता और फ़ुज़ूल मज़मूनों से आपका क़ीमती वक़्त बर्बाद करना पसन्द नहीं करता। जो कुछ है आपके रूबरू है, मुलाहिज़ा कीजिए अमल कीजिए, अमल कीजिए! अपने निजी तजरिबे के बाद ज़रूर अपनी क़ीमती राय से लेखक को याद कीजिए ताकि अहक़र (लेखक) को मालूम हो, यह रचना आम लोगों को पसन्द है या नहीं। पब्लिक को सीधे रस्ते पर डाला है या धोखे की टट्टी दिखाई है, जैसा कि आजकल की रचनाओं से भानमती का तमाशा नज़र आता है।"

(रचयिता : प्रोफ़ेसर सुतेक्शन राय साहब क़मर देहलवी, एडिटर म्यूज़िक गज़ट, गढ़मुक्तेश्वर मेरठ, एक जनवरी 1906 ई.)

इन किताबचों के पढ़ने से मालूम होता है कि थियेटर और उसके गानों को वही लोकप्रियता प्राप्त थी, जो आज सिनेमा और फ़िल्मी गीतों की है, हालाँकि इस लोकप्रियता में रेडियो और टेलीविज़न ने हज़ारगुना इज़ाफ़ा कर दिया है। उस ज़माने में थियेटर और उसके गाने अशिष्ट समझे जाते थे। कुलीन नौजवानों के लिए थियेटर का शौक़ मानो सीधा तबाही का रास्ता था, जैसा कि यलदरम का अफ़साना शीर्षक "लड़कियाँ और यूरोपी तरबियत" (मख़ज़न, लाहौर फ़रवरी 1906 ई., वॉल्यूम 10) दो लड़कियों की ख़तो-किताबत में एक शिक्षित लड़की को शिकायत है कि उसका पति आमियाना अभिरुचि रखता है और थियेटर के गाने गाता है।

"दोनों हाथों में मेहंदी लगा ले परी हाँ लगाले, लगाले परी।"

बहुत पहले लड़के महिलाओं के रोल अदा करते थे, फिर तवायफ़ों ने एक्ट्रेस का पेशा इख़्तियार किया। इस वजह से हिन्दुस्तान में औरतों के लिए

अदाकारी एक निहायत बेहूदा पेशा क़रार पायी। बंगाल में हिन्दू ज़मींदारों के यहाँ, जो मुर्शिदाबाद और ढाका के नवाबी कल्चर के पिछलग्गू थे, प्राइवेट थियेटर या जलसा घर तामीर किये गए। जलसा महज़ नाचने-गाने को कहते थे। कलकत्ता की एक फ़िल्म "जवानी की रीत" (1939 ई.) में आरज़ू लखनवी का लिखा हुआ गीत कानन देवी ने गाया था :

"मोहे उन बिन ये जलसा सुहाय ना"

लेकिन बक़ौल साहिब-ए-मुहज़्ज़बुल-लुग़ात, जलसा-ए-ताज़ियत की एक ग़लत शब्द योजना (उक्ति) भी प्रचलित हो गयी। सियासी और मज़हबी इजतमा के लिए ये लफ्ज़ मख़सूस हो चुका है।

हमारे बचपन तक एक थियेटर कम्पनी मौजूद थी, जिसकी मालिक शायद जहाँ आरा कज्जन थीं। एक बार मैंने अपने एक निबंध में पुराने थियेटर की एक नामवर गानेवाली का तज़किरा किया था, जो शायद आग़ा हश्र कश्मीरी की हीरोइन थीं। कुछ अर्सा बाद उन ख़ातून के किसी भतीजे का निहायत ग़ुस्से से भरा ख़त अमेरिका से आया कि आप ने ये बिल्कुल ग़लत लिखा है क्योंकि दरअस्ल वह ख़ातून एक बड़े ऊँचे ख़ानदान की फ़र्द थीं; महज़ आर्ट की ख़िदमत के लिए शो बिज़नेस में शामिल हुई थीं।

इससे ज़ाहिर हुआ कि हमारी सोसायटी के दोहरे स्तर के कारण हमारे ऐसे कलाकार, जिनको अपनी कला पैतृक सम्पति के रूप में मिली थी, अपने आपको सम्माननीय वर्ग में शमिल करने के कितने इच्छुक थे। शाइर का बेटा शाइर, रफ़ूगर का बेटा रफ़ूगर, कैलीग्राफ़र का बेटा कैलीग्राफ़र लेकिन गवैये का बेटा रान्दा-ए-दरगाह (बर्बाद) मीरासी, या और अफ़सोसनाक हैसियत में तवायफ़ का साज़िन्दा। कभी हम लोगों ने अपने समाज की इस बेइंसाफ़ी और बानगी पर ध्यान नहीं दिया। बम्बई में हमारे एक निहायत क़ाबिले-क़द्र और एकाकी ध्रुपद सिंगर अपना गाना ख़त्म करने के बाद, अपने नफ़ीस कुर्ते की आस्तीनें चढ़ाकर, प्राइवेट महफ़िलों में अपने सुनने वालों से पूछते थे "और ख़िदमत करूँ?"

एक परिचित महिला, जो एक उर्दू अदीब की पत्नी थीं; जब वह पहली बार मुझसे मिलीं तो दौराने-गुफ़्तगू उन्होंने पूछा "मैं आपकी कुछ ख़िदमत करूँ?"

तो मैं समझ गयी कि उनका मतलब गाना सुनाने से है लेकिन इस तरह उन्होंने अनजानेपन में अपनी बैकग्राउंड का इन्किशाफ़ (रहस्योद्घाटन) भी कर दिया।

चुनांचे यह साबित हुआ कि सदियों तक हमारे ये पुश्तैनी फ़नकार, शागिर्द पेशे की तरह कुलीनों के सेवक रहे थे और अब भी इस सूरते-हाल में कुछ बहुत ज़्यादा फ़र्क़ नहीं पड़ा है। ये बात क़ाबिले ज़िक्र है कि हमारे बेशतर अवामी फ़नकार, मदारी, नट, बहरूपिये मुसलमान होते हैं या उनकी ज़ात-मज़हब का कुछ पता नहीं चलता। दलित जातियों में एक वर्ग, जो लालबेगी कहलाता है और झमपीर या गोगिया पीर का श्रद्धालु है।

शायद मैं पहले भी लिख चुकी हूँ; दरअस्ल मख़दूम जहानियान जहाँगश्त थे, जिनकी लम्बी उपाधि जहानियान जहाँगश्त को सारांश में झमपीर कर लिया गया। इस सम्प्रदाय की Icongraphy में यह एक ही देवता हैं, जो दाढ़ी वाले दिखलाये जाते हैं वर्ना हिन्दू देवमाला में सिवाय ब्रह्मा के कोई देवता दाढ़ी नहीं रखता। दाढ़ी मध्यपूर्व का फ़ैशन था। Icongraphy से ज़ाहिर होता है कि प्राचीन भारत के देवता, चीनियों की तरह clean shave थे (इससे यह भी सिद्ध हुआ कि प्राचीन भारत में खदानें खोदना कितना उन्नत था और सोने-चाँदी और लोहे की चीज़ें किस महारत से आयात की जाती थीं और गढ़ी जाती थीं और उस्तरे बनाये जाते थे)। जब आगरा की गलियों में सुनार का लड़का कुछ गढ़िये, कुछ सँवारिये पुकारता फिरता था तो ये उसका कम से कम ढाई हज़ार वर्ष पुराना पुश्तैनी व्यवसाय था।

फूलों की माला बनाकर फ़रोख़्त करने (बेचने) वाले माली कहलाये, फिर वही बाग़बान बन गए। प्राचीन भारत में बाग़ या चमनबंदी की कोई कल्पना नहीं थी; फुलवारी फूलबन कहलाती थी, कृष्ण जी की एक उपाधि बनमाली और वनराज है। मुसलमानों के यहाँ दूल्हा 'बनरा' या बन्ना कहलाया, जो बनराज का सारांश था। या रब बन्ने-बनी में हमेशा बनी रहे। चमनबन्दी ईरान वालों ने की और उसी चमन के नमूने पर क़ालीनों में और अतलस व किमख़्वाब में गुलकारी की गयी।

बाग़े-बहिश्त (स्वर्ग-वाटिका) फ़िरदौस (स्वर्ग) प्राचीन ईरानी मान्यताओं का प्रतिबिम्ब तो "प्राचीन अहदनामा के बाग़-ए-अदन में मिलता है। अदन के अर्थ सदैव के हैं। बाग़-ए-अदन यानी हमेशा सरसब्ज़ रहने वाला चमन। हिन्दुस्तान में जहाँ ट्रॉपिकल जंगलों की इतनी बहुतायत थी, वहाँ चमनबंदी की ज़रूरत ही नहीं थी। चारों तरफ़ फुलवारी ही फुलवारी।

हिन्दुस्तानी छापों के अनगढ़ और जटिल बेलबूटे भी इसी पृष्ठभूमि की देन हैं। हमारे इस छींट के छापों को इंग्लिस्तान में chintz कहा गया, यानी कपड़ों पर फूलों की छींट पड़ी हो। छींट, जिसका स्रोत संस्कृत का "चित्र" है, वह ईस्ट इण्डिया कम्पनी के तिजारत के वीसले (व्यापार के माध्यम) से इंग्लिस्तान में लोकप्रिय हुए।

तुरंज यानी आम की कैरी, हिन्दुस्तान का अति लोकप्रिय प्रिंट था, जो शायद प्राचीन युग में यहीं से ईरान गया। शब्द-कोष के लिहाज़ से तुरंज एक तरह का बड़ा लीमू या चकोतरा है। ये हिन्दुस्तानी और ईरानी गुलकारी का एक अहम मोटिफ़ Motif बना। शाही ताज की कलग़ी भी तुरंज की तरह होती थी। हमारे फ़र्रुख़ाबादी छापों में इस Motif की बहुतायत है।

प्यानो और हारमोनियम विक्टोरियन कल्चर के ख़ास लवाज़िमात (आवश्यक अंग) थे। थियेटर और म्यूज़िक हाल इंग्लिस्तान के आम व विशिष्ट लोगों में लोकप्रिय मौज-मस्ती के साधन थे। ब्रिटिश-इण्डिया हर लिहाज़ से इंग्लिस्तान का हल्क़ा-बगोश (ग़ुलाम) और हाशिया बरदार रहा। मिडिल-ईस्ट के दौलतमंद वर्ग पर फ्रेंच कल्चर ने हल्ला बोला। मगर हिन्दुस्तान में बर्तानवी कल्चर का प्रभाव सर्वव्यापी रहा। नौटंकी में शेक्सपियर का हुलिया बिगाड़ा गया। नल-दमयंती के ड्रामे में फ़ारसी ग़ज़लें गायी गयीं। गरज़ (तात्पर्य) यह कि हम लोगों ने जी भर के पूर्व और पश्चिम का आमलेट तैयार किया और ख़ुश हुए। ये हमारी जीनियस (Genious) थी कि हमने हैमलेट को मजनूँ का चचा बना दिया।

म्यूज़िक हाल को भी हमने नौटंकी में ढाला और इंग्लिश चलती-चलती धुनों के गाने उर्दू और हिन्दी लिबास में इतने लोकप्रिय हुए कि गली-गली गाये

जाने लगे। न जाने थियेटर की उन धुनों और पुराने रिकॉर्डों की कोई लायब्रेरी बनायी गयी है या नहीं। अगर वह ख़त्म हो गए तो ये सभ्यता की एक बहुत बड़ी क्षति होगी।

1906 ई. के "मख़ज़न" में निम्नलिखित इश्तिहार छपा करता था :

1. ग्रामोफ़ोन : साइंस की दुनिया में सबसे अच्छी और सबसे आख़िरी ईजाद (आविष्कार) है। हमारे यहाँ ग्रामोफ़ोन और अच्छे-अच्छे गानों के रिकॉर्ड हर वक़्त मौजूद रहते हैं।

2. फ़ोनोग्राफ़ : ये साइंसदानों (वैज्ञानिकों) का पहला करिश्मा है और इनकी क़ाफ़ी तादाद हर वक़्त बिक्री के लिए मौजूद है, इसके मुताल्लिक़ गाने देसी, अंग्रेज़ी बैंड-बाजे। ख़ाली गिलास, जिन पर आप ख़ुद गाना भर सकते हैं।

(शंकरदास एण्ड कम्पनी, नीला गुम्बद, लाहौर, मख़ज़न, अक्तूबर 1906 ई.)

3. नेकोफ़ोन कम्पनी का बना हुआ है और इसका एक नाम टॉकिंग मशीन है। इस बाजे की प्लेट जो विलायत से भर कर आई है, इस में हिन्दुस्तान की मशहूर तवायफ़ों और गवैयों के गाने भरे गए हैं। अंग्रेज़ी फ़ौजी बाजा, अंग्रेज़ी नक़ल वग़ैरह भी भरी हुई हैं, जो बहुत साफ़ सुनायी देती है।

इस बाजे की आवाज़ इस क़दर बुलन्द है कि सौ, दो सौ क़दम के फ़ासले से निहायत साफ़ सुनाई देती है। इस बाजे की प्लेट में एक सिनत (बनावट) और भी अजीब है कि मिस्ल और प्लेटों के कभी टूटते नहीं, फिर और प्लेटों से दाम में भी सस्ती है, लिहाज़ा ऐसी चीज़ को हर तरह से तरजीह (प्राथमिकता) देनी चाहिए जबकि सस्ती भी है और अच्छी भी। क़ीमत इस बाजे की सुनियेगा तो ताज्जुब होगा, मय तीन गाने भरी हुई, सात इंच गोलाई की प्लेटों के बीस रुपये और दो सौ सूइयाँ भी इस बाजे के हमराह (साथ) बिला क़ीमत (मुफ़्त) रवाना होंगी।

नोट :

1. इस बाजे के हमराह जो प्लेट गाने भर दिये जाते हैं, उनकी गोलाई सात इंच की है और उससे बड़ी प्लेट भी हमारे यहाँ मौजूद है, जिसकी गोलाई

दस इंच है और उसमें डबल गाना भरा हुआ है और वह प्लेट भी इस बाजे पर बज सकता है। क़ीमत फ़ी प्लेट दस-दस इंच के दो रुपया आठ आना और सात इंच के प्लेट की क़ीमत एक रुपया।

2. ग़ज़ल, ठुमरी, क़व्वाली, नुक़रई, अंग्रेज़ी बाजा, हँसी दिल्लगी, फ़ारसी की ग़ज़ल वग़ैरह-वग़ैरह के प्लेट मौजूद हैं। अलैहदा (अलग) सूई की क़ीमत फ़ी डिबिया, जिसमें दो सौ सूई होती हैं, एक रुपया।

3. हमारा मक़सद इस बाजे को आमतौर से मशहूर करने का है इसलिए सब चीज़ों की क़ीमत बहुत कम रखी है। अगर अब भी आप बाजा न ख़रीदें तो अफ़सोस की बात है। इस बाजे से बढ़कर ग़म ग़लत करने वाला दूसरा बाजा नहीं मिलेगा। मेरी ख़ातिर एक बाजा ज़रूर मंगवाइए।

बहुत से हज़रात गाना भरी हुई प्लेट की फ़ेहरिस्त तलब करते हैं मगर चूँकि अक्सर नये-नये प्लेट विलायत से आते ही फ़रोख़्त हो जाया करते हैं इसलिए फ़ेहरिस्त तैयार करने का मौक़ा नहीं मिलता। लिहाज़ा सिर्फ़ गाने का नाम लिख देना चाहिए ताकि इस क़िस्म का प्लेट रवाना किया जाए। इस बाजे की क़ीमत मय तीन प्लेट और दो सौ सूई, बीस रुपये महसूल (डाक ख़र्च) ब ज़िम्मेदार ख़रीदार।

जनाब का सच्चा ख़ादिम

एस.ए.बी. बख़्शी एण्ड को., कोठी नम्बर 127

हालेडी स्ट्रीट, डाकख़ाना बड़ा बाज़ार, कलकत्ता, (मख़जन, अक्तूबर, 1906 ई.)

पहाड़ी झरने की आवाज़

हमेशा की तरह फेरी वाला बजाज चीनी और विलायती रेशम के थान खोलता जा रहा था। अम्मा ने उनाबी रंग के रेशम का कपड़ा, जिस पर सफ़ेद बुंदकियाँ पड़ी थीं, थान पर से उतरवाया। दोनों चाचियाँ क़रीब की कुर्सियों पर बैठी साड़ियों का चयन कर रही थीं। जापानी जॉर्जेट बहुत कम वक़अत (कम वैल्यु) समझी जाती थी और ये बेगमात महज़ फ्रेंच शेफ़ून ख़रीदने में मसरूफ़ थीं। मुलाज़िमों की बीवियों के लिए अलबत्ता छह-छह रुपये की जापानी जॉर्जेट की साड़ियाँ ख़रीदी गयीं। जो वे ख़ास-ख़ास मौक़ों पर पहनेंगी।

तीसरे प्रहर को दर्ज़ी आया, मेरे और अच्छो के फ़्राक के कपड़े उसको सिलने के लिए दिये गए। चूँकि अच्छो मुझसे दो साल बड़ी थी; मैं बाज़ाब्ता उसको अच्छो आपा कहती थी और उसके रौब में रहती थी। मैं उसके बचपन के बारे में "कारे जहाँ दराज़ है" में लिख चुकी हूँ मगर उसके और हम सबके बचपन के सिलसिले में इतना कुछ लिखा जा सकता है कि दरिया को कूज़े में बन्द करना मुमकिन नहीं।

अच्छो एक निहायत ख़ूबसूरत और शरारती, घुँघराले बालों वाली बुद्धिमान बच्ची थी। तीन बहनों और एक भाई से छोटी; उसका भाई पारे, उससे दो साल छोटा था। अच्छो और पारे ने नैनिताल के कॉनवेंट स्कूलों में पढ़ा था, जिसके बाद वे अलीगढ़ आ गए, जहाँ अच्छो (ख़ालिदा हैदर) ने हाईस्कूल के इम्तिहान में फ़र्स्ट डिवीज़न और शायद तीसरी पोज़ीशन हासिल की। फिर वह लेडी इर्विन कॉलेज दिल्ली चली गयी, जहाँ से होमसाइंस का डिप्लोमा लिया और दोबारा अलीगढ़ आकर बी.ए. और एम.ए. (भूगोल) में अव्वल रहीं।

विभाजन के बाद उसकी वालिदा, दो बहनें और दो भाई पाकिस्तान चले गए। वहाँ वह अपनी बड़ी बहन बेगम हुमैरा सैयद के यहाँ रावलपिण्डी में रहकर, रेडियो पाकिस्तान से अंग्रेज़ी में ख़बरें सुनाने लगी। वह एक बेहद दिलचस्प पुरमज़ाक़ (सुरुचिपूर्ण) और हमेशा ख़ुश रहने वाली लड़की थी। बेवकूफ़ी में

उसकी और मेरी कुछ साँझी विशेषताएँ थीं। उसके वालिद, मेरे सगे चचा और वालिदा मेरे वालिद की सगी फूफीज़ाद बहन थीं। वह ख़ुद एक बहुत पढ़ी लिखी और समझदार खातून थीं।

1953 में मैं लंदन में थी, जब अच्छो के छोटे भाई सैयद सलाहुद्दीन हैदर उर्फ़ पारे कनाडा जाते हुए इंग्लिस्तान में रुके और उन्होंने इत्तिला दी कि अच्छो की शादी हो गयी। यह ख़बर ज़रा अचानक और अप्रत्याशित थी क्योंकि अच्छो की शादी का कोई तज़किरा अब तक नहीं हुआ था। अच्छो उस समय अंग्रेज़ी में समाचार प्रसारित कर रही थी और वहीं रेडियो पाकिस्तान के इंजीनियर इम्तियाज़ अहमद अंसारी ने उसके लिए पैग़ाम भेजा और शादी हो गयी।

कुछ समय बाद दोनों का तबादला कराची हो गया, जहाँ वह Intelligence स्कूल के एक सरकारी मकान में रहने लगे। कुछ वर्ष बाद अच्छो को एक स्कॉलरशिप मिला और वह यूनिवर्सिटी ऑफ़ स्टिल वाटर्ज़ में होम साइंस की उच्च उपाधि प्राप्त करने के लिए अमेरिका रवाना हो गयी। वह अपने निजी मामलों की चर्चा किसी से नहीं करती थी लेकिन कुछ लोगों को अंदाज़ा था कि उसकी शादीशुदा ज़िन्दगी बहुत ज़्यादा ख़ुशगवार नहीं है। मिज़ाजों की भिन्नता मूल कारण थी। चुनांचे वह अमेरिका से वापस आई तो अपने शौहर से अलैहदगी इख़्तियार कर चुकी थी। वह अपनी छोटी सी बच्ची ज़ेबा को लेकर लाहौर चली गयी, जहाँ वह लेडी मेकलेकन कॉलेज ऑफ़ होम साइंस में लेक्चरर हो गयी। उसने अपनी ज़िन्दगी अपनी बेटी की तालीमो-तरबियत के लिये समर्पित कर दी।

ज़ेबा 17 वर्ष की थी, जब अच्छो ने उसे अपने छोटे भाई पारे के पास कनाडा भेज दिया, जहाँ ज़ेबा ने यूनिवर्सिटी की उच्च शिक्षा ग्रहण की। अच्छो उससे मिलने के लिए कनाडा आती-जाती रही। अपनी ज़िन्दगी के रंजो-ग़म के बावजूद उसने अपनी बहादुरी और शगुफ़्ता मिज़ाजी का भरम क़ायम रखा। वह कई बार हिन्दुस्तान आयी; 1971 ई. में अपनी भांजी हुमा की शादी में शिरकत के लिए इलाहाबाद गयी। हम सबको वह जगहें दोबारा देखने का ख़ब्त है, जहाँ हमने अपना बेहद खुशगवार बचपन गुज़ारा।

चुनांचे जब अच्छो भी इलाहाबाद आई तो फ़ौरन बैकट हाउस की ज़ियारत करने अलमोड़ा पहुँची (बैकट हाउस पर कहानी "जुगनुओं की दुनिया" शीर्षक से लिख चुकी हूँ और वह कारे जहाँ दराज़ है, वाल्यूम एक में भी शामिल है)।

अलमोड़ा अच्छो अकेली गयी थी। बैकट हाउस में अब N.C.C. का दफ़्तर था और वह एक फ़ौजी मक़ाम बन चुका था, जहाँ बग़ैर इजाज़त हर कोई नहीं जा सकता था। अच्छो बेगम एक मलंग क़िस्म की ख़ातून थीं, इन पाबंदियों की उन्हें क्या परवाह। वह छतरी घुमाती कोठी की बरसाती में पहुँच गयीं और इतमीनान से फ़रमाया, मैं पाकिस्तान से आई हूँ, मैं बचपन में यहाँ रहती थी इसलिए इस कोठी को दोबारा देखना चाहती हूँ।

इंसान की सादादिली उसके चेहरे से टपकती है। वह पंजाबी फ़ौजी अफ़सर समझ गया होगा कि ये कोई झक्की भोली झुग्गी बीबी है। इतने इत्मीनान से बग़ैर इजाज़त इस सिक्योरिटी एरिया में पहुँचकर बतला रही है कि वह पाकिस्तान से आई है। उनकी ख़ूब ख़ातिर मुदारात की, कमरे-कमरे घुमाया। अच्छो इस क़िस्म की डिप्लोमेटिक बातें तो कर नहीं सकती थीं, उसने झोंक में बता दिया कि वह अपने बहनोई के यहाँ इलाहाबाद में ठहरी हैं और बहनोई का नाम बताया, जो हाईकोर्ट में जज थे। फ़ौजी अफ़सर को अच्छो बेगम के Bonafides पर अब कोई शक-शुबा हो ही नहीं सकता था। बैकट हाउस और उसके आस-पास की सैर करके अच्छो बेगम छतरी लगाये, बारिश में भीगती ख़ुश-ख़ुश जाए, क़याम (ठहरने के स्थान) पर वापस आयीं।

यह बिल्कुल उस क़िस्म का वाक़ेआ है, जब मैं सोवियत यूनियन में अपनी धुन मे चलते-चलते एक ऐसे पुल पर पहुँच गयी थी, जिसके दोनों तरफ़ समुन्दर था और आगे एक द्वीप जिस पर आज़रबाइजान के न्युक्लियर ज़ख़ीरों का स्टेशन था, जो बिल्कुल सारी दुनिया के लिए आउट ऑफ़ बाउंडर था और मैं बेवकूफ़ तनहा वहाँ मौजूद। रूसी लिपि में जगह-जगह नोटिस लगे थे। तब ख़याल आया कि ये मामला गम्भीर है, उलटे पाँव वापस लौटी तो किसी ने देखा नहीं। चूँकि अंग्रेज़ी की यह लोकोक्ति सच है कि God helps fools.

अच्छो तो लाहौर वापस चली गयी। दो-तीन साल बाद उसकी बड़ी बहन हुम्मन आपा इस्लामाबाद से आई हुई थीं और अपनी छोटी बहन ज़हरा और बहनोई सैयद जर्रार हैदर के साथ नैनीताल में ठहरी हुई थीं। वहाँ से मुझे तार दिया कि फ़ौरन पहुँचो। मैं उन दिनों अलीगढ़ में थी, नैनीताल गयी; फिर हम लोगों ने तय किया बैकट हाउस अलमोड़ा जायेंगे

अलमोड़ा पहुँचकर हम लोगों ने बैकट हाउस का रुख किया। मैं जरा पीछे रह गयी थी, हुम्मन आपा तेज़-तेज़ क़दम आगे चलती हुई बैकट हाउस के फ़ाटक पर पहुँच गयीं और संतरी से कहा, मैं यहाँ बचपन में रहती थी, इस वजह से यह कोठी देखने आई हूँ।

संतरी ने ज़रा ताज्जुब से उन्हें देखा। यही वह संतरी था, जिससे पिछली बार हमारी मुठभेड़ हुई थी। शायद वह सोचता होगा कि अजीब माजरा है, हर दो-तीन साल बाद एक मेम साहब छतरी लगाए बारिश में भीगती यहाँ आ जाती हैं और कहती हैं वो बचपन में यहाँ रहती थीं, जाने क्या चक्कर है? पीछे से मैं वारिद (प्रकट) हुई। संतरी ने कहा, Madam! अभी ड्यूटी का साहब नहीं आया, आप ज़रा वेट कर लीजिए। हम लोग अंदर गए; बरसाती में एक फ़ौजी जीप खड़ी थी, हम इतमीनान से उसमें बैठ गए और सामने बरामदे पर नज़र डालकर पुराने ज़माने के दृश्यों को याद करते रहे। वह सामने जो मेज़ पड़ी है, बिल्कुल उसी जगह चचा जान अपनी कुर्सी पर बैठते थे, मैंने कहा और यहीं बैठकर मेरे लिए उन्होंने एक गीत बनाया था :

बीबीजान सुनिए ज़री, गुल की भरी, और जने क्या

दो बरस ईरान में रह आई हूँ दिलशाद; हैं बुआ मुग़लानी की सब बातें मुझे याद।

दाल न ख़ोरम, भात न ख़ोरम, हलवा ख़ोरम तर
पिस्ता व बादाम ख़ोरम; और जने क्या!

और इम्तियाज़ भाई इस पहलू वाले बरामदे में ग्रामोफ़ोन बजाते थे :

बुलबुल-ए-नाशाद ने कुछ इस तरह फ़रियाद की
रोते-रोते हिचकियाँ बँध गयीं सैयाद की।

एक सक्सेना साहब थे, जो एक प्रोजेक्ट लेकर आए थे और ड्राइंगरूम में उन्होंने एक फ़िल्म की रील दिखायी थी और गैलरी में टेलीफ़ोन एक ऊँचे से तख़्ते पर रखा। और मुझे इतना याद है कि मुझे एक बार आप इस तख़्ते पर बिठाल कर भाग गयी थीं और मैं डर के मारे ख़ूब चिल्लाई थी। रात के वक़्त बाग़ में जुगनुओं का उजाला सा रहता था और आप जाने किस तरह जुगनू अपने दुपट्टे में पकड़ कर ले आती थीं। चचाजान अपने दोस्तों के साथ इस बरामदे में बैठकर बुर्ज खेलते थे और इस पर उन्होंने एक नज़्म कही थी :

बृजभाषा भी क्या उलटी है भाषा
जो हुए फेल तो कहते हैं किया पास।

अचानक हुम्मन आपा को ख़याल आया : फ़रमाया, एक तो मैं पाकिस्तानी ऊपर से बग़ैर वीज़ा। इस फ़ौजी ठिकाने में मौजूद अगर किसी को पता चल गया तो समझो एक इंटरनेशनल क्राइसिस। मैंने बात काटी; जी हाँ, एक इन्टरनेशनल क्राइसिस की सम्भावना है। जिस वक़्त आप यहाँ रहती थीं, आपको क्या मालूम था कि एक दिन ये कोठी एक फ़ौजी दफ़्तर बनेगी और इसमें आप ग़ैरक़ानूनी तौर पर बतौर ग़ैरमुल्की निहायत मख़दूश (ख़तरनाक) हालात में दाख़िल होंगी।

अभी आँखें बन्द करके चन्द मिनट के लिए तसव्वुर कीजिए कि चचाजान सामने बरामदे में आराम कुर्सी पर बैठे सक्सेना साहब के साथ शतरंज खेल रहे हैं। ये सब एक पल का खेल है, शोबदेबाज़ी (चालबाज़ी), शातिर ज़माने की चालें, जो था, नहीं है, जो है, न होगा, यही है यक हर्फ़े महरमाना (जाना पहचाना शब्द)। हुम्मन आपा की आँखों में आँसू भर आये।

हम लोग बारिश रुकने पर बैकट हाउस से निकल कर ढलान से उतरे। हुम्मन आपा ने अफ़सुर्दगी से कहा, तुम्हें शाह दक़ियानूस की कहानी याद है, जने क्या। मैंने जवाब दिया, जी हाँ जने क्या और वह रिपदान वंकल, जो सो के उठा तो देखा कि दुनिया बदल चुकी थी और बाज़ार में दूसरी क़िस्म के सिक्के चल रहे थे। सामने चन्दूलाल के नाम का बोर्ड नज़र आया कमाल है,

हुम्मन आपा ने कहा, तुरन्त आगे पहुँचीं। दुकान में एक लड़का खड़ा था, उसे इत्तिला दी। पचास साल पहले हम लोग यहाँ ऊपर वाली कोठी में रहते थे और इस दुकान से टॉफ़ी खरीदते थे। लड़का बोला, मेम साहब पचास साल पहले तो मेरे पिताजी भी पैदा नहीं हुए थे, अब तो दादाजी को मरे ज़माना गुज़र गया, जो यहाँ टॉफ़ी और चॉकलेट बेचते थे।

वापसी पर हम लोग एक निहायत हसीन रास्ते से गुज़रे, जहाँ दूर से हरे रामा-हरे कृष्णा के कीर्तन की लगातार आवाज़ आ रही थी और आगे बढ़े तो एक इमारत नज़र आई, जिसके बरामदे में बहुत लम्बी चोटी रखाये एक दृष्टिहीन नवयुवक जो शक्ल से साउथ इण्डियन लगता था, बेथकान और लगातार हरे कृष्णा-हरे रामा अलाप रहा था, मृदंग बजाता जाता था। अहाते में तीन-चार अमेरिकन स्वामी गेरुआ धोतियाँ बाँधे टहल रहे थे। एक ओर एक नोटिस बोर्ड पर अमेरिकन डॉलर और विभिन्न यूरोपियन सिक्कों के Exchange Rates की फ़हरिस्त आवेज़ाँ थी, जिससे ज़ाहिर होता था कि इस आश्रम में पश्चिम के भक्त लोग बहुत आते हैं।

मालूम हुआ, ये बाबा नीम करोली का आश्रम है, जिनका कुछ समय पहले देहांत हो चुका था। उनके लिए कहा जाता था कि मुसलमानों को ये क़ुरआनी आयतों के वज़ीफ़े बताते थे और हिन्दुओं को उनके श्लोक, मैंने मिट्टू भाई से भी उनका तज़किरा सुना था। हिमालय की ऊँचाई और विशालता और तनहाई में घिरा यह आश्रम उस वक़्त नज़रों से ओझल हुआ, जब हम पहाड़ी रास्ते का चक्कर काटकर अपने ठहरने के स्थान की ओर लौटे; कुछ देर तक हरे रामा-हरे कृष्णा का अलाप और पहाड़ी झरनों की आवाज़ आती रही। आहिस्ता-आहिस्ता हिमालय के गहरे हरे और नीले सन्नाटे में वह भी ग़ायब हो गयी।

1988 ई. में मैं अच्छो से मिलने लाहौर गयी; वह लेडी मैकलेगन कॉलेज ऑफ़ होमसाइंस में पढ़ा रही थी और शादमान के एक सरकारी फ़्लैट में रहती थी। चचीजान भी उसके साथ रही थीं; अब उनका इंतिक़ाल हो

चुका था। अच्छो की लड़की ज़ेबा अमेरिका में रहती थी। बड़ी बहन हुम्मन आपा और उनकी औलाद सब इस्लामाबाद में थे; अच्छो लाहौर में तनहा रह गयी थी। वह बड़ी हर दिल अजीज़ शख़्सियत थी, ख़ुशो-ख़ुर्रम अपनी कार में उड़ी-उड़ी फिरती।

कुछ दिन के लिए बुख़ार में मुब्तला हुई, मुझे कहीं जाना था, मैंने कहा, उन लोगों को फ़ोन करो कि कार भिजवा दें। कहने लगी, मैंने ड्राइवर का इंतिज़ाम कर दिया है, अपनी कार में जाओ। टीक्के से जाओ टीक्के से! मैंने कहा, अच्छो टीक्का क्या होता है? कहने लगी, शान! एक लम्बा समय पंजाब में बिताने की बदौलत वह पंजाबी उक्तियाँ प्रयोग करने लगी थी, जो मेरे लिए अजनबी थीं। लाहौर में मेरे लिए रोज़ाना कहीं न कहीं कोई न कोई दावत होती, वह आँखें गोल करके हैरत से कहती, अरे भई तुम तो बड़ी मशहूर हस्ती बन गयी हो, कमाल है।

एक शाम किशवर नाहीद ने अपने मकान के सब्ज़े पर बहुत बड़ा भोज दिया। लाहौर में किशवर की लोकप्रियता व मेहमान नवाज़ी दोनों की चर्चा अच्छो ने की थी। किशवर वाक़ई एक निहायत ख़ुशअख़्लाक़ और ख़ुशमिज़ाज ख़ातून हैं, हालाँकि उनका आबाई (पैतृक) वतन बुलंदशहर था लेकिन पंजाब की पली-बढ़ी एक बेतकल्लुफ़ क़िस्म की दोस्त। उनकी उस महफ़िल में लाहौर के लगभग सभी मशहूर लेखक मौजूद थे। एलिस फ़ैज़ भी आई थीं। हालाँकि फ़ैज़ साहब इस मंज़र से किसी पहाड़ी झरने की आवाज़ की तरह ग़ायब हो चुके थे। ज़्यादातर पंजाबी लेखकों के इस मजमे में बला का शोर मच रहा था।

ज़िन्दा दिलाने पंजाब का ख़िताब बिला वजह नहीं मिला है।

इसके विपरीत कुछ दिन बाद ही एक और रिश्तेदार सलोया और उनके शौहर डॉक्टर शब्बीर हसन ने आमंत्रित किया, उनके यहाँ भी लॉन पर इतनी ही बड़ी भीड़ थी लेकिन सब इतनी धीमी आवाज़ में गुफ़्तगू कर रहे थे कि मालूम ही नहीं होता था कि यहाँ इतने लोग इकट्ठे हैं और ये ज़्यादातर ख़वातीन व

हज़रात यू.पी. वाले थे। यू.पी. और पंजाब में वही फ़र्क़ है, जो इंग्लिस्तान और अमेरिका में है; अब आप जिसको चाहें अपना वोट दीजिए।

1977 ई. में अच्छो पहली बार बम्बई आयी। पहले वह नहटौर गयी थी, जहाँ जर्रार भाई ने उससे कहा, आम की एक पिटारी बम्बई लेती जाओ। अच्छो पाकिस्तानी वीज़ा पर अकेली इतमीनान के साथ ट्रेन में बैठकर बम्बई पहुँच गयी। बग़ैर इत्तिला एक शाम बचन के फ़्लैट की घंटी बजी। दरवाज़ा खोला तो देखा आम की पेटी लिए खड़ी मुस्कुरा रही हैं और कह रही हैं कि पाँच रुपये दे दो। टैक्सी वाले के पास टूटे पैसे नहीं हैं, जैसे पाकिस्तान से इन ख़तरनाक हालात में बम्बई आना उसके लिए एक बहुत ही मामूली रोज़मर्रा की बात थी। जैसे लाहौर से नहीं जूहू से आ रही थीं। बम्बई में हर जगह इस महारत से घूमती जैसे यहीं की रहने वाली हो। अक्सर मुझे भी रास्ते में बतलाती और बतौर गाइड सूचना उपलब्ध कराती।

एक रात हम लोग टहलते हुए एक तरफ़ निकले तो देखा कि एक अहाते में किसी फ़िल्म की शूटिंग हो रही है, राजेश खन्ना एक जीप में बैठे थे, एक आदमी ने दरख़्त की एक टूटी हुई शाख़ सामने से थाम रखी थी और दूसरा आदमी जीप को पीछे से हिला रहा था और जीप के अन्दर बैठे हुए लोग इस तरह हिल रहे थे जैसे जंगल में से गुज़र रहे हैं। हम लोग टहलते हुए आगे बढ़ गए लेकिन अच्छो बेगम सड़क पार करके उस अहाते की दीवार तक पहुँचीं और उचक कर उस पर बैठ गयीं और शूटिंग मुलाहिज़ा करने में मसरूफ़ हो गयीं।

राजेश खन्ना की चार वर्षीय बेटी ट्विंकल खन्ना अपनी आया के साथ खड़ी अपने वालिद-ए-मोहतरम की फ़िल्मबंदी देख रही थी लेकिन अच्छो का उस दीवार पर बैठना काफी ख़तरनाक था क्योंकि किसी लम्हे भी शूटिंग वाले आदमियों में से कोई इस तरफ़ आ सकता था। मैंने कहा, अच्छो नीचे उतर आओ वर्ना कल के अख़बारों में छप जाएगा कि एक रहस्यमय पाकिस्तानी महिला रात के सन्नाटे में छुपकर राजेश खन्ना की शूटिंग देखती पायी गयीं। अच्छो ने कहा, हिश्त! बेवक़ूफ़ी की बातें मत करो।

मैं बम्बई की लोकल ट्रेनों में बहुत कम सफ़र करती थी इसलिए मुझे बिल्कुल वाक़फ़ियत नहीं थी। सात-आठ साल में भी मुझे बम्बई की लोकल ट्रेनों में सफ़र करने की महारत नहीं हुई थी लेकिन अच्छो कुछ ही दिन में एक्सपर्ट हो गयी। एक बार मैं बचन के यहाँ गयी हुई थी, जब मैंने अच्छो के साथ चर्चगेट जाने का प्रोग्राम बनाया और कहा कि शॉपिंग करने के बाद मैं अपने घर वार्डेन रोड के नज़दीक उतर जाऊँगी, तुम सीधी बान्द्रा चली जाना। अच्छो बेगम ने पाली हिल (बान्द्रा) पहुँच कर बचन से कहा कि अभी ऐनी भी आती होंगी, चूँकि वह ग़लत ट्रेन में बैठ गयी हैं, वह फ़ास्ट ट्रेन है, जो महालक्ष्मी पर नहीं रुकती बल्कि सीधी बान्द्रा आती है, चुनांचे ऐसा ही हुआ।

एक रात खाना खाने के बाद चहलक़दमी करने के लिए निकले। कुछ फ़ासले पर राजेश खन्ना के निहायत क़िलेबन्द मकान का फाटक नज़र आया। अच्छो बेगम सड़क क्रास करके स्कूल के किसी शरारती बच्चे की तरह भागी-भागी गयीं और फाटक की घंटी बजाकर फिर वापस भाग आयीं; अन्दर से किसी चौकीदार कुत्ते के भौंकने की आवाज़ आयी। मैंने कहा, अच्छो भागो यहाँ से, बड़ा गज़ब हो जाएगा। अगर कोई जानने वाला यहाँ से गुज़रा तो कल किसी उर्दू अख़बार में यह भी आ जाएगा कि कुर्रातुल ऐन हैदर एक नामालूम पाकिस्तानी ख़ातून के साथ आधी रात गए, राजेश खन्ना के फाटक की घंटी बजा रही थीं।

अच्छो ने बहुत दुःख उठाये थे लेकिन ज़िन्दगी से भरपूर लुत्फ़ अंदोज़ होने की सलाहियत को पूरी तरह बाक़ी रखा था। एक दिन 1989 ई. में अच्छो का भतीजा यानी पारे का लड़का कनाडा वापस जाते हुए दिल्ली में रुका। (उस लड़के की माँ लिथुइन मूल की कनेडियन हैं) वह अपने साथ भारी लेडीज़ ग्रेट कोट लाया था, जो बहुत ही ठंडे देशों में पहना जाता है। कहने लगा अच्छो अपना यह कोट लाहौर में भूल गयी थीं और मैं इसे अपने साथ ले जाऊँगा और अच्छो को दे दूँगा। फिलहाल आपके पास छोड़े जाता हूँ, अभी मैं काठमाँडू जा रहा हूँ। मैंने वह कोट उठाकर अलमारी में रख दिया, वह बहुत वज़नी था।

पारे का बेटा नेपाल से लौटा और वह कोट साथ लेकर कनाडा वापस चला गया; फिर अच्छो का ख़त आया कि वह भी मॉन्ट्रियल पहुँच गयी है। कुछ

दिन बाद हुम्मन आपा ने इस्लामाबाद से फ़ोन किया कि अच्छो चली गयीं, मैंने कहा कहाँ? वह तो सारी दुनिया में घूमती ही रहती हैं, अब कहाँ गयी। हुम्मन आपा ने आहिस्ता से जवाब दिया, और वह दूसरी दुनिया की तरफ़ चली गयी।

अच्छो न्यूयार्क में अपने भांजे यानी हुम्मन आपा के बेटे उमर अज़ीज़ सैयद के यहाँ आई हुई थी। कई रिश्तेदार जमा थे, रात को हमेशा की तरह खाने के बाद देर तक ख़ुशगप्पियाँ होती रहीं। सुबह को जब सब लोग नाश्ते के लिए डाइनिंग रूम में आये, अच्छो मौजूद नहीं थीं; उसकी आदत थी कि सुबह सवेरे अपने बूट पहनकर और मफ़लर लगाकर हवाखोरी के लिए निकल जाती और नाश्ते के वक़्त तक वापस आ जाती थी।

पारे ने छुट्टियाँ गुज़ारने के लिए यह मकान न्यूयार्क के क़रीब एक बहुत ही ख़ुशमंज़र झील के किनारे किराये पर लिया था। वहीं एक टीले पर पिछली शाम अच्छो को एक बड़ा ख़ूबसूरत मकान नज़र आया था और उसने कहा था, अरे यह तो बिल्कुल बैकट हाउस जैसा मकान है। कल मैं इसकी तस्वीर खींच कर ऐनी को दिल्ली भेजूँगी। मुमकिन है अच्छो वह तस्वीर खींचने के लिए उस कंट्री हाउस की तरफ़ निकल गयी हो।

काफ़ी देर हो गयी लेकिन अच्छो वापस नहीं आई तो सब लोग ज़रा परेशान होकर उसकी तलाश में निकले। अच्छो सुबह सवेरे सर्दी की वजह से वही भारी ओवर कोट पहनकर गयी थी, जो दिल्ली में मेरी आलमारी में साल भर तक रखा रहा था। झील के किनारे-किनारे चलते हुए शायद उसका पैर फ़िसला और वह उस ओवरकोट के वज़न की वजह से अपने आप को संभाल न सकी, वह एक धानपान औरत थी।

जिस वक़्त पिण्डी से यह सुनावनी आई, उसके घण्टा भर बाद ही अच्छो की बड़ी बहन ज़हरा आपा की लड़की राहील कमरे में दाख़िल हुई, उसके हाथ में कुछ डिब्बे थे, वह नहटौर से आ रही थी, दूसरे दिन न्यूयार्क जाने वाली थी। उसने ख़ुशी भरे लहजे में मुझसे कहा, मैं अच्छो के लिए ये इस्बग़ोल के डिब्बे लिये जा रही हूँ, उन्होंने मंगवाये हैं।

न्यूयार्क के नज़दीक whispering shadows के विश्व प्रसिद्ध क़ब्रिस्तान के किनारे पर सूरज आहिस्ता-आहिस्ता समुन्दर में उतर रहा था। अच्छो के मज़ार के बराबर एक संगमरमर की तख़्ती पर एक और मुसलमान ख़ातून का नाम खुदा हुआ था, उनसे भी मैं लाहौर में मिल चुकी थी। अब वह हमेशा-हमेशा के लिए एक अजनबी धरती पर अच्छो की पड़ोसन थीं और अच्छो को उसकी मिट्टी कहाँ खींच लायी लेकिन ख़ाक तो ख़ाक ही है, चाहे वह नहटौर की हो या न्यूयार्क की।

और उसी वक़्त मैंने देखा दो सफ़ेद घोड़े टहलाने के लिए ले जाये जा रहे थे। शायद रेसकोर्स के अस्तबल कहीं आस-पास रहे होंगे। इससे भी ज़्यादा अजीब बात यह है कि जब मैं इससे पहले लखनऊ में वालिद मरहूम के मज़ार पर फ़ातेहा पढ़ने के लिए चमन ख़ास ऐशबाग़ गयी थी तो वहाँ भी बग़ैर ज़ीन के दो सफ़ेद घोड़े दिखायी दिये। उसी ज़माने में लखनऊ में वह बड़ा ज़बर्दस्त सैलाब आया था और इंजिन के ज़रिये उस इलाक़े के निचले इलाक़ों का पानी निकाला जा रहा था। वह घोड़े शायद किसी सरकारी विभाग के कर्मचारियों के रहे होंगे।

अच्छो का आख़िरी ख़त जो मेरे पास लाहौर से आया था, वह बहुत ही सदमे और ग़म व ग़ुस्से से भरा था। उसके एक-एक लफ़्ज़ से ज़ाहिर होता था कि उसे कितना दुःख पहुँचा है। उसने इत्तिला दी थी कि मेरे पाकिस्तान से दिल्ली वापस आने के फ़ौरन बाद उसकी और मेरी एक प्यारी दोस्त के शौहर-ए-नामदार ने मेरे ख़िलाफ़ एक बहुत ही अफ़सोसनाक और आपत्तिजनक मज़मून लिखकर लाहौर के एक अंग्रेज़ी अख़बार में छपवाया है।

अच्छो ने लिखा था कि मेरी समझ ही में नहीं आता कि तुम्हारी और मेरी दोस्त के मियाँ तुम्हारे इतने मुख़ालिफ़ क्यों हो गए जबकि तुमने उनका कुछ नहीं बिगाड़ा, न कभी उनके ख़िलाफ़ एक लफ़्ज़ कहीं लिखा या कहा, बल्कि तुम तो हमेशा उनकी तारीफ़ ही करती थीं कि निहायत मोहज़्ज़ब कमसुख़न (सभ्य व कम बोलने वाले) और संजीदा आदमी हैं।

अच्छो का यह ख़त पढ़कर ख़ुद भौंचक्की रह गयी कि इन साहब ने मेरे ख़िलाफ़ मज़मून क्यों लिखा? मैंने वह मज़मून आज तक जानबूझ कर नहीं पढ़ा ताकि अपना ब्लडप्रेशर न बढ़ाऊँ, अलबत्ता इंसान की फ़ितरत की बाज़ीगरी और जटिलता पर ज़रूर हैरत होती है। कुछ समय बाद ही, जब वह मशहूर अहले-क़लम मियाँ बीवी दिल्ली आए तो मैंने उनको अपने यहाँ मिलने के लिए बुलाया और उनके मज़मून की तरफ़ कोई इशारा भी नहीं किया लेकिन उन्होंने वह मज़मून क्यों लिखा, इसकी वजह आज तक समझ में नहीं आयी। बहरहाल अच्छो को ज़िन्दगी ने जितना हैरान किया था, दुनिया से रुख़सत होते-होते उसकी हैरत और रंज में इज़ाफ़ा उस मज़मून ने भी कर दिया।

अमेरिका के शहरों के कोई-कोई नाम अजीबोग़रीब हैं। वहाँ दिल्ली, लखनऊ और मदीना भी हैं और रेड इण्डियन नामों वाली बस्तियाँ भी। कुछ नामों में बाइबिल की तलमीहात (कविता में किसी क़िस्से की ओर इशारा करना) शामिल हैं। 23rd Psalm of David, यानी अहदनामा क़दीम का तेईसवाँ लहन-ए-दाऊदी (हज़रत दाऊद अलैहिस्सलाम जैसी मधुर आवाज़) यूँ है :

The Lord is my shephered, I shall not want
He maketh me to liedown in green pastures
He leadeth me beside the still waters.
He restroreth my soul : he leadeth me in the paths of righteousness for his name's sake.
Yea, thought I walk through the valley of the shadow of death, I will fear no evil : for than art with me :
Thy rod and thy staff they comfort me.
Thou preparest a table before me in the presence of mine enemies.
Thou anointest my head with oil, my
cup runneth over.
Surely goodness and mercy shall follow me all the days of my life:
And I will dwell in the house of the
Lord forever.

चुनांचे स्टिल वाटर्ज़ नाम का भी एक शहर अमेरिका में मौजूद है। 1957 ई. में अच्छो एक स्कॉलरशिप पर वहीं यूनिवर्सिटी में पढ़ने गयी थी और बरसों बाद अमेरिका ही में एक झील के स्टिल वाटर्ज़ में उसने अपनी जान गँवाई।

अमेरिका के हर तटीय स्थान पर coast guard तैनात रहते हैं लेकिन ताज्जुब की बात यह है कि उस घड़ी उस झील के किनारे कोई उसे बचाने के लिए मौजूद नहीं था और उस धानपान ख़ातून ने वही भारी ओवरकोट पहन रखा था, जो पारे का लड़का नेपाल से लौटकर मेरे यहाँ से वापस लेता गया था। फ़र्ज़ कीजिए वह लड़का उस कोट को अमेरिका साथ ले जाना भूल गया होता या उस सुबह अच्छो ने उस कोट के बजाय कोई हल्का पहना होता तो क्या बच जाती? इस क़िस्म के सवालों के जवाब कभी कोई नहीं दे सका है।

यलदरम सेमिनार

1980 ई. में कई शताब्दी समारोह आयोजित किये, ऐसा लगता है 1880 ई. में बहुत से 'ऐसे लोगों ने जन्म लिया जो किसी न किसी वजह से सौ साल बाद याद करने के योग्य ठहराये गए। इक़बाल, प्रेमचन्द, टैगोर, ग़ालिब तो हमेशा से Anniversary Material हैं। इन समारोहों के राजनीतिक महत्व का भी लिहाज़ रखा जाता है। मिसाल के तौर पर जब पूर्वी पाकिस्तान ऐटलस में मौजूद था तो अल्लामा इक़बाल और क़ाज़ी नज़रुल इस्लाम का संतुलन अस्तित्व में आया।

अब हमारे यहाँ साउथ इण्डिया के विलाड्वल भी साहित्यिक मानचित्र पर प्रकट हो चुके हैं और अगर आपकी भाषा राष्ट्रीय भाषा की हैसियत रखती है तो उसके बहुत साधारण शाइर और अदीब बहुत ज्यादा महत्व प्राप्त कर लेंगे। अदब (साहित्य) की ख़ुद में कोई वैल्यु नहीं है। उर्दू जो मारी गई उसके कारणों में से एक यह भी था कि किसी ज़बरदस्त प्रेशर ग्रुप का प्रतिनिधित्व नहीं करती थी।

सय्यद सज्जाद हैदर यलदरम सेमिनार 2 और 3 मई 1981 ई. में अलीगढ़ के उर्दू विभाग में आयोजित किया गया। प्रोफ़ेसर सुरैया हुसैन, अध्यक्ष उर्दू विभाग ने अपने स्वागतीय भाषण में कहा, "सय्यद सज्जाद हैदर अलीगढ़ के पले बढ़े थे। 1880 में जन्म लिया। उन्होंने 1892 ई. में मदरसातुल उलूम अलीगढ़ की कक्षा 9 में प्रवेश लिया। राजा महेंद्रप्रताप, मोहम्मद अली और सज्जाद हैदर की गिनती स्कूल के बेहतरीन वक्ताओं के रूप में होती थी। सज्जाद हैदर ने एम.ए.ओ. कॉलेज से अच्छे नम्बरों के साथ बी.ए. की परीक्षा पास की। अपने विद्यार्थी काल में एम ए ओ कॉलेज यूनियन के उपाध्यक्ष और अन्जुमन इख़वानुस्सफ़ा के सदस्य रहे। जो प्रोफ़ेसर आरनल्ड ने क़ायम की थी।"

"वह मौलाना शिबली और प्रोफ़ेसर आरनल्ड के प्रिय शिष्य थे। आरनल्ड का कहना था कि सज्जाद हैदर अपने ज़माने के छात्रों में सबसे ज़्यादा नामवर

और बेहतरीन कुशाग्र बुद्धि नौजवान थे। उनका अंग्रेज़ी साहित्य का अध्ययन बहुत अधिक था। सज्जाद हैदर अन्जुमन उर्दू-ए-मुअल्ला उर्दू विभाग के संस्थापक थे। 1900 ई. में वह इसके पहले सेक्रेटरी नियुक्त हुए इसी साल मआरिफ़ में इनका प्रसिद्ध निबन्ध "मुझे मेरे दोस्तों से बचाओ" जो एक अंग्रेज़ी निबन्ध से प्रभावित होकर लिखा गया था, प्रकाशित हुआ। अलीगढ़ मैगज़नीन को यह गौरव प्राप्त है कि सज्जाद हैदर की अधिकतर रचनाएँ पहली बार इसी रिसाले में छपीं।"

"अपनी छात्रावस्था में सज्जाद हैदर ने तुर्की सीखी और तुर्की के कई अफ़साने और नाविलेट उर्दू में अनुवाद किये। 1904 ई. में ड्रेगोमैन या तर्जुमान (प्रवक्ता) की हैसियत से बर्तानवी कौनसिलख़ाना बग़दाद गए। इराक़ उस समय उस्मानिया सम्राज्य में सम्मिलित था। 1904 ई. में ही उन्होंने "सफ़र-ए-बग़दाद" के शीर्षक से उर्दू का पहला रिपोर्ताज़ लिखा, जिसे पढ़कर तकनीक के लिहाज़ से यह विचार आता है कि यह आजकल के ज़माने में लिखा गया है। उनका दूसरा रिपोर्ताज़ "ज़ियारते क़ाहिरा व क़ुस्तुनतुनिया" 1971 ई. में लिखा गया।"

"जब यलदरम बग़दाद में ठहरे तो उन्होंने सुन्दर शैली के निबन्धकार के रूप में ज़बरदस्त शोहरत हासिल की और अपने दौर के लिखने वालों पर एक बहुत व्यापक प्रभाव डाला। मौलाना सलाहुद्दीन (एडिटर अदबी दुनिया लाहौर) के अनुसार सुल्तान हैदर जोश, नियाज़ फतेहपुरी, क़ाज़ी अब्दुल गफ़्फ़ार, आल अहमद अकबरआबादी के अतिरिक्त एक हद तक मौलाना सलाहुद्दीन अहमद के अनुसार ही, "मख़ज़न की तहरीक और उसकी सदाए-आम ने हमारी ज़बान व अदब को जो अनमोल और बेशबहा जवाहर अता किये, उसमें इक़बाल की नज़्म और सज्जाद हैदर की नस्र (गद्य) एक इम्तियाज़-ए-ख़ास (विशेष स्थान) रखती है।"

"1898 ई. में एक छात्र की हैसियत से उन्होंने 'मआरिफ़' में कुछ इन्क़िलाबी क़िस्म के निबन्ध लिखे। उदाहरणतः उपन्यास लेखन पर टिप्पणी करते हुए उन्होंने कहा कि "हमारे सब हीरो शाहज़ादे और नवाबज़ादे होते हैं। उर्दू में ग़रीबी का नक़शा खींचा जाना अभी बाक़ी है।" उर्दू-हिन्दी समस्या पर भी उनका एक विचारपूर्ण अंग्रेज़ी निबन्ध 1899 ई. में मआरिफ़ में प्रकाशित हुआ,

उसी ज़माने में वह एक छात्र की हैसियत से रिसाला "मआरिफ़ के असिस्टेंट" एडिटर भी थे।"

"1920 ई. में यलदरम मुस्लिम विश्वविद्यालय के पहले रजिस्ट्रार नियुक्त हुए और इसी पर 8 वर्ष तक काम करते रहे। इसी दौरान यलदरम ने भिन्न-भिन्न प्रकार के विभागों की स्थापना व स्थायित्व में अमली दिलचस्पी ली। ख़ासतौर पर हमारे विभाग को यह गौरव प्राप्त है कि उन्होंने इसके संगठन सम्बन्धी व शैक्षिक पहलुओं पर विशेष बल दिया और आठ वर्ष तक विभाग के ऑनरेरी अध्यक्ष रहे।"

"यलदरम के अफ़सानों और निबन्धों का पहला संग्रह 'ख़यालिस्तान' जो 1910 ई. में प्रकाशित हुआ, उर्दू साहित्य में एक संग मील (मील के पत्थर) की हैसियत रखता है। ख़यालिस्तान के अतिरिक्त 'सालिस बिलख़ैर, ज़हरा, मतलूब हसीना, हिकायतो-अहतसासात, जलालुद्दीन ख़्वारज़म शाह, जंगो जिदाल, पुराना ख़्वाब, आसेबे-उलफ़त और हुमा ख़ानम 1901 ई. से लगभग 1940 ई. तक प्रकाशित होते रहे। परन्तु ख़यालिस्तान के अतिरिक्त सारी पुस्तकें अर्सा-ए-दराज़ से आउट ऑफ़ प्रिन्ट हैं और पुस्तकालयों में भी मौजूद नहीं हैं।"

"यलदरम अपनी सरकारी नौकरी के कारण उर्दू साहित्य को ज़्यादा समय न दे सके। 1927 ई. में मौलाना मोहम्मद अली चाहते थे कि वह उनके अख़बार 'हमदर्द' के सम्पादक का भार सँभालें परन्तु यलदरम का मिज़ाज पत्रकारिता के हंगामों को बर्दाश्त करने वाला न था और उन्होंने उनकी पेशकश को ठुकरा दिया। मौलाना मोहम्मद अली ने उस घटना के सम्बन्ध में लिखा है कि "सज्जाद हैदर अदब (साहित्य) के लिए वज़्अ किये गए हैं और हम बेअदबी के लिए।"

"माहो-अंजुम हमसबक़ बूदीम दर दीवाने-इश्क़
ऊ ब सहरा रफ़्तो-मा कूचा हा रुसवा शुदेम"

(इश्क़ की महफ़िल में चाँद-सितारे सहपाठी थे, वह जंगल में चला गया और हम गली-कूचों में रुस्वा हुए।

"क़ाज़ी अब्दुल ग़फ़्फ़ार के शब्दों में "कूचा व बाज़ार में मोहम्मद अली का रुसवा होना और चाकरी के लक़ो-दक़ सहरा (वीरान जंगल) में सज्जाद हैदर के कारवाने-अदब का लुट जाना हमारी ज़बान के लिए दो बड़े वाक़ेयात और हादिसात हैं, जिससे इन्क़िलाबी हिन्दुस्तान का मोअर्रिख़ (इतिहासकार) इबरत हासिल करेगा।"

"1934 ई. में यलदरम की मृत्यु का वर्ष है, जिसके बाद उर्दू साहित्य में बहुत से इन्क़िलाब आए। तरक़्क़ी पसन्द तहरीक (प्रगतिशील आन्दोलन) यलदरम के सामने ही शुरू हो चुकी थी। यलदरम उसे एक सेहतमन्द तहरीक समझते थे। यलदरम शुरू से ही नस्र (गद्य) और शायरी में नये तजरिबों के हामी थे। 1942 ई. में लखनऊ के एक मुशायरे की अध्यक्षता करते हुए, उन्होंने अपनी नज़्म में कहा था : बसद शुक्र ब सई-ए-नौजवानाँ, यक क़स्र-ए-अदब शुदा अस्ततामीर।" (शुक्र है, नौजवानों के प्रयत्न से एक साहित्य रूपी महल बन गया)।

"इंसान दोस्ती, वतन परस्ती और आज़ादी पसंदी यलदरम की शख्सियत और मिज़ाज में शामिल थीं, वह समाज और साहित्य में इन्क़िलाबी बदलाव लाने के इच्छुक थे और छात्रावस्था से ही वह लेखन और भाषण के द्वारा महिलाओं की आज़ादी और उत्तराधिकार के क़ानून में बदलाव और उर्दू टाइप का प्रचार करते थे।"

"यलदरम ओल्ड ब्वायज़ एसोसिएशन के कर्मठ सदस्य और ऑनरेरी सेक्रेटरी यूनिवर्सिटी ट्रस्टी और कोर्ट के सदस्य रहे। इस सेमिनार के द्वारा अगर हम यलदरम की विचारशैली और उनके ऐतिहासिक व सांस्कृतिक प्रभावों की निशानदेही व बाज़याफ़्त (पुनः प्राप्ति) कर सकेंगे तो यह उर्दू सभ्यता व साहित्य की बड़ी ख़िदमत होगी। यलदरम उस दर्सगाह (विद्यालय) के ऐसे परस्तार थे, जिन्होंने सारी उम्र इसकी पुरख़ुलूस और बेलौस ख़िदमत में गुज़ारी। इस वजह से अलीगढ़ मुस्लिम यूनिवर्सिटी को यह हक़ पहुँचता है कि वह इस गैर मामूली और दिलआवेज़ शख्सियत वाले फ़रामोश शुदा (भुलाए हुए) अदीब (साहित्यकार) की याद ताज़ा करे और श्रद्धांजलि अर्पित करे।"

(सैयद) सज्जाद हैदर यलदरम (मक़ालात यलदरम सेमिनार मई 1981 ई. प्रोफ़ेसर सुरैया हुसैन प. 6, 11) सेमिनार में प्रोफ़ेसर सुरैया हुसैन, प्रोफ़ेसर असलूब अहमद अन्सारी, शम्सुर्रहमान फ़ारूक़ी, डॉ. सैयद मोहम्मद अक़ील, डॉ. शमीम हनफ़ी, डॉ. क़मर रईस, डॉक्टर मंज़र अब्बास नक़वी, डॉ. अकमल अय्यूबी, अबुल कलाम क़ासमी, डॉ. जाफ़र अब्बास और डॉ. उनवान चिश्ती ने अपने मक़ालात (लेख) पढ़े।

मक़ालों पर बहस में शमसुर्रहमान फ़ारूक़ी, शमीम हनफ़ी, रामलाल, जोगिन्दर पाल, साजिदा ज़ैदी और ज़ाहिदा ज़ैदी, अबुल कलाम क़ासमी, अक़ील अहमद और हमीद सिद्दक़ी ने हिस्सा लिया। अलीगढ़ की परम्परा अनुसार निहायत शानदार और पुर तकल्लुफ़ डिनर हुए। शाम-ए-अफ़साना आयोजित की गयी, जिसमें रामलाल, इक़बाल मजीद, ग़यास अहमद गद्दी, जीलानी बानो, जोगिन्दर पाल, शफ़ीक़ा फ़रहत और लेखिका ने अफ़साने सुनाये। अली जव्वाद ज़ैदी, प्रोफ़ेसर हुकमचन्द नैयर, गोपीचन्द नारंग, असलूब अहमद अंसारी और प्रोफ़ेसर शबीहुल हसन ने विभिन्न इजलासों (सेशनों) की अध्यक्षता की।

मौलाना आज़ाद लायब्रेरी में यलदरम नुमाइश सजाई गयी और उसका उद्घाटन जस्टिस जर्रार हैदर ने किया। उस नुमाइश में प्रबन्धकों ने निहायत सलीक़े से शो केसों में यलदरम की किताबें पुराने रिसाले ख़त और पांडुलिपियाँ वग़ैरह जाने कहाँ से हासिल कर लिये थे। उनकी ये जाँफ़शानी क़ाबिले-तारीफ़ थी क्योंकि यलदरम एक हाई प्रोफ़ाइल फुल टाइम अदीब नहीं थे और उनके मुताल्लिक़ ज़्यादा मेटेरियल भी आसानी से दस्तयाब नहीं होता।

यलदरम के ज़माने का अदबी मंज़रनामा और साहित्यिक अर्थव्यवस्था आज के दौर से बिल्कुल भिन्न थी। पहली बात तो यह कि उर्दू एक सर्वव्यापी अखिल भारतीय भाषा थी, जो पेशावर से लेकर मद्रास तक बोली और समझी जाती थी। हिन्दुस्तान के निहायत ग़ैरमारूफ़ (अत्यंत अप्रसिद्ध) शहरों से अदबी रिसाले प्रकाशित होते थे। लाहौर उर्दू का सबसे बड़ा प्रकाशन केंद्र था। अदीबों में हिन्दू-सिख और मुसलमान तीनों सम्प्रदाय बराबरी से शामिल थे, ख़ासतौर पर पंजाबी

हिन्दू और सिखों की धार्मिक पुस्तकें भी उर्दू की ही लिपि में छपती थीं। फ़ुल टाइम अदीबों में प्रेमचन्द सरेफ़ेहरिस्त थे, जिनकी आमदनी का ज़रीया भी उनका साहित्य ही था।

लेकिन ज़्यादातर अदीब बग़ैर मुआवज़े के लिखते थे और जो मुआवाज़ा लेते थे, वह उस दौर की मंदी की बदौलत बहुत ही कम रहा होगा। ज़्यादा छपने वाले लोकप्रिय अदीबों में मेरी वालिदा सरे-फ़ेहरिस्त थीं, जिन्होंने कभी एक पैसा बतौर मुआवज़ा या किताबों की रॉयल्टी के नहीं लिया। हालाँकि उनकी किताबें, जो उन्होंने खुद अपने लड़कपन में बच्चों के लिए लिखीं, यानी "सलीम की कहानी", "दुःख भरी कहानी", "सच्ची रज़िया और उसकी बकरी" और "फूलों का हार"। ये चारों पंजाब टेक्स्ट बुक कम्पनी की मंज़ूर शुदा किताबें थीं, उनको चित्रांकित भी किया गया था।

तस्वीरों में लड़कियाँ उस वक़्त की एडवर्डियन पोशाक पहने हुए दिखलायी गयी थीं। जिससे ज़ाहिर होता था कि उस ज़माने में अपर क्लास मुसलमानों की लड़कियाँ हालाँकि पर्दे में रहती थीं लेकिन लिबास उनका भी एडवर्डियन गाउन था और ऊँची एड़ी के बन्द जूते। उस ज़माने का पाश्चात्य लिबास भी निहायत पर्देदार होता था। हाईनेक (high neck) जिसकी ख़ुसूसियत थी। चुनांचे मुस्लिम फ़ैशनेबल घरानों में भी ये लिबास प्रचलित हो गया।

अब शटल कॉक बुर्क़े को ही लीजिए ये कोई नया आविष्कार नहीं है और ज़्यादातर So-called मुग़ल बेगमात की तस्वीरें हमें अख़बारों या रिसालों में नज़र आती हैं, ये दिल्ली के एक हिन्दू आर्टिस्ट ने इस सदी के आग़ाज़ में बनायी थीं। हालाँकि उनके मॉडल वही ओरिजिनल (Original) मुग़लकाल की मेनातोरी (सुसज्जित) तस्वीरें थीं, जो अजायबख़ानों में सुरक्षित थीं। एक बड़ी तस्वीर में मुग़ल शहसवार औरतों का दस्ता भी दिखलाया गया है, जिसमें वे सब शटल कॉक बुर्क़े ओढ़े घोड़े पर बैठी हैं। नये स्टाइल का तुर्की बुर्क़ा और अपनी किताबों का सुनहरा जिल्द बाँधा हुआ सेट, उन्होंने बरी के तौर पर नज़रुल बाक़र साहब के यहाँ भेजा और अख़बारों में उस अनोखी और सुधारवादी बरी की बहुत चर्चा रही।

वस्त्रों पर हिन्दू मुसलमान के लेबल अभी नहीं लगाए गए थे। बल्कि प्राचीनता व नवीनता उनकी विशेषताएँ थीं। पहले पुरुष भी रंगीन वस्त्र बूटेदार शेरवानियाँ, अतलसी क़बाएँ बड़े पाँयचों के पायजामे और गोटे लचके से सजी हुई सदरियाँ पहनते थे। ग़दर के बाद पोशाकों में सादगी का प्रचलन हुआ, विशेषतः सर सैयद की तहरीक एक सामाजिक इनक़िलाब भी साबित हुई। मिर्ज़ा फोया अलीगढ़ कॉलेज में यलदरम की प्रसिद्ध नज़्म, जो 1900 ई. में प्रकाशित हुई, दरअस्ल मिर्ज़ा फोया हसरत मोहानी थे। उन्नाव के एक भंवरे में पले हुए साहबज़ादे, जो इसी प्रकार के पुराने स्टाइल के लिबास में अलीगढ़ पहुँचे थे, जो नये युग के नौजवानों का रहने का केन्द्र था, जहाँ एक मॉडर्न सोसाइटी की रूपरेखा तैयार की जा रही थी।

जैसा कि मैं पहले कहीं विस्तार से लिख चुकी हूँ, सर सैयद की इस Brave New World के नौजवान बाशिन्दे तुर्की टोपी, टर्किश कोट, अलीगढ़ कट पायजामा और डाशन के बूट पहनते थे। इनमें जो अधिकतर ख़ुशहाल थे, वह अपने सूट दिल्ली और लखनऊ के अंग्रेज़ी टेलरिंग हाउस से सिलवाते थे। कालर अलग से लगाए जाते थे। अंग्रेज़ वस्त्रों के मामले में भी बहुत दक़ियानूसी था, दूसरे विश्व युद्ध ने एकदम मंज़र बदल दिया। अमेरिकन बेतकल्लुफ़ी उनके वस्त्रों में भी ज़ाहिर हुई। बुशर्ट चप्पल हिन्दुस्तानियों ने भी बड़ी ख़ुशी से इख़्तियार कर लिये। हेट ग़ायब, सोलाहेट और पोर्क पाई वग़ैरह, जो वालिद मरहूम के ड्रेसिंग रूम में खूँटी पर आवेज़ाँ थीं। बरामदों में एक हेट रेक होता था, हमारे बरामदे में भी मौजूद था। यह एक ऊँची सी सिंगारमेज़ जैसी चीज़ थी। आने वाले इन खूँटियों पर अपने हेट टाँग दिया करते थे।

इस सदी के दूसरे और तीसरे दशक में एक ईरानी शैली की टोपी भी प्रचलित हुई थी, जिसका शेप ईरान के ताजशाही के जैसे था। कुछ चित्रों में अल्लामा इक़बाल और यलदरम दोनों यह टोपी पहने नज़र आते थे। मलमल की सफ़ेद दो पल्ली टोपी, अवध के कुलीनों में अब तक प्रचलित है। दिल्ली की चौगोशिया टोपी अब कहीं नहीं दिखाई देती। मुरादाबाद और रामपुर की मख़मली टोपी बड़े बाँकपन के साथ ओढ़ी जाती थी, वह अब तक उन स्थानों

पर प्रचलित है। इसी टोपी के नमूने रामपुर के अली बिरादान ने कांग्रेसी टोपी डिज़ाइन की, जो गाँधी कैप कहलाई। उत्तर पश्चिम की क़राक़ली का प्रचलन विभाजन से ज़रा पहले प्रारम्भ हुआ।

अपनी क़ौमी पहचान हिन्दुओं से अलग साबित करने के लिए जिन्नाह साहब ने विभाजन से ज़रा पहले, जो लिबास पहनना शुरू किया, उसमें यह क़राक़ली भी शामिल थी, जो बाद में जिन्नाह कैप कहलाई परन्तु वर्तमान काल में घिरसवाँ पायजामा। मैंने महज़ अपनी माँ की चाची आले ज़हरा बेगम, जो उनकी कज़न भी थीं, उनको पहने देखा। जिनकी मृत्यु 1950 ई. में हुई। उन्होंने हमेशा घर में भी घिरसवाँ पायजामा पहना, जिसके पाँयचे उठाकर या सामने उड़स लेती थीं या अपनी बाहों पर सँभाले रहती थीं हालाँकि ज़हनी तौर से वह स्वयं बड़ी मॉडर्न थीं।

उनके रौशन दिमाग़ पिता ने उस सदी के प्रारम्भ में घर पर यूरोपियन अध्यापक रखकर उनको अंग्रेज़ी पढ़ाई थी। जिन्नाह साहब ने शेरवानी पर पायजामा के बजाए शलवार पहनी। यह अर्थात इस्लामी लिबास था। पहले फ़ातिमा जिन्नाह भी साड़ी बाँधती थीं। विभाजन से ज़रा पूर्व उन्होंने भी साड़ी को त्यागकर शलवार-कमीज़ और ग़रारा अपनाया, हालाँकि पूर्वी बंगाल की मुसलमान स्त्रियाँ साड़ी ही पहनती थीं।

ग़रारे की कहानी बहुत दिलचस्प है। "ग़रारेदार पायजामा" नसीरुद्दीन हैदर पहनते थे। ग़दर के पश्चात्, जो सामाजिक इन्क़िलाब प्रकट हुआ, उसमें सर सैयद तहरीक ने बड़ा दूर गामी रोल अदा किया। पुरुषों ने मालाएँ और क़ंठे पहनना त्याग दिया। हिन्दुस्तानी अपर क्लास जेंटलमैन, जब पश्चिमी पोशाक पहनता था तो टॉप हेट भी ज़रूर लगाता था या वह कारचोबी बार्डर से सुसज्जित अच्छे क़िस्म की फरग़ल पहनता था और इससे मैचिंग दो पल्ली मख़मली टोपी वह भी जड़ाऊ और उस पर बहुमूल्य मालाओं पर अंगूठियाँ और सलीमशाही जूते।

पूर्व वाले अपने धन को अपने शरीर पर सजाने के शौक़ीन हैं। पश्चिम के करोड़पति लॉर्ड और ड्यूक और उनकी पत्नियाँ बहुत साधारण पोशाक पहनते

थे; ज़ेवरात का वहाँ प्रचलन ही नहीं। एक हीरे का ब्रोच या एक सच्चे मोतियों की माला या हीरे की अंगूठियाँ। यह हल्के-फुल्के ज़ेवर दादी से पोती को स्थानांतरित होते रहते थे। कहाँ हमारे यहाँ का सेरों सोना और ढेरों जवाहरात हमारे और उनके मानक ही भिन्न हैं। हिन्दुओं के यहाँ पुरुष कानों में मुंदरियाँ या बालियाँ भी पहनते थे।

उन्नीसवीं शताब्दी में हिन्दुस्तानी कुलीनों के यहाँ अच्छे मख़मल का क्लोक प्रचलित हुआ, जो विक्टोरियन इंग्लिस्तान का ख़ास पहनावा था। क्लोक बाहर जाते समय ओढ़ा जाता था। सिर पर टॉप हैट, सूट, काँधों पर क्लोक, पाँव में बूट, चुरुट पीते हुए हमारा काला साहब बहादुर अपनी बग्घी पर शाम के समय हवाख़ोरी के लिये निकलता था और रास्ते में कोई मेम घोड़े पर जाती मिलती तो खड़े होकर और हैट उतारकर उसको सलाम करता था।

ये वह समय था कि हिन्दुस्तानी जब किसी अंग्रेज़ी अफ़सर से मिलने जाते थे तो अपने जूते बाहर उतारकर कमरे में प्रवेश करते थे, यह गोरे शासक जिस प्रकार अपने महकूम कौम की (शासित वर्ग का) अपमान करते थे, वह आज के समय में नाक़ाबिले-यक़ीन (विश्वास से परे) है कि कभी ऐसा हुआ होगा।

मुग़लिया दरबार और लश्कर के ज़्यादातर संस्कार और रिवाज protocol अर्थात मर्तबे का लिहाज़ भी अंग्रेज़ों ने अपना लिये। हालाँकि वे समझ गए थे कि एक सफल शासन के लिये राजनीतिक शक्ति और राजनीतिक मज़बूती की mystique कितनी आवश्यक है। अलाउद्दीन ख़िलजी, शेरशाह सूरी, अकबर शासन व्यवस्था का जो फ्रेमवर्क तैयार कर गए थे, वह आज तक इस उपमहाद्वीप में बिल्कुल उसी प्रकार मौजूद है, जिसका अंदाज़ा आपको तभी हो सकता है, जब आप किसी दूर दराज़ ज़िले के किसी पुराने डाक बंगले या सर्किट हाउस में जाकर ठहरिये। यह शब्द 'सरकार' ही फ़ारसी है।

ज़िले के प्रशासन और न्याय प्रणाली के अधिकतर नाम और उक्तियाँ आज भी मुग़लकाल की यादगार है और इसके पश्चात् अंग्रेज़ बहादुर जो उक्तियाँ बना गया, हमारी आज भी उनके बग़ैर गुज़र नहीं। तहसील, ज़िला, अदालत, वकील,

मुक़दमा, फ़ैसला इत्यादि। अगर यह कहा जाए कि बहुत सी उक्तियाँ हमारे ग़ुलामी के दौर को याद दिलाती हैं तो रेलवे, रेडियो, कॉलेज और यूनिवर्सिटी, हस्पताल, नर्स, डॉक्टर, न्यूज़पेपर, उन सबको छोड़ना पड़ेगा।

यलदरम सेमिनार में लेखक के उन पहले के अफ़सानों का तज़किरा भी किया गया है, जिनमें उस बदलती हुए सामाजिक शैली का चित्रांकन किया गया था। सर सैयद उस नये दौर के दूत थे। कलकत्ते में पौन सदी पहले ब्राउन साहब पैदा हो चुका था। उत्तरी भारत के मुस्लिम समाज में हालाँकि अब प्रकट हुआ। बंगाली ब्राउन साहब इस हिसाब से बहुत अधिक तरक़्क़ी याफ़्ता था कि उसकी स्त्रियाँ हालाँकि अब भी पर्दे में रहती थीं परन्तु अंग्रेज़ी शिक्षा भी प्राप्त कर रही थीं।

उत्तरी भारत में पारसी और इण्डियन-क्रिश्चियन लेडी डॉक्टर और टीचर ने मुसलमान पर्देदार घरानों में आना जाना प्रारम्भ किया। अकबरी बेगम माता अफ़ज़ल अली ने अपने एक नाविल में जो 1898 ई. में प्रकाशित हुआ, लखनऊ की एक नवाबजादी को एक अध्यापिका से गणित और रसायन का पाठ लेते हुए दिखाया। सम्भवतः ये लेखिका की wishful thinking थी या हो सकता है, जिस प्रकार की औरतें सरशार ने फ़साना-ए-आज़ाद में पेश की हैं, उस जमाने में कुछ एक ही मौजूद रही हों क्योंकि वालिदा मरहूमा बतलाती थीं कि अपने बाल्यकाल में अर्थात उस शताब्दी के प्रथम दशक में उनके यहाँ लेडीज़ होम जनरल और Blackeis magazines आदि आते थे और मिडोज़ टेलर के नॉविल टीपू, तारा आदि इसके अतिरिक्त सारा विक्टोरियन साहित्य मौजूद था।

अब 1857 ई. के बाद जो दरीचे पश्चिम की ओर खुले और पर्दानशीं औरतों ने रिसालों और किताबों के ज़रीए इस नई दुनिया की झलक भी देखी और इसकी प्रतिनिधि वे मिशनरी मेमें मिस साहब या मेम साहब या लेडी डॉक्टर साहब थीं, जो बन्द जूते और उटंगी साड़ी पहने, हाथ में काला बैग लिये ज़नान ख़ाने में आती थीं, ये हिन्दुस्तान की पहली-पहली और बाहिम्मत करियर्ड वीमेन (carriered women) थीं।

मिशनरियों ने ज़नाना यतीमख़ाने भी खोले, जिनमें ग़रीब लड़कियाँ दाख़िल हुईं। उनमें से कुछ एक ईसाई भी हो गयीं। चुनांचे मिशनरियों को एक अत्यंत नकारात्मक पब्लिसिटी का सामना करना पड़ा। उस दौर में कुछ मुसलमान ख़ानदानों ने भी पंजाब में हाकिम क़ौम (शासक वर्ग) का मज़हब इख़्तियार कर लिया। पादरी वारिसुद्दीन, तालिबुद्दीन, नजमुद्दीन, ये सब दीन के वारिस तालिब और सितारे हिन्दुस्तान की नयी सामाजिक और मानसिक तब्दीलियों की भी नुमाइंदगी कर रहे थे। यू.पी. के मुक़ाबले में पंजाब में ज़्यादा मुसलमान ईसाई हुए।

मीर नज़रुल बाक़र साहब के एक दोस्त, जिनका नाम क़म्बर अली था, उनकी बेटियाँ अख़तर और ज़हरा ईसाई हो गयीं। "फ़ुलाँ-फ़ुलाँ की लड़की क्रिस्टान हो गयीं" उस ज़माने में एक दहशतनाक ख़बर थी। बंगाल में हिंदू विधवाओं की हालत दयनीय थी, वहाँ मिशनरी बहुत कामयाब रहे।

अलीगढ़ जो मुसलमान लड़कियों की शिक्षा का भी बड़ा केंद्र बना। मुस्लिम गर्ल्ज़ कॉलेज के संस्थापक शैख़ अब्दुल्लाह और उनकी बीवी वही जज़्बा रखते थे, जो अंग्रेज़ी मिशनरी स्पिरिट कहलाया और ये स्पिरिट उस समय की सारी नौजवान नस्ल में मौजूद थी और उसके नुमाइंदा शैख़ अब्दुल्लाह थे।

यलदरम सेमिनार की सुबह सेशन शुरू होने से पहले डेलीगेट्स कॉफ़ी पीने में मसरूफ़ थे, मोहसिन अब्दुल्लाह लाठी टेकते हॉल में दाख़िल हुए, उनके हाथ में एक ग्रुप फ़ोटो था। उन्होंने वह फ़ोटोग्राफ़ मुझे देकर कहा, ये मेरे वालिद की शादी की तस्वीर है, जब वह बारात लेकर दिल्ली गए थे। तस्वीर का सन् 1901 ई. था और उसमें शिब्ली नोमानी नवाब मोहसिनुल मुल्क, मौलवी चराग़ अली वग़ैरह कुर्सियों पर बैठे हैं। और फ़र्श पर उनके क़दमों में सज्जाद हैदर, अबू मोहम्मद वग़ैरह कुछ नौजवान दरी पर बैठे हैं और दूल्हा यानी शैख़ अब्दुल्लाह फूलों का हार पहने एक कुर्सी पर बैठे हैं।

पसमंज़र (पृष्ठभूमि) में दिल्ली की एक पुरानी हवेली। अगर देखा जाये तो एक नस्ल का दौर-ए-हयात (जीवन काल) साठ-सत्तर साल से ज़्यादा का नहीं होता और इतने कम वक़्फ़े में उस नस्ल के लोग कैसे-कैसे बड़े काम अंजाम

दे लेते हैं और ये भी जानते हैं कि वह हयात-ए-जाविदाँ (अनन्त जीवन) लेकर नहीं आये लेकिन अपनी धुन में लगे रहते हैं। इसी धुन के पक्के लोगों ने सैयद के मदरसे को कहाँ से कहाँ पहुँचा दिया। उनके सामने मक़सद बहुत वाज़ेह (स्पष्ट) था यानी क़ौम की तरक़्क़ी। लफ़्ज़ क़ौम जो अब तक कास्ट के लिए इस्तेमाल किया जाता था, अब Nation का पर्यायवाची हो गया।

अब यही ग्रुप लीजिए, शैख़ अब्दुल्लाह के बाराती, ये सब जाने क्या-क्या मनसूबे, आदर्श और अरमान दिलों में लिये बैठे थे। ये सब ग़दर के बाद की बनी हुई नई मुस्लिम मिडिल क्लास के लोग थे, जो दृढ़ और मज़बूत विक्टोरियन मिडिल क्लास का इण्डियन एडिशन था। इसी वर्ग ने अगले सैंतालीस वर्ष तक यानी विभाजन के समय तक क़ौम का नेतृत्व किया लेकिन 1947 ई. तक पहुँचते-पहुँचते क़ौम का स्पष्टीकरण भी बदल गया और अब दो क़ौमें हो गयीं। ये सारे मामलात और स्पष्टीकरण लीडरों ने अपने-अपने अध्ययन कक्ष में बैठकर किये, जिन पर सारी आबादी ने अमल किया।

शिक्षा के पाठ्यक्रम द्वारा एक पूरी क़ौम के ज़हनी रवैयों की रूपरेखा तैयार होती है, लिहाज़ा अब हिन्दुस्तान व पाकिस्तान के अलग-अलग नज़रिये और इतिहास के पाठ जिस तरह से पढ़ाये जा रहे हैं, अंतर्राष्ट्रीय राजनीति उसके प्रेरकों में शामिल है। लिहाज़ा दोनों देशों की नयी नस्लें रोज़-रोज़ एक दूसरे से ज़्यादा दूर और दो विरोधी कैम्पों में बाक़ायदा शामिल हो गयी है।

किसी क़ौम या सभ्यता की आत्मा या स्पिरिट उसकी कलाओं, ख़ासतौर से संगीत द्वारा होती है लेकिन हमारे यहाँ कोई दानिश्वर ये सोचने की ज़हमत गवारा नहीं करता कि एक आम हिन्दुस्तानी या पाकिस्तानी नूरजहाँ और लता मंगेशकर के गानों से क्यों भावविभोर होता है, वह थाईलैंड या ईरान के संगीत क्यों नहीं सुनता। सभ्यता और इसी तरह साहित्य के मामले में, ये कुछ बुनियादी सवाल हैं, जिनसे आँखें मूँद ली जाती हैं।

"सब दरवाज़े बन्द रहे और निकल गया सवार रे"

हमारे बचपन में यह रिकॉर्ड बम्बई रेडियो से सुबह के प्रोग्राम में अक्सर बजा करता था; 'धीरे गाड़ी हाँक रे भैया गाड़ी बाना' और इसी गीत में एक लाइन थी "सब दरवाज़े बन्द रहे और निकल गया सवार रे" ये वैष्णो पंथ पिगिंस का गीत था। बिल्कुल उसी धुन पर उस गायक का एक मराठी भाव-गीत भी बजा करता था "आदमी बीज ईकले" यानी 'पहला बीज एक था।' मुझे बचपन से गायकी के मराठी स्टाइल का बाँकपन पसन्द रहा। इत्तिफ़ाक़ से मैरिस कॉलेज ऑफ़ हिन्दुस्तानी म्यूज़िक, जो राजा नवाब अली और पण्डित भटकुण्डे ने स्थापित किया था। यहाँ भी गायकी पर महाराष्ट्रियन रंग छाया हुआ था।

ऑल इण्डिया रेडियो के बम्बई और लखनऊ स्टेशनों से क्लासिकल म्यूज़िक के बेहतरीन प्रोग्राम ब्रॉडकास्ट होते थे। क़ाज़ी नज़रुल इस्लाम उस वक़्त तक साहिबे-फ़राश (ऐसा रोगी, जो चल-फिर न सके) नहीं हुए थे और कलकत्ता से अपने गीत ख़ुद गाते थे। जुमे की सुबह दिल्ली से क़ुरआन-ए-पाक की तिलावत (पाठ) होती, तो अम्मा किसी कमरे से आवाज़ देतीं "ज़रा रेडियो लगा दो क़ुरआन की हवा घर में फिर जाये।" वह पारम्परिक अंदाज़ की मज़हब परस्त नहीं थीं लेकिन पंचवक़्ता नमाज़ की सख़्ती से पाबन्दी करती थीं। जैसा कि मैं पहले लिख चुकी हूँ, वह पीर-फ़क़ीर, नज़्र-नियाज़, दरगाहों और ताज़ियों की ज़्यारत की बिल्कुल क़ायल नहीं थीं, हालाँकि एक सुधारवादी शिया घराने में पैदा हुई थीं लेकिन उन दिनों ये साम्प्रदायिक पक्षपात भी नहीं थे।

जब अम्मा की शादी एक सुन्नी ख़ानदान में हुई, उस वक़्त तक शिया सुन्नी शादियों का रिवाज आम था; ख़ासतौर से सैयदों में महज़ ये देखा जाता था कि दूसरे पक्ष का ख़ानदान 'खरा' सैयद है या नहीं। बाद में 1957 ई. के लगभग लखनऊ के सियासतदानों ने तबर्रा एजिटेशन (बुरा-भला कहने पर वाद-विवाद) और मदहे-सहाबा (सहाबियों (जिनको हज़रत मोहम्मद स. के बाद ख़िलाफ़त मिली) की प्रशंसा) की तहरीक चलाकर माहौल को ख़ूब-ख़ूब मसमूम (ज़हरीला) किया

और हुकूमत ने भी शिया-सुन्नी झगड़े को हवा दी ताकि मुसलमानों की आपसी एकता कमज़ोर पड़ जाए और वह विभिन्न राजनीतिक पार्टियों की कठपुतली बन सकें। लिहाज़ा इस क़िस्म की शादियों का चलन भी कम हो गया।

उसी ज़माने में जब तबर्रा एजिटेशन अपने चरम पर था, एक दिन सैयद अली ज़हीर हमारे यहाँ नं. 21 फ़ैज़ाबाद रोड आए (उनके वालिद सर सैयद वज़ीर हसन अब्बाजान के बहुत पुराने दोस्त थे और वालिदा लेडी वज़ीर हसन अम्मा की अज़ीज़तरीन सहेलियों में शामिल थीं, चुनांचे उस ज़माने के क़ायदे के मुताबिक़ अली ज़हीर और उनके अहले-ख़ानदान अम्मा और अब्बाजान को बाज़ाब्ता ख़ाला और ख़ालूजान कहते थे)। उसके तीन-चार दिन पहले ही लखनऊ के एक उर्दू अख़बार में ये ऐलान प्रकाशित हुआ था कि शिया-सुन्नी निकाह जाइज़ नहीं।

सैयद अली ज़हीर ने मज़ाक़ में अम्मा से कहा, ख़ाला आपका निकाह भी सही नहीं है, अम्मा ने उनको ख़ूब ही झाड़ा और कहा तुम लोगों ने इस तरह की बातें हालाँकि मज़ाक़ में की हैं और मुसलमानों पर आफ़त आ गयी बड़ी ही शर्म और अफ़सोस की बात है लेकिन ये झगड़ा कांग्रेस का ज़ोर कम करने और मुसलमानों में फूट डालने के लिए अंग्रेज़ी सरकार ने करवाया था और इसमें उनको ख़ातिरख़्वाह (मनचाही) कामयाबी हासिल हुई। लखनऊ की इस सियासत का असर दूसरे शहरों पर भी पड़ा।

यद्यपि क़स्बे इसके ज़हरीले प्रभाव से सुरक्षित रहे। चूँकि वहाँ का कल्चर और मर्यादाएँ या value system शहरों से भिन्न होते हैं, इसी वजह से वहाँ हिन्दू-मुस्लिम चपक़लिश (विवाद) भी नहीं थी। ख़ुद हमारे क़स्बा नहटौर में हमारे वालिद के मामू सैयद इकराम हैदर मरहूम के यहाँ मेंहदी का जुलूस मोहर्रम में निहायत शानो-शौकत से निकलता था और उस धूमधाम में क़स्बे के शिया-सुन्नी ज़मींदार सैयद नौनिहाल मेहदी व इक़बाल मेहदी की मेंहदी के जुलूस से मुक़ाबले में मुज़मिर (मुक़ाबले का जज़्बा छिपा) था। क़स्बे के फ़्यूडल समाज में इस तरह की मसरूफ़ियतें ही दिलचस्पी का ज़रिया थीं।

दरअस्ल अम्मा सर सैयद की तरबियत-याफ़्ता नस्ल के दौर से ताल्लुक़ रखती थीं। मज़हब में एतदाल पसन्दी (बीच का रास्ता इख़्तियार करना) मेल-

मिलाप जिनका ध्येय था। इसी वजह से अलीगढ़ कॉलेज में सुन्नी और शिया मस्जिदें अलग-अलग बनाने की सख़्त मुख़ालिफ़त की गयी थी और वहाँ दोनों सम्प्रदायों के लड़के एक ही मस्जिद में कुछ मिनट के अंतराल से नमाज़ पढ़ते हैं। अलीगढ़ वालों के ख़ास sense of humour के मुताबिक शियों की मग़रिब और इशा की नमाज़ों को तफ़रीह-मज़ाक़ में 'सेकण्ड शो' कहा जाता था।

अम्मा घर को बहुत ही सजाकर रखती थीं। बाग़बानी की शौक़ीन थीं। माली के साथ-साथ बाग़ में ख़ुद काम करती थीं। उनके मिज़ाज़ में अंग्रेज़ियत बहुत थी और ये उस दौर की ख़ुसूसियत थी, जो उनका नौउम्री का ज़माना था। उनके वालिद ख़ानबहादुर मीर नज़रुल बाक़र ब्रिटिश इण्डियन आर्मी के सप्लाई एजेंट थे और वह चीन की बाक्सर बग़ावत और दक्षिण अफ़्रीका से लेकर प्रथम विश्वयुद्ध तक हर युद्ध में शामिल रहे थे। फिर उन्होंने चार साल फ्रांस में गुज़ारे वह भी बहुत ही "साहब" आदमी थे और ये कोई अचम्भे की बात नहीं थी।

उनकी बीवी का इन्तिक़ाल 1908 ई. में हो गया था लेकिन उन्होंने अपनी औलाद के ख़याल से दूसरी शादी नहीं की। वह एक बहुत ही रौशन ख़याल और वसी-उल-मशरब (मिलनसार) इंसान थे। हिन्दू और सिख दोस्तों का बहुत बड़ा सर्किल रखते थे। रायबहादुर बेली राम जो पंजाब की एक नामवर शख़्सियत थे, जिनकी बेलीराम बिल्डिंग आज तक माल रोड पर लाहौर में मौजूद है, उनके मुँह बोले बेटे थे। दूसरे एक क़रीबी दोस्त पंजाब की एक और नामवर हस्ती सरदार गुलाब सिंह थे, जैसा कि मैंने पहले लिखा है, उस ज़माने में मुँह बोले रिश्तों का बहुत ज़ोर था और उनकी पासदारी की जाती थी।

इसका सामाजिक कारण ये प्रतीत होता है कि वह ख़ुशहाली और आसाइश का ज़माना था। दौलत हासिल करने और ऊँची नौकरियों की दौड़-भाग के लिए कंठ थ्रोट कम्पटीशन शुरू नहीं हुआ था। लोग बाग ख़ासे संतुष्ट रहते थे। सियासी पार्टियों ने नफ़रतें पैदा कीं। सरकारी मुलाज़िमतें हासिल करने की दौड़ में हिन्दू और मुसलमानों के बीच रस्साकशी शुरू हुई। हिन्दू प्रेस और मुस्लिम प्रेस की आपस में ठन गयी, उर्दू-हिन्दी का झगड़ा शुरू हुआ और देखते ही देखते जंगल का जंगल हरा हो गया। "उधर फूल रही सरसों लबे आबे गंग बजे

जल तरंग" लो फिर बसँत आई और ख़ूब आयी, अब तो चारों तरफ़ सरसों ही सरसों फूल रही है।

वह ज़माना जिसमें हमारी अम्मा और उनकी समकालीन महिलाओं ने अपने-अपने रोल अदा किये और ये ख़वातीन (महिलाएँ) सारे हिन्दुस्तान में मौजूद थीं और बहुत से ऐसे इलाक़ों की रहने वालियाँ थीं, जहाँ की मातृभाषा उर्दू नहीं थी। उस दौर की लिखने वालियों में जमीला बेगम (कलकत्ता), हर हाइनेस फ़ातिमा बेगम (सिचेन), नफ़ीस फ़ातिमा, आमना नाज़ली (दिल्ली), अनीस फ़ातिमा पुत्री बम्बोक़ (बाराबंकी), यानी मरहूमा बेगम अनीस क़िदवाई, सदस्य राज्यसभा। जहाँ बानो नक़वी (हैदराबाद दकन), ब.न. इब्राहीम (मद्रास), मिसेज़ अलताफ़ हुसैन (मेरठ), लेखिका की फूफीज़ाद बहन फ़ातिमा अलताफ़ हुसैन (पेशावर), उम्मतल वही (दिल्ली), महमूदा रिज़विया (कराची), वग़ैरह-वग़ैरह। अब इसकी मानवियत (अर्थों) और अहमियत को समझने वाले भी बहुत कम रह गए हैं।

एक शाइस्ता अख़्तर सोहरवर्दी हैं, जो उस दौर की लिखने वालियों का तज़किरा किये जाती हैं और उनके ज़िक्र के बग़ैर उर्दू फ़िक्शन का इतिहास पूर्ण नहीं हो सकता। आधुनिक उर्दू साहित्य के इतिहास में शाइस्ता आपा को कोई जगह नहीं दी गयी, न उर्दू नाविल लेखन पर उनकी किताब का कोई तज़किरा किया जाता है, जो उनके पी.एच.डी. का थीसिस था और उन्होंने दूसरे विश्वयुद्ध से पहले लंदन में डॉक्टर ग्राहम बेली की निगरानी में तैयार किया था, जिस पर उन्हें वहाँ से पी.एच.डी. की डिग्री मिली। लेकिन जहाँ तक मुझे मालूम है, उर्दू फ़िक्शन की आलोचना के चौधरियों ने कभी शाइस्ता अख़तर सोहरवर्दी यानी बेगम इकरामुल्लाह का नाम तक नहीं लिया। उनके उस अंग्रेज़ी थीसिस का शायद उर्दू में अनुवाद भी नहीं हुआ।

बतौर एक नवउम्र लड़की अम्मा ने बाक़ायदा 'फूल' अख़बार का सम्पादन किया। वह उस ज़माने में 1909-10 ई. में अपने वालिद के साथ कोहाट, नौशहरा वग़ैरह में रहती थीं। उनकी तालीमो-तरबियत और हौसला अफ़ज़ाई में उनके वालिद और फूफी अकबरी बेगम का बड़ा हाथ था। उनके वालिद और चचा वग़ैरह अत्यन्त पर रौशन ख़याल (खुले विचारों के) बुज़ुर्ग थे, अगर वह

अपने आबाई (पुश्तैनी) वतन लखनऊ और मुरादाबाद से बाहर न निकले होते तो शायद उनमें ये रौशन ख़याली न आती।

19वीं सदी की अन्तिम अर्धशताब्दी में मुस्लिम समाज तहो-बाला (अस्त-व्यस्त) हो चुका था, ख़ासतौर पर वह लोग, जिनका ताल्लुक़ पुराने फ़्यूडल वर्ग से था। लखनऊ और दिल्ली की तबाही के बाद बतौर Displaced Gentry क़िस्मत आज़माई के लिए दूर-दराज़ के इलाक़ों की तरफ़ निकल गए, मीर मासूम अली नाज़िम व चकलेदार (अवध) के एक फ़र्ज़न्द (पुत्र) लॉर्ड लिटन के नेटिव ए.डी.सी. मुक़र्रर हुए। एक और फर्ज़न्द मीर क़ायम अली उन सिविलियन अफ़सरों में से थे, जिनको ब्रिटिश सरकार ने पंजाब की व्यवस्था बनाये रखने के लिए यू.पी. से बुलाया।

मीर क़ायम अली ने मिस्टर प्रिंसिप के साथ मिलकर पंजाब के रेवेन्यु लॉज इस प्रकार बनाये कि किसान को महाजन के क़र्ज़े की गिरफ़्त से बचा लिया। इस वजह से पंजाब की जनता में वे बेहद लोकप्रिय हुए और इन्तिक़ाल के बाद शाहजी व पीर साहब के ओहदे पर फ़ाइज कर दिये गए और उनके मज़ार पर उर्स होने लगा। मैं इस क़िस्से को विस्तारपूर्वक पहले "कारे-जहाँ दराज़ है" भाग प्रथम में लिख चुकी हूँ।

जमीला हाशमी जिन्होंने बहावलपुर के एक पीर साहब से शादी की थी, उन्होंने मुझे लिखा था कि तुम बड़े बेवकूफ़ लोग थे, जो यू.पी. वापस चले गए अगर यहीं रह जाते तो पंजाब में पीरज़ादों की हैसियत से बहुत ऐश करते।

अम्मा में sense of humour बहुत था और वह अपनी हाज़िर जवाबी के लिए मशहूर थीं, वह जहाँ भी रहीं उनके ख़ालिस इंग्लिश स्टाइल के लंच और डिनर और टी पार्टियाँ बहुत मशहूर थीं। बैरा हर कोर्स के लिए प्लेटें बदलता था। 1924 ई. में वालिद मरहूम के साथ इंग्लिस्तान जाने वाली थीं, जहाज़ का टिकट भी ख़रीद लिया गया था। भाई को सरवत ख़ाला के यहाँ छोड़ने रोहतक गयीं लेकिन उनके बम्बई रवाना होने से कुछ दिन पहले से भाई को चुप लग गयी। उन्होंने बोलना बिल्कुल छोड़ दिया; शायद इस रंज में

कि अम्मा उन्हें छोड़कर कहीं जा रही हैं। लिहाज़ा उन्होंने दहल कर विलायत जाने की योजना ख़त्म कर दी और वालिद मरहूम को तार दिया कि आप चले जाइए, मैं नहीं आ रही हूँ।

चुनांचे यलदरम ने पानी के जहाज़ से या शायद लंदन से उन्हें ख़त में लिखा कि इंशाअल्लाह इंग्लिस्तान के अगले सफ़र में तुम और छब्बू मियाँ साथ होगे तो यहाँ की फ़ुलाँ-फ़ुलाँ जगहें देखना। उन्होंने वालिद मरहूम और अल्लन मामू व हसनैन मामू के साथ ईरान व इराक़ की सैर भी की और अंडमान द्वीप समूह में भी रहीं। बम्बई और कलकत्ता, लाहौर का सफ़र उनके लिए रोज़मर्रा की बात थी, उनकी जुराअत और हौसलामंदी हैरतअंगेज़ थी।

एक बार जब वह सोलन की एक कोठी में रहती थीं, गवर्नर पंजाब के अंग्रेज़ ए.डी.सी. ने आकर उनसे कहा कि गवर्नर साहब शिमला से उतरते हुए चंद घंटों के लिए इस कोठी में क़याम करेंगे, आप यहाँ से दूसरी जगह अस्थाई रूप से चली जाइए। अम्मा ने जवाब दिया मैं छोटे-छोटे बच्चों को लेकर कहीं नहीं जाऊँगी। गवर्नर साहब आएँ और सामने के कमरे में ठहरें, मैं तो यहाँ से निकलने वाली नहीं। ये गवर्नर साहब वही जलियाँवाला बाग़ वाले डायर थे। ए.डी.सी. हैरान कि ये तो बड़ी अजीब बेढब ख़ातून हैं।

उसने बहुत समझाया, ये भी अड़ी रहीं, लिहाज़ा उसको मजबूरन मानना पड़ा, ये बच्चों को लेकर पीछे एक बेडरूम में क़िलाबन्द हो गयीं। सैयद इनामुल्लाह शाह, जो उनके मुँह बोले भाई थे और साथ आए थे, उन्होंने भी बहुत समझाया कि बाजी मान जाइए मगर वह टस से मस न हुईं, नौकरों को बाज़ार भेज दिया। इनामुल्लाह मामू से कहा, आप भी घूम आइए ताकि गवर्नर और उसके स्टाफ़ को ये मालूम हो कि रेस्ट हाउस में कोई नहीं है। चुनांचे गवर्नर स्टाफ़ समेत आया और प्रोग्राम के मुताबिक़ कुछ देर ठहरकर नीचे चला गया। तब ये इतमीनान से कमरा खोलकर बाहर निकलीं।

अम्मा की आत्मकथा "रोज़नामचा और अय्याम-ए-गुज़िश्ता" शीर्षक से जो 1947 ई. से पूर्व "तहज़ीब-ए-निसवाँ" लाहौर और बाद में "इस्मत" कराची में

छपती रहीं, उसमें उन्होंने लिखा है : "पहले मैं भी बग़ैर किसी मर्द रिश्तेदार की हमराही के सफ़र नहीं कर सकती थी बल्कि यूँ कहना चाहिए कि सफ़र करने नहीं दिया जाता था, मगर जल्द ही मैंने और मेरे साहब ने ग़ौर किया कि ये तरीक़ा बेकार खर्च का है और इसकी वजह से कई बार सफ़र में फ़ुज़ूल रूकावट भी पैदा हो जाती है। ज़रूरी जाना है मगर साथ के लिए कोई रिश्तेदार मर्द नहीं तो पड़ी हूँ, बाहर से कोई अज़ीज़ (रिश्तेदार) बुलाया जाये तो रवानगी हो।

आख़िर में अपने आप तनहा सफ़र करना शुरू कर दिया। अव्वल-अव्वल किसी ऐसे सफ़र में जिसमें कि दो-तीन रातें लगती थीं, ज़रा ख़ौफ़ मालूम होता था, क्योंकि खाली कम्पार्टमेंट में अकेले बैठना अंदेशानाक (ख़तरनाक) नज़र आता था लेकिन जब एक सफ़र में मुझको पाँच चोरों से मुक़ाबला करना पड़ा तो उस दिन से ये ख़ौफ़ भी जाता रहा।

मैं अपने दर्जे में बिल्कुल तनहा थी, ग़ुस्लख़ाने में पाँच चोर छिपे बैठे थे लेकिन हिम्मत के आगे सब आसान है, हौसले से काम लेकर मैंने उन पाँचों को डराया धमकाया। उन्होंने ऐसा ज़ाहिर किया कि बिला टिकट के मुसाफ़िर हैं। हाथ जोड़कर पैरों पर सिर रख दिया और खौफ़ज़दा होकर चलती गाड़ी से कूद गए। मैंने भी मसलहतन (युक्तिवश) ही रेलवे पुलिस को इत्तिला देने की धमकी थी, दरअस्ल ये मंज़ूर न था क्योंकि चोरों को गिरफ़्तार कराया जाता तो मुक़दमा बनता, बात तूल खींचती।

मुरादाबाद पहुँचने से क़ब्ल (पूर्व) चोर जा चुके थे। स्टेशन पर मेरे भांजे शाहिद हुसैन सल्लमहू उतरवाने को आए हुए थे। उनसे इस वाक़ए का ज़िक्र किया तो उन्होंने भी मेरे इस तरीक़-ए-अमल (काम करने के ढंग) को बहुत पसन्द किया कि बहुत ही अच्छा किया आपने; अगर पुलिस से उन्हें गिरफ़्तार करा देतीं तो गवाहियों वग़ैरह में बहुत ज़हमत उठानी पड़ती।

हालाँकि उन चोरों ने अपने आपको बग़ैर टिकट के मुसाफ़िर कहा था मगर मैं समझ गयी थी कि वे चोर ही हैं क्योंकि उनके हाथों में मोटे-मोटे डंडे थे और गाड़ी से कूदने में एक के कपड़ों में से छुरी भी नीचे गिरती दिखाई दी

थी। आधी रात का वक़्त था मगर चाँदनी रात थी और शाहाबाद के क़रीब पहुँचकर गाड़ी की रफ़तार भी किसी क़द्र धीमी हो गयी थी। ख़ुदा की बड़ी मेहरबानी थी कि उसने मुझे इस मुसीबत से बख़ैरियत नजात दी।" (तहज़ीब-ए-निसवाँ, 13 मार्च 1937 ई., पृष्ठ 249)

वे एक बेहद प्रबन्ध कुशल और independent ख़ातून थीं। जब वालिद मरहूम का किसी दूसरे ज़िले का तबादला होता तो सारा इन्तिज़ाम घर के सामान की पैकिंग से लेकर मालगाड़ी में फ़र्नीचर रखवाने तक ख़ुद अपनी निगरानी में करतीं, नित नयीं कोठियाँ ढूँढ़ना, उनमें शिफ़्ट करना और उनमें बाग़ लगवाना। उनके पसन्दीदा मशग़ले थे।

इस सिलसिले में उनके एक फ़ैसले से सब हैरान रहते थे कि वे अपनी निजी कोठी आशियाना देहरादून में साल भर से ज़्यादा नहीं रहीं महज़ इस वजह से कि बक़ौल उनके "आशियाना" बच्चे के कॉलेज से बहुत दूर था, हालाँकि देहरादून जैसे छोटे शहर में कॉलेज से आशियाना तक का फ़ासला बहुत ज़्यादा न था। मगर जब उन्होंने तय कर लिया कि वे उसमें नहीं रहेंगी तो कोई उनके इस फ़ैसले को बदल नहीं सकता था।

चुनांचे अम्मा ने एक अंग्रेज़ की कोठी 'बेली लॉज' का आधा हिस्सा किराये पर लेकर उसमें क़याम किया (ठहरे) और आशियाना ख़ाली पड़ा रहा। और बेचारे वालिद मरहूम अम्मा से बहस करना बिल्कुल व्यर्थ समझते थे। लिहाज़ा वह उनके इस तरह के फ़ैसलों को ख़ामोशी से क़बूल कर लेते थे।

अम्मा ने बहुत सी बातों में पहल की। देहरादून में जब शादी के बाद आयीं तो उन्होंने लड़कियों का एक स्कूल भी स्थापित किया। लखनऊ का मुस्लिम गर्ल्ज़ स्कूल (जो अब करामत हुसैन गर्ल्ज़ डिग्री कॉलेज है) की गवर्निंग बॉडी में उन्हें नामज़द किया गया। अम्मा और बेगम वज़ीर हसन हर हफ़्ते स्कूल के बोर्डिंग हाउस और किचन का मुआयना करतीं और स्कूल के मामलों में सरगर्मी से हिस्सा लिया करतीं। अलीगढ़ मुस्लिम गर्ल्ज़ कॉलेज के क़याम में अब्दुल्लाह बेगम की दस्तरास्त (right hand) रहीं। लेकिन कभी महिलाओं की प्रोफ़ेशनल क़िस्म की लीडर नहीं बनीं और ये सारी सेवाएँ ख़ामोशी से करती रहीं।

अलबत्ता हुक़ूक़े-निसवाँ (महिलाओं के अधिकारों) के मुताल्लिक़ लेख लिखने में आगे-आगे थीं। और बड़ी निडरता से दकियानूसियत के मुताल्लिक़ लेख लिखने में आगे-आगे थीं और बड़ी निडरता से दक़ियानूसी विचारों वाले वर्ग से टक्कर ली। उनके आग्रह पर और उनके अनुकरण में यू.पी. के मुस्लिम कुलीन वर्ग के बहुत से घरानों में पर्दे की रस्म छोड़ दी गयी।

अपने ख़ानदान की बीबियों के मुताल्लिक़ शाइस्ता आपा का यह परिचय देश के अधिकतर घरानों की बीबियों पर खरा उतरता है। वे सब असाधारण हस्तियाँ न होते हुए भी निहायत क़ाबिल-ए-ज़िक्र ख़वातीन थीं। अपने चरित्र की मज़बूती, सब्र-संयम और त्याग उनकी घुट्टी में पड़े थे, वह एक इन्तिहाई Male dominated society में पैदा हुई थीं, इसके बावजूद आमतौर पर घर के अन्दर उन्हीं का सिक्का चलता था और ख़ानदान की कोई बुज़ुर्ग ख़ातून लगभग निरंकुशता वाली हैसियत रखती थीं। साँझा परिवार सोसायटी की बुनियादी इकाई था और ये एक common wealth की हैसियत रखता था, जिसमें विधवाओं, ग़रीब रिश्तेदारों, यतीमों की परवरिश पूरे ख़ानदान की ज़िम्मेदारी थी।

ये कोई मिसाली या आइडियल सोसायटी नहीं थी लेकिन कल मिलाकर इसमें बेसहारा औरतों की देखभाल का ज़िम्मेदार सारे कुनबे को समझा जाता था। औद्योगिक युग में ख़ानदानों के बिखरने के बाद सूरते-हाल ज़रा बदल गयी लेकिन देहात और क़स्बों में ज़िन्दगी का पुराना चलन बहुत हद तक बदस्तूर क़ायम रहा। ये धार्मिक आदेश, जिनमें एक आदेश यह भी था कि पहले यह देख लो कि पास पड़ोस में आज की रात कोई भूखा तो नहीं सो रहा है, उस पर सख़्ती से अमल किया जाता था। मोहल्ले की मस्जिद में मुसाफ़िरों और ज़रूरतमंदों के लिए खाना भिजवाना एक और निहायत दिल पज़ीर और क़ाबिलेतारीफ़ दस्तूर था। रमज़ान के महीने की तो रौनक़ और चहल-पहल ही अलग थी, जिसकी मिसाल किसी और सम्प्रदाय या धर्म के समाज में नहीं मिलती और वही सूरते-हाल आज तक मौजूद है।

हर घर में अच्छी ख़ासी संख्या में मिलने-जुलने वाले भी रहते थे और वे किसी तरह की हीन भावना में मुब्तला नहीं होते थे हालाँकि इसी सिस्टम ने

मुफ़्तख़ोरों की फ़ौज पैदा कर दी। नौजवानों के दिलों में कुछ करने का जज़्बा भी जाता रहा। बर्तानिया की तरक़्क़ी की एक बड़ी वजह वहाँ का उत्तराधिकार का क़ानून है, जिसके अनुसार सारी पैतृक सम्पत्ति बड़े पुत्र को मिलती है और बाक़ी भाइयों को अपने बलबूते पर ज़िन्दगी गुज़ारने पर मजबूर होना पड़ता है। चुनांचे वे छोटे भाई सूरज के नीचे अपनी जगह हासिल करने के लिए संघर्षरत हुए और उन्होंने घर से निकल कर आधी दुनिया जीत ली। हमारे यहाँ छोटे भाई - बड़े भाई जायदाद के सिलसिले में एक दूसरे के ख़िलाफ़ मुक़दमा लड़ाने में मसरूफ़ रहे और आज तक आमतौर से यही नक़्शा देखने में आता है।

एक चीज़ जो मैंने नोटिस की है, वह हिन्दू और मुस्लिम समाज का एक वाज़ेह फ़र्क़ (स्पष्ट अन्तर) यह है कि हिन्दुओं के यहाँ बड़े भाई और बड़ी भावज का अत्यधिक आदर किया जाता है। हमारे यहाँ जज़्बा-ए-ख़ुदी (आत्मसम्मान) इतना बेदार है कि आमतौर पर इस हद तक आदर नहीं है। हिन्दुओं के यहाँ पाँय लागन यानी बड़ों के पाँव छूने की रस्म भी इस आदर और सम्मान में इज़ाफ़ा करती है। चूँकि मूर्तिपूजा हिन्दुओं की साइकी में दाख़िल है; जापानियों की तरह उनके यहाँ भी अपने ख़ानदान के बुज़ुर्गों के चित्रों पर फूलमालाएँ चढ़ाई जाती हैं।

मैंने अपनी कायस्थ दोस्तों के यहाँ एक बार देखा कि उनके चाचा जो एक सरकारी उच्चाधिकारी थे, अपने कमरे के दरवाज़े में अपनी मूर्तियाँ रखे पूजा पाठ में व्यस्त थे। उन्हीं मूर्तियों के साथ उनके स्वर्गवासी बड़े भाई, जो एक इनकम टैक्स कमिश्नर थे, कोई स्वामी या सन्यासी नहीं थे, उनका फ़ोटोग्राफ़ भी रखा था, जिनका कुछ समय पूर्व देहान्त हुआ था। वे भी ख़ानदानी देवमाला में शामिल हो गए थे और उनकी तस्वीर भी पूजा के अलतार पर सजा दी गयी थी।

बहुत समय पहले मैंने अपने किसी निबन्ध में लिखा था "कल्चर और नहीं कल्चर" (None culture) बीबीसी वाले यावर अब्बास हमेशा आनन्दित होकर मेरे इस वाक्य को दोहराते हैं। चुनांचे मैं अब भी कहूँगी रवैये महज़ दो हैं "बुतपरस्ती और नहीं बुतपरस्ती" सारा खेल इन्हीं दो रवैयों का है। मुझे

ख़ासतौर पर वालिदैन (माता-पिता) की विभिन्न कोठियों कमरों के आतिशदान याद हैं, जिनके मेंटल पीस या कार्नस एक से एक ख़ूबसूरत झालरों से सजाए जाते थे। सर्दियों में मख़मली झालरें लगाई जाती थीं, गर्मियों में नफ़ीस जालियाँ आतिशदानों के ऊपर सुनहरे चाँदी के फ़्रेमों में ख़ानदानी तस्वीरों का एक जंगल मौजूद होता।

कुछ आतिशदानों पर दोस्तों की तस्वीरें मिस्टर और मिसेज़ निरंजन दास, संतान सहित नुकीली मूँछें, विलायती सूट, बीवी की तस्वीर के पीछे बड़े बाँकपन से खड़े हैं, बीवी के साथ दोनों बच्चे। फिर सैयद नवाज़िश अली शाह; एक नुकीली मूँछों वाले, निहायत शानदार इनामुल हक़ देहलवी। एक तस्वीर में मीर अफ़ज़ल अली सैयद इनामुल्लाह शाह और सर ज़फ़रुल्लाह ख़ाँ। एक ताज़ा तस्वीर इम्तियाज़ अली 'ताज' और हिजाब, (दूल्हा दुल्हन) हिजाब तीन बल की साड़ी बाँधे घूँघट निकाले, सियाह साड़ी पर शायद गोटा तराश कर फूल बूटे बनाये गए।

ज़्यादातर तस्वीरों में ख़वातीन सियाह साड़ियाँ पहने नज़र आती थीं क्योंकि ये समझा जाता था कि कैमरे में काला रंग ज़्यादा स्पष्ट दिखाई देता है। तस्वीरों का एक क़ायदा ये भी था कि हर बाग़ में छोटा सा क़ालीन बिछाया जाता, उस पर सोफ़ा चेयर। बराबर में एक मेज़ ख़ुशनुमा मेज़पोश से ढकी हुई, उस पर कुछ जिल्द बंधी किताबें या गुलदान। मतलब ये कि पुरतकल्लुफ़ शाइस्ता ज़िन्दगी गुज़ारने के कुछ क़ायदे-क़ानून थे।

बेबी ब्राउन कैमरे के आने से तस्वीरों का अंदाज़ बदल गया और रोज़मर्रा की ज़िन्दगी के दृश्यों के snap-shots लिये जाने लगे। फिर नुमाइश में फ़ोट ोग्राफ़र की एक दुकान आती थी, जो शायद एक रुपये में आठ या बारह तस्वीरें एक ही व्यक्ति की विभिन्न पोज़ में खींची जाती थीं। फ़ोटोग्राफ़ी के मैदान में भी वालिदा मरहूमा अग्रणी रही थीं। बहैसियत मिस नज़रुल-बाक़र उन्होंने घर पर स्टूडियो और डार्क-रूम बनाया था, जिसमें वे स्वयं तस्वीरें डेवलप करती थीं। उनका kodak कैमरा मेरे पास सुरक्षित है; उसके साथ एक कार्ड भी है, जिसमें लिखा है कि गैस लाइट में तस्वीरें किस तरह ली जाएँ।

तस्वीर-साज़ी का दूसरा दौर हमारे क़दीर ड्राइवर ने शुरू किया। कलकत्ते से कैमरा मंगवाया, अपने क्वार्टर के आगे सरकण्डे की दीवार खड़ी करके फ़ोटोग्राफ़रों वाला पर्दा ख़रीदा, जिस पर एक बाग़ की रंगीन तस्वीर बनी थी। फ़व्वारा, क्यारियाँ, दरख़्त वग़ैरह। उस पर्दे के सामने बैठकर अम्मा ने एक तस्वीर खिंचवाई थी, जिसमें वे बैठी सितार बजा रही हैं। इस तस्वीर की आबो-ताब आज तक उसी तरह क़ायम है, जैसे वह तस्वीर आज ही ली गयी हो। इस बाग़ो-बहार पर्दे के आगे बिठाल कर क़दीर ड्राइवर ने सारे घर की तस्वीरें खींचनी शुरू कीं। लेकिन, उनका ये फ़ोटोग्राफ़ी का क़िस्सा मैं "आग का दरिया" में लिख चुकी हूँ। उनकी कुछ तस्वीरें और निगेटिव अब भी मेरे पास मौजूद हैं।

फ़ोटोग्राफ़ हमारी सोशल हिस्ट्री को सुरक्षित करने का कितना अहम हिस्सा है लेकिन हमारे यहाँ आमतौर पर पुरानी तस्वीरों को लोगों ने ख़त्म हो जाने दिया। मेरे पास सुल्तान आरा मुमानी के दादा (Bamboo Villa) कलकत्ता के नवाब सैयद अहमद अली का बहुत नायाब एलबम भी सुरक्षित है, जिसमें 1868 ई. से पहले के खींचे हुए फ़ोटोग्राफ़ मौजूद है, उनमें से कुछ फ़ोटोग्राफ़ मुशीरुद्दौला क़ैसरबाग़ लखनऊ के खींचे हुए हैं। उन सबका एक ही मुख़तसर साइज़ है, यानी उस वक़्त तक कैमरे का लैंस इससे बड़ी तस्वीरें नहीं खींच सकता था। उस एलबम में कुछ ऐतिहासिक हस्तियों के फ़ोटोग्राफ़ हैं, मिसाल के तौर पर टीपू सुल्तान की संतान वग़ैरह। मगर अफ़सोस है कि उनके नाम मालूम नहीं।

मेरा इरादा है कि उस एलबम को भी प्रकाशित करवाऊँ लेकिन शायद ब्राउन रंग के ब्लाक साफ़ न बन सकें। मैं पहले भी ज़िक्र कर चुकी हूँ कि जामिया मिल्लिया इस्लामिया के उर्दू विभाग के उस्ताद डॉ. वहाजुद्दीन अलवी के पास भी उस दौर की इसी साइज़ की तस्वीरों का एक नायाब ज़ख़ीरा मौजूद है, जो उनके किसी बुज़ुर्ग की मिल्कियत था और ये ज़ख़ीरा 19वीं शताब्दी लखनऊ की नामी गायिकाओं और स्टेज एक्ट्रेसों की तस्वीरों पर आधारित है और ये भी किसी सोशल हिस्ट्री की किताब के लिए एक बेशबहा ज़ख़ीरा साबित हो सकता

है। मैं इंशाअल्लाह उन सारी तस्वीरों का एक एलबम प्रकाशित करूँगी ताकि ये भविष्य के लिए अतीत की सारी झलकियाँ सुरक्षित हो जायें चूँकि वालिदा मरहूमा की खींची हुई कुछ तस्वीरें भी मेरे पास मौजूद थीं, जिनमें ज़हरा फ़ैज़ी, लाडो रानी ज़ुत्शी और अहमद अली के फ़ोटोग्राफ़ शामिल थे।

बहुत सी नायाब तस्वीरों का संदूक़ 1947 ई. की अफ़रातफ़री में ग़ायब हो गया। मैंने पहले कहीं ज़िक्र किया है। कुछ संदूक़, जिनमें वालिद मरहूम के ज़ख़ीरे की चंद नायाब किताबें ताले में बन्द की गयी थीं, वह भी बर्बाद हुआ, उनमें से चंद किताबें और तस्वीरें मैंने नख़ास लखनऊ के एक नीलाम घर में रखी पायीं।

इंग्लिस्तान और यूरोप के प्राचीन घरों में पुराने साज़ो-सामान, तैलीयचित्रों, ज़ख़ीरों, किताबों और दूसरे सामान को इन्तिहाई निफ़ासत से महफ़ूज़ (सुरक्षित) किया जा रहा है। पंद्रहवीं-सोलहवीं शताब्दी के मकान ज्यों के त्यों मौजूद हैं। हमारे यहाँ कुछ सियासी तबाहकारी और हमारी अपनी बेध्यानी और बेहिसी की वजह से ऐसी यादगारें लगभग नगण्य हैं। हमें मालूम नहीं कि सोलहवीं या सत्रहवीं शताब्दी के रिहायशी मकानों में रहन-सहन का ढंग कैसा था, वह मकान ही मिट गए। महज़ एक मकान लखनऊ में मैंने ऐसा देखा, जो मिर्ज़ा अस्करी की मिलकियत था और जिसमें वह कमरा अब भी मौजूद है, जहाँ मीर इंशा क़याम फ़रमाते थे।

इसके अलावा अजीज़बानो वफ़ा की पुश्तैनी हवेली, जो सब्ज़ी मंडी लखनऊ में अब भी मौजूद है, जिसमें वह माशाअल्लाह अब भी रहती हैं। ये हवेली 1797 ई. में आसिफ़ुद्दौला के काल में तामीर की गयी थी। इसी तरह एक और मकान जो ख़ाक़ान मंज़िल कहलाता था, जिसमें नवाब क़मर जहाँ बेगम रहती थीं, ये भी नवाबी दौर से ताल्लुक़ रखता था। मैं पहले स्पष्ट कर चुकी हूँ कि लखनऊ में नवाबी और शाही दो भिन्न-भिन्न युग हैं, उन सारी रिहायशी इमारतों को इंग्लिस्तान के stately homes की तरह राष्ट्रीय धरोहर स्वरूप सुरक्षित कर लेना चाहिए था।

रेल के लम्बे सफ़र अकेली तय कर लेने के अलावा वालिदा मरहूमा सारे मामले और इन्तिज़ामात निहायत ख़ुशअस्लूबी से ख़ुद कर लेती थीं। एक बार देहरादून में मैं बीमार पड़ी, जब ज़रा अच्छी हुई तो डॉक्टर हून ने अम्मा से कहा कि इनको आबो-हवा की तब्दीली की ज़रूरत है। अम्मा ने तुरन्त राजपुर जाने के इन्तिज़ामात कर लिए और तीसरे दिन ही हम लोग राजपुर पहुँच गए, जो देहरादून और मसूरी के आधे फ़ासले पर एक अर्धपर्वतीय स्थान था, जहाँ ज़्यादातर अंग्रेज़ों के होटल और रेस्टोरेंट थे। वहाँ पहुँचकर उन्होंने मालूम किया कि सबसे अच्छा होटल कौन सा है। फिर मिसेज़ चीपमैन के होटल पहुँच गयीं, वहाँ कमरे बुक किये और आराम से वहाँ ठहरीं।

उन्होंने सोलन, शिमला वग़ैरह में अपने independent क़याम का तज़किरा अपने रोज़नामचे में किया है, जो मुसलसल "तहज़ीब-ए-निसवाँ" और "इस्मत" में छपता रहा और जिसमें बातों-बातों में लेडी हरनाम सिंह, कमला नेहरू, सरोजनी नायडू वग़ैरह का तज़किरा भी आ गया है, जो इन्हीं स्थानों पर उनकी मिलने वालियों के सर्किल में शामिल थीं।

मेरी अपनी बहुत ही धुँधली याद में क़मर ख़ाला और अख़तर ख़ाला भी सुरक्षित हैं, जिनके वालिद कर्नल असग़र अली कपूरथला से आया करते थे और उन दोनों में से एक बहन की शादी एक बहुत ही ख़ूबरू (सुन्दर) नौजवान नजमुल हसन से हुई थी, जो देविका रानी की फ़िल्म 'जवानी की हवा' के हीरो थे।

मैंने क़िस्सा ये सुना है कि नजमुल हसन देविका रानी के साथ आकर सोलन के एक होटल में ठहरे तो क़मर ख़ाला या अख़्तर ख़ाला ने मुझे और भाई को मुलाज़िम के हमराह उनके पास भेजा ताकि उन्हें बुला लायें, जब हम लोग होटल पहुँचे तो किसी ने बाहर आकर कहा कि नजमुल हसन वहाँ मौजूद नहीं हैं। उस ज़माने में सिनेमा की इतनी धुन नहीं थी, न फ़िल्म स्टार्ज़ इतने लोकप्रिय व मशहूर हुए थे। अगर आजकल का ज़माना होता और नजमुल हसन वाली लोकप्रियता वाला कोई इस ज़माने का हीरो वहाँ आता तो तहलका मच गया होता।

उसके कई वर्षों बाद की एक घटना मुझे और याद है। अख़्तर ख़ाला या क़मर ख़ाला का ख़त कपूरथला से लखनऊ अम्मा के नाम मिला, जिसमें उन्होंने अपने शौहर के लिए बिल्कुल पंजाबी अंदाज़ में लिखा था, नजम अब भी फ़िल्म में काम करता है। और उसी ज़माने में नजमुल हसन की शायद आख़िरी फ़िल्म लखनऊ में रिलीज़ हुई थी, जिसका नाम 'जवानी की रात' था और शायद कानन देवी उसकी हीरोइन थीं। उनकी एक फ़िल्म 'अनाथ आश्रम' उससे पहले बनी थी।

सोचने की बात है कि शोहरत और लोकप्रियता कितनी नापायदार वस्तु है, खासतौर से शो बिज़नेस की शोहरत। एक ज़माने में नजमुल हसन और देविका रानी की फ़िल्मी जोड़ी की वही अहमियत थी, जो आजकल शाहरुख़ ख़ान और जूही चावला की है और मुझे एक फ़्रांसीसी बेल्ड हमेशा याद आता है, जिसका मैंने अक्सर ज़िक्र भी किया है :

'कहाँ है पिछले बरसों का बर्फ़'

ये मशहूर लोग वे snow man हैं, जिन्हें बच्चे बर्फ़ से बनाते हैं और वे बहुत जल्द पिघल कर ग़ायब हो जाते हैं लेकिन नजमुल हसन के ज़रा बाद के कलाकार, अशोक कुमार माशाअल्लाह सदाबहार सिद्ध हुए। उनकी एक बात मुझे याद रह गई। बम्बई की एक महफ़िल में उनसे मुलाक़ात हुई थी, कहने लगे, मुझे तो उर्दू नहीं आती। हालाँकि सारी ज़िन्दगी उन्होंने फ़िल्मों में एक से एक फ़सीह व बलीग़ (वाकपटुता के साथ) उर्दू के डायलॉग बोले लेकिन आजकल कुछ औरतों का एक टीप का जुमला होता है 'जी मुझे तो उर्दू नहीं आती।'

अम्मा ने वालिदा मरहूम के साथ उत्तरी भारत की बहुत सैर की, वह आला-तरीन मॉडर्न जीवन में भी इसी सरलता और इतमीनान से शामिल रहती थीं, जिस इतमीनान के साथ वह पर्देदार क़दामत पसन्द सोसाइटी में शरीक हो जाती थीं, यानी उनमें Aolaptability की योग्यता उत्तम दर्जे की मौजूद थी। दूसरों की दिलआज़ारी (दिल दुखाना) विशेषतः मज़हब के बारे में नुक्ताचीनी (आलोचना) पाप समझती थीं।

देहरादून में पादरी साहब का लड़का भाई के लिये ट्यूशन कराने आता था, वह कुछ माह नहीं आ सका मगर उसके पिता ने अम्मा को ख़त लिखा कि उसे उसकी पूरी तन्ख़्वाह दी जाये। मुझे उस ख़त का मज़मून तो मालूम नहीं, इतना याद है कि अम्मा ने उन्हें लिखा था कि आप हमारे रूहानी बाप हैं। आपकी शिकायत सर आँखों पर ...इत्यादि। मेरे विचार में आजकल कोई मुसलमान स्त्री किसी पादरी को अपना रूहानी बाप कहकर सम्बोधित नहीं करेगी परन्तु यह गुज़रे ज़माने की विनम्रता का एक उदाहरण था।

मुझे यह भी याद है कि एक बार अम्मा ग़ाज़ीपुर के एक प्रसिद्ध मठ के महन्त के निमंत्रण पर वहाँ भी गई थीं। मठ का माहौल बहुत ही अफ़सानवी और रहस्यमय था। महन्त जो एक ग्रेजुएट नौजवान थे, एक चबूतरे पर बैठे थे और उन्होंने मुझे एक विटोल की नारंगी दी थी और अम्मा ने कुछ देर उनसे बातें की थीं। आजकल दूसरे सम्प्रदायों से क़रीबी ताल्लुक़ात में अक्सर सियासी या समाजी मसलहत (कूटनीति) होती है। परन्तु उस ज़माने में हिन्दू, सिख, मुसलमान और ईसाइयों की आपसी दोस्तियाँ महज़ विनम्रता के आधार पर क़ायम की जाती थीं।

मैं और भाई उन हज़रात को बाज़ाब्ता मुकर्जी मामू, घोष मामू और मुमानी आदि कहते थे। उसी ज़माने में मुकर्जी मामू ने उर्दू में आदम व हव्वा पर एक ड्रामा लिखा था, जिसे वह बैठकर वालिद मरहूम को सुनाते थे, हिन्दू, सिख ईसाई तीनों में उर्दू दाँ थे। अक्सर हिन्दू स्त्रियाँ भी उर्दू लिखना जानती थीं। देहरादून में डॉ. पूरनचन्द्र हून की बीवी, जो महाराजा कपूरथला की भांजी थीं, अम्मा को उर्दू में पत्र लिखती थीं।

जब मैं बी.ए. में पहुँची तो उस समय एक सिख लड़की ने उर्दू एच्छिक विषय के रूप में ले रखी थी। उर्दू का यह चलन अचानक कैसे ग़ायब हुआ। कायस्थों में उर्दू का इतना ज़ोर था कि एक लड़की कैलाश हॉस्टल में हमेशा अपने भाई के पत्र मुझसे पढ़वाने आती थी क्योंकि उसके पिता और भाई मात्र उर्दू लिपि से ही वाक़िफ़ (परिचित) थे और अंग्रेज़ी से भी नावाक़िफ़ (परिचित नहीं) थे। एक पूरी जबान (भाषा) व अदब (साहित्य) और कल्चर का हिन्दुस्तान

की जनसंख्या के बहुत बड़े हिस्से से यूँ अचानक रुख़्सत हो जाना, हमारी सभ्यता के इतिहास की दुःख भरी दास्तान है।

हाल ही में हिन्दू और सिख नौजवान वर्ग में उर्दू सीखने का जोश पैदा हुआ है, वह इसी प्रकार उर्दू पढ़ना शुरू करते हैं, जैसे मशग़ले के तौर पर फ्रेंच पढ़ी जाती है और कुछ माह पश्चात् जब जी भर जाता है, वे फिर इस भाषा को पढ़ना छोड़ देते हैं, कुछ-कुछ वही स्थिति अब उर्दू की है।

अम्मा बहुत पाबन्दी के साथ "इसमत" कराची के लिये अपना यादनामा -"अय्यामे-गुज़िश्ता" शीर्षक से लिखवाती रहीं। उनकी स्मृति और छोटी-छोटी बातों का विस्तृत वर्णन हैरतअंगेज़ था। सितम्बर 1967 ई. में वह कराची जाने वाली थीं, जहाज़ में बुकिंग भी हो गई थी। जब वह अचानक बीमार पड़ गईं, डॉक्टर मीर मोसीक़ुद्दीन बम्बई के एक प्रसिद्ध heart specialist और अम्मा के चिकित्सक थे, देखने के लिए आए और कहा, इन्हें तुरन्त अस्पताल पहुँचाना चाहिए। चुनांचे वह सेन्ट जॉर्जस हॉस्पिटल में भर्ती की गईं, यह एक बहुत पुराना अस्पताल था, प्राइवेट वार्ड के कमरे बहुत लम्बे-चौड़े, दरीची ऊँची थीं। सामने पाम के दरख़्त।

इत्तिफ़ाक़ से बराबर के कमरे में मौलाना शौकत अली के पुत्र, ज़ाहिद शौकत अली भी इलाज करा रहे थे, वह अम्मा को देखने आए और वह उनसे बड़ी प्रसन्नता के साथ बातें करती रहीं क्योंकि सज्जाद हैदर एम.ए.ओ. कॉलेज अलीगढ़ के बोर्डिंग हाउस में मौलाना मोहम्मद अली के रूम फ़ेलो और मित्र थे। तीसरे दिन अम्मा पर फिर बेहोशी छा गयी। ऑक्सीजन यूनिट के अन्दर रखा गया। ऑक्सीजन की नलकी उनकी नाक में लगा दी गई थी और उनकी सांस के आने से उसमें बुलबुले उठ रहे थे। कुछ समय पश्चात् अचानक वह बुलबुले ग़ायब हो गए।

"आदमी बुलबुला है पानी का"
मीर साहब ने कहा है '
हस्ती अपनी हुबाब की सी है
(अपना जीवन पानी के बुलबुले जैसा है)।

ऐसा लगता है जैसे मीर साहब ने ऑक्सीजन का सिलैण्डर देख लिया था। जब रहमताबाद की मस्जिद में अम्मा जी के जनाज़े की नमाज़ पढ़ाई गई तो राजेन्द्र सिंह बेदी और कृष्णचन्द्र, जो अन्य लोगों के साथ जनाज़े के साथ गए थे। ये दोनों भी पंक्ति में किनारे पर खड़े हो गए।

आम विचार है कि जिस जगह की मिट्टी से एक इंसान को बनाया गया, वह अन्त में उसी मिट्टी में वापस जाता है। तो यह विचार मुझे न्यूयॉर्क के एक उस ईसाई क़ब्रिस्तान में आया, जहाँ अच्छो को सिपुर्दे-ख़ाक किया गया था कि क्या उसकी "मिट्टी" यहाँ से ले जाई गई थी? जब वह दूरदराज़ बहराइच में पैदा हुई, ख़ुदा की बातें ख़ुदा ही जाने। इस रहस्य की कोई साइन्टिफ़िक बुनियाद नहीं है, महज़ एक कहावत है।

"अदब और ताल्लुक़ाते आम्मा"
(साहित्य और जनसम्पर्क)

आज़ादी से पूर्व एडवर्टाइज़िंग और पब्लिक रिलेशन्स का इतना चर्चा नहीं था, अधिकतर व्यापार बड़ी-बड़ी विलायती कम्पनियों के हाथ में था। इन कम्पनियों के मुख्यालय (हेड ऑफ़िस) आमतौर से कलकत्ता clive-Row आदि में थे या बम्बई में। आइ.सी.एस. और इण्डियन पुलिस और अन्य दूसरी इम्पीरियल नौकरियों के अतिरिक्त हिन्दुस्तानी नौजवानों की किसी एक अंग्रेज़ी फ़र्म में नौकरी बहुत बड़ी चीज़ समझी जाती थी। अंग्रेज़ी उक्ति में उनका नाम Box-wallah था। अर्थात सिर पर बक्स उठाकर फेरी लगाने वाले; लेकिन दरअस्ल ये बहुत ही उच्च श्रेणी के executive होते थे और ब्राउन साहब कहलाते थे।

स्वतंत्रता के पश्चात् जब उन नौकरियों में देसी नौजवान अधिक लिये जाने लगे तो उनकी संख्या में भी बढ़ोतरी हो गई। "क्लास सिस्टम" सोशलिस्ट देशों में भी रहा। मुझे वह मंज़र कभी नहीं भूलेगा जब उत्तरी रूस के शहर स्कोफ़ में एक उच्च दर्जे के क्लब में हम तीन हिन्दुस्तानी डेलीगेट्स की दावत की गई। हमारे मेज़बान सैनिक वर्दियाँ पहने हुए, जनरल भी थे और उच्च पदों वाले सिविलियन भी। भोजन कक्ष के दरीचों के बाहर जनता की भीड़ एकत्र थी, जो खिड़कियों के शीशों से झाँक-झाँक कर हमें देखते रहे। मैंने अपने रूसी अनुवादक से कहा, क्या ऐसा नहीं हो सकता था कि इस ख़ुसूसी दावत के बजाय एक आम खाना (सामान्य भोजन) होता, जिसमें जनता भी सम्मिलित हो जाती? उसने कोई जवाब नहीं दिया।

सोवियत यूनियन के अच्छे ख़ासे प्रसिद्ध आर्टिस्ट और लेखक बहुत ही साधारण घरों में रहते थे। उन्हीं के स्तर के अमेरिकन अंग्रेज़ और यूरोपियन साहित्यकारों के जीवन स्तर और जीवन शैली में ज़मीनो-आसमान का फ़र्क़ था। सोवियत यूनियन में जिन रूसी किसानों के घरों में विदेशी डेलीगेट्स को ले जाया जाता, वे भी शोविन्डो प्रकार के विशेष घर थे। हमारे यहाँ कुछ साहित्यकारों

की आर्थिक स्थिति पहले से बेहतर हुई तो उनके इन्क़िलाबी जोश में भी कमी आ गई। पहले वह अपर मिडिल क्लास के बच्चों के कॉन्वेंट स्कूलों में पढ़ने पर तंज़ करते थे, अब उन्होंने स्वयं अपनी सन्तानों को बढ़िया से बढ़िया अंग्रेज़ी स्कूलों में दाख़िल किया। खुद वही लाइफ़स्टाइल इख़्तियार किया, पहले वे जिसके विरोध में नारा लगाते थे, आदि-इत्यादि।

"सबात एक तग़य्युर को है ज़माने में"

इंग्लिस्तान और उपमहाद्वीप में काफ़ी अर्से तक एडवर्टाइज़िंग पब्लिसिटी, पब्लिक रिलेशन्स और प्रसारण के विभागों से सम्बद्ध रहने की वजह से इस नाचीज़ को बख़ूबी इल्म है कि 'थोथा चना बाजे घना' वाली मिसाल कहाँ से कहाँ सच्ची होती है। (कुछ बहुत ही आलिम फाज़िल (ज्ञानी-विद्वान) और कला में दक्ष लोग प्रतिकूल परिस्थितियों या महज़ अपनी बेख़तरी (लापरवाही) के कारण, वह स्थान प्राप्त नहीं कर पाते, जिसके वे अधिकारी है और कुछ अपने ताल्लुक़ाते आम्मा (जनसम्पर्क) और स्रोतों के आधार पर कहीं से कहीं पहुँच जाते हैं)। यह मामला तो शैख़सादी (ईरान मशहूर बुज़ुर्ग और शाइर) के समय से चला आ रहा है। कोई नई बात नहीं।

जब मैंने स्वयं पत्रकार के रूप में अपने विभाग के लिये कुछ प्रशासन के लोगों को "बिल्ड अप" किया तो अंदाज़ा हुआ कि प्रशंसित की पब्लिस्टी और उनकी अपनी निजी क़ाबिलियत में कितना अंतर है। तब मैं और बच्ची कड़कड़िया अपने सम्बन्ध में फ़र्ज़ी राइट अप लिखकर हँसते-हँसते दोहरे हो जाते थे। पब्लिसिटी एक आधुनिक कला है, जिसमें ख़ासतौर पर ब्रॉडकास्टिंग की तरक़्क़ी पसन्द तहरीक (प्रगतिशील आन्दोलन) से पूर्व, टीका टिप्पणियाँ और साहित्यिक व्यक्तियों से सम्बन्धित निबन्ध भी लगभग न के बराबर थे।

'ज़माना' कानपुर में प्रेमचन्द की किताब पर कुछ पंक्तियाँ लिखी गई थीं। "नख़लिस्तान-ए-ख़याल लेखक मौलवी सज्जाद हैदर "ख़्यालिस्तान" पर कुछ पंक्तियों पर आधारित तज़किरा था। लेखकों के व्यक्तिगत परिलेख लिखने की शुरुआत उस समय हुई, जब प्रगतिशील साहित्यकारों ने एक-दूसरे के विषय में बेइन्तिहा प्रशंसा भरे लेख लिखे। यह सब शायद पार्टी के प्लान के अनुसार

हो रहा था। पिछले दौर के उर्दू साहित्यकारों में कुछ को बिल्कुल निरस्त कर दिया गया, जैसे उनका तज़किरा करना भी जहालत और प्रत्यागमनवाद था। अब सोवियत संघ भी अतीत की कहानियों में शामिल हो चुका है। न जाने वहाँ की अब वर्तमान साहित्यिक स्थिति क्या है।

एडवर्टाइज़िंग और पब्लिक रिलेशन्स वर्तमान युग की देन हैं। अब साबित हुआ कि रूसी पब्लिक रिलेशन्स के कितने उस्ताद थे, show-casing के माहिर थे। पहले ज़माने के इश्तिहारों में इतनी चमक-दमक और धूम-धड़ाका इसलिए नहीं होता था क्योंकि उस समय संचार के साधन इतने अधिक उन्नत नहीं थे और इतनी बड़ी संख्या में लोगों के पास पैसा नहीं आया था और यह समाज एक consumerist सोसाइटी नहीं बना था। उर्दू रिसालों में तो इश्तिहारबाज़ी बहुत सीमित थी और मॉडल हमेशा एक फिरंगन होती थी। "असग़र अली, मोहम्मद अली, ताजिर इत्र (इत्र (परफ़्यूम) के व्यापारी)" के लखनऊ के चित्रांकित पोस्टर सबसे अधिक छपते थे।

मुझे मेरी पुरानी दोस्त आज़ोरी ने बताया कि वह पहली हिन्दुस्तानी लड़की थी, जो मॉडल बनी और मेकलिन टूथपेस्ट के लिये मॉडलिंग की। आजोरी ने मुझे अपनी स्क्रीप बुक दिखलाई, जिसमें वह 1936 ई. के एक पोस्टर में भारी कारचोबी साड़ी पहने, महालक्ष्मी रेसकोर्स के जंगलों के पास खड़ी मुस्कुरा रही हैं। अब भला बताओ, वह कहने लगीं दिन के समय कारचोबी साड़ी पहनकर कोई रेसकोर्स में जाता है लेकिन फ़ोटोग्राफ़र का आग्रह था।

फ़िल्मों में साधारण लिबास बंगाली एक्ट्रेसों के अनुसरण में प्रचलित हुए। हालाँकि लेखिका को नरगिस की वे फ़िल्में याद हैं, जिनमें वह लगभग हर तीसरे-चौथे सीन में एक भारी कारचोबी साड़ी बदलती थीं। हालाँकि बम्बई की फ़िल्मों में साधारण लिबास पहनना नरगिस और मीना कुमारी ही ने आरम्भ किया था। हमारे यहाँ ज़नाना फ़ैशन किस प्रकार बदले।

उत्तरी भारत में ग़रारा और चूड़ीदार पायजामा पर्दानशीं मुसलमान स्त्रियों की पोशाक थी। अविवाहित लड़की बहुत साधारण लिबास पहनती थी और न

पाँव में मेंहदी लगा सकती थी। फ़र्शी ग़रारे पुरानी नस्ल की औरतें पहनती थीं। खड़े पाँयचों का पायजामा नए ज़माने का चलन था। ये पायजामा बहुत कम लोगों को पता है कि नज़रुल बाक़र की पुत्री ने ईजाद किया था।

यह एक तरह का एडवर्डियन गाउन के स्टाइल का पायजामा, टख़नों से ज़रा नीचे होता था और उसे पहनकर स्त्रियाँ सरलता से चल फिर सकती थीं। ग़रारे के ऊपर भारी आस्तीनों का और खुली हुई आस्तीनों का ब्लाउज़ पहनकर, कमर एक सुन्दर पेटी से कसी जाती थी, उसके ऊपर दुपट्टा। इस स्टाइल के एक चित्र का स्केच एडवर्टाइज़ के तौर पर "मख़ज़न" 1907 ई. में छपा था। उस समय तक कुछ ही औरतें पर्दे से निकली थीं और ज़नाना रिसालों में यह बहस जारी थी कि स्त्रियाँ क्या पहनें?

अतिया फ़ैज़ी आदि बोहरा, ख़ोजा और मेमन औरतों का लम्बा फ्रॉक पहनती थीं या टख़नों तक लहंगा और उसके ऊपर ब्लाउज़ और दुपट्टा। ये जैसे गुजराती हिन्दुवानी लहंगे का एक इस्लामी रूप था। साड़ी पारसनों का लिबास था और वे गुजराती स्टाइल से उसका पल्लू सामने डालती थीं। यही सामने आँचल रखने का स्टाइल यू.पी. और बिहार की हिन्दू औरतों का था। फ़ैशनेबल औरतों ने आँचल सामने के बजाए पीछे डालना शुरू किया, जो आजकल साड़ी का प्रचलित स्टाइल है। महज़ बनारसी साड़ियाँ बनी बनाई मिलती थीं। वर्ना आमतौर पर जॉर्जट या रेशम थान से ख़रीदकर, उस पर "पारसी या सूरती" बेल टाँकी जाती थी।

देहरादून में जब फेरी वाला, मज़दूर के सिर पर ज़ीन में बड़ी निफ़ासत से कसे हुए ज़ीन के गट्ठरों में जॉर्जट और रेशम के थान लेकर आता तो अम्मा और हमारे पड़ोसी सरदार चंचल सिंह दोनों एक साथ जॉर्जट ख़रीदते। सरदार साहब अपनी पगड़ी और अम्मा अपनी साड़ियों के लिये। देहरादून में डॉ. पूरनचन्द हून की पत्नी और हमारी अम्मा सबसे ज़्यादा फ़ैशनेबल औरतों में गिनी जाती थीं। उस ज़माने में पार्टियों का बहुत ज़ोर था और ये सब ब्रिटिश इम्पायर का चलन था।

याद कीजिये न्यूज़ीलैंड की अदीबा कैथरीन मेंस-फ़ील्ड की कहानी "गार्डेन पार्टी।" हमारे माँ-बाप के यहाँ भी टी-पार्टियाँ बहुत दी जाती थीं। उनके लिए बहुत सुन्दर चीनी कढ़त के नेपकिन और मेज़पोश और सफ़ेद जाली के ख़ानपोश, जिनके किनारों पर भारी मोतियों की झालरें लगी थीं ताकि उनके बोझ से जाली उड़ने न पाए। निहायत नफ़ीस व नाज़ुक चीनी के बर्तन, सब विलायती। कोई चीज़ हिन्दुस्तान की बनी नहीं होती थी।

दिलचस्प बात यह थी कि 1920 ई. में जब खादी आन्दोलन आरम्भ हुआ तो अम्मा ने बहुत गर्मजोशी से उसमें भाग लिया। विलायती रेशम त्यागकर दस वर्ष तक खादी पहनी परन्तु खादी की साड़ियों में भी फैशन अविष्कृत किए और बेलें लगाईं। हमारी फूफी-ज़ाद बहन फ़ातिमा ख़ातून की शादी हुई, उन्होंने अपने दहेज का एक विलायती रेशमी कपड़ा जला डाला। हालाँकि कपड़े जलाना बड़ा अपशगुन समझा जाता था और वह भी दुल्हन के कपड़े; मगर क़ौमी जोश का क्या आलम था कि ये नेक बीबियाँ नेक व बदशगुन को भी भूल गई थीं।

ये आन्दोलन शुरू होते ही बेगम ख़्वाजा अब्दुलमजीद ने अम्मा से फ़रमाइश की कि वह एक अदद नाविल इस आन्दोलन की पृष्ठभूमि के साथ लिखें, जो उन्होंने लिखा। जिसमें राष्ट्रीय एकता का एंगल यूँ था कि हीरोइन और उसकी हिन्दू सहेली कमला, तौलिया बुनती है। नाविल के विलेन एक एंग्लो-इण्डियन पुलिस ऑफ़िसर मिस्टर मर्फ़ी थे, इस नाविल का नाम "जाँ बाज़" था।

अम्मा के नाविलों में तेज़ी से बदलते हुए राजनीतिक और सामाजिक दृश्य का चित्रांकन अच्छा किया गया था। एक नामवर तरक़्क़ी पसन्द आलोचक ने बहुत ही हास्यात्मक अंदाज़ में अम्मा और अन्य महिला उपन्यासकारों का तज़किरा यूँ किया है कि जैसे वे किसी बहुत ही तुच्छ क़िस्म के वर्ग से सम्बन्ध रखती थीं और बौद्धिक रूप से बहुत पिछड़ी हुई थीं और यही प्रगतिशील (तरक़्क़ी पसन्द) आलोचक आज़ादी-ए-निस्वाँ और औरतों की बराबरी का राग अलापते थे।

एक और प्रसिद्ध व जाने-माने मार्कसिस्ट आलोचक ने नज़्र सज्जाद हैदर के सम्बन्ध में लिखा है कि उन्होंने नाविल लिखने की कोशिश ...वाक्य पूरा

नहीं किया। इस अहसास-ए-बरतरी और बददिमाग़ी का कोई जवाब नहीं। यानी वह सदियों पुरानी fuedal मर्दाना बरतरी का रवैया, उनके यहाँ बरक़रार था।

स्वदेशी आन्दोलन के दौर में लिखे हुए उन नाविलों से विशेषतः "मज़हब और इश्क़" और "जाँबाज़" से अंदाज़ा होता है कि उर्दू फ़िक्शन में राजनीतिक चेतना महज़ तरक़्क़ी पसन्दों की देन नहीं थी लेकिन उन हज़रात ने पिछले सारे साहित्य को सिरे से ही निरस्त कर दिया तो बेचारी औरतें, लिखने वालियाँ किस गिनती में थीं।

उन नामवर आलोचक महानुभावों ने तो कभी यह जानने की कोशिश तक नहीं की कि 1898 ई. से जब "तहज़ीबे-निस्वाँ" लाहौर से प्रकाशित हुआ और कुछ वर्ष पश्चात् दिल्ली से "इस्मत" तो उन रिसालों में औरतों ने कैसे-कैसे शानदार निबन्ध लिखे और सामाजिक व राजनीतिक आन्दोलन चलाये, उन आन्दोलनों में जंग-ए-तरअब्लस (त्रिपोली युद्ध) और ख़िलाफ़त कमेटी के लिये चन्दे जमा करना भी सम्मिलित था। कमला नेहरू और सरोजनी नायडू व मिस ऐनी जाँसन, जिसने अटलांटिक सागर अकेले अपने हवाईजहाज़ पर पार किया था, उनके चित्र उर्दू के ज़नाना रिसाले गर्व से प्रकाशित करते थे।

मलिका सुरैया, मलिका अफ़ग़ानिस्तान, जिन्होंने पर्दा त्यागकर पश्चिमी लिबास पहना, वह और अमानुल्लाह भी हिन्दुस्तान के हीरो और हीरोइन थे। उस समय हिन्दू मुस्लिम सवाल पैदा नहीं होता था और किसी भी सम्प्रदाय की हिन्दुस्तानी औरत कोई शानदार कारनामा अंजाम देती तो उर्दू के ज़नाना रिसाले बड़ी ख़ुशी और गर्व के साथ उसका चित्र छापते। हमारे यहाँ उर्दू के ज़नाना प्रेस के इस बेहद तरक़्क़ी पसन्द रोल से सम्बन्धित रिसर्च ही नहीं की गई।

अमेरिका में हमारे एक गोरे अमेरिकन दोस्त (जिनकी पत्नी का सम्बन्ध पाकिस्तान से था) कहने लगे, स्वतंत्रता के पश्चात् आप लोगों को शिक्षा एवं उन्नति का अवसर मिला। पहले तो आप लोग घरों में सीमित थीं। उन बेचारे ने वही बात दोहराई, जो उनकी पत्नी ने उन्हें बताई थी और वह लड़की, जिसके माता-पिता हिजरत (पलायन) करके अलीगढ़ से गए थे, पाकिस्तान में पैदा हुई थी और हिन्दुस्तान में मुसलमानों के रोल के सम्बन्ध में पूर्णतः अनभिज्ञ थी।

उपमहाद्वीप का जो नया इतिहास दोनों देशों में जिस अन्दाज़ से लिखा जा रहा है, ये उसके परिणाम हैं। फ़ातिमा बेगम अतिया और ज़हरा फ़ैज़ी, बेगम जहाँआरा, शाहनवाज़, कलकत्ता और हैदराबाद-दकन, बम्बई और लखनऊ, दिल्ली उच्च शिक्षित मुसलमान स्त्रियाँ, ये सब उन रिसालों की निबन्धकार भी थीं और उनकी तस्वीरें भी छपती थीं। और बड़े आश्चर्य की बात है कि पुराने विचारों वाले वर्ग की ओर से इस "बेपर्दगी" पर आपत्ति नहीं हुई बल्कि जब कभी कहीं से एन्टी वुमन आवाज़ बुलंद हुई तो हमारी अम्मा तुरन्त क़लम लेकर मैदान में पहुँच जातीं और एक कर्रा लेख छपवा देतीं।

जिस ज़माने में वालिद मरहूम अलीगढ़ यूनिवर्सिटी के रजिस्ट्रार थे, कुछ उलमा (विद्वानों) की ओर से ऐतराज़ हुआ कि उपाधि वितरण समारोह के अवसर पर औरतें पर्दे के पीछे भी शिरकत न करें। जिस पर अम्मा का शोला-ए-जव्वाला मज़मून भी प्रकाशित हुआ कि पानी की मछली भी कुछ सेकंड के बाद पानी के ऊपर सिर निकालकर, खुली हवा में सांस लेती हैं। आपको हमारे लिए यह भी मंज़ूर नहीं।

1920 ई. में जब कमाल अता तुर्क ने पर्दा विधिपूर्वक निषिद्ध कर दिया तो वालिद मरहूम, जो हर चीज़ में तुर्की के अनुयायी थे, उन्होंने अम्मा से कहा, तुम भी पर्दे से निकलो। अम्मा ने पारम्परिक बुर्क़ा पहले कभी नहीं ओढ़ा था। वह नित नए फ़ैशन का आविष्कार करती थीं, जिसे आजकल fashion designing कहते हैं और उन्होंने अपने विवाह से पहले ही एक गाउननुमा बुर्क़ा डिज़ाइन किया था, जिसके ऊपर बड़ा सा रुमाल मराक़शी (मोरोक्को में प्रचलित) क़िस्म का सिर और चेहरे पर लपेट लिया जाता था। सिर्फ़ आँखें खुली रहती थीं।

यह बुर्क़ा बहुत लोकप्रिय हुआ और अपने नाविल "गूदड़ का लाल" में अम्मा की फूफी अकबरी बेगम, माता अफ़ज़ल अली ने नाविल की हीरोइन सुरैया को, जो मेडिकल कॉलेज लाहौर में पढ़ती थीं, ये बुर्क़ा उढ़ा दिया और साथ ही यह भी लिख दिया था कि यह ख़ातून स्टोर लाहौर से मिल सकता है। ख़ातून स्टोर वालों ने मुफ़्त में पब्लिसिटी और मुफ़्त की डिज़ाइनिंग से वर्षों तक ख़ूब

धन कमाया और वही बुर्क़ा सारे भारत में प्रचलित हो गया लेकिन किसी को पता नहीं था कि उसको डिज़ाइन करने वाली महिला नज़रुल बाक़र की पुत्री हैं।

उस वक़्त ज़िन्दगी कॉमर्शियल नहीं हुई थी। नज़रुल बाक़र की पुत्री से कोई कहता कि आप इस बुर्क़े को पेटेंट करा लीजिए और रॉयल्टी लीजिए तो वह भौंचक्की होकर उत्तर देतीं, "तौबा, तौबा! मैं बुर्क़ा तराश कर पैसा कमाऊँगी।" बिल्कुल इसी अंदाज से अम्मा ने, जो स्वयं लिखित कुछ पुस्तकें अपने विवाह से पूर्व बच्चों के लिये लिखीं, "सलीम की कहानी", "फूलों का हार", "सच्ची रज़िया और उसकी बकरी" और "दुःखभरी कहानी" और फिर वह अपने प्रसिद्ध नाविल अख़्तरुन्निसा बेगम, आहे-मज़लूमाँ, सुरैया, जाँबाज़, नजमा आदि, ये सब उन्होंने अपने एक मुँह बोले भाई, जो मशहूर पब्लिशर थे, उनको मुफ़्त में दे दीं कि आप छापिये और वह किताबें इतनी लोकप्रिय हुईं कि जब तक स्वतंत्रता के बाद लाहौर का वह publishing house बन्द न हुआ, उन पुस्तकों के नए एडिशन लगातार प्रकाशित होते रहे।

जब भाई की शादी हुई तो अम्मा की एक सहेली ने, जो स्वयं भी एक प्रसिद्ध निबन्धकार थीं, अम्मा से कहा, बहन उन लोगों ने सारी उम्र आपकी पुस्तकों से इतना बेतहाशा कमाया है, कम से कम शादी के मौक़े पर उनके यहाँ से कोई छोटा सा तोहफ़ा ही आ जाता। अम्मा ने चिढ़कर कहा, आप कैसी बातें करती हैं, मुझे तो कभी इस बात का ख़याल ही नहीं आया कि मैं उनसे रॉयल्टी लूँ या उसके बदले में वह मुझे कोई तोहफ़ा दें, आइन्दा आप कभी यह तज़किरा मत छेड़ियेगा।

मेरा अपना विचार है कि अम्मा जी रॉयल्टी लेना शान के ख़िलाफ़ समझती थीं। शायद उस समय तक उर्दू में रॉयल्टी कल्चर का वजूद ही नहीं था। महज़ कुछ लेखकों के लिये लेखन, संकलन, उनकी आमदनी का ज़रीया था, बाक़ी लोग शौक़िया लिखते थे। रिसाले भी निबन्धकारों को मुआवज़ा नहीं देते थे और ऐसा तो आमतौर से आज तक नहीं होता लेकिन उसी ज़माने में उर्दू की कमर्शियल राइटिंग और अंग्रेज़ी नाविलों से अनुवादों का सिलसिला भी

जारी था। और मुंशी तीर्थराम फ़िरोज़पुरी और एम. असलम आदि कमर्शियल राइटिंग के वर्ग में आते थे।

जब अम्मा अपनी सहेलियों की सन्तानों के विवाहों के अवसरों पर तोहफ़े देती थीं तो जोड़े के साथ अपना एक अदद कोई सच्चा ज़ेवर भी रख देती थीं। अम्मा के वालिद भी लख नोट थे और उनके बहनोई, जो उनके फ़र्स्ट कज़िन भी थे, यानी मीर अफ़ज़ल अली लेखक "तख़य्युलात" उन्होंने भी दोस्तों ओर सम्बन्धियों पर अपना घर न्यौछावर कर दिया। कोई फक़ीरमंश (संतों और साधुओं जैसी प्रवृत्ति वाला) व्यक्ति थे। मीर अफ़ज़ल अली और अम्मा के पूर्वज मशहद मुक़द्दस (ईरान का पवित्र शहर मशहद, मुक़द्दस अर्थात पवित्र) से नूरजहाँ के काल में हिन्दुस्तान आए थे।

अम्मा के एक कज़िन, जो अलीगढ़ के तालीमयाफ़्ता थे और बहाउद्दीन कॉलेज जूनागढ़ में इतिहास पढ़ाते थे, वह अपने ख़ानदान के भी इतिहासकार थे, जब मूड में आते तो ख़ालिस मुरादाबादी लहजे में बात करते। एक दिन कहने लगे, हमारे पूर्वज इमाम रज़ा की संतान थे और वहीं रहते थे। कहाँ? मैंने पूछा, आजी वहीं मशहद मुक़द्दस में, जब यहाँ नूरजहाँ बेगम का दौर शुरू हुआ तो हमारे उन जद्दे-अमजद (महापूर्वज) ने फ़रमाया : अजी हमारी लौंडिया आगरे के तख़्त पर बैठ गई है। चलो वहीं को चले चलते हैं। कहीं न कहीं सबको लगवा देगी। हम उसे बता देंगे कि उसके गाँव वाले हैं।

Nepotism तो हमारे यहाँ हमेशा से चल रही है। सारे मशहद और नीशापुर वाले आनकर आगरा में डट गए, कुछ लाहौर में रह गए, कुछ बहुत पहले ईरान से आकर अवध को निकल लिये थे। अब नवाब सफ़दरजंग वज़ीर-ए-हिन्द फ़ैज़ाबाद पहुँचे तो हमारे लिए बुज़ुर्ग वहाँ पहले से मौजूद थे। बड़े नक़्शे रहे। फिर फ़ैज़ाबाद से आए लखनऊ, यहाँ हमारे बुज़ुर्गों को निज़ामत और चकलेदारी मिली। न जाने क्या-क्या जोड़-तोड़ किये होंगे उन लोगों ने क्योंकि वहाँ तो चकलादारी भी नीलाम की जाती थी और जो सबसे ऊँची बोली लगाए, वह ज़िले का मालिक बन जाता था। बड़ा ही ग़लत क़िस्म का इन्तिज़ाम था।

(चार पुश्तों तक एक के बाद एक अवध में चकलादारी हमारे बुज़ुर्गों को मिलती रही)। मीर शेर अली, बबर अली, नादिर अली, बहादुर अली पाँचवीं पीढ़ी में मीर मासूम अली थे। फिर मासूम अली की मृत्यु के पश्चात् बधिया बैठ गई, पूछो क्यों? वह इसलिये भिन्नो मासूम अली के बेटे क़ायम अली के पास पैसा न था। मरहूम बाप के क़र्ज़े उतारने के बाद, ज़मीन जायदाद औने-पौने बेच लखनऊ से निकले।

अब उधर की सुनो मुल्क कटेहर, जो तराई का उपजाऊ लइाक़ा था, उसका सद्र-मक़ाम (मुख्य नगर) चौपाल कहलाता था, जहाँ उस इलाक़े का राजा अपनी गढ़ी में रहता था। शाहजहाँ के जरनैल रूस्तम ख़ाँ ने उस पर क़ब्जा किया और उस जगह का नाम रुस्तम नगर रखा और बादशाह को इत्तिला भेजी। शाहजहाँ उस फ़ौजकशी से बहुत नाख़ुश हुआ और उसने कहा, तुमने यह हरकत क्यों की। रुस्तम ख़ाँ ने जवाब दिया, जहाँ पनाह मैंने तो साहिबे-आलम के नाम पर उस मक़ाम चौपाल का नाम मुरादाबाद रखा है और मैं यहाँ एक बड़ा शहर बसाऊँगा। बादशाह ख़ुश हो गया।

शहज़ादा मुराद के एक अतालीक़ (प्रशिक्षण देने वाला, सुधारने वाला) को जो सैयद बड़े कहलाते थे, रामगंगा किनारे जागीर अता की। एक और नीशापुरी मुहिमजू महमूद, जो सैयद बड़े के रिश्तेदार थे, उसी कटेहार के इलाक़े पर लश्कर ले जाकर अपनी रियासत की बुनियाद डाली, जो महमूदपुर कहलाई। यह फ़्यूडल दौर का एक क्लासिक पैटर्न था, कमज़ोर ज़मींदार पर पड़ोस का ज़्यादा शक्तिशाली ज़मींदार हमला करके उसको अपना अधीन बनाता, अपना क़िला या गढ़ तामीर करता और वहाँ का फ़्यूडल लॉर्ड बन बैठता।

यह पैटर्न मध्य-युग के यूरोप और इंग्लिस्तान में भी मौजूद था, जहाँ गढ़ी का राजा लॉर्ड कहलाता था। अवध में छोटा राजा, बड़े राजा के पाँव छूकर जैसे उसके पैरों की मिट्टी अपने माथे पर लगाता था। ऐसे राजा तिलकधारी कहलाते थे। यह एक बहुत बड़ा सम्मान था और बहराइच के बाले मियाँ के लिये डिफ़ाली अब भी गाते हैं "तुम हो तिलकधारी।"

इंग्लिस्तान में इसी प्रकार की फ़ौजकशी से छोटे बड़े barons और ड्यूक अर्ल और नाइट आदि कहलाये और आज तक उनकी यह उपाधियाँ क़ायम हैं। ज़मींदारियाँ भी किसी न किसी हद तक मौजूद हैं। इसी फ़ौजी ज़मींदारी समाज में ज़मींदारों की आपस में लड़ाई-भिड़ाई अर्थात feud बराबर जारी रही। इसी कारण यह fuedal दौर कहलाया, हमारे यहाँ यह feudal समाज आज तक राजस्थान में मौजूद है। हिन्दुस्तान में गुप्त-साम्राज्य के पतन के पश्चात् राजपूत confederacy ने शक्ति ग्रहण की, उसको तुर्किस्तानी आक्रमणकारियों ने तहस-नहस किया।

अब दिलचस्प बात यह है कि राजपूत भी seythian अर्थात् सिस्तानी माज़निन्दरानी मध्य-एशियाई तुर्किस्तानी तूरानी क़बीलों से सम्बंध रखते थे। रुस्तम व सोहराब उसी समय की (epic) है, घोड़ा उनका सबसे महत्वपूर्ण धन था और उनका यह सांस्कृतिक सिलसिला प्राचीन काठियावाड़ तक फैला हुआ था। चुनांचे आज भी काठियावाड़ी किसानों का पहनावा, मध्य-एशियाई पेशदार शलवार और शलोका घेरदार कुर्ती से मुशाबिहत रखता (मेल खाता) है। यानी तीन-चार हज़ार वर्ष के उलट-फेर में पहनावा नहीं बदला और आगे जाइये तो हंगरी के लिबासों और हंगेरियन घोड़ों की शानदार जसामत (शारीरिक रचना) में तूरानी झलक पाई जाती है।

घोड़ा इस सारे समाज की अज़ीम-तरीन (बहुत बड़ी) दौलत था। पुराना ईरानी नाम देखिये "तहमास्प" गुस्तापशप, जामासप, लहरासप, हज़ारों वर्षों के सफ़र में बहुत से शब्द, नाम बदल जाते हैं परन्तु कुछ बुनियादी पुरानी विशेषताएँ बाक़ी रहती हैं। मैंने पहले भी कहीं लिखा है कि बम्बई में क्वींस रोड पर एक बहुत बड़ा आतिश-कदा मौजूद है, जिसके स्तम्भ पुराने ईरानी और सीरियाई शैली के बनाए गए हैं, अर्थात दो घुँघराली दाढ़ी वाले इंसान, आधे हैवान (अस्प)। मैंने तख़्ते-जमशेद ईरान के खण्डहरों में भी इस प्रकार के मुजस्स्मे देखे। तख़्ते-जमशेद या पर्सी-पोलिस के इस अज़ीमुश्शान महल को सिकन्दरे-आज़म ने आग लगा दी थी।

बम्बई के बूढ़े पारसी जिस प्रकार की टोपी पहनते हैं, ये बिल्कुल वैसी ही टोपी है, जो प्राचीन ईरान के पत्थर की तस्वीरों में दिखाई पड़ती है। परम्पराओं

की ये श्रृंखला प्राकृतिक रूप से बरक़रार रहती है या सियासी और क़ौमी मक़सदों के लिए इसका नवीकरण किया जाता है परन्तु पारसियों की सभ्यता की यह श्रृंखला पूर्णतः ऐतिहासिक है और किसी सियासी मक़सद से इसका नवीकरण नहीं किया गया।

पूर्वी क़ौमें अपने पुराने लिबासों, रस्मों और परम्पराओं का नवीकरण सियासत और क़ौमपरस्ती के तहत कर रही हैं। अस्ल इंग्लिस्तान को एलिज़ाबेथ प्रथम के युग का लिबास अपनाने की आवश्यकता नहीं क्योंकि बाक़ी दुनिया अब उसका मॉडर्न लिबास पहन रही हैं। इस सदी में बहुत मुमकिन है कि सारा संसार पश्चिम से प्रभावित हो जाए और हम लोग बतौर एक zoo nations अपनी-अपनी पुरानी सभ्यताओं की show-window सजाए बैठे रहें।

“महमूदपुर का हाथी”

ज़ाकिर बाग़ में मैं जिस फ़्लैट पर किराए पर रहती थी, उसकी मालकिन आयरेश भी ईनिड के सम्प्रदाय से सम्बन्ध रखती थीं। उनका ख़ानदानी नाम Helms था। उनका एक भाई बड़ा अच्छा आर्टिस्ट था, वह इण्डिया कॉफ़ी हाउस में बैठा रहता था और जब आई.टी. कॉलेज की दो-तीन लड़कियाँ आकर वहाँ बैठतीं तो वह तेज़ी से उनका स्केच बनाकर उनकी मेज़ की तरफ़ जाता और बहुत ही अदब व तमीज़ के साथ दरख़्वास्त करता कि इस पर अपने हस्ताक्षर कर दीजिए। वह अमेरिकी आगे चलकर बड़ा अच्छा चित्रकार सिद्ध हुआ। कनाडा चला गया, वहीं उसने एक गोरी कनेडियन महिला से विवाह किया और महज़ अपनी तस्वीरें और लोगों के पोर्ट्रेट को बेचता रहा और वही उसकी रोज़ी-रोटी का साधन बना।

अब वो मुद्दतों बाद अपनी बहुत उम्र की बीवी के साथ इण्डिया आया था। नव वर्ष की शाम उसकी कज़िन के यहाँ जो मेरी पड़ोसन थीं, न्यू इयर ईव मनायी गयी। ये लोग सब नैनीताल अल्मोड़े के क्रिश्चियन थे। इस पार्टी में बेगम लियाक़त अली ख़ाँ का छोटा भाई हेनरी पंत भी उपस्थित था, वह बहुत मज़ाकिया और हँसने-हँसाने वाला लड़का था। मुझे उसकी एक बात हमेशा याद रही। लखनऊ में विमला जसपाल के विवाह के अवसर पर, जब हम लोगों को रात भर आसमान के नीचे बैठकर विवाह की रस्में मुलाहिज़ा करनी पड़ी थीं, हेनरी पंत मेरे बराबर वाली कुर्सी पर बैठा था और चुपके-चुपके कहता जा रहा था कि यह श्लोक Iambic penta meter में पड़ रहा है। अब उसने Heroic Couplet शुरू किया।

बेगम लियाक़त अली ख़ाँ के भाई पूर्वी पाकिस्तान में मिस्टर परवेज़ कहलाते थे और एक बड़े पद पर आसीन थे। मैंने चाटगाम की एक दावत के दौरान चुपके से पूछा था How is Henry तो वह चौंक पड़े थे। उनकी बहन यानी बेगम लियाक़त अली ख़ाँ हिमाइल शरीफ़ (छोटी लिखावट का क़ुरआन शरीफ़, जिसे गले में लटका सकें) पहने रहती थीं और अपने भाषणों में हमेशा

अल्लाह रसूल के हवाले देती थीं। अब यह भी क़िस्मत की चटफेरियाँ देखिये कि नैनीताल की दो ईसाई सहेलियाँ आयरिन पंत और कैट मायल्ज़, जिन्होंने इज़ाबेला थोबरन कॉलेज में पढ़ा है और अब तक नौकरी की तलाश में व्यस्त हैं।

एक सुबह अख़बार में इश्तिहारों के पृष्ठ पर situation vacant के कॉलम में उनकी नज़र पड़ती है कि दिल्ली के एक रईस घराने में बच्चों की गवर्नेस की आवश्यकता है। आयरिन पंत आवेदन भेजती हैं और उनको वह नौकरी मिल जाती है। जिस रईस ने उनको अपने बच्चे पढ़ाने के लिये बुलाया था उनका नाम नवाबज़ादा लियाक़त अली ख़ाँ है, बक़ौल शख़्से :

"The rest is History"

मिस कैट मायल्ज़ करामत हुसैन, गर्ल्स कॉलेज की प्रिंसिपल हो जाती हैं। याद रहे कि अंग्रेज़ी सरकार ने अपने गोरी या गुलाबी रंगत वाले एंग्लो-इण्डियन वर्ग के लिए कुछ विभाग विशिष्ट कर दिये थे। रेलवे पोस्ट एण्ड टेलीग्राफ़, एजुकेशन और पुलिस। इस सम्प्रदाय को अपनी दोग़ली हैसियत की कम-वैल्यु का बख़ूबी अहसास था। अंग्रेज़ उनको अपने से नीचा समझते थे और यह स्वयं हिन्दुस्तानियों को तुच्छ जानते थे।

अधिकतर एंग्लो-इण्डियन मर्द-औरतों की नाकें फडरी होती हैं। इसका नस्लीय कारण क्या है? मैंने बहुत कम मिली-जुली नस्ल के अर्थात यूरेशियन ऐसे देखे हैं, जिनकी नाकें फडरी न हों। जिस प्रकार आप ध्यान से देखिये सिन्धी Caleft Chin रखते हैं, चाहे वह आडवाणी हो या असरानी। इस तरह की दोहरी ठोड़ी उनकी नस्लीय विशेषता है। सारे सिखों की आवाज़ें लगभग एक सी होती हैं। लहजे का एक-सा होना तो समझ में आता है क्योंकि भाषा एक है परन्तु आवाज़ों का एक सा होना या भिन्नता यक़ीनन आश्चर्यपूर्ण है।

लखनऊ की औरतों की आवाज़ें, शहरों की औरतों की आवाज़ों से बिल्कुल भिन्न हैं। रामपुर और मुरादाबाद का लहजा अलग से पहचाना जाता है। यह कैसी रंगारंग और मल्टी डाइमेंशनल दुनिया है। कमाल है भई। अल्लाह मियाँ, अब बजाए इसके आदमी ज़िन्दगी के अजायब व ग़रायब पर अश-अश (आश्चर्यपूर्ण

बातों पर वाह-वाह) करे, वह इसी पर तुला बैठा है कि दूसरे आदमियों को मारे और तहस-नहस कर दे या दूसरे आदमी के कल्चर को नेस्तो-नाबूद कर दे। अगर दूसरा आदमी हमारी तरह नहीं बोलता, उसका लहजा हम सबसे भिन्न है, उसकी भाषा या उसका धर्म हम से अलग है तो हम क्यों नहीं उसको चैन से बैठने देते।

कुछ समय के लिये मुझे गणित पढ़ाने के लिये एक एंग्लो-इण्डियन लड़की मुलाज़िम रखी गई थी, जो प्रतिदिन साइकिल पर लालबाग़ से फ़ैज़ाबाद रोड आती थी। उसके पास तीन या चार फ़्रॉक थे, जिन्हें वह बड़े सलीक़े से पहनती थी और गले में नक़ली मोतियों की माला। जब फ़्रांस के पतन की ख़बर आई तो उसने बड़े अफ़सोस से कहा, अब पता नहीं हम लोगों के साथ इंग्लैण्ड में क्या होने वाला है। वह बर्तानिया को हमेशा Home कहती थी। परन्तु यह सच्चाई है कि शिक्षा विभाग में उन लोगों का काम काबिले तारीफ़ था। लखनऊ में यह सम्प्रदाय शाही के समय से बड़ी संख्या में आबाद था। लालाबग़ उनका ख़ास मोहल्ला था, लखनऊ की यूरेशियन तवायफ़ें भी मशहूर थीं।

बैरो रोड पर मास्टर प्रथी सिंह श्रीवास्तव ने शाही ज़माने की, जो इमारत किराये पर लेकर क़ैसरबाग़ से अपना स्कूल वहाँ शिफ़्ट किया था, उसके बिल्कुल सामने के बंगले में क्लार्क परिवार रहता था। मैंने इस ख़ानदान का तज़किरा अपने बहुत से अफ़सानों में किया है। हालाँकि मैंने उनको दूर से देखा था। उनसे बात करने की नौबत कहाँ आती। रोज़ी के माँ-बाप दिन भर बरामदे में बैठे रहते। रोज़ी और उसका भाई सुबह को कथक नाच सीखते थे। हमारी म्यूज़िक क्लास शाही की उस ऐतिहासिक इमारत की दूसरी मंज़िल पर थी। इधर मैं तानपुरा छेड़ती और मास्टर सूरज बख़्श श्रीवास्तव तबले को हथौड़ी से ठक-ठक करने के बाद हमारी क्लास आरम्भ करते। उधर रोज़ी के बंगले से घुँघरू की आवाज़ बुलंद होती।

दोनों भाई-बहन महफ़िलों में और म्यूज़िक कॉन्फ्रेंसों में भी बुलाए जाते थे। सुबह को जब हमारी घोड़ा-गाड़ी बैरो रोड पहुँचती तो रोज़ी की बड़ी बहन जो अच्छी-ख़ासी फ़रबे थी, सुर्ख़ कीमोनो पहने अपने फाटक पर खड़ी सिगरेट

पीती दिखाई देती। हमें देखकर वह बड़ी विनम्रता से मुस्कुराती। हम लोग इतने सीधे और मासूम थे कि हमें क़तई इसका अंदाज़ा न था कि वह रोज़ सुबह अपने फाटक पर क्यों खड़ी रहती है और वह भी ड्रेसिंग गाउन पहने। पता नहीं वह ख़ानदान बाद में कहाँ चलाया गया, शायद वे भी ऑस्ट्रेलिया चले गए हों।

इसी तरह कोलाबा बम्बई में जो एंग्लो-इण्डियन और ईसाई सम्प्रदाय का बड़ा मोहल्ला है, हमारे ऑफ़िस के नज़दीक एक फ़्लैट के बरामदे में एक अधेड़ उम्र का एंग्लो-इण्डियन जोड़ा दिन भर बैठा रहता तो मुझे लालबाग़ का वह कुनबा याद आ जाता। उनकी ख़ूबसूरत बेटी हमारे दफ़्तर में टेलीफ़ोन ऑपरेटर थी। कछ समय पश्चात् वह परिवार कनाडा चला गया।

कुछ वर्ष पश्चात् वीकली के दफ़्तर में हमारे एक नौजवान सहकर्मी जगजीत सिंह कालरा ने कुछ तस्वीरें दिखलायीं और कहने लगे यह भी अच्छी लड़की है, कैनेडियन मॉडल है, उसको मैं कल यहाँ बुलाऊँगा। उसकी कुछ तस्वीरें खींच लें। अब मैंने ज़रा ध्यान से देखा तो यह वही कोलाबा वाली लड़की, हमारी टेलीफ़ोन ऑपरेटर थी। अब वह बतौर कैनेडियन मॉडल यहाँ आई हुई थी और लोगों पर रौब डाल रही थी। मैंने कहा था, यह लड़की बहुत तरक़्क़ी करेगी।

बम्बई के कोलाबा में लखनऊ के लालबाग़ की झलक मौजूद थी। कई बार बिल्कुल भिन्न स्थानों पर, जिनके दरमियान सैकड़ों हज़ारों मील का फ़ासला हो, अचानक एक सी फ़ज़ा मिल जाती है। मिसाल के तौर पर न्यूयॉर्क के एक यहूदी मोहल्ले में एक आदमी सिर के हैट को पीछे खिसकाए, चुपचाप खड़ा आसमान को ताक रहा था और कुछ यहूदी बूढ़े बेंच पर बैठकर, तरबूज़ खाकर, उसके छिलके ज़मीन पर फेंकते जा रहे थे। बम्बई के नागपाड़ा मोहल्ले में भी मुझे अचानक एक दिन बिल्कुल वैसा ही यहूदी सड़क के किनारे खड़ा दिखलाई दिया, जो हैट को पीछे डाले बिल्कुल चुपचाप खड़ा था। यह बात बिल्कुल नाक़ाबिल-ए-यक़ीन है लेकिन सच्ची।

यह यहूदियों का मोहल्ला था, हालाँकि इसके काफ़ी कुनबे इस्राईल जा चुके थे। यहाँ बग़दादी यहूदी, जो अरबी बोलते थे और मराठी सनेवार तेली

यहूदी, जिनकी मातृभाषा मराठी थी। दोनों सम्प्रदायों की आबादी बम्बई में अब बहुत कम रह गई थी लेकिन मुसलमान पाकिस्तान बनने के बाद भी माशाअल्लाह पहले से कहीं अधिक संख्या में बम्बई में मौजूद हैं। दृश्य, माहौल, संवाद, इन सबका दोबारा होना इंसान को हैरत में डाल देता है।

मुझे बचपन की एक घटना बड़ी अच्छी तरह से याद है। कॉलेज रोड माटुँगा में हुस्ना आपा और लुक़मान भाई, जिस तीन-मंज़िला इमारत के एक फ़्लैट में रहते थे, उसका नाम शीरीं कॉटेज था। उसके एक तरफ़ पृथ्वीराज कपूर और दूसरी ओर सितारा रहती थी। शाम के समय सितारा जो बातें करती थीं, वह हमारे यहाँ बिल्कुल साफ़ सुनाई देती थी। उनके और हमारे रसोई की खिड़कियाँ बिल्कुल आमने-सामने थीं। के.एन. सिंह, जो अब एक प्रसिद्ध चरित्र अभिनेता हैं, वह देहरादून के एक ऊँचे घराने से सम्बन्ध रखते थे। फ़िल्मों के चक्कर में बम्बई आ गए थे और सितारा के मुँहबोले भाई की हैसियत से उन्हीं के यहाँ रहते थे। एक और साहब जिनका नाम पी.एन. अरोड़ा था, सितारा उन्हें माई हिसबैंड कहती थीं।

एक दिन हस्बे-आदत अपने किचन में ज़ोर-ज़ोर से बातें कर रही थीं और कह रही थीं, बाप रे! कज्जन "लैला मजनूँ" में सत्तर गाने गाती है। जाती हूँ आ... आ, खाती हूँ आ, आ ...बाप रे बाप। अब एक लम्बे समय बाद मैंने सितारा के लड़के को बिल्कुल वही वाक्य दोहराते सुना, कज्जन ने "लैला मजनूँ" में सत्तर गाने गाए बाप रे! मुझे यह बात बड़ी ही हैरतअंगेज़ मालूम हुई। इतने लम्बे समय बाद सितारा से मुलाक़ात और उनका बेटा अचानक बिल्कुल वही शब्द दोहरा रहा था और वही बात कह रहा था, जो उसकी माँ ने कही थी।

हम लोग रेल द्वारा ज़ोये अंसारी के लड़के की शादी में शिरकत के लिए बम्बई से औरंगाबाद जा रहे थे, वहाँ सितारा ने बड़े स्पोर्टिंग तरीक़े से अपना अद्वितीय रक़्स (नृत्य) भी दिखाया। अक्सर फ़नकारों की तरह सितारा भी दोस्तों की दोस्त और एक गर्मजोश शख़्सियत की मालिक थी। जिस गुज़रे हुए समय का मैं ज़िक्र कर रही हूँ, सितारा अपनी समकालीन ख़ुर्शीद की तरह ख़ुद भी

गाने गाती थीं। उनके पिता महाराजा नेपाल के दरबारी कथक थे। ये ख़ानदान बनारस के पारम्परिक कथक नृत्य वालों का घराना था।

उन दिनों सितारा की फ़िल्म "होली" की शूटिंग चल रही थी और उन्होंने एक दिन हुस्ना आपा के यहाँ आकर कहा था, आज दिन भर हमें होली खेलनी पड़ी, मुझे ज़ुकाम हो गया। फिर उन्होंने कहा, कल मेरे एक गाने की रिकॉर्डिंग है, कैसे गाऊँगी? फिर गाना सुनाया :

होली के दिन होली आइ रे ज़रा बाजे बाँसुरी
बाल मोहन हरजाई रे ज़रा बाजे बाँसुरी

यह एक बहुत ही दिलकश गीत था और बाद में रेडियो पर अक्सर बजा। इंसानों की तरह गीत भी बहुत जल्द भुला दिये जाते हैं और वह आने वाले ज़मानों में थोड़े बहुत याद भी रखे जाएँ तो उन गीतों और इंसानों की बड़ी ख़ुशक़िस्मती है। पिछले ज़माने के फ़िल्मी गीत, जिनके 76R.M. के रिकॉर्ड रेडियो पर और घरों में बराबर बजा करते थे, वे सब ग़ायब हो चुके। इंसान की ज़िन्दगी भी अचानक गीतों की तरह ग़ायब हो जाती है। हर इंसान की ज़िन्दगी उसके अपने लिए और उसके सगे-सम्बन्धियों के लिए कितनी अहम और क़ाबिलेक़द्र है लेकिन इतनी ही तेज़ी से फ़ना हो जाती है।

हमारे स्कूल में एक साउथ इण्डियन लड़की वसन्त कुमारी हमारे साथ पढ़ती थी। बड़ी ही खुशमिज़ाज और नेक दिल। उसके पिता मिस्टर रामाराव रोजनामा (दैनिक) "नेशनल हेराल्ड" के एडिटर थे। उसी ज़माने में एक फ़िल्म आई, जिसका नाम "ग़ाज़ी सलाहुद्दीन" था। मैंने उसे वसंत कुमारी के बजाए बसंती कहना शुरू किया तो वह बसंती ही मशहूर हो गई। एक दिन वह गाज़ी सलाहुद्दीन देखकर आई और बोली, सुनो उसका एक गाना मैंने सीख लिया है :

"अल्लाहो-बापी मिन कुल्ले-फ़ानी"

बापी नहीं बेवक़ूफ़! बाक़ी कहो। लेकिन बाक़ी का उच्चारण उसके लिये मुश्किल था। जाड़ों में वह एक कम्बल से तराश कर बनाया हुआ, ओवरकोट पहनती थी और हमेशा प्रसन्न रहती थी। उस ज़माने में किसी को यह परवाह

नहीं थी कि कौन महंगे लिबास पहनता है और कौन मामूली। कम से कम लखनऊ में 1947 ई. के आस-पास बाहरी लोगों के आगमन के साथ इस प्रकार की नुमाइश पसन्दी ने जन्म लिया। पंजाब से आई हुई लड़कियाँ और औरतें गर्मियों में भी सूती कपड़ों के बजाए, रेशमी वस्त्रों में दिखाई दीं।

जब लियाक़त अली ख़ाँ को क़त्ल किया गया और उनकी लाश को उनके मकान पर लाकर रखा गया तो सारे बड़े आदमियों की मौत की तरह वह भी एक social event सा बन गया। बेगमात के परे सफ़ेद शीफ़ोन की साड़ियाँ पहने, सिर ढाँके, काले चश्मे लगाए, दुःख और निराशा की मूरत बनी इधर-उधर खड़ी थीं, नसीमा मुमानी के साथ मैं भी वहाँ मौजूद। और अब याद नहीं शायद बी.बी.सी. के उर्दू सेक्शन के लिए इस अफ़सोसनाक हादिसे के बारे में कुछ लिख रही थी। बेगम लियाक़त अली ख़ाँ ग़रारा पहने, क़ुरआन शरीफ़ हाथ में लिये, सिरहाने बैठी थीं और उनके पपोटे ज़्यादा रोने से सूज गए थे। मुस्लिम गर्ल्स कॉलेज लखनऊ की पूर्व प्रिंसिपल, मिस कैट मायल्ज़ भी वहाँ मौजूद थीं, जिनको बेगम लियाक़त ने अपने पुत्रों की गवर्नेस के तौर पर पाकिस्तान बुलवा लिया था।

एक बार हमारी चन्दा मुमानी ने एक बहुत साधारण घरेलू शे'र सुनाया था -

दो मोती साथ निकले क़िस्मत ज़ुदा-ज़ुदा है
एक ताज में जड़ा है एक खर्ल में पिसा है
दो फूल साथ फूले क़िस्मत ज़ुदा-ज़ुदा है
एक सहरे में गुँधा है एक कब्र पर चढ़ा है।

यहाँ इतनी बड़ी विपरीतता तो नहीं थी परन्तु नैनीताल की मिस आयरिन पंत और मिस कैट मायल्ज़ दो सहेलियाँ, एक अहम देश के प्रधानमंत्री की पत्नी और दूसरी उसके बच्चों की गवर्नेस। हो सकता था, लियाक़त अली ख़ाँ की नज़र-ए-इंतिख़ाब (चयन दृष्टि) बजाए आयरिन पंत के उनकी दोस्त कैट मायल्ज़ पर पड़ती। मगर ये सब मामले तो क़िस्मत बनाने वाले ने रोज़-ए-अज़ल (वह दिन, जिसकी शुरुआत न हो, अनादिकाल) ही में तय कर दिये थे तो फिर तुम

क्या कर सको हो बिटिया। Pre destination और free will का मामला तो आज तक कोई तय ही न कर पाया है।

भाभी कराची से अक्सर दिल्ली आया करतीं और हम लोग कुछ दिन बाद लखनऊ पहुँचते, जहाँ नेमतुल्लाह रोड पर भाभी का मायक़ा भी था। जस्टिस नेमतुल्लाह की पहली पत्नी, भाभी की सगी ख़ाला थीं। इसके अलावा भी भाभी के मामू और बहुत से क़रीबी रिश्तेदार लखनऊ और बाराबंकी में रहते थे। कराची की बिल्कुल अलग दुनिया से आकर वे बड़ी आसानी से अपने पुराने माहौल में शामिल हो जातीं। यह स्थिति पाकिस्तान के बेशतर मुहाजिर परिवारों की थी।

जब PIA का हवाई जहाज़ पालम एयरपोर्ट पर आकर उतरता था और उसमें से पाकिस्तानी मुसाफ़िर निकलते, जो अपने क़रीबी रिश्तेदारों से मिलने पाकिस्तान आए थे या यहाँ से जो अपने रिश्तेदारों से मिलने पाकिस्तान गए थे, अब वापस लौट रहे थे। आने-जाने का यह सिलसिला भी अब उसी नए कल्चर का हिस्सा बन चुका था, जिसकी रचना विभाजन ने की थी। इंसान बहुत जल्द नए हालात का आदी हो जाता है और किसी को न यह सोचने की फ़ुर्सत है, न दिलचस्पी कि इंसानी जिन्दगियों के ये ताने-बाने उस करघे पर किस प्रकार चढ़ाए गए, ये सूत या रेशम कहाँ से आया लेकिन एक से एक ख़ूबसूरत गुल-बूटे इस करघे पर बुनते चले जाते हैं और यह लगातार तरह-तरह के कपड़े बुनता चला जा रहा है :

"न इब्तदा की ख़बर है न इन्तिहा मालूम"

एक दिन किसी ने फ़ोन किया कि आपको लखनऊ रेडियो स्टेशन से दावतनामा भेजा गया है, आपने अब तक उसका जवाब नहीं दिया; फ़ौरन बराए-मेहरबानी ...वग़ैरह।

मैं यहाँ कभी रेडियो पर नहीं जाती, अन्त में तंग आकर उन्होंने कॉन्ट्रैक्ट भेजने छोड़ दिये तो आख़िर इतनी दूर लखनऊ काहे को जाऊँगी। लेकिन मिस्टर आर.के.बीनर का तार आया तो सोचा बहुत दिनों से लखनऊ जाना नहीं हुआ, चलो इसी बहाने हो आएँ। लखनऊ में एक पुराने बेहद पुरफ़ज़ा

बाग़ के क़रीब, दो मंज़िले सरकारी क्वार्टरों की एक नई बस्ती बस चकी थी, जिसके दरो-दीवार बदरंग कहीं-कहीं कोयले से इश्तिहार लिखे हुए; या अल्लाह, ये लखनऊ को क्या हो गया। यह बाग़ खा गई, किसकी नज़र किसे मालूम।

रेडियो स्टेशन से बाहर निकलकर एक अदद ऑटो रिक्शा ली। उसे रिवर बैंक कॉलोनी का पता बताया, अब ये रिवर बैंक एक समय था कि एक निहायत ख़ामोश पुरफ़ज़ा लगभग सुनसान इलाक़ा था। अब यह दो मंज़िली सरकारी रिहायशी इमारतों की एक ठोस मिडल क्लास कॉलोनी बन चुका था। बिल्कुल नज़दीक एक हरे-भरे टीले पर रिफ़ाह-ए-आम क्लब की दो मंज़िला इमारत खड़ी थी और गायें घास चर रही थीं।

इस बदनुमा मोहल्ले के सामने यह थोड़ा सा मंज़र आँखों को भला मालूम हुआ। जब मैं नुक्कड़ पर पहुँचकर रिक्शा से उतरी और उसको पैसे दिये तो मियाँ मुशीर ज़ैदी की दरमियाने चेहरे वाली वालिदा सालेहा आपा ने मुस्कुराकर अपनी बहू से कहा, मैंने तो उनको दूर से देख लिया, आटो रिक्शा वाले को छह रुपये दे रही थीं। तब मुझे अहसास हुआ कि लखनऊ में आटो रिक्शा वालों के लिए छह रुपये बड़ी रकम समझी जाती है।

सालेहा आपा की तरह ख़ुश अख़लाक़, साबिर-व-शाकिर एक मिसाली तालीमयाफ़्ता बहुत ही सभ्य महिला, सालेहा आपा भी अम्मा के मुँह बोले रिश्तेदारों के बड़े नटवर्क से सम्बन्ध रखती थीं। उनके नाना ख़ान बहादुर सैयद, ज़िल्ले हुसैन, क़स्बा झालू, ज़िला बिजनौर के रहने वाले और सर्वे ऑफ इण्डिया देहरादून के एक अधिकारी थे और देहरादून में रहते थे और हमारी अम्मा शादी के फ़ौरन बाद देहरादून आई थीं तो उनके यहाँ ठहरी थीं। उनके घराने की बीबियाँ इस सदी के प्राथमिक दौर की नई जागृति की पली बढ़ी थीं। सालेहा आपा की वालिदा सिद्दीक़ा बेगम, अम्मा की सहेली थीं। वह ख़ुद भी काफ़ी पढ़ी लिखी थीं और उनकी लड़कियों ने भी अंग्रेज़ी की शिक्षा ग्रहण की थी।

सालेहा आपा की सबसे छोटी बहन आसिफ़ा ने 1936 ई. में ए.पी. मिशन गर्ल्स हाई स्कूल से मैट्रिक पास किया तो अम्मा ने तुरन्त उनकी शादी

अपने कज़िन सैयद तहववर अली नक़वी से करा दी थी। सालेहा आपा एक बहुत ही ख़ूबसूरत और इन्तिहाई होशमन्द और बासलीक़ा ख़ातून थीं। शायद उन्हीं के जैसी लड़कियाँ हमारे नाविलों की आइडियल हीरोइन बनती थीं। सालेहा आपा की शादी सैयद तनवीर हुसैन से 1934 ई. में हुई थी। उनके पति ख़ान बहादुर, कर्नल बशीर हुसैन ज़ैदी के भतीजे थे और रामपुर के बाग़ों के विभाग के प्रशासक।

सालेहा आपा इस तरह की एक ही हस्ती थीं, जिनके विषय में एक पूरा नाविल लिखा जा सकता है। उनकी ज़िन्दगी बहुत ज़्यादा ख़ुशगवार नहीं गुजरी। साबिर, शुक्र अदा करने वाली हँसमुख और शिष्ट और बहुत ही रौशन ख़याल। अगर उनको अवसर दिया जाता तो वह किसी बड़े राष्ट्रीय संस्थान की निहायत काबिल-ए-क़द्र सरबराह (मुख्या) बन सकती थीं लेकिन हमारी सोसाइटी में इसी प्रकार की अनगिनत महिलाएँ गुमनाम रहीं और उनकी योग्यताओं से कोई लाभ नहीं उठाया गया।

सालेहा आपा जैसी एक और बहुत ही एकाकी और योग्य महिला मेरी कज़िन थीं, जो रिश्ते में मेरी मामूज़ाद बहन और मुमानी भी होती थीं। उनका नाम मुनव्वर जहाँ बेगम था। वह नवाब सैयद इब्राहीम हुसैन ख़ाँ वाली-ए-महमूद पुर (माफ़ी) की सबसे बड़ी बेटी थीं। नवाब साहब वालिदा के सेकण्ड कज़िन थे लेकिन पुराने ख़ानदानी रिश्तों के मेलजोल के अनुसार वह अम्मा को बहुत प्रिय रखते थे। उनकी दो बेटियाँ भी अम्मा की भावजें बनीं।

बड़ी बेटी मुनव्वर जहाँ बेगम की शादी अम्मा के एक और कज़िन सैयद आले-मुस्तफ़ा से हुई। उनका तज़किरा मैं पहले भी कर चुकी हूँ क्योंकि ये मुझे बिल्कुल फ़साना-ए-आज़ाद का एक किरदार (पात्र) मालूम होते थे। निहायत रौबदार और शानदार। उनके वालिद भी पुराने ज़माने के डिप्टी कलेक्टर थे और आले-मुस्तफ़ा मामू की शानो-शौकत का यह आलम था कि लड़कपन में वह ख़ुद जूतों की दुकान पर नहीं जाते थे बल्कि पूरी जूतों की दुकान उनके सामने लाकर रख दी जाती थी। आले-मुस्तफ़ा एक पतनोन्मुख नाकारा रईसज़ादे नहीं थे, वह बहुत ज़हीन और पढ़ने-लिखने के शौक़ीन आदमी भी थे।

लेकिन रईसी की एक आदत ने उनको ज़रा नुक़सान पहुँचाया, यानी वह अफ़यून (अफ़ीम) के शौक़ीन थे, इस वजह से उन्होंने सारी उम्र कुछ करके नहीं दिया। वह इतने क़ाबिल और सुयोग्य इंसान थे कि हमारे वालिद से उनकी बहुत गहरी छनती थी। हालाँकि हमारे वालिद के पास इस तरह के रईसज़ादों से दोस्ती करने का बिल्कुल समय नहीं था लेकिन आले-मुस्तफ़ा मामू, आम रईसज़ादों से भिन्न थे। आले-मुस्तफ़ा मामू, अम्मा से भी बहुत मोहब्बत करते थे। उनकी बड़ी बहन आले-ज़हरा बेगम, अम्मा की सगी चची थीं।

उनका तज़किरा पहले भी कर चुकी हूँ। वह एक बहुत ही शानदार और ख़ूबसूरत खातून थीं और हमेशा घिरसवाँ पायजामा पहनती थीं। और जब वह पायजामे के पाँयचे अपने बाँए बाज़ू पर से छोड़ देती थीं तो बिल्कुल एक मलिका प्रतीत होती थीं। जिसके गाउन को पीछे से उसकी कनीज़ें उठातीं लेकिन वह एक दक़ियानूसी महिला नहीं थीं। निहायत रौशन ख़याल और तालीमयाफ़्ता बीबी थीं और अंग्रेज़ी भी पढ़ी थीं, चिकित्सा विज्ञान भी ग्रहण किया था। वह साँप के काटे का मंत्र भी जानती थीं। उनके शौहर का 1911 ई. में निधन हो गया।

जब उनका पहला लड़का महज़ दस वर्ष का था और उन्होंने चालीस वर्ष उस छोटे से मकान में व्यतीत कर दिये, जो उनके फ़र्स्ट कज़िन नवाब महमूदपुर ने उनको रहने के लिये दिया था। पहले ज़माने में यह क़ायदा था कि रिश्तेदार एक दूसरे के मकान में जीवन व्यतीत कर दिया करते थे परन्तु किराया लेना या देना बड़ा ऐब समझा जाता था। चची का मकान बचपन में मुझे अलिफ़ लैलवी मालूम होता था। (मैं और भाई भी आले-ज़हरा बेगम को नानी के बजाय चची कहते थें)।

गवर्नमेंट कॉलेज के चौराहे पर एक तरफ़ डिप्टी क़ायम अली की कोठी थी, जो उन्होंने लखनऊ से आकर यहाँ बनवाई थी। उसके बराबर में दुकानें और उनके ऊपर कमरे बनवाए थे। उनकी एक कोठी गुरदासपुर पंजाब में थी, जहाँ वह एक्स्ट्रा असिस्टेंट कमिश्नर रहे थे। जब उनकी जायदाद का बँटवारा हुआ तो उनकी ये दोनों कोठियाँ हमारी अम्मा के हिस्से में आईं। दुकानें और उनकी ऊपरी मंज़िल के कमरे हसनैन मामू को मिले लेकिन ये दोनों कोठियाँ

यू.पी. के कुलीन वर्ग की परम्पराओं के मुताबिक हमेशा मुक़दमे बाज़ी से ग्रस्त रहीं और अम्मा का बहुत रुपया इस मुक़दमेबाज़ी में बर्बाद हुआ।

पंजाब में मुक़दमे की पैरवी चौधरी सर मोहम्मद ज़फ़रुल्लाह ख़ाँ अपने वकील के द्वारा करवाते रहे, जो अम्मा के बहनोई और फ़र्स्ट कज़िन मीर अफ़ज़ल अली के गहरे मित्र थे और अम्मा को भी बहुत मानते थे परन्तु इस जायदाद का अम्मा को कभी एक पैसे का लाभ न हुआ और वह 1947 ई. के पश्चात् इण्डिया में छोड़ी हुई जायदाद क़रार पाई, जिसका हमारी वालिदा को पाकिस्तान में भी मुआवज़ा नहीं मिला। मीर क़ायम अली आदि पूर्वजों को उनकी यह दौलत व सरवत रास क्यों नहीं आई, शायद तंबीह-ए-ग़ाफिलीन (असावधानों के लिए चेतावनी) के लिये क़ज़ा व क़द्र (तक़दीर-भाग्य) विभाग ने उनको बतौर एक उदाहरण चयनित किया था।

"न घर तेरा न घर मेरा चिड़ियन रैन बसेरा"

वह क्या क़िस्सा है कि हज़रत सुलेमान (एक पैग़म्बर का नाम) अपना हेकल बनवा रहे थे, जिस लाठी के सहारे खड़े थे, उसमें लग गई दीमक, तो दीमक का क्या है, कहीं भी लग सकती है। मैंने क़िला महमूदपुर का कहीं ज़िक्र किया है, जब मैं 1947 ई. में वहाँ गई तो उस अज़ीमुश्शान लाल पत्थर की जगह, एक चटियल मैदान दिखाई पड़ा, जो धूप में पड़ा सनसना रहा था और कुछ क़साई वहाँ बैठे कमेला (पशु-वध) कर रहे थे तो गोया एक पूरे क़िले को अपनी आँखों के सामने ग़ायब होते मैंने ख़ुद देखा।

अमेरिका में जब इमारतें ढहाई जाती हैं तो उनके ताज़ातरीन (परिष्कृत) यंत्रों के द्वारा कुछ मिनटों में वह बिल्डिंग ग़ायब हो जाती है, यह दृश्य मैंने स्वयं अपनी आँखों से देखा है। जब एक शहर में, जहाँ मैं रहती थी, एक अज़ीमुश्शान इमारत को ग़ायब किया गया। हम सब लोग कमरे में जमा हो गए, जिसकी दीवारें शीशे की थीं। कुछ फ़ासले पर उस इमारत को जाने किस तरकीब से ढहाया गया कि पल की पल में वह ग़ायब हो गई और हम लोग सहमे हुए यह मंज़र देखते रहे। भई यह अमेरिकन जो भी करें कम है। यह जिन्नातों की क़ौम है।

तो चलिये फिर मुरादाबाद चलते हैं, जहाँ की इमारतें या ज़मींदारी के ख़ातमे ने ग़ायब की हैं या हवादिस-ए-ज़माना (सांसारिक दुर्घटनाओं ने उनको मिटा दिया)। वही मुनव्वर मुमानी वाला मकान, जिसमें सामने बड़ा फाटक था, यानी गेस्ट हाउस, जिसके अन्दर गाड़ियाँ, पालकियाँ या मोटरें खड़ी होती थीं। वहीं से एक ज़ीना ऊपर जाता था, जहाँ एक बड़ा कमरा उसके दोतरफ़ा बरामदे की बालकनी, जिसमें मोटी-मोटी चिक़ें पड़ी रहती थीं। दरवाज़े और खिड़कियों में रंग-बिरंगे शीशे लगे हुए थे, ऊदे, नारंजी, नीले, सुर्ख़ और हरे।

मुझे यह रंग-बिरंगे शीशे हर जगह बहुत आकर्षित करते हैं, मैंने ताजपुर कैथेडरिल में देखा था, उन रंग-बिरंगे शीशों में से छनती सूरज की रौशनी, अन्दर संगेमरमर के मज़ारों पर पड़ रही थी और धूप के साथ उन रंग-बिरंगे शीशों का अक्स क़ब्रों पर से सरकता जा रहा था। वह भी क्या मंज़र था और यह मंज़र देखने वालों को रोज़ दिखाई देता है क्योंकि सूर्य प्रतिदिन उदय होता है और अस्त होता है तो इब्राहीम मामू के इस मकान पर भी ऊपरी मंज़िल पर रंग-बिरंगे शीशे जड़े थे और उनमें से प्रकाश प्रतिबिम्बित होता रहता था। नीचे बड़े फाटक के अंदर इब्राहीम मामू का हाथी खड़ा झूमता रहता था।

1991 ई. में जब मैं कराची गई तो भाई ने मुझे बताया कि ज़मींदारी की समाप्ति के कुछ अर्सा पहले से उस हाथी ने झूमना बन्द कर दिया था और वह निश्चल व शान्त खड़ा रहता था। कहते हैं, कुछ जानवरों को आने वाली मुसीबत या तबाही का ज्ञान हो जाता है इसीलिये शायद एक कहावत है 'हाथी झूमता भला'।

वह चहचहाती बुलबुल

जाने गई कहाँ ...सहगल का यह गाना ईनिड लहक-लहक कर गाती थी। उसके गाने का अंदाज़ भी निराला था। वह अपने नाखूनों से मेज़ पर तबला बजाकर गाती थी अगर मेज़ न मिले तो सुनने वालों की तरफ़ से पीठ करके, किसी दरवाज़े पर अपना तबला बजाने लगती थी और सारा गाना पीठ मोड़कर इसी प्रकार खड़े-खड़े सुनाती थी।

एयरपोर्ट पर इफ़्तिख़ार आरिफ़ प्रोटोकॉल ऑफ़िसर के पद पर बी.सी. सी.आई. बेगम रीहाना मुजस्सम लखनवी सहित। अख़्लाक़ व तहज़ीब वाले, हालाँकि विचारों और क़ौमियत के लिहाज़ से ख़ालिस (शुद्ध) पाकिस्तानी। इंसान की साइकी में ये दोहरापन हैरतअंगेज़ है हालाँकि इतना आम है कि इस पर आश्चर्य नहीं करना चाहिए। पहले ज़माने में अगर आप हिन्दुस्तानी थे तो हमेशा हिन्दुस्तानी ही रहते या ईरानी या तुर्क अगर विलायत हो आते तो थोड़ी सी परत पश्चिम की भी चढ़ जाती।

परन्तु 1947 ई. में उपमहाद्वीप के विभाजन के बाद इंसान की साइकी या अन्दरूनी शख़्सियत, जिस प्रकार बँटी या कम से कम उसमें थोड़े से अजनबी, बाहरी तत्व शामिल हुए तो वह विभिन्न व्यक्तित्वों का संग्रह बन गया। एक इंसान हिन्दुस्तान से पाकिस्तान गया तो वह अंदरूनी और ग़ैर शऊरी तौर पर (प्राकृतिक रूप से) हिन्दुस्तानी रहा। परन्तु पासपोर्ट राजनीतिक विचार व प्राथमिकताओं के लिहाज़ से वह पाकिस्तानी बना, फिर वहाँ से दूसरा पलायन करके बर्तानिया या अमेरिका गया तो उसके व्यक्तित्व पर दूसरे प्रभाव पड़े, इन सारे मामलात का निष्कर्ष निकालने की किसी को आवश्यकता है, न परवाह। मकानों को बदलने और हिजरतों का सिलसिला सैकड़ों, हज़ारों, वर्षों से जारी है और इसकी बदौलत नित नई क़ौमें और सभ्यताऐं बनती गई हैं।

एक नस्ल जिसने हिजरत की है, उसको यह तजुर्बा याद रहता है। उसकी संतान के लिए वह निरार्थक हो जाता है। अतीत उनकी संतानों के लिए

महज़ एक म्यूज़ियम है, अगर उनको दिलचस्पी होती है तो वह दो घड़ी इस अजायब घर की सैर कर आते हैं। पाश्चात्य क़ौमों ने अपनी सारी तरक़्क़ी के बावजूद अपने अतीत से अपना गहरा सम्बन्ध बरक़रार रखा है। जिस कारण उनकी सभ्यता में ठहराव आ गया है। हमने अपने अतीत को या तो पर्यटन विभाग के हवाले कर दिया है या साम्प्रदायिक राजनीतिज्ञों को सौंप दिया है, जो स्वस्थ और संतुलित सम्बन्ध अपने अतीत से होना चाहिए वह हमारे यहाँ लगभग नगण्य है।

हिज़रतों (पलायन) के ऐसे अजीबोग़रीब सिलसिले हैं। उस दिन 1986 ई. में हीथ्रो एयरपोर्ट पर जो लोग मुझे लेने आए थे, आसिम ज़ैदी चचेरी बहन के बेटे और फिरोज़ जबीं पुरानी दोस्त। वह दोनों बर्तानिया में रहन-सहन इख़्तियार चुके थे और इफ़्तिख़ार आरिफ़, जिन्होंने अपनी नज़्म में लिखा है :-

"शिकम की आग लिये फिर रही हैं शहर ब शहर
सग-ए-ज़माना हैं हम क्या हमारी हिजरत क्या"

(पेट की आग हमें नगर-नगर लिए फिर रही है, यह सब सांसारिक आवश्यकताएँ हैं, हमारा पलायन धर्मानुसार नहीं)

आसिम का मकान होंसलो में है, जहाँ अधिकतर एयरलाइंस के लोग रहते हैं, उनके दोनों लड़के आमिर और नासिर अपने कारोबार में व्यस्त थे। लड़की आसमा, स्कूल की शिक्षा पूर्ण कर चुकी थी। आसिम की दुल्हन एक बहुत लोकप्रिय और दोस्तों को नवाज़ने वाली महिला थीं, जिनके घर पर उनकी सहेलियों का मेला सा लगा रहता। आसिम की म्यूज़िक पार्टियों का सिलसिला यहाँ भी क़ायम था। स्वदेश छोड़ने वालों की बहुत बड़ी आबादी अमेरिका की तरह बर्तानिया में भी वजूद में आ चुकी थी। उनकी शादियाँ भी आपस में इस तरह होती थीं कि एक ख़ातून कहती हैं कि मेरी लड़की अपनी ससुराल शिकागो से आई हुई है। यह मेरी बेटी की ननद कल न्यूयॉर्क वापस जा रही हैं आदि। इन सबका सम्बन्ध स्थानीय आबादी अर्थात अंग्रज़ों से न होने के बराबर था।

अंग्रेज़ यूँ ही एक बेहद कम घुलने-मिलने वाली क़ौम है, वह आपस ही में एक-दूसरे से बड़े तकल्लुफ़ से मिलते हैं तो वह भला कालों से क्यों मिलने

लगे। मगर काले यानी साँवले बड़े ही इतमीनान के साथ अपना हिन्दुस्तान और पाकिस्तान आबाद किये बैठे हैं। बहुत से ऐसे हैं, जो आधी सदी से यहाँ रह रहे हैं और उन्होंने अंग्रेज़ी सीखने की ज़रूरत नहीं समझी। आसिम के बच्चे अलबत्ता बर्तानवी सोसाइटी में शामिल हुए। नासिर जूनियर एम.सी.सी. का खिलाड़ी था और अख़तर सोशल वर्क करती थीं। मैं जितनी बार इंग्लिस्तान गई, आसिम की म्यूज़िक पार्टियों में, नये-नये गाने वाले देखे।

फिरोज़ जबीं, जो 1948 ई. में इंग्लिस्तान आई थीं और यहाँ उन्होंने एक बंगाली कॉमरेड, नशीत मुखर्जी से विवाह कर लिया था और लन्दन यूनिवर्सिटी से सरशार पर थीसिस लिख कर पीएचडी की डिग्री प्राप्त की थी। नशीत और फ़िरोज़ दोनों का इरादा था कि हिन्दुस्तान वापस जाएँ, वह यहाँ 1961 ई. में वापस आए परन्तु यहाँ की विषम परिस्थितियाँ देखकर फिर लौट गए और स्थायी रूप से बर्तानिया में रहने लगे।

इसी प्रकार बहुत से लोग बी.बी.सी. के उर्दू और हिन्दी सेक्शन के लिये हिन्दुस्तान और पाकिस्तान से आए थे। रिटायर होने के पश्चात् वापस नहीं गए। सब ने यहाँ आते ही मकान ख़रीद लिये थे और उनकी संतान अब यहाँ स्वदेश छोड़ने वालों की सोसाइटी में शामिल थी। उन्होंने बड़े-बड़े व्यापारिक संस्थान भी स्थापित किये परन्तु वे सब अपनी ही सोसाइटी में मेल-जोल पसन्द करते थे। यही हाल हिन्दुस्तान से आने वालों का था। उन लोगों के एक अजनबी सी ज़मीन पर आबाद होने के कारण, उन पुरानी नफ़रतों में अपेक्षाकृत कमी आ गयी थी।

लेकिन उसका दूसरा पहलू यह भी था कि ज़्यादातर जो लोग बर्तानिया में आबाद हुए थे, कब के हिन्दुस्तानी और कट्टर पाकिस्तानी बन गए थे। यह भी जैसे अपने कल्चर और राष्ट्रीय व्यक्तित्व को बरक़रार रखने का एक प्रदर्शन था। अलबत्ता जब हिन्दुस्तानी-पाकिस्तानी फ़िल्म स्टार या गाने वाले, बर्तानिया आते तो दोनों क़ौमों के लोग जौक़ दर जौक़ (झुण्ड के झुण्ड) उनके कार्यक्रमों में शामिल होते। ये साँझी मानसिकता का अनोखापन था, जिस पर कोई ग़ौर नहीं करता। अगर पाकिस्तानियों से इस बात का तज़किरा किया जाता तो वे टाल देते क्योंकि इससे दो क़ौमों के नज़रिये पर चोट पड़ती थी।

अब बहरहाल दुनिया में एक और विश्वव्यापी आबादी वजूद में आ चुकी है, जिसे overseas Indian और पाकिस्तानी कहा जाता है। मनोरंजन के लिये ये लोग अपने घरों में हिन्दुस्तानी शो बिज़नेस के लोकप्रिय लोगों को और पाकिस्तानी क़व्वालों को पश्चिम में आबाद श्रोताओं और दर्शकों के लिए आमंत्रित करते रहते हैं।

बर्तानवी और यूरोपियन इम्पीरियलिज़्म के उत्थान के दौर में, दो क़ब्ज़ा किये हुए एशियाई और अफ़्रीक़ी देशों से, जो लोग पश्चिम की ओर आए थे, उसमें तीन-चार तरह के लोग शामिल थे। एक तो हिन्दुस्तानी अपर क्लास के नौजवान, जो यहाँ बैरिस्टरी पढ़ने आते थे और अक्सर मेमों से विवाह करके वापस जाते थे। वतन में उनसे सम्बंधित एक चुटकुला मशहूर था कि फ़ुलाँ-फ़ुलाँ L.L.D. की डिग्री लेकर आए हैं, अर्थात Land Lady's Daughter ये महिलाएँ सामान्य रूप से निचले वर्ग से सम्बंधित होती थीं लेकिन वह हिन्दुस्तान में बड़ी साहब की हैसियत से ज़िन्दगी गुज़ारती थीं।

अक्सर उच्च वर्ग के भारतीय जो इंग्लिस्तान नहीं गए थे, उनके origin को पहचानने में असमर्थ थे। मालदार वर्ग के छात्रों के अतिरिक्त बदहाल और ज़हीन नौजवान भी किसी न किसी प्रकार यहाँ पहुँचने की कोशिश करते थे।

मुझे एक बहुत ही दिल को छूने वाला इश्तिहार याद है, जो मैंने 1905 ई. या 1906 ई. के किसी उर्दू रिसाले की फ़ाइल में देखा था, इश्तिहार देने वाला एक मुसलमान नौजवान था। जिसने किसी अल्लाह के बन्दे से कर्ज़े-हस्ना (वग़ैर ब्याज़ व अनिश्चित समय तक के लिए क़र्ज़) की दरख़्वास्त की थी, जिसे लेकर वह इंग्लिस्तान उच्च शिक्षा के मक़सद से जा सके। तात्पर्य यह कि एक कॉलोनियल समाज के लोगों के लिये other country (अन्य देश) जाकर शिक्षा प्राप्त करना, जीवन का सबसे उच्चतम ध्येय था।

चुनांचे उन्हीं विलायत-पलट छात्रों में दो तरह के नौजवान शामिल थे। एक वह, जो बिल्कुल ब्राउन साहब बन गए और अपने अंग्रेज़ी आक़ाओं के बहुत ही मुस्तइद कार्यकर्ता और दूसरे वह बाग़ी नौजवान, जिन्होंने उन्हीं आक़ाओं के ख़िलाफ़ जद्दोजोहद शुरू की।

पूर्व की इस औपनिवेशिक व्यवस्था का एक ही साँचा था। डच ईस्ट इंडीज़ से सुमात्रा और जावा का नौजवान उच्च शिक्षा के लिये हॉलैण्ड जाता था। फ़्रांसीसी उपनिवेशों का नौजवान, फ़्रांस। गोवा का लड़का, पुर्तगाल परन्तु सबसे अधिक आवागमन हिन्दुस्तान और बर्तानिया का रहा।

भारत की बहुत उच्च स्तर की सभ्यता इसकी आबादी का रंगारंगी और ऐतिहासिक रचाव इसके कारण थे। क्रिकेट का मैदान है तो उसमें जाम साहब नवाँगर चमक रहे हैं। राजनीति में दादा भाई नौरोजी संसद में पहुँचे हुए हैं। लिट्रेचर है तो टैगोर नोवेल प्राइज़ जीते ले रहे हैं। अंग्रेज़ी बोलने पर आए तो बर्तानिया के बेहतरीन भाषणकर्ताओं को लेक्चरबाज़ों ने मात दे दी। क़ानून के क्षेत्र में हिन्दुस्तान के बैरिस्ट्रों ने बर्तानवी विशेषज्ञों को पीछे छोड़ दिया। हॉलैण्ड, जर्मनी, फ़्रांस और पुर्तगाल के उपनिवेश बेहद पिछड़े हुए रहे।

इंग्लिस्तान ने जिस हिन्दुस्तानी क़ौम को अधीनस्थ किया, उसकी शानदार ज़हनी और इल्मी (बौद्धिक व ज्ञान की) परम्पराओं के शायान-ए-शान, उसके साथ व्यवहार भी उतना बुरा नहीं किया। जब उन्होंने इण्डियन सिविल सर्विस में हिन्दुस्तानियों को सम्मिलित किया तो उस समय संसार की बेहतरीन सिविल सर्विस थी और उसकी भी परम्पराएँ भारत और पाकिस्तान में आज तक बरक़रार हैं। रेलवे की व्यवस्था, कॉलेज और यूनिवर्सिटियाँ, अस्पताल, जन-कल्याण की संस्थाएँ, सिंचाई की नहरें, वग़ैरह-वग़ैरह। बेशक ये सब उन्होंने अपने फ़ायदे के लिए किया लेकिन उसके साथ ही हिन्दुस्तान वालों को भी लाभ हुआ।

कार्ल मार्क्स ने यह भारत में अंग्रेज़ों की इम्पीरियलिज़्म की बरकतों का अंदाज़ा लगाने के बाद, जब ही कह दिया था कि एशिया और अफ़्रीक़ा में जहाँ- जहाँ यूरोपियन साम्राज्य नहीं पहुँचा, वहाँ पिछड़ेपन की क्या हालत थी। जहाँ फ़्रांस और बर्तानिया नहीं पहुँचे, वहाँ हमारा ज़ार-शाही रूस साया-फ़िगन हुआ (छा गया)। उस समय की समाजिक तस्वीर अगर आप देखें तो उस्मानिया तुर्की यूरोप की एक बहुत बड़ी नौसैनिक व स्थल शक्ति थी परन्तु उन्नीसवीं सदी की तस्वीर में हुक़्क़ा पीने वाले गाव तकिये के सहारे नीमदराज़ तुर्क पाशा का इमेज पश्चिम के दिमाग़ों में बैठ गया।

छह सौ वर्ष तक, जिनकी हुकूमत बाब-ए-आली में अपनी राजधानी से आधे यूरोप पर अपना परचम लहराती थी। वह तुर्क, यूरोप की तेज़ी से तरक़्क़ी करती हुई, क़ौमों में क्यों सम्मिलित नहीं हुआ। आख़िर क्या कारण था कि अब मुसलमान हर ज़गह हमेशा फिसड्डी रह जाता था। अगर यह कहा जाए कि तुर्क या समान्य मुसलमान का जो इमेज ईसाई यूरोप ने तैयार किया था, अर्थात एक निर्दयी, जंगजू (युद्ध प्रिय) अज्ञानी, अय्याश, निरंकुश शासक। तो यह महज़ पक्षपात पर आधारित नहीं था।

तुर्की एक मिलिट्री सोसाइटी रही। पुनर्जागरण के बाद यूरोप की बेपनाह शैक्षिक और वैज्ञानिक प्रगति में कोई टर्किश फैक्टर क्यों शामिल नहीं हुआ। आख़िर उस्मानी तुर्क भी तो यूरोपियन सोसाइटी का एक भाग थे, जबकि उससे पहले स्पेन के अरबों ने अपनी शिक्षा व ज्ञान से अँधेरे यूरोप को प्रकाशमान किया। अगर कहा जाए कि इस्लाम तरक़्क़ी में रोड़े अटकाता है तो भाई उन्दलस वाले भी तो मुसलमान थे और बड़े पक्के मुसलमान तो आख़िर कुल मिलाकर यूरोप में मुसलमानों के पतन की बुनियादी वजह क्या थी?

हिन्दुस्तान में आज़ादी की लड़ाई ने जब ज़ोर पकड़ा तो कई राष्ट्रवादी नौजवान बर्तानिया के बजाये, उच्च शिक्षा के लिए जर्मनी जाने लगे।

हिन्दुस्तान में कुछ आयरिश महिलायें भी गवर्नेस के तौर पर बुलाई गईं। लेखिका के बड़े भाई सैयद मुस्तफ़ा हैदर के पालन पोषण के लिए एक आयरिश महिला, मिस कैथेरीन चियो को मिस आमना पोप के ज़रीए बुलाया गया। वह स्वदेशी आन्दोलन का ज़माना था और हमारी वालिदा ने मिस चियो को ख़ूब-ख़ूब ख़ादी के फ़्रॉक पहनवाए। अलीगढ़ यूनिवर्सिटी उस ज़माने में राष्ट्रीय आन्दोलन का एक गढ़ थी और कई राष्ट्रवादी प्रोफ़ेसर, जो बर्तानिया के बजाये जर्मनी गए थे, वहाँ से पत्नियाँ ले आए थे। जर्मनी पत्नियाँ, वफ़ादारी और त्याग की मूर्ति समझी जाती थीं।

मैंने अपने बचपन में उनमें से एक महिला को देखा था, जिनके पति सत्तार ख़ैरी उन राष्ट्रवादी नौजवानों में सम्मिलित थे, जिन्होंने जर्मन में शिक्षा

ग्रहण की थी। वह दिल्ली के प्रसिद्ध ख़ानदान से सम्बन्ध रखते थे और अपनी पत्नी के नाम से मासिक "इस्मत" में जर्मनी की तरक़्क़ी-याफ़्ता ज़िन्दगी के मुताल्लिक़ लगातार लेख लिखा करते थे। "फ़ातिमा ख़ैरी अज़ बर्लिन" चचा सत्तार ख़ैरी अलीगढ़ वापस आ गए थे। यहाँ वह यूनिवर्सिटी में जर्मन पढ़ा रहे थे और एक कॉटेज में रह रहे थे। उनकी जर्मन पत्नी, जिन्हें हम फ़ातिमा चची कहते थे, एक बहुत ही सलीक़ेमंद, साबिर व शाकिर (सब्र-शुक्र करने वाली) पतिव्रता महिला थीं, जिन्होंने बेहद विषम परिस्थितियों में पति का साथ दिया।

देहरादून में एक साहब मोहम्मद हुसैन, जो मक्का-मोअज़्ज़मा से वापस तशरीफ़ लाये, वह एक बहुत ही छोटे क़द के और ख़ुशमिज़ाज आदमी थे और शाह सऊद के निजी चिकित्सक रह चुके थे, जो धन उन्होंने सऊदी अरब में कमाया था, उस ज़माने में बहुत ही कम हिन्दुस्तानी धन कमाने के मक़सद से सऊदी अरब जाते थे क्योंकि वहाँ शायद अभी तेल के कुएँ दरयाफ़्त ही नहीं हुए थे।

डॉक्टर मोहम्मद हुसैन ने देहरादून आकर देहरा कैम्ब्रिज स्कूल के नाम से एक मदरसा खोला क्योंकि उनका कहना था कि उच्चवर्ग के अंग्रेज़ी स्कूलों में मुसलमान बच्चे बहुत कम लिये जाते हैं क्योंकि वहाँ प्रवेश परीक्षा बड़ी कठिन होती है। यह देहरा कैम्ब्रिज स्कूल डॉक्टर मोहम्मद हुसैन ने अपने पैसे से स्थापित किया और वालिद मरहूम को इसका ऑनरेरी सेक्रेटरी बनाया। अब्बाजान तन, मन, धन से इस काम में जुट गए। चचा सत्तार ख़ैरी की हस्बे-मामूल (हमेशा की तरह) आर्थिक स्थिति ख़राब थी। चुनांचे अब्बाजान ने चची फ़ातिमा को देहरादून बुलाया ताकि वह देहरा कैम्ब्रिज स्कूल की हॉस्टल वार्डेन बन जाएँ, वह ख़ुश-ख़ुश देहरादून आ गयीं।

उनके साथ उनकी बड़ी लड़की ज़ैनब, लड़का अब्दुर्रहमान और छोटी लड़की नेमत उर्फ़ नैनी भी थीं, जो मेरी हम उम्र थीं और मेरी दोस्त बन गईं। देहरादून के देहरा कैम्ब्रिज स्कूल में मुसलमान रईसों के लड़के पढ़ने के लिये आ रहे थे। चची फ़ातिमा ख़ैरी उनके बोर्डिंग हाउस की वार्डेन थीं। ज़ैनब और नैनी भी उनके साथ रहती थीं। अब एक बिल्कुल अप्रत्याशित समस्या यह पैदा हुई कि

ज़ैनब ख़ैरी, जो एक नौउम्र लड़की थी, वह इस हॉस्टल में कैसे रहे? चुनांचे न चाहते हुए भी चची को वह काम छोड़ना पड़ा और वो अलीगढ़ वापस चली गईं।

एक जर्मन महिला का रौब-दाब हिन्दुस्तानियों के दिमाग़ों पर छाया हुआ था। जिन्होंने अपने बच्चे वहाँ भेजे थे, जब वह जर्मन ख़ातून मौजूद नहीं तो हॉस्टल बेकार है। कुछ समय पश्चात् वह स्कूल ही बन्द हो गया। जंग छिड़ी और चची ख़ैरी और उनके बच्चों को चचा सत्तार ख़ैरी सहित नैनीताल में नज़रबन्द कर दिया गया। दरअस्ल चचा सत्तार ख़ैरी, जो मुझे बहुत धुँधले से याद हैं, शायद उन उसूल परस्त लोगों में से थे, जिन्होंने ज़िन्दगी में सिवाय मुसीबतों के और कुछ नहीं देखा। हमारे यहाँ उनकी तरह के बहुत से धुन के पक्के लोग मौजूद थे, जिनको अब बिल्कुल भुला दिया गया है। 1947 ई. के पश्चात् चचा ख़ैरी का लड़का अब्दुर्रहमान, शायद पाकिस्तानी सेना में भर्ती हो गया था, ज़ैनब और नेमत उर्फ़ नैनी भी शायद वहीं हैं।

दूसरी जर्मन महिला, जो उस ज़माने में जर्मनी से इण्डिया आईं, उनका नाम मार्ग्रेट शम्सी था। उनकी लड़कियाँ आमना और फ़ातिमा अपनी सुन्दरता के लिये जानी जाती थीं। विभाजन के पश्चात् यह परिवार भी पाकिस्तान चला गया। आमना के पति एयर मार्शल असग़र ख़ाँ, पाकिस्तानी एयरफ़ोर्स के सरबराह (चीफ़) थे। फ़ातिमा के पति P.A.F. के एक उच्च अधिकारी थे। ये दोनों बहनें भी बहुत ही सुन्दर थीं और भारत विभाजन से पूर्व, मसूरी की सोसाइटी में बहुत लोकप्रिय रहीं।

तीसरी पश्चिमी महिला बेगम नूरुद्दीन अहमद थीं, जो इंग्लिस्तान के एक रिबाई (यहूदी) की बेटी थीं। वह कैम्ब्रिज में आर्ट पढ़ने गई थीं, जहाँ उनकी मुलाक़ात भारत से आए हुए एक बेहद हसीन और ख़ूबसूरत छात्र नूरुद्दीन अहमद से हुई और वह उनसे शादी करके दिल्ली आ गईं। बैरिस्टर नूरुद्दीन अहमद की वालिदा, बेगम मुश्ताक़ अहमद ज़ाहिदी भी पैकर-ए-हुस्नो-जमाल रही थीं। उनके पति, मुश्ताक़ अहमद ज़ाहिदी दिल्ली के पुराने ख़ानदान से ताल्लुक़ रखते थे और एम.ए.ओ. कॉलेज में वालिद मरहूम के क्लास फ़ेलो थे। वहीं पर नवाब बहावलपुर के लड़के पढ़ते थे, जिन्होंने स्वयं बहावलपुर के तख़्त पर बैठने के

पश्चात् ज़ाहिदी साहब को अपनी रियासत में आमंत्रित किया और अपने सादिक़ एजर्टन कॉलेज का प्रिंसिपल नियुक्त किया।

रिटायर होने के पश्चात् चचा ज़ाहिदी दिल्ली वापस तशरीफ़ लाए, जहाँ उन्होंने क़रोलबाग़ में एक कोठी ख़रीदी, उसका नाम कौशिक रखा। चचा ज़ाहिदी के छोटे बेटे आसिफ़ ज़ाहिदी भी वकील थे। बेटी हुस्ना ...ऑल इण्डिया रेडियो के पहले-पहले ब्रॉडकास्टर्ज़ में से थीं और बतौर "बाजी" महिलाओं के कार्यक्रम प्रसारित करती थीं। यानी वह भी ऑल इण्डिया रेडियो लखनऊ की सईदा रज़ा की तरह, हिन्दुस्तान की अव्वलीन (प्राथमिक) ब्रॉडकास्टर्ज़ में शामिल थीं। ये बुख़ारी साहब का ज़माना था, ऑल इण्डिया रेडियो पर उर्दू कल्चर छाया हुआ था और उर्दू को बहरहाल एक आला तहज़ीबी भाषा समझा जाता था। नमस्कार की बजाय आबाद अर्ज़ प्रचलित था और सभा के बजाय मजलिस; बी.बी.सी. से भी आदाब अर्ज़ किया जाता था।

1947 ई. में ये नक़्शा बिल्कुल बदल गया। ऑल इण्डिया रेडियो A.I.R. का बँटवारा हुआ। अधिकतर मुसलमान ब्रॉडकास्टर्ज़ पाकिस्तान चले गए। A.I.R. से हिन्दी का आरम्भ हुआ। बी.बी.सी. का भी बँटवारा हो गया। अतिया हबीबुल्लाह, नूर मोहम्मद चौहान, सिद्दीक़ अहमद सिद्दीक़ी, यावर अब्बास उर्दू सेक्शन में नियुक्त किये गए और ऑल इण्डिया रेडियो लखनऊ के सुनहरी आवाज़ वाले आले-हसन, जो एहतशाम साहब के कज़िन थे, बी.बी.सी. के हिन्दी खाते में गए, वह उर्दू लिपि में शुद्ध हिन्दी लिखकर प्रसारित करते थे।

आले-हसन भी उन स्वदेश छोड़ने वालों में शामिल हो गए, जिन्होंने इंग्लिस्तान को अपना स्थाई घर बनाया और वहीं दफ़नाए गए। आले-हसन की शादियों का ग्राफ़ भी बदलता रहा। उनकी पहली बीवी कृष्णा थीं। दूसरी एक स्पेनिश महिला। आले-हसन की बहन रुबाब, जो एक उदाहरणीय मुस्लिम मध्यम वर्ग शिया घराने की पाबन्द लड़की थीं, उसको आले-हसन ने अपने पास लंदन बुला लिया, वहाँ रफ़्ता-रफ़्ता उसका हृदय-परिवर्तन हो गया। वह भी अपनी जड़ों से कटी हुई एक मुख़तलिफ़ (अलग) शख़्सियत बन गयी।

आज़ादी के बाद हिन्दुस्तान के बँटवारे और दूसरे पश्चिमी देशों को पलायन करने वालों की ज़िन्दगियों में जो इन्क़िलाब आए, आले-हसन और रुबाब उर्फ़ रुब्बन उन्हीं लोगों में शामिल थे। रुब्बन भी अपने भाई की तरह लंदन ही में दफ़नायी गयीं। बक़ौल-शख़्से अब इंग्लिस्तान के मुस्लिम क़ब्रिस्तानों की आबादी भी बढ़ती जा रही है। चचा सिद्दीक़ ने एक बार कहा था "बेटा हम ज़िन्दगी में तो अंग्रेज़ के हमसाया (पड़ोसी) बन गए लेकिन मरने के बाद ज़ेरे-ज़मीन (ज़मीन के नीचे उसका पड़ोस नहीं चाहते)।" लेकिन उन मरहूम को भी बहादुरशाह ज़फ़र की तरह :

"दो गज़ ज़मीन भी न मिली कूए-यार में"

अख़तर हालाँकि बीमार थीं लेकिन अपनी हिम्मत से बाक़ायदा बाहर जाक़र सोशल वर्क करती थीं। उस एरिया के अंग्रेज़ राजनीतिज्ञों का इरादा था कि वे उसे वहाँ की कौंसिल पर नामज़द करें और वह सचमुच एक बहुत ही होशमंद और मेहनती कार्यकर्ता सिद्ध होती लेकिन उसकी सेहत तेज़ी से गिरनी शुरू हो गयी और जब मैं दोबारा लंदन गयी, वह अस्पताल में थी। अब उसका ज़्यादा समय अस्पताल में ही गुज़रता। उसकी ज़िन्दगी में आख़िरी बार, जब मैं दिल्ली से लंदन पहुँची तो वह हमेशा की तरह अपने पलंग पर बैठी थी, जिसके बराबर में एक Bay Window थी।

और उससे ज़रा फ़ासले पर सड़क, जिस पर से सुर्ख़ रंग की दो मंज़िला बसें लगातार गुज़रती रहती थीं। उसके पलंग के नीचे अंडरग्राउंड रेलें चल रही थीं। ऊपर आसमान पर नज़दीक हीथ्रो इंटरनेशनल एयरपोर्ट पर आने और जाने वाले हवाई जहाज़ों की परवाज़ जारी रहती थी। यानी चारों तरफ़ जीवन कर्मशील था और लगातार हरकत में। और अगर आपको अच्छी तरह मालूम हो कि किसी वक़्त भी आप इस शोर भरे और लगातार व्यस्त जीवन की कर्मशाला से अचानक रुख़सत हो जाएंगे तो आपको कैसा लगे। लेकिन ख़ुदा शायद उन लोगों को भी उधार लिये हुए वक़्त यानी Borrowed Time पर ज़िन्दा रखता है। कैसी अजीबो-ग़रीब हिम्मत अता कर देता है।

पहले अख़तर मेरे साथ लंदन में हर जगह आती-जाती थी लेकिन अब वह साहिब-ए-फ़राश थी और सांस लेने के लिए आक्सीजन की मशीन उसके पलंग के बराबर में रखी थी। फिर मुझे याद आता है कि यह वही अख़तर है, एक नौउम्र, दुबली-पतली हसीन लड़की जो अपने ज़ेरे-तामीर (निर्माणाधीन) मकान के अहाते में पड़े हुए चांदनी रात में चमकते हुए सीमेंट के ढेर पर नंगे पाँव टहल रही है और अब बाजी रज़िया वहाँ जाती हैं और उनसे कहती हैं, हम लोग भी अपना मकान नज़दीक ही बनवा रहे हैं। मैं यह देखने आई थी कि आपके यहाँ कोई लड़की मेरी इन दो लड़कियों की हमउम्र है तो ये लोग एक दूसरे से मिला करें।

फिर वह लड़की अख़तर, बाजी रज़िया को घर के अन्दर ले गयी थी, जहाँ उनके सिटिंग रूम में एक बुक शेल्फ पर "मेरे भी सनम ख़ाने" ऊपर ही रखी थी। और रानी ने चिल्लाकर कहा; अरे! यह तो हमारी ख़ाला की किताब है। क़ज़ा व क़द्र (अर्थात इंसान का अपने कर्मों को करने पर वश है या नहीं) (विभाग) के कारख़ाने भी क्या अद्‌भुत यानी अजीब हैं, अख़तर बेगम आसिम ज़ैदी बन गयी और पिछले पंद्रह-सोलह वर्ष से लंदन में रहती थी। लेकिन अब उसके पैरों से वक़्त की रेत सरकती जा रही थी हालाँकि किसी को यह मालूम न था।

अख़तर महज़ ख़ानापूरी वाली ग्रेजुएट नहीं थी, पढ़ी लिखी लड़की थी। एक बार मैंने संयोगवश रेडियो की सूई घुमाई तो कराची से अख़तर की आवाज़ आई : वह "मेरे भी सनम ख़ाने" के मुताल्लिक़ बात कर रही थी।

"रख़शंदा ज़िन्दगी को एक फ़लसफ़ा नहीं समझती, ज़िन्दगी की तरह बरतती हैं।" मैंने दिल में कहा। ओहो! यह अख़तर तो बड़ी बुक़रात निकली।

हमारे यहाँ क़ायदा यह है कि न मैं भूले से अपने लिखने-विखने का तज़किरा करती हूँ न कोई मेरे लिखने वग़ैरह की बात करता है। लिहाज़ा जब अख़तर रेडियो स्टेशन से वापस आई तो मुझे याद भी नहीं रहा कि उसका मज़मून देखूँ कि उसने क्या लिखा है। एक दिन आसिम के बहनोई सैयद मज़हर

इमाम जो जासूसी नाविल भी शौक़ से पढ़ते थे, कम्युनिज़्म की तारीफ़ करने लगे; आसिम चंद मिनट तक ग़ौर से सुनते रहे फिर निहायत संजीदगी से फ़रमाया : मज़हर भाई आपने यक़ीनन कोई जासूसी नाविल पढ़ा है, जिसका लेखक कम्युनिस्ट था।

मज़हर साहब के वालिद सैयद हुसैन इमाम उन्हीं दिनों दिल्ली में राज्यसभा के सदस्य थे, लिहाज़ा हिन्दो व पाकिस्तान की सियासत पर हमारे यहाँ मुस्तक़िल बहसें रहतीं। लेकिन अभी तक कोई जंग छिड़ने का इमकान नहीं था और सियासी बहसो-मुबाहिसा बहरहाल दक्षिण एशियाई लोगों का सबसे पसन्दीदा मशग़ला है। मैंने दुनिया के और किसी मुल्क के बाशिन्दों को इस तरह जमकर महज़ सियासत पर गुफ़्तगू करते नहीं सुना। यहाँ पॉलिटिक्स या क्रिकेट; और ये दोनों चीज़ें हमारे कॉलोनियल अतीत की यादगार हैं।

अगले साल 1987 ई. में जब मैं लंदन गयी, अख़्तर उसी तरह बे-विंडो में अपने पलंग पर बैठी थी। कुछ दिन बाद दीवाली आयी। लंदन जो अब गुजराती हिन्दू के लिए दूसरा अहमदाबाद और सिन्धी हिन्दुओं के लिए दूसरा कराची है, वहाँ बढ़िया रिहायशी इलाक़ों में क़दम-क़दम पर मकान प्रकाश-पिण्ड बने हुए थे। सुबह को मिनी बेन लोग लहंगे पहने सिर पे गागर उठाये हाइडपार्क पहुँचे। दीवाली की रात इब्ने-हसन बर्नी ने मेरी दावत की थी। उनके यहाँ पाकिस्तानियों का बहुत बड़ा मजमा था।

पड़ौस में गुजरातियों के यहाँ गर्बा डांस हो रहा था। तब मुझे याद आया हिन्दुस्तान में नृत्य के नवीकरण के संकेत उस समय प्रकट हुए थे जब हम लोग देहरादून से दिल्ली गए और चचा मुश्ताक़ अहमद ज़ाहिदी की एक नवासी (नातिन) हसीना उर्फ़ चुन्नी ने मुझसे कहा, देखो हम लोग स्कूल में डांस करते हैं; मैं बीच में खड़ी होती हूँ तुम और आपा नसीमा चारों तरफ़ चक्कर लगाओ और गाओ। "माछी रा होड़ेल कार माँड हरि माँड वाले, आरटरे गंगा पारटरे जमना, बीच में खड़े हैं नन्द लाल।"

फिर वह तुरन्त कृष्णजी का बंसी बजाने वाला पोज़ बनाकर खड़ी हो गयी। मैं और उसकी दोनों बड़ी बहनें नसीमा और जमीला उसके चारों ओर

चक्कर लगाकर बड़ी मुस्तैदी से गाने लगे, "माछी रा होड़ेल का" ये बिल्कुल निरर्थक शब्द थे, लेकिन हमें उससे क्या ग़रज़ हम तो मसरूफ़-ए-रक़्स थे और बाग़-बाग़; एक नया खेल खेलने को मिला था। फिर दिल्ली से कुछ दिन बाद हम अलीगढ़ पहुँचे तो नूर मंज़िल मेरिस रोड पर हमारे मंझले चचा के यहाँ लड़कियों ने भी निहायत मुस्तैदी इत्तिला दी जनाब हम लोग तो डांस करते हैं। ये हमें ख़ुर्शीद आपा ने सिखलाया है। फिर उन्होंने भी वही माछीरा होड़ेल कार का जाप शुरू कर दिया। ये एक बिल्कुल नई हवा चली थी।

उन ही दिनों ख़ुर्शीद आपा ने बम्बई जाकर देविका रानी की फ़िल्म 'जीवन-प्रभात' में रेणुका-देवी के नाम से एक छोटा सा रोल अदा किया था और अलीगढ़ वापस आकर लड़कियों को यह गर्बा डांस दिखलाया था। ये मानो एक नये दौर का आग़ाज़ था। माछी रा होड़ेल कार अलफ़ाज़ ही निरर्थक थे। ये तो मुझे मुद्दतों बाद बम्बई में मेरी पड़ोसन सुरैया महमूद हुसैन ने बतलाया जो ख़ुद गुजराती थीं कि अस्ल अलफ़ाज़ थे : "माझी रहे होड़ी हंकाल" यानी माझी कश्ती चला। तब जाकर माछी रा होड़ेल कार की असलियत मालूम हुई।

सुरैया मरहूमा पाकिस्तान के फ़ारेन सेक्रेटरी एस.के. देहलवी की सगी भतीजी थीं। मैं उन साहब को हमेशा दिल्ली वाला समझी जैसे शाहिद अहमद देहलवी, लेकिन अब मैंने जो पता चलाया कि देहलवी नहीं बल्कि दरअस्ल यह शब्द "दलवाई" है और दकन के सुल्तानों के लश्कर यानी दल में जो सिपाही शामिल होते थे वे 'दलवाई' कहलाते थे, बम्बई में काफ़ी दलवाई बिरादरी मौजूद थी, जिनमें एक साहब हमीद दलवाई अपने विवादास्पद राजनीतिक बयानों की वजह से काफ़ी ग़ैर-मक़बूल (अप्रिय) थे। तो चलिए देहलवी की बजाय दलवाई और माछी रा होड़ेल कार की बजाय माझी रहे होड़ी हंकाल! ये समस्या तो हल हो गयी।

और भी अलफ़ाज़ बदल कर कुछ के कुछ हो गए हैं हम उनकी असलियत से बेख़बर रहते हैं। एक अंग्रेज़ी किताब का शीर्षक था "The Ballad and its Source" तो स्रोत किन-किन चीज़ों का कहाँ-कहाँ पर है।

हिन्दू और सिखों ने अपने निहायत आलीशान मन्दिर और गुरुद्वारे लंदन में तामीर कर लिये हैं तो मुसलमानों, ख़ासतौर पर शियों की मस्जिद और इमामबाड़े क्या किसी से कम हैं (इमामबाड़े को अब पाकिस्तान में इमामबारगाह कहा जाता है क्योंकि इमामबाड़ा शुद्ध भारतीय शब्द है।) मोहर्रम के अलावा औलिया-कराम के ग़ायबाना (विलुप्त) उर्स बर्तानिया में ज़ोरो-शोर से आयोजित किये जा रहे हैं। अंग्रेज़ पहले तो दिलबर्दाश्ता (खिन्न) ही था ये नये मंज़र देखकर हैरान है लेकिन दम मारने की गुंजाइश नहीं क्योंकि इन्हीं हिन्दुस्तान-व पाकिस्तान वालों ने बर्तानिया की आर्थिक स्थिति संवारी है।

अब लंदन और दूसरे शहरों में मालदार हिन्दुस्तानी व्यापारियों के लड़कों की कुछ बारातें ऐसी भी चढ़ी हैं जिनमें घोड़े और हाथी शामिल थे। हाथी लंदन ज़ू से किराये पर लाये जाते हैं। मुसलमान अपने झगड़े भी साथ ले गए हैं।

मैं हीथ्रो एयरपोर्ट से बाहर निकली, उसी वक़्त आसिम कार घुमाकर सामने लाये उनके बराबर में ईनिड बैठी मुस्कुरा रही थी। वह एक मोहब्बत और इख़लास की पुतली, इन्तिहाई नेक सरिश्त ख़ातून थी। उस जैसे इंसान बहुत ही कम और एकाकी हैं। हम लोग कराची से अभी पिछले हफ़्ते पहुँचे हैं। बर्डी का इन्तिज़ार कर रहे हैं। वह आ जाए तो यहाँ से अमेरिका जायेंगे फिर उसने हमेशा की तरह बातों की झड़ी लगा दी। हमेशा की तरह हश्शाश-बश्शाश (अति प्रसन्न) सारी दुनिया से ख़ुश और दुनिया उससे शादाँ। देहरादून डून हैवेन में मेरे पास एक किताब थी जिसकी एक नज़्म मैं सारे घर में ज़ोर-ज़ोर से दोहराती फिरती थी; वह कुछ इस तरह थी।

The dwelt a miller hale and bold Bids it the river Dee lenvy no body, not I, and no body envies me.

यह भी ईनिड के हस्बे-हाल (स्थिति के अनुरूप) था। हालाँकि उस पर शक करने वाले बहुत थे। ईनिड की वालिदा एक पहाड़ी क्रिश्चियन ख़ातून थीं। वालिद मिस्टर आर्थर रे भी पहाड़ी थे, जिनके बाप मिस्टर आशानन्द ईसाई हो गए थे क्योंकि उस ज़माने में हिन्दुस्तान के पहाड़ी मक़ामात पर मिशनरियों ने अपना जाल फैला दिया था।

मिस्टर रे नैनीताल में एक सिनेमा घर के मालिक थे; उनकी बीवी लेडी डॉक्टर थीं और लखनऊ में पर्दानशीं बेगमात की चिकित्सक की हैसियत से उन्होंने बहुत दौलत कमाई थी और उससे उनके शौहर ने सिनेमा घर और एक चाय का बाग़ ख़रीदा था जो डोनागिरी टी-स्टेट कहलाता था। उनके चार बच्चे थे : ईनिड, ईडथ और अलमर और एडगर। चूँकि दौलत बहुत थी और करने को कुछ था नहीं; तीनों बाप-बेटे अंगूर की बेटी (शराब) के शौक़ीन हो गए थे, जिसने आख़िर-आख़िर में उन्हें बहुत नुक़सान पहुँचाया।

लखनऊ यूनिवर्सिटी में सारे हिन्दुस्तान से लड़के पढ़ने के लिए आते थे। चुनांचे ख़ुशहाल ख़ान जदोन पेशावर से तशरीफ़ लाए थे और आने के साथ ही उनके मर्दाना हुस्न और वजाहत की धूम मच गयी थी। हमारी ईनिड भी उनसे प्रभावित हुए बग़ैर नहीं रह सकीं; और वह ख़ुद ईनिड पर हज़ार जान से फ़रेफ़्ता हुए।

अब उधर की सुनिए; मैं हसनैन मामू के यहाँ कोयटा गयी हुई थी। वहाँ से वापस आई और मारीपुर ऑफ़िसर्ज़ ब्लाक पर पहुँची तो दूसरी मंज़िल में अपने बावर्चीख़ाने की खिड़की में से एजाज़ हबीब ने झाँककर आवाज़ दी, तुम्हारी दोस्त ईनिड भी लखनऊ से आ गयी हैं।

या मज़हरूल अजायब! (वह स्थान जहाँ आश्चर्यजनक घटनाएँ घटित हों अर्थात संसार) कहाँ कैलाश होस्टल और ईनिड और कहाँ एयरफ़ोर्स स्टेशन मारीपुर कराची? मगर नक़्लो-हरकत और हिजरतों और मसाफ़तों की इस दुनिया में सब कुछ मुमकिन था। हम लोगों ने उसे फ़ौरन बुलवा भेजा, वह भागी-भागी आई और अपने मियाँ के हुस्नो-जमाल की तारीफ़ के दरिया बहा दिए; वह ऐसा हैंडसम है कि राबर्ट टेलर और टायरन पावर उसकी ख़ानसामागीरी करें।

ईनिड ने अतिशयोक्ति नहीं की थी। ख़ुशहाल ख़ान जदोन सचमुच अपनी मुखकांति और सौंदर्य के लिहाज़ से एकाकी थे। ईनिड ने बतलाया कि लखनऊ में जब उसने इस्लाम क़ुबूल करके जदोन के साथ निकाह पढ़वाया और उसकी इत्तिला उसकी वालिदा को मिली तो उन पर दिल का दौरा पड़ा। उसके कुछ

अर्से बाद ही उनका इन्तिक़ाल हो गया। ईनिड गोया बहुत बड़ी क़ुर्बानी देकर यहाँ आई थीं लेकिन कुछ अर्से बाद ही उसे मालूम हुआ कि जदोन की पहली बीवी मौजूद है और एक लड़का भी है, तो उसका जो हाल हुआ वह हम लोगों से देखा न गया। लेकिन उसने इन्तिहाई बहादुरी और ज़ब्त से काम लिया।

अभी उसकी और भी आज़माइश बाक़ी थी। वह बीमार पड़ी तो शौहर-ए-नामदार ने अपनी बीवी ज़ुबैदा को उसकी तीमारदारी के लिए पेशावर से बुलवा लिया। उसके साथ उसका छोटा बच्चा था। ज़ुबैदा भी कोई मामूली घरेलू कम पढ़ी पठान लड़की नहीं थी, वह भी बी.ए. कर चुकी थी और एक स्कूल में पढ़ा रही थी। बड़ी स्मार्ट और समझदार ख़ातून थी। वो जल्द ही पहचान गयी कि ईनिड एक निहायत सीधी, भोली और नेक लड़की है। अब दोनों ने साथ रहना शुरू किया और ज़ाहिर में दोनों में बड़ी दोस्ती थी।

सूबा-ए-सरहद (सीमांत प्रान्त) में दो-तीन शादियाँ करना एक साधारण बात है; चुनांचे जदोन को इस सूरते-हाल में कोई नुक़्स नज़र नहीं आया लेकिन ईनिड बेचारी अन्दर ही अन्दर ग़म खाती रही। अब उसने अपनी निजी समस्याओं से ध्यान हटाने के लिए फिर गाना शुरू कर दिया और रेडियो पाकिस्तान से ईनिड जहाँआरा जदोन के नाम से उसके नग़मे प्रसारित होने लगे। वह एक बहुत ही पतिव्रता पत्नी सिद्ध हुई और इसी तरह हश्शाश-बश्शाश रही। सब उसकी बहादुरी और शराफ़त पर अश-अश करते थे।

ईनिड के बच्चे बड़े हो गए, उसके लड़के ने माँ से नग़मा-सराई की ख़ुदामद (स्व आयातित) सलाहियत उत्तराधिकार में पायी थी; वह लंदन चला गया जहाँ के मशहूर रेस्तोराँ इम्पीरियल कैफ़े में उसे अंग्रेज़ी गीत गाने की नौकरी मिल गयी। ईनिड की एक लड़की पीआईए में एयरहोस्टेस हो गयी। ईनिड को यह चीज़ ज़रा खली और उसने मुझसे छुपाने की कोशिश की कि उसकी लड़की एयरहोस्टेस है। मैंने कहा, एक से एक आला ख़ानदानों की लड़कियाँ आजकल एयरहोस्टेस बन गयी हैं। तुझे इतना फ़िक्रमंद होने की ज़रूरत क्या है।

कराची में ईनिड ने बहुत परेशानियों का सामना भी किया था। जब एयरफ़ोर्स की मुलाज़िमत ख़त्म होने के बाद उनको सदर बाज़ार की एक गली

में एक छोटा सा फ़्लैट लेना पड़ा था, लेकिन जब भी उसने बड़ी ख़न्दा पेशानी (ख़ुशी) से वह ज़माना भी गुज़ारा; अब ख़ुदा ने उसके दिन फेर दिए थे।

जदोन को एक ऊँची नौकरी मिल गयी थी और उन्होंने एक बेहतरीन रिहायशी इलाक़े में बहुत बड़ा फ़्लैट ख़रीद लिया था। लेकिन ईनिड में कोई फ़र्क़ नहीं आया था; न उसने अपनी परेशान हाली की कभी कोई शिकायत की और एक बार जब उनके मियाँ दोबारा अपने नाम के गुण के अनुसार ख़ुशहाल ख़ान बन गए तब भी ईनिड में कोई तब्दीली नहीं आयी, न उसने पाकिस्तान की नौ दौलती ख़वातीन (महिलाओं) का कोई असर क़ुबूल किया।

लंदन में ईनिड के साथ जो वक़्त गुज़ारा वह आख़िरी मुलाक़ात साबित हुई। वह दोस्त मेरी थी लेकिन कराची में हमारे सारे ख़ानदान ने उसको जैसे Adopt कर लिया था। हमारे ख़ानदान के लिए जदोन कहते थे, यह तो ईनिड का मायका है, सब उसे बेहद चाहते थे। वह इतनी ही हर दिल अज़ीज़ थी कि हमारे यहाँ हर उम्र के आदमियों से उसकी दोस्ती थी। ईनिड का मेक-अप और कपड़ों का स्टाइल कभी न बदला। लंदन में भी आख़िरी बार जब उसको देखा वह इसी तरह स्टेज मेक-अप किये मुस्कुरा रही थी; बैठे-बैठे मैं आहिस्ता से पूछती कि ईनिड तूने ये आँखों में काला-काला क्या लगा रखा है तो वह उसी तरह जवाब देती : तू चुप रह। हमारा यह सवालो-जवाब का संवाद कॉलेज के ज़माने से चला आ रहा था और इसमें कोई फ़र्क़ न आया था।

अब इस बार आसिम के यहाँ वही संवाद दोहराया जाता। आसिम की बीवी अख़तर अभी ख़ूब सेहतमंद थीं। पेरिस से नसीमा मुमानी की लड़की नादिरा उर्फ़ मुन्नो आ जाती। बावर्चीख़ाने में हम लोग जमा होते। शाल लपेटे आसिम ऊपर से उतरते और दरवाज़े में से नमूदार (प्रकट) होकर हाँक लगाते।

ऐ दोस्त किसी हमदम-ए-देरीना का मिलना
बेहतर है मुलाक़ात-ए-मसीहा व ख़िज़र से

अख़तर और ईनिड एक तरफ़ बैठी बातों की फुलझड़ियाँ रौशन करती रहतीं अब क्या हुआ कि अचानक वे दोनों फुलझड़ियाँ बुझ गयीं। अख़तर भी

ग़ायब, ईनिड भी ग़ायब। कौन कितने दिन की ज़िन्दगी लिखवाकर आया है अगर पहले से मालूम हो जाए तो कल के मरते आज ही मर जायें। फिर वही महाभारत वाली बात याद आती है कि जब पाँचों पाण्डव भाई स्वर्ग के दरवाज़े पर पहुँचे तो वहाँ किसी ने उनसे पूछा कि तुम्हें नीचे धरती पर सबसे ज़्यादा अजीब बात क्या मालूम हुई तो धर्म ने जो कुत्ते के रूप में उनके सथ गया था, जवाब दिया मुझे सबसे ज़्यादा हैरतअंगेज़ बात यह मालूम हुई कि इंसान देखता है कि उसके चारों तरफ़ लोग आए दिन मरते रहते हैं, लेकिन वह सोचता है कि वह कभी नहीं मरेगा।

ज़ाकिर बाग़ में एक दिन कराची से फ़ोन आया, नूर अफ़शाँ बात कर रही थीं। कहने लगी एक बहुत बुरी ख़बर हैं - ईनिड चली गयी। मैंने पूछा कहाँ चली गयी, अमेरिका? वह तो बहुत दिनों से अमेरिका जाने के लिए पर तोल रही थीं, इसमें बुरी ख़बर क्या है। आजकल सभी लोग माइग्रेट कर रहे हैं।

अरे नहीं भई, वह इस दुनिया से ही चली गयीं।
मुझे यक़ीन नहीं आया, दोबारा पूछा।

नूर अफ़शाँ ने कहा, बिल्कुल अचानक। शाम को जिमख़ाना क्लब गयी थीं। लेडीज़ रूम में गयी वहाँ एक कुर्सी पर बैठ गयी, दूसरी औरतें समझीं कि वह आराम कर रही हैं, लेकिन जब वह देर तक इसी तरह बैठी रही तो डॉक्टर को बुलाया गया, उसने cardiacarrest बतलाया।

ईनिड एक धमाके के साथ बड़े नाटकीय ढंग से हमारी ज़िन्दगियों में दाख़िल हुई थी और इतनी ही ख़ामोशी से कहीं आगे निकल गयीं। एज़ाबेला थोबरन कॉलेज में नयी लड़कियों की इन्ट्रोडक्शन नाइट का फ़ंक्शन था, हमारे कॉलेज को अपने स्टेज क्राफ़्ट पर बहुत नाज़ रहा। इन्ट्रोडक्शन नाइट में भी जब बत्तियाँ बुझाई गयीं और हाल की दीवारों पर जुगनू से जगमागाने लगे; एक नयी लड़की, कार्मन मीराँडा का लिबास पहने, सिर पे अनानास, केले और अंगूर से बनी ऊँची टोपी, एक साउथ अमेरिकन धुन पर नाचती स्टेज पर आयी। उसका लिबास भी जगमगा रहा था और उसका कार्मन मीराँडा का गीत, जो उन दिनों

बड़ा लोकप्रिय हुआ था, तक़रीबन प्रोफेशनल अंदाज़ में बड़ी महारत से और बेहद सुरीली आवाज़ में गाना शुरू किया

I. I. I. I. I. I. Like you very much
I. I. I. I. I. think you are grand
why, why, why, why, why, when I feel your touch
my heart begins to beat, to beat the band

हमारी म्यूज़िक की प्रोफ़ेसर मिसेज़ जार्डेन हस्बे-मामूल प्यानो पर साथ दे रही थीं। उस नयी लड़की का नाम ई मोनिड रे था। वह उस प्रोग्राम से हिट हो गयीं, सबने कहा

A new star had appeared over Chand Bagh.

ईनिड को गाने-बजाने से इतनी फुर्सत कहाँ मिलती कि वह पढ़तीं मगर ज़हीन इतनी थीं कि इम्तिहान से ज़रा पहले तैयारी करके पास हो जाती थीं।

यूनिवर्सिटी रोड के सिरे पर जहाँ वह सड़क फैज़ाबाद रोड से मिलती है, वहाँ एक बड़ी कोठी स्थित है, जो हसन शाह लेखक "निश्तर" के पड़पोते इंजीनियर हामिद हुसैन ने बनवायी थी। उस कोठी के अहाते में बहुत बड़ा बाग़ और देवदार का जंगल भी मौजूद था। एक ख़ामोश पुर फ़ज़ा (मनोरम), सड़क से उसके अहाते को यूनिवर्सिटी कैम्पस से जुदा करती थी और कैम्पस के अन्दर जाने के लिए शाही ज़माने का एक फाटक खड़ा था। ये सारा दिलफ़रेब कैम्पस बादशाह बाग़ इसलिए कहलाता था कि उसकी चमन-बन्दी नसीरुद्दीन हैदर बादशाह-ए-अवध ने करवायी थी। उसके अन्दर एक ख़ूबसूरत नहर और लाल पत्थर की बारहदरी उस शाही ज़माने की यादगार थी, बाक़ी ज़मीन पर लखनऊ यूनिवर्सिटी की शाहाना इमारतों का निर्माण किया गया था।

इंजीनियर हामिद हुसैन की कोठी के आधे हिस्से में, यूनिवर्सिटी में पढ़ने वाली लड़कियों के लिए हॉस्टल बनवाया गया था और कैलाश हॉस्टल कहलाता था। यूनिवर्सिटी में लड़कियों की तादाद बढ़ी तो उस कोठी के अहाते में एक आधुनिक शैली की L-shaped दो मंज़िला इमारत बना दी गयी। जब मैं

एम.ए. प्रीवियस में शामिल हुई तो मुझे मिसेज़ वाँचू की कोठी में जगह मिल गयी थी। ये एक बड़ा कमरा था, जिसमें तीन पलंग बिछे थे। लक्ष्मी बर्मन और सारह जैकब मेरी रूम मेट थीं। बराबर वाले साइडरूम में ईनिड और रफ़िया क़िदवई बिराजमान हुईं, जो एक बिल्कुल विपरीत प्रकृति का इज्तिमा (समूह) था।

ईनिड हर वक़्त तफ़रीह, गाना-बजाना और रफ़िया, जो रफ़ी अहमद क़िदवाई की सगी भतीजी थीं, इन्तिहाई संजीदा (गम्भीर) और पढ़ाकू। लेकिन दोनों में बड़ी मिलनसारी रही, जो उस ज़माने के कल्चर की ख़ासियत थी। ईनिड पर गाने का मूड छाया होता तो वह फ़ौरन चुपके से बाहर चली जाती और किसी दोस्त के कमरे में बैठकर गाती या ख़ुद रफ़िया अपनी किताबें लेकर दूर किसी पेड़ के नीचे जा बैठतीं।

मेरी रूम फ़ेलो सारह जैकब (मैंने नाम तब्दील कर दिया है) लालबाग़ की ईसाई थीं। लालबाग़, लखनऊ की इण्डियन क्रिश्चियन कम्युनिटी का मशहूर मोहल्ला था। सारह हाईस्कूल में भी मेरी हम-जमाअत (क्लास फ़ेलो) रही थीं। वह लीला डेसाई की हमशक्ल थीं, उनके भाई रेलवे में मुलाज़िम थे, जो ढीला लखनवी पायजामा पहने और सिर पर सोला हैट लगाये अक्सर उनसे मिलने आते थे। Boy friends का रिवाज अभी शुरू नहीं हुआ था लेकिन सारह के कल्चर में Boy friends शामिल हो चुके थे। अक्सर शाम के वक़्त एक ठाकुर साहब उनसे मिलने के लिए आते थे।

ये भी एक क्लासिकल परिस्थिति थी कि मुसलमान और हिन्दू ताल्लुक़ेदारों के लड़के, क्रिश्चियन लड़कियों को अपने साथ कॉफ़ी हाउस ले जाते थे। ये जैसे एक बहुत बड़ा क़दम था। सारह, रोज़ाना शाम के वक़्त पाबन्दी से ठाकुर साहब के साथ बाहर जाने से पहले, अपनी किसी न किसी रूम-फ़ेलो से उसकी एक साड़ी उधार लेती थीं। हम लोग यानी मुसलमान और हिन्दू लड़कियाँ, क्रिश्चियन लड़कियों के लिए ज़रा superiority complex का रवैया रखती थीं। हम लोग उन्हें T.N.C. यानी Type Native Christian कहते थे, इस रवैये में दरअस्ल गैर इरादी तौर पर सामाजिक दर्जा-बन्दी शामिल थी।

क्रिश्चियन लड़कियाँ आमतौर पर बहुत ज़्यादा ख़ुशहाल नहीं थीं, बहुत सी लड़कियों को अमेरिकन मिशन की तरफ़ से वज़ीफ़े मिलते थे लेकिन वह बड़ी निफ़ासत और सलीक़े से कपड़े पहनती थीं। ईनिड उस वर्ग में शामिल नहीं थी, जैसा कि पहले कहा गया है, वह एक दौलतमंद माँ-बाप की लड़की थी और उसे अपनी पहाड़ी ब्राह्मण पुत्री होने पर भी बड़ा नाज़ था। दरअस्ल वह एक ऐसी लड़की थी, जिसे अंग्रेज़ी में fay कहा जाता है, वह बेहद क़ीमती कपड़े पहनती थी और उसके माँ-बाप कुछ अर्से बाद पश्चिम की सैर करने के लिए निकलने वाले थे।

देसी ईसाइयों में आमातौर से लड़कियाँ बहुत स्मार्ट और तालीमयाफ़्ता (शिक्षित) होती थीं और लड़के हीनभावना का शिकार और फिसड्डी रह जाते थे और ज़्यादातर छोटी-मोटी मुलाज़िमतों पर गुज़ारा करते थे। चुनांचे इस वर्ग की लड़कियाँ अपर क्लास हिन्दू या मुसलमान लड़कों से शादी कर लेती थीं। बेगम लियाक़त अली ख़ाँ (जो अस्ल में मिस आयरिन पंत थीं), इसकी एक रौशन मिसाल थीं। ईनिड के लिए भी उसके माँ-बाप परेशान थे कि उसे कोई बराबरी का ईसाई लड़का मिले लेकिन ईनिड ख़ुद इस मामले की तरफ़ तवज्जोह नहीं देती थी, उसको नाचने-गाने और गप्पें करने से फ़ुर्सत नहीं थी। उस ज़माने में उसे लखनऊ यूनिवर्सिटी में ख़ुशहाल ख़ान जदोन मिल गए और वह उनसे शादी करके पाकिस्तान आ गयी।

ईनिड ने बड़ी ही मिसाली घरेलू ज़िन्दगी गुज़ारी। वह बेशक एक इन्तिहाई ग़ैरमामूली (असाधारण) और क़ाबिल-ए-क़द्र ख़ातून थीं। ऐसे नायाब क़िस्म के लोग, हमारे दरमियान ज़िन्दा रहते हैं और एक दिन चुपचाप रुख़सत भी हो जाते हैं लेकिन उनके बारे में कोई लेख या किताबें नहीं लिखी जातीं। ईनिड एक उच्चकोटि की कलाकार भी थी। बतौर गायिका उसकी योग्यता बिल्कुल प्राकृतिक थी और उसने किसी से एक सुर की शिक्षा ग्रहण नहीं की थी; बग़ैर सीखे वह एक बार धुन-सुन कर फ़र्राटे से प्यानो बजाने लगती थी। पहले वह मेरे प्यानो पर बजाती थी। अब मैंने पिछली बार कराची में देखा, उसने प्यानो ख़रीद लिया था और उसे फ़र्राटे से बजाती थी।

मिसेज़ वाँचू के पाईनबाग़ में एक विशाल हरा-भरा मैदान था, जिसके किनारे सफ़ेदे के दरख़्त लगे थे, उस लॉन को देखकर मुझे हमेशा हेनरी जेम्स के The portrait of a lady वाले लॉन का ख़याल आता था, वह भी ऐसा ही ख़ुश-मंज़र और पुर-फ़ज़ा रहा होगा। हालाँकि लखनऊ कहलाता ही बाग़ों का शहर था।

The city of garden. नवाबों के ज़माने में शहर के विभिन्न इलाक़ों को ये नाम अकारण ही नहीं दिये गए थे : दिलकुशा बाग़, चाँद बाग़, क़ैसरबाग़, बन्दरिया बाग़, डाली बाग़, बनानसी बाग़, वग़ैरह। महज़ एक बाग़ जो कहलाता है, अब तक ऐशबाग़ था लेकिन अब वह अपने क़ब्रिस्तानों की वजह से मशहूर था। लखनऊ में या तो बाग़ थे या गंज, यानी ख़ज़ाने। हज़रतगंज, निशातगंज, डालीगंज, हुसैन गंज, वज़ीर गंज, मौलवी गंज वग़ैरह। आज़ादी के बाद कुछ नाम बदले भी गए; माह नगर जैसा ख़ूबसूरत नाम महानगर बन गया।

"सबात एक तग़य्युर को है ज़माने में"
(संसार में स्थायित्व केवल बदलाव को है।)

एम.ए. फ़ाइनल में मुझे नये होस्टल में सिंगल कमरा मिल गया। उसके नज़दीक कमरा नं. दस, ईनिड का था। निचली मंज़िल से कोई चपरासी आवाज़ देता : दस नम्बर की बाबा, आपका फ़ोन! और वह छलाँगे लगाती हुई नीचे भागती। टेलीफ़ोन रेडियो स्टेशन से आता था। फ़ुलाँ-फ़ुलाँ दिन आपकी रिहर्सल है या फ़ुलाँ वक़्त आपका प्रोग्राम है। बदक़िस्मती से हमारे यहाँ स्टीरियो टाइप, ज़हनों पर इतना छाया हुआ है कि वर्षों बीत गए लेकिन इसका बदलना मुश्किल नज़र आता है।

मिसाल के तौर पर, हर ईसाई लड़की बेहद आज़ाद होती है। हर मुसलमान लड़की बुर्क़ापोश है, हर एंग्लो-इण्डियन लड़की बाक़ायदा आवारा है। चुनांचे ईनिड भी, जो उस समय की हिन्दू-मुसलमान लड़की की तरह काफ़ी पाबन्दियों के साथ पाली गयी थी, न उसके कोई ब्वाय फ्रेंड थे, न वह लड़कों के साथ घूमने जाती थीं। उस वक़्त महज़ एक क्रिश्चियन लड़की सारा जैकब उस स्टीरियो

टाइप पर पूरी उतरती थी, यानी उसका एक हिन्दू ब्वाय फ्रेंड उससे मिलने आता था। लिहाज़ा सारी लड़कियाँ उसको बहुत ही ज़्यादा फ़ास्ट समझती थीं।

आज़ादी के बाद ये सामाजिक मानदंड बड़ी तेज़ी से बदले। ख़ासतौर से पंजाब से आने वाले शरणार्थियों की लड़कियाँ, जो लाहौर के बहुत ज़्यादा आज़ाद-ख़याल सामाजिक परिवेश से आई थीं। उन्होंने लखनऊ की तहज़ीबी फ़ज़ा में थोड़ी सी तब्दीली पैदा की लेकिन ज़्यादातर लखनऊ वाले अपनी पुरानी रविश (पगडंडी) पर चलते रहे।

हर इंसान की ज़िन्दगी एक अफ़साना है, ये अफ़साना एक मामूली बयानिया भी हो सकता है और एक सनसनीख़ेज़ प्लॉट भी। कभी-कभी मामूली (साधारण) और ग़ैरमामूली (असाधारण) दोनों तरह के तत्व, इंसान की ज़िन्दगी की कहानी को आगे बढ़ाते हैं।

उस दिन जाड़ों की एक शाम, जब होस्टल वार्डेन की कोठी के बरामदे में ईनिड और एक दो लड़कियाँ, मिसेज़ वाँचू से बातें करने में मसरूफ़ थीं और बाहर फ़ज़ा को सुनसान कर देने वाली हवाएँ ख़ुश्क पत्ते उड़ा रही थीं तो मिसेज़ वाँचू ने कहा था, ओहो! ये गर्म हवाएँ! तो ईनिड ने बड़ी संजीदगी से जवाब दिया था, जी हाँ मिसेज़ वाँचू, कल भी ये लोग उसी तरह चल रही थीं, एक साल और निकल गया।

अभी उसकी ज़िन्दगी के बहुत साल बाक़ी थे मगर फिर भी कम रहे। सवाल यह है कि हवाएँ कहाँ से चलना शुरू करती हैं और कहाँ तक जाती हैं और उनके साथ कहीं-कहीं पर बगूले और उनमें ज़र्द पत्ते चक्कर काटते रक़्साँ (नृत्यशील) होते हैं। एक बगूला सर-सर करता निहायत तेज़ी से सामने से निकल जाता है और अचानक ग़ायब, ठंडा, आनन्ददायक, ख़ुशगवार। बादे-सबा (समीर) भी ज़्यादा देर नहीं टिकती, फूल बिखेरती, सरसब्ज़ पत्तों में सरसराती, हरे कुंजों (बाग़ों) में छिप जाती है।

इम्तियाज़ भाई की "अनारकली" से बेहतर उर्दू, तमसील (दृष्टांत) आधुनिक युग में लिखी ही नहीं गयी। ये बेशक एक मॉडर्न क्लासिक है लेकिन इम्तियाज़

भाई One play wonder सिद्ध हुए कि उसके बाद उन्होंने और कोई तमसील जहाँ तक मुझे मालूम है, नहीं लिखी। "अनारकली" बहरहाल हमारे बहुत काम आयी। एक बार उसे हमने इज़ाबेला थोबरन कॉलेज में स्टेज किया। दूसरी बार कैलाश होस्टल में। दोनों बार डाइरेक्शन मैंने किया।

पहली बार सौलत रहमान अनारकली बनीं, जो एक बिल्कुल मुग़लिया नाक-नक़्शे की गोरी-चिट्टी हालाँकि ज़रा लहीम-शहीम ख़ातून थीं। सौलत भी हम लोगों की तरह देहरादून की रहने वाली थीं। वहाँ जीसस एण्ड मेरी कॉन्वेंट में पढ़ा था। उनके वालिद डॉक्टर रहमान मशहूर सर्जन थे। सौलत की ख़ाला, जगत ख़ाला बन चुकी थीं। आज़ादी के बाद पाकिस्तान चली गयीं, जहाँ उन्होंने पाकिस्तानी फ़ौज के मेडिकल चीफ़ जनरल फ़ारूकी से शादी कर ली।

जनरल साहब की पहली बीवी साउथ इण्डियन मशहूर शख़्सियत के. पी.एस. मेनन की बहन थीं। उनसे एक लड़का, जो बॉबी कहलाता था, अपनी दोहरी शख्सियत या नस्ली उत्तराधिकार की उलझनों को हल करने के लिए बड़ा ज़बर्दस्त इस्लाम पसंद दानिश्वर (विद्वान) बन गया था और उसने इस्लामी दस्तूर साज़ी (संविधान-रचना) पर अंग्रेज़ी में एक किताब भी लिखी थी। उसकी सारी शिक्षा-दीक्षा इंग्लिस्तान में हुई थी।

अब याद नहीं लेकिन शायद उसने कैम्ब्रिज में पढ़ा था। उसे अपनी माँ से बहुत मोहब्बत थी लेकिन वे हिन्दुस्तान में ही रहती थीं। बॉबी की इस्लाम पसन्दी को उस वक़्त बड़ा धचका लगा, जब उसके वालिद, जनरल फ़ारूक़ी ने उसकी हिन्दू वालिदा को तलाक़ दिये बग़ैर पाकिस्तान में दूसरी शादी कर ली। उनकी दूसरी बीवी, सौलत रहमान की सगी ख़ाला थीं। ख़ुद बॉबी ने एक सिन्धी लड़की अज़रा से शादी की, जिसकी माँ अंग्रेज़ थीं।

बॉबी बड़ा सच्चा और मुख़लिस (विनम्र) विद्वान था। हमारी उससे घंटों बहसें रहतीं। कुछ वर्षों के लिए वह दोबारा इंग्लिस्तान चला गया। उसको सम्भवतः एक दिमाग़ी व जज़बाती व जटिल समस्या का सामना करना पड़ा होगा। यानी

वह किसी हद तक एक साउथ इण्डियन हिन्दू मेनन भी है और किसी हद तक एक पाकिस्तानी इस्लाम पसन्द दानिश्वर फ़ारूक़ी। किताबें लिखकर और दोस्तों के साथ बहस-व-मुबाहिसे करके इस क़िस्म की शुद्ध निजी, जज़्बाती और विचारपूर्ण समस्याओं का हल शायद आसानी से नहीं मिलता।

जब उसके वालिद ने दूसरी शादी कर ली तो बॉबी अपनी माँ की हमदर्दी में आगबबूला हो गया तो मैंने उससे कहा, बॉबी तुम इस्लाम के अनुयायी हो, जनरल साहब ने एक शरई (धर्मानुकूल) काम किया है, तुम्हें इतना ख़फ़ा नहीं होना चाहिए। इसका उस बेचारे के पास कोई जवाब नहीं था। कुछ वर्ष बाद वो कैंसर के मरज़ में मुब्तला (ग्रस्त) होकर राही-ए-मुल्के-अदम (परलोक़ वासी) हुआ। बेशक बॉबी यानी कमाल अहमद फ़ारूक़ी, पाकिस्तान के बेहतरीन दिमाग़ों में से एक था।

जब मैं पिछली बार कराची गयी तो अस्करी ने मुझसे मिलने के लिए कुछ पुराने दोस्तों को आमंत्रित किया, तो उनमें अज़रा फ़ारूक़ी भी शामिल थीं, बिल्कुल नहीं बदली थीं, वैसी ही मुस्कुराती हुई और शान्त। हालाँकि बॉबी उसकी ज़िन्दगी में आँधी की तरह आया और तूफ़ान की मानिन्द निकल गया। अज़रा की शक्लो-सूरत में ज़रा भी फ़र्क़ न आया था। ऐसा लगता था, जैसे वह किसी एक बड़े से फ़्लास्क में बैठी रही है लेकिन इसके विपरीत हमारी ईनिड थी, जो शुरू से आख़िर तक हमेशा आँधी-तूफ़ान बनी रही। उसकी बातें इतनी दिलचस्प होती थीं कि सुनने वाले हँस-हँस कर दोहरे हो जाते थे।

जब हमने दूसरी बार अनारकली ज़रा संक्षिप्त करने के बाद, कैलाश होस्टल के क्वाडरेंगल में स्टेज किया तो मैं हस्बे-मामूल डायरेक्ट कर रही थी। कमला जसपाल, अनारकली बनी थीं क्योंकि वह एक माहिर रक़्क़ासा थीं और ईनिड, प्रिंस सलीम जो लम्बे क़द और थोड़े से पहाड़ी नाक-नक़्शे की वजह से बहुत सजीला मुग़ल शहज़ादा नज़र आयीं।

लेकिन समस्या यह थी कि उर्दू दोनों की चौपट; कमला ने तो हिन्दी में डायलॉग लिख कर याद कर लिये लेकिन ईनिड मेम साहब को न उर्दू आती थी और न हिन्दी। उन्होंने रोमन में लिखा और कहने लगीं कि मुझे डायलॉग

की ज़रूरत ही नहीं, मैं Adlib करूँगी। मैंने कहा, अल्लाह रहम करे। ईनिड यह ग़ज़ब न करना कि तुम कहोगी Goodness Gracious हिन्दुस्तान का शहज़ादा और एक कनीज़ से मोहब्बत How funny!

बहरहाल कमाल यह हुआ कि ईनिड स्टेज पर सारे डायलॉग जोश में आकर ठीक-ठीक बोल गयी। बड़ी वाह-वाह हुई। वह एक बड़ी योग्य लड़की थी अगर पश्चिम में पैदा हुई होती तो बतौर सिंगर एक्ट्रेस धूम मचा देती और उसको इस चीज़ का बड़ा अहसास था कि आमतौर पर इण्डियन-क्रिश्चियन लड़कियों का इमेज बहुत ज़्यादा अच्छा नहीं है।

इसी वजह से कुछ ऊँचे ख़ानदानों के हिन्दू जो ईसाई हो चुके थे, वह अपने आपको आम देसी ईसाइयों से अलग-थलग रखते थे और यह उनके लिए बड़ी जानलेवा समस्या रही होगी, ख़ासतौर से लड़कियों के लिए। इसी वजह से ईनिड ने एक मुसलमान नौजवान से शादी की और उसकी बहन, ईडिथ एक उच्च कुलीन हिन्दू राजपूत की पत्नी बनी।

ईनिड के दो भाई थे, जो ऑस्ट्रेलिया चले गए और अब नैनीताल में उसकी डोनागीरी स्टेज भी शायद बिक चुकी थी। रे ख़ानदान अचानक इस तरह ग़ायब हो गया। ऐसे कितने ही कुनबे होंगे। हर सम्प्रदाय और हर वर्ग में, जो विषम परिस्थितियों का शिकार हुए और आज भी उनका नाम भी कोई नहीं जानता। वह भी किसी ज़माने में ख़ुशो-ख़ुर्रम ज़िन्दगियाँ गुज़ारते होंगे और अपने-अपने भविष्य के सम्बन्ध में अच्छे सपने देखते होंगे।

ईनिड को कराची पहुँचे हुए कुछ महीने गुज़रे थे, जब क्रिसमस आया। हम लोगों ने सुबह से ईनिड की ख़ातिर, क्रिस्मस मनाने की तैयारियाँ शुरू कर दीं। कैंटीन से रंग-बिरंगे काग़ज़ी रिबन, चीनी क़िन्दीलें और क़ुमक़ुमें मंगवाकर ड्राइंगरूम की छत के नीचे सजाये। मैंने अपनी प्यानो की किताबें निकाल कर क्रिसमस की हम्दें (प्रशंसा-गीत) चयनित कीं। बाजी रज़िया ने केक तैयार किया, अच्छो भी शहर से आई हुई थीं। हम सब क्रिसमस के डेकोरेशन में जुटे रहे।

अच्छो ने कहा, हम लोगों ने तैयारियाँ कर लीं, बस इसकी कसर रह गयी है कि आज ख़ुद ईसाई हो जायें।

अब हमने उसका इन्तिज़ार किया लेकिन ईनिड ग़ायब। शाम को जदोन के साथ तशरीफ़ लायीं। अच्छो ने उन्हें ख़ूब झाड़ा। कहने लगीं, होली मेकरल (Holy Makral) मुझे याद ही नहीं रहा कि आज क्रिसमस है। वह यक़ीनन एक बहुत ही ग़ैर मामूली (असाधारण) हस्ती थी। ऐसे लोग जब तक हमारे दरमियान मौजूद रहते हैं, हम उनकी क़द्र नहीं करते लेकिन जब वह अचानक इस दुनिया से रुख़सत हो जाते हैं, तब उनकी क़द्रो-क़ीमत का अहसास होता है। ईनिड एक बड़ी ही योग्य और अत्यंत मधुर कंठ गायिका भी थीं।

जमना पार

आप तो जमना पर चली गयीं। ख़्वाजा हसन सानी निज़ामी ने टेलीफ़ोन पर कहा। यह बात एक ख़ालिस दिल्ली वाला ही कह सकता था क्योंकि दिल्ली वालों के नज़दीक जमना पार से Barbarians का इलाक़ा शुरू हो जाता है और इस इलाक़े में यू.पी., बिहार सभी शामिल हैं। हम लोग ग्रेट रोम या सेंट पीटर्ज़बर्ग या इम्पीरियल लंदन के निवासियों की मानसिकता और Superiority Complex को ख़ैर क्या समझ सकते कि वे सभ्यताएँ ही दूसरी थीं लेकिन इम्पीरियल क़ुस्तुनतुनिया को थोड़ा सा पहचान सकते थे।

और उसके बाद दिल्ली और लखनऊ, जो खुद हमारे बुज़ुर्गों के ज़माने तक मौजूद थे तो दिल्ली वाले तो ग्रेटर रोम के बाशिन्दों (निवासियों) के स्तर के थे या जैसे पेरिस की एक गली के किनारे पर एक बोर्ड लगा है, मुझे अच्छी तरह वह शब्द याद नहीं, कुछ इस तरह हैं कि बा अदब। होशियार। पाँच सौ साल इस गलियारे में से दबे पाँव सलाम करते हुए गुज़रे हैं। लेकिन हमारे यहाँ ऐतिहासिक मकानों को सुरक्षित रखने की कोई परम्परा ही नहीं है; हमेशा से कुछ अजीब आपा-धापी का दृश्य रहा है।

यूरोप, इंग्लिस्तान और रूस के पुराने शहरों में उनके मशहूर साहित्यकारों, शाइरों, कलाकारों के मकान ज्यों के त्यों, उनके फ़र्नीचर और निजी सामान सहित सुरक्षित रखे गए हैं। युद्ध के दौरान उनके सामान को तहख़ानों में स्थानांतरित कर दिया गया। अगर वह मकान बमबारी से तबाह हुए तो बाद में उनको बिल्कुल पहले की तरह तामीर करके (बना कर) सजा दिया गया। हमारे यहाँ वही बसंती रामाराव की बात याद आती है, "अल्लाहो बापी, मिन कुल्ले फ़ानी"।

दिल्ली के आसपास, जो कई नयी बस्तियाँ आबाद हुईं हैं, नोयडा उनमें से एक है। एक दिन फ़रज़ाना के यहाँ ज़ाकिर बाग़ में एक साहब से मुलाक़ात हुई, जो कहने लगे, नोयडा यहाँ पर एक नई कॉलोनी बनी है, आप उसमें फ़्लैट क्यों नहीं लेतीं। निहायत साफ़-सुथरी और पुरफ़ज़ा।

"यानी उसमें वायु प्रदूषण देर में पहुँचेगा।" मैंने सवाल किया। उस फ़्लैट के मालिक इण्डियन एयरफ़ोर्स के एक एयर वाइस मार्शल थे, जो उसे बेचकर अपने वतन पंजाब जाना चाहते थे।

बच्चन ने भी उसके नज़दीक ही एक फ़्लैट ख़रीदा। उनके पड़ोस में अलीगढ़ के सऊद साहब आकर बसे, जिनके वालिद महमूद साहब इंग्लिश के मशहूर प्रोफ़ेसर थे। पहली ईद जो वहाँ आई तो वहाँ ईद मिलन की पार्टी में दर्जनों मुसलमान कुनबे नज़र आये, जो सबके सब उस इलाक़े में हाल ही में आकर रहे थे।

नयी बस्तियाँ किस तरह आबाद होती हैं, उनकी अजीब केमेस्ट्री है और दूर-दूर से लोग आकर वहाँ इस तरह बस जाते हैं, जैसे हमेशा से वहीं रहते आए हों। क़ाफले, कारवाँ, बैलगाड़ियाँ, बहलियाँ, पुराने ज़माने का रथ, आज के बेचारे मूल्यहीन यक्के (ताँगे) के रूप में मौजूद है; ताँगा ग़ायब हो गया। यक्का यू.पी. में अब भी खड़खड़ाता हुआ चल रहा है, जो झिलमिलों वाली बन्द गाड़ियाँ हमारे बचपन में लखनऊ में चलती थीं, वह बिल्कुल ही नापैद हो चुकी हैं; हालाँकि पुराने बंगाली उपन्यासों की तस्वीरों में वह अब भी दिखलाई दे जाती हैं।

कलकत्ता और लखनऊ की उन बन्द गाड़ियों का अपना अफ़सानवी रंग था। ताँगा सबसे पहले शायद पेशावर में चला और वहाँ से पंजाब, दिल्ली और यू.पी. पहुँचा और वहाँ कुलीन वर्ग की सवारी बन गया। उसी ताँगे पर पर्दानशीनों के लिए एक चादर या पलंगपोश बाँध दिया जाता था। यू.पी. के कायस्थों में पर्दे का रिवाज, मेरे बचपन तक कहीं-कहीं बाक़ी था।

एक कायस्थ लड़की नरही पर रहती थी; उसके ताँगे पर बाक़ायदा पर्दा बँधा होता था, जिसके अन्दर बैठकर वह हमारे स्कूल आती थी। गंगा स्नान के लिए हिन्दू औरतों की पर्देदार डोलियों को पानी में थोड़ी सी डुबकी देकर निकाल लिया जाता था। पर्दा हिन्दू-मुसलमान दोनों सम्प्रदायों में status symbol था। पुराने लखनऊ में बुर्क़े का रिवाज नहीं था, डोली या पालकी लाकर ड्योढ़ी के अन्दर रख दी जाती थी।

मैंने सत्रहवीं सदी की मुग़लिया पेंटिंग देखी हैं, जिसमें ज़नाना फौजी दस्ते की सदस्याएँ, सफ़ेद शटल कॉक बुर्क़े ओढ़े घोड़ों पर सवार हैं। निहायत सुबुक वर्दियाँ पहने, हथियार सजाये, मुग़लिया सिपाही औरतों की तस्वीरें हमें रिसालों में नज़र आ जाती हैं। उनमें से ज़्यादातर का ऐतिहासिक अस्तित्व शून्य है और यह दिल्ली के एक कमर्शियल आर्टिस्ट (जिनका नाम मुझे याद नहीं आ रहा है, शायद रामजी दास या भगवान दास क़िस्म का था) उन्होंने ये फ़र्ज़ी तस्वीरें मुग़लिया सिपाही औरतों की बनायीं और उनके अक़्ल को हैरान कर देने वाले युद्ध के बारे में भी लिख दिया। ये काल्पनिक चित्र ख़ूब बिके।

बढ़ती हुई आबादी और फाक़ाकशी (भुखमरी) ने इंसानों को जानवरों की तरह ही रिक्शाओं में जोत दिया। ऐसे इंसानियत कुश (इंसानियत को मार देने वाले) साइकिल-रिक्शा पर बैठते किसी को शर्म भी नहीं आती। जब इन रिक्शा वालों को टी.बी. हो जाती है तो उन्हें वही इंजेक्शन लगाये जाते हैं, जो घोड़ों के लिए इस्तेमाल होते हैं और उन रिक्शाओं पर बैठकर हम सेमिनारों में पहुँचते हैं, जहाँ हिंदुस्तानी तहज़ीब (सभ्यता) की अज़मत के गीत गाये जाते हैं।

नोयडा में उस फ़्लैट के मालिक, एयर वाइस मार्शल बी.के. जैन एक उर्दू दाँ (उर्दू जानने वाले) पंजाबी निकले, जो बात-बात पर शे'र पढ़ते थे। सामने के एक फ़्लैट में एक उर्दू दाँ सरदार जी रहते थे। उर्दू के नामलेवा पंजाबियों की ये आख़िरी नस्ल थी। उर्दू पहले ख़ासतौर से जैन सम्प्रदाय की भाषा थी; अब यह एक Hot House पौधा है, जिसे कुछ साहिबे-ज़ौक़ (अभिरुचि रखने वाले) लोगों ने बतौर एक तहज़ीबी मशग़ले के महफ़ूज़ (सुरक्षित) कर लिया है और उनकी बीबियाँ बड़ी अदा से कहती हैं Oh! I love Urdu poetry. पार्टियों में तरन्नुम (लय) से पढ़ने वाले शाइर भी इस तरह आमंत्रित किये जाते हैं, जैसे दावतों के बाद गवैयों को बुलाकर उनका गाना सुना जाता था।

ऐटलस में नक़्शे बदल जाते हैं, मुल्कों की आबादियाँ मुख़्तलिफ़ (भिन्न) हो जाती हैं, तौर-तरीक़े, रस्मो-रिवाज, सियासी हालात, माहौल, तब्दील हो जाता है लेकिन नदियाँ, पहाड़, प्राचीन इमारतें, बाग़, प्राचीन वृक्ष, ज्यों के त्यों ज़माने का सर्द व गर्म सहते हुए वहीं मौजूद रहते हैं। आदमी ज़रा उठाईगिरा

है। वह हज़रत इब्राहीम (अ.) के ज़माने से हिजरतों के लिए कमर बाँधे रहा है। कभी-कभी ज़माने के दुःखों को सहन न करते हुए भाग निकलता है और वह लोग कितने ख़ुशक़िस्मत हैं, जो सदियों पहले, जिस गाँव में उनके पूर्वज आकर बसते थे, आज तक वे वहीं पर मौजूद हैं।

अब हमारे शब्बू मियाँ को देखिए, ख़ानदानी नाम किरमानी, यानी उनके पुरखे दूर-दराज़ किरमान से चले तो कहाँ आकर पड़ाव किया। देवा ज़िला बाराबंकी, मुल्के-अवध, राम और सीता के वनों का देश। सारी स्थानीय संस्कृति को अपनी ईरानी तहज़ीब के अन्दर समेट लिया। धार्मिक, शैक्षिक और तहज़ीबी ज़बान (भाषा) अरबी, फ़ारसी और उर्दू रही और घर में बोलने की भाषा वही अवधी।

तुलसीदास की अवधी कठिन थी और आज की अवधी निखरकर निहायत शीरीं (मृदु) और मोसीक़ी रेज़ (संगीतमय) हो गयी। ये वह इलाक़ा है, जहाँ के मुस्लिम शिक्षित कुलीन भी अपने घरों में और आपस में उर्दू के बजाय अवधी में हम कलाम होते हैं। हालाँकि उनकी इस भाषा में अरबी व फ़ारसी के शब्दों की संख्या भी बहुत है।

बाराबंकी के एक ताल्लुक़ेदार वारिस किरमानी उर्फ़ शब्बू मियाँ अभी कमसिन थे, जब उनके वालिद का इन्तिक़ाल हुआ और उनका इलाक़ा कोर्ट ऑफ़ वार्डज़ के सिपुर्द हो गया और ख़ुद शब्बू मियाँ को सरकार-ए-दौलत मदार ने हमारे चचा सैयद निसार हैदर ज़ैदी के सिपुर्द कर दिया। जायदाद के झगड़ों के सिलसिले में दुश्मन उनकी जान लेने की योजनाएँ बना रहे थे। लिहाज़ा हमारी चचीजान रात को उनका पलंग, अपने पलंग के बराबर में बिछवाती थीं। फिर उनके संरक्षक यानी हमारे चचा ने उनका ब्याह, सत्रह वर्ष की आयु में उनकी एक रिश्तेदार से कर दिया ताकि उनके ख़ानदान के दो कैम्पों में सन्धि हो जाए।

तो शब्बू मियाँ उस ज़माने से हमारे अपने नहटौरी ख़ानदान के सदस्य समझे जाते हैं। वह अब भी अपने ताल्लुक़े पर बाराबंकी में रहते हैं। माशाअल्लाह,

दादा-नाना बन चुके हैं। फ़ारसी के ज्ञानी विद्वान हैं, अलीगढ़ यूनिवर्सिटी में फ़ारसी के प्रोफ़ेसर रह चुके हैं। किसी अमेरिकन यूनिवर्सिटी में भी पढ़ाया है और एक ख़ुशगो शाइर हैं। अवध के क्लासिकल ताल्लुक़ेदारी कल्चर का एक उदाहरणीय नमूना।

अब ऐसे पढ़े लिखे शख़्स ने एक दिन टेलीफ़ोन करके मुझे इत्तिला दी कि उनका इरादा हुम्मन आपा से मिलने के लिए इस्लामाबाद जाने का है। कहाँ देवा शरीफ़ ज़िला बाराबंकी और कहाँ इस्लामाबाद। ज़हनी, जज़्बाती और सियासी लिहाज़ से दो बिल्कुल विभिन्न संसार लेकिन मेरा ख़याल था कि वह इतने भिन्न भी नहीं होंगे, जितने कि सिद्ध हुए।

जब हम लोग लाहौर एयरपोर्ट पर उतरे तो सैयद मुशाहिद हुसैन, केंद्रीय सूचना व प्रसारण मंत्री के प्रोटोकोल ऑफ़िसर, हमारे स्वागत के लिए मौजूद थे। सैयद मुशाहिद हुसैन, हुम्मन आपा के दामाद, पाकिस्तान के एक निहायत अहम और आदरणीय और नेक नाम मंत्री रहे हैं।

आम राजनीतिज्ञों से बिल्कुल अलग एक आला तालीमयाफ़्ता और दानिश्वर नौजवान, जिनकी बीवी दुश्का, हुम्मन आपा की छोटी बेटी लंदन स्कूल ऑफ़ इक्नॉमिक्स की तालीमयाफ़्ता, ख़ुद एक बहुत ही बुद्धिमान और सुलझी हुई लड़की। उसके वालिद, जरी अहमद सैयद सण्डीले के रहने वाले, जो गर्व से कहते थे कि उनकी मातृभाषा वह है, जिसमें तुलसीदास ने अपनी रामायण लिखी। लेकिन भाईजान की यह शुद्ध भारतीय उत्तराधिकार में मिली सांस्कृतिक धरोहर, पाकिस्तान के तहज़ीबी नज़रियों से कोई मतलब न रखती थी। चुनांचे इसका तज़किरा भी अब बेवक़्त की रागनी समझी जाती है।

सियासी ताक़तों के टकराव में तहज़ीबें किस तरह कुचली जाती हैं, ऐसा अहदनामा-ए-क़दीम के क़ासियों के ज़माने से होता आया है, कोई अनोखी बात नहीं है। हुम्मन आपा के बच्चे, जो पंजाब में पैदा हुए, अब लगभग पंजाबी थे लेकिन पंजाब में जिस तरह हमेशा से यू.पी. वालों की दोपल्ली टोपी, आदाब, तस्लीम, पान की गिलौरी और चौड़े पायजामे का मज़ाक़ उड़ाया जाता था, वह

रवैया आज भी वहाँ मौजूद था बल्कि उसमें अब ज़्यादा ही आक्रामक शक्ति आ गयी थी। हम जैसे सब से मेलजोल रखने वाले लोगों के लिए ये सारी चीज़ें निहायत अफ़सोसनाक थीं।

शब्बू चौड़े पाँयचों का लखनवी पायजामा और शेरवानी पहने आदाब, तस्लीम अर्ज़ करते, इस नयी पाकिस्तानी कल्चर की सोसायटी में बहुत अनोखे प्रतीत हुए। मगर इतने अनोखे भी नहीं, जैसे मंगल ग्रह से उतर आए हों लेकिन कल्चर के नये रवैये, नयी व्याख्याएँ वहाँ इतनी मज़बूत हो चुकी हैं, जो कुछ वर्ष पहले तक नहीं थीं। यानी एक नयी संस्कृति और नये ज़हनी रवैयों की रचना इतनी आसानी से की जा सकती है, उनको रूप देने के लिए अब सदियों के उलटफेर की ज़रूरत नहीं। संचार के माध्यम ख़ासतौर से टेलीविज़न, यह काम बड़ी तेज़ी से कर रहा है।

हिन्दुस्तान में मुसलमान बच्चे आमतौर पर हिन्दी शब्द प्रयोग करते हैं। जिस दिन बर्तानिया की प्रिंसेस डायना की मृत्यु हुई, रीहाना ने, जो मेरे यहाँ काम करती है, कमरे में आकर कहा, ब्रिटेन की राजकुमारी मारी गयी। उस वक़्त मुझे ख़याल आया, उसने लफ़्ज़ शहज़ादी इस्तेमाल नहीं किया। एक नये कल्चर के साँचे, अंजाने और ग़ैर महसूस तरीक़े से इस तरह बनते चले जाते हैं। पाकिस्तान में पाँच साल का बच्चा अपनी दादी को सलाम करता है तो कहता है "अस्सलाम अलैकुम।" छोटों का बड़ों को आदाब या तस्लीम करने की परम्परा, वहाँ कब की ग़ायब हो चुकी है।

इस्लामाबाद में अहमद फ़राज़ वग़ैरह, जो हुम्मन आपा के यहाँ एक दावत में आये, उन्होंने हमारे शब्बू मियाँ को बड़ी अजनबियत से देखा, जैसे वो किसी दूसरे ग्रह के बाशिंदे थे। इन दो देशों में इतनी बड़ी ज़हनी दरार किस तरह पैदा हुई, यह सोचने की बात है लेकिन सब लोग बड़े आराम से रह रहे हैं; हम सिवाय इन मामलात पर बैठे, कुढ़ा करते हैं।

कहा जाता है कि पब्लिक की सामूहिक स्मरणशक्ति बहुत कमज़ोर होती है। लोग बांगलादेश का युद्ध भूल गए और उसी बांगलादेश से ग़रीब बंगाली मर्द

और औरतें पाकिस्तान आकर मालदार घरानों में घरेलू नौकर बन चुके हैं, किसी को इस सूरते-हाल पर न हैरत होती है, न इबरत। क्यों मारा इतने हज़ारों इंसानों को और किन वहशियाना तरीक़ों से कुर्सी पर बाँधकर ज़हर के इंजेक्शन लगा दिए। दोनों पक्ष मुसलमान थे; किसी को यह सोचने की फ़ुर्सत ही नहीं।

एक दिन नं. 21, फ़ैज़ाबाद रोड, लखनऊ में अपनी मेज़ पर वालिद मरहूम कुछ लिखने में मसरूफ़ थे; ये मेज़ एक खिड़की के सामने रखी थी, जिसके सामने बरामदा था और ज़रा फ़ासले पर सामने का बाग़। बरसाती में वफ़ादार ऑकलैंड मौजूद थी। मैंने कमरे में जाकर पूछा, आप क्या लिख रहे हैं? फ़रमाया, पाकिस्तान का नक़्शा कैसा होगा। उधर पश्चिम में पंजाब, सिन्ध, बलूचिस्तान, सूबा-ए-सरहद और कश्मीर। "प" से पंजाब "अलिफ़" से अफ़ग़ानी सूबा, यानी सूबा-ए-सरहद, "स" से सिन्ध, "तान" से बलूचिस्तान और इस तरह "बंग-आशाम।"

जब भी पाकिस्तान की सियासत या बांगलादेश वार का तज़किरा किया जाता है तो मुझे वह नं. 21, फ़ैज़ाबाद रोड की शान्त सुबह याद आ जाती है, जब बाग़ में स्वीट पीस (sweet peas) खिल रहे थे, दूर से पनचक्की की आवाज़ आ रही थी। माली ने पानी सप्लाई का मोटर चला दिया था और उसकी मद्धम सी आवाज़ आब रसानी (जल आपूर्ति) की नाली में गिरते हुए पानी में खो गयी थी।

दुनिया उस वक़्त कितनी पुरअम्न (शांत), कितनी पुरसुकून थी लेकिन अभी उसमें वालिद के इन्तिक़ाल, भारत-विभाजन का ख़ूनख़राबा, हिजरतें और नित नयी मुसीबतों का सामना करना बाक़ी था। जिन लोगों ने (और वे निहायत होशमंद और भले लोगे थे) उस वक़्त से पाकिस्तान की पुरज़ोर हिमायत शुरू की, उनमें हमारे लालकुर्ती छावनी वाले इब्राहीम मामू का घराना भी शामिल था।

बातों-बातों में अब मुझे याद आता है कि लखनऊ विमेन इन्स्टीट्यूट, जो छावनी में एक पुर फ़ज़ा इलाक़े में था, वहाँ एक ख़ातून कुछ ऐलान कर रही थीं, उनका नाम ज़र्री मुशर्रफ़ था। अब अगर जामे-जमशेद किसी के पास होता

तो ज़र्री मुशर्रफ़ के बेटे, जनरल परवेज़ मुशर्रफ़ की शक्ल उसमें नज़र आ जाती, जो उस वक़्त चार-पाँच साल के रहे होंगे और शायद उस जलसे में अपनी माँ के साथ मौजूद हों। ज़र्री मुशर्रफ़ सम्भवतः लखनऊ यूनिवर्सिटी में पढ़ी थीं।

इस तरह एक बार मैं इंग्लिस्तान से वापस आ रही थी, उसी जहाज़ पर ज़ुल्फ़िक़ार अली भुट्टो भी हमसफ़र थे, जो ज़्यादातर वक़्त बार पर या बालरूम में गुज़ारते थे। कराची बंदरगाह में एक लड़की नुसरत इस्फ़हानी, भुट्टो साहब का स्वागत करने के लिए जहाज़ पर आयी। एक बेहद सेहतमंद गुलाबी रंगत वाली बच्ची को उसने गोद में उठा रखा था। उस लम्बूतरे चेहरे वाली लड़की नुसरत इस्फ़हानी ने ज़ुल्फ़िक़ार अली भुट्टो से शादी कर ली।

कलकत्ते वाले मशहूर इंडस्ट्रियलिस्ट इस्फ़हानी से नुसरत इस्फ़हानी का कोई रिश्ता नहीं था। ये बम्बई का एक मिडिल क्लास चादरी ख़ानदान था, यानी ये ईरानी औरतें, बुनकियों वाली चादरें ओढ़कर बाहर निकलती थीं और जब नुसरत ने ज़ुल्फ़िक़ार अली भुट्टो से शादी की तो लोगों ने कहा कि नुसरत ने बहुत लम्बा हाथ मारा क्योंकि ज़ुल्फ़िक़ार अली भुट्टो, सिन्ध के एक बेहद दौलतमंद वडेरे, सर शाहनवाज़ भुट्टो के फ़रज़न्द थे। उनके वालिद शायद रियासत जूनागढ़ के दीवान थे और हमारे अल्लन मामू ने ज़ुल्फ़िक़ार अली भुट्टो को बहाउद्दीन कॉलेज जूनागढ़ में पढ़ाया भी था।

तो पूछिए कि यू.पी. से अल्लन मामू, यानी सैयद तहव्वर अली नक़वी, जूनागढ़ कैसे पहुँच गए। एक बात तो यह कि आबो-दाना उन्हें खींच ले गया। दूसरी बात यह कि जूनागढ़ नवाब के लड़के शायद अलीगढ़ में पढ़ते थे, उन्होंने अल्लन मामू को वहाँ बुला लिया। भुट्टो साहब अल्लन मामू का बहुत अदब करते थे। जब सालेहा आपा जूनागढ़ गयीं तो भुट्टो साहब ने अपनी गाड़ी भेजकर, सारी रियासत की उन्हें सैर करवायी। अब उस वक़्त अगर किसी ने भविष्यवाणी की होती कि यह ख़ुशबाश बेफ़िक्र नौजवान, एक दिन तख़्ता-ए-दार पर चढ़ने वाला है तो किसे यक़ीन आता। ये एक बहुत ही भयानक वाक़ेआ था और वह गोल-मटोल बच्ची, जो जहाज़ पर अपनी माँ की गोद में सवार आई थी, वह भविष्य में उस मुल्क की वज़ीरे-आज़म बनने वाली थी।

जिन नामवर हस्तियों की झलकियाँ, इस बन्दी ने बचपन से लेकर आज तक देखी हैं, वह जैसे एक दीप-श्रृंखला है, जिस पर बने हुए चित्र झलक दिखाकर ग़ायब होते रहते हैं। मिसाल के तौर पर पहली झलक गाँधीजी, एक गोल-मटोल चेहरे वाले, सफ़ेद धोती और सफ़ेद चादर धारण किये, ट्रेन के दरवाज़े पर खड़े हैं और प्लेटफ़ार्म पर लोगों का हुजूम। अम्मा उन्हें देखने के लिए जाती हैं, मोटरकार प्लेटफ़ार्म के क़रीब रुकवा देती हैं। ये एक कई तरह के, मल्टी-डाइमेंशनल रवैये, जज़्बात और ख़यालात से एक ज़हनी इंसान की शख़्सियत बनती है।

अम्मा ने स्वदेशी आंदोलन में व्यवहारिक रूप से भाग लिया। विदेशी रेशमी कपड़ों को आग लगाकर, बरसों खादी पहनी। वालिद सरकारी अफ़सर थे लेकिन ये क़ौमपरस्ती भी साथ-साथ चल रही थी। क़ौमी जोश का यह आलम था कि हमारी फूफीज़ाद बहन, जिनकी नयी-नयी शादी हुई थी, उन्होंने खादी आन्दोलन के ज़माने में अपने फ्रेंच शेफ़ून और विलायती रेशम वग़ैरह के वस्त्रों को दीया सलाई दिखाई थी, जो सामान्य हालात में इन्तिहाई बदशगूनी की बात समझी जाती। यही सारी औरतें, जब सियासी हवाओं ने अपना रुख़ बदला तो मुस्लिम लीग में शामिल हो गयीं।

"कश्कोल-ए-गदाई लेके फिरा
मुस्लिम है तो मुस्लिम लीग में आ"

सामूहिक मानसिकता का एक हैरतअंगेज़ और ऐतिहासिक उदाहरण : अब बेगम जहाँ आरा शाहनवाज़ की साहबज़ादी लाहौर से लखनऊ आकर ज़नाना पार्क, गूँगे नवाब का बाग़ में ख़वातीन को मुख़ातब (महिलाओं को सम्बोधित) करती हैं और क़ायदे-आज़म मोहम्मद अली जिन्नाह ज़िन्दाबाद के नारे लगवाती हैं। लखनऊ के गली-मोहल्लों में रहने वाली ये पर्दानशीं औरतें, जिन्हें न सियासी तजरिबे का कोई शऊर है, न अहसास, महज़ ज़ज़्बात का समुन्दर है, जो ठाठें मार रहा है और वह भी बेगम शाहनवाज़ के साथ-साथ नारे लगा रहा है कि क़ायदे-आज़म मोहम्मद अली जिन्नाह ज़िन्दाबाद।

क़ायदे-आज़म का ख़िताब मिल्लते-इस्लामिया ने हाल ही में जिन्नाह साहब को दिया है। लखनऊ आते हैं तो बटलर पैलेस में क़याम फ़रमाते हैं; उत्तरी भारत के कल्चर से उनका कोई राब्ता नहीं है। गुजराती आदमी हैं और सारी तर्बियत इंग्लिस्तान की है। देश-विभाजन के क्या दूरगामी परिणाम निकलेंगे और हिन्दुस्तानी मुसलमानों पर क्या बीतेगी, इसका किसी को कोई अहसास नहीं है।

अब यह भी सुन लीजिए कि 1940 ई. में पाकिस्तान के मुताल्लिक़, वह ऐतिहासिक रिज़ोल्यूशन लाहौर में पेश किया जाने वाला था। हमारी अज़रा आपा, हसीन परीज़ाद, बेइंतिहा ज़हीन, फ़र्स्ट क्लास फ़र्स्ट लाने वाली अलीगढ़ की ग्रेजुएट, हमारे अब्बाजान के साथ लाहौर उस सेशन के लिए जाने वाली थीं। वह अलीगढ़ से अपने ख़ालू-ख़ाला, सैयद निसार हैदर ज़ैदी और हमीदा बेगम के पास बाराबंकी आई हुई थीं। वह अलीगढ़ ज़नाना मुस्लिम लीग की सेक्रेटरी थीं और इस हैसियत से वालिद मरहूम के साथ लाहौर जा रही थीं।

अब इस सूरते-हाल पर ग़ौर कीजिए, एक ख़ुशहाल अपर मिडिल क्लास घराना, जिसकी पृष्ठभूमि में ज़मींदारी है, ऊँची सरकारी मुलाज़िमतों में कार्यरत। बच्चे आमतौर से नैनीताल के अंग्रेज़ी स्कूल में पढ़ रहे हैं। लड़कियाँ अलीगढ़ और इज़ाबेला थोबरन कॉलेज लखनऊ में शिक्षा ग्रहण कर रही हैं। यानी उन्हें भविष्य के बारे में किसी प्रकार की चिन्ता नहीं है, उनका रुपया पैसा बैंको में सुरक्षित है, जो ज्वाइंट स्टॉक एक्सचेंज कम्पनियों में। ज़मीन की आमदनी भी अच्छी-ख़ासी है क्योंकि बम्बई में मालाबार हिल पर बैठे हुए एक जादूगर ने कूच का बिगुल बजाया। अब ये सारी क़ौम हिजरत (पलायन) पर कमरबस्ता है। मस्तिष्क में हिजरत का धार्मिक व ऐतिहासिक महत्व भी जगह किये हुए है।

मुझे फिर वही ज़नाना पार्क का जलसा याद आता है, जिसे लाहौर से आई हुई बेगम शाहनवाज़ ने सम्बोधित किया था। लखनऊ के गली कूचों से आई मध्यम और निम्न मध्यम वर्ग की औरतों के लिए, ज़्यादातर तक़रीरें समझ से बाहर रही होंगी लेकिन वह बेगम शाहनवाज़ की लड़की की शलवार

क़मीज़ को बड़ी दिलचस्पी से देख रही थीं। ये लिबास लखनऊ में उस वक़्त तक लोकप्रिय नहीं हुआ था।

अमेरिका, जापान पर बम गिराता है। ऐटम बम की नयी उक्ति, जो प्रलय के अर्थ में दुनिया वालों को मिलती है। रूसी, हिन्दुस्तान के वामपंथियों के लिए और भी हीरो बनते हैं।

1948 ई. : पाकिस्तान की पहली वर्षगाँठ, फ्रेयर हाल के बाग़ में पाकिस्तान डे की छोटी सी परेड, ख़्वाजा नाज़िमुद्दीन डाइस पर खड़े सलामी ले रहे हैं। मेरे बराबर में लखनऊ से आई हुई सईद बानो अलवी भी बैठी हैं। अवध के पुराने घरानों की एक मिसाली हसीनो-जमील बेहद मोहज़्ज़ब (शिष्ट) और शीरीं सुख़न (मृदुभाषी) ख़ातून, जो कॉलेज में सहपाठी थीं, उनके वालिद लखनऊ के जाने-माने उर्दू पत्रकार और एक दैनिक के सम्पादक थे।

सईद बानो की शादी उनके कज़िन आसिफ़ अलवी से हुई है, जो पाकिस्तानी नौसेना के अफ़सर हैं, वह भी ख़ालिस लखनव्वा और ख़ुशअख़लाक़। उन दोनों ने बड़ी ही आसानी से अपने आप को पुराने लखनऊ से, नये पाकिस्तान की फ़ौजी सोसायटी के बिल्कुल मुख़तलिफ़ माहौल में ट्रांस्प्लांट कर लिया है; और मैं इस वक़्त भी ये सब देख-देख दिल ही दिल में हैरान होती रहती हूँ।

फिर मुझे याद आता है, 1948 ई. में पाकिस्तान की पहली वर्षगाँठ पर अल्लन मामू जूनागढ़ से आ गए हैं और हम उनके साथ सालगिरह (वर्षगाँठ) का चराग़ाँ (रौशनी) देखने शहर जाते हैं। बन्दर रोड पर अभी ट्रामें चल रही हैं, बड़ी ज़बर्दस्त भीड़ है, सब बेहद ख़ुश और तफ़रीह के मूड में नज़र आते हैं। सामने एक ट्राम आकर रुकती है; अल्लन मामू कहते हैं, चलो इसमें बैठकर घूमते हैं। ट्राम में सबसे आगे ज़नाना सीट पर एक साड़ीपोश ख़ातून बैठी हैं, मैं उनके पास जाकर बैठ जाती हूँ, उनसे पूछती हूँ कि कहाँ से आई हैं? "झाँसी" वह जवाब देती हैं। ट्राम टन-टन करती आगे बढ़ती है।

मैं कहती हूँ, इस वक़्त इण्डिया के मुसलमान क्या कर रहे होंगे (यानी मुझे इस वक़्त भी यही चिंता खाये जा रही है)। वह जवाब देती हैं : "ऐ उन्हीं

की सी बजा रहे होंगे।" ट्राम रुकती है, अल्लन मामू आवाज़ देते हैं, यहीं उतरो। लेकिन मुझे उस ख़ातून का वह बेपरवाही से कहा हुआ जुमला याद रहता है "ऐ उन्हीं की सी बजा रहे होंगे"। ये वाक्य, एक पूरी क़ौम की बेध्यानी के रवैये की चुग़ली खा रहा था। इन दोनों देशों के लोगों का आवागमन सरलता से जारी है।

लखनऊ में एक औसत दर्जे की आमदनी वाले बैरिस्टर, मुस्तफ़ा साहब रहा करते थे, जो अपने साथ विलायत से मेम लाये थे। बेटियाँ ज़ैनब और ज़ैहरा बेहद ख़ूबसूरत थीं, उनकी बड़ी बेटी रानी साहब नानपारा (नानपारा की रानी) बन चुकी थीं, जो अवध का एक बड़ा मुस्लिम ताल्लुक़ा था। ज़ैनब और ज़हरा पाकिस्तान आ गयी थीं, दोनों के पति सेना के उच्च अधिकारी थे।

सईद बानो, अब्बासी आईटी कॉलेज में हमारी क्लास फ़ेलो थीं। निहायत ख़ूबसूरत और क़ाबिल थीं, उनके वालिद उर्दू के प्रसिद्ध पत्रकार थे। सईद बानो, मेहरजबीं और मैं अगली कुर्सियों पर साथ-साथ बैठते थे और कापी पर लिख-लिखकर बातें करते थे। बेचारे मास्टर हसन, उर्दू के उस्ताद, मारे शराफ़त के आँखें मूँद लेते थे। मास्टर हसन एक बेहद गम्भीर, शरीफ़ और लखनवी तहज़ीब का आला नमूना थे। यू.पी. में आज़ादी के फ़ौरन बाद, उर्दू पर क़यामत टूटी और यह भाषा ग़ायब कर दी गयी। सम्भवतः उसी समय मास्टर हसन ने घबराकर पाकिस्तान का टिकट कटाया और पहुँचे तो कहाँ, सीधे पेशावर, जहाँ उन्हें फ़ौरन किसी कॉलेज में नौकरी मिल गयी।

मुझे याद है, कई साल बाद, एक बार मैंने पेशावर यूनिवर्सिटी के मुताल्लिक़ कुछ दरयाफ़्त करने के लिए मास्टर हसन को ख़त लिखा और अपना परिचय कराया कि मैं आई.टी. कॉलेज में आपकी शागिर्द रह चुकी हूँ तो बेचारे का फ़ौरन जवाब आया कि आपको यह तआरुफ़ (परिचय) कराने की ज़रूरत नहीं थी, मैं बरसों से आपकी किताबें पढ़ और पढ़ा रहा हूँ।

वह कैसे रखरखाव के और नेक लोग थे। मैंने अक्सर सोचा कि लखनऊ से एकदम पेशावर पहुँचकर, मास्टर साहब जैसे नाज़ुक तबीयत इंसान पर क्या गुज़री होगी। सियासी उखाड़-पछाड़, वर्ल्डज़ लीडर का एक मशग़ला है, सामूहिक

और व्यक्तिगत रूप से इन तब्दीलियों की वजह से आम-साधारण इंसानों पर क्या बीतती है, इसकी किसी को परवाह नहीं।

लखनऊ के कई ख़ानदान, जिन्होंने कराची पलायन किया, उनमें एक घराना सैयद क़ाज़िम रज़ा साहब का भी था। जस्टिस मोहम्मद रज़ा के दूसरे बेटे आसिम रज़ा, आले-रज़ा और अब्बास रज़ा थे। काज़िम रज़ा साहब की शादी, चौधरी मोहम्मद अली रुदौलवी की बड़ी बेटी से हुई थी। ये बड़ा ही सभ्य और साहित्य व संगीत का रसिया कुनबा था। सैयद काज़िम रज़ा साहब कज्जन के तख़ल्लुस (उपनाम) से ठुमरियों की रचना करते थे। कम्पोज़र का अपने नाम के साथ पिया लिखना भी उस कल्चर की एक परम्परा थी। उदाहरणतः नवाब-ए-वाला क़द्र, क़द्र पिया के नाम से ठुमरियाँ और दादरे लिखते थे "क़द्र पिया मैं तुम पे वारी, बार-बार समझावत हारी"।

छाया नट में उनकी एक "चीज़" बहुत दिलआवेज़ थी। अब उन Hot House कल्चर के लोगों ने कराची पहुँचकर, अपनी ही क्लास के दूसरे लोगों के साथ पुराने माहौल को बरक़रार रखा है। मोहर्रम की मजलिसों, मुशायरों और संगीत की महफ़िलों की एक और दुनिया, जो कराची के निम्न मध्यम वर्ग वाले क्वार्टरों में आबाद हो रही थी। उन्होंने बड़े प्यार से क़ायदे-आज़म के, हाथ से बनाये चित्र या फ़ोटोग्राफ़ अपने घरों में लगाये थे। अपनी ही तरह के मुसाफ़िरों से लदी बसों पर धक्के खाते, रोज़ाना अपने दफ़्तरों को जाते थे और उसी नयी सख़्त कोशिश की ज़िन्दगी में बहुत ख़ुश थे। उसी ज़माने में उन्होंने पाश्चात्य देशों का रुख़ किया और उनकी ज़िन्दगियाँ बिल्कुल बदल गयीं।

अब वे केनैडियन या अमेरिकन या ब्रिटिश नागरिक भी थे और दिल से पाकिस्तानी भी। भिन्न-भिन्न और परस्पर विरोधी वफ़ादारियों के इस अलवाग़ोचन का अंदाज़ा, आज से आधी सदी पहले की नस्ल कर ही नहीं सकती थी।

ख़दीजा मस्तूर के मुरासले
(ख़दीजा मस्तूर के पत्र)

उर्दू की नामवर अदीबा (साहित्यकार) ख़दीजा मस्तूर मरहूमा की मुरासला-निगारी (पत्र-लेखन) पर रौशनी डालने से पहले, उस सभ्य समाज के सम्बन्ध में कुछ लिखना चाहती हूँ, जिसकी पृष्ठभूमि में ये पत्र लिखे गए।

एक समय था, जब कहानीकार महिलाओं को अच्छी ख़ासी रहस्यमयी हस्तियाँ समझा जाता था और वह कहानी साहित्य की इस मिस्टिक (Mystique) में सर्वोपरि थीं। यहाँ तक कि दो हज़रात ताहिरा देवी, शीराज़ी और आमना देवी, प्रयागी के अर्थहीन फ़र्ज़ी नामों से अपने अफ़साने छपवाते थे। उन्होंने किसी औरत को ख़ूब सजा बना के उसकी तस्वीर भी बतौर ताहिरा देवी शीराज़ी, किसी रिसाले में छपवायी थी। हालाँकि वह ख़ातून कोई जानकी बाई ऑफ़ इलाहाबाद क़िस्म की मालूम होती थीं।

कहा जाता है कि शायद उस औरत के पर्दे में दरअस्ल डॉक्टर अंदलीब शादानी छुपे हुए थे। डॉक्टर साहब विभाजन के बाद, ढाका यूनिवर्सिटी के उर्दू विभाग के अध्यक्ष थे। उनसे हमारी आपा हमीद जहाँ की शादी हुई थी, जो मेरी वालिदा मरहूमा की एक सहेली की बेटी और अलीगढ़ वाली आला-बी, यानी अब्दुल्लाह बेगम की भांजी थीं। सन् 31/32 ई. में वह लंदन से पढ़कर आई थीं और यू.पी. में बालिका विद्यालय निरीक्षिका नियुक्त हुई थीं। जब दौरे पर ग़ाज़ीपुर आती थीं तो हमारे यहाँ ठहरती थीं। हमारे घराने की तरह उनके कुनबे की ज़्यादातर नौजवान औरतें भी आला तालीमयाफ़्ता थीं, चुनांचे English speaking young ladies का आपस में बहुत मेलजोल था और हमारे माँ-बाप मानो उन सबके संरक्षक थे।

ये वह ज़माना था, जब कोई मुसलमान लड़की बी.ए. पास कर लेती थी तो उसकी तस्वीरें ज़नाने रिसालों में छपती थीं। लेकिन उसी ज़माने में इस नई आज़ादी के ख़िलाफ़ प्रतिक्रियास्वरूप एक और पत्रिका निकली थी, जिसका मुझे नाम याद नहीं। उसमें एक लड़की अंग्रेज़ी लिबास पहने बैठी थी। (वह तस्वीर

शायद किसी इंग्लिश चॉकलेट बक्स के ढक्कन से उतारी गयी थी और उसके नीचे लिखा था : तहज़ीबे-मशरिक़ (पूर्वी सभ्यता) की सारी हदें तोड़-फोड़ कर, तहज़ीबे-मग़रिब (पश्चिमी सभ्यता) से नया रिश्ता जोड़कर, अंतिम पंक्तियाँ ये थीं "रोती हूँ आज आह मैं पर्दे को छोड़कर")।

लेकिन उर्दू के अधिकतर रिसालों में बड़ी निडरता से महिलाओं की स्वतंत्रता का प्रचार किया। और इस लिहाज़ से मुस्लिम समाज ने बड़े खुले विचारों का सबूत दिया कि इस नये feminist प्रेस के ख़िलाफ़ आवाज़ नहीं उठाई गयी। मौजूदा दक़ियानूसियत नई इस्लामी fundamentalism की देन है। लाहौर के शम्सुल-उलमा, मौलवी मुमताज़ अली, दिल्ली के अल्लामा राशिदुल-ख़ैरी और अलीगढ़ वाले शैख़ मोहम्मद अब्दुल्लाह, उन तीनों हज़रात ने ज़नाना रिसाले प्रकाशिता करना शुरू किये।

1898 ई. में "तहज़ीबे-निस्वाँ" जारी हुआ। इससे पहले शायद आगरे के मिशनरियों ने अपने स्वार्थ के लिए उर्दू में एक ज़नाना रिसाला जारी किया था। और ये रिसाले, नई मुस्लिम मिडिल क्लास ने बड़ी सुरुती के साथ अपनी महिलाओं के लिए खरीदने शुरू कर दिए थे। जब मैं नयी मिडिल क्लास की उक्ति इस्तेमाल करती हूँ तो मेरा अर्थ उस समाज से होता है, जिसकी दाग़-बेल अंग्रेज़ों के आने के बाद हिन्दुस्तान में पड़ी।

दरअस्ल ये नया समाज ईस्ट इण्डिया कम्पनी के दौर में वजूद में आ चुका था लेकिन नयी अंग्रेज़ी सभ्यता के प्रभाव, अधिकतर कुलीन वर्ग के मर्दान ख़ानों तक ही सीमित थे। मीर इंशा की कविताएँ इस नये सांस्कृतिक दृश्य की मंज़रकशी करती हैं। हालाँकि मर्द अब तक छींट के पायजामे, जड़ाऊ चोग़े और अंगरखे पहनते थे। ये मुग़लकाल का दरबारी लिबास था। बंगाल के हिन्दू कुलीन भी यही पुरतकल्लुफ़ पोशाक ज़ेबतन करते (पहनते) थे। Ruling class या प्रशासक वर्ग की पोशाक भी यही थी।

मैं यह बात इसलिए लिख रही हूँ कि हमारा समाज दरअस्ल इतना कट्टरपंथी, पुराने विचारों का नहीं था, जैसा कि समझा जाता है। अब औरतें

पत्रिकाओं में लेख लिख रही थीं और उनके सुधारवादी आर्टिकल, कहानियाँ और उपन्यास भी प्रकाशित हो रहे थे। हिन्दुस्तान के उस उर्दू प्रेस के प्राथमिक युग के सम्बन्ध में सम्भवतः अब तक रिसर्च नहीं की गयी है।

बर्तानवी व्यापार के प्रमोशन के लिए हिन्दुस्तान वालों को विलायती प्रोडक्ट्स का आदी बनाया जा रहा है। मिसाल के तौर पर ग़ाज़ा की जगह फ़ेस पावडर ने ले ली है। लाखा, लिपस्टिक से मार खा गया। मुफ़्त की मेंहदी के बजाय, नेल पॉलिश ख़रीदा जाने लगा। बिसातनों के ज़रीए यह विदेशी माल शहर-शहर बिका। अब जापान ने उन पाश्चात्य व्यापारियों से टक्कर ली और अपने बेहद सस्ते माल के ज़रीए सारे हिन्दुस्तान पर छा गया।

हद यह कि हर सस्ती और काम चलाऊ चीज़ को इस हद तक जापानी कहा जाने लगा कि बनारस यूनिवर्सिटी ने जब लड़कियों के लिए मैट्रिक में मैथ्स को एच्छिक विषय बनाया और मैंने वहाँ से बहुत कम उम्र में यह इम्तिहान पास कर लिया (जो अगर मैथमेटिक्स कम्पलसरी होता तो मैं बरसों फ़ेल होती रहती) तो मेरी कज़िन अच्छो ने कहा, आपा! तुम तो जापानी मैट्रिक पास करके आई हो। बनावटी ज़ेवर-गहनों की मार्किट में जर्मनी आगे-आगे था। वह मुल्क दरअस्ल अंतर्राष्ट्रीय व्यापार में प्रतिस्पर्धा कर रहा था और यह मुक़ाबला प्रथम विश्वयुद्ध का कारण बना। हिन्दुस्तान से व्यापार के फ़ायदे बर्तानिया और यूरोप की मुहिम जू (अभियानरत) कारोबारी क़ौमों ने सत्रहवीं सदी ही से भाँप लिये थे।

बीसवीं सदी तक आते-आते पश्चिमी एशिया की ज़बर्दस्त मार्किट बन चुकी थी। बर्तानवी इम्पीरियलिज़्म, पश्चिम के दो साम्राजियों के विपरीत एक खुले विचारों की शासन शैली थी। जिसका अंदाज़ा हमें आज दूसरी पश्चिमी कॉलोनियों की तुलना करने पर होता है। उस साम्राज्य में हुकूमत और ईसाई मिशनरियों की अनथक मदद की बदौलत, उपमहाद्वीप में जगह-जगह गर्ल्ज़ स्कूल और कॉलेज स्थापित होने लगे, ज़नानी पत्रिकाएँ जारी हुईं। औरतों ने किताबें लिखीं।

बंगाली और मराठी की हद तक तो मुझे मालूम है कि इनमें औरतों ने अपनी रचनाओं से बहुमूल्य इज़ाफ़ा किया लेकिन मेरे ख़याल में उर्दू इस मैदान

में सबसे आगे रही और ये एक बड़े ताज्जुब की बात है क्योंकि पर्दे की पाबन्दी के बावजूद औरतों ने इतना लिखा-पढ़ा।

प्रगतिशील आन्दोलन के प्रारम्भ से बहुत पहले, महिलाएँ उर्दू फ़िक्शन में अपना स्थान बना चुकी थीं। हालाँकि प्रगतिशील साहित्यकारों ने अपने अतीत को निरस्त करने के जोश में डॉक्टर रशीद जहाँ और इस्मत चग़ताई से पहले की सभी महिलाओं को एकदम से भुला दिया और हिजाब इम्तियाज़ अली का मजाक़ उड़ाना अपना पहला फ़र्ज़ समझा।

मुद्दतों बाद अब हिजाब को दोबारा दरयाफ़्त किया जा रहा है, हाल ही में डॉक्टर मुजीब अहमद ख़ाँ की दो रचनाएँ "हिजाब इम्तियाज अली : हयात और अदबी कारनामे" और "हिजाब इम्तियाज़ अली : फ़न और शख़्सियत" तख़्लीक़कार पब्लिशर और एज्युकेशनल पब्लिशिंग हाउस, दिल्ली ने प्रकाशित की हैं। इन किताबों के लेखक, डॉक्टर मुजीब अहमद ख़ाँ ने उन किताबों की रचना के सिलसिले में हिजाब से ख़तो-किताबत भी की और हिजाब ने उन्हें अपने कीमती मशवरों से नवाज़ा।

दरअस्ल हमारे अग्रणी लोगों ने हिजाब के फ़िक्शन को वह अहमियत नहीं दी, जिसकी वे अधिकारी थीं। अवश्य ही हिजाब भी एक पश्चिमी रोमांटिक शैली की अनुयायी रहीं लेकिन उसे उन्होंने एक मावराई अलिफ़ लैलवी रंग में पेश किया। बाद में जब उन्होंने ज़माने के चलन के लिहाज़ से अफ़साने लिखे, इसमें वे कामयाब न हो सकीं, फिर वह तहलील-ए-नफ़सी (आत्मीयता) वग़ैरह की भूल-भुलैयों में चली गयीं लेकिन उनकी पहली-पहली रचनाएँ शैली और मनमोहकता के लिहाज़ से अपनी जगह अलग ही हैं। एक साहित्यिक रचना की अस्ल क़द्रो-क़ीमत का आधार इस गुण पर है कि वह हर दौर में एक सी दिलचस्पी से पढ़ा जाये और अपने ज़माने के पाठक उसे एक पीरियड पीस न समझें।

ईरान का एक दरिया-ज़ाइन्दा रूद कहलाता है, उसी चीज़ को बाइबिल में living waters कहा गया है। अदब (साहित्य) भी एक ज़ाइन्दा रूद है,

जो कालिदास और हूमर के ज़मानों से बहता चला जा रहा है। 'सादी' और शेक्सपियर आज भी हमारे समकालीन और हमारी भावनाओं को व्यक्त करने वाले हैं।

मीर व ग़ालिब तो ख़ैर हमारे ही कल्चर के आदमी हैं और हमें लगता है अगर हम सामने वाली चिक़ उठायेंगे तो वह हवेली की बैठक में पेचवान के कश लगाते दिखलायी दे जायेंगे। ये औरत, जो सुर्ख़ तंग पायजामा पहने, सिर पे गंडेरियों का झव्वा उठाये, सामने से चली आ रही है; ये जैसे अभी-अभी गली क़ासिमजान से निकली है।

हम अभी उस युग से क़रीब हैं लेकिन अगर दूर भी होते जायेंगे तो अपने मशहूर साहित्यकारों, शाइरों के साज़ो-सामान को सुरक्षित ही नहीं करेंगे। इस सलीक़े और जाँ फ़शानी से संभालकर रखना तो दरकिनार, जिस तरह इंग्लिस्तान, यूरोपियन देश और रूस में अहले-क़लम (साहित्यकारों) के निजी साज़ो-सामान और पाण्डुलिपियों को सजा व सँवार कर रखा गया है। जिस बड़े कंघे से पुश्किन के घोड़े की अयाल को सुलझाया जाता था, वह तक पुश्किन म्यूज़ियम में सुरक्षित है और पश्चिम वाले मृतक पूजक हरगिज़ नहीं हैं लेकिन हमारे यहाँ अतीत के तज़किरों को मुर्दा-परस्ती कहा गया। इससे हमारे विद्वानों की बसीरत का अंदाज़ा हो सकता है।

प्रगतिशील आन्दोलन के आग़ाज़ में इस्मत आपा के बाद, दो नाम डंके की चोट पर सामने आये, वह हाजरा व ख़दीजा मस्तूर के थे। इनके अतिरिक्त सिद्दीक़ा बेगम स्योहारवी और तस्नीम सलीम छतारी ने भी लिखा। मुमताज़ शीरीं ने कुछ लम्बी कहानियाँ लिखीं लेकिन उनका अस्ल मैदान आलोचना था। ख़दीजा और हाजरा नेचुरल राइटर थीं। उनके यहाँ ज़बर्दस्ती लेखन नहीं बल्कि आमद ही आमद (प्राकृतिक विचार) थी और उनके अफ़साने उर्दू के अफ़सानवी अदब (कहानी साहित्य) में एक अहम इज़ाफ़ा साबित हुए। ख़दीजा मस्तूर के ख़त, उसी अदब नवाज़ समाज का प्रतिनिधित्व करते हैं।

हाजरा और ख़दीजा मस्तूर ने उसी बर्तानवी दौर में आँखें खोलीं। उनके सौतेले वालिद, जो फफूँद ज़िला इटावा के रहने वाले थे और 'अहमक़' फ़फूँदवी

के नाम से मज़ाहिया (हाव्य-व्यंग की) शाइरी करते थे; एक मुख़लिस कांग्रेसी वर्कर थे। ये दोनों बहनें, लखनऊ शहर के एक पुराने विचारों वाले घराने में पर्दानशीन रहीं। तब भी उन्होंने अपने अफ़साने बड़ी बेखौफ़ी (निडरता) से लिखने शुरू किये, जिनकी वजह से उन्हें इस्मत चुग़ताई की अनुयायी कहा गया। उनके बहनोई बतौर संगीत निर्देशक बम्बई के फ़िल्म उद्योग से बाबस्ता थे। लखनऊ में ये दोनों मुस्लिम लीग की जोशीली वर्कर बन चुकी थीं।

पिछली बार लाहौर में हाजरा मसरूर ने मुझे बतलाया कि ये बहनें महज़ पाकिस्तान की मोहब्बत में बम्बई से समुद्री जहाज़ द्वारा कराची पहुँची थीं, वहाँ से लाहौर। पाकिस्तान के उस प्रारम्भिक दौर में तरक़्क़ी पसन्दी (प्रगतिशील आन्दोलन) और वामपंथियों का आन्दोलन ज़ोर-शोर से जारी था और उस आन्दोलन के रहनुमा और मास्टरमाइंड फ़ैज़ अहमद फ़ैज़, मियाँ इफ्तिख़ारुद्दीन और मज़हर अली ख़ाँ वग़ैरह थे। उन्होंने लाहौर से पाकिस्तान टाइम्स के नाम से एक निहायत शानदार अंग्रेज़ी दैनिक का लोकार्पण किया, जो पाकिस्तान के उस आरम्भिक दौर में अंग्रेज़ी पत्रकारिता और वहाँ की ज़हनी फ़ज़ा का बेहतरीन नुमाइंदा (प्रतिनिधि) था।

उसी के साथ साप्ताहिक "लैलो-नहार" प्रकाशित हुआ। यह चित्रांकित पत्रिका कॉमरेड सिब्ते-हसन (जो लखनऊ से गए थे) सम्पादित करते थे। लिखने वालों में चराग़ हसन 'हसरत', अहमद नदीम क़ासमी, अय्यूब अहमद किरमानी और दूसरे नामवर पत्रकार व साहित्यकार शामिल थे, उसी ज़माने में अहमद नदीम क़ासमी और उनकी मुँहबोली बहनों हाजरा और ख़दीजा मस्तूर ने रिसाला 'नक़ूश' एडिट करना शुरू किया। अब नक़ूश, सवेरा, अदबे-लतीफ़ के इस त्रिकोण को और पाकिस्तान टाइम्स ग्रुप के उर्दू अख़बार "इमरोज़" और "लैलो-नहार" को पाकिस्तानी साहित्य और पत्रकारिता का सुनहरी दौर कहा जा सकता है।

प्रगतिशील ग्रुप भविष्य के सम्बन्ध में बड़े ख़ुशगवार ख़्वाब देख रहा था। पूर्वी पाकिस्तान एक हज़ार मील दूर आबाद था, रास्ते में इण्डिया पड़ता था, जिससे दोस्ती कभी नहीं हुई। दोनों इलाक़ों में राब्ता पी.आई.ए. यानी पाकिस्तान

इंटरनेशनल एयरलाइंस के विमानों के ज़रीए क़ायम था। इस असत्य और बनावटी विभाजन के बावजूद तेईस-चौबीस वर्ष महज़ हवाई जहाज़ों के ज़रीए दोनों इलाक़े एक दूसरे से काफ़ी अच्छे ढंग से मिले रहे। यह भी एक हैरतअंगेज़ बात थी, हवाई जहाज़ कराची और लाहौर से ढाका नॉन स्टाप फ्लाइट के ज़रिए रोज़ाना आते-जाते थे। अब सोचकर ताज्जुब होता है कि इतने बरसों यह कैसे मुमकिन रहा।

यह उपमहाद्वीप दरअस्ल हमेशा से निहायत Bizarre और ग़ैर मामूली (असाधारण), ग़ैर हक़ीक़ी (हक़ीक़त से दूर) तक़रीबन जादुई घटनाओं और मामलों का गहवारा रहा है और यहाँ के ख़वासो-अवाम (विशेष व सामान्य जनता) हर वारदात को ख़ुशी से झेल ले जाते हैं। तोड़-फोड़, तबाही, चारों ओर रंज-ग़म, मुसीबतें, ग़ारतगरी, लोगों का पलायन, सैलाब, भूकम्प, क़हत, भुखमरी ताऊन, ख़तरनाक महामारियाँ, साम्प्रदायिक दंगे, जो ज़मीनी व आसमानी आफ़त चाहिए, इस संयमशील व शुक्रगुज़ार देश, जिसे किन्हीं कारणों से उपमहाद्वीप कहा जाता है, इसकी झोली में मौजूद हैं। लेकिन इसके रहने वालों की हिम्मत का यह आलम है कि हर हाल में जिये जाते हैं और उफ़ नहीं करते।

महाभारत के क़िस्सों और महात्मा बुद्ध की जातक कहानियों के दौर से लेकर आज तक इस देश की भाषाएँ तरह-तरह के फ़िक्शन की दौलत से मालामाल रही हैं और उन भाषाओं में लिखने वाले रंगा-रंग परम्पराओं की मर्यादा का मान रखे हुए हैं। वर्तमान युग में जिस तरह दो विश्व युद्ध पश्चिम के कहानीकारों का ख़ास विषय रहे; इस उपमहाद्वीप के साहित्यकारों के लिए विभाजन और दंगे इतने ही भयानक तजरिबे थे; लिहाज़ा 1947 ई. से ज़रा पहले जिन साहित्यकारों ने प्रगतिशील आन्दोलन के प्रभाव में आकर लिखना शुरू किया, वह इस लरज़ा देने वाली इंसानी (मानवीय) त्रासदी को नज़रअंदाज़ नहीं कर सकते थे। ख़ुद हाजरा और ख़दीजा मस्तूर का अपने वतन लखनऊ से एक अजनबी सरज़मीन लाहौर पलायन, इसी विभाजन का परिणाम था।

एक राजनीतिक मक़सद या आइडियल के प्रभाव में जा बसना हाजरा और ख़दीजा का अकेली का काम नहीं था, वे एक सामूहिक ऐतिहासिक पलायन

में शरीक हो रही थीं। पश्चिम में कई तरह की राजनीतिक और आर्थिक परिस्थितियों के तहत रूस से लेकर स्पेन तक और इंग्लिस्तान से इटली तक आबाद कुनबों ने अमेरिका, कनाडा, ऑस्ट्रलिया, दक्षिण अफ़्रीक़ा और दक्षिण अमेरिका वग़ैरह हिजरतें (पलायन) कीं; उनकी भावनात्मक और सामाजिक समस्याओं का चित्रण उन ज़मानों के महान उपन्यासों में किया गया। भारत-विभाजन ने भी लामुहाला कहानी साहित्य का एक बड़ा Corpus तैयार किया, जिसमें कुछ न कुछ जज़्बाती और वक़्ती अहमियत का सामान था लेकिन कुछ उपन्यास और कहानियाँ साहित्य में अपनी जगह बना ले गए।

उस दौर में कृष्णचंद्र का बोल-बाला था लेकिन हाजरा और ख़दीजा की कुछ कहानियों की अहमियत भी अपनी जगह रही। उन दोनों बहनों ने ज़्यादातर मुस्लिम मिडिल क्लास की समस्याओं का चित्रण किया। मुझे ख़दीजा मस्तूर की एक शुरुआती कहानी का शीर्षक याद है "मैनू ले चले बाबला", ये अफ़साना शायद नक़ूश में आज़ादी के दो-तीन वर्ष बाद छपा था और उसका शीर्षक देखकर ही मैंने सोचा था कि भई वाह! ये ख़ातून तो लखनऊ से आते ही पंजाबी कल्चर में रच बस गयीं।

मुझे अपनी यह प्रतिक्रिया अब तक अच्छी तरह याद है। उसके कुछ दिन बाद ही या उसे पहले कराची में अय्यूब अहमद किरमानी मरहूम ने बतलाया कि हाजरा मसरूर की शादी भोपाल से आए हुए एक पत्रकार अहमद अली ख़ाँ से और ख़दीजा मस्तूर की शादी अहमद नदीम क़ासमी के भांजे से हो गयी है।

ख़दीजा से पहली बार लाहौर में मेरी मुलाक़ात हुई तो मैंने उनको एक बहुत ही मिलनसार और हंसमुख ख़ातून पाया। यानी वह उन लोगों में से थीं, जिनसे फ़ौरन बेसाख़्ता दोस्ती हो जाती है। बातों के बीच यह अंदाज़ा भी हुआ कि उनके अन्दर "हम अदीब लोग" क़िस्म का कोई Complex नहीं है। निजी तौर पर मैं इंसान को इंसान की हैसियत से देखती हूँ, उसके गुण, योग्यताएँ वग़ैरह ख़ुद उसके किरदार में छुपी होती हैं। उनको अलग से बतौर परिचय महज़ एक अजनबी और ग़ैर-शख़्सी अनदेखे पाठकों के सर्किल के लिए ही बयान किया

जा सकता है। रोज़मर्रा की मुलाक़ात या दोस्ती में यह ख़याल भी नहीं रहता कि फ़ुलाँ-फ़ुलाँ बड़ा तोप क़िस्म का राइटर, चित्रकार या कलाकार वग़ैरह है।

राइटर्ज़ की भी दो क़िस्में हैं; एक बोर, दूसरे वे जो क़तई बोर नहीं बल्कि दिलचस्प हैं। हाजरा की तरह ख़दीजा मस्तूर भी दूसरी क़िस्म से ताल्लुक़ रखती थीं। आज़ादी से ज़रा पहले और उसके कुछ साल बाद तक का दौर, जिसका मैंने अभी ज़िक्र किया है, निहायत जोशीले व नारेबाज़ वामपंथी आन्दोलन का दौर था, जिसके प्रभाव में "हल के साये में" की क़िस्म की कहानियों के संग्रह प्रकाशित हो रहे थे, जिनके गर्दपोश (डस्ट-कवर) भी आमतौर से सुर्ख़ रंग के होते थे। प्रगतिशील साहित्यकार रूसी इंन्क़िलाब की वर्षगाँठ मनाते थे और इसकी खुशी में दावतें करते थे।

मुझे ऐसा ही एक समारोह याद आता है; मैं लाहौर गयी हुई थी और हस्बे-मामूल अपने चचा की बेटी बेगम हुमैरा के यहाँ रहती थी, उनके शौहर जरी अहमद सैयद बड़े उच्चकोटि के स्कॉलर और विद्वान थे लेकिन साथ ही एक सरकारी उच्चाधिकारी भी थे, उनके दोस्तों के सर्किल में लाहौर के प्रगतिशील, ख़ासतौर से सैयद सिब्ते-हसन भी शामिल थे। उनके पड़ोसी और दोस्त नवाबज़ादा इम्तियाज़ अली ख़ाँ के कज़िन थे।

जहाँ तक मुझे याद पड़ता है, वह भी वामपंथी ग्रुप में शामिल थे। वह पानीपत के रहने वाले थे, बड़े सीधे-सादे मुख़लिस क़िस्म के इंसान थे। शायद कैम्ब्रिज के तालीम-याफ़्ता थे, लाहौर में हुम्मन आपा के पड़ोसी थे और हरियाणा की मुशद्दद (बोलने में किसी अक्षर को तुरन्त दो बार प्रयोग करना, जैसे लोटा को लोट्टा कह देना) भाषा में बात करते थे। वह मुझसे सिब्ते-हसन के बारे में पूछते, सैयद कैसा लिक्खे है? अच्छा लिक्खे है? उनकी सारी शिक्षा शायद इंग्लिस्तान में हुई थी और उर्दू से नावाकिफ़ (अपरिचित) थे।

उन्हीं दिनों सिब्ते-हसन ने हम लोगों को यानी भाईजान यानी जरी अहमद सैयद और हुम्मन आपा को लाहौर के एक रेस्टोरेंट में चाय पर आमंत्रित किया। हम लोग वहाँ पहुँचे तो देखा प्रगतिशील बिरादरी का काफ़ी मजमा (जमघट)

वहाँ मौजूद था। मालूम हुआ सोवियत यूनियन की वर्षगाँठ मनाई जा रही है। भाईजान यानी जरी अहमद सैयद बहुत जुज़-बुज़ (विचलित) हुए चूँकि वह Military Account Controller थे। अगर उन्हें मालूम होता तो वे न आते क्योंकि वे एक सरकारी अफ़सर थे और ये खुल्लम-खुल्ला सुर्खों (कम्युनिस्ट विचारधारा वालों) का समारोह था। सोवियत यूनियन की ये वर्षगाँठ भी निजी तौर पर मनाई जा रही थी और उसका तज़किरा नहीं किया गया था।

तो कहने का मतलब यह कि दोनों देशों में हमारे विद्वान और साहित्यकार सोवियत यूनियन की ideology से किस हद तक आकर्षित थे और वाक़ई इस मुल्क से सच्चे दिल से मोहब्बत करते थे। जब रूसी साहित्यकारों का डेलीगेशन उपमहाद्वीप में आता तो उनकी ईद हो जाती। कॉमरेड ज़ुल्फ़िया और कॉमरेड मरियम सलगान्क वग़ैरह उनकी हीरोइनें थीं। जब वह दिल्ली और लाहौर आतीं तो हमारे अदीब (साहित्यकार) और शाइर उनके लिए आँखें बिछाते।

मेरी एक अमेरिकन दोस्त के लिए एक मशहूर तरक़्क़ी पसन्द (प्रगतिशील) अदीब ने मुझसे व्यंग्यात्मक अंदाज़ में कहा, यह ख़ातून सीआईए एजेंट हैं। आप इनसे मिलती हैं। कुछ वर्ष बाद वही सज्जन उस महिला के state department के आमंत्रण पर अमेरिका घूम आये। एक और बेइंतिहा एन्टी-अमेरिकन बंगाली ख़ातून के लड़के को ग्रीनकार्ड मिल गया और उन्होंने बड़ी ख़ुशी से दोस्तों को इत्तिला दी। किसी दिलजले ने उनसे कहा, आप भी? तो उन्होंने तुरन्त जवाब दिया : जब हिन्दुस्तान बर्तानिया से आज़ादी की लड़ाई लड़ रहा था तो हमारे नौजवान इंग्लिस्तान पढ़ने के लिए जाते थे या नहीं? और बहुत से वहीं सेटल हो जाते थे।

मतलब यह कि चित भी आपकी और पट भी आपकी, अब तो ख़ैर सोवियत यूनियन ही न रहा "आँ दफ़्तर रा गाव ख़ुर्द।" (यह सब बीते समय की बातें हैं) लिहाज़ा अब वह सब झगड़े बहसो-मुबाहिसे निरर्थक हैं। इसके विपरीत पिछले दौर का एन्टी कम्युनिस्ट सर्किल हकीम हमीद समेत मरहूम मुझे कम्युनिस्ट समझता था।

"ख़ुदावन्दा! यह तेरे सादा दिल बन्दे किधर जाएँ"

लेकिन लाहौर के उस ग्रुप के कुछ लोगों ने यक़ीनन वफ़ादारी और मेलमिलाप बरक़रार रखा, यानी अब ideology करना ही बेवक़्त की रागनी प्रतीत होती है।

"ख़्वाब था जो कुछ कि देखा
जो सुना अफ़साना था।"

वर्तमान परिस्थितियो में वामपंथ की ओर झुकाव ही बहुत क़ाबिलेज़िक्र (चर्चा योग्य) बात है। अब मेरे ख़याल में हमारे बहुत से लेखक इंग्लिस्तान की इस रोमांटिक fabian सोशलिज़्म की तरफ़ चले गए हैं यानी बक़ौल इब्ने-इंशा किसी हकीम से जाकर तो यह पूछने की ज़रूरत नहीं है कि इंसाफ़ और मुसावात (बराबरी) अच्छी चीज़ें हैं या नहीं। अब मुझसे लगभग सभी पूर्व प्रगतिवादी आग्रहपूर्ण लहजे में कहते हैं कि हम तो कभी पार्टी के उग्रपंथियों में शामिल नहीं थे, हमने तो हमेशा उनकी आलोचना की, हालाँकि सच्चाई यह नहीं है, दरअस्ल वह सबसे बड़े जोशीले और कोई-कोई कट्टरपंथी लोग थे।

प्राचीन यूनान व रोम के दृश्यों की कल्पना कीजिए कि कुछ पुरुष व महिलाएँ Toga पहने मरमरीं बेंचों पर नीमदराज हैं और एक दाढ़ी वाला दार्शनिक खड़ा कुछ पढ़कर उनको सुना रहा है। ये उस समय के ड्राइंगरूम इंटेलेक्चुअल थे। जब से अब तलक का फ़ासला उन्होंने पलक झपकते में तय कर लिया है। वह इसी तरह सोफ़ों और आराम कुर्सियों पर नीमदाज़ हैं और शाइर या अदीब अपनी नवीनतम रचना उसे सुना रहा है। उस वक़्त कोई लड़की पृष्ठभूमि में बर्बत बजाती थी, अब टी.वी. चलता रहता है।

ख़दीजा मस्तूर भी उस बर्बत-नवाज़ (बर्बत बजाने वाली) लड़की की तरह मद्धम सुरों में अपना साज़ बजाती रहीं। उनके यहाँ धूमधड़ाका जज़्बात का तूफ़ान और आतिश-फ़शानी नहीं थी, वह सीधे स्वभाव अपनी बात कहना जानती थीं। जिस हद तक उन्होंने अपनी छोटी सी ज़िन्दगी में दुनिया को देखा और परखा उसी नर्मरवी (विनम्रता) के साथ उसे पेश कर दिया।

कभी-कभी ताज्जुब होता था कि उस छोटी सी छोटे क़द की हँसमुख लड़की के अन्दर शिद्दते-अहसास के साथ-साथ कितनी बुद्धिमता भी मौजूद थी। जहाँ तक मैं जानती हूँ लखनऊ, बम्बई, लाहौर और पूर्वी पाकिस्तान कुछ दिन रहने के अतिरिक्त उन्होंने ज़्यादा दुनिया भी नहीं देखी थी लेकिन अहले बसीरत को गागर में सागर नज़र आ जाता है। इंसानी रिश्तों की तहदारियाँ उलझावे, ऊँच-नीच, दुःख-सुख सबकी एक Magic Lantern है, जो आँखों के सामने घूम जाती है।

जब ख़दीजा ने ये ख़त अपने रिश्तेदारों को लिखे तो उन्हें क़तई यह ख़याल नहीं रहा होगा कि उन्हें प्रकाशित किया जाएगा। हालाँकि कुछ अदीब व शाइर ख़त लिखते ही इस अंदाज़ से हैं कि ज़रूरत के वक़्त प्रकाशित करने के काम आ सकें। ख़दीजा बुनियादी तौर से घरेलू बीबी थीं, घर आँगन की बात करती थीं। अधिकतर कहानीकार महिलाओं की तरह इंसानी रिश्तेदारियाँ यानी Human Relationships उनका विशेष क्षेत्र रहा। उनके यहाँ विचारों की स्वतंत्रता भी थी और वे नीलम की कंठमाला वाले संसार के उतार चढ़ाव और समस्याओं से भी परिचित थीं।

और अधिकतर महिला साहित्यकारों की तरह वे घरेलू ज़िन्दगी का प्रतिनिधित्व बड़ी दक्षता के साथ कर सकती थीं। यह दुनिया चाहे अट्ठारहवीं सदी के इंग्लिस्तान की जीन आस्टिन की रही हो या बीसवीं सदी की एक पूर्वी साहित्यकार ख़दीजा मस्तूर की; यह एक हक़ीक़त है कि वर्जीनिया वुल्फ़ या कैथरीन मेंस फ़ील्ड, जिस दृष्टिकोण से ज़िन्दगी को देखती हैं, वह पुरुषों का दृष्टिकोण नहीं हो सकता, वीमेंस लिब वालियों ने मर्दों की हमसरी करने की कोशिश में ख़ुद ही साबित कर दिया कि वह मर्दों की बरतरी की क़ायल हैं और उनके जैसा बनना चाहती है।

मुझे याद है, एक बार इस्मत आपा के यहाँ यही बहस हो रही थी, किसी ने उनसे कहा, ख़ैर कुछ भी हो आपा, आप अपने अफ़साने का मैटर जमा करने के लिए बम्बई के किसी फ़ुटपाथ पर रात नहीं गुज़ार सकतीं। इस्मत आपा ने अपने ख़ास अंदाज़ में जवाब दिया, वाह, वाह! क्यों नहीं गुज़ार सकती। लेकिन

सबको मालूम है कि अगर वह बिल्कुल बोहमियन न बन जायें। लिखने वालियों की अपनी मानसिक और सामाजिक सीमाएँ मौजूद रही हैं। ख़दीजा मस्तूर ने इसी सीमित संसार में रहकर अंतर्दृष्टि से मीनातूरी (सजीले) चित्र बनाए। अगर वह ज़िन्दा रह जातीं तो और भी बहुत अच्छे उपन्यास लिख सकती थीं।

अक्सर महिला साहित्यकारों के लिए पश्चिम में यह कहा जाता है कि वे sense of humour में शून्य होती हैं। और इसका कारण शायद यह है कि वे राइटर के रूप में अपनी नयी अहमियत और ज़िम्मेदारी को शिद्दत से महसूस करती हैं और अपने ऊपर या दूसरों के ऊपर हँस नहीं पातीं। लेकिन ख़दीजा इस ग़लत क़िस्म की भावना से दूर थीं; वह हँसना जानती थीं।

मुझे याद आता है कि मैं एक नामवर ख़ातून अदीबा (महिला साहित्यकार) के यहाँ गयी हुई थी, किसी का टेलीफ़ोन आया, उन्होंने रिसीवर उठाकर फ़रमाया; जी हाँ, मैं बोल रही हूँ, फ़ुलाँ-फ़ुलाँ अफ़साना-निगार। अफ़साना लिखने से ज़्यादा उन ख़ातून को आलोचक के रूप में बहुत प्रसिद्धि मिली। लेकिन वे sense of humour कभी हासिल न कर पायीं। ख़दीजा का जो गुण मुझे याद आता है, वह उनकी शगुफ़्तगी (सौम्यता) थी यानी ये ख़ातून "आँगन" जैसा उपन्यास लिखकर पढ़ने वालों को रंजीदा भी कर सकती थीं लेकिन उसी हद तक ज़िन्दगी से लुत्फ़ अंदोज़ (आनन्दित) होने की सलाहियत (योग्यता) भी उनमें मौजूद थी।

लफ़्ज़ "शाहकार" आजकल बहुत ज़्यादा इस्तेमाल किया जाता है लेकिन हक़ीक़त यह है कि "आँगन" वाक़ई एक उच्चकोटि की रचना है और ख़दीजा मस्तूर और आँगन एक दूसरे के पूरक होकर रह गए हैं। लेकिन ख़दीजा अगर यह उपन्यास न भी लिखतीं, तब भी वे एक क़ाबिले-क़द्र हस्ती थीं। ख़ुशमिज़ाज और मासूम प्रकृति। कहते हैं सूफ़ी कभी ग़मगीन नहीं होता क्योंकि उसे दुनिया में अच्छाइयाँ ही अच्छाइयाँ नज़र आती हैं, वह बुरों को भी अच्छा ही समझता है।

ख़दीजा मस्तूर निश्चय ही कोई सूफ़ी नहीं थीं लेकिन उनकी नेकदिली और स्वच्छचित्त बहुत जल्द प्रकट हो जाते थे। ऐसे लोग ज़िन्दगी में Interloper कहलाते हैं। अभी कुछ साल पहले उनका बेटा जब मुझे लाहौर में मिला तो वह रो रहा था। तब मुझे ख़याल आया कि ये आँसू ख़दीजा अपनी दर्दमंदी की सौग़ात के तौर पर दुनिया में छोड़ गयी हैं। उनके इन्तिक़ाल को कितने बरस गुज़र गए लेकिन उनका तज़किरा छिड़ते ही उनकी बहन की आँखें भीग जाती हैं।

अपना-अपना स्टेशन आने पर मुसाफ़िर गाड़ी से उतर जाते हैं और पीछे मुड़कर नहीं देखते। उनको अपनी मंज़िले-मक़सूद तक पहुँचने की जल्दी होती है। मेरे पास अप्रैल 1960 ई. की एक तस्वीर है, जिसमें चाटगाम (चटगाँव) की एक अदबी महफ़िल में जमीला हाशमी ख़दीजा, हाजरा और मैं एक पंक्ति में कुर्सियों पर बैठे हैं। उस वक़्त जब यह तस्वीर खींची, किसी को मालूम ही नहीं हो सकता था कि जमीला और ख़दीजा अपने-अपने स्टेशनों पर जल्द उतरने वाली हैं। इसी वजह से अल्लाह मियाँ ने तीसरी आँख आम नहीं की। ख़दीजा मस्तूर बहरहाल उर्दू फ़िक्शन में अपना स्थायी स्थान बनाकर चली गयीं।

हर अदीब (साहित्यकार) अपने ज़माने और अपने सामाजिक माहौल की पैदावार होता है। आज की लिखने वालियों का माहौल और उनके समकालिक मुद्दे बिल्कुल भिन्न हैं लेकिन स्थाई मानदंड तो नहीं बदलते। अट्ठारहवीं शताब्दी की जीन आस्टिन हमें आज के इंसानों के दुःख-सुख की कहानी सुनाती प्रतीत होती हैं।

ख़दीजा मस्तूर वाला लखनऊ और लाहौर आज भी नहीं बदला। राजनीतिक व सामाजिक परिस्थितियों की कायापलट हो जाती है लेकिन उन तब्दीलियों को झेलने वाले अपनी-अपनी कहानियाँ सुनाते रहते हैं। हालाँकि अगली पीढ़ियों को उनकी ये कहानियाँ शायद निरर्थक प्रतीत होंगी। आज की नस्ल, आज और आने वाले कल से दिलचस्पी रखती है। अतीत उसके लिए आमतौर से निरर्थक है। लेकिन एक उच्चकोटि के फ़नकार की रचनाएँ हर ज़माने के लिए अहम होंगी और ख़दीजा मस्तूर उन्हीं साहित्यकारों में शामिल हैं। उनके ख़त भी उनकी ज़ात और किरदार के दर्पण हैं।

औरत कभी एक फ़र्दे-वाहिद (अकेली) नहीं होती। वह अपने परिवार को साथ लेकर चलती है। माँ-बाप बहन-भाई, शौहर-औलाद, अज़ीज़-रिश्तेदार, मायका और ससुराल, उसकी दुनिया इन्हीं रिश्तों से आबाद है। ख़दीजा मस्तूर के ख़तों से भी यह हक़ीकत वाज़ेह (प्रकट) हो जाती है कि उनकी ज़िन्दगी के ताने-बाने आपस में कितने सटे हुए और मज़बूत थे। उनके ख़तों का बेसाख़्तापन ऐसा ही है जैसे वह ख़ुद बात कर रही हो।

वह पहले से सोच समझ कर कोई अदब-पारे तख़्लीक़ (साहित्य की रचना) नहीं कर रही थीं लेकिन वह अदब पारे ही बन गए। निजी पत्रों में जिस अंदाज़ से पत्रलेखिका का व्यक्तित्व झलकता है, वह उसकी कहानियों में इस हद तक नहीं आ सकती चूँकि पत्र एक बेहद निजी लेख है, जो उसके अपने व्यक्तित्व की सनद समझी जा सकती है। ये पत्र लेखिका की अपनी ज़ात और किरदार के आईनादार हैं। उनकी दर्दमंदी, ख़ुलूस और त्याग के अमीन (रक्षक)।

इंसान दुनिया में अपनी जगह बनाता है, अपने रिश्ते क़ायम करता है, अपने प्यारों और भविष्य के बारे में प्लान भी बनाता है और अचानक यह ड्रामा छोड़कर स्टेज से ग़ायब हो जाता है। इस सारी Divine Commedy का हासिल क्या है। और यह रचना ही क्यों की गयी किसी को मालूम नहीं। हम तो कुछ किताबें, कुछ तहरीरें ही पढ़ने में क़ादिर (सक्षम) हैं, उनके असली अंदरूनी अर्थों से वाक़िफ़ (परिचित) नहीं। जो लोग इस नश्वर संसार से जा चुके हैं, उन्हें शायद कुछ ज्ञान हो गया हो। मुझे विश्वास है कि ख़दीजा मस्तूर के पत्रों का यह संग्रह दिलचस्पी से पढ़ा जाएगा और उर्दू साहित्य के पत्र लेखन साहित्य में अपना स्थान बना लेगा, जिसका वह पात्र है।

□□